FRANK LEDUC

Frank Leduc est un écrivain français dont les œuvres se classent dans la catégorie thriller ou roman d'anticipation. Son premier roman, *Le Chaînon manquant*, est publié aux Éditions Jet d'encre en 2017, puis Les Nouveaux Auteurs en 2018, et remporte le Grand Prix *Femme Actuelle* en 2018.

Il est suivi de *Cléa* (Roman, éditions Les Nouveaux Auteurs, 2019), *Quelques mots à vous dire* (Recueil de nouvelles, Books on Demand, 2019), *La Mémoire du temps* (Roman, éditions Les Nouveaux Auteurs, 2020) et *Un hôtel à Paris* (Recueil de nouvelles, Books on Demand, 2020).

LE CHAÎNON MANQUANT

FRANK LEDUC

LE CHAÎNON MANQUANT

NOUVEAUX AUTEURS

MIXTE
Papier issu de sources responsables
FSC® C003309

L'éditeur de cet ouvrage s'engage dans une démarche de certification FSC® qui contribue à la préservation des forêts pour les générations futures.

Pour en savoir plus :
www.editis.com/engagement-rse/

ISBN : 978-2-266-30760-4
Dépôt légal : juillet 2021

Pour Margaux.

1

Quelque part, en bordure de Paris.

Le taxi déposa la jeune scientifique devant l'entrée des studios. Elle inspira une grande bouffée d'air frais, chargée des odeurs du bois tout proche, puis serra la petite fiole en or qui ne quittait plus sa poche depuis de nombreuses semaines. Sans trop savoir pourquoi, elle imaginait que cet objet la protégeait – une croyance irrationnelle, mais qui lui donnait du courage, et elle allait en avoir besoin. Dans un grand et lumineux hall l'attendaient le président de la chaîne et le rédacteur en chef du journal. Un assistant de production devait également s'assurer qu'elle serait dans les meilleures dispositions pour le début du direct, une demi-heure plus tard. Elle sourit en songeant que c'était une attention inhabituelle pour une simple préhistorienne comme elle.

Les deux hommes l'accueillirent avec chaleur, mais leur inquiétude était visible, presque palpable. Tout comme elle, ils avaient conscience de vivre un moment particulier. Soit ils tenaient un scoop sensationnel, soit ils plongeraient la chaîne dans un abîme dont elle ne sortirait peut-être jamais. Afin qu'ils n'aient pas à attendre, un groom maintenait les portes de l'ascenseur ouvertes au rez-de-chaussée. Ils montèrent directement à l'étage de la production, où se situaient le plateau, la régie et les loges. Dans la cabine, personne ne parla. Ils traversèrent ensuite un long couloir à la moquette épaisse et dont les murs étaient couverts de photos dédicacées d'acteurs, de chanteurs, de politiques, d'écrivains et même de sportifs. Tous ceux qui alimentent la vie médiatique semblaient être exposés dans ce couloir. Rapidement, on lui proposa une retouche maquillage qu'elle accepta.

Comme souvent, elle s'était habillée simplement : un jean beige, une chemise blanche, une veste kaki et ses longs cheveux châtains attachés en arrière. On aurait pu l'imaginer sortant tout droit d'un site de fouilles, la couche de terre et les sédiments poussiéreux en moins. Elle calculait rarement les tenues qu'elle portait et, à vrai dire, elle n'y avait pas davantage réfléchi aujourd'hui.

Ce n'était pas la première fois que Shana participait à une émission de télévision. Depuis plusieurs années, elle était même devenue l'une des figures médiatiques de la paléontologie moderne, invitée en priorité pour illustrer les sujets. Ses recherches effectuées pour l'université de Lyon, ses prises de position et ses articles pour différentes revues spécialisées avaient souvent fait naître de vives polémiques, mais malgré tout elle restait le visage que les médias aimaient présenter pour parler de préhistoire.

Le président de la chaîne l'accompagna jusque dans la loge. Très élégant, portant un costume bleu satiné, une chemise claire et une cravate unie du même bleu, il possédait le charisme du grand patron qu'il était.

Il s'assit à côté d'elle pendant qu'une maquilleuse estompait les rares rides et imperfections de son visage. Il l'observa un moment sans rien dire. Il la trouvait belle. Il l'avait toujours trouvée très belle. C'était l'une de ses forces, et non la moindre, mais il ne fallait pas s'y fier : elle était avant tout une scientifique compétente, passionnée, et qui possédait un pouvoir de conviction hors norme. Dans sa profession, elle avait longtemps été sous-estimée. Comme femme, d'abord, dans ce milieu fortement masculin, puis comme jeune femme, et enfin comme jolie jeune femme. Mais c'était une grave erreur, et beaucoup l'avaient appris à leurs dépens. Dans les débats contradictoires elle était très forte, irrésistible même, presque imbattable. Elle possédait une faculté, une sorte de don que ses contemporains n'avaient pas : celui de la persuasion. Ses arguments étaient toujours choisis, percutants ; elle s'exprimait clairement, souvent avec humour, avec ce sourire spontané qui la rendait immédiatement sympathique aux yeux du téléspectateur. Ainsi, elle vulgarisait un peu la discipline, mais en même temps elle lui ouvrait de nouveaux horizons. Elle répétait souvent que tout le monde pouvait s'intéresser à l'archéologie ou à la paléontologie, pour peu qu'on en donne les clefs. En comprenant notre ascendance, on s'interrogeait aussi sur ce que nous étions. Derrière les mots et les dates se trouvaient nos origines, notre unicité, notre dénominateur le plus commun. Au milieu de ses contemporains, elle détonnait, et les médias n'étaient pas les derniers à s'en être aperçus.

— Vous allez être filmée en champ-contrechamp, expliqua le président, lui rappelant les consignes qu'elle connaissait déjà, pour la plupart. Vous pouvez lire vos notes ou vous gratter le nez, si vous le souhaitez, mais uniquement pendant que l'animateur vous pose une question. Lorsque vous êtes à l'image, il vaut mieux éviter ! Pour repérer la caméra active, c'est simple : une petite lumière rouge s'allumera juste en dessous. Vous pourrez également voir le retour sur un moniteur situé face à vous mais ne le regardez pas trop souvent, car cela pourrait vous perturber. Je sais que vous pratiquez cet exercice depuis longtemps déjà mais essayez de faire des réponses brèves ; évitez les longues phrases et les développements trop complexes.

Shana, qu'il connaissait un peu, lui semblait plus tendue qu'habituellement. Elle l'écoutait mais ne lui répondait pas, laissant la maquilleuse faire son travail avec application. Il lui expliqua qu'elle assisterait à l'intégralité de l'émission sur le plateau, mais n'interviendrait qu'à la fin. Ils n'avaient pas voulu en bouleverser le sommaire, et celui-ci se déroulerait donc de la façon habituelle : il y aurait les gros titres, les informations nationales, internationales, un sujet de société, le sport et pour finir la page culturelle. C'était dans cette dernière, consacrée aux fouilles qu'elle avait récemment dirigées dans le Piémont, en Italie, qu'elle prendrait la parole, après une très courte vidéo de présentation.

— Vous aurez environ trois minutes, c'est à la fois beaucoup et peu. Pour ce que vous allez dire, c'est clairement peu. Alors, soyez le plus concise possible. Il y a le temps de l'annonce, puis il y aura celui des explications. Ne mélangez pas les deux, car vous risquez de perdre les téléspectateurs. Cette orchestration vous convient-elle ?

Bien évidemment la question était de pure convenance, car elle savait qu'il ne pourrait rien y changer.

— C'est votre émission, se contenta-t-elle de répondre, évasive.

Il l'observa encore un moment. La tension de la jeune femme était évidente, et cela l'inquiétait de plus en plus. La maquilleuse termina son travail en apposant un nuage de poudre destiné à atténuer le reflet des éclairages sur son visage.

— Shana, je veux que vous sachiez que… Si vous voulez tout arrêter, il n'est pas trop tard. Si vous avez le moindre doute sur ce que vous allez dire ce soir, je le comprendrai et je ne vous en voudrai pas.

— Antenne dans cinq minutes ! annonça une voix masculine, portant dans toutes les salles de la rédaction et dans les loges.

— Si je vous lâche maintenant, vous allez avoir du mal à trouver un invité de substitution.

— On fera sans.

— Je vous remercie pour votre prévenance et votre accueil. Ne vous inquiétez pas, je sais pourquoi je suis ici.

— Très bien. Alors, allons-y !

Ils se dirigèrent tous les deux vers le plateau d'enregistrement du journal. Le lieu était une véritable ruche en effervescence – une agitation insoupçonnée par le téléspectateur. En fait, seuls quelques mètres carrés apparaissaient à l'image. Le décor semblait dépouillé, réduit au strict nécessaire : une table design, un mur d'images en arrière-plan et des sièges pour les invités. Mais lorsque vous participiez, le panorama était tout autre. Face à vous, d'énormes caméras vous fixaient, et derrière elles de nombreux techniciens s'activaient. Au-dessus de votre tête, de puissants projecteurs, suspendus à d'impressionnantes structures métalliques, dégageaient une forte chaleur. Au sol, des centaines de câbles de toutes les couleurs serpentaient hors du champ des caméras. En fait, vous aviez l'impression d'être au milieu de gens élégants, dans une très belle pièce mais qui n'était décorée que d'un côté ; de l'autre, il y avait des escabeaux, des sacs de ciment, une bétonneuse et les ouvriers en bleu de travail qui vont avec. Si on n'en avait pas l'habitude, ce contraste pouvait perturber. Mais ce n'était pas le cas de Shana.

Le président l'installa à la place de l'invitée, d'où elle suivit les derniers préparatifs et réglages. Le présentateur vedette n'arriva qu'une petite minute à peine avant le début du direct. Le visage sombre, il s'assit et posa ses notes devant lui, sans saluer ni regarder personne. Une assistante vint lui installer une oreillette, tandis qu'un autre lui apportait une bouteille d'eau dont il but une gorgée avant de la dissimuler à ses pieds. Le décompte commença à dix secondes. *Le timing est parfait*, pensa-t-elle. *Un vrai mécanisme d'horlogerie.*

À la dernière note du générique, le visage du présentateur s'illumina instantanément d'un puissant sourire. Il salua avec empathie et annonça les principaux titres ainsi que la présence de Shana Stenford. Le téléspectateur avait l'impression qu'il le regardait dans les yeux, mais en réalité il lisait ses interventions sur un prompteur situé juste à côté de chaque caméra. L'illusion était parfaite. Les titres s'enchaînèrent rapidement. Une à deux minutes maximum par sujet, vidéo comprise. Shana observait le spectacle, tout en répétant mentalement ce qu'elle allait dire mais aussi ne pas dire. Elle ne s'en rendait pas compte, mais l'agitation qui régnait dans les locaux de la production et autour du plateau était inhabituelle.

Une vingtaine de minutes après le début du journal, l'animateur lança la page culture. Un sujet d'une vingtaine de secondes présenta brièvement la petite bourgade italienne de Bussolino, illustré par des images du centre-ville et de l'entrée du futur tunnel alpin, vue de l'extérieur. Comme elle n'avait pas donné l'autorisation de filmer à l'intérieur de la cavité, ils n'avaient pas grand-chose à montrer, mais ils avaient fait le boulot. Puis, subitement, l'image revint sur lui.

— Nous avons le plaisir de recevoir, ce soir, la célèbre préhistorienne et paléontologue Shana Stenford, déclara-t-il. Vous avez récemment dirigé les fouilles sur le site de Bussolino ; vous êtes également professeur à la faculté de Lyon I et auteur de deux livres de référence sur l'évolution des espèces.

Pendant qu'il détaillait son *curriculum vitae*, la lumière rouge s'alluma brièvement à deux reprises sous la caméra face à elle, affichant son visage à l'écran.

— Vous avez fait la une de l'actualité scientifique, ces dernières semaines, mais aussi, ce qui est plus surprenant, celle des faits divers, poursuivit-il. Je rappelle à nos téléspectateurs que vous avez été hospitalisée et avez failli mourir. Vous faites également l'objet de plusieurs enquêtes administratives, aussi bien en Italie qu'en France. Alors, avant d'aller plus loin, je voudrais vous demander : comment allez-vous, Shana Stenford ?

Immédiatement, le cadreur fit un gros plan sur son visage, comme pour saisir derrière les mots la vérité de son expression.

— Je vais très bien, je vous remercie.

Elle sourit mais n'en dit pas plus. Après un court silence, le présentateur qui s'attendait clairement à une réponse plus longue enchaîna.

— Les rumeurs les plus incroyables circulent sur la nature de vos travaux. Vous avez notamment déclaré, il y a quelques jours : « Ce qui a été découvert à Bussolino est de nature à changer le regard que l'homme porte sur lui-même. » Alors, Shana Stenford, j'ai envie de vous poser la question que tout le monde se pose : qu'avez-vous découvert à Bussolino ?

Le technicien situé face à elle leva le bras, et la petite lumière rouge s'alluma. Shana fixa la caméra quelques secondes sans parler. Elle en était consciente, ce qu'elle s'apprêtait à révéler allait changer bien plus que le regard que l'homme porte sur lui-même.

2

« Nous ne connaissons jamais
ce qui commence à son début. »

Pascal Quignard

Quatre mois plus tôt, vallée du Piémont, Italie.

Il s'assit dans le Volkswagen Multivan en claquant brutalement la portière derrière lui, puis il actionna le gyrophare pour informer ses équipiers qu'il comptait remonter rapidement vers le camp de base. Le chantier avait bien avancé depuis l'implantation du réseau géodésique, neuf semaines plus tôt. Deux tunneliers et trois mille hommes s'étaient relayés, jour et nuit, pour creuser et déblayer plus de 800 mètres dans la roche, de chaque côté des Alpes frontalières. Des voussoirs gigantesques de 14 mètres de diamètre avaient déjà été assemblés sur près de la moitié du parcours. Plus de cent corps de métiers étaient sollicités, parmi lesquels des ingénieurs, grutiers, géomètres, conducteurs d'engins, fraiseurs, maçons, terrassiers, soudeurs, électriciens, mais aussi des personnels administratifs, médecins, cuisiniers et encore bien d'autres. En peu de temps, une véritable ville s'était organisée autour du site, et pour les deux régions concernées, cela représentait un bol d'air économique sans comparaison.

Samuel avait toujours trouvé qu'un tunnel était beaucoup plus impressionnant lors de sa construction, qu'une fois terminé. On percevait alors mieux le gigantisme de l'ouvrage, la rudesse et la perfection de la roche qui avait été perforée. Celui-ci était particulier. La taille des forets des tunneliers dépassait de très loin ce qu'on trouvait habituellement sur les constructions de ce genre. Le plus impressionnant restait l'énormité de l'orifice. Par la suite, il était fortement atténué par la pose de la structure et des couloirs d'évacuation, mais, à vide, c'était extraordinaire. L'humidité mêlée de boue et d'argile, l'écho quasi infini et l'obscurité, si épaisse qu'on ne pouvait distinguer clairement une forme que près d'une source lumineuse, donnaient au lieu un caractère totalement hors du temps.

Comme l'équipe ne s'était pas dirigée vers le Multivan, il actionna la sirène et mit le contact pour leur signifier clairement l'imminence du départ. Les huit hommes avancèrent lentement vers le véhicule, puis s'y installèrent bruyamment. Il activa les warnings, enclencha le levier de vitesses automatique et démarra. D'habitude, personne ne se faisait prier pour regagner la surface, une fois la nuit de travail terminée, mais ce matin c'était différent. Il savait que s'il n'avait pas précipité le mouvement, ils auraient pu rester là, à discuter durant des heures. Lui aussi était déboussolé par ce qu'ils avaient vu, mais pour le moment, il avait d'autres préoccupations. Samuel était un contremaître autoritaire, craint, mais respecté. Avec lui, il était inutile d'envisager la moindre forme de camaraderie. Ses priorités étaient professionnelles, c'est-à-dire l'obtention de la prime allouée pour 30 mètres d'avancée quotidienne, ainsi que le strict respect des consignes de sécurité. Il n'acceptait de travailler sur des chantiers difficiles comme celui-ci qu'avec des gars dont il connaissait précisément les qualités au préalable. Il était inutile, pour la compagnie, d'essayer de lui glisser un nouveau dans les pattes qu'il n'avait pas lui-même choisi, car celui-ci était systématiquement remercié dans les trois jours qui suivaient.

Malgré le chemin caillouteux et mal éclairé menant au camp de base, il effectua le trajet en quelques minutes à peine. Il arrêta le Multivan juste devant les constructions préfabriquées abritant les vestiaires de l'équipe de nuit. Il serra les mains, bredouilla quelques formules d'usage, puis regagna son bureau situé juste au-dessus. De peu d'éducation, on pouvait dire de lui que c'était un homme rustre. Il s'était construit lui-même, au fil des années et grâce aux seules qualités que la nature lui avait données avec abondance : son courage et sa loyauté. Toujours fidèle au groupe industriel Sanders, où il était entré à l'âge de seize ans en tant qu'apprenti manœuvre, et bien que ne possédant aucun diplôme il était parvenu progressivement à grimper les échelons hiérarchiques. Trente-cinq ans plus tard, il occupait des fonctions d'encadrement sur les chantiers les plus stratégiques du groupe. Ça ne ressemblait pas à une success-story traditionnelle, mais pour lui c'en était une.

Il regarda, par la fenêtre, la montagne encore plongée dans l'obscurité. Le petit matin était comme une photo où la nature semblait immobile, presque arrêtée. Même la brume qui tapissait la vallée paraissait figée à jamais. Il alluma le petit poêle à pétrole placé devant sa porte, mais ne retira pas immédiatement son blouson. En cette fin septembre, la température extérieure flirtait déjà avec le zéro et ne dépassait pas les 7 ou 8 °C à l'intérieur des précaires abris de chantier. Comme chaque matin, avant de rédiger son état d'avancement, il prit une bière rousse dans le mini-réfrigérateur et la versa dans un vieux mug qu'il ne lavait presque jamais. Avec les années, cette bière était devenue plus qu'une habitude : un rituel nécessaire. C'était le moment où il évacuait la tension accumulée durant la nuit, pour maintenir sa concentration. Il en avait besoin pour redevenir sociable, même si ce n'était de toute façon pas sa qualité première. Au pied de la montagne, avec une cinquantaine d'hommes sous sa responsabilité, des tonnes de roches instables au-dessus des têtes et un tunnelier perforant jusqu'à 8 mètres par heure, la moindre inattention pouvait être fatale. Et elle tuait. Les accidents mortels sur les chantiers étaient fréquents ; il le savait trop bien, même si lui-même n'avait jamais eu à déplorer de pertes dans ses équipes. C'était principalement pour cette raison, ainsi que pour son efficacité à réaliser les objectifs et donc à obtenir les primes, que les hommes se battaient pour travailler avec lui. Le revers de la médaille : il était extrêmement exigeant, ne permettait aucun écart avec les règles de sécurité et n'hésitait pas à se séparer de ceux qui n'étaient pas suffisamment productifs ou ne partageaient pas sa façon de concevoir le travail.

Il connecta son ordinateur pour lire les messages de la nuit et les consignes de la direction pour le lendemain.

Tout en allumant une cigarette, il s'enfonça dans son vieux fauteuil en cuir qui émit un grincement plaintif. Il réfléchit un moment, puis ouvrit les quelques photos qu'il avait prises un peu plus tôt avec son téléphone. Il les examina attentivement une à une. C'était à peine concevable. Afin de ne pas suspendre les travaux, il aurait bien gardé tout ça pour lui, mais ce n'était pas possible : il devait en informer sa hiérarchie. Auparavant, il voulait quand même prévenir quelqu'un d'autre. Il sélectionna le destinataire dans son répertoire personnel et rédigea un message sibyllin.

Monsieur,

Ce matin, très tôt, sur le chantier de la future liaison ferroviaire Lyon-Turin, à environ 75 mètres de profondeur, nous avons traversé une cavité que nous avions préalablement identifiée sur les images du scanner. J'ai fait prendre beaucoup de précautions à l'approche, car je craignais qu'elle puisse contenir du gaz. Heureusement ce n'était pas le cas, et nous l'avons perforée sans problème. Ce qui nous a arrêtés, c'est ce qui était à l'intérieur. Aussi incroyable que cela puisse paraître, nous n'étions pas les premiers à venir là... Je vous transmets quelques photos de ce que nous avons trouvé, pour que vous puissiez vous faire une idée.

Comme mentionné dans le guide des procédures de la compagnie, j'ai immédiatement fait stopper la progression.

J'attends vos instructions, ainsi que celles de la direction que je vais informer parallèlement à vous.

Cordialement, Samuel.

L'enveloppe clignota quelques instants sur son écran, puis disparut.

« Et voilà ! », soupira-t-il.

Il but une grande gorgée de bière puis, perplexe, reprit la carte topographique 3D du sous-sol, qu'il connaissait déjà par cœur. Il s'attarda cette fois sur les contours du tracé, pour s'assurer qu'aucun interstice apparent n'accédait à la cavité par le haut de la montagne. Selon un rapide calcul, l'extrémité supérieure la plus proche devait se situer à environ 70 mètres et la plus éloignée, à environ 100 mètres. Il lui paraissait totalement impossible d'accéder à cet endroit par le versant supérieur. Il approcha sa lampe afin de bien voir les contrastes alentour. Sur le haut de l'image, bien au-delà de la cavité, presque à l'extrémité, il vit quelque chose. Quelque chose d'étrange. Quelque chose qu'il n'avait pas remarqué auparavant.

3

Università degli Studi di Torino, Italia.

L'agitation des premières semaines s'était estompée au sein de la prestigieuse faculté turinoise. La plupart du temps, les couloirs et les lieux de vie étaient désormais désertés. Un premier élagage spontané s'était produit, qui avait vu les étudiants les moins motivés abandonner. Pour les autres, leur présence sur le site n'était plus nécessaire qu'une poignée d'heures par semaine. Les premiers cours de mise en perspective étaient passés et le stress des examens partiels pas encore arrivé. On était dans la période d'acquisition des connaissances, que les universitaires appellent « le creux de l'entonnoir ».

La jeune paléontologue française était l'une des personnalités les plus éminentes de la faculté, même si elle n'y assurait que quelques heures de cours par an, d'initiation aux sciences de la Terre. Optionnelle pour les étudiants de seconde année dans la plupart des filières, la matière ouvrait de réelles perspectives pour la poursuite d'études appliquées. Pour sa première session du semestre, et comme à son habitude, elle était arrivée dans la salle avec un bon quart d'heure d'avance. Elle relisait toujours ses notes et le plan de son cours, tout en laissant les étudiants s'installer tranquillement. À l'instar d'une salle de cinéma, un amphithéâtre universitaire, en Italie comme en France, se remplissait toujours par le haut, les retardataires s'installant dans les escaliers ou, pire, aux premiers rangs. Selon les heures, les pop-corn étaient remplacés par des sandwichs, du café ou bien des petits gâteaux. Le grand amphithéâtre du bâtiment B ne présentait aucun style particulier. Construit dans les années 1980, il était beaucoup trop récent pour sentir le poids de l'histoire du reste de l'édifice et trop vieux pour paraître vraiment moderne. Sous un plafond très élevé, plusieurs longues rangées de néons étaient suspendues, sur lesquelles une épaisse couche de poussière semblait résider depuis toujours.

Elle patienta plusieurs minutes, ressentant les regards de plus en plus nombreux se poser sur elle. Des cheveux bruns remontés en chignon, des yeux vert émeraude et la trentaine assurée, elle était, chaque année, la vedette des étudiants de premier cycle. Mais combien, parmi ceux-ci, italiens pour la plupart, avaient lu ses livres ou s'étaient intéressés à ses travaux ? Sans doute très peu, pensait-elle, mais ils connaissaient son nom, et sa notoriété les captivait. Très souvent, ils étaient surpris de découvrir qu'elle n'avait finalement que quelques années de plus qu'eux.

Shana était ce qu'on appelle « une véritable universitaire », et même un peu plus que ça. Les facultés, les amphithéâtres, les salles de cours étaient son univers, l'endroit où elle se sentait le mieux, car elle y avait passé la plus grande partie de sa vie. Née à Rome, d'une mère française, professeur d'anglais et d'un père anglais, professeur de français, elle avait toujours eu du mal à répondre à la question concernant sa langue maternelle. Elle avait été bercée par les préparations de cours, les partiels et les problèmes d'enseignants. Jusqu'à son adolescence, la famille avait souvent déménagé pour accompagner les mutations et opportunités professionnelles de l'un ou de l'autre. Elle avait aimé Rome, Florence, Paris, un peu moins Milan, et très peu Manchester et Berlin. À la séparation de ses parents, elle avait suivi sa mère qui avait obtenu un poste de professeur titulaire à l'université Claude-Bernard, dans le 8e arrondissement de Lyon. Ses premiers petits boulots, Shana les avait effectués dans les services administratifs de la faculté, puis, après son bac, elle y avait naturellement suivi un cursus. D'abord d'histoire, ensuite de paléontologie appliquée. Elle y était aujourd'hui professeur et maître de conférences, en plus d'être un écrivain renommé. Comme elle parlait couramment italien, elle effectuait également des vacations pour certaines universités italiennes, dont celle de Turin, qui était partenaire de la faculté lyonnaise pour les programmes de paléontologie.

Lorsqu'elle constata que la plupart des places, y compris au premier rang, étaient occupées, elle tapota sur le petit micro du pupitre pour signifier qu'elle allait commencer. Un clapotis de strapontins s'abaissant de toutes parts répondit à son appel, et plus de trois cents paires d'yeux se focalisèrent sur elle avec curiosité. Quelle que soit son expérience, les premiers mots d'un professeur devant un amphithéâtre bondé étaient toujours très impressionnants. De sa voix rauque et dans un italien parfait elle salua son auditoire et se présenta. Puis elle ouvrit la séance par une question qu'elle projeta sur les deux grands écrans situés de chaque côté de l'estrade :

Que représente l'unicité de l'homme, par rapport à un ensemble pétri d'ignorance qu'on appelle « le singe » ?

Elle aimait capter l'attention de ses étudiants, et cela marchait bien. Elle utilisait souvent la provocation pour les pousser à réfléchir par eux-mêmes ; c'était sa façon de faire, sa façon d'enseigner. Elle ne laissa pas les murmures venant des travées supérieures s'installer et enchaîna.

— Pour appréhender les différents chemins empruntés par la vie et par l'Homme en particulier, pour mieux comprendre son évolution, il est important de commencer par comprendre celle de la Terre. Car, évidemment, notre évolution est étroitement liée à notre environnement.

Elle décrocha le petit micro du pupitre et s'approcha au plus près du premier rang.

— Comme vous le savez probablement, notre planète existe depuis près de quatre milliards et demi d'années, soit environ neuf milliards après la création de l'univers.

Sur les écrans, elle projeta la célèbre photo du lever de Terre, prise de la Lune par William Anders, lors de la mission Apollo 8.

— La Terre est le seul corps céleste habité que nous connaissons. Des millions d'espèces, animales, végétales, bactériologiques, terrestres ou aquatiques, s'y sont succédé avec plus ou moins de réussite. Des cataclysmes provoquant des extinctions de masse ont plusieurs fois changé la donne, notamment celle des espèces dominantes, mais malgré tout, elle continue de nous abriter et, avec nous, l'ensemble du monde du vivant en perpétuelle évolution.

Le bruit des strapontins avait progressivement été remplacé par celui des vestes que l'on ôtait, puis le silence avait fini par se faire.

— À travers notre prisme, certains d'entre vous pensent probablement que l'évolution des espèces, depuis les toutes premières cellules, a pour principale finalité l'être humain ; peut-être même l'Homme tel qu'on le connaît aujourd'hui.

Avec un joli sourire, elle jeta un regard circulaire sur son auditoire, mais, bien entendu, personne n'osa intervenir.

— Vous, moi ? Non, évidemment non, ce n'est pas le cas ! Votre fierté va peut-être en prendre un coup, mais l'Homme – je veux parler de l'*Homo erectus* et de ses descendants –, qui occupe la planète depuis environ deux millions d'années et la domine depuis à peine trente ou quarante mille ans, n'est qu'un détail insignifiant à l'échelle de la Terre.

À ces mots, un léger brouhaha mêlant étonnement et curiosité se répandit dans l'amphithéâtre. Shana marqua une pause en regardant fixement le centre de l'amphithéâtre. Elle adorait ces moments où elle pouvait sentir, presque toucher l'intérêt de ses étudiants. Elle en joua, leur laissa suffisamment de temps pour assimiler l'idée, puis reprit.

— Un détail, je vous l'assure. Pour remettre les choses en perspective, les dinosaures par exemple, ont dominé la Terre pendant bien plus longtemps que nous : durant plus de cent quarante millions d'années !

Pour que vous puissiez vous faire une idée, je vais utiliser la comparaison que le paléontologue américain Stephen Jay Gould[1] a établie entre l'histoire de la Terre et la hauteur de la tour Eiffel. Eh bien, à cette échelle, savez-vous où apparaît l'être humain ?

Shana interrogea à nouveau la salle du regard. Un étudiant du premier rang, visiblement français et fier de la comparaison, se hasarda à une réponse dans un italien très hésitant.

— Au troisième, madame ? Le plus petit, mais aussi le meilleur point de vue, pour admirer la plus belle ville du monde !

La rivalité franco-italienne était forte ici, à Turin. Le brouhaha reprit, accompagné cette fois par quelques sifflets et claquements de sièges venant des derniers rangs. Shana acquiesça et adressa un sourire complice à son jeune compatriote. Puis elle continua à parcourir l'amphithéâtre bruyant de son regard émeraude. À cet instant, une jeune fille du troisième rang, italienne cette fois, se leva hardiment.

— Le petit drapeau situé tout en haut, m'dame !

— Sachez, mademoiselle, qu'il n'y a plus de drapeau en haut de la tour Eiffel depuis déjà très longtemps, mais j'accepte votre proposition. Quelqu'un a-t-il une autre idée ?

Des rires moqueurs descendirent des travées. Elle laissa passer quelques secondes, puis retourna au pupitre et but une gorgée d'eau.

---

1. Stephen Jay Gould (1941-2002), paléontologue américain et professeur à l'université de Harvard. Il a beaucoup contribué à vulgariser la théorie de l'évolution depuis Charles Darwin, par de nombreux travaux et publications.

— La première chose que je peux vous enseigner est que vous avez bien fait de suivre un cursus en sciences de la Terre plutôt qu'en mathématiques, car vous me semblez présenter quelques lacunes pour ce qui concerne les proportions…

Nouveaux éclats de rire, sans sifflets cette fois.

— Sachez que si l'on prend pour échelle la tour Eiffel, notre présence depuis les premiers australopithèques se résume au petit millimètre de peinture recouvrant son point le plus élevé. C'est ce petit point minuscule qui témoigne de notre présence.

Une rumeur descendit des dernières rangées et se propagea à l'ensemble de la salle.

— Et je ne vous parle même pas de notre existence à l'échelle de l'univers. Je le conçois, cela donne un peu le vertige. Pour ceux qui ont des difficultés avec les édifices publics, vous pouvez très bien faire le même exercice en prenant comme référence une journée. L'ère quaternaire, qui a débuté il y a environ deux millions d'années et qui correspond à la fin des grandes glaciations et à l'apparition d'*Habilis*, *Ergaster* et *Erectus*, durerait dix-sept secondes. Dix-sept toutes petites secondes sur la soixantième minute de la vingt-quatrième heure : voilà très précisément à quoi nous correspondons au regard du temps.

Sur les écrans situés dans son dos, elle diffusa un tableau des temps géologiques. Hadéen, Archéen, Protérozoïque, Jurassique, Crétacé, Tertiaire, Quaternaire… Elle illustra chaque période en y apportant quelques repères et précisa que cette partie devrait être assimilée pour l'examen partiel de décembre. Elle projeta ensuite la chronologie des grandes extinctions.

— Je vais maintenant vous dire un mot sur l'un des phénomènes régulateurs de notre monde. Celui sans lequel nous ne serions pas ici, ensemble, ce matin, et à cause duquel nous disparaîtrons un jour. Les extinctions de masse ! La nature n'a pas eu besoin de nous pour remettre régulièrement les compteurs à zéro. Et elle continuera à le faire après nous.

Cette fois, ce fut de l'inquiétude qu'elle lut dans les regards des premiers rangs.

— Dans mon cours, je veux vous livrer la vérité telle qu'elle est. Mais rassurez-vous, *a priori*, ce n'est pas pour tout de suite. Aujourd'hui, nous pensons qu'il y a déjà eu sept grandes extinctions. Sept au moins, car il n'est pas totalement exclu que certaines nous aient échappé.

— Comment ça, « échappé » ?

La question avait été posée par une voix masculine venant du fond de l'amphithéâtre, mais elle ne put précisément identifier son auteur.

— Eh bien, disons qu'avec le temps les preuves ne sont pas si évidentes à trouver et que l'on manque un peu de témoins, répondit-elle.

Quelques rires retentirent à nouveau dans les travées.

— Une extinction de masse est un phénomène biologique naturel relativement bref, à l'échelle des temps géologiques, bien sûr. C'est-à-dire quelques centaines d'années, durant lesquelles disparaissent 50 à 75 % des espèces. Tout comme le nombre de ces extinctions, leurs causes elles-mêmes ne sont pas établies avec certitude. Quoi qu'il en soit, il s'agit de moments charnières qui ont systématiquement pour conséquence, entre autres, de modifier la hiérarchie des espèces dominantes. Sans l'extinction Crétacé-Tertiaire, il y a soixante-six millions d'années environ, nous ne serions pas là. La Terre serait peuplée de descendants de dinosaures, qui auraient évolué et ils ne nous auraient pas laissé la place.

— Pensez-vous qu'ils seraient devenus « intelligents », madame ?

C'était la même voix qui venait du fond de la salle.

— C'est une très bonne question. Pouvez-vous vous lever, s'il vous plaît, lorsque vous prenez la parole ? demanda-t-elle. J'aime bien voir à qui je m'adresse.

Un garçon d'une vingtaine d'années, hirsute et mal accoutré, se leva au dernier rang. Il semblait directement sorti de son lit. Shana s'imagina qu'il avait enfilé un blouson sur son pyjama et était venu en cours comme ça. À sa vue, des rires éclatèrent.

— Oui, jeune homme, c'est une excellente question ! poursuivit-elle. Contrairement à ce que l'on pense parfois, certains dinosaures étaient déjà très intelligents. Par exemple, le sténonychosaure[1], dont les restes ont été découverts au Canada, en 1967, possédait un cerveau cinq à dix fois plus développé que les premiers singes. Il était bipède, avait des mains à trois doigts et ressemblait à une sorte de grand kangourou de 3 mètres de haut. Il est probable que, s'il n'avait pas disparu, lui ou l'un de ses congénères proches dominerait la planète. Et vu l'avance qu'il avait sur

1. Grand reptile dont le nom tiré du grec signifie « lézard à griffe étroite ». Il appartient au genre Troodon et a été découvert dans l'Alberta au Canada en 1967. Il pesait environ 50 kg pour une hauteur de 2 à 3 m. Il possédait notamment de très grands yeux, ce qui laisse penser qu'il s'agissait d'un animal essentiellement nocturne.

nos lointains ancêtres, il serait certainement bien plus évolué que nous, aujourd'hui !

Des murmures d'étonnement et d'intérêt accompagnèrent le mouvement du jeune homme, tout heureux de se rasseoir et de retrouver son anonymat. La diapositive suivante présentait les principales espèces dominantes depuis la création de la Terre et la durée de leur règne. Sur cette échelle, faute de place, l'Homme n'apparaissait qu'à l'aide d'une flèche agrandie.

— Lorsque vous étudierez l'évolution de l'Homme, vous devrez toujours avoir en tête l'échelle et les perspectives. Même si cette échelle est difficilement concevable pour les *Homo sapiens* que nous sommes.

Un rire se fit à nouveau entendre dans les travées. Shana augmenta le son de son micro, afin de bien faire comprendre ce qu'elle allait dire. Un grésillement strident retendit, qui calma tout le monde.

— Ce n'est pas la seule difficulté que vous allez rencontrer…

Elle marqua un temps, afin de souligner l'importance de ce qui suivait.

— Vous ne pourrez pas considérer l'évolution humaine, si brève soit-elle, comme une ligne droite qui partirait des premiers australopithèques jusqu'à l'*Homo sapiens.* L'évolution ressemble plutôt à un buisson touffu aux ramifications multiples. La nature a fait de nombreuses expériences avant d'arriver à ce que nous sommes aujourd'hui. De nombreuses lignées d'hominidés se sont succédé et ont parfois même cohabité durant des milliers, voire des millions d'années, sans qu'on puisse en définir avec exactitude ni le commencement ni la fin. Nous pourrons ainsi trouver, sur certaines périodes, plusieurs espèces d'hominidés parfois très différentes les unes des autres.

Apercevant la pendule sous l'écran, elle se rendit compte que le temps était passé plus vite qu'elle ne le pensait et que le cours allait se terminer. Elle accéléra son propos.

— Il faut également garder à l'esprit que nous ne disposons pas de toutes les pièces du puzzle et que certaines sont d'ailleurs probablement perdues à jamais. Les paléoanthropologues découvrent encore régulièrement de nouvelles espèces, comme l'homme de Denisova, en 2010, dans les montagnes de l'Altaï, au sud de la Sibérie[1]. Il est probable que certaines lignées d'hominidés aient existé et se soient éteintes, sans que nous n'en retrouvions jamais aucune trace. Bref, en vous inscrivant à ce cours vous ne vous êtes pas facilité les semaines qui viennent !

À cet instant, la sonnerie annonçant la fin de l'heure retentit.

— Pour ceux que je n'ai pas découragés, on se reverra dans quinze jours. Nous étudierons la vie des principaux descendants d'*Habilis* : l'*Homo rudolfensis* et l'*Homo ergaster*. En attendant, je vous demande de lire les deux tomes d'Yves Coppens sur les origines de l'humanité. Cela vous éclairera beaucoup. Une trentaine d'exemplaires de chaque sont disponibles à la bibliothèque de la faculté. Premiers arrivés, premiers

1. L'hominidé de Denisova a été identifié en mars 2010 par analyse génétique à partir d'une phalange d'auriculaire d'un enfant de sept ans. Les scientifiques pensent que cette espèce a vécu entre 1 million d'années et 40 000 ans avant notre ère dans les régions européennes peuplées à cette époque par l'homme de Neandertal et *Homo sapiens*.

servis… Alors, ne traînez pas ! Et pour ceux qui sont en travaux dirigés avec moi la semaine prochaine, on fera une petite interro à l'ancienne sur ce que vous en aurez retenu.

Lorsqu'elle termina sa phrase, les premiers rangs avaient déjà quitté la salle. Dans le joyeux vacarme de la fin du cours, elle rassembla ses notes éparpillées sur le pupitre et les rangea dans son porte-documents. Pendant ce temps, une poignée d'étudiants enjambèrent la petite estrade pour la rejoindre. Elle les regarda faire sans rien dire. Comme ses publications rencontraient de nombreux détracteurs et qu'elle avait déjà subi des agressions verbales en fin de cours, elle était devenue très méfiante vis-à-vis de ce type d'attitude. Bien entendu, la faculté ne disposait pas d'un service de sécurité ; donc, en cas de problème, elle devait se débrouiller seule ou compter sur l'intervention d'autres étudiants. Mais cette fois-ci, elle fut vite rassurée. À bien y regarder, ils n'avaient pas l'air très méchants. Les deux premiers lui présentèrent un exemplaire des *Chemins de la vie*, le dernier livre qu'elle venait de publier, en lui demandant une dédicace qu'elle fit immédiatement. Un autre lui présenta un papier administratif italien justifiant une présence à son cours, qu'elle signa également sans vraiment le regarder. Le dernier qui se présenta, par contre, semblait très inquiet. Il était italien, mais fit un effort pour lui parler en français.

— Bonjour, madame. Je me suis inscrit à votre séance de travaux dirigés.

— Vous avez fait un très bon choix, jeune homme ! répondit-elle avec humour, ne voyant pas très bien où il voulait en venir.

— Cela n'a pas été facile : il y avait beaucoup de demandes. J'ai eu de la chance.

— Je veux bien vous croire.

— Nous allons réellement avoir une interrogation sur les livres de ce type, dès la semaine prochaine ?

— Oui ! Puisque je vous le dis…

— Mais elle portera sur quoi ?

— Vous devez connaître les catégories d'hominidés, les ères géologiques, des plus longues aux plus courtes. Je vous interrogerai également sur les travaux d'Yves Coppens, les grandes dates de la paléontologie et de la paléoanthropologie, les principales avancées…

— Mais… c'est que je n'aurai jamais le temps d'apprendre tout ça !

— Ça va, je plaisante ! Deux, trois bricoles, rien de plus. Contentez-vous de feuilleter les livres, et ça ira très bien.

Le jeune homme la remercia avec soulagement et s'éloigna. Shana retira la clef de stockage de la console vidéo, récupéra sa bouteille d'eau et se dirigea vers l'unique porte basse de l'amphithéâtre. À sa vue, les derniers étudiants présents s'écartèrent, formant un couloir pour la laisser passer. Elle fut surprise de cette marque de sympathie et de respect. On ne lui montrait pas la même déférence à Lyon, où elle exerçait habituellement. *Ce qu'on voit peu est plus précieux que ce qu'on a sous les yeux tous les jours*, pensa-t-elle. Elle s'engouffra dans la masse d'étudiants, en les remerciant d'un joli sourire.

À peine eut-elle franchi la porte qu'une vibration secoua le fond de sa poche. Elle attrapa son téléphone et reconnut immédiatement le numéro.

— Bonjour, maman.

— Bonjour, ma chérie. Je suis heureuse de t'entendre. Ça fait plusieurs fois que je te laisse des messages, mais tu ne me rappelles ja-mais ! La semaine dernière, j'ai même appelé à la faculté, où ton très gentil collègue, Philippe, m'a donné de tes nouvelles. Ce n'est pas bien, d'oublier ta mère, ma chérie.

Contrairement à Shana, sa mère parlait beaucoup et toujours très vite, comme si elle avait un quota de mots à atteindre à chaque conversation. Au téléphone, il fallait parfois, à la jeune femme, beaucoup de concentration pour réussir à l'interrompre. Bien entendu, elle avait eu ses messages. Elle se servait souvent de son répondeur pour filtrer ses appels, en particulier ceux de sa mère. Et à vrai dire, elle ne rappelait pas souvent.

— Je ne t'oublie pas, maman, mais tu sais, j'ai beaucoup de travail en ce moment et pas une minute à moi.

— Tsss… On trouve toujours un moment pour appeler sa mère. Alors, qu'est-ce que tu me racontes ? Comment vas-tu ? Est-ce que tu manges bien ? Tu sais, c'est important de bien se nourrir, c'est même très important ; c'est grâce à ça qu'on ne tombe pas malade. Tu m'entends ? J'espère que tu ne manges pas trop de sandwichs.

— Ne t'inquiète pas, maman, je mange bien.

— Tu sais, ce n'est pas facile pour une maman d'avoir une fille célèbre. Certes, mes amies me parlent souvent de toi, et c'est flatteur, mais comme tu ne m'appelles jamais, eh bien, je ne sais pas ce que tu fais et je ne sais pas quoi leur raconter.

— Ça va, maman… Je ne suis pas Taylor Swift quand même !

— Mais tu es connue. L'autre jour, dans le programme télé, j'ai lu que ton livre était en tête des ventes partout et que c'était très rare, pour un essai scientifique. Cela m'a fait rudement plaisir ! Mais j'ai vu aussi, dans le courrier des lecteurs, que certains disaient du mal de toi et de ce que tu écris. Ça m'a fait de la peine.

— Il ne faut pas que tu lises cela, maman. Ça n'a pas d'intérêt. Lorsqu'on essaie de dire des choses différentes, on est toujours critiqué ; c'est normal. Tu sais, il y a beaucoup de gens qui m'aiment bien aussi.

— Oui, mais moi, je suis ta maman, alors je n'aime pas entendre dire du mal de toi. Moi, je veux que tout le monde t'aime, tu comprends ? Tu le mérites !

— Mais c'est… presque le cas, maman. Tu sais, les gens qui ne m'aiment pas, je ne les croise pas souvent.

Ou alors ils ont la délicatesse de ne pas me le dire en face, pensa-t-elle furtivement. Le fait est qu'elle ne les croisait pratiquement jamais. C'était parfois à se demander s'ils existaient réellement ou bien uniquement à travers les magazines et les réseaux sociaux. Elle était toujours au téléphone devant l'entrée principale du grand amphithéâtre, quand elle aperçut la secrétaire du recteur. D'ailleurs, il lui aurait été difficile de la rater. Maria-Theresa était une femme que l'on remarquait systématiquement. Toujours élégamment vêtue et assumant fièrement ses rondeurs, elle faisait régulièrement profiter tout le campus de ses décolletés les plus plongeants. Shana songea tout d'abord qu'elle était là pour une raison qui ne la concernait pas, avant de remarquer qu'elle la regardait fixement et semblait attendre qu'elle termine sa conversation.

— Et tu dors suffisamment ? C'est important aussi, de bien…

— Oui, maman je t'assure : je dors bien, je mange bien, je, je… Je vais bien ! Je ne peux pas te parler plus longtemps, car on m'attend. Je peux te rappeler ce soir ? J'aurai un peu plus de temps.

— Bien sûr, tu peux m'appeler quand tu veux, ma chérie. Mais n'oublie pas, hein ? Souvent, tu dis ça, mais tu ne le fais pas. Je voudrais bien avoir des nouvelles de toi plus souvent, et aussi de ton ami Philippe, qui est charmant. À trente ans, il est grand temps que tu penses à former une famille quand même. Il ferait sans doute de beaux petits-enfants, ce Philippe…

— Oui, maman, je te promets que je vais y réfléchir. Je dois te laisser, maintenant. Je t'embrasse, et je te rappelle dès que je peux.

Elle raccrocha tout en s'approchant de Maria-Theresa qui ne l'avait pas quittée du regard.

— Excusez-moi, vous vouliez me parler ?

— Moi, non, mais le recteur, oui, et immédiatement. Suivez-moi ! lui dit-elle d'un ton autoritaire.

Celle-ci tourna les talons et, sans même attendre sa réponse, se mit en mouvement. La charismatique secrétaire de la faculté marchait vite. Shana la suivit à grand-peine dans d'interminables couloirs. L'*università degli Studi di Torino* était l'un des plus grands établissements publics d'Italie, et même d'Europe. Fondée en 1404, elle se targuait d'accueillir plus de soixante mille étudiants d'à peu près toutes les nationalités, et d'employer deux mille professeurs et personnels administratifs. C'était une véritable usine à connaissances, qui dispensait plus de quatre-vingts disciplines. Il y avait un fort contraste entre la partie moderne de l'établissement, au style impersonnel, et la partie la plus ancienne, où les boiseries sculptées et les pierres de taille pouvaient donner l'impression d'être à Poudlard.

Après cinq bonnes minutes de marche à un rythme soutenu, Maria-Theresa ouvrit une petite porte dissimulée au bout d'un long couloir ne menant nulle part. Shana pensa qu'elle seule devait connaître ce passage.

« Raccourci ! » se contenta-t-elle de dire, d'un ton toujours aussi autoritaire.

La porte donnait sur un vieil escalier métallique en colimaçon, que leur poids cumulé fit trembler de toutes parts. Deux étages plus haut, elles arrivèrent dans l'immense partie administrative de l'établissement. Sans lui donner plus d'explications, Maria-Theresa lui proposa de s'asseoir dans un petit vestibule adjacent au bureau du recteur, puis elle disparut dans le sien. Shana patienta quelques minutes, se demandant ce qui pouvait bien nécessiter un rendez-vous impromptu avec le grand patron de la faculté. Depuis qu'elle dispensait des cours à Turin – cela faisait cinq ans –, elle ne l'avait rencontré que deux fois. La première était lorsqu'elle avait signé son contrat de vacataire. Depuis, elle recevait chaque année, par la poste, un contrat de reconduction automatique pour la suivante. La seconde fois, il y avait quelques mois, il l'avait convoquée pour connaître son avis sur un projet de rénovation des salles de sciences. À cette occasion, elle s'était demandé s'il avait interrogé aléatoirement certains professeurs ou s'il l'avait juste confondue avec quelqu'un d'autre. Elle n'avait pas osé lui poser la question, pensant que celle-ci pouvait s'avérer saugrenue. Aussi, elle espérait qu'il ne lui avait pas imposé ce long trajet au pas de course pour savoir ce qu'elle pensait de la décoration des amphithéâtres ou du réfectoire.

Elle regarda son téléphone et s'aperçut qu'elle avait reçu sept appels et trois messages lors de la dernière heure. Surprise, elle consulta sa boîte vocale. Le premier message était de sa mère qui lui reprochait de ne pas avoir de nouvelles. Elle le supprima sans l'écouter jusqu'à la fin. Le second était toujours de sa mère, qui lui rappelait qu'elle avait déjà laissé un message un peu plus tôt. Elle sourit et le supprima également. Elle ne reconnut pas la voix sur le troisième message. Il s'agissait d'un inspecteur de la police de Turin, un certain Nicolas Costello, qui lui laissait ses coordonnées et lui demandait de le rappeler en urgence. Elle s'apprêtait à le faire, lorsque la porte du bureau du recteur s'ouvrit.

Michel Agnesio était sombre et froid. Il dirigeait la prestigieuse faculté turinoise depuis plus de dix ans avec rigueur et efficacité, mais sans aucune affection, que ce soit pour ses étudiants ou ses professeurs.

— Mademoiselle Stenford, j'aimerais vous dire que je suis ravi de vous voir, commença-t-il, mais ce n'est malheureusement pas le cas… On vient de m'informer d'une triste nouvelle, et je dois vous l'apprendre. Venez dans mon bureau, je vous prie.

Il lui indiqua la direction de la main et la suivit. L'inquiétude de Shana monta d'un cran tandis qu'elle s'asseyait dans l'un des deux fauteuils face à son bureau. Quelle nouvelle pouvait-il bien avoir à lui apprendre, alors qu'elle n'exerçait qu'une dizaine de jours par an pour l'université et qu'elle n'avait pour ainsi dire aucun contact avec lui ?

— Je viens d'être prévenu par mon homologue de l'université Claude-Bernard de Lyon, dit-il en s'asseyant à côté d'elle. Lui-même a été informé, il y a moins d'une heure, par la police de Turin.

— Informé de quoi ?

— Voilà, je ne vais pas tourner autour du pot : M. Philippe Favre travaille bien avec vous à l'université de Lyon ?

— Oui.

— Malheureusement, votre collègue est décédé la nuit dernière. Il a été trouvé sans vie, ce matin, dans une chambre d'hôtel à quelques kilomètres d'ici.

Il marqua une courte pause, puis lui donna les quelques informations qu'il possédait sur les circonstances de la mort. Mais Shana ne l'écoutait déjà plus.

4

« Votre collègue est décédé la nuit dernière. Il a été trouvé sans vie, ce matin, dans une chambre d'hôtel à quelques kilomètres d'ici. »

Lorsque le recteur de l'université de Turin avait prononcé ces mots, elle était restée comme paralysée. L'écoutant, sans vraiment l'entendre, et ne prenant que partiellement conscience des faits. À présent, tel un automate, elle quittait la faculté pour rentrer à son hôtel du centre-ville.

Elle ne descendit pas dans le vieux métro turinois, mais effectua le trajet à pied. Elle avait besoin de marcher et d'être seule. Les gens la croisaient, la regardaient, lui souriaient parfois. Le monde extérieur semblait inchangé, alors que son univers à elle subissait un séisme qu'aucun passant ne pouvait percevoir. Elle aurait aimé pleurer mais, étrangement, elle n'y arrivait pas. Elle aurait voulu crier, hurler, se réveiller de ce mauvais rêve. Elle ne parvenait pas à accepter la réalité. À mi-parcours, la pluie se mit à tomber, doucement d'abord, puis de plus en plus fort. Sans s'abriter, elle continua de marcher, pensant à lui encore au présent.

Comme elle, Philippe était professeur de paléontologie à la faculté des sciences de la Terre de Lyon I. Avec beaucoup de complicité ils enseignaient ensemble depuis sept ans, à des étudiants toujours plus nombreux. Cette année-là, quatre cent vingt et un s'étaient inscrits en PSP (paléontologie, sédimentologie et paléoenvironnements) – c'était le record absolu de la faculté, mais aussi le nouveau record national. Philippe et elle n'étaient pas totalement étrangers à cet engouement nouveau pour la matière sur le campus. Ils formaient un binôme attractif et harmonieux, alliant tous deux un talent pour l'enseignement, une solide réputation dans la profession et des physiques avantageux. Ce dernier point n'était pas anecdotique pour les étudiants un peu égarés, filles ou garçons, lorsqu'ils devaient choisir leurs matières optionnelles. Shana avait également publié deux livres à succès. Le premier, il y avait trois ans, *Après le Crétacé*, était devenu une référence pour les universitaires. Le dernier en date, *Les Chemins de la vie*, avait fait naître de vives polémiques dans le monde scientifique, remettant partiellement en cause la théorie de l'évolution darwiniste de certaines espèces. À l'occasion de sa parution, elle avait participé à plusieurs émissions de radio et de télévision, et était devenue, en quelques mois, une sorte de célébrité sur le campus, autant qu'un sujet de controverse, voire de discorde, pour ses élèves comme pour les autres professeurs. Parfois, certains étudiants extérieurs, des érudits ou bien des journalistes venaient anonymement assister à ses cours magistraux, espérant pouvoir débattre publiquement avec elle. Elle avait toujours refusé de prendre part à ce jeu, et la plupart du temps esquivait habilement les questions qui ne se rapportaient pas à son cours.

Depuis quelques jours, Philippe était en mission dans le cadre de fouilles au pied des Alpes italiennes ; du moins, c'était ce qu'il lui avait dit. Ils en avaient peu parlé ensemble, mais elle avait compris que ce travail hors campus lui tenait à cœur. Détaché par la faculté, il devait apporter un avis d'expert sur certains fossiles découverts récemment dans la région.

« Asphyxie », c'était le mot qu'avait d'abord employé Michel Agnesio. Mais comment était-ce possible ? On ne mourait pas asphyxié comme cela ! Que s'était-il passé ? Avait-il été assassiné ? C'était totalement inconcevable. Les dernières paroles du recteur tournaient dans sa tête : « Il semble que Philippe soit décédé la nuit dernière, peut-être durant son sommeil. En attendant l'autopsie, la police a rapidement envisagé une suffocation. Ils espèrent pouvoir trouver des traces d'ADN ou des empreintes permettant de comprendre ce qui s'est réellement passé dans sa chambre. »

Shana arriva trempée devant son hôtel. Les yeux encore embrumés, elle passa devant le réceptionniste qui resta un instant interloqué par son allure. Elle emprunta l'escalier central et monta rapidement les quatre étages menant à sa chambre. Lorsqu'elle ferma la porte derrière elle, elle ressentit un sentiment rassurant de sécurité. Comme si cette porte la protégeait de la folie du monde qu'elle ne pouvait prévoir à l'extérieur. Elle se déshabilla entièrement, jeta ses affaires trempées dans la baignoire, puis enfila un bas de jogging et un pull en laine. Mettre des affaires propres, qui n'avaient pas été souillées par le drame de cette journée, lui permit de prendre un peu de distance. Elle s'assit devant le bureau et s'efforça d'avoir une réflexion la plus rationnelle possible. Qui pouvait en vouloir à Philippe ? Il était la gentillesse même, ne rechignait jamais à aider les autres, était toujours disponible. Alors, pourquoi ? La chambre n'avait semble-t-il subi aucune effraction. Le réceptionniste certifiait qu'il était rentré seul. *A priori*, aucun vol…

Comme le lui avait demandé le recteur, elle devrait se rendre au commissariat de Turin afin de répondre à quelques questions sur l'agenda des dernières semaines de Philippe. Elle avait contacté l'inspecteur Costello qui avait essayé de la joindre un peu plus tôt dans la journée pour le même motif. En l'appelant, elle espérait obtenir plus d'informations, mais il ne lui avait rien dit. Il lui avait simplement donné rendez-vous le lendemain, en début d'après-midi, avec le commissaire Spangeti, en charge de l'enquête. À bien y réfléchir, elle ne voyait pas très bien ce qu'elle pourrait dire d'utile aux policiers. Certes, Philippe et elle passaient beaucoup de temps ensemble, pour préparer leurs cours ou sur certaines conférences organisées par la faculté, mais depuis plusieurs mois leur amitié s'était sérieusement effilochée. Publiquement, ils restaient complices, mais c'était à peu près tout. En privé, leurs échanges se limitaient aux banalités d'usage, et une distance de plus en plus froide s'était installée entre eux.

Si les raisons de leur éloignement avaient pu être multiples, la parution du second livre de Shana, en particulier, avait provoqué une sérieuse dispute entre les deux conférenciers. Non pas sur le fond, car Philippe partageait et défendait la plupart de ses thèses sur l'évolution des espèces. Il avait d'ailleurs lui-même signé la préface, et ses propres parutions étaient citées une demi-douzaine de fois dans les références de l'auteur. Non, c'était un élément d'apparence plus anecdotique qui avait posé un problème. Philippe souhaitait que le livre soit publié en juin, lorsque les cours magistraux seraient terminés, afin de ne pas en perturber la tenue. Vu les positions de rupture qu'ils y défendaient tous deux, les polémiques seraient inévitables et il voulait éviter de distraire leurs étudiants avec des considérations relativement éloignées de leur programme. Ils en avaient parlé entre eux, et Shana était d'accord, mais quelques jours plus tard la maison d'édition l'avait convaincue de l'intérêt de profiter d'une fenêtre de lancement commercial en décembre. Embarrassée, elle avait un peu laissé traîner les choses. Finalement, elle n'avait trouvé le courage de lui en parler que quelques jours avant la parution, puis elle avait effectué une tournée de promotion qui s'était révélée très agitée. Les violentes polémiques qui avaient fait rage avaient littéralement transformé leurs cours magistraux en débats publics, voire en foire d'empoigne – exactement ce que voulait éviter Philippe. Certains avaient même dû être arrêtés, tant la haine et la violence verbale s'exprimaient à l'extérieur comme à l'intérieur des amphis. Shana s'était laissé dépasser par le phénomène, qu'elle avait largement sous-estimé, contrairement à lui. Elle n'avait pas su dire « non ». Bien sûr, publiquement, Philippe l'avait toujours soutenue, mais il lui en avait aussi beaucoup voulu.

Lors des fêtes de Noël qui avaient suivi, pour s'excuser, elle l'avait invité à voir un spectacle de danse irlandaise qu'il adorait, puis à dîner en tête-à-tête. L'espace d'une soirée, les deux amis s'étaient retrouvés. Ils avaient devisé et ri de bon cœur du pavé qu'ils venaient de lancer dans la mare scientifique, jusque tard dans la nuit. Après le repas, Philippe lui avait proposé de venir boire un verre chez lui, mais elle avait refusé. Ce n'était pas la première fois. Depuis leur rencontre, sept ans plus tôt, il existait entre eux une attirance mutuelle et ambiguë. Ils n'avaient jamais été disponibles en même temps, et s'ils avaient tour à tour tenté des approches, rien ne s'était jamais passé. Ce soir de décembre, il y avait presque un an, elle était seule, lui non, mais… c'était elle qui avait refusé. Elle l'avait peut-être plus affecté ce soir-là que les autres fois.

Elle aussi s'était sentie blessée, quelques jours plus tard, lorsque, dans une revue spécialisée, il avait pris position pour la théorie du paléoanthropologue Joseph Isakson, sur la fin de Neandertal. Shana avait toujours trouvé les élucubrations du Suédois dignes d'un crabe devant une caisse à outils, mais ce n'était pas cela qui l'avait perturbée. Philippe et elle avaient pour habitude de travailler ensemble leurs interventions et publications. Ils n'étaient pas d'accord sur tout, mais cet exercice leur permettait de s'assurer qu'ils possédaient bien tout l'arsenal argumentaire nécessaire. Cette fois-ci, Philippe avait fait cavalier seul ; pire, il ne lui en avait même pas parlé…

Elle repensait à l'année qui venait de s'écouler, qui les avait vus si proches et si distants à la fois. Tout cela lui semblait vain aujourd'hui ! Les larmes se mirent à couler doucement sur ses joues, et elle ne fit rien pour les retenir. Ils ne pourraient pas se réconcilier ; elle ne pourrait pas lui dire qu'elle regrettait. Ils n'auraient plus l'occasion de se mettre à l'écart lors des cérémonies ou des buffets, comme ils le faisaient si souvent, ce qui lui donnait l'impression de sortir du monde. Philippe était mort, et elle prenait à peine conscience du vide immense qui régnait dans sa vie, et indirectement de la place qu'il y occupait. Il était son seul véritable ami, son seul confident, son seul miroir et il ne serait plus là. Parfois, on pense pouvoir parler plus tard, se réconcilier demain, et puis un jour, sans prévenir, on manque de demain.

La sonnerie de son téléphone portable la sortit provisoirement de la détresse dans laquelle elle s'enfonçait. Les quelques notes de *Una lacrima sul viso*, de Bobby Solo, retentirent une seconde fois, un peu plus fortement. Elle lut le nom de la jeune sœur de Philippe, hésita un instant avant de répondre, essuya ses larmes, puis décrocha.

— Bonjour, Jeannelle.

— Salut, Shana.

— Je te présente toutes mes condoléances. Je suis complètement dévastée. Mais qu'est-ce qui s'est passé ?

— Je ne sais pas.

— Les policiers ne t'ont rien dit ?

— Ils ne m'ont pas dit grand-chose, à part qu'il est mort et que je dois venir leur parler demain. En fait, je pense qu'ils ne savent rien.

Les derniers mots de la jeune femme étaient étouffés par les sanglots. Shana connaissait peu Jeannelle, mais elle savait qu'elle et son frère étaient très unis. En fait, elle ne se rappelait pas avoir entendu Philippe parler d'une autre famille que sa sœur. Ils avaient perdu leurs parents dans un accident de voiture, alors que Philippe n'était qu'un tout jeune adulte et elle, encore une enfant. Ils s'étaient construits ensemble, en recréant un cocon familial à deux. Bien que très jeune, Philippe avait rempli les rôles de frère, de père d'éducation et de mère d'affection. Pour la jeune femme, qui allait aujourd'hui sur ses vingt et un ans, les heures et les jours qui arrivaient seraient terribles, et les mots n'étaient pas faciles à trouver pour la consoler ; d'ailleurs, ils n'existaient probablement pas.

— Je n'arrive pas à réaliser. Je ne sais que dire. Tout le monde aimait ton frère. C'est incompréhensible.

— Moi non plus, je n'y arrive pas ; je n'arrive même pas à penser…

— Tu n'es pas toute seule au moins ? Il y a des gens avec toi ?

— Non, je suis seule. Tu sais, dans ma vie, il n'y a pas grand monde.

Shana avait posé la question en se doutant de la réponse. Elle aurait aimé être près d'elle. Par compassion, mais aussi parce qu'elles partageaient la même peine et que, paradoxalement, ensemble, les tristesses ne se cumulent pas toujours.

— Tu es à Lyon ?

— Oui. C'est pour ça que je t'appelle. J'ai un service à te demander.

— Tout ce que tu voudras.

— Je sais que tu es à Turin ; c'est l'inspecteur de police italien qui me l'a dit. Je vais m'y rendre demain pour… reconnaître le corps, répondre à leurs questions. Je ne sais pas ce que je dois faire.

— Je t'aiderai.

— Est-ce que tu pourrais venir me chercher à la gare, pour qu'on aille ensemble voir les policiers ? Je ne serai peut-être pas capable…

— Bien entendu. On va y aller ensemble : je ne te lâcherai pas.

— Mon train arrive à midi.

— Je serai là.

— Merci, Shana. Je savais que je pouvais compter sur toi. Ils veulent que je réponde à des questions, mais ils ne m'ont pas dit quoi. Tu sais ce qu'ils veulent me demander ?

— Ils doivent essayer de comprendre ce que faisait Philippe en Italie et ce sur quoi il travaillait.

— Et tu ne le sais pas, toi ?

Shana hésita. Évidemment, elle aurait dû le savoir – elle était même la mieux placée pour ça –, mais ce n'était pas le cas.

— Non. Il ne m'en a pas beaucoup parlé. Toi, il ne t'a rien dit ?

— Pas vraiment. Il m'a appelée, il y a trois jours, mais il ne m'a même pas dit qu'il venait en Italie. Tu sais, il ne me parlait pas beaucoup de son travail. Il pensait que ça ne m'intéressait pas, que je n'y comprenais rien. Ça l'énervait. Pour qu'il m'en parle, il aurait sûrement fallu que je sois comme toi, mais bon, ce n'était pas le cas. J'imagine que tu le sais déjà, mais mon frère t'aimait beaucoup ; il t'adorait.

Même si les derniers mois les avaient sensiblement éloignés, elle n'avait jamais douté de l'estime qu'il avait pour elle.

— C'était réciproque.

— Je crois qu'il aurait bien aimé que l'on soit belles-sœurs.

— Je ne sais pas… Ce n'était pas toujours facile de savoir ce que pensait ton frère.

— Ah, ça, c'est sûr ! Il fallait lui tirer les vers du nez.

— C'est vrai !

Elles restèrent encore de longues secondes en ligne, sans se dire grand-chose, mais unies par une tristesse et un désarroi similaires.

— Merci, Shana. Merci d'être là, d'avoir toujours été là pour mon frère.

— Tu sais, il n'avait besoin de personne et il était bien plus bienveillant envers moi. Beaucoup de personnes devaient penser le contraire, mais c'était lui qui me portait, plus que l'inverse.

5

Le commissaire Augusto Spangeti était un homme grand, le visage buriné et les cheveux grisonnants plaqués vers l'arrière. Une soixantaine d'années et une légère ressemblance avec Al Pacino, il possédait tout à fait le style du vieux flic italien rompu à toutes les combines. Le clocher de la petite église du bourg venait de sonner 19 heures, lorsque, accompagné de son second, l'inspecteur Costello, il pénétra dans la chambre 17 de l'hôtel *Scòla Veja* de Bussolino. Comme lors de chaque enquête de ce genre, il souhaitait revoir la scène de crime au calme et dans un autre climat que l'effervescence des premières heures, lorsque les officiers et experts en tous genres se bousculaient.

Il avait le vague sentiment d'être passé à côté de quelque chose, et son intuition le trompait rarement ; c'était l'une de ses forces. Il était doué pour ce métier, très doué même. Il lui arrivait fréquemment de découvrir des indices après le passage de nombreux agents. Sans même les chercher, son regard tombait inévitablement dessus, alors que des dizaines de paires d'yeux les avaient survolés sans les voir. Parfois, sur une scène de crime, juste en fermant les yeux, il parvenait à imaginer comment l'assassin avait procédé, ou bien l'endroit où il avait abandonné des éléments compromettants. Il ne parlait que rarement de ses méthodes, cultivant un épais mystère autour de lui, mais la vérité, c'est qu'il n'en avait pas ; enfin, pas vraiment. Certains disaient qu'il avait un don ; lui, préférait parler d'une sensibilité particulière. Un genre d'accès direct à la vérité, qu'il ne s'expliquait pas. Par contre, il y avait une chose qu'il ne parvenait pas à voir, c'était l'assassin lui-même. Pour cela, son instinct le laissait se débrouiller seul. Quelquefois, après plusieurs verres de whisky, il en plaisantait en disant qu'il aurait préféré connaître directement l'identité du coupable, que ça lui ferait gagner du temps. C'était un peu comme si un génie moqueur s'amusait à lui communiquer tous les indices d'une énigme, en le mettant au défi de trouver le coupable.

Souvent, il gagnait, mais ce soir-là le jeu ne l'amusait pas. Un universitaire français s'était fait trucider sur son secteur. Le caractère international de l'affaire l'avait tout de suite ennuyé. D'abord, la presse s'en était emparée des deux côtés de la frontière, puis le préfet de Turin avait exigé que l'enquête soit « rapide et exemplaire ». Bien entendu, comme tout bon politique, ce dernier ne s'était pas contenté de lui donner la consigne en privé. Afin de montrer à l'opinion publique son implication dans le dossier, il avait relayé ses propos dans les médias, exposant ainsi immédiatement le commissaire à une pression populaire intense. *« Rapide et exemplaire... »* Comme s'il avait pour habitude de mener des enquêtes lentes et désordonnées ! Ça l'agaçait... À quelques années de la retraite, il aurait bien tout envoyé valser, mais l'attrait d'une nouvelle énigme à résoudre était encore suffisant pour lui faire avaler quelques épaisses couleuvres. Il s'était donc attelé à la tâche, comme à chaque fois, avec la même implication ; celle qui lui avait fait résoudre bon nombre d'affaires, tout au long de sa carrière.

L'inspecteur Costello ouvrit les deux grandes fenêtres, pendant que le commissaire inspectait un à un les rares meubles de la chambre, qui n'était pas très grande. Le système de fermeture par carte magnétique de la porte était verrouillé de l'intérieur. Le fait que la carte de la victime ait été trouvée dans le boîtier électronique indiquait que celle-ci avait probablement ouvert à son agresseur. Dans cette affaire, rien ne semblait normal. La victime, d'abord : un scientifique universitaire français *a priori* au-dessus de tout soupçon. À un petit détail près : la raison de sa présence à Bussolino n'était pas clairement établie. Que pouvait-il bien faire là, à plus de 30 kilomètres de Turin, dans un petit hôtel habituellement occupé par les routiers transfrontaliers ? Le mobile, ensuite : l'universitaire avait été étranglé dans sa chambre sans que rien d'apparent n'y soit dérobé. Ordinateur, argent, montre, téléphone ; tout était resté en place. Enfin, et surtout, la victime avait été tuée vers minuit trente. Or, personne n'était entré ou sorti de l'hôtel après 22 heures et jusqu'au lendemain matin ; les caméras de surveillance l'attestaient. Donc soit l'assassin était l'homme invisible, soit il faisait lui-même partie des clients de l'hôtel. Spangeti aurait presque opté pour la première solution, et c'était là que le bât blessait…

En cette période de l'année, ils étaient peu nombreux dans l'hôtel : neuf résidents précisément, auxquels on pouvait ajouter le veilleur de nuit. Les identités avaient été contrôlées de près, ainsi que le motif de leur présence. Mais là encore, ils n'avaient rien trouvé d'anormal. Il y avait trois chauffeurs routiers habitués du lieu et dont les ordres de mission avaient été confirmés par leurs employeurs. Cinq ouvriers spécialisés travaillant sur le proche chantier de la future liaison ferroviaire entre Lyon et Turin étaient installés là depuis plusieurs semaines. Il y avait aussi un représentant commercial en produits pharmaceutiques, qui séjournait régulièrement à l'hôtel lorsqu'il tournait dans la région. Enfin, le veilleur de nuit était un ancien militaire à la retraite qui travaillait dans l'établissement depuis plus de dix ans. À l'heure du crime, il était à son poste ; les bandes-vidéo de la caméra située dans l'entrée prouvaient qu'il ne l'avait pas quitté. La seule personne dont on ne pouvait vérifier la raison de sa présence sur place, c'était… la victime elle-même. Bref, la police ramait et pas qu'un peu.

Le commissaire s'assit sur le lit et essaya de visualiser la scène, comme il en avait l'habitude. Il savait que Philippe Favre avait éteint son ordinateur et activé le mode silencieux de son téléphone à minuit dix précisément, soit une trentaine de minutes maximum avant sa mort. Il devait donc être couché et probablement dormir. Son agresseur avait-il frappé à la porte ? C'était peu probable, car la victime avait été retrouvée totalement nue. S'il avait lui-même ouvert la porte, il aurait au moins pris le temps d'enfiler un pantalon.

Située au troisième étage, la fenêtre de la chambre semblait relativement accessible par une gouttière et des petits rebords attenants à la façade. L'inspecteur Costello, qui examinait les moyens d'accéder par l'extérieur, l'interrompit dans sa réflexion.

— Si l'assassin est jeune, il a très bien pu entrer, voire ressortir par la fenêtre, supposa-t-il à voix haute.

L'inspecteur était frêle et longiligne. Il avait une tête de petite souris et rendait bien vingt-cinq ans à son supérieur.

— Réfléchis un peu avant de parler, répondit Spangeti en le regardant d'un air contrarié.

— Venez voir par vous-même… insista-t-il.

Le commissaire poussa un soupir dépité.

— Je n'en ai pas besoin, je te crois. Mais il n'est pas passé par là.

— Cela expliquerait pourquoi on ne trouve rien sur les bandes-vidéo de l'intérieur de l'hôtel.

— Pour ce qui est d'entrer, vu la température ça me semble peu probable que Philippe Favre ait dormi sans fermer sa fenêtre, et encore moins qu'il l'ait ouverte à quelqu'un venant frapper au carreau, en pleine nuit, au troisième étage. Mais admettons, pourquoi pas. Pour ce qui est de repartir, c'est impossible.

— Toujours vos visions ?

— Non, la logique ! s'agaça Spangeti. Lorsqu'on a trouvé le corps, la fenêtre était fermée. Si l'assassin est reparti par là, qui l'a refermée derrière lui ? La victime ?

L'inspecteur examina à nouveau le double vitrage et le système de fermeture sécurisé. Sans contredire son supérieur, il referma la fenêtre.

— Je vois comment notre homme s'est introduit dans la chambre. C'est assez simple, en fait…

— Ah oui, et comment ?

— Ça, Costello, tu vas devoir le découvrir seul. Si tu veux me remplacer un jour, il va falloir que tu fasses preuve d'un peu plus de jugeote.

Spangeti fouilla dans les poches de son manteau. Ne trouvant pas ce qu'il y cherchait, il passa aux poches de sa veste, puis à celles de son pantalon.

— Où je l'ai foutue…

— Qu'est-ce que vous cherchez ?

— Ah… La voilà !

Il sortit une petite carte qu'il fit pivoter plusieurs fois entre son pouce et son index.

— C'est une carte de visite qu'on a trouvée dans les papiers de la victime. « M. Thomas Sanders, président du groupe Sanders – Bâtiment et Travaux Publics. »

— Vous pensez qu'il a un rapport avec notre affaire ?

— Je n'en sais rien, mais parmi toutes les cartes que l'on a trouvées, c'est la seule qui ne correspond pas à un universitaire ou à un scientifique. Alors, je me dis qu'il doit bien y avoir une raison.

— Ce n'est pas Robert Sanders qui préside le groupe Sanders ?

— Il me semble qu'il a passé la main, l'an dernier. Ce doit être son fils.

6

Le lendemain, en début d'après-midi, Turin.

Shana et Jeannelle se retrouvèrent sous les arcades de la gare de Turin-Porta-Nuova. Comme à son habitude, la vieille dame italienne bruissait et s'agitait en tous sens. Dans le grand hall, des vendeurs de journaux à la sauvette ameutaient la foule avec les nouvelles du jour ; des voyageurs pressés filaient vers des destinations inconnues, pendant que d'autres, en retard, admonestaient les agents de la *Trenitalia*. Après une longue étreinte, les deux jeunes femmes s'engouffrèrent dans le métro en direction du cours Verona où se situait le commissariat central de Turin.

Jeannelle était belle et blonde, comme son frère, mais plus timide, plus introvertie. Elle était sa cadette de huit ans et préparait une maîtrise de droit qui devait la mener à une carrière qu'elle souhaitait orienter vers la protection des enfants. Avec Shana, elles ne s'étaient rencontrées qu'une seule fois, deux ans plus tôt, lors de la crémaillère que Philippe avait organisée dans son nouvel appartement. Durant la soirée, elles avaient très vite sympathisé, mais aujourd'hui, hormis lui, elles n'avaient que peu de choses en commun.

Aussi, les mots ne vinrent pas naturellement, et elles montèrent en silence dans la première rame qui se présenta. Après plusieurs stations, Shana lui posa quelques questions sur ses études, ses projets, puis la conversation s'orienta naturellement vers Philippe.

— Qu'est-ce qui vous a attirés, tous les deux, dans la paléontologie ?

— Pour ton frère, je crois que c'était comme… une évidence.

— Il a toujours été passionné par le passé.

— C'est ça ! Il disait souvent que nous sommes faits de celles et ceux qui nous ont précédés. Que nous sommes les héritiers d'un passé beaucoup plus ancien et important que celui de notre naissance. Cette idée l'obsédait. Parfois, cela allait au-delà de notre métier, au-delà même de sa passion. Je crois qu'il avait besoin de rester en contact avec le passé.

Jeannelle buvait ses paroles. Derrière les mots, elle avait l'impression que Philippe était encore là, et ça la réconfortait.

— Tu le connaissais bien.

— On a travaillé sept ans ensemble, alors, oui, je crois.

— Un jour, il y a quelques années, lorsqu'il était adolescent et moi encore enfant, nous sommes partis en vacances dans le sud de la France avec nos parents. Il m'a expliqué qu'à l'endroit précis où nous étions, des centaines d'êtres humains avaient vécu, étaient morts, s'étaient aimés ou détestés, avaient combattu et étaient enterrés.

— Oui, c'est tout à fait le genre de réflexions qu'il pouvait avoir lorsqu'il se trouvait quelque part.

— Il disait souvent que lorsqu'on vit longtemps dans un lieu on y laisse quelque chose, et ce, bien après notre mort. On ne pense jamais à ça, et heureusement sans doute, mais lui, il y pensait. Il y pensait tout le temps ! Il a passé tout ce mois d'été à faire des recherches sur l'histoire de ce village, à traîner dans les rues, à l'église, au cimetière, dans les bars, pour interroger les vieillards. Il a fait des copies de dizaines de photos. Lorsque nous sommes partis, je crois qu'il en savait plus sur ce village que tous ses habitants réunis.

— Il ne m'a jamais raconté cette anecdote, mais je le reconnais bien là ! Il était complètement habité par sa passion, et il ne lâchait jamais rien. C'est après ses études en histoire et en archéologie qu'il s'est progressivement dirigé vers la paléontologie. Il pensait pouvoir y trouver plus facilement les réponses aux questions qu'il se posait.

— Quelles questions ?

— Il cherchait un élément commun, un passé à l'origine du monde, qui nous relierait tous. Une sorte d'humanité universelle ! Le Graal de ton frère, c'était ça.

— Et… il l'a trouvé ?

— Non. Mais tu sais, le Graal, on ne le trouve jamais.

Les stations défilaient pendant que Jeannelle se perdait dans le souvenir de son frère. Dans ce cocon d'enfance qui les avait abrités tous les deux et qui, aujourd'hui, ne la protégerait plus. Elle étouffa un sanglot, puis se força à continuer la conversation pour ne pas sombrer.

— Et toi ?

— Moi ?

— Oui. Pourquoi fais-tu ce métier ?

— Oh, pour moi, le chemin a été beaucoup moins… dogmatique. Après le bac, j'ai suivi mes amis en fac d'histoire. Je me suis orientée vers la paléontologie parce qu'il y restait de la place. Ce n'était pas facile mais cela m'a tout de suite intéressée, alors je me suis accrochée. J'aime bien les énigmes, et en paléontologie les choses que l'on ignore sont beaucoup plus nombreuses que celles que l'on connaît. Ça stimule mon petit côté Sherlock Holmes !

7

Ce fut le commissaire Spangeti en personne qui reçut les deux jeunes femmes à l'*ufficio di polizia*. Tout comme son second, il possédait quelques notions de français, ce qui facilita l'entretien pour Jeannelle qui ne parlait pas italien. Au troisième étage du bâtiment, celui qui abritait les bureaux de la brigade criminelle, tout était vieux et à bout de souffle. Le mobilier semblait tout droit sorti d'un film de Jean-Pierre Jeunet. La moquette grisâtre était tellement usée qu'à certains endroits, on marchait à même la chape de ciment. Ils traversèrent un grand espace ouvert regroupant les bureaux d'une vingtaine de fonctionnaires. Au plafond, des câbles suspendus avec du chatterton témoignaient d'un manque cruel de moyens. Le seul bureau fermé était celui du commissaire et se situait à l'extrémité.

Augusto Spangeti les mit immédiatement à l'aise et leur témoigna toute sa compassion. Il leur assura également qu'il mettait tous les moyens à sa disposition pour résoudre rapidement cette affaire. Après avoir établi leurs relations respectives avec la victime, il leur demanda si elles étaient en état de procéder à la reconnaissance du corps. Avec tact et sans leur imposer une pression démesurée, il expliqua que cela lui permettrait de valider officiellement l'identité de la victime et donc de faire avancer l'enquête.

Ainsi, accompagnés d'un médecin légiste, tous les trois descendirent dans une salle spécialement aménagée du sous-sol. Une dizaine de tiroirs numérotés faisaient office de mur, dans cette pièce vide et carrelée du sol au plafond. La température ne dépassait le zéro que de quelques degrés. Le médecin vérifia le numéro d'emplacement sur le registre qu'il portait avec lui, puis il déverrouilla le caisson n° 6 et le tira jusqu'à son extrémité. Shana sentit son cœur se soulever lorsqu'elle distingua la forme du corps recouvert d'un drap vert clair. Comme par réflexe, elle attrapa la main de Jeannelle. Elle n'était pas certaine de pouvoir supporter la vue de son ami, mais se voulait suffisamment solide pour soutenir sa jeune sœur qui semblait inerte, vide. Sa main était froide et elle ne lui rendit que légèrement la pression qu'elle exerça. Le fonctionnaire saisit le haut du drap, puis regarda Jeannelle pour s'assurer qu'elle était prête. Comme elle ne réagissait pas, il porta les yeux sur Shana qui hocha légèrement la tête. Alors, il abaissa le linge d'une vingtaine de centimètres, jusqu'à hauteur des épaules. Shana sentit ses jambes fléchir. Jeannelle se tourna, puis se détacha de son étreinte et, sans un mot, se dirigea vers les escaliers. Shana savait que c'était lui mais elle ne le reconnut pas. Allongé devant elle, il lui semblait que ce n'était plus tout à fait lui. Que ce qu'il avait été n'était plus là. Elle confirma qu'il s'agissait bien de Philippe Favre, puis sortit à son tour de la pièce.

Elle rejoignit Jeannelle dans le couloir qui menait au bureau des enquêteurs, et elles restèrent un moment sans rien dire, assises sur ce banc habituellement utilisé par les détenus dans l'attente d'un interrogatoire. Face à elles, un grand tableau en relief représentait le Piémont et une partie des Hautes-Alpes. Peu après, l'inspecteur Costello leur apporta deux cafés et resta auprès d'elles. Shana se demanda s'il le faisait par compassion ou dans le but de grappiller des éléments utiles à l'enquête, mais quelle qu'en soit la raison elle trouva sa présence apaisante. Sans qu'elles posent la question, il les informa que quelqu'un s'était introduit dans la chambre de Philippe, probablement entre 22 heures et minuit trente, heure du décès, dans la nuit de mardi à mercredi. Leur hypothèse était qu'il connaissait peut-être son agresseur, car il n'y avait aucune trace d'effraction. Une lutte sévère, attestée par l'état dévasté de la chambre, avait eu lieu. D'après les premiers éléments, personne n'avait rien vu ni entendu et pourtant il y avait d'autres clients dans l'hôtel, cette nuit-là. Même si cette affaire n'était pas banale, surtout dans cette région de l'Italie où le taux de criminalité était l'un des plus faibles d'Europe, il se voulait optimiste.

— Les langues vont se délier, et on trouvera rapidement les indices qui nous manquent, affirma-t-il.

— Je ne vois pas du tout qui pouvait lui vouloir du mal, inspecteur, soupira Shana.

— On va le découvrir. Je n'ai aucun doute sur la question.

Quelques minutes plus tard, le commissaire les rejoignit, tenant dans sa main le formulaire du médecin légiste, qu'il relut rapidement.

— Nous pouvons passer à la suite. Mademoiselle Favre, je vous en prie, dit-il en l'invitant à se lever.

La jeune femme suivit le commissaire dans l'une des petites pièces situées au bout du couloir et qui servaient aux interrogatoires. Lorsqu'elle eut terminé son café, l'inspecteur Costello accompagna Shana dans la seconde.

— Nous sommes entendues séparément ?

— Oui. C'est la procédure.

Il ouvrit son ordinateur portable et la pria d'avance de bien vouloir excuser son manque de rapidité à rédiger et donc de parler le plus lentement possible.

À première vue désinvolte, le fonctionnaire italien s'avéra particulièrement élégant et cultivé. Il parlait remarquablement français, pratiquement sans accent, et possédait même quelques notions d'archéologie, ce qui étonna Shana. Il commença l'entretien par une série de questions courtes sur la nature des relations personnelles et professionnelles qu'elle entretenait avec Philippe Favre. Ensuite, il dériva logiquement sur la raison de leurs présences respectives en Italie, à quelques kilomètres seulement l'un de l'autre. Sans la placer dans une situation gênante, il lui fit néanmoins remarquer qu'elle se trouvait à proximité de son hôtel, le soir du crime. Elle ne s'en offusqua pas car, bien évidemment, elle y avait pensé. Elle était consciente de la rigueur que nécessitait une enquête criminelle et n'était pas étonnée qu'il cherche à clarifier ce point. Concernant son emploi du temps, elle n'eut aucune difficulté à le justifier, ses cours à la faculté de Turin étant fixés plusieurs mois à l'avance. Par contre, pour celui de Philippe, elle était plus embarrassée et manquait cruellement d'éléments. Il lui avait juste demandé si elle pouvait assurer ses cours durant quelques jours, car il devait s'absenter pour des raisons personnelles. Évidemment, elle avait accepté. La veille de son départ, il lui avait confié devoir se rendre en Italie, « à la demande d'un ami », pour attester la découverte de fossiles. Il avait situé le site près de la ville de Bussolino, que Shana n'aurait même pas su placer sur une carte à ce moment-là. Elle n'avait pas posé plus de questions.

— Vous êtes certaine qu'il a prononcé le mot « ami » ?

— Oui, c'est ce qu'il m'a dit.

— Parce que nous avons interrogé, ce matin, la personne qui l'a fait venir ici et pour qui il travaillait. Celle-ci ne nous a pas parlé d'un lien d'amitié.

— C'est pourtant ce qu'il m'a dit.

— Bien… Voici un élément intéressant. En ce qui vous concerne, c'est la dernière fois que vous avez vu M. Favre ?

— Non.

— Non ?

— Je l'ai revu le lendemain matin, à l'université.

— Ah, très bien. Et vous lui avez parlé ?

— Oui. Il a assuré ses cours du matin normalement, puis nous avons rapidement déjeuné à la cafétéria du campus. Il m'a transmis quelques éléments pour que je puisse prendre la suite de ses groupes de travaux dirigés.

— Mais… c'était il y a plus d'une semaine ?

— Oui.

— Et vous n'avez eu aucun contact depuis ?

— Non.

— Excusez-moi si c'est une question stupide, mais il ne vous a pas téléphoné pour savoir comment se passait son remplacement ?

Shana eut un léger temps d'hésitation, ne sachant pas très bien si elle devait lui parler ou non de leur récente brouille. Elle se trouvait déjà à proximité du lieu du crime, au moment des faits, si en plus elle lui fournissait un alibi… Craignant un raccourci un peu rapide, elle se ravisa et répondit par la négative. Cette fois, ce fut l'inspecteur qui sembla hésiter.

— C'est étonnant : M. Favre s'absente une semaine, il vous confie ses élèves et ne vous appelle pas une seule fois pour savoir si tout se passe bien ?

— Monsieur Costello…

— Inspecteur.

— Inspecteur Costello, il ne s'agit pas de « ses » élèves, mais de « nos » élèves. J'assure la plupart des cours magistraux et Philippe les travaux dirigés qui en découlent. Il nous arrive régulièrement de nous remplacer l'un l'autre, en fonction de nos obligations professionnelles en dehors de la faculté, sans que cela nécessite une attention quotidienne.

— Vous voulez parler de vos fréquentes participations à des émissions de télévision ?

La remarque se voulait déstabilisante. Pensant qu'elle lui avait peut-être répondu sèchement, elle fit un effort pour adoucir son ton.

— Pas seulement.

— Bien, bien. Je vois.

Le ton courtois du début avait disparu. Un pesant silence s'installa pendant que l'inspecteur relisait ses notes. Shana comprit qu'il cherchait d'éventuels éléments lui permettant de la mettre en contradiction.

— Je peux vous demander ce que vous avez fait avant-hier soir ?

— Je suis arrivée en fin d'après-midi à Turin, comme je le fais habituellement lorsque je dispense des cours ici le lendemain. Je suis allée directement à mon hôtel, le *Dogana Vecchia*, à proximité du centre-ville.

— Vous êtes venue seule en train ?

— Oui.

— Vous pourrez me fournir votre titre de transport ?

— Je ne pense pas l'avoir conservé…

Sans faire de commentaire, il nota l'information.

— J'avais effectué une réservation, inspecteur ; vous pourrez facilement le vérifier.

— Je le ferai. Mais une réservation n'est pas une preuve que vous étiez bien dans ce train.

— Écoutez, j'ai quitté la faculté Claude-Bernard de Lyon vers 13 heures. Les trois cents étudiants qui ont assisté à mon cours de fin de matinée pourront en témoigner. J'ai ensuite pris le train pour lequel j'avais réservé un billet et suis arrivée à Turin à l'heure prévue.

— Très bien. Vous avez croisé quelqu'un à l'hôtel ?

— Bien sûr. J'ai rempli une fiche et pris ma clef à la réception. On a monté mon bagage. Je me suis fait porter un repas dans ma chambre vers 21 heures. J'ai revu mon cours du lendemain, comme je le fais d'habitude, et j'ai dû me coucher vers 23 h 30.

— Vous n'avez pas allumé la télévision ?

— Si, mais…

Shana hésita un instant avant de répondre, ce qui n'échappa pas à l'inspecteur.

— Vous n'en êtes pas sûre ?

— Si, mais, comment dire ? Lorsque je suis à l'hôtel, j'allume systématiquement la télévision. C'est idiot, mais cela crée une présence qui me rassure et me fait me sentir moins seule. Maintenant, si vous me demandez ce que j'ai regardé ou même sur quelle chaîne, je serai incapable de vous le dire.

— Ce n'est pas très grave.

— Ah… tant mieux. Vu la tournure de notre entretien, j'ai cru que ça le serait.

— Non.

L'inspecteur savait que les hôtels qui proposaient des services de télévision à la carte étaient capables de tracer les heures de connexion pour chaque chambre. Il n'insista donc pas, mais nota néanmoins qu'il devrait vérifier ce point. Il laissa passer un long silence, le temps de rédiger précisément ce qu'elle avait dit.

— Donc, entre le moment où vous vous êtes couchée, vers 23 h 30, et le lendemain matin, vous n'avez vu personne ?

— Non, inspecteur. Si vous voulez savoir si j'étais seule dans ma chambre, c'était bien le cas.

— C'est dommage.

— Vous ne me croyez pas ?

Il mit du temps avant de répondre, continuant à consigner ses propos.

— Si, mademoiselle Stenford, je vous crois. Mais ça aurait été mieux si quelqu'un avait pu attester votre présence dans votre chambre, à l'heure présumée du crime.

— Parce que vous me soupçonnez ?

— Pas plus qu'un autre, mais… pas moins.

Un nouveau silence embarrassant s'installa. Heureusement, le commissaire Spangeti fit irruption dans la pièce à ce moment-là, suivi de Jeannelle. Il observa l'inspecteur qui avait le nez collé à son ordinateur et, à la grande satisfaction de Shana, dissipa le malaise :

— Il tape lentement, hein ? Incroyable ce qu'il tape lentement, et pourtant, il s'entête avec son machin !

— Ça s'appelle un ordinateur, commissaire.

— Ouais… Au lieu de faire au plus rapide, comme les anciens ! répliqua-t-il en agitant un vieux calepin à la couverture de cuir usée. On n'a rien inventé de mieux, croyez-moi. Bon, vous avez terminé, Costello ?

— Oui, oui. Enfin, à peu près…

L'inspecteur, qui aurait aimé continuer à la cuisiner un peu, était bien ennuyé par l'intrusion de son supérieur, mais il fit son possible pour ne pas le lui montrer.

— Tant mieux ! trancha Spangeti. Nous avons tous les occupants de l'hôtel à entendre. Évidemment, mesdames, je vous demanderai de rester joignables. Si un élément vous revient, vous pouvez me contacter à n'importe quelle heure.

Il leur tendit deux cartes de visite comportant ses numéros fixe et mobile. Soulagée, Shana se leva et saisit la carte, puis, sans un regard vers l'inspecteur, se dirigea vers la porte.

— J'allais oublier… la retint Spangeti en fouillant à nouveau frénétiquement dans ses poches. Où l'ai-je encore foutue, bon sang ? Ah, la voilà !

Il tendit une autre carte de visite, uniquement à Shana, cette fois.

— Voici les coordonnées de M. Sanders. On a eu du mal à le débusquer, mais c'est lui qui a embauché votre collègue. Je l'ai entendu, ce matin. C'est un drôle de type, assez séduisant, mais j'ai le sentiment qu'il faut s'en méfier comme de la peste.

— Que voulez-vous que j'en fasse ? demanda-t-elle, étonnée.

— Je ne sais pas, moi. L'appeler, par exemple. Il me l'a demandé. Il est à Turin et il souhaite ardemment s'entretenir avec vous, mais il n'a pas vos coordonnées. C'est ce qu'il m'a dit !

— Moi ?

— Vous !

— Et pourquoi ferais-je cela ?

— Par curiosité, par exemple. Il veut probablement vous parler des travaux que Philippe Favre effectuait pour son compte. Enfin, j'imagine…

Shana tendit timidement la main.

— Il va de soi que je veux savoir tout ce qu'il vous dira ! précisa le commissaire avant de lui remettre la carte.

— Pourquoi ? Il fait partie de vos suspects ?

— Non, mais j'ai l'impression qu'il ne m'a pas révélé la nature exacte du travail qu'il avait confié à votre collègue. Je ne sais pas pourquoi… Lorsque vous me le direz, cela nous fera gagner du temps !

8

Shana raccompagna Jeannelle jusque sur le quai de la gare Porta-Nuova, où la jeune fille prit le train de 19 heures pour Lyon. Ensuite, comme elle l'avait déjà fait la veille, elle rentra à pied jusqu'à son hôtel du centre-ville et profita du trajet pour mettre un peu d'ordre dans les informations qu'elle avait reçues. Le temps était couvert mais cette fois il ne pleuvait pas. Deux choses la contrariaient : cet inspecteur qui semblait la soupçonner et, surtout, la nature mystérieuse du travail que Philippe effectuait pour ce type à Bussolino. Elle examina de nouveau la carte de visite. La mention « M. Thomas Sanders, président du groupe Sanders » était suivie d'une adresse à Berne et de plusieurs numéros de téléphone et adresses e-mail. Elle connaissait de nom le groupe industriel Sanders, mais ignorait tout de l'homme qui le dirigeait. Elle n'en avait même jamais entendu parler avant ce jour. Pourtant, Philippe lui avait dit qu'il allait aider un « ami ». Ce point la chiffonnait particulièrement.

En arrivant à l'hôtel, elle salua machinalement le réceptionniste, qui, devant son aspect plus conventionnel, lui répondit cette fois par un sourire et un geste de la main. Située au troisième étage, sa chambre était plutôt moderne et bien équipée. Il y avait un vaste coin bureau, un bar à l'américaine, une grande salle de bains, un lit *king size*, une télévision grand écran et une baie vitrée donnant sur une terrasse avec vue sur la vieille ville. Shana, qui avait grandi dans un milieu modeste, ne s'était jamais vraiment habituée aux commodités de certains hôtels, qu'elle fréquentait pourtant de manière régulière désormais. Elle préférait de loin son petit appartement, en fouillis la plupart du temps. Un véritable bric-à-brac à l'organisation douteuse, mais où elle se sentait bien. La vérité était qu'elle n'avait aucun goût pour le luxe ; pire, celui-ci l'angoissait. Elle avait toujours l'impression de ne pas être légitime, et que quelqu'un allait brusquement ouvrir sa porte et la chasser dehors à grands cris !

Elle passa un peu d'eau sur son visage, alluma la télévision sur une chaîne d'information en continu, puis connecta son ordinateur. Elle scruta de nouveau la carte de visite et lança une recherche : « Thomas Sa… » Elle n'eut pas besoin d'aller plus loin : son nom apparut en première position dans la liste de résultats, devant l'acteur britannique Thomas Sangster et l'homme politique burkinabé Thomas Sankara. Elle parcourut plusieurs photos de lui. Les yeux bleus très clairs, il avait un regard juvénile malgré ses quarante ans passés, et ne ressemblait pas vraiment aux hommes d'affaires comme elle les imaginait. Plus baroudeur qu'administrateur, souriant, sympathique, bienveillant ; voilà autant de qualificatifs qu'elle aurait spontanément pu employer pour le décrire.

Poussée par la curiosité, elle ouvrit sa fiche Wikipédia : « Homme d'affaires français, né le 27 septembre 1974, à Paris. Il est le fils unique et héritier du multimilliardaire Robert Sanders, fondateur du groupe de bâtiment et de travaux publics Sanders. Il a succédé à son père, à la présidence du directoire du groupe, en début d'année. L'entreprise, qui est cotée au CAC 40, figure au top 10 des plus grandes entreprises mondiales du secteur, avec un chiffre d'affaires annuel d'environ 35 milliards d'euros [...]. Thomas Sanders est également président de la fondation qui porte son nom, spécialisée dans la recherche et la préservation du patrimoine archéologique. La fondation assure la restauration de plusieurs sites antiques dans le sud de la France et le nord de l'Italie [...]. »

Elle trouva de nombreux articles sur les réalisations du groupe Sanders à travers le monde, mais une chose ne cessait pas de l'étonner : elle n'avait jamais entendu parler de ce Thomas Sanders, et encore moins de sa fondation de préservation du patrimoine archéologique. Elle ne se rappelait pas non plus avoir entendu Philippe mentionner son nom, comme ami ou pas. Se faisant cette réflexion, elle lança une nouvelle recherche en joignant les noms Favre et Sanders, espérant trouver un lien entre eux, mais ce fut sans succès. Par ailleurs, le site Internet de la fondation mentionnait une dizaine de projets : des fouilles, des restaurations, l'organisation de colloques sur l'Antiquité et le Moyen Âge, mais rien sur la Préhistoire.

Soudain, une petite enveloppe apparut au bas de son écran. Elle clignota pendant quelques secondes, puis disparut. C'était un message de sa mère qui avait appris aux informations la mort de Philippe et qui s'inquiétait pour elle. Ouvrant sa boîte mail, qu'elle n'avait pas consultée depuis deux jours, elle constata qu'elle avait reçu une vingtaine de nouveaux messages.

La plupart provenaient de la faculté. Elle hésita à appeler sa mère mais, n'ayant pas envie de se lancer dans de longues explications, opta pour une réponse écrite. Elle la rassura et promit de l'appeler dès son retour en France, pour lui expliquer la situation. Elle consulta le reste des messages : plusieurs travaux dirigés que des étudiants lui avaient envoyés, une demande de report de cours, des pubs, une invitation à une séance de dédicace pour son livre… Puis, tout à coup, son souffle se coupa. Elle resta glacée, paralysée, le regard figé sur le dernier message non lu, le plus ancien, qu'elle avait reçu deux jours auparavant, à 00 h 02 :

DE : Philippefavre@universitelyon1.fr
À : Shanastenford@universitelyon1.fr
Mer 4 nov, 00 h 02
Objet : Bussolino

À cet instant, elle se rappela les paroles de l'inspecteur Costello : « Entre 22 heures et minuit trente, heure du décès, dans la nuit de mardi à mercredi. » Elle resta un moment immobile, sans parvenir à refréner les tremblements qui avaient envahi son corps. Philippe lui avait écrit, ce soir-là. Probablement quelques minutes avant sa mort. Fébrilement, elle dirigea le curseur vers la petite enveloppe, puis, après un moment d'incrédulité, ouvrit le message.

Le premier mot qu'elle vit la troubla : « Shani » – un diminutif affectueux qu'il employait de temps en temps mais qu'il n'avait plus utilisé depuis des mois. Elle était surprise qu'il l'appelle de nouveau ainsi, et les larmes lui montèrent immédiatement aux yeux.

Le mail ne comportait que quelques lignes, mais la dernière la surprit également : « À bientôt. J'ai hâte de te voir. » Essayant de se concentrer, elle reprit le court message depuis le début, lentement, presque mot à mot. Elle aurait aimé que celui-ci ne s'arrête jamais. Elle aurait aimé dire à son ami, lui crier, qu'elle l'aimait, qu'elle regrettait, qu'il devait immédiatement quitter sa chambre !

Arrivée à la fin, elle ne put s'empêcher de penser qu'il s'agissait probablement de ses derniers mots et qu'ils avaient été pour elle. Lorsque l'émotion s'estompa légèrement, elle relut une seconde fois le message en essayant d'en comprendre la portée. Quand elle eut terminé, elle se leva et se dirigea vers la petite entrée. Elle fouilla dans la poche de sa veste, saisit son téléphone et vint s'asseoir sur le lit. Elle composa le numéro de Thomas Sanders.

9

À 9 heures du matin, le très luxueux *Caffé San Carlo* du centre-ville de Turin était presque désert. Il était encore trop tôt pour les touristes, les habitués du matin avaient déjà regagné leurs bureaux et seuls restaient quelques solitaires dégustant des cafés le long d'un comptoir en bois sculpté. Elle s'était installée au milieu de la grande salle, à une petite table ronde marbrée. Il la reconnut tout de suite.

— Bonjour, mademoiselle Stenford.

Il était très bel homme. Mieux en vrai que sur les photos qu'elle avait trouvées sur Internet. Les mains dans les poches, il avait une allure sportive, des cheveux châtains qu'égratignaient à peine quelques reflets blancs et une barbe naissante bien taillée. Il portait un élégant costume noir-vert sur une chemise ocre. Shana se leva pour l'accueillir et lui serrer la main.

— Restez assise, je vous en prie.

— Monsieur Sanders.

Il ne portait ni sacoche, ni document. Tandis qu'il s'asseyait en face d'elle, elle se fit la réflexion que, malgré le peu de clients attablés dans le café, il était étonnant qu'il se soit immédiatement dirigé vers elle.

— Nous nous sommes déjà rencontrés ?

— Non, je ne pense pas, mais je vous ai déjà vue en photo et à la télévision. Je vous remercie d'avoir pris contact avec moi. Je ne savais pas si vous alliez le faire.

— Pour être franc, monsieur Sanders, je n'y comptais pas…

— Ah, je vois. Eh bien, je vous remercie de l'avoir fait, même si c'est dans de bien douloureuses circonstances.

Le serveur, qui guettait l'arrivée de nouveaux clients, s'approcha. Voyant que Shana s'était fait apporter un café allongé et un croissant à la française, il commanda la même chose.

— Je n'avais pas prévu de rentrer à Lyon avant plusieurs jours, mais si je vous ai appelé, monsieur Sanders, c'est parce que vous le souhaitiez et que je voulais savoir pourquoi. Surtout, j'avais une question à vous poser.

— Allez-y, je vous en prie…

— Étiez-vous un ami de Philippe ?

Thomas Sanders hésita, surpris et gêné par la question.

— Ami ? Non, on ne peut pas dire ça. Disons que, depuis peu, j'étais en quelque sorte son employeur. « Ami » serait un terme excessif. Nous ne nous connaissions que depuis peu de temps. Pourquoi me demandez-vous cela ?

— Je croyais qu'il était allé rejoindre un ami à Bussolino.

— Je suis désolé, mais… ce n'était pas la nature de notre relation.

— Ne vous excusez pas, vous n'y êtes pour rien. J'ai dû mal comprendre ce qu'il m'a dit.

— Vous savez, je suis responsable d'une fondation internationale qui investit dans différentes actions archéologiques et de préservation du patrimoine.

— J'ai lu ça sur Internet.

— Ah, Internet, c'est très bien ! Ce que vous n'avez sans doute pas lu, en revanche, c'est que le ministère italien des Activités culturelles a récemment confié à ma fondation la responsabilité d'un projet important de fouilles à Bussolino.

— Non, en effet.

— Ce site a été découvert fortuitement lors de travaux effectués par le groupe Sanders. Pour être tout à fait transparent, c'est un projet que nous finançons aujourd'hui intégralement.

Le serveur l'interrompit pour poser sa commande sur la table. Sanders prit la note, qu'il régla immédiatement, et avala le croissant en deux bouchées.

— Et… vous pouvez me dire ce que vous cherchez à Bussolino ?

— Toute la question est là, en effet… répondit-il avec un air mystérieux, tout en terminant sa seconde bouchée. Je vais vous le dire, mais sachez tout d'abord que je suis attentif à votre carrière depuis longtemps déjà. J'ai d'ailleurs cherché à vous rencontrer à plusieurs reprises, sans que vous donniez une suite favorable à ma requête.

— Je n'ai pas souvenir d'avoir refusé de vous rencontrer, monsieur Sanders. J'imagine que le secrétariat de la faculté l'a fait pour moi.

— En effet, c'est précisément comme ça que cela s'est passé. Peu importe, ce n'est pas le sujet qui nous préoccupe. M. Favre n'a travaillé pour moi que quelques jours, mais il m'a dit tout le bien qu'il pensait de vous.

À ces mots, le regard de Shana s'embua légèrement, ce que Sanders remarqua immédiatement.

— Excusez-moi, c'était idiot. Je sais que vous étiez très proches. Tout cela est si soudain ! Pour être franc, j'ai moi aussi beaucoup de mal à réaliser.

— C'est à moi de m'excuser. Je n'ai pas dormi depuis deux jours. Je suis un peu à cran.

— Je comprends. Si je peux vous aider en quoi que ce soit, n'hésitez surtout pas à me le dire.

— Merci.

— Le moment est peut-être mal choisi, mais il faut que vous sachiez que nous avions décidé, M. Favre et moi-même, de vous contacter, pour que vous nous apportiez vos compétences.

— Je le sais.

— Comment ça ?

— Philippe me l'a écrit par mail, il y a deux jours, peu de temps avant sa mort.

— Ah, je l'ignorais. Et que vous a-t-il dit précisément ?

— Peu de chose et beaucoup à la fois.

Sanders la fixa d'un air interrogatif.

— Il m'informait de la découverte du site de Bussolino. Un site alpin inviolé, remontant probablement à la période Crétacé[1].

— Et, c'est tout ?

1. L'ère Crétacé commence à la séparation du continent africain, il y a environ 145 millions d'années et s'achève, il y a environ 66 millions d'années, avec l'isolement de l'Euramérique et l'extinction des dinosaures non aviens.

— Surréaliste…

— Je vous demande pardon ?

— C'est le mot qu'il a employé. Un site… surréaliste. Il a conclu en me disant qu'il me rappellerait le lendemain et qu'il souhaitait que je puisse venir rapidement sur place.

— Je comprends. Sachez que… dans un premier temps, tout ce qui concerne le projet est… strictement confidentiel, répondit Sanders, qui semblait chercher ses mots. Cela est également valable pour la police turinoise. Tout ce qui n'a pas d'intérêt pour le déroulement de l'enquête en cours doit rester hermétique. Sinon, nous aurons inévitablement des fuites, et cela compromettra sérieusement la suite des opérations. Aussi, si vous le permettez, je préférerais que ce mail ne soit pas communiqué à la police.

— Que craignez-vous donc, monsieur Sanders ?

— Je crains que la notion de « découverte surréaliste » dans la bouche de quelqu'un qui vient d'être assassiné ne suscite beaucoup de curiosité, et il est primordial que notre projet reste le plus discret possible, pour l'instant. Or, je vous le répète : il est évident que la mort tragique de Philippe n'a aucun rapport avec les travaux qu'il effectuait ici.

Shana était troublée par les propos de l'industriel et surtout par son assurance. Comment pouvait-il en être si sûr ? Elle savait que les chasseurs de fossiles aimaient conserver la plus grande discrétion concernant leurs fouilles avant de les rendre publiques. Cela dit, il ne s'agissait pas de faire des confidences à des journalistes, mais d'une enquête de police.

— Je vais également être très claire, monsieur Sanders. Avec tout le respect que je vous dois, c'est mon ami qui vient de se faire tuer et je n'ai pas l'intention de cacher quoi que ce soit à la police : ni le message de Philippe, ni même notre entrevue.

— Je comprends, professeur, je comprends. J'ai été maladroit. Je ne souhaite évidemment pas vous pousser à faire quelque chose contre votre gré. Bien entendu, je vais vous en dire plus sur la nature de nos recherches. Je ne vous cacherai rien, et vous comprendrez vite par vous-même pourquoi, pour le moment, il est nécessaire de ne pas communiquer sur l'état de nos découvertes. C'est aussi une question de sécurité pour les personnes qui travaillent sur le site. Vous prendrez ensuite, en toute connaissance de cause, la décision que vous jugerez… la plus appropriée.

— *Nos* découvertes ?

— Oui.

— Parce qu'il y en a plusieurs ?

Thomas Sanders la fixa d'un regard profond qui la troubla.

— Oui, il y en a plusieurs ! répéta-t-il calmement.

10

Le temps était radieux, et le soleil répandait sur la ville une lumière presque estivale. Vêtue d'une jupe courte en daim, d'un T-shirt blanc et d'une veste en jean, Shana aurait pu être confondue avec une des nombreuses touristes venant visiter, hors saison, la capitale piémontaise. Ils attendirent quelques minutes un taxi sur la *piazza* San Carlo, puis se firent déposer sur la *via* San Domenico, au pied d'un petit mais luxueux bâtiment rustique en pierres taillées. Devant l'entrée, au milieu d'un jardinet entretenu, un panneau doré indiquait : « *Immeuble de la fondation Thomas Sanders.* »

— Monsieur Sanders, vous m'aviez caché qu'un immeuble portait votre nom. Je suis très impressionnée !

— Sachez que je vous ai caché, ou plutôt que je ne vous ai pas encore révélé beaucoup de choses. Mon identité est loin d'être la principale. Mais je vous en prie, entrez ; nous allons effectuer les formalités pour votre accréditation sur l'ensemble de nos sites.

Dans un petit hall tout en marbre, une jeune femme prit sa carte d'identité, puis Thomas l'accompagna dans une salle de réunion située au premier étage. Il ouvrit les stores électriques et les fenêtres, pour aérer la pièce qui sentait fortement le renfermé.

— Nous n'utilisons pas souvent cette salle, dit-il, comme pour s'excuser.

Au centre, une table ovale en bois laqué, entourée d'une dizaine de chaises assorties, occupait l'espace. Il fit asseoir Shana à l'une des extrémités et se plaça à l'autre, debout, face à elle.

— Comme vous le savez déjà, mademoiselle Stenford, je suis président honoraire de cette fondation qui porte mon nom. Je suis également le président exécutif du directoire du groupe Sanders, qui est en charge de la construction du futur tunnel devant relier la France à l'Italie en traversant les Alpes. C'est lors de la percée sur ce tracé que nous avons découvert fortuitement le site paléontologique que l'administration italienne a codifié « IZDZ 2016-C128 ».

— J'ai du mal à imaginer que vous êtes le président d'une des plus grosses entreprises mondiales de construction.

— Ah oui, et pourquoi cela ?

— Ne le prenez pas mal, mais déjà, vous n'avez pas tellement la tête de l'emploi.

— On m'avait prévenu que vous étiez une jeune femme spontanée, dit-il en souriant. Je ne le prends pas mal, bien au contraire. En réalité, c'est même la chose la plus sympathique que vous puissiez me dire, ajouta-t-il après un silence. Et puis, je vous retourne le compliment : en vous regardant, on ne se doute pas que vous êtes l'une des paléontologues les plus réputées de votre génération.

— Vous devez avoir un emploi du temps démentiel. Comment faites-vous pour vous occuper également d'archéologie ?

— Je m'organise. Ce n'est pas toujours simple, je le reconnais. Mais disons que je ne dirige le groupe Sanders qu'à moitié. J'ai pris officiellement la succession de mon père, il y a bientôt un an, mais pour être très franc avec vous, ce n'est encore qu'une façade. Mon père n'a pas tout à fait, comment dire, raccroché. Nous dirigeons donc le groupe ensemble. Ou plutôt, il dirige le groupe, je l'assiste et je me charge principalement de la… représentation vers l'extérieur.

— Vous êtes son porte-parole ?

— Un peu. Comme toute société anonyme, notre groupe appartient à ses actionnaires, à savoir mon père pour 45 % et différents groupes privés, plus ou moins contrôlés par lui, pour la majorité du reste. Me concernant, je ne possède aucune part dans la société ; cela rend ma présidence du groupe toute relative…

— Je comprends. Dans les familles riches, les relations d'argent et de pouvoir sont souvent compliquées.

— Pour ma part, je n'ai pas toujours été riche et je n'ai jamais eu beaucoup de pouvoir, si ce n'est à l'intérieur de cette fondation à but non lucratif. Mais oui, c'est un peu cela.

— Puis-je vous poser une question, monsieur Sanders ?

— Seulement si vous m'appelez Thomas et que vous me permettez également de vous appeler par votre prénom.

— Très bien, Thomas. Pourquoi le président, ne fût-ce qu'à moitié, d'un des groupes les plus riches du monde s'intéresse-t-il de si près à la découverte d'un site paléontologique ?

— Je comprends votre étonnement, Shana. En fait, il y a plusieurs raisons ; trois, pour être précis.

Il alla refermer la fenêtre, puis vint se placer derrière elle.

— L'une est strictement financière, je l'avoue. La découverte accidentelle du site IZDZ 2016-C128 de Bussolino a impliqué l'arrêt immédiat du chantier, jusqu'à la décision de poursuivre ou non les fouilles à grande échelle, par les autorités italiennes compétentes en la matière. Cet arrêt des travaux représente un préjudice de plusieurs dizaines de milliers d'euros par jour, et potentiellement un manque à gagner de plusieurs millions pour notre groupe, en cas d'abandon du chantier. Officiellement, je suis ici pour faire tout ce qui est en mon pouvoir pour que le chantier puisse reprendre au plus vite.

— Vous n'avez tout de même pas recruté Philippe pour justifier la poursuite de votre tunnel au détriment d'un site qui pourrait être classé ?

— Non, en effet. La deuxième raison est liée à la fondation Thomas Sanders, ma fondation. Nous avons pour objet la restauration d'œuvres d'art, sur des sites archéologiques, mais aussi, plus rarement, sur des sites paléontologiques. Nous finançons ou cofinançons aujourd'hui vingt-sept projets sur la planète. Comme je vous l'ai dit, ma fondation a pris en charge les travaux de déblaiement nécessaires aux premières investigations, sur le site de Bussolino.

À ce moment-là, la secrétaire qui les avait accueillis entra discrètement dans la salle. Sur la table, elle posa un plateau avec des petites bouteilles d'eau et de jus d'orange, ainsi que deux verres. Elle en profita pour rendre à Shana sa carte d'identité.

— N'est-ce pas paradoxal que votre fondation finance des fouilles susceptibles de coûter, par la suite, des millions d'euros à votre groupe ? demanda cette dernière.

Thomas Sanders attendit que sa secrétaire ait refermé la porte derrière elle pour répondre.

— Oui et non. Le financement des fouilles préalables permet d'accélérer le processus de décision de l'administration italienne. Celui-ci peut parfois prendre des mois, voire des années. Un sponsor permet de limiter le temps d'attente. En cas de non-poursuite des fouilles, l'intérêt pour le groupe Sanders est très important.

— J'ai du mal à cerner votre positionnement, monsieur Sanders.

— Thomas… La troisième raison est, à mes yeux, la plus importante. Ce que nous avons découvert à Bussolino est… tout à fait exceptionnel.

Il s'interrompit un instant pour ménager son effet et servir deux verres de jus d'orange.

— Cela pourrait bien représenter la plus étonnante découverte paléontologique de notre ère. Et lorsque j'emploie le terme « ère », je l'entends au sens paléontologique, ajouta-t-il avec un sourire.

Le passage d'un métro souterrain fit légèrement vibrer le double vitrage et les verres posés sur la table.

— « La plus étonnante découverte paléontologique de notre ère », rien que ça, monsieur Sanders ?

— Thomas… répéta-t-il, amusé. Oui, c'est exactement ça. D'ailleurs, cela ne concerne pas que le domaine de la paléontologie, mais également celui de la généalogie de l'homme, de son évolution, peut-être même de sa religion…

— Eh bien, dites-moi… Ça fait beaucoup ! Vous avez trouvé une preuve de l'existence de Dieu ?

— En quelque sorte, oui.

— Vous êtes sérieux ?

— Je vous ai dit que je suivais votre carrière depuis quelque temps déjà… Ce que nous avons trouvé pourrait valoir, à vos travaux du passé, une reconnaissance que vous n'imaginez même pas !

— Vous avez découvert des anachronismes entre les différentes lignées d'hominidés ?

— Non, mais vous n'avez pas eu besoin de moi pour en trouver, il me semble.

— Une nouvelle lignée, alors ?

— Pas exactement. Cela va bien au-delà de ça, Shana, bien au-delà. Mais avant d'aller plus loin dans mes explications, je voudrais vous faire un aveu. Même si la tournure tragique des événements le rend très… difficile. Voilà, il faut que vous sachiez que la première personne que j'ai souhaité contacter pour nous accompagner dans cette aventure, c'était vous et non Philippe Favre.

Shana le fixa sans rien dire, d'un regard qui le désarçonna un peu.

— Je vous ai vue plusieurs fois défendre avec courage et enthousiasme votre point de vue, que je partage, sur la généalogie des espèces humaines. Je sais que vous vous êtes fait de sérieux ennemis dans la profession et que vous avez un goût prononcé pour la transgression. Mais vous avez surtout apporté un éclairage nouveau sur la paléoanthropologie. En quelque sorte, vous avez créé deux camps : ceux qui jugent crédibles vos théories et ceux qui vous brûleraient vive.

— J'espère que ce que vous dites est un peu exagéré…

— Sans doute, mais j'aime assez ce clivage, même si je pense qu'avec ce que nous avons découvert il va rapidement voler en éclats.

— Merci, Thomas, pour vos... compliments. Mais, finalement, vous ne m'avez pas contactée. Pourquoi ?

— En effet, et ça a été pour moi un réel regret. Le comité de surveillance italien a considéré que votre notoriété médiatique, ainsi que les polémiques entourant vos parutions récentes, étaient de nature à altérer la perception de nos travaux. C'est pour cette raison que nous avons sollicité le Pr Favre. Je n'étais pas d'accord avec cette décision, mais c'était s'assurer le concours d'un des plus grands spécialistes de la discipline, et son blanc-seing était, disons, plus discret.

Thomas Sanders éteignit la lumière et alluma un rétroprojecteur, faisant apparaître une carte de la chaîne alpine, qui présentait, en pointillé, le tracé du projet de tunnel transfrontalier.

— Comme je vous l'ai dit, le groupe Sanders assure depuis plusieurs mois les travaux de construction du futur tunnel transalpin franco-italien. Celui-ci mesurera environ 60 kilomètres et reliera Saint-Jean-de-Maurienne, en Savoie, à Bussolino, en val de Suse. Nous avons déployé deux tunneliers géants mesurant 40 mètres de long pour 15 mètres de diamètre et pesant plus de 1 200 tonnes. Ils doivent perforer chacun environ 30 kilomètres de micaschistes, pour se joindre à un point central situé en Italie, sous plusieurs millions de tonnes de roches et de sédiments.

— Un sacré travail, j'imagine...

— C'est un ouvrage pharaonique, qui nécessitera la pose de milliers de voussoirs en béton et occupera trois mille ouvriers appartenant à deux cents corps de métiers différents, durant les six prochaines années. Le coût total de ce fabuleux projet, cofinancé par les deux États et la future société d'exploitation, est estimé à environ 90 milliards d'euros.

— Dont une partie importante alimentera le chiffre d'affaires de votre entreprise, je suppose ?

— Une partie seulement, mais oui, c'est exact. Je n'évoque pas ce montant pour vous impressionner, mais pour vous donner une idée des pressions financières et politiques que nous subissons depuis la suspension des travaux, côté italien. Et aussi de celles que nous subirions, si nous devions dévier du tracé initial, avec les surcoûts gigantesques que cela engendrerait !

— Je peux l'imaginer. Mais qu'attendez-vous de moi exactement ?

— Vous avez raison, revenons au sujet qui nous intéresse.

À l'aide d'un pointeur laser, il indiqua un endroit précis, sur le tracé, situé tout près du camp de base italien.

— C'est exactement ici ! s'exclama-t-il. Après 864 mètres de forage côté italien, nous avons traversé une alcôve préalablement identifiée sur les images du scanner. Celle-ci se situe à environ 70 mètres sous la surface. Elle est très grande, avec une superficie de plus de 80 mètres de longueur et une largeur de 6 à 12, selon les endroits. Elle possède une légère inclinaison de 2 à 3 % et présente une hauteur sous plafond d'environ 8 mètres.

La diapositive suivante présentait un croquis de la grotte, dont il désigna l'entrée, située à l'extrémité gauche.

— Nous sommes arrivés par ici. Ce type de poches cloisonnées présente des risques importants pour les tunneliers, et surtout le personnel, car elles peuvent contenir différents types de gaz difficiles à identifier avec certitude avant d'être dans la zone. C'est pour cela que nous avons procédé à une étude sismique précise de cette poche, avant de la perforer, déclara-t-il.

Une photo prise sur place montrait l'ouverture de la cavité, devant l'immense tête de forage du tunnelier. Shana en observa les contours qui semblaient avoir été striés par des millions d'années d'érosions successives.

— Cette étude nous a permis d'établir que la poche a été cloisonnée, il y a environ soixante-dix millions d'années, lors d'un gigantesque glissement de terrain. Celui-ci a probablement modelé, à quelques détails près, la chaîne alpine telle que nous la connaissons aujourd'hui.

— Soixante-dix millions d'années ? Cela signifie que vous avez mis au jour une poche remontant à la fin du Crétacé ? C'est une belle prise !

— C'est exactement cela. Le programme prévoyait une première suspension des travaux de quelques jours, selon la procédure. Et c'est là que ma fondation est entrée en jeu. Au début, nous devions juste accélérer la démarche, mais après plusieurs jours, nous avons rendu notre expertise préliminaire. Un prélèvement sédimentaire en profondeur aurait permis de mieux appréhender le climat préglaciaire régnant sur cette zone à la fin du Crétacé, mais aurait nécessité une suspension des travaux de plusieurs semaines.

Le passage d'un métro fit à nouveau trembler tout l'édifice. À présent, Shana comprenait mieux l'enthousiasme de Philippe à travailler pour ce Thomas

Sanders. Contrairement à elle, il s'était depuis longtemps spécialisé sur cette période. Il avait participé à plusieurs ouvrages traitant des dérèglements climatiques des ères préglaciaires et glaciaires, ainsi que de leur incidence sur les extinctions de masse qui ont suivi. Les compétences de Shana s'exprimaient plutôt après l'apparition des premiers australopithèques.

— Comme vous vous en doutez, mon père ne voulait pas entendre parler de ce report, et encore moins d'une éventuelle déviation du tracé.

— J'imagine que ce n'était pas à lui seul de prendre cette décision.

— Non, en effet, c'était au donneur d'ordre. En l'occurrence : l'État italien, représenté par son puissant directeur des programmes archéologiques, un certain Giuseppe Gazotti. Un homme pas facile à cerner. Évidemment, dans l'équation, la question de la prise en charge du préjudice financier était importante.

— Et qu'a-t-il décidé ?

— Dans un premier temps, il nous a laissé trente jours. Un mois, pour faire un travail qui en aurait nécessité deux ou trois.

— Seulement ?

— Oui, mais c'était déjà beaucoup, au regard du coût de la mise au chômage technique de centaines d'ouvriers. Seulement, voilà, lorsque nous sommes entrés à l'intérieur de la cavité, nous avons découvert quelque chose de très inattendu.

À l'aide du pointeur laser, il indiqua, sur le plan, un point au centre de la cavité.

— À cet endroit précis ! Quelque chose d'inattendu et qui allait nécessiter plus de temps. Beaucoup plus de temps…

— Vous me faites un sacré teasing, monsieur Sanders ! J'ai l'impression d'être au cinéma. Qu'avez-vous trouvé de si étonnant ?

Thomas Sanders sourit et fit apparaître l'image suivante. Regardant fixement l'écran, Shana resta plusieurs longues secondes sans prononcer le moindre mot…

11

L'inspecteur Nicolas Costello n'était pas homme à abandonner facilement une piste, lorsqu'il en trouvait une. Il avait flairé un petit quelque chose lors de l'interrogatoire de la paléontologue, un détail qui ne collait pas et sur lequel il souhaitait orienter ses recherches.

De son bureau, il pouvait voir celui du commissaire Spangeti, et il l'observait souvent. Ses sentiments à son égard étaient contrastés. Évidemment, il l'admirait, un peu comme tout le monde ici. Comment aurait-il pu en être autrement ? Dans la région, Spangeti était le flic qui avait résolu le plus d'affaires et de loin. D'ailleurs, beaucoup de ses collègues l'enviaient de travailler sous ses ordres. Mais lui était beaucoup plus mesuré. Il trouvait que son supérieur manquait de méthode, d'organisation, et qu'il agissait souvent dans l'improvisation. De plus, il détestait ses manières autoritaires et souvent méprisantes avec ses subordonnés. Certes, il lui reconnaissait de la clairvoyance et du courage, mais il avait du mal à se sortir de la tête qu'il avait surtout beaucoup de chance. Il ne croyait pas du tout à ces histoires d'intuition un peu mystiques qui circulaient dans les commissariats de la région. Tout ça, pour lui, c'était du pipeau.

Il repensa au moment où ils avaient résolu cette affaire d'enlèvement de deux fillettes. L'histoire faisait la une des journaux. Un nombre incalculable d'agents de police avaient fouillé la ville et ses environs dans tous les sens, pendant plusieurs semaines. Ils avaient interrogé tous les habitants du quartier où résidaient les petites, sans rien trouver. Des portraits-robots des ravisseurs présumés avaient même été diffusés dans tout le pays, mais sans plus de succès. Après deux mois, ils allaient abandonner, quand un matin le commissaire avait décidé, *a priori* sans raison, d'orienter les recherches dans une campagne lointaine, à une centaine de kilomètres de la ville. Il avait pris en compte un obscur rapport où un témoin disait avoir aperçu l'un des ravisseurs dans un magasin de produits alimentaires. Des témoignages de ce type, ils en avaient reçu des centaines, mais la probabilité de reconnaître quelqu'un à partir des traits grossiers d'un portrait-robot était extrêmement faible ; ça n'arrivait presque jamais ! Et cette fois, personne ne savait vraiment pourquoi, mais le commissaire avait décidé d'envoyer toute son équipe là-bas. Intuition fulgurante ? Non, lui, Costello n'était pas dupe ! Et il était très bien placé pour ça, car de son bureau il avait assisté à la scène. Le matin même, Spangeti s'était sévèrement fait secouer par le procureur de la République. Celui-ci s'était déplacé en personne au commissariat, pour lui reprocher son inaction dans le dossier. Le ton était monté haut. Après son départ, il avait vu Spangeti, très énervé, reprendre une à une les fiches dans le tas de témoignages déjà passés au crible et sortir celle-là. « Il veut du spectacle, eh bien, il va en avoir ! » avait-il dit tout haut, sans se douter que quelqu'un l'entendait. Pour Costello, c'était évident : il en avait pris une au hasard dans le paquet, le plus loin possible de Turin, afin de montrer au procureur qu'il ne négligeait aucune piste. C'était de la poudre aux yeux. Le commissaire était même allé jusqu'à prévenir plusieurs de ses amis journalistes pour avoir des images dans les actualités du soir, montrant que la police avait encore des pistes. Eh bien, aussi improbable que cela puisse paraître, il s'agissait de la bonne ! Mais le commissaire n'avait absolument aucun moyen de le deviner. Et sa chance ne s'était pas arrêtée là, puisque c'était à lui qu'un paysan du coin avait confié, quelques heures plus tard, avoir vu des mouvements étranges dans une ferme abandonnée, à l'extérieur du hameau. Il s'y était rendu avec deux agents et un journaliste, et avait alors découvert la planque où les deux petites filles étaient retenues depuis le départ. Le seul ravisseur présent sur place avait été rapidement maîtrisé. Les trois autres étaient partis au ravitaillement, à ce moment-là ; encore une fois, il avait eu de la chance. Il était sorti de cette histoire en héros, et tout le monde parlait des intuitions fulgurantes du commissaire. Mais pour l'inspecteur, ce n'était rien de plus qu'un concours de circonstances. Une chance incroyable qui l'accompagnait depuis le début de sa carrière.

Quelques mois plus tard, Costello était devenu le n° 2 de la brigade. Même si le commissaire ne le considérait pas à ce niveau et le lui disait souvent, c'était lui qui, à l'ancienneté, serait appelé à le remplacer lorsqu'il prendrait sa retraite. Alors, il patientait, espérant que le commissaire anticipe et raccroche plus tôt que prévu. Vu son âge et ses états de service, cela ne poserait pas de problème mais il n'avait pas l'air décidé et faisait durer son plaisir. Peut-être que s'il ratait complètement une affaire, comme cette affaire internationale par exemple, cela accélérerait un peu le mouvement. Il lui aurait bien savonné la planche, mais le commissaire jouissait d'une telle aura, auprès de ses collègues et dans toute la profession, que c'était dangereux.

Costello se leva, prit le dossier devant lui et se dirigea vers le bureau du commissaire. Il entra sans frapper et referma la porte derrière lui, comme il le faisait à chaque fois. Non par souci de confidentialité, mais son supérieur pouvait être très cassant envers lui et il ne tenait pas à en faire profiter toute la brigade. Et puis, il avait une piste. Après tout, lui aussi était capable d'avoir des intuitions. Comme l'idée ne venait pas de lui, il se doutait que le commissaire trouverait ça idiot, mais il allait quand même tenter le coup.

— Assieds-toi ! lui dit Spangeti, sans même lever le nez de son ordinateur. Je termine un mail et je suis à toi.

Costello ne savait pas trop par où commencer pour lui parler de la paléontologue. De toute façon, il était toujours mal à l'aise devant son supérieur. Il perdait ses moyens, un peu comme un enfant rapportant un mauvais bulletin à un père autoritaire. Spangeti ne lui laissa pas le temps de se poser mille questions et, comme à son habitude, il dirigea la conversation :

— Tu as reçu l'étude des empreintes de la chambre d'hôtel ?

— Euh… oui. La voilà.

Il lui tendit le document, mais Spangeti ne le saisit pas.

— Je ne vais pas refaire le travail que tu viens de faire. Qu'est-ce que tu y as trouvé ?

— Rien sur le corps. *A priori*, le cou de la victime a été nettoyé à l'endroit de la strangulation, ce qui laisse présumer que l'assassin ne portait pas de gants.

— C'est intéressant. Et dans la chambre ?

— Pas grand-chose, ou plutôt beaucoup trop. Plus de cinquante différentes. Difficile de toutes les identifier.

— Oui, évidemment. Tu as fait les recoupements par rapport aux autres clients de l'hôtel présents ?

— C'est en cours, mais je crains que cela ne nous donne pas grand-chose. Même si on trouve les empreintes d'autres clients sur place, ça ne prouvera rien. Beaucoup de personnes ont pu occuper ou visiter cette chambre sans pour autant être les assassins.

— Eh bien, fais déjà les recoupements, et on tirera les conclusions après ! Tu as eu la liste de ses appels téléphoniques et mails ?

— Oui, dit-il en enchaînant. Rien de flagrant ! Il faut dire qu'il a beaucoup communiqué les deux jours précédant sa mort.

Il consulta le relevé transmis par l'opérateur français de téléphonie, sur lequel il avait surligné certains appels.

— Il a appelé plusieurs fois Thomas Sanders, ce qui n'est pas surprenant vu qu'il travaillait ici pour lui. Il a aussi passé plusieurs appels à des professeurs français, que nous sommes en train de vérifier, un d'une dizaine de minutes à sa sœur, Jeannelle, comme elle nous l'a dit et deux au secrétariat de la faculté de

Lyon. Ah oui, il y a également plusieurs appels surprenants vers un haut fonctionnaire.

— C'est-à-dire ?

— Le directeur des programmes archéologiques qui est sous l'autorité du ministère italien des Activités culturelles.

— Allons donc… Il ne manquait plus que ça !

— J'aurais bien convoqué cet homme, mais vu sa carte de visite il vaudrait mieux que vous demandiez l'accord du juge d'instruction.

— Comment s'appelle ce monsieur ?

— Giuseppe Gazotti.

Spangeti nota le nom et la fonction dans le petit calepin qui ne le quittait jamais.

— Oublie ça pour le moment.

— Cela vaudrait quand même le coup de l'entendre, afin de connaître ses liens avec la victime, non ?

— Oui, mais on n'aura jamais l'accord du juge. Et puis, la victime participait à des fouilles sur un site paléontologique italien : il n'est pas surprenant qu'il soit en relation avec le représentant de l'État. On verra si l'on trouve d'autres choses nous rapportant à ce Gazotti.

— OK. Pour les mails qu'on a trouvés sur son ordinateur, c'est un peu la même chose. Nous étudions le profil des destinataires, mais il n'y a rien de très flagrant.

— Mouais.

— Hormis peut-être un…

— Vas-y, tu m'intéresses…

— Devinez à qui il a envoyé son dernier mail, le 4 novembre, à 00 h 02, soit moins d'une demi-heure avant sa mort ?

Le commissaire resta muet.

— Shana Stenford !

— Ah oui ?

— Oui. Elle nous a affirmé qu'elle n'avait pas de nouvelles de son collègue depuis une semaine, ce qui n'était visiblement pas le cas.

— Il dit quoi, ce mail ?

— Il lui donne quelques éléments sur les fouilles qu'il effectue pour M. Sanders. Il lui propose de venir le rejoindre sur place. Il parle d'une découverte…

Il sortit de son dossier le mail qu'il avait imprimé et y jeta un coup d'œil.

— … surréaliste. Une découverte surréaliste qu'il aurait faite ici, à Bussolino !

— Montre…

Spangeti chaussa ses lunettes et parcourut le mail avec attention.

— Oui, bon, on ne va pas aller loin avec ça !

— Écoutez, commissaire, j'ai *l'intuition* qu'elle ne nous a pas révélé tout ce qu'elle savait.

Il avait employé le terme volontairement, ce qui fit sourire son supérieur. Ce dernier fit tourner ses lunettes entre son pouce et son index gauches et l'encouragea à poursuivre.

— Elle nous a dit ne pas avoir de nouvelles de la victime et ne rien connaître de sa mission ici. Or, ce n'est visiblement pas tout à fait vrai. Et surtout, il lui parle d'une découverte, je cite, « surréaliste ».

— Tu sais, les archéologues, les paléontologues, il leur suffit de trouver un bel os de mammouth pour dire que c'est surréaliste ! Tu es certain qu'elle avait lu ce mail lorsque nous l'avons interrogée, hier ?

— Non, malheureusement. Il n'avait pas activé de confirmation de lecture, donc nous ne pouvons pas en être sûrs. Mais même si elle ne l'avait lu qu'après, vu son contenu, ne croyez-vous pas qu'elle aurait dû nous appeler ?

— Si, probablement. Elle ne l'a peut-être toujours pas lu.

— J'en doute beaucoup.

— Laisse tomber ça pour le moment et concentre-toi sur le recoupement des empreintes.

— Excusez-moi, commissaire, mais j'aimerais creuser également cette piste.

Spangeti arrêta de faire tournoyer ses lunettes et les posa devant lui.

— Écoute, Costello, il n'y a pas de piste ! Ne confonds pas intuition et précipitation. Laisse mûrir.

— Elle nous a menti…

— J'ai entendu ce que tu m'as dit ; cela a peut-être un intérêt, peut-être pas. Moi, j'ai le bon sens paysan, et comme disent les éleveurs, il faut « attendrir la viande », la mettre en confiance. Si tu confrontes Mlle Stenford avec des arguments aussi faibles, tu vas juste réussir à la mettre sur la défensive et ainsi nous priver d'un témoin capital. Je lui demanderai des explications sur ce mail en temps voulu, si elle ne nous contacte pas d'elle-même avant. Mais, pour le moment, je te demande de la laisser tranquille avec ça et de travailler sur le reste.

— OK. C'est vous le chef.

— En effet, oui.

Spangeti remit ses lunettes et se replongea dans ses fichiers, mais Costello voulait lui poser une dernière question qu'il ruminait depuis la veille.

— Vous m'avez dit que vous saviez comment le ravisseur s'était introduit dans la chambre. Je ne vois toujours pas à quoi vous pensiez.

— C'est simple ! soupira le commissaire. Il y était déjà avant que la victime arrive.

— Et qu'est-ce qui vous fait penser ça ?

— Pas d'effraction, porte cloisonnée de l'intérieur.

— Il a pu ouvrir à son agresseur.

— Non. Je te rappelle qu'il a été retrouvé totalement nu ; s'il était allé ouvrir la porte, il se serait habillé ! Le ravisseur était déjà dans la chambre lorsque M. Favre est arrivé. Il a dû se cacher quelque part jusqu'à ce qu'il s'endorme et il l'a tué.

— Mais il y a eu lutte !

— C'est peut-être une mise en scène, ou bien l'autre s'est réveillé et il s'est défendu.

— Il n'y a pas beaucoup d'endroits pour se cacher dans la chambre.

— La salle de bains, les toilettes, la penderie, sous le lit… Crois-moi, notre homme était déjà sur place.

— Ou femme…

— Ou femme ! répéta Spangeti.

En quittant le bureau, l'inspecteur Costello eut une autre intuition : il était persuadé que son raisonnement était bon et qu'avec son bon sens paysan son supérieur le savait très bien aussi, et qu'il allait s'en servir.

12

Seul le ronronnement du rétroprojecteur troublait le silence de la petite salle de réunion. Thomas Sanders, qui était resté debout depuis le début de la conversation, s'assit enfin et but d'un trait son verre de jus d'orange. Il observa Shana avec attention et y prit plaisir, attendant avec intérêt sa réaction. Il se passa plusieurs longues secondes avant qu'elle ne prononce un mot.

— Vous avez découvert…

— Oui !

— C'est totalement impossible.

— En effet. Ça devrait l'être.

— Vous avez trouvé…

— Oui.

— Un corps… humain ?

— Oui. Des restes fossiles, pour être précis !

Sur la diapositive apparaissait la forme d'un tronc. On distinguait clairement l'os coxal du bassin, le début du fémur gauche, une petite partie des rachis lombaire, dorsal et cervical, la mandibule et le crâne. Le bras gauche, avec humérus et radius intacts, était perpendiculaire au corps. Thomas la laissa observer l'écran encore un moment, avant de lui donner des explications.

— Nous l'avons découvert vers le centre de la cavité, à environ 30 mètres de l'endroit où nous sommes entrés, sous une très fine couche de sédiments. Il y avait une forte proportion d'argile, ce qui a probablement permis la parfaite conservation.

— Vous êtes en train de me dire que vous avez découvert un fossile… un fossile bipède, un primate, datant de plus de cinquante millions d'années ?

— Une stratigraphie complète de la zone a été effectuée, et il semblerait que l'on soit plus proche des soixante-cinq, voire soixante-dix millions d'années. Et il ne s'agit pas de n'importe quel bipède, mais d'un fossile qui possède toutes les caractéristiques d'un hominidé et non celles d'un primate.

Devant Shana éberluée, il fit défiler plusieurs diapositives montrant le corps sous différents angles.

— Thomas, vous rendez-vous compte que votre conclusion est purement impossible ?

— Pour quelle raison ?

— Le premier primate connu, Toumaï[1], précède notre ère d'environ sept millions d'années et il était très loin d'être un hominidé. Ce serait un enfant par rapport à votre fossile de Bussolino. Il y a soixante-dix

1. Le crâne de Toumaï a été découvert dans le désert du Djourab au nord du Tchad en juillet 2001. Selon les scientifiques, ce primate mesurait environ 1,15 m et pesait 30 kg. Il est identifié comme une nouvelle espèce *Sahelanthropus tchadensis*, que beaucoup considèrent comme l'espèce de transition entre les Panines (chimpanzés) et le genre *Homo*. En langue goran (dialecte très courant dans le nord du Tchad), Toumaï signifie « espoir de vie ». Ce joli nom lui a été attribué par le président de la République du Tchad Idriss Déby.

millions d'années, il n'y avait ni primate ni hominidé sur Terre, et cela pour de multiples raisons.

Thomas allait intervenir, mais elle ne lui en laissa pas le temps :

— Notamment une : les dinosaures n'avaient pas encore disparu ; un primate n'aurait pas pu survivre.

— Je sais tout cela, Shana. Je sais tout cela, et pourtant, le voilà.

— Comment pouvez-vous être certain que votre sujet a le même âge que la strate qui l'entoure ?

— Nous arrivons là au point sensible. Justement, on ne le peut pas. Aucune méthode de datation ne permet d'estimer précisément l'ancienneté de notre individu. Mais, jusqu'à présent, tous les indices sur place portent à croire qu'il est contemporain de l'environnement dans lequel nous l'avons trouvé.

— Tout porte à le croire, mais vous ne pouvez pas en être sûr !

Shana gardait les yeux fixés sur la dernière image.

— C'est impossible, c'est totalement impossible… répéta-t-elle.

— Vous avez toujours défendu la théorie selon laquelle les différents chemins menant à l'Homme sont moins linéaires que ceux traditionnellement admis – *Habilis*, *Erectus*, *Sapiens* –, et qu'il y a eu d'autres interactions avec des espèces d'hominidés disparues. Le fameux chaînon manquant que cherchent les paléoanthropologues depuis près d'un siècle, nous venons peut-être de le découvrir ! Une preuve que la vie humaine est antérieure à tout ce que nous pensions savoir.

— Thomas, vous parlez à une convaincue, mais je suis loin de placer le début de l'espèce humaine à soixante ou soixante-dix millions d'années. C'est inconcevable, même pour moi ! Et vous ne pourrez jamais le prouver de façon certaine.

Il ralluma la lumière et éteignit le rétroprojecteur.

— C'est exactement pour ça que nous souhaitons garder tout cela confidentiel encore quelque temps. Avant de communiquer, nous devons trouver d'autres éléments, dans cette cavité, de nature à confirmer ou infirmer nos premières conclusions.

Il observa un court silence, cherchant les mots qu'il allait employer.

— Shana, je souhaite que vous preniez la direction des fouilles qui vont être réalisées sur le site.

— Thomas…

— Je veux que vous preniez la relève de votre ami et que vous prouviez que notre individu a bien l'âge que je pense qu'il a. Fouillez le sol de cette cavité de fond en comble, étudiez les sédiments, faites une biochronologie de tout ce que vous trouverez, retournez-la entièrement si c'est nécessaire, dans un sens ou dans l'autre, mais apportez-moi des preuves ! Ce que nous cherchons dépasse de très loin le cadre de la paléontologie. Cela peut modifier profondément le tableau que nous avons de notre propre apparition.

— Je suis sensible à la considération que vous portez à mon travail, mais je n'ai pas les compétences pour mener à bien un projet de fouilles comme celui-là, avec de telles implications.

— Ce n'est pas tout à fait mon avis.

— Mon nom ne sera pas légitime pour une bonne partie de la communauté scientifique, vous le savez très bien. Et puis, les métiers de paléoanthropologue universitaire et de chasseur de fossiles n'ont pas beaucoup de rapports. Je n'ai aucune expérience de terrain, ni de management d'équipe, d'ailleurs. Et puis, j'ai…

— Je sais tout cela, Shana… Pour votre légitimité, permettez-moi d'en juger. C'est ma fondation qui a la responsabilité des fouilles sur le site, et c'est à moi, en tant que président, d'en nommer le directeur ou la directrice. Vous m'excuserez, mais cette décision ne se prend pas à l'applaudimètre de la profession. Pour ce qui est de l'expérience sur le terrain, je pense qu'il est temps de vous lancer et de mesurer la solidité de vos théories. Vous confronter à l'adversité est une occasion unique de démontrer vos compétences. C'est le moment idéal, et je vous y aiderai. C'est à vous, Shana, et à personne d'autre, que je souhaite confier ce projet.

Il s'interrompit et projeta à nouveau l'image en plan large du fossile.

— Vous avez raison, dit-il après un nouveau silence. Vous n'êtes sans doute pas, aujourd'hui, la personne la plus… qualifiée, pour diriger un site de fouilles. Mais vu votre parcours et vos prises de position, je crois que vous êtes de loin la plus compétente pour diriger celui-là !

13

« Ivresse de renommer les choses
comme au premier matin du monde. »

François Cheng

Deux semaines plus tard, Piémont, Italie.

Shana se réveilla en sursaut, couverte de sueur. Elle n'avait dormi que quelques heures et avait dû prendre un somnifère pour l'y aider. Elle passa de l'eau sur son visage, espérant ainsi évacuer le restant de la molécule de son organisme, mais elle savait que ça ne marchait pas comme ça. Le jour s'était levé depuis un moment ; elle n'avait pas entendu son réveil et allait de nouveau être en retard. Ce qui ne lui arrivait pratiquement jamais d'habitude était ici devenu systématique. Elle dormait très mal. Tous les soirs, elle redoutait la nuit comme on redoute un examen et elle le ratait presque à chaque fois. Mécaniquement, elle enfila ses vêtements de fouilles de la veille et attacha ses cheveux. Il ne s'était écoulé que quelques minutes depuis son réveil lorsqu'elle referma la porte de la chambre 17.

Se pomponner devant la glace ce n'était pas pour elle, du moins pas en ce moment. La lumière vive du couloir lui fit immédiatement mal aux yeux et finit de la réveiller. Un soleil puissant inondait déjà la chaîne alpine et les grandes fenêtres du rez-de-chaussée qu'elle traversa d'un pas rapide.

Cela faisait huit jours qu'elle séjournait dans le petit hôtel *Alla Bastilla*, un établissement typique de la vallée piémontaise, à une poignée de kilomètres de Bussolino. Elle prévoyait d'y rester durant la durée des fouilles. Tous les matins, la préposée aux petits-déjeuners posait, à son intention, un grand bol de café noir et un sachet de viennoiseries sur l'une des tables du petit salon de l'entrée. Comme elle était plus en retard que d'habitude, le café était déjà presque froid. Elle en avala rapidement une grande gorgée, attrapa les viennoiseries et lança un « merci » vers les cuisines, sans trop savoir s'il avait été entendu ou non. Lorsqu'elle passa la porte, contrastant avec le ciel bleu et le soleil sans partage, le froid la saisit immédiatement. Un froid sec, brutal, qui dans cette région avait une senteur particulière, à la fois douce et un peu acre. Comme un mélange de terre humide et de résine de sapin, qui rappelait un peu l'odeur du bois neuf. Thomas Sanders n'avait pas eu à insister beaucoup pour qu'elle accepte la proposition qu'il lui avait faite. Même si cela avait considérablement compliqué son emploi du temps des deux dernières semaines, le challenge était trop attractif pour qu'elle refuse un projet comme celui-là.

Avec appréhension, elle démarra l'Alfa Romeo Giulietta louée quelques jours plus tôt devant la gare de Turin. Elle regarda le pommeau chromé du levier de vitesses pour s'assurer de la position de la marche arrière, puis, relâchant trop brutalement l'embrayage, elle cala.

« Ça commence bien ! » marmonna-t-elle en remettant le pommeau au point mort.

Elle redémarra, se concentra et réessaya. La seconde fois fut la bonne. Elle sortit lentement du parking et prit la petite route en direction de l'entrée du tunnel. Elle était heureuse de n'avoir à faire que quelques kilomètres, car elle n'était jamais très à l'aise au volant. Parfois, elle conduisait si lentement qu'elle se disait qu'à pied elle irait aussi vite. Elle avait toujours été comme ça : elle avait beau avoir son permis depuis plus de dix ans, comme elle ne conduisait presque jamais ça ne s'arrangeait pas. Les rares fois où elle devait se débrouiller seule, c'était en vacances, avec la vieille Ford Capri de son père, et elle ne faisait que de petits déplacements sur les routes peu fréquentées du Limousin. Même à petite vitesse, tout l'angoissait : une voiture dans le rétroviseur, une intersection, un rond-point, un panneau de signalisation. Elle avait en permanence la crainte de perdre le contrôle.

Les rayons du soleil irradiaient maintenant toute la vallée et faisaient étinceler, sur la route, les reflets laissés par la rosée du matin. Depuis le décès de Philippe, il lui avait semblé que le temps avait toujours été maussade. Le jour des obsèques avait été une épreuve épouvantable. La mort d'un être cher, jeune, assassiné, ne pouvait pas être un deuil classique. Lors d'un enterrement, les proches pleuraient en souvenir des moments passés et qui ne seraient plus. Mais là, c'était une vie à construire qui avait été enlevée. Un acte cruel et volontaire, dont on ignorait les responsables et le sens, pour peu qu'il y en eût un. Plus de trois cents personnes s'étaient difficilement entassées dans la minuscule église du petit village de Saint-Vincent-de-Cosse, en Dordogne. Beaucoup, faute de place, étaient restés à l'extérieur. Il y avait des copains d'enfance, de la famille plus ou moins éloignée, mais aussi des gens de tous les milieux : des agriculteurs, des fermiers, avec qui il avait gardé des relations, des professeurs de différentes nationalités, des universitaires, des étudiants, des personnes qu'il n'avait parfois rencontrées qu'une ou deux fois. C'était idiot mais, ce jour-là, elle s'était rendu compte qu'il la connaissait sans doute beaucoup mieux que l'inverse. Elle le regrettait, mais c'était trop tard.

Le moment le plus difficile avait été la descente du cercueil en terre. Même plusieurs jours après sa mort, elle n'arrivait pas à accepter que c'était lui qui se trouvait dans cette belle boîte de bois verni, qu'elle ne le reverrait plus, si ce n'est dans ses souvenirs. Ça lui semblait toujours aussi irréel. Elle l'imaginait, souriant, debout à côté d'elle, la regardant. Il lui aurait sans doute parlé de son village où il avait vécu jusqu'à la fin de l'adolescence et qui l'avait probablement influencé, de ce qui s'y était passé au fil des siècles. Comme beaucoup de lieux en Dordogne, celui-ci devait avoir une histoire riche en événements qu'il connaissait probablement par cœur. Elle se rappela qu'une fois, il lui avait dit que, le jour de notre mort, on devenait l'Histoire. La grande, ou bien juste celle de nos proches. On devenait une partie, un morceau infime du passé de ceux qui nous succéderaient. Il pensait que l'on partageait tous un savoir universel et que chacun d'entre nous, même le plus misérable, pouvait y avoir accès. Une fois le caveau fermé, la centaine de personnes ayant assisté à la mise en terre s'était dispersée par petits groupes. Le personnel funéraire avait ajusté les nombreuses fleurs et couronnes tout autour de la pierre, puis avait à son tour quitté les lieux. Elle était restée seule encore de longues minutes. Elle l'avait imaginé, arrivant derrière elle et criant : « Shani, attends ! On ne s'est pas tout dit. Je ne veux pas qu'on se quitte fâchés ! » Elle espérait que de là où il était, il savait qu'elle s'en voulait terriblement et qu'elle regrettait. Le soir même, elle était rentrée à Turin avec le sentiment étrange qu'il veillerait désormais sur elle.

Sur place, l'enquête de la police italienne piétinait et peu de certitudes étaient établies. Philippe était mort étranglé dans sa chambre, probablement suite à une lutte. Il n'y avait pas de trace d'effraction sur la porte ou la fenêtre, et aucun vol apparent. Le commissaire Spangeti concluait que soit Philippe avait lui-même ouvert la porte à son agresseur, ce dont il doutait, soit celui-ci était déjà à l'intérieur de la chambre lorsqu'il y était entré. Ensuite, inexplicablement, il était ressorti en ne laissant aucune trace sur les images des caméras de vidéosurveillance situées dans le hall d'entrée, à l'accueil, dans les ascenseurs et même sur le parking. L'examen des empreintes dans la chambre n'avait rien donné non plus. Il y en avait bien des dizaines différentes mais le recoupement avec celles des nombreux clients récents et des invités de passage était très difficile. L'identité de chacune des neuf personnes présentes à l'hôtel, ce soir-là, avait été passée au crible, sans qu'aucun rapprochement n'ait pu être effectué. Bref, l'enquête n'était pas encore classée, mais elle en prenait vraisemblablement le chemin, et ce, malgré les efforts du commissaire qui s'était personnellement impliqué dans le dossier.

Elle quitta la route principale et bifurqua sur la route du chantier menant directement à l'entrée du tunnel. Construite spécialement pour l'occasion, celle-ci avait déjà beaucoup souffert du passage des équipements lourds. Elle slaloma entre les nombreux nids-de-poule gorgés d'eau et dut ralentir encore un peu plus son allure.

Depuis qu'elle avait accepté la proposition de Thomas, elle travaillait sans relâche, parfois jour et nuit. Non sans difficulté, elle avait réussi à concilier la fin des cours du premier semestre à l'université, le remplacement provisoire de Philippe et ses nouvelles responsabilités à Bussolino. Même si celles-ci accaparaient la plus grande partie de son énergie, elle s'appliquait à ne pas négliger le reste. Les fouilles avaient pu reprendre quelques jours à peine après les obsèques de Philippe, et le délai de suspension des travaux devait être rediscuté avec les autorités italiennes. Shana espérait disposer de deux ou trois mois, mais elle avait bien conscience que les pressions financières pesant sur Thomas étaient énormes.

Avant même de constituer une équipe, son premier travail avait été de déterminer précisément, puis de baliser les zones à fouiller. Vu la superficie importante du site, elle avait dû faire des choix structurants : 230 m² seulement seraient fouillés, à une profondeur de 15 centimètres, sur les 600 exploitables. Chaque emplacement mesurait 1 m² et était désormais délimité par un cordon rouge, croisé à chaque extrémité et fixé à même le sol. Cela ressemblait à un immense tapis de jeu, avec des petits carrés numérotés de 1 à 230. Les premières découpes aux rayons X n'avaient rien montré de probant ; rien de visible n'apparaissait non plus sur les images au sol, mais cela ne signifiait pas que des petits morceaux d'ossements fossilisés n'étaient pas disséminés en profondeur, ce qui les rendait invisibles pour le scanner.

L'étude du corps, que Thomas avait baptisé « Homo de Bussolino », n'avait pas permis d'effectuer une datation directe. Les biologistes du laboratoire privé qu'il avait mandaté n'avaient trouvé aucune trace résiduelle de carbone 14 dans les morceaux du fossile qu'ils avaient eu à étudier. Cela signifiait de façon quasi certaine que celui-ci avait au minimum trente-cinq à quarante mille ans, ce qui était déjà surprenant, car les caractéristiques physiques du corps ne correspondaient pas du tout aux standards de cette époque, et encore moins à celles des premiers primates. Surtout, ce qui laissait Shana perplexe, c'était que, sous bien des aspects, ce fossile avait l'apparence d'un *Homo sapiens*, au point de passer probablement inaperçu si on le croisait aujourd'hui dans une rue d'Italie ou d'ailleurs. Il mesurait environ 1,70 mètre. La largeur du bassin et des épaules laissait présumer qu'il s'agissait d'un individu masculin. Seule la boîte crânienne était sensiblement plus étroite que celle d'un homme moderne. À sa mort, il devait avoir environ quarante ans, soit un âge canonique pour un homme préhistorique. Le mystère autour de son origine restait donc entier.

Shana avait fait quadriller 60 m^2 autour du corps, mais elle en attendait peu de chose. Par contre, le contour de la cavité lui paraissait nettement plus intéressant. Elle en avait soigneusement délimité les extrémités de chaque côté. Si le corps reposait là depuis plusieurs millions d'années, les morceaux désolidarisés manquants se trouveraient inévitablement par là. Les nombreux mouvements de terrain depuis la fin du Crétacé auraient inévitablement écarté vers les extrémités tous les morceaux centraux. Si c'était bien le cas, cela constituerait un indice important. Mais elle avait également un autre objectif, plus important encore : trouver autre chose ! D'autres fossiles, d'autres espèces animales ou végétales vivant à cette époque et qui permettraient de dater le microcosme de la cavité au moment où celle-ci avait été définitivement obstruée.

Après trois minutes sur une route bosselée, elle arriva devant l'entrée du chantier. Les baraquements habituellement utilisés par les ouvriers étaient déserts, ce qui donnait l'impression d'une ville fantôme. Elle entra dans le futur tunnel qui n'était éclairé que sur les premiers mètres, et au bout d'environ 1 kilomètre dans l'obscurité, sur une route caillouteuse et poussiéreuse, elle vint se garer derrière le tunnelier, près des autres voitures de l'équipe.

Ses premiers jours en tant que directrice des fouilles avaient été difficiles. Son professorat et sa notoriété médiatique ne lui donnaient pas beaucoup de crédit sur le terrain, auprès de paléontologues et de chasseurs de fossiles chevronnés. Petit à petit, néanmoins, elle avait pris la mesure de son rôle et de l'autorité qu'elle devait exercer. Comme il le lui avait promis, Thomas était également très présent. Shana l'avait convaincu d'élargir sensiblement l'équipe, afin de pouvoir fouiller plus de zones dans le peu de temps qu'ils auraient.

Auparavant, Philippe y compris, ils étaient trois ; désormais, ils seraient sept.

Deux professeurs en paléontologie de l'université de Turin, choisis par la fondation, faisaient déjà partie de la première équipe : Gregorio Bardi et Rodolfo Di Lorenzo. Ces deux quinquagénaires italiens, rompus aux techniques de fouille dans différents milieux, étaient l'un et l'autre régulièrement publiés dans la revue *Nature*[1]. Début 2014, ils avaient participé ensemble, dans la province de Chubut, en Argentine, à la découverte de la plus grande créature jamais trouvée sur Terre : un titanosaure géant, herbivore au long cou, de 26 mètres de hauteur, équivalent à un immeuble de sept étages, et d'une longueur d'environ 40 mètres. Il vivait il y a approximativement cent millions d'années et pesait environ 77 tonnes, soit le poids cumulé de sept tyrannosaures ou d'une douzaine de nos éléphants d'Afrique actuels[2]. Un monstre à peine imaginable !

La recrue la plus atypique était sans conteste Paolo Miranda, un Italien du Sud d'environ quarante ans, charmeur et un brin machiste. Il était ce que l'on appelait vulgairement dans le métier un « chasseur de trésors ». Un genre de Lara Croft sans la tresse et les pistolets ! Plus un habitué d'archéologie que de paléontologie, mais très expérimenté dans beaucoup

1. *Nature* est un hebdomadaire scientifique généraliste de référence. Il est l'un des plus anciens et des plus réputés au monde dans de nombreux domaines comme la physique, les mathématiques, la chimie, la biologie, la génétique, les sciences sociales, la paléontologie et l'archéologie.

2. Même si la concurrence est rude, les paléontologues considèrent que le dinosaure sauropode argentin est à ce jour la plus grande et la plus massive créature trouvée sur Terre.

de domaines, il faisait partie du carnet d'adresses de Thomas, pour qui il avait déjà travaillé plusieurs fois et démontré beaucoup de compétences.

Les trois autres étaient des choix directs de Shana. Elle les avait sélectionnés volontairement en dehors du sérail paléontologue établi, pour leurs compétences mais aussi parce qu'elle appréciait leur présence. Alexandre Spinéta, professeur en biologie moléculaire et conservateur du muséum d'Histoire naturelle d'Aix-en-Provence, avait été, quelques années plus tôt, l'un des professeurs de Shana. Par la suite, ils étaient devenus des collègues puis des amis. En 2010, Alexandre avait participé à une expérience tout à fait hors du commun. Il faisait partie de l'équipe de biologistes parvenus à isoler, puis à reconstituer de l'ADN mitochondrial à partir d'une phalange et de quelques dents humaines vieilles d'environ cinquante mille ans. Celles-ci, découvertes dans la grotte de Denisova, dans les monts de l'Altaï, en Sibérie, avaient dans un premier temps été attribuées à une petite fille néandertalienne d'environ sept ans. Mais le résultat de la reconstitution ADN s'était révélé extraordinaire et avait mis en ébullition l'ensemble de la communauté scientifique. Il démontrait que ces ossements provenaient d'une lignée humaine jusque-là totalement inconnue, contemporaine et pourtant très différente des hommes et femmes de Neandertal, mais également des *Homo sapiens* dits modernes qui cohabitaient déjà à cette époque. Ils avaient découvert une nouvelle espèce d'hominidés inconnus, à laquelle ils avaient donné le nom d'« homme de Denisova[1] ». Dans le cadre de ses

1. Publication effectuée par l'équipe du biologiste suédois Svante Pääbo dans le magazine scientifique « Nature » en 2010. Elle relatait

propres travaux, Shana ne manquait jamais de solliciter son ami, pour avoir son expertise et parfois son soutien. Aujourd'hui, elle était heureuse de pouvoir l'associer à ce grand projet.

Radouane et Norma étaient tous deux actuellement élèves de Shana en master des sciences de la Terre, à l'université Claude-Bernard de Lyon I. Radouane était un charmant garçon longiligne de vingt-trois ans, un geek surdoué et toujours à l'affût des nouvelles technologies. C'était pour ses compétences, à la fois en archéologie et en informatique, qu'elle avait pensé à lui. Norma, quant à elle, était une belle Italienne brillante et ambitieuse. Toujours devant, toujours première, toujours curieuse. Shana se revoyait un peu en elle, dix ans plus tôt. Elle souhaitait lui donner un coup de pouce pour lancer sa carrière, et c'était l'occasion idéale.

À des degrés divers, ils étaient tous un peu surpris d'être là, avec elle. Les trois Italiens connaissaient ses livres, mais n'avaient jamais entendu parler d'elle sur des sites de fouilles. Ses deux étudiants étaient ravis, mais étonnés de se retrouver avec leur professeur. Quant à Alexandre Spinéta, il n'avait jamais imaginé être dirigé un jour par son amie et ancienne étudiante. L'équipe était restreinte mais avec des profils différents. Aussi, Shana la pensait complémentaire et de qualité. Et puis, pour conserver la plus stricte confidentialité sur leurs travaux, il fallait éviter de faire

---

la découverte d'un nouvel hominidé, l'homme de Denisova. Appartient au genre *Homo*, mais n'a pas encore reçu de nom scientifique. On estime que cette espèce jusque-là inconnue a vécu entre 1 million d'années et 40 000 ans avant notre ère.

venir trop de monde sur place. Avec elle et Thomas, ils n'étaient donc que huit habilités à accéder au site.

Le premier jour, devant l'équipe au complet, Shana avait fixé l'objectif principal du projet : trouver, au sol ou dans la roche, tous les éléments paléontologiques disséminés, afin de parvenir à estimer le plus précisément possible l'âge de l'homme de Bussolino. Grâce à la stratigraphie, on avait pu dater l'habitacle à environ soixante-dix millions d'années, mais rien ne prouvait que l'individu et d'autres espèces ne s'y étaient pas installés beaucoup plus tard. C'était le risque des découvertes en grotte. Pour le fossile principal, c'était même, évidemment, l'hypothèse la plus plausible. Elle n'avait pas eu besoin d'insister sur les implications que pourrait avoir le résultat de leur travail, tant l'idée même de trouver une trace humaine antérieure à la grande extinction Crétacé-Tertiaire, qui avait décimé 70 % des espèces vivantes, semblait inimaginable.

Une fois le balisage des zones effectué, les fouilles réelles au sol avaient pu commencer. Trois binômes s'étaient constitués spontanément : les deux professeurs italiens pour le premier, les deux étudiants lyonnais pour le second, et Alexandre Spinéta et Paolo Miranda pour le troisième. Bien que très différents, ces deux-là s'étaient vite découvert une jolie complicité. Chaque équipe avait ainsi commencé à travailler sur une parcelle, tout en se répartissant la surface totale en trois zones géographiques à peu près équivalentes. L'opération de fouille consistait, à l'aide d'un petit marteau et de spatules pointues, à fendre la surface du sol, constituée pour la plus grande partie d'amas de sédiments. Ensuite, en utilisant des brosses et des pinceaux, la terre était époussetée. Un peu comme le ferait un chercheur d'or, on filtrait tout ce qui s'y trouvait, espérant dénicher des organismes lentement emprisonnés au fil des millénaires. Shana surveillait les opérations tout en passant d'un binôme à l'autre. La quantité importante de micro-organismes, ammonites ou brachiopodes remontés dès les premières heures de travail avait maintenu l'équipe dans une bonne dynamique, ce qui facilitait grandement les choses. Il ne se passait pas une heure sans que Shana homologue un capricorne, un scarabée ou une espèce végétale.

Ce matin-là, lorsqu'elle entra tardivement dans la cavité avec son sac de croissants à la main, elle fut surprise de ne pas sentir l'odeur du café que préparait systématiquement Radouane en arrivant. L'équipe n'était pas à la tâche, mais debout, au pied du fossile principal. Elle lança un « bonjour tout le monde » le plus avenant possible, comme elle le faisait chaque matin. Elle comprit tout de suite, aux regards interrogatifs qu'ils lui adressèrent, qu'une chose imprévue s'était produite.

14

La sonnerie du téléphone sortit Richard de la légère somnolence dans laquelle il venait de s'enfoncer. Son jet privé en provenance de Berlin avait atterri à l'aéroport de Genève-Cointrin à 6 heures du matin, et la journée s'annonçait chargée. Il devait enchaîner un véritable marathon de réunions et d'entretiens, que son statut de président d'un des plus grands groupes aéronautiques mondiaux lui imposait quotidiennement. Lorsque la directrice financière de la SIA[1] avait sollicité un rendez-vous, la veille au soir, Richard aurait sans doute dû refuser, mais l'occasion était trop belle. Les informations qui lui étaient récemment parvenues de Bussolino étaient optimistes. Peut-être approchaient-ils enfin du but qu'il convoitait depuis plusieurs années, un but qui lui avait déjà coûté très cher. En toute discrétion, il avait informé le pilote de son Falcon que son retour à Genève devait être avancé de deux heures.

Lorsqu'il était arrivé devant l'immeuble de son entreprise, c'était l'un des vigiles de nuit, surpris, qui lui avait ouvert la porte. Il était entré seul dans l'ascenseur qui pouvait contenir quarante personnes et les étages

1. Society for International Anthropological.

avaient lentement défilé jusqu'au neuvième. La porte s'était ouverte face au gardien surveillant l'entrée de la direction générale. Dans l'obscurité, le vigile était bien là, mais il ne surveillait pas, ou bien en dormant. La situation était cocasse, et Richard l'avait observé quelques instants. La première chose à laquelle il avait pensé était que le type d'en bas ne devait pas apprécier celui du neuvième, car il lui aurait été facile d'informer son collègue par radio. Visiblement, il avait préféré lui laisser la surprise… Ou alors, ce dernier dormait si profondément qu'il n'était pas parvenu à le réveiller, ce qui était encore plus ennuyeux. Peut-être était-il mort… Il avait posé deux doigts à la base de son cou, et, sentant les pulsations, avait été à moitié rassuré. Il avait présenté son badge devant le lecteur optique et la porte vitrée s'était ouverte instantanément. Un petit signal sonore avait précédé l'allumage des veilleuses, ce qui n'avait en rien troublé le dormeur. Richard avait traversé dans la pénombre le long couloir menant à son bureau, tout en réfléchissant à la bonne façon de gérer ce problème incongru. La logique aurait été de demander à la société de gardiennage le renvoi immédiat du contrevenant, mais il était d'humeur légère, et comme personne n'avait été témoin de la scène, il allait faire preuve d'indulgence. Il demanderait simplement à sa secrétaire de faire un rappel des conditions de sécurité aux agents, sans donner plus de précisions. La clémence était la vertu des rois, et il en était un.

Assis à son bureau, seulement éclairé par une petite lampe, il avait feuilleté rapidement les journaux du jour qu'il avait pris à l'aéroport. Il avait trouvé une brève sur Bussolino, mais on n'y parlait que du retard qu'allait prendre le tunnel international, ce qui l'avait rassuré. Quelques minutes plus tard, Margareth Stern apparaissait, escortée par le vigile qui avait repris tous ses esprits mais qui était livide.

Richard salua la directrice du SIA et remercia son accompagnateur d'un regard noir.

— Margareth, c'est un réel plaisir de vous voir, même si je ne vous cache pas que vous m'avez pris un peu de court. Je vous proposerais bien un café, mais ma secrétaire n'arrive que dans une heure et elle seule a la main sur les capsules. Comme quoi, lorsque la presse raconte que je monopolise tous les pouvoirs dans cette entreprise, c'est très largement exagéré.

— Je vous en prie, Richard, dit-elle en s'asseyant. Je sais que vous avez peu de temps à me consacrer, alors n'en perdons pas en frivolités.

Elle expliqua, en quelques minutes, l'état de la situation à Bussolino, la nomination de Shana Stenford à la direction des fouilles, ainsi que la raison de sa visite. Richard l'écouta avec attention sans prendre de notes. Quand elle eut terminé, il se leva, fit quelques pas derrière son bureau et regarda par la fenêtre le reflet des éclairages de la ville sur le lac Léman.

— Margareth, j'ai beaucoup d'estime pour vous, pour votre travail et pour la SIA en général. Mais je dois vous avouer que je commence à me lasser de financer une entreprise travaillant dans le plus grand des secrets et qui ne m'apporte, pour ainsi dire… rien ! Et aujourd'hui, si je comprends bien l'objet de votre visite, vous souhaitez un budget complémentaire, un budget de 1 million de dollars, afin de… contrecarrer les recherches de cette même SIA, qui serait sur le point de découvrir ce pour quoi je la finance depuis des années. C'est bien cela ? Je résume bien la situation ?

— Richard, vous financez la SIA, comme bien d'autres. C'est votre droit d'entrée à la table des négociations. Mais tous les contributeurs boivent au même abreuvoir, et ce que nous cherchons ne pourra pas être partagé. Vous le savez très bien : il y aura le premier et les autres.

— C'est bien joli tout ça, mais êtes-vous au moins certaine que ce que nous cherchons est à Bussolino ?

— Non, mais… toutes les conditions sont réunies. La conservation du site est exceptionnelle. Nous aurions pu ne jamais avoir une telle opportunité. D'ailleurs, celle-ci est totalement accidentelle car, pour être franche, nous ne cherchions pas du tout dans cette zone.

— Vu les sommes colossales qui sont injectées à la SIA, le fait que ce site soit découvert par hasard et par une entreprise privée, sur laquelle nous n'avons aucune influence qui plus est, ne me rassure pas.

— Ce que vous dites est également vrai pour beaucoup d'autres sites. Le travail de la SIA est principalement de surveiller la publication des projets archéologiques et paléontologiques en cours. Malgré le financement que vous et quelques autres nous octroyez, nous n'avons pas les moyens d'aller beaucoup plus loin.

— Mais… vous n'en êtes pas sûrs ?

— Non, Richard, nous n'en sommes pas sûrs. Et on ne le sera jamais totalement. J'ai toujours été honnête avec vous, mais il n'y aura peut-être pas d'autre chance. Si ce que nous cherchons est là et tombe entre les mains de la SIA ou bien de cette jeune scientifique française opportuniste, recrutée par Sanders, ça sera trop tard. Trop tard pour vous, comme pour moi. Nous accompagnerons la SIA, mais nous serons très loin derrière.

Richard se rassit et sortit un chéquier de sa veste.

— Vous êtes fantastique, Margareth, reconnut-il enfin. Il faudra me dire comment vous faites tout ça, pour qu'un jour je pense à vous embaucher.

15

La petite troupe s'était amassée près de l'entrée et la curiosité commençait à l'emporter sur l'incrédulité. La situation n'était pas banale. Ils attendaient des consignes que Shana n'était pas encore en mesure de leur donner. Les ondes GSM ne passant pas dans la cavité, elle demanda à Alexandre de la conduire à l'extérieur, afin qu'elle puisse téléphoner.

Se posant mille questions, ils parcoururent le kilomètre du tunnel en quelques minutes, puis Alexandre se gara juste devant l'entrée, face aux petits baraquements. Elle sortit de la voiture, mais lui resta à l'intérieur, d'abord parce qu'il faisait froid mais surtout pour ne pas la déranger. Inquiet, il regardait son ancienne élève faire des allers-retours devant le véhicule, le téléphone collé à l'oreille. Il avait beaucoup d'affection pour elle. S'il avait eu quelques dizaines d'années de moins, il en aurait probablement été amoureux. Il se souvenait de la jeune fille brillante, assoiffée de connaissances et de reconnaissance qu'elle était, douze ans plus tôt. Il l'avait tout de suite repérée. Elle détonnait. Aujourd'hui elle avait tout ça, le savoir, la reconnaissance, et pourtant elle détonnait toujours. Cette fille était particulière. Elle se rapprocha de la voiture, et comme elle parlait fort il entendit des bribes de sa conversation.

— Des pas, des traces de pas, Thomas ! Sur une dizaine de blocs. Nous venons à peine de commencer les fouilles que quelqu'un est déjà venu souiller les zones balisées.

— C'est incroyable ! Vous avez interrogé le vigile qui surveille l'entrée ?

— Bien entendu. Celui-ci dit avoir pris son service à 2 heures du matin et ne pas être entré dans la cavité durant la nuit. Il affirme que personne n'est venu, en tout cas de l'extérieur. Il a appelé devant moi son collègue, celui qui a couvert la première partie de la nuit, et lui non plus n'a rien vu.

— Il y en a forcément un des deux qui ment…

— Je ne comprends pas. Vous m'avez dit que le site était sécurisé et que nous étions un tout petit nombre à être informé des fouilles.

— C'est le cas, Shana.

— Visiblement, pas tant que ça… Celui qui est entré savait très bien ce qu'il cherchait et a su se rendre invisible ! Il s'agit d'un seul individu, probablement un homme, car il chausse du 43 ou 44. Inutile de vous dire qu'il n'a pris aucune précaution : les traces serpentent partout, sur et autour des blocs.

— Est-ce qu'il y a eu des dégradations ?

— Hormis les piétinements sur certains espaces, non. *A priori*, il n'a rien touché. Je pense qu'il a juste pris des photos du fossile principal, sous différents angles.

— C'est ennuyeux.

— Thomas, je crois connaître votre avis sur la question, mais je pense que nous devons informer la police de la violation du site.

Il prit un moment avant de répondre, réfléchissant aux implications de la démarche.

— OK…

— Comment ça, OK ?

— Je vais prévenir le commissaire Spangeti. C'est demain matin que vous présentez l'avancement des fouilles au comité italien et que nous devons revoir les délais. Nous en parlerons tous ensemble. Après tout, c'est à eux de faire en sorte que nous puissions travailler en toute sécurité sur leur sol. C'est aussi à eux de décider de la position à adopter vis-à-vis de la police.

— Et vous, Thomas, vous en pensez quoi ?

— Je vous l'ai dit : je suis ennuyé. J'aimerais ne pas avoir à déposer une plainte officielle qui générerait inévitablement une enquête sur le site. Vu qu'il n'y a eu aucune dégradation et que rien n'a été dérobé, si on peut l'éviter, c'est mieux.

— Vous ne croyez pas qu'il puisse y avoir un rapport avec l'assassinat de Philippe ?

— Je ne le pense pas, non. Dans le doute, et par précaution, je vais informer le commissaire de la situation et il nous donnera son avis. Mais je pense que nous devons faire le moins de publicité possible, notamment pour éviter ce genre d'intrusion. Si la presse, même spécialisée, commence à diffuser des informations, cela va attirer tous les chasseurs de fossiles en herbe du coin, et je veux surtout éviter ça.

— Visiblement, de la publicité, quelqu'un en a déjà fait ! On n'a encore rien trouvé de probant, alors qui sait pour quoi et pour qui ces photos ont été réalisées. Thomas, de quoi avez-vous peur exactement ?

— J'ai peur de ce que nous pouvons trouver. Des implications…

— Et moi, je ne veux pas mettre en danger les personnes qui travaillent pour moi ici.

— Écoutez, Shana, je comprends votre position, mais croyez-moi, plus nous donnerons d'informations et plus nous serons en danger, justement. Je vais faire doubler les équipes de sécurité. Un vigile à l'extérieur et un à l'intérieur, jour et nuit ; ainsi nous sécuriserons l'ensemble de la zone.

— Cette nuit il y avait un vigile, et cela n'a pas empêché quelqu'un d'entrer.

— Oui, vous avez raison. Je vais également demander à la société de sécurité de nous envoyer du personnel plus compétent. Ce qui s'est passé n'est pas acceptable.

— Demandez-leur aussi de poser des caméras de sécurité à l'intérieur de la cavité. Je veux pouvoir voir ce qui s'y passe en permanence, la nuit et lorsque nous n'y sommes pas.

— OK, c'est une bonne idée. Je vais voir ça avec eux.

— Très bien.

— Je ne pense pas qu'on puisse faire mieux pour l'instant. On verra demain, avec le conseil, s'ils veulent donner une suite judiciaire à l'incident.

— Alors, on reprend les fouilles ?

— Oui, en évitant les zones endommagées ; c'est la meilleure chose à faire. Et puis, on ne peut pas se permettre de prendre du retard sur le planning. Il nous reste deux semaines, et quoi qu'il arrive l'Italie ne nous octroiera pas un délai indéterminé. Je vais voir si le commissaire peut envoyer quelqu'un sur place dans la journée. Cela rassurera au moins l'équipe.

— On n'a pas besoin d'être rassurés, Thomas, on a besoin de sécurité.

— Oui, je sais, et je vais vous en donner. Mais je crois qu'il ne faut pas donner plus d'importance que ça à ce qui vient de se passer. Demain, vous rencontrerez le comité de surveillance et je vous introniserai officiellement directrice des fouilles. Ensuite, vous connaîtrez tout le monde, comme moi. On exposera nos inquiétudes et on demandera au représentant de l'État italien de prendre des mesures pour renforcer la sécurité autour du site. Cela vous convient ?

— OK.

— Très bien. Je vous tiens au courant en ce qui concerne la police. Pour le moment, remettez-vous au boulot.

Shana regagna la voiture d'Alexandre, alors que le ciel au-dessus d'eux commençait à s'assombrir. Elle se rangeait à l'avis de Thomas mais restait perplexe. Visiblement, la personne qui s'était introduite sur le site savait déjà ce qui s'y trouvait ; elle devait donc avoir des informations venant de l'intérieur. Elle comprenait l'intérêt de ne pas trop ébruiter ce qu'ils avaient trouvé mais, vu le contexte, elle aurait estimé raisonnable de déposer une plainte officielle. Même si ça semblait *a priori* peu probable, elle n'excluait pas la possibilité que cet incident ait un lien avec l'assassinat de Philippe.

16

Margareth monta dans le taxi qui l'avait patiemment attendue en bas de l'immeuble. Richard lui avait fait part de son mécontentement, réaffirmant l'autorité qu'il espérait avoir sur elle, mais, sans surprise, il lui avait accordé la rallonge qu'elle était venue quémander. Elle n'avait d'ailleurs pas eu trop de doutes sur la question. Il n'avait pas le choix, c'était le « *money time* » et surtout pas celui de sortir de la partie.

Cela faisait longtemps qu'elle les fréquentait, les grands argentiers du monde, mais elle savait que ce serait bientôt terminé. Ce seraient eux qui viendraient alors gratter à sa porte, et elle n'ouvrirait pas. Elle les connaissait bien. Tous. Ils prenaient plaisir à financer de grandes causes avec de l'argent qui, la plupart du temps, ne leur appartenait pas. C'était un moyen pour eux d'exister, de placer leurs entreprises mais surtout leurs noms sur les tables de la notoriété. Du moins, c'était ce qu'ils espéraient, et pour y parvenir il n'y avait pas de limite. Richard était différent. Ce n'était pas la notoriété, ni même la postérité qu'il recherchait, mais seulement le pouvoir. Elle avait toujours su qu'elle aurait besoin de lui au moment décisif, et celui-ci approchait.

Elle parcourut à nouveau, dans son téléphone, les photos qu'Aznar lui avait envoyées dans la nuit. C'était totalement incroyable, et cela pouvait faire basculer leur projet. Combien de chances avaient-ils de trouver un endroit pareil, dans un tel état de conservation ? Il avait fallu un concours de circonstances géologiques et une chance extraordinaire pour trouver ce site. Depuis plusieurs années ils fouillaient le fond des océans, au large des côtes sud-américaines, et ils l'avaient trouvé là, en plein cœur des Alpes, à quelques centaines de kilomètres à peine des bureaux de la SIA. Même dans ses projections les plus optimistes, elle ne l'avait jamais imaginé.

Pour Margareth, le problème le plus urgent devenait Thomas Sanders. Il ne faisait pas partie de la clique des financiers vaniteux qu'elle contrôlait plus ou moins. D'après ce qu'on lui en avait dit, il était un passionné, féru d'archéologie et de sciences. En plus, il était allé chercher cette jeune Française incontrôlable, professeur en paléontologie et accro aux plateaux de télévision. Ces deux-là réunis constituaient une bombe à retardement qu'elle devait absolument désamorcer. Et le plus vite serait le mieux, avant qu'ils ne découvrent ce qu'ils avaient réellement sous leurs pieds, ou plutôt… juste au-dessus de leurs têtes.

Alors qu'elle était perdue dans ses pensées, son téléphone vibra. Même si elle n'avait pas son numéro en mémoire, elle reconnut immédiatement celui qui l'appelait. Cela faisait plusieurs fois qu'il essayait de la joindre depuis la veille. Après un moment d'hésitation, elle se décida cette fois-ci à répondre.

— Margareth Stern.

— Enfin, Margareth ! Je désespérais de vous entendre de nouveau.

— Que puis-je faire pour vous ?

— Dites-moi plutôt : « Qu'est-ce que je ne fais pas pour vous ? » Ce sera plus juste.

Elle ne répondit pas, excédée depuis toujours par ce ton condescendant et supérieur qu'il s'autorisait à prendre avec elle.

— Vu les circonstances, j'aurais apprécié un peu plus de considération de votre part, Margareth, poursuivit-il. Peut-être est-ce trop vous demander ? N'oubliez pas que si vous êtes sur ce site, c'est parce que je vous l'ai indiqué. Sans moi, vous ne seriez pas là.

Malheureusement, c'était en partie vrai, elle ne pouvait pas le nier, mais ça ne changeait pas le ressentiment qu'il lui inspirait.

— Vous connaissez la situation, comme moi, dit-elle enfin.

— Non, justement, puisque vous ne me communiquez aucune information.

— La situation n'a pas changé.

— Pour être franc, Margareth, je n'ai pas l'impression que vous contrôliez vraiment les événements.

— Et puis-je savoir ce qui vous fait penser cela ?

— Votre silence, pour commencer. Il y a un mois, vous m'avez dit… pardon, vous *nous* avez dit, à tous, que les fouilles préliminaires étaient un détail et qu'elles ne dureraient que quelques jours. Cela ne devait déboucher sur rien. Or, voilà que le comité de surveillance italien autorise la poursuite de fouilles approfondies.

— Le décès de Philippe Favre a compliqué les choses, vous le savez très bien. Mais je vous le répète : la situation n'a pas changé.

— J'admire votre optimisme. Et que ferez-vous si la Française met son nez là où il ne faut pas ? Avez-vous la main sur elle ?

— Écoutez, je ne suis pas tenue de répondre à toutes vos questions. Il me semble que vous êtes un peu juge et partie dans cette affaire, non ? Et puis, sauf erreur, vous participez au comité de surveillance, et moi non. Alors, faites en sorte que les fouilles soient abandonnées au plus vite, et ensuite nous aurons les mains libres.

— Disons plutôt que *vous* aurez les mains libres. Mais qu'est-ce que j'y gagne, moi ? Je me demande si je n'aurais pas mieux fait de vous court-circuiter, vous et la SIA. Je me serais peut-être mieux débrouillé sans vous.

— Vous ne savez pas de quoi vous parlez…

— Peut-être, mais on m'a dit que vous faisiez la tournée des grands-ducs, de vos mécènes, pour obtenir des fonds supplémentaires.

— Vous êtes bien informé.

— En effet. Mais vous ne m'avez pas sollicité…

— Vous nous avez déjà beaucoup donné mais, effectivement, je cherche des ressources supplémentaires qui nous seront utiles lorsque nous aurons pris la main. Ne vous inquiétez pas, je viendrai vers vous si cela est nécessaire.

— C'est toujours un plaisir de recevoir un appel de vous, Margareth. À dans très peu de temps, donc.

Elle raccrocha après l'avoir remercié de sa confiance, comme elle le faisait à chaque fois. C'était peu dire qu'il lui était très antipathique. À l'avenir, elle comptait se passer de lui, mais à court terme elle savait que ce ne serait pas possible.

17

Le commissaire Spangeti arriva en voiture vers 20 h 30. Comme le lui avait indiqué Thomas Sanders au téléphone, il passa devant les baraquements, contourna le matériel de chantier, puis pénétra dans le tunnel. Les premiers mètres étaient propres, bitumés, balisés et bien éclairés, mais rapidement il arriva dans la partie qui n'était pas encore transformée. Il n'y avait plus de voussoirs, plus de revêtement sur les côtés et plus d'éclairage.

Comme il s'en doutait un peu, lui qui avait toujours été claustrophobe se sentit immédiatement angoissé. Il ralentit l'allure et alluma ses pleins phares, mais au lieu de lui donner de l'espace, l'éclairage lui renvoya l'image de confinement absolu du boyau de roche dans lequel il s'enfonçait. Devant lui, les striures immenses laissées par le tunnelier et l'humidité qui suintait semblaient se resserrer comme un entonnoir. Il avait l'impression d'entrer dans le tunnel de l'enfer et regretta aussitôt de ne pas avoir envoyé l'inspecteur Costello à sa place. Il se concentra sur le rayon de ses phares et tenta d'ignorer qu'il avait au-dessus de la tête plusieurs millions de tonnes de roche. Il ralentit encore. Le chemin était tellement défoncé qu'il mit plus d'une dizaine de minutes pour parcourir le petit kilomètre, en faisant des écarts en permanence pour éviter les nombreuses déformations qui truffaient le parcours. Enfin, au loin, il aperçut deux voitures stationnées derrière le tunnelier et de la lumière qui semblait venir du bout du monde.

Il se gara près des véhicules, puis coupa le contact et resta de longues secondes immobile. Il ferma les yeux, essayant de faire le vide et de s'imaginer autre part. Lorsqu'il sortit de sa voiture, il se rendit compte qu'il était trempé de sueur. Il s'épongea le front avec le revers de sa manche et alluma une cigarette. La première bouffée eut un effet apaisant, et l'odeur du tabac chaud le rassura. Il pénétra à l'intérieur du tunnelier en se courbant légèrement, longea le tapis d'extraction des déblais, puis, après une vingtaine de mètres, se trouva face au vigile qui gardait l'entrée de la cavité.

— Commissaire Spangeti. Police, se présenta-t-il.

Son souffle un peu saccadé trahissait son angoisse d'être là. Avec une petite lampe, le vigile éclaira la plaque qu'il lui tendait.

— Bonjour, monsieur. Mlle Stenford vous attend. Mais vous devriez éteindre votre cigarette : l'air n'est pas filtré, ici.

— Ne vous inquiétez pas, je l'éteindrai…

Il passa devant lui sans le regarder.

— … lorsqu'elle sera terminée, ajouta-t-il entre ses dents.

Spangeti n'était pas homme à se laisser dicter sa conduite, et encore moins par un vigile d'opérette incapable de surveiller l'unique accès donnant sur une grotte.

Un groupe électrogène situé juste derrière l'entrée émettait un bruyant ronronnement, accentué par le cloisonnement, et dégageait une odeur de diesel qui couvrait largement celle de sa cigarette. L'intérieur de la cavité était beaucoup plus vaste que ce qu'il avait imaginé. Des grandes barres de lumière situées à chaque extrémité quadrillaient l'espace, plafond compris. L'ensemble était très éclairé, surtout après l'obscurité totale qu'il venait de traverser. Aussi, il eut l'impression de pouvoir respirer de nouveau.

— Bonjour, commissaire, dit Shana dans son dos, le faisant sursauter.

— Bon sang ! Ne me refaites jamais ça !

Elle lui serra la main et s'aperçut qu'il était en sueur.

— Excusez-moi, je ne savais pas que je pouvais vous faire peur.

— Bonjour, professeur, répondit-il, radouci. Rassurez-vous, vous ne me faites pas peur, mais je suis un peu… claustrophobe. Venir ici, pour moi, c'est un genre de thérapie.

— Ah… je vois. Soigner le mal par le mal, c'est une bonne méthode. Je vous fais visiter ?

— Oui, bien sûr. Je ne suis pas venu pour rester sur le perron.

Ils avancèrent vers le centre de la cavité en empruntant un long couloir délimité de chaque côté par des cordes rouges. Spangeti déboutonna son pardessus et élargit son nœud de cravate. La température à l'intérieur était de 15 ou 16 °C ; il y faisait étrangement doux et humide par rapport à l'extérieur où le baromètre ne dépassait plus le zéro depuis déjà plusieurs semaines.

— Vous chauffez, ici ?

— Chauffage naturel, commissaire. C'est la chaleur de la Terre, garantie zéro pollution !

— C'est incroyable, cette température ! J'ai l'impression d'être dans un sauna.

— C'est à cause de l'humidité et probablement aussi un peu de votre claustrophobie. Mais, oui, en général, il fait bon dans les grottes. Le manteau n'est pas nécessaire. C'est pour ça que les hommes préhistoriques y vivaient. La température reste constante, quelle que soit la saison.

— J'ai toujours pensé qu'ils s'y réfugiaient pour se protéger des autres espèces.

— Aussi. Mais vous savez, habiter dans une grotte n'était pas simple. La plupart du temps, ils devaient d'abord en déloger les autres occupants, et ensuite la protéger. C'était un combat à mort. On ne faisait pas construire, à l'époque. Que ce soit pour les animaux ou pour nos ancêtres, une grotte était plus qu'un abri ; c'était une nécessité de survie pour le groupe. Les hivers étaient très rudes, surtout par ici.

Ils s'arrêtèrent devant plusieurs empreintes situées à l'intérieur du gigantesque damier constitué par les carrés de fouilles. Shana en avait entouré certaines avec du ruban adhésif tendu sur des petits piquets. Le commissaire prit quelques photos avec son téléphone et mesura la pointure en plaçant son propre pied au-dessus.

— Il doit faire une taille de moins que moi ; je dirais du 42 ou 43. Il portait probablement des bottes ou des bottines.

— À quoi voyez-vous ça ?

— Regardez bien l'empreinte du talon. Elle s'enfonce très profondément dans le sol. C'est caractéristique des bottes. Et elles vont où ces traces, exactement ?

— Il a très probablement effectué le trajet que l'on vient de faire, mais comme on marche tous ici c'est difficile à dire. Ensuite, il a coupé la zone de fouille à cet endroit précis et il est allé directement vers le fossile principal, là-bas.

Elle désigna un emplacement central surmonté d'une barre de lumière, qui le surexposait comme une scène de spectacle.

— Il a fait plusieurs fois le tour, faisant fi des nombreux cordons délimitant les zones de fouilles.

— Il aurait pu tout simplement les contourner. Rester à l'intérieur du couloir de protection, ça aurait été plus discret, non ?

— Oui, il aurait pu, mais sans doute n'en avait-il rien à faire.

— Et ça pose un problème qu'il ait marché au milieu de votre grand jeu de dames ?

— La plupart du temps, les fossiles sont extrêmement fragiles. C'est pour cette raison que nous prenons autant de précautions. Je vais vous montrer.

Elle sortit une petite ammonite[1] du fond de sa poche.

— Tenez, prenez-la entre le pouce et l'index, dit-elle en lui tendant la coquille, que le commissaire saisit avec précaution. Maintenant, serrez-la.

---

1. Espèce éteinte de mollusques céphalopodes caractérisée par une coquille enroulée qui servait d'habitacle à l'animal. Leur taille est très variable et va de quelques millimètres à 2 mètres de diamètre pour les plus gros.

Elle ne mesurait pas plus d'un demi-centimètre et elle était si légère qu'il la sentait à peine entre ses doigts. Il exerça une très légère pression.

— Serrez plus fort !

— Mais je vais la briser.

— Allez-y, ce n'est pas grave. Je vous en donne l'autorisation.

Sous la pression légèrement plus appuyée qu'il exerça, la petite coquille se disloqua en une fine poussière qui tomba au sol.

— Vous voyez, c'est pour ça qu'il ne faut pas marcher sur les zones de fouilles. On peut détruire ce qui s'y trouve sans même s'en rendre compte.

— Je comprends. Et vous pensez qu'un paléontologue aurait pu agir de la sorte ?

— J'en doute. Un paléontologue ou un archéologue aurait pris soin de préserver le site. J'aurais plutôt pensé à un chasseur de fossiles ; leurs motivations sont parfois uniquement mercantiles.

— Mais rien n'a disparu ?

— Non, rien. Et pourtant, il aurait pu : tout était là.

Elle lui montra la dizaine de caissons dans lesquels étaient répertoriés tous les fossiles trouvés par zone.

— C'est incompréhensible ! soupira Shana. Mais vu l'emplacement des empreintes, tout autour du corps, je pense qu'il s'est contenté de prendre des photos.

— On a donc plutôt affaire à quelqu'un qui n'est pas spécialiste de votre discipline ?

— Probablement.

— Vous pouvez me montrer ce fameux fossile ?

— Bien sûr.

Ils remontèrent le petit chemin menant à l'esplanade. Concentré sur ce qu'il voyait autour de lui, le commissaire en avait presque oublié sa claustrophobie.

— Votre patron, M. Sanders, ne souhaite pas porter plainte pour cette intrusion.

— Oui, je suis au courant.

— C'est à contrecœur qu'il m'a demandé de venir vous rendre visite, tout en me priant d'observer la plus stricte confidentialité sur tout ce que je verrai dans ce trou.

— Alors, maintenant, vous savez ?

— Oui. Je n'y connais pas grand-chose en paléontologie. Je me doute que tout cela a beaucoup d'importance à vos yeux, mais j'ai du mal à comprendre pourquoi tant de secrets.

— Il a principalement peur que des gens attirés par le sensationnel viennent traîner par ici.

— Il ne serait pas un peu paranoïaque, votre patron ?

— Peut-être, mais vous savez il arrive parfois que les gens paranoïaques aussi aient des ennemis.

Ils arrivèrent enfin au pied de la sépulture. La scène était rendue magnifique par la surexposition des éclairages, qui soulignait l'empreinte comme un relief. La forme dans le sol était très fine, 3 ou 4 centimètres de profondeur tout au plus. Elle ne mesurait que quelques millimètres, disparaissait à certains endroits où on la devinait plus qu'on ne la voyait, pour réapparaître un peu plus loin.

— Tout ça pour ça ?

— Oui, commissaire. Vous vous attendiez à quoi ?

— Vu l'intérêt que vous lui portez, je m'attendais à quelque chose de plus imposant, de plus… extraordinaire !

— Vous êtes peut-être devant la trace de quelque chose qui vivait il y a soixante millions d'années. Rendez-vous compte, c'est déjà extraordinaire en soi. Vous savez, ce que cherchent les paléontologues, en général, ce ne sont pas les choses elles-mêmes mais les empreintes qu'elles ont laissées. Un peu comme vous, finalement.

— Je peux le toucher ?

— Oui, allez-y.

Le commissaire caressa le relief d'un geste délicat qui détonnait avec son allure virile. Le sol était tiède et poussiéreux ; tout cela était si fragile. Il comprenait mieux, maintenant, pourquoi elle avait été si irritée que quelqu'un marche en plein milieu des zones de fouilles.

— Professeur, je me pose une question qui m'avait complètement échappé jusque-là.

— Je vous écoute, commissaire.

— Qui peut avoir un intérêt à connaître ou bien à compromettre vos recherches ici ?

— Je n'en sais rien. Nous venons à peine de débuter les fouilles. Très peu de personnes sont informées de la nature réelle de ce qui se trouve ici.

— Très peu ? Ça m'intéresse. Vous m'enverrez la liste de ceux qui connaissent cet endroit.

Se relevant, il parcourut du regard l'immensité de la cavité et la toute petite ouverture permettant d'y accéder.

— On ne peut entrer que par là ?

— Oui.

Il lui semblait peu probable que quelqu'un ait pu s'introduire là sans être repéré par les vigiles de l'entrée. Il les aurait bien cuisinés un peu, ces deux-là, mais sans plaignant il n'en avait pas le droit.

— Mademoiselle Stenford, je pense que vous et votre nouveau patron sous-estimez grandement la gravité de la situation. Il est possible que cette intrusion ait un rapport direct avec l'assassinat de votre collègue. Je veux dire que cette personne n'est sûrement pas arrivée là par hasard, pour jeter un coup d'œil en passant. Et puis, il y a les vigiles à l'entrée. Il est évident que nous avons affaire à quelqu'un qui savait exactement ce qu'il cherchait, quelqu'un qui est informé et qui est probablement venu pour quelque chose de très précis que nous ignorons.

— Encore une fois, commissaire, je ne vois pas. Ou peut-être une personne travaillant déjà sur ce sujet, ou bien qui aurait fait une découverte similaire et qui espérait trouver à Bussolino la confirmation de ses propres travaux ?

— Mais, professeur, j'imagine que si quelqu'un d'autre avait découvert des traces de vie humaine remontant à cette époque, la communauté scientifique en aurait été informée, non ?

— Pas nécessairement. Ici, nous n'en sommes qu'au stade des hypothèses. Je veux dire que nous avons peu de certitudes sur l'âge exact de notre fossile et que nous n'en aurons probablement jamais.

— Comment ça, jamais ? Vous ne pouvez pas le dater précisément ?

— Ce n'est pas si simple.

— Ah oui ? Pardonnez mon ignorance, mais la datation au carbone 14, qui est utilisée en archéologie, ne vous permet pas de déterminer son âge, même approximativement ?

Elle esquissa un léger sourire condescendant, que le commissaire perçut et qui l'agaça.

— Non, commissaire. Malheureusement, nous en sommes très loin.

— Expliquez-moi.

— Vous voulez un cours d'archéologie ?

— Pourquoi pas…

— Pour simplifier, disons que, tout au long de sa vie, un organisme emmagasine le carbone 14 présent dans l'atmosphère. Après sa mort, celui-ci décroît progressivement et se transforme lentement en azote ; c'est comme ça qu'on le mesure. Sur un corps humain correctement conservé, il faut environ six mille ans pour que la moitié des atomes de carbone disparaissent. Plus on avance dans le temps, plus la quantité est faible et moins elle est mesurable. Si les conditions de conservation sont optimales, la méthode du carbone 14 permet de dater des sujets jusqu'au Paléolithique, soit environ trente-cinq à quarante mille ans maximum avant notre ère. Cela est déjà beaucoup, mais insuffisant pour le sujet qui nous intéresse. C'est par exemple cette méthode qui a été utilisée en 1950, pour dater les morceaux de charbon de bois trouvés à Lascaux.

Spangeti l'écoutait attentivement, tout en gardant cet air circonspect qu'il arborait en permanence.

— Très bien. Mais alors, comment parvenez-vous à dater des dinosaures ou bien les premiers hommes à plusieurs millions d'années ?

— Justement, commissaire, c'est tout le problème : on ne les date pas ! Il y a toujours beaucoup de polémiques sur l'âge exact des fossiles très anciens. En général, on estime leur existence en fonction d'indices et de l'âge de la strate.

— L'âge de la strate ?

— Oui. Plus le fossile trouvé est près de la surface, plus il est récent, et plus on descend dans la terre, plus il est ancien. La strate qui l'entoure fait office de sablier géant, si vous voulez. Mais il peut y avoir des écarts très importants entre les estimations : parfois des centaines de milliers, voire des millions d'années.

— Et on peut dater la strate ?

— Oui. Encore une fois, c'est approximatif. C'est la méthode de la stratigraphie. Les couches se superposent au fil des millénaires et des mouvements tectoniques ; c'est ce qui nous permet de les dater. Mais il existe d'autres techniques. Par exemple, on peut estimer l'âge d'un fossile par la proximité d'autres espèces animales ou végétales, dont on connaît l'ancienneté.

— Eh bien, dites donc, cela fait beaucoup d'approximations ! Heureusement que je ne fais pas mes enquêtes comme ça. Devant un juge, cela ne tiendrait pas trente secondes…

— Vous avez parfaitement raison, commissaire, et c'est toute la difficulté à laquelle sont confrontés les paléontologues : nous ne travaillons que sur des hypothèses.

— Et alors, qu'est-ce qui cloche ici ?

— Ce qui cloche, comme vous dites, c'est que nous sommes dans une cavité.

— Oui… ça ne m'a pas échappé. Eh bien ? Votre technique ne fonctionne pas, ici ?

— Mal, car la cavité est très profonde et existait déjà à l'époque de l'*Homo* de Bussolino. Comme le fossile n'a pas été directement recouvert, nous ne pouvons pas utiliser la stratigraphie de façon efficace, et on n'a pas encore trouvé d'espèces suffisamment spécifiques à proximité pour nous permettre de dater l'ensemble. Surtout, le point le plus troublant, c'est que les caractéristiques du squelette ne correspondent à aucun hominidé préhistorique connu.

— Vous voulez dire qu'il a pu tomber dans ce trou ou être apporté plus récemment ?

— Oui, c'est ça. Enfin, sa mort se situe tout de même à trente-cinq mille ans minimum, car il ne possède pas ses fameuses traces de carbone 14. Donc on est sûrs que le sujet a au moins cet âge-là. Or, à cette époque, vivaient en Italie des *Homo sapien*s dits modernes et probablement les derniers hommes de Neandertal, dont les caractéristiques morphologiques n'ont aucun rapport avec le squelette que nous avons trouvé ici. On est en face d'un véritable mystère paléoanthropologique.

— Eh bien, professeur, je crois que nous avons tous les deux des énigmes complexes à résoudre.

Tandis qu'ils remontaient vers l'entrée, Spangeti restait perplexe sur le fait que quelqu'un ait pu s'introduire là sans laisser de traces et sans que les vigiles s'en aperçoivent.

— Combien de personnes travaillent ici avec vous ?

— Six. Huit en comptant Thomas Sanders et moi.

— Vous répondez d'eux ?

— Il y en a trois que j'ai sollicités moi-même et que je connais très bien. Les trois autres l'ont été par M. Sanders. Ce sont des personnes en qui il a confiance. Deux ont participé à la mise au jour du corps, il y a un mois, et l'autre est un chasseur de trésors archéologiques très réputé.

— Vous ne répondez pas vraiment à ma question.

— Je suis garante des trois premiers. Maintenant, ils travaillent tous ici toute la journée. Ils peuvent faire autant de photos qu'ils veulent ; je ne leur interdis pas.

— Et les deux vigiles ?

— Je ne les connais pas. *A priori*, ils n'entrent pas dans la cavité. Maintenant, je doute qu'ils aient une idée de l'intérêt de ce que l'on fait ici.

— Ils ont pu entendre vos conversations et avoir envie de conserver un petit souvenir.

— C'est possible. Mais ils auraient sans doute fait plus attention à ne pas laisser de traces. Non, ça n'a pas de sens.

— Vous pourrez tout de même m'envoyer l'identité de tout ce joli petit monde ? Je suis d'accord avec vous, mais j'aimerais néanmoins effectuer quelques vérifications. Discrètement… ajouta-t-il en remarquant son air embarrassé.

— Les trois personnes que j'ai choisies n'y sont pour rien ; c'est moi qui suis allée les chercher. Je ne veux pas qu'elles aient des problèmes.

— Elles n'en auront pas et les autres non plus. Elles ne le sauront même pas. Je veux juste vérifier à qui nous avons affaire.

Shana acquiesça tout en coupant le groupe électrogène. Les huit barres de projecteurs commencèrent à s'éteindre lentement, leur laissant juste le temps d'arriver à la sortie. En quelques secondes, l'espace fut plongé dans une pénombre que seules venaient troubler des veilleuses fluorescentes, disposées sur les abords de l'allée centrale.

— Je vous remercie, commissaire, de vous être déplacé en personne et si rapidement.

— Je vous en prie, c'est mon travail.

Dès qu'ils furent sortis de la cavité, se retrouvant dans l'exiguïté de l'avant du tunnelier, ses angoisses l'envahirent à nouveau.

— Tenez, voici un petit cadeau, pour avoir eu le courage d'affronter votre phobie, dit-elle en lui tendant un coquillage, semblable à celui qu'il avait pulvérisé quelques minutes plus tôt, mais un peu plus gros. Cela vous rappellera votre premier cours d'archéologie !

Il le posa délicatement dans le creux de sa main et ressentit la même impression de fragilité que la première fois. Bien que mesurant plusieurs centimètres de diamètre, cette chose ne pesait presque rien.

— Oh… Merci beaucoup, professeur. Vous savez, je ne suis pas quelqu'un de très délicat.

— Ne le prenez pas mal, commissaire, mais je l'avais deviné.

— Comment il s'appelle déjà, votre escargot ?

— Un peu de respect ! Vous parlez d'une espèce éteinte depuis plus de soixante-cinq millions d'années ! C'est une ammonite et elle fait partie de la classe des mollusques céphalopodes, qui n'a absolument aucun lien de parenté avec nos gastéropodes actuels.

— Vous m'en direz tant… Néanmoins, croyez-moi, il vaut mieux que vous le gardiez, il sera plus en sécurité avec vous. Ce serait dommage qu'après avoir survécu ici autant de temps, il termine écrasé dans ma boîte à gants.

— Hors de question, commissaire ! Vous êtes maintenant légataire d'une trace de vie remontant au Crétacé supérieur, alors prenez-en soin et protégez-la. Je suis sûre que vous en êtes capable. Je vérifierai…

Sur ces mots, elle le planta là, le coquillage à la main. Il avait l'air aussi à l'aise qu'un jeune papa à qui on mettait son bébé dans les bras pour la première fois. Vu son état de stress, elle lui proposa de la suivre jusqu'à la sortie du tunnel, en se concentrant sur l'arrière de sa voiture et sans trop regarder sur les côtés. Il accepta mais, en dépit de cette précaution, le trajet du retour fut, pour lui, tout aussi éprouvant que l'aller.

18

Shana regagna l'*Alla Bastilla*, peu après 22 heures. Sa conversation avec le commissaire avait confirmé ses doutes sur le fait que l'intrusion pouvait être en lien avec l'assassinat de son ami. Tout comme elle, il n'excluait pas cette hypothèse. En chemin, elle téléphona à l'hôtel pour qu'on lui garde une portion de *bagna cauda*, la spécialité locale. Dès qu'elle arriva, elle passa en cuisine et emporta directement l'assiette dans sa chambre, comme à son habitude. Elle n'aimait pas beaucoup manger dans la salle du restaurant. Bien que le personnel y fût sympathique, elle trouvait triste de se retrouver seule au milieu de couples, d'amis ou de familles. Elle préférait la présence très relative de la télévision qui lui renvoyait une image moins pesante de sa solitude. Tout en dégustant les légumes croquants, elle rédigea son relevé quotidien qu'elle envoyait tous les soirs aux membres du conseil. Comme chaque fois, elle y joignit quelques photos des éléments trouvés.

Lors de cette journée particulière, deux choses avaient attiré son attention et contrebalançaient un peu le sentiment pénible qui avait prédominé après cette intrusion sur le site. La première appuyait la théorie de l'ancienneté du fossile principal. Alexandre et Paolo avaient trouvé plusieurs vertèbres cervicales désolidarisées, à plusieurs mètres de celui-ci. « *Le déplacement et la distance entre les vertèbres et le reste du squelette sont des indices supplémentaires alimentant la possibilité que notre individu soit mort il y a au moins plusieurs centaines de milliers d'années* », nota-t-elle en commentaire sous la photo. La seconde était beaucoup plus inattendue et, à vrai dire, elle n'y voyait aucune explication rationnelle.

Depuis le tout premier jour, ils avaient trouvé de très nombreuses traces de micro-organismes qu'ils n'étaient pas parvenus à identifier, éparpillés un peu partout dans la cavité, sur le corps et tout autour. Au départ, ils avaient pensé à des insectes ou des bactéries géantes, mais d'après leurs connaissances rien ne correspondait vraiment. Ils avaient transmis plusieurs échantillons au laboratoire d'analyses bactériologiques de Turin. Eux aussi avaient eu des difficultés et mis plusieurs jours avant d'envoyer une réponse qui était encore plus surprenante que la question. Selon le laboratoire piémontais, il ne s'agissait ni d'animaux ni d'insectes, mais d'un type d'algue très ancienne, de la catégorie des *Phaeophyceae*[1]. Shana le mentionna sur le relevé, sans donner plus d'explications, qu'elle n'avait pas de toute façon. Ce n'était pas tant la présence d'algues qui posait problème, car elles existaient déjà il y a soixante millions d'années, et même depuis

1. Les algues font partie des formes de vie les plus archaïques présentes sur Terre, juste après les bactéries. On estime l'apparition des premières algues et avec elles de la photosynthèse à trois milliards deux cents millions d'années.

bien plus longtemps. C'était plutôt la quantité qui interpellait, mais surtout, les *Phaeophyceae* étaient des algues marines, alors que, quelle que soit l'époque, la région de Bussolino était très éloignée de la mer. Il n'y avait donc aucune explication rationnelle à la présence d'algues en grande quantité à cet endroit-là.

Un mystère de plus, pensa-t-elle au moment d'envoyer le message. Plus les fouilles avançaient et plus elle était persuadée qu'il lui manquait un élément important pour comprendre le site. Un élément que quelqu'un d'autre possédait peut-être déjà. Elle relut les noms des membres du conseil ; elle n'en connaissait aucun. Ce qui était incompréhensible, c'était que les personnes censées être informées des fouilles, que ce soit l'équipe sur place ou bien les membres du conseil, étaient déjà toutes en possession de photos et d'éléments circonstanciés ; ils n'avaient nul besoin de s'introduire sur le site en pleine nuit. Soit quelque chose lui échappait, soit celui qui leur avait rendu visite devait être proche de quelqu'un de très informé, mais pas suffisamment pour avoir accès à ce qu'il cherchait.

Alors qu'elle expédiait son compte rendu, un « bip » retentit, et une petite fenêtre indiquant un nouveau message s'ouvrit en haut de son écran. Elle regarda machinalement et se figea en voyant le nom de l'expéditeur. « Philippefavre@ universitelyon1.fr. » Elle relut plusieurs fois l'adresse sans y croire. Qui pouvait être assez idiot ou irresponsable pour lui écrire en utilisant l'adresse e-mail de Philippe ? Incrédule, elle pointa le curseur de sa souris sur la petite enveloppe. Celle-ci clignota quelques secondes avant de s'ouvrir.

DE : Philippefavre@universitelyon1.fr
À : Shanastenford@universitelyon1.fr
Mar 15 nov, 21 h 38
Objet : conseil
Bonjour, Professeur Stenford,

Nous ne nous connaissons pas encore, et je ne vous souhaite aucun mal.

Comme vous l'avez sans doute déjà compris, il y a beaucoup d'intérêts en jeu à Bussolino. Beaucoup trop pour que vous et les personnes qui vous accompagnent soyez en sécurité.

Ce que vous cherchez n'est pas ce que vous imaginez.

C'est moi qui ai fait venir Philippe, et c'était une erreur. Ce qu'ils cherchent est dangereux et ne vous concerne pas.

Laissez tomber tout cela, car c'est une supercherie !

Elle n'en revenait pas ! Son premier réflexe fut d'appeler le commissaire Spangeti, puis elle se ravisa. Relisant le message, elle se demandait s'il s'agissait d'un conseil ou d'une menace. C'était difficile à dire ; sans doute un peu des deux. Après un moment d'hésitation, elle répondit par trois mots :

DE : Shanastenford@universitelyon1.fr
À : Philippefavre@universitelyon1.fr
Mar 15 nov, 21 h 41
Objet : Re : conseil Qui êtes-vous ?

Elle resta les yeux figés sur l'écran, comme si la réponse allait être instantanée, ce qui fut presque le cas.

DE : Philippefavre@universitelyon1.fr
À : Shanastenford@universitelyon1.fr
Mar 15 nov, 21 h 43
Objet : Re : Re : conseil

Je suis un ami, un très vieil ami de Philippe. Je ne vous connais que de réputation, mais il m'a souvent parlé de vous.

Comme je vous l'ai dit, c'est à cause de moi qu'il est venu à Bussolino, et je le regretterai toute ma vie, car je savais le risque grand.

Ne commettez pas la même erreur, je vous en conjure. Abandonnez et rentrez chez vous avant qu'il ne soit trop tard. Ils veulent vous utiliser. Ce projet est une imposture.

Aussitôt, elle repensa à ce que lui avait dit Philippe avant de partir : « Je vais aider un ami. » De qui pouvait-il bien s'agir ? Elle n'en avait aucune idée, et il n'avait visiblement pas envie de lui révéler son identité. Elle se dit qu'en lui posant quelques questions elle obtiendrait peut-être des indices.

DE : Shanastenford@universitelyon1.fr
À : Philippefavre@universitelyon1.fr
Mar 15 nov, 21 h 50
Objet : Re : Re : Re : conseil

Quel est le risque ? Qu'y a-t-il à découvrir, à Bussolino ?

De nouveau, la réponse ne se fit pas attendre.

DE : Philippefavre@universitelyon1.fr
À : Shanastenford@universitelyon1.fr
Mar 15 nov, 21 h 52
Objet : Re : Re : Re : Re : conseil

Rien qui puisse faire avancer votre carrière dans le bon sens.

Ne vous fiez pas aux apparences : elles sont trompeuses ! Vous ne cherchez pas ce que vous croyez. Demain, d'une manière ou d'une autre, le comité de surveillance va essayer de vous destituer ; je le sais déjà.

Ne vous en offusquez pas et acceptez ce qu'ils vous proposeront ! C'est votre porte de sortie. Après, vous n'aurez plus le choix. Ce sera impossible, pour vous, d'en sortir indemne.

Elle relut plusieurs fois le message. Croyait-il vraiment qu'en l'approchant de la sorte, elle allait tout abandonner ? Pourquoi ferait-elle ça, alors qu'il ne lui donnait aucun élément ?

DE : Shanastenford@universitelyon1.fr
À : Philippefavre@universitelyon1.fr
Mar 15 nov, 21 h 55
Objet : Re : Re : Re : Re : Re : conseil
Pourquoi ne me donnez-vous pas votre identité ?

À l'instant où elle expédia le message, elle se dit qu'il ne répondrait probablement pas, mais elle se trompait.

DE : Philippefavre@universitelyon1.fr
À : Shanastenford@universitelyon1.fr
Mar 15 nov, 21 h 57
Objet : Re : Re : Re : Re : Re : Re : conseil
Je ne peux pas vous dire qui je suis, car je me mettrais moi-même en danger. Comprenez-moi, et surtout, écoutez-moi.

Il lui en disait trop ou pas suffisamment. Des questions désordonnées se bousculaient dans sa tête. Que savait-il ? Pourquoi prenait-il contact avec elle ? Et pourquoi comme ça ?

DE : Shanastenford@universitelyon1.fr
À : Philippefavre@universitelyon1.fr
Mar 15 nov, 21 h 59
Objet : Re : Re : Re : Re : Re : Re : Re : conseil
Qui a tué Philippe ?

Cette fois, son interlocuteur mit plus de temps à répondre.

DE : Philippefavre@universitelyon1.fr
À : Shanastenford@universitelyon1.fr
Mar 15 nov, 22 h 06
Objet : Re : Re : Re : Re : Re : Re : Re : Re : conseil
Je n'en sais rien !

Évidemment. Mais elle n'allait pas le laisser s'en sortir si facilement. Après tout, c'était lui qui la sollicitait… Pourquoi ? Si c'était pour la pousser à abandonner sans lui donner aucune information, la démarche était stupide.

DE : Shanastenford@universitelyon1.fr
À : Philippefavre@universitelyon1.fr
Mar 15 nov, 22 h 07
Objet : Re : Re : Re : Re : Re : Re : Re : Re : Re : conseil
Philippe était mon ami. Je n'abandonnerai pas sans savoir ce pour quoi il est mort et que vous semblez savoir.
Si vous étiez également le sien, vous devez m'aider.

Elle resta un long moment devant son écran avant de comprendre qu'il n'avait pas l'intention de prolonger la conversation. Cette nuit-là fut particulièrement longue. Elle hésita à transmettre l'échange au commissaire mais ne le fit pas. Elle ne trouva pas le sommeil, surveillant sans cesse sa boîte mail et se repassant en boucle les dernières conversations qu'elle avait eues avec Philippe.

19

Thomas passa chercher sa directrice, tôt dans la matinée. Lorsqu'il l'aperçut, seule au milieu des autres clients du restaurant de l'hôtel où elle l'attendait, il faillit ne pas la reconnaître. Débarrassée de ses affaires de fouilles habituelles, elle avait opté pour un élégant tailleur noir agrémenté d'un foulard caramel. Sans effort de maquillage particulier et les cheveux détachés, il trouva qu'elle illuminait la pièce. Ils déjeunèrent rapidement, en passant en revue les images qu'elle allait présenter au conseil. Il remarqua rapidement qu'elle semblait préoccupée mais il ne lui posa aucune question. De son côté, elle ne dit rien concernant le mystérieux échange qu'elle avait eu dans la nuit.

Avant de prendre la direction de Turin, où ils étaient attendus, Thomas insista pour passer voir le site. Elle lui fit faire un tour complet des zones de fouilles et lui montra la quantité impressionnante de fossiles qu'ils avaient déjà trouvés. Sur place, il put se rendre compte de la bonne ambiance qui régnait dans l'équipe et de l'avancement rapide des travaux après seulement quelques jours. Il était fier d'avoir réussi à la convaincre et il ne le cachait pas. Ses yeux brillèrent comme ceux d'un enfant lorsque Norma lui proposa de manipuler quelques pièces fraîchement époussetées. Elles étaient disposées à l'entrée, sur une grande planche de bois soutenue par plusieurs tréteaux, et classées par ordre chronologique. Sous chacun, un petit numéro correspondait à un relevé de fouilles qu'elle ou Radouane enregistrait au fur et à mesure. Ils mentionnaient la date et l'heure de la découverte du fossile, le type (parfois hypothétique), le poids, les dimensions, l'emplacement précis où il avait été trouvé, et lui attribuaient plusieurs photos. Ensuite, les plus fragiles étaient enduits d'un vernis solidifiant, puis ils étaient rangés dans des caissons pressurisés pour leur conservation. Thomas reconnut là l'endroit où Shana effectuait les photos qu'elle transmettait tous les soirs aux membres du comité. Sur la planche, on trouvait pêle-mêle des ammonites, des brachiopodes, des bivalves, des carbonifères et quelques micro-organismes non identifiés que Norma se chargeait de répertorier. Pendant ce temps, Shana fit le tour de l'ensemble des zones. Hormis Norma, toute l'équipe était au sol, en plein travail.

— Waouh ! Canon, la patronne ! s'exclama Paolo, qui ne l'avait jamais vue en tenue civile, ce qui fit sourire Alexandre.

— Tu vois, Paolo, contrairement à ce que tu penses, je ne vis pas tout le temps dans une grotte, répondit-elle.

— Eh ben, je vois ça… *Bella !* Si j'avais su, je me serais habillé en conséquence.

— Tu es très beau comme ça, Paolo !

— C'est parce que tu ne m'as pas vu autrement…

Pendant qu'elle lui répondait, elle observa discrètement Gregorio et Rodolfo. Elle avait pensé aux deux quinquagénaires toute la nuit. Ils faisaient partie de l'équipe originale qui avait excavé le fossile. L'un d'eux pouvait très bien avoir eu connaissance du code d'accès à la boîte mail de Philippe et s'en servir maintenant. Mais rien dans leur attitude vis-à-vis d'elle ne laissait transparaître quoi que ce soit. Ils étaient tous deux allongés au sol et grattaient méticuleusement leur zone. Ils semblaient presque indifférents à sa présence et aux gouailleries de leur collègue. Pour quelle raison feraient-ils cela ? Elle aurait bien aimé avoir une conversation avec chacun d'eux séparément mais, ce matin, elle n'en avait pas le temps.

Thomas conduisit pendant les 25 kilomètres séparant Bussolino de Turin. Visiblement satisfait de ce qu'il avait vu, il ne comprenait pas pourquoi Shana semblait toujours préoccupée et ne prononçait pas le moindre mot. Il imagina qu'elle était inquiète de rencontrer les décideurs du projet et tenta de la rassurer, même si lui-même n'était pas tout à fait serein. Ils arrivèrent vers 11 heures devant la Mole Antonelliana, située sur la *via* Montebello, au cœur du centre-ville. Ce magnifique édifice public, qui symbolisait souvent la ville, abritait le musée du Cinéma italien, mais était aussi régulièrement utilisé par l'administration pour différents types de manifestations. Ils furent accueillis au pied des marches de l'entrée principale par Robert Sanders, père de Thomas et actionnaire majoritaire du groupe Sanders, qui les attendait depuis un moment.

— Vous êtes en retard ! dit-il en adressant un regard froid à Shana, avant de donner une rapide accolade à son fils.

Thomas regarda sa montre, pour constater qu'ils étaient effectivement en retard de quelques minutes.

— Ne t'inquiète pas, ils ne risquent pas de commencer sans nous ! plaisanta-t-il, tandis qu'ils étaient déjà en train de monter les marches.

Une fois le contrôle des identités effectué, une hôtesse les accompagna au dernier étage de l'imposant bâtiment. Dans le luxueux salon Michel-Ange, quatre personnes étaient déjà installées. Étant les derniers arrivés, ils s'assirent à l'extrémité d'une grande table ovale en verre qui pouvait accueillir une vingtaine de personnes. L'hôtesse referma la porte pour les laisser seuls, et presque aussitôt un homme élégant d'environ soixante ans, les cheveux gris clairsemés et le regard dynamique, prit la parole.

— Puisque tout le monde est là, et avant de commencer la séance, je vous propose d'effectuer un rapide tour de table pour nous présenter à la nouvelle arrivante.

Un regard d'approbation parcourut l'ensemble des participants. Alors, il ouvrit le cahier qu'il avait devant lui et commença :

— Mon nom est Giuseppe Gazotti. Je suis le directeur des programmes archéologiques auprès du ministère italien des Activités culturelles, dit-il, puis il lança un regard en direction de Shana, semblant signifier qu'il lui donnait la parole.

— Shana Stenford. Comme vous le savez probablement, je dirige l'équipe qui effectue les fouilles sur le site. Je suis également professeur à l'université de…

— Nous savons déjà qui vous êtes, mademoiselle Stenford, l'interrompit-il sèchement, tout en arborant un sourire convenu. Le tour de table vise plutôt à nous présenter à vous.

Il fixa l'homme assis sur sa gauche.

— Giordano Milazzo, dit celui-ci, pendant que Shana sortait rapidement un bloc-notes de son sac, pour noter les noms et la fonction des participants. Je suis le conseiller en communication auprès du ministère de la Culture.

— Marcelo Galiani, professeur de paléontologie à la faculté de Rome et conseiller du ministre et de Giuseppe pour les affaires archéologiques. Je vous souhaite la bienvenue parmi nous.

— Thomas Sanders, président du groupe Sanders et de la fondation pour la préservation du patrimoine archéologique qui porte mon nom.

Tous les yeux se posèrent sur le père de Thomas, qui était assis juste à côté de lui.

— Robert Sanders. Tout le monde me connaît, je crois qu'il n'est pas utile de me présenter, dit ce dernier.

Enfin, un homme d'une petite trentaine d'années, plus jeune que les autres, qui était assis en face de Shana, prit la parole en français :

— Bonjour, mademoiselle Stenford, je suis…

— En italien, s'il vous plaît, l'interrompit Giuseppe Gazotti.

— C'était pour accueillir notre nouvelle directrice des fouilles.

— Eh bien, accueillez-la en italien !

— Très bien, reprit-il en italien, avec un large sourire. Bonjour, mademoiselle Stenford. Mon nom est René Philibert, et je suis un de vos compatriotes. Je suis membre de la commission de l'aménagement du territoire en France. Je suis délégué par mon ministère pour rendre compte des fouilles sur le futur tracé Lyon-Turin.

Shana le remercia d'un hochement de tête. Jetant un regard aux notes qu'elle venait de prendre, elle se dit que cela faisait beaucoup de monde, venant de milieux très différents, pour garder le secret de leurs travaux à Bussolino. Alors qu'elle pensait que le tour de table était terminé, une voix se fit entendre dans le téléphone de conférence situé au centre de la table.

— Je ne voudrais couper la parole à personne, mais il me semble que c'est à moi… dit l'homme à l'autre bout du fil.

Elle le reconnut immédiatement. Même si elle ne l'avait pas entendu depuis longtemps et qu'il ne figurait pas sur la liste des destinataires de son compte rendu quotidien.

— Pierre Lancarneau. Je suis professeur à l'université de Boston, expert en paléontologie et paléoanthropologie. Membre du secrétariat d'État américain en charge des découvertes sur les vies primitives et également responsable, pour l'ONU, de la conservation du patrimoine archéologique et paléontologique.

— Très bien, conclut Giuseppe. Je vous remercie de vous être tous rendus disponibles pour notre séance de ce matin. Mademoiselle Stenford, la parole est maintenant à vous.

Shana se leva et fit une courte présentation de l'avancement des fouilles, illustrée par des photos, comme elle le faisait chaque soir. Elle fit également circuler quelques ammonites qu'elle avait pris soin d'emporter avec elle. En même temps, elle énuméra précisément, par type, la cinquantaine de fossiles importants qu'ils avaient déjà trouvés sur place. L'assemblée écouta avec attention, sans l'interrompre.

— Venons-en au corps fossilisé, si vous le voulez bien. Quels sont vos premiers constats et hypothèses ? demanda alors Giuseppe Gazotti.

Il avait une voix autoritaire et visiblement l'habitude de diriger les débats. Shana le regarda fixement, comme si elle s'adressait à lui en tête-à-tête.

— Le fossile du corps, tel que nous l'avons trouvé, est constitué de vingt-sept os entiers et dix partiels, qui sont tous parfaitement identifiables et dans un état correct de conservation. Nous en avons récupéré, à proximité, douze supplémentaires, soit environ une cinquantaine sur les deux cent six principaux qui constituent un corps humain. D'après l'ossature et les éléments de la dentition dont nous disposons, nous pouvons dire que nous sommes face à un individu mâle d'une quarantaine d'années. La présence de nombreuses algues *Phaeophyceae* dans la cavité laisse penser qu'il devait s'en nourrir, mais nous n'en sommes pas certains. Les analyses qui ont été effectuées sur plusieurs éléments n'ont montré aucune trace d'azote 14, ce qui prouve que ceux-ci ont au minimum trente-cinq à quarante mille ans.

— J'ai bien compris. Mais quelles sont vos premières hypothèses, professeur ?

— Il est encore trop tôt pour se hasarder à tirer des conclusions. La seule chose que nous pouvons constater, et qui est déjà exceptionnelle en soi, c'est que nous sommes très probablement devant une lignée humaine totalement inconnue jusqu'à aujourd'hui et qui a… qui a pour particularité première de ressembler très fortement à la nôtre. Quelles que soient les hypothèses, on aura beaucoup de mal à expliquer cette analogie.

— Très bien. Merci, professeur.

Le deuxième sujet à l'ordre du jour était celui des délais, mais Shana comprit vite que la décision avait été prise au préalable. Giuseppe annonça que l'État italien octroyait une semaine supplémentaire pour que les fouilles et les analyses soient effectuées dans les meilleures conditions. Le père de Thomas utilisa tous les arguments financiers possibles pour réduire ce temps d'immobilisation, mais sans succès. Il n'y eut ni débat ni vote. Après ce délai, la perforation devrait reprendre, sans dévier du tracé initial. L'intrusion sur le site fut également évoquée, mais rapidement, et, là encore, il n'y eut pas de débat. Comme le présumait Thomas, les participants décidèrent de ne pas déposer de plainte et de garder confidentiel tout ce qui se trouvait dans la cavité. L'argument était simple : rien n'avait été dérobé, ni détérioré, et l'on voulait éviter d'avoir à détailler la nature des fouilles en cours, ce qui serait inévitable si une enquête officielle était diligentée sur le site.

— Nous devons maintenant aborder un autre sujet, mademoiselle Stenford, plus délicat. Celui de votre nomination, annonça alors Giuseppe Gazotti.

Aussitôt, Shana pensa à la prédiction de son mystérieux correspondant.

— Je ne voudrais pas manquer d'élégance, ni de courtoisie, poursuivit-il, car vous venez tout juste de nous rejoindre sur le projet et nous n'avons pas encore le recul nécessaire pour apprécier la qualité de votre travail, mais, comme vous l'imaginez, la légitimité de la directrice des fouilles est importante.

Alors, autant aborder la question en votre présence plutôt qu'en petit comité, lorsque vous serez partie. Je vais vous poser une question simple et très précise, mademoiselle Stenford, et j'aimerais que vous me répondiez avec franchise.

— Je vous écoute…

— Considérez-vous avoir les compétences et l'expérience requises pour assurer votre mission sur ce site ?

— Giuseppe, nous avons déjà abordé le sujet ! intervint Thomas, ne laissant pas le temps à sa directrice de répondre. Je vous rappelle que c'est mon groupe qui finance la totalité des travaux sur place ; il m'appartient donc d'en nommer la responsable.

— Je sais, Thomas, je sais… Et je vous reconnais volontiers ce droit. Mais, ne vous en déplaise, cela ne doit pas nous empêcher d'aborder le sujet, car il… incommode l'ensemble des membres de ce comité. Alors, si vous le permettez, je voudrais juste que Mlle Stenford réponde à ma question.

— Je tiens à dire que je ne suis nullement incommodé, précisa René Philibert, se démarquant ainsi du reste du comité et de son leader.

— Très bien. Les membres du comité, à l'exception de Thomas et vous, rectifia Gazotti. Je vous écoute, mademoiselle Stenford.

Surpris et visiblement embarrassé, Thomas se tourna vers Shana.

— La réponse est « oui », monsieur Gazotti, répondit-elle. Mais je pourrais vous retourner la question. Y a-t-il quelque chose en particulier qui vous fait penser que ce ne serait pas le cas ?

Ce fut Giordano Milazzo, le conseiller en communication du ministère de la Culture, jusque-là très discret, qui prit la parole.

— Mademoiselle Stenford, sachez que j'ai beaucoup d'estime pour vous et pour votre carrière en général, commença-t-il, d'une manière telle que Shana comprit instantanément que ce qui allait suivre serait désagréable. Néanmoins, malgré le respect que je vous dois en tant que brillante universitaire, je pense que votre place est dans l'enseignement et que votre présence sur ce projet n'est pas judicieuse. Vous êtes une personnalité très médiatique, et de nombreuses controverses accompagnent déjà vos prises de position. Alors, indépendamment de ce que nous découvrirons peut-être à Bussolino, je pense que le fait même que vous dirigiez les recherches nous mettra à dos la moitié de la communauté scientifique ! Et lorsque je dis « la moitié », vous savez très bien que je suis probablement très en dessous de la réalité…

Shana était toujours plus à l'aise pour défendre un point de vue que pour se mettre en valeur. Contrairement à ce que lui avait laissé penser Thomas, elle allait devoir convaincre l'assemblée de ses compétences et de sa légitimité. Ainsi, elle commença par rappeler ses années de professorat universitaire, ses publications et ses livres qui avaient fait d'elle, à seulement trente-deux ans, une personnalité incontournable de la paléontologie en France. Puis, après avoir observé un silence, elle prit un ton plus personnel.

— Messieurs, ce que nous allons peut-être dévoiler au monde est de nature à bouleverser tout ce que nous savons de nos origines. Cela dépasse de beaucoup notre dimension et le cadre de nos compétences, voire de nos références. C'est peut-être l'aube de l'humanité qui est enfouie à Bussolino. Si nous parvenons à prouver que les premiers hommes sont plus anciens de soixante millions d'années par rapport à ce que nous pensions savoir, croyez-vous sérieusement que quelqu'un s'attardera sur le casting ou sur le financement de ceux qui auront mis au jour le site ? Non, évidemment non. Je pense avoir la compétence, l'expertise et j'ajouterais l'ouverture d'esprit, nécessaires pour terminer ce travail. Maintenant, je ne souhaite pas m'imposer à qui que ce soit. Alors, si telle n'est pas votre appréciation, je peux aisément laisser la place.

— Ne vous trompez pas, nous jouons tous notre crédibilité sur la véracité des conclusions que nous diffuserons, renchérit Thomas qui avait apprécié sa réponse. Je pense sincèrement que des personnalités comme Shana Stenford, tout comme le regretté Philippe Favre et quelques autres, sont l'avenir de la paléontologie telle qu'elle existera dans les années qui viennent. Ils représentent la rupture nécessaire à toute grande avancée des connaissances. Tout autre choix nous réduirait à un formatage de pensée que nous nous apprêtons à faire voler en éclats ! C'est pour cela que j'étais heureux de travailler avec Philippe et que j'ai ensuite diligenté Mlle Stenford de nous accompagner.

Shana observa les réactions sans rien dire. Les avis étaient visiblement partagés, en tout cas plus que ne l'avait laissé penser le directeur des programmes archéologiques italien. Les mots qu'il avait prononcés étaient forts et probablement excessifs, et pourtant elle crut voir un sourire d'approbation parcourir l'assemblée. Thomas regarda son père avec un peu d'inquiétude, mais celui-ci ne le contredit pas.

— Qu'en pense notre responsable de l'ONU pour la conservation du patrimoine paléontologique ? interrogea Gazotti en se penchant vers le téléphone araignée situé au centre de la table.

Il y eut un silence de quelques instants, puis, hésitant ou embarrassé, Pierre Lancarneau donna sa position.

— Eh bien… Comme l'ont exprimé Giuseppe et Missanté, je pense également que le choix de Mlle Stenford, au vu de ses positions passées, que je connais, n'est pas… disons, le plus approprié. Cela dit, et pour être pragmatique, le temps nous est compté. Le site étant sous la responsabilité du groupe Sanders, et les fouilles financées par l'association de Thomas, je reconnais sa légitimité évidente pour nommer le directeur ou la directrice de son choix. Il n'y a donc pas de problème me concernant. Je serai à Turin la semaine prochaine ; je pourrai juger sur place de la qualité et de la rigueur du travail effectué, conclut-il.

20

Aznar monta au troisième étage, par l'escalier de service situé à l'extérieur de l'hôtel. La mission que lui avait confiée Margareth semblait simple, mais elle nécessitait la plus grande prudence. Une heure plus tôt, elle l'avait appelé pour l'informer que la paléontologue venait d'arriver à Turin et qu'il avait le champ libre pour agir. Attifé d'un pantalon de tweed beige, d'une chemise baroudeur, d'un pull négligemment posé sur les épaules et d'une sacoche ceinture, il avait l'allure d'un banal touriste venu visiter la région. À l'aide d'une feuille rigide semblable à une radio médicale, il ouvrit sans difficulté la porte de secours, qu'il referma derrière lui, puis il traversa silencieusement le long couloir. Passant devant la porte de la chambre 17, il actionna la poignée à tout hasard mais, évidemment le verrou était enclenché. Le système de verrouillage électronique des portes des chambres était bien plus sécurisé que celui de l'escalier, mais peu importe, il savait comment s'y prendre. Il fit le tour de l'étage et ne tarda pas à trouver ce qu'il cherchait.

— Bonjour, mesdames, dit-il en adressant un grand sourire aux deux femmes de ménage qui effectuaient leur tournée.

— Monsieur, répondit la plus âgée des deux.

— Excusez-moi de vous déranger, mais voilà… j'ai oublié mes clefs de voiture dans la chambre et c'est ma femme qui a gardé la carte magnétique. Pouvez-vous, s'il vous plaît, me l'ouvrir un instant, pour que je les récupère ?

— Eh ben… Elle est où, votre femme ?

Ça commence bien, pensa-t-il.

— Elle prend son petit-déjeuner en bas. Si vous pouviez m'éviter de redescendre les trois étages, je vous en serais vraiment très reconnaissant, dit-il en sortant un billet de 20 euros de la poche de sa chemise.

À la vue du billet, elle changea instantanément de ton.

— C'est laquelle, votre chambre ? demanda-t-elle.

Il glissa le billet dans la poche extérieure de sa blouse.

— La 17. C'est juste là…

La préposée le suivit et ouvrit la porte à l'aide de la carte accrochée autour de son cou. Elle resta dans l'entrée pendant qu'il pénétrait seul dans la chambre. Il constata que celle-ci n'avait pas encore été nettoyée, fit mine de récupérer le jeu de clefs, qu'il sortit discrètement de sa poche, puis revint vers elle. Il la laissa ressortir en premier, puis, pendant qu'il la suivait, glissa un petit étau en caoutchouc devant le capteur électronique de la serrure, empêchant celle-ci de se verrouiller. Il la remercia chaleureusement, lui souhaita une belle journée, puis s'engagea dans les escaliers.

Après avoir descendu quelques marches, il s'immobilisa un instant pour laisser le temps à son involontaire complice de retourner à ses occupations, puis il revint sur ses pas. Il ouvrit sans peine la porte et pénétra dans la chambre. Se doutant que Shana repasserait se changer après son rendez-vous de Turin, il devait faire très vite. Il dégrafa sa sacoche, l'ouvrit en quatre et la posa sur le lit pour en sortir ses instruments de travail. Il commença par installer, sur chaque prise de courant, un cache faisant office de micro. Ceux-ci étaient simples à poser, difficilement détectables à l'œil nu et permettaient d'entendre tout ce qui se disait à proximité. Il en installa également un dans la salle de bains, afin de ne pas avoir de zone blanche.

Il passa ensuite à la caméra. C'était plus compliqué. Il s'agissait d'un ensemble métallique maquillé en détecteur de fumée, qui incorporait une puissante batterie au lithium capable de fonctionner durant plusieurs semaines sans alimentation. La caméra devait s'activer à chaque mouvement et transmettre les images, en léger différé, *via* les ondes GSM. Une petite antenne blanche longue d'environ 2 centimètres sortait horizontalement du boîtier, sur le côté. Elle se fondait si bien dans la blancheur du plafond qu'il fallait vraiment avoir le nez dessus pour la remarquer. L'angle de vue n'étant que de 30°, il convenait de trouver un emplacement discret permettant de couvrir le plus d'espace possible. Il y avait un léger risque que la paléontologue remarque l'installation d'un nouveau détecteur de fumée en son absence et interroge la réception, mais il savait que c'était peu probable ; personne ne faisait attention à ces petits boîtiers qui occupaient pourtant la plupart de nos lieux de vie.

Il venait à peine de le fixer au plafond que les voix des femmes de ménage lui parvinrent depuis le couloir. Il tendit l'oreille, essayant de savoir vers quelle chambre elles allaient se diriger en premier. Il n'eut pas à attendre longtemps : les voix se rapprochèrent, puis il entendit la poignée de la porte s'abaisser brutalement. Il sauta de la chaise sur laquelle il s'était hissé et se plaqua contre le mur, dos au couloir de l'entrée. La plus jeune poussa son chariot contenant produits ménagers et serviettes propres à l'intérieur et ne tarda pas à être rejointe par sa collègue. Aznar se cacha rapidement dans la penderie contre laquelle il était adossé et tira discrètement la porte sur lui. Il épia leurs réactions pour savoir si elles l'avaient entendu, mais fut vite rassuré lorsqu'elles commencèrent le nettoyage de la chambre. Cependant, celle qui était entrée en premier avait remarqué que la porte ne se verrouillait plus et appela l'accueil pour le signaler. Dans une position précaire, Aznar se cala contre le fond de la penderie. En principe elles n'avaient pas de raison de l'ouvrir, mais si c'était le cas il devrait improviser très rapidement.

21

Une pluie fine tombait sur la banlieue turinoise, et le mouvement monotone des balais d'essuie-glaces rajoutait à la grisaille du moment. Très gêné par ce qui venait de se passer, Thomas s'excusa à plusieurs reprises pour l'attitude exécrable des membres du comité. Hormis René Philibert, le jeune fonctionnaire français, les autres lui avaient tendu un véritable traquenard. Il lui réitéra sa confiance et répéta qu'elle avait toutes les compétences pour mener à bien le projet. Shana était loin d'en être totalement convaincue, mais elle l'écouta. Elle savait se défendre et avait depuis longtemps l'habitude de répondre à des objections frontales, parfois beaucoup plus virulentes, mais là c'était différent ; elle ne se sentait pas dans son monde, pas tout à fait légitime. Elle était une universitaire et n'avait jamais fait ses preuves hors de ce contexte. Elle n'en avait même jamais eu l'envie. L'organisation de fouilles, le management d'équipe, c'était un autre monde qu'elle n'avait jamais imaginé pénétrer et auquel elle ne connaissait pas grand-chose. Aussi, les craintes des membres du comité lui semblaient fondées. Non, elle n'était pas sûre d'être la personne la plus appropriée pour ce travail, mais elle avait accepté la proposition de Thomas et, aujourd'hui, elle ne voulait plus laisser la place. C'est pourquoi elle n'osa pas aborder ses craintes avec lui ; il l'avait imposée malgré tout, et elle ne voulait pas le décevoir.

Les kilomètres défilaient. Ils sortirent de la mégapole turinoise par l'interminable *corso* Regina Margherita, puis empruntèrent l'autoroute A55 en direction de Bussolino. La pluie, accentuée par la vitesse, se mit à frapper le pare-brise avec plus de virulence. Les pensées de Shana s'envolèrent vers Pierre. Entendre à nouveau le son de sa voix l'avait déstabilisée. Elle le connaissait bien. C'était il y a si longtemps. Elle avait vingt ans et lui quinze de plus. Il était son professeur de paléontologie. Elle en avait été très amoureuse. Un amour décalé, interdit, fusionnel. Il l'éblouissait par ses connaissances, sa culture, son intelligence, par tant d'aspects qu'elle se sentait minuscule devant lui. Il était un professeur brillant, aimé de ses élèves. À cette époque, il rédigeait de nombreux articles dans des revues spécialisées et parfois dans certaines qui l'étaient beaucoup moins. Il était l'un des premiers à vulgariser autant la paléontologie, voulant la rendre accessible à M. et Mme Toulemonde. Par ailleurs, il n'hésitait pas à participer à des expéditions pour des fouilles dans des endroits inhospitaliers, des contrées exotiques, parfois même dans des pays en guerre. Dans ses yeux qui découvraient la vie, il était son héros, son savant, un véritable aventurier ; son « savanturier », comme elle l'appelait.

Malgré les années qui s'étaient écoulées, elle s'intéressait toujours à lui, suivait sa carrière de loin, secrètement, mais leurs chemins étaient si différents qu'elle pensait bien ne jamais le revoir. Leur idylle secrète avait duré près de deux ans. Un jour, il lui avait annoncé qu'il avait accepté un poste de professeur dans une grande université californienne. Elle était tombée du haut de ses vingt et un ans. Elle aurait aimé qu'il refuse, pour elle, mais ça n'avait pas été le cas. Elle n'avait pas accepté le compromis qu'il lui avait proposé, à savoir venir le rejoindre aux États-Unis lorsqu'elle aurait terminé ses études. Elle l'aimait trop pour le voir partir ; leur amour ne pouvait pas attendre. Durant les derniers mois qu'il avait passés en France, ils avaient poursuivi leur relation, comme si de rien n'était. Ils évitaient d'aborder le sujet, allant presque jusqu'à oublier l'échéance. Il n'était pas revenu sur sa décision et elle non plus. Au moment de son départ, elle s'était préparée et avait essayé de l'oublier. Elle avait lutté pour ne pas répondre à ses coups de téléphone, nombreux au début, puis de plus en plus espacés, jusqu'à cesser après plusieurs mois. Elle n'avait pas non plus répondu à ses lettres, essayant de se convaincre que c'était la meilleure des solutions. Mais rien n'y faisait. Les pages que l'on décide soi-même de tourner ne sont pas nécessairement les plus simples.

Un an plus tard, elle était venue le voir en Californie, à l'improviste. Mais la vie avait continué, du moins celle de son « savanturier ». Il s'était fiancé et allait se marier deux mois plus tard. Pour elle, cela avait été la vraie rupture et elle ne s'en était jamais complètement remise. Il lui avait fallu un peu de temps, mais lorsqu'elle s'était décidée à sauter le pas, c'était pour s'engager, pour faire sa vie auprès de lui, aux États-Unis. Inconsciemment, elle avait toujours espéré qu'il l'attendrait, mais là encore, ça n'avait pas été le cas. Il lui avait accordé beaucoup de temps durant la semaine qu'elle avait passée en Californie. Il lui avait fait visiter San Francisco, la faculté où il officiait, son nouveau monde merveilleux. Il lui avait même proposé de lui présenter sa future épouse, mais elle avait refusé. Le ressort s'était cassé : il avait changé d'histoire, et elle devait faire la même chose. Il lui avait brisé le cœur en deux, abîmé probablement plus qu'elle ne l'imaginait sur le moment. C'était la dernière fois qu'ils s'étaient parlé. Elle était rentrée à Lyon et avait continué sa vie, comme elle aurait continué un puzzle en sachant qu'il manquait une pièce, en se fiant aux couleurs, au dessin ou à la bordure. Elle avait mis beaucoup de temps à s'en remettre, et tout ce qui était venu après était moindre. Aujourd'hui, à trente-deux ans, lorsqu'elle regardait en arrière il manquait toujours cette pièce.

C'était peut-être le hasard, mais elle avait suivi ses pas. Elle aussi était devenue professeur à Lyon, dans la même faculté où elle avait étudié. Comme lui, elle était une personnalité médiatique et consacrait sa vie à sa passion qui était devenue son métier : la paléontologie. Même si elle avait bien vu quelques photos de lui sur Internet, elle imaginait qu'il avait beaucoup changé par rapport au jeune professeur charmeur et drôle qu'il était, douze ans plus tôt. C'était un homme important et respecté aux États-Unis. Un notable. Professeur depuis de nombreuses années à la prestigieuse université de Yale, dans le Connecticut, il avait publié une demi-douzaine de livres d'archéologie et de paléontologie, et même deux romans. Elle avait dévoré tous ses livres. Il avait été appelé à travailler pour le gouvernement américain, à la coordination des recherches paléontologiques, puis, il y a deux ans, il avait été nommé responsable, à l'ONU, de la conservation du patrimoine archéologique et paléontologique. À quarante-sept ans, il était ainsi devenu l'une des personnalités les plus importantes de la discipline dans le monde.

— Vous y croyez ? demanda soudain Thomas, la sortant brutalement de ses pensées très lointaines.

— Je vous demande pardon ?

— Cela fait une semaine que vous travaillez sur le site et je ne vous ai toujours pas posé la question. Croyez-vous que nous sommes devant un homme vieux de soixante millions d'années ?

C'est vrai, il ne me l'avait pas encore demandé et c'était bien ainsi, pensa-t-elle.

— Je n'exclus pas cette hypothèse.

— Voici une élégante façon de ne pas répondre…

— Que voulez-vous que je vous dise ? Nous manquons encore d'éléments pour pouvoir être aussi affirmatifs que vous l'espérez. Il y a beaucoup d'autres explications possibles. Ce qui est certain, c'est que, quelle que soit son ancienneté, nous sommes devant une espèce humaine jusque-là totalement inconnue.

— Mais peut-être pas… si ancienne ?

— Peut-être pas, non !

Comme elle s'en doutait, il était déçu par sa réponse. Serrant le volant de sa berline, il changea de file pour dépasser les deux camions qu'il suivait depuis un moment.

— Thomas. Savez-vous si Philippe avait donné accès à sa boîte mail à quelqu'un de l'équipe ? demanda-t-elle alors.

Dans un premier temps, il eut l'air surpris. Elle allait reformuler, lorsqu'il répondit :

— Non. Enfin, je ne sais pas. Pourquoi cette question ?

— Parce que j'aurais aimé accéder à ses messages.

— Ah oui ? Pour quelle raison ?

— Pour savoir s'il travaillait sur des éléments en particulier. Je sais qu'il échangeait beaucoup avec certains professeurs italiens. Il a pu les solliciter, leur soumettre des informations afin d'avoir leur opinion. Ces échanges pourraient nous être très utiles.

— Je ne pense pas qu'il ait fait part de quoi que ce soit à qui que ce soit, concernant ce qu'il faisait à Bussolino. Il était soumis contractuellement à un devoir de réserve absolue. Comme vous, d'ailleurs.

— Voici une élégante façon de me rappeler mes obligations.

— Excusez-moi, ce n'est pas ce que je voulais dire.

— Il aurait pu le faire indirectement, sans préciser ce sur quoi il travaillait. Il avait beaucoup d'amis biologistes qui auraient pu expertiser nos fossiles et livrer des informations importantes.

— Écoutez, franchement, je n'en sais rien. Son ordinateur a dû être embarqué par la police. Vous devriez demander au commissaire Spangeti si vous pouvez l'utiliser. Vous pourrez peut-être accéder à sa boîte mail.

Shana n'y avait pas pensé, mais tout s'éclairait soudain. Quelqu'un avait dû récupérer le portable de Philippe auprès de la police italienne. Celui-ci n'était sans doute pas protégé par un mot de passe, ce qui permettait à n'importe qui en sa possession d'utiliser sa boîte mail. Ça lui semblait saugrenu, mais à bien y réfléchir elle ne voyait qu'une personne capable de faire ça.

22

Aznar était bloqué à l'intérieur de la penderie de la chambre 17 depuis une vingtaine de minutes déjà. Il avait gardé à la main le tournevis qui lui avait servi à fixer le faux détecteur de fumée, avant de devoir se cacher. L'une des femmes de ménage s'était interrogée sur la présence de la sacoche étalée sur le lit. Elle avait regardé de près les petits outils, les cartes électroniques et les câbles, heureusement sans comprendre qu'il s'agissait de matériel d'espionnage. Pour faire le lit, elle avait seulement déplacé l'ensemble sur le bureau à proximité. Il ne fallait pas qu'il perde plus de temps, sinon il serait encore coincé là lorsque la scientifique française rentrerait.

Alors que les femmes de ménage allaient quitter les lieux, le technicien de maintenance les rejoignit pour vérifier la serrure électronique. Il ne lui fallut que quelques secondes pour se rendre compte du subterfuge et trouver le petit étau en caoutchouc qui empêchait le mécanisme de fonctionner correctement. Il interrogea les deux femmes. La plus âgée fit rapidement le lien avec le mari qui avait oublié ses clefs, un peu plus tôt, mais elle ne l'avait pas vu toucher à la porte.

— Peut-être n'y a-t-il aucun rapport.

— Peut-être, répondit le technicien. En tout cas, cet objet n'est pas là par hasard. Il permet à n'importe qui d'entrer dans la chambre juste en poussant la porte. Je vais le signaler à la réception, car ce n'est pas normal !

Les trois employés restèrent encore quelques secondes à discuter, vérifiant que rien d'apparent n'avait disparu dans la chambre. Aznar eut peur qu'ils regardent dans les placards, mais ce ne fut pas le cas. Il pensa l'avoir échappé belle lorsqu'ils quittèrent la chambre, mais il n'était pas au bout de ses surprises.

Trois étages plus bas, la berline pénétra sur le parking de l'hôtel *Alla Bastilla* et vint se garer devant l'entrée principale. Il était presque 14 heures.

— Monsieur Sanders, je peux vous poser une question ?

— Thomas…

— Thomas !

— Allez-y.

— Voilà. Quelque chose me préoccupe.

— Dites-moi !

— Lorsque Philippe m'a parlé de Bussolino, la veille de son départ, il m'a dit qu'il venait y aider un vieil ami.

— Oui, je sais.

— Or, c'est vous qu'il venait retrouver et vous m'avez dit ne pas le connaître auparavant.

— C'est le cas.

— Je ne vois personne non plus, dans les membres du comité, susceptible d'être en relation avec lui et encore moins d'être son ami.

— Peut-être qu'il vous a dit cela pour ne pas vous heurter.

— Comment ça, pour ne pas me heurter ?

— Il a peut-être pensé que vous seriez vexée de ne pas avoir été sollicitée pour ce projet, et il a inventé cette histoire d'ami.

— Peut-être…

Elle observa l'entrée de l'hôtel, cherchant ses mots pour ne pas lui paraître déplacée, puis son regard se porta sur la fenêtre de sa chambre où elle aperçut l'une des femmes de ménage.

— Vous pouvez m'expliquer pour quelles raisons vous avez fait appel à lui, alors que vous ne le connaissiez pas auparavant ? dit-elle.

De la neige fondue se mit à tomber sur le pare-brise, remplaçant la fine pluie qui les avait accompagnés depuis Turin.

— Ça a été un choix par défaut. Comme je vous l'ai déjà dit, la première personne que j'ai proposée au comité, pour prendre la direction des fouilles, c'était vous. Seulement, je me suis heurté à un refus catégorique et unanime. Même mon père, que vous avez rencontré ce matin, a pris position contre moi.

— Ça ne me surprend pas. Il ne m'a pas semblé particulièrement enthousiaste de me voir avec vous.

— Oui, enfin… il ne faut pas vous formaliser. Mon père ne s'intéresse pas beaucoup à la paléontologie, ni aux gens en général, d'ailleurs. Il souhaite surtout que tout ceci se termine rapidement, pour que notre tunnelier puisse reprendre son travail.

— J'avais compris !

— À l'époque, son opposition m'a mis en porte-à-faux. Alors, j'ai ravalé mon idée, ma fierté avec et j'ai proposé Philippe.

— Oui, mais… pourquoi lui ?

— Parce que je savais que vous travailliez ensemble depuis de nombreuses années et que vous étiez proches. J'ai lu votre dernier livre, dont il a rédigé la préface. Il y parlait de vos travaux communs et de votre complicité depuis des années. En le choisissant, lui, j'espérais surtout pouvoir vous impliquer indirectement. Ce que, d'ailleurs, je ne lui ai pas caché dès notre première entrevue !

— Et personne d'autre n'a influencé votre choix ?

— Non, personne.

— Très bien, très bien… dit-elle d'un air évasif.

— Vous ne me croyez pas ?

— Si, si, bien sûr. Je n'ai pas de raison de ne pas vous croire, mais je me demande bien quel était cet « ami » mystérieux qu'il disait rejoindre ici.

— Je ne vois pas non plus. Il n'a travaillé qu'avec les deux Italiens, Gregorio et Rodolfo, mais c'est moi qui les lui ai présentés.

— Vous en êtes certain ?

— Absolument. Lorsque je leur ai parlé de Philippe, aucun des deux ne le connaissait.

— Bon…

— J'en suis désolé, mais vraiment je ne vois pas.

Elle remonta le haut de sa capuche pour se protéger de la neige, puis sortit de la voiture.

— Je monte me changer. On se retrouve directement sur le site ?

— Vous ne préférez pas que je vous attende ici ? Je peux, j'ai tout mon temps.

— Non, je vous remercie, Thomas. Je vais prendre ma voiture. Six kilomètres dans la campagne, c'est encore dans mes cordes !

Elle claqua la portière derrière elle et lui fit un petit signe de la main. Sous la neige, elle se dirigea d'un pas rapide vers l'entrée, puis monta directement dans sa chambre par l'escalier.

23

Cette fois-ci, il n'eut même pas le temps de se cacher dans la penderie. Il venait de vérifier le fonctionnement de la caméra, lorsqu'il entendit quelqu'un insérer une carte dans la serrure électronique. Un petit « bip » résonna, et la porte s'ouvrit automatiquement. Aznar bondit dans le premier abri qui lui était accessible : la salle de bains.

Elle jeta son manteau sur le lit. Avant de rejoindre le site de fouilles, elle devait revêtir une tenue plus adéquate que son tailleur et ses chaussures à talons. Elle observa un instant la pluie neigeuse par la fenêtre. La végétation paraissait résignée à ce déversement semi-liquide ininterrompu. Même les arbres semblaient se recroqueviller sur eux-mêmes afin d'offrir le moins de prise possible à la nature qui se déchaînait. Elle enfila rapidement un jean, un T-shirt et un gros pull, plus appropriés à la saison. Pendant qu'elle chaussait ses bottes en cuir elle aperçut un petit amas de poudre blanche sur la moquette, au milieu de l'entrée. Elle s'accroupit, en mit un peu sur le bout de son doigt et le porta à son nez. Ça n'avait aucune odeur. Elle se dirigea alors vers la salle de bains, tout en se demandant ce que cela pouvait bien être, lorsque quelqu'un frappa à sa porte. Elle fit demi-tour, alla ouvrir et reconnut l'un des employés de l'hôtel.

— Excusez-moi de vous déranger, madame.

— Que puis-je faire pour vous ?

— Voilà, c'est un petit peu gênant, mais… nous pensons que quelqu'un s'est peut-être introduit dans votre chambre, ce matin, pendant votre absence.

— Euh… Dans ma chambre, vous en êtes sûrs ?

Elle se retourna pour vérifier que rien n'avait bougé, ce qui semblait être le cas.

— Non, nous n'en sommes pas sûrs. Mais nous avons trouvé un petit cache en plastique sur le capteur électronique de votre serrure, qui en empêchait le verrouillage. Il était peut-être là depuis un moment mais, dans le doute, je souhaiterais vérifier avec vous qu'il ne manque rien dans vos affaires.

— Je n'ai pas grand-chose ici, vous savez.

— Si ça ne vous dérange pas, j'aimerais m'en assurer. Si un objet avait disparu, nous le mentionnerions pour que vous soyez remboursée par notre assureur, répondit-il en lui montrant le feuillet qu'il tenait à la main.

— Oui, bien sûr, entrez. Je n'ai pas beaucoup de temps mais je n'ai rien remarqué de particulier. Je crois qu'il ne manque rien !

Ils scrutèrent tous les deux l'intégralité de la pièce. Son ordinateur portable était bien là, les clefs de sa voiture de location également ; c'étaient les deux seules choses qui pouvaient avoir de la valeur. Puis l'employé lui demanda de vérifier dans les placards si rien n'avait bougé, mais là encore tout semblait en place.

— Ça n'a peut-être aucun rapport, mais je viens de remarquer cette petite tache blanche, derrière vous, sur la moquette.

Le technicien regarda, circonspect, le petit amas de poussière blanchâtre sur le sol. Il eut la même réaction qu'elle, quelques instants plus tôt, et porta un peu de poudre à son nez. Puis il leva les yeux vers le plafond.

— Qu'est-ce que c'est que ce machin-là… marmonna-t-il.

Shana comprit vite qu'il parlait du détecteur de fumée. Aussitôt, il prit une chaise et se hissa à hauteur de l'appareil pour le déboîter à l'aide d'un tournevis qu'il sortit de sa poche, et en ouvrant le socle il constata qu'il contenait des pièces électroniques.

— Qu'est-ce que c'est ? lui demanda-t-elle.

— Je n'en ai aucune idée, mais… ce qui est sûr, c'est que ce n'est pas un détecteur de fumée. Je peux utiliser votre téléphone ?

— Oui, bien sûr, allez-y.

Pendant que le technicien appelait la patronne de l'hôtel, Shana entra dans la salle de bains et referma la porte derrière elle. Elle se passa un peu d'eau sur le visage et allait s'attacher les cheveux, lorsqu'elle l'aperçut, dans son dos, immobile dans le reflet de la glace. Leurs regards se croisèrent. Il ne se passa pas plus d'une seconde, mais pour l'un comme pour l'autre le temps semblait s'être arrêté. Avant qu'elle ait pu crier, il plaqua une main sur sa bouche, tout en enfonçant l'autre dans ses côtes.

— Chut… souffla-t-il dans le creux de son oreille.

À quelques mètres à peine, elle pouvait entendre le technicien de maintenance en pleine conversation téléphonique. Leurs regards se croisèrent à nouveau dans le miroir. À cet instant, elle ressentit l'angoisse et l'indécision de son agresseur. Visiblement, il n'avait pas prévu la situation – c'était le moment d'agir ! Elle ne lui laissa pas le temps de réfléchir plus longtemps et donna un violent coup de botte dans le meuble face à elle. Il ne la lâcha pas, mais se retrouva plaqué contre le mur derrière lui. Elle lui asséna un coup de coude dans le ventre, qui le déséquilibra un instant mais pas suffisamment. D'une nature robuste, il reprit rapidement le dessus sur elle et la projeta violemment, tête la première, contre le bord du lavabo. Elle tomba au sol à ses pieds. Alerté par le fracas, le technicien ouvrit subitement la porte. Aznar profita de l'effet de surprise et lui décocha un violent coup de poing qui le fit tomber en arrière. Il le saisit au col et le frappa de nouveau, une fois, deux fois, trois fois au visage, pour s'assurer qu'il ne serait pas en état de le poursuivre. Sans perdre de temps, il récupéra la sacoche ceinture qui était posée sur la table de nuit et s'enfuit de la chambre. Se précipitant en courant vers l'escalier de secours, il croisa les femmes de ménage, qui, alertées également par le vacarme, étaient sorties dans le couloir.

Shana se releva difficilement et attrapa le téléphone sur la table de nuit. La réceptionniste, d'abord incrédule, appela la police, puis monta à l'étage accompagnée du chef cuisinier qui venait de terminer son service.

24

Le commissaire Augusto Spangeti était perplexe. Depuis le début de cette affaire, il avait l'impression de passer à côté de quelque chose d'important. D'abord, l'assassinat de Philippe Favre, puis l'intrusion sur le site au nez et à la barbe des vigiles, et maintenant, l'agression de la directrice des fouilles dans sa chambre d'hôtel. Sa longue expérience des affaires criminelles lui avait appris que l'accumulation de faits ne tenait jamais totalement du hasard. En entrant dans l'hôtel *Alla Bastilla*, accompagné de deux inspecteurs, il aperçut immédiatement Shana Stenford et Thomas Sanders dans le petit salon attenant à la réception.

— Décidément, mademoiselle Stenford, depuis que vous avez posé le pied en Italie, vous ne pouvez pas vous passer de moi ! dit-il en guise de salut, avant de soulever la poche de glace que Shana tenait sur son front. Ça a l'air d'aller ; vous devriez survivre.

À l'endroit du coup, sa douleur était vive et elle avait une forte migraine, mais c'était supportable.

— Monsieur Sanders, vous aussi, toujours dans les bons coups… ajouta le commissaire en lui serrant vigoureusement la main.

Thomas n'était pas habitué à tant de familiarité, mais le moment était mal choisi pour s'en offusquer. Face à eux, Augusto Spangeti tira une chaise et s'assit sans qu'on l'y invite.

— Vous êtes ici à titre privé, professionnel ou bien vous passiez dans le quartier ?

— Un peu les trois…

— Il m'a déposée à l'hôtel avant l'agression, commissaire, il y a environ une heure, l'interrompit Shana. C'est moi qui l'ai rappelé.

— Je suis également le principal sponsor des fouilles à Bussolino, je suis donc concerné.

Spangeti ouvrit son petit carnet de cuir et y griffonna trois mots. Puis il tendit la main vers Shana. Celle-ci, surprise, allait la lui serrer lorsqu'il précisa :

— Votre clef, je vous prie.

— Pardon ?

— Pour les empreintes…

Elle lui remit la carte magnétique que Spangeti fit immédiatement passer à l'un des inspecteurs qui l'accompagnaient.

— Monsieur Sanders, pouvez-vous, s'il vous plaît, accompagner mon collaborateur pendant que je pose quelques questions à Mlle Stenford ? demanda-t-il alors. Il va tenter de récupérer des empreintes. Assurez-vous qu'il ne vole rien. Vous savez, avec la police… on n'est jamais trop prudent !

Ignorant la plaisanterie, Shana adressa un petit signe de tête à Thomas.

— Oui, bien entendu, répondit ce dernier, tout en se levant.

Tandis qu'il suivait le premier inspecteur en direction des escaliers, le commissaire demanda au second d'aller recueillir la déposition du technicien de maintenance qui reprenait doucement ses esprits, allongé sur un canapé.

— Très bien. Mademoiselle Stenford… je vous écoute.

— Par quoi voulez-vous que je commence ?

— Eh bien, tout d'abord, décrivez-le-moi.

— C'est un homme jeune, plutôt robuste, vingt-cinq à trente ans. Les cheveux bruns, il est typé…

— Typé ? Typé comment ?

Elle chercha le mot à employer.

— Arabe ?

— Non, pas vraiment. Plutôt indien ou pakistanais.

— Vous en êtes sûre ?

— Non. Pour être franche, on n'a pas vraiment eu le temps de parler de ses origines…

— Très drôle, ça ! Vous retrouvez votre humour, c'est bon signe. Comment ça s'est passé ?

Shana restitua du mieux possible les événements, en essayant de n'omettre aucun détail. Spangeti noircit une demi-douzaine de petites pages dans son calepin, sans l'interrompre une seule fois. Lorsqu'elle eut terminé, il y ajouta quelques notes personnelles et referma son carnet. Il désigna le petit boîtier maquillé en détecteur de fumée, qui était posé sur la table.

— C'est celui-là ?

— Oui.

Du bout des doigts, il le saisit et le plaça dans un sachet en plastique qu'il sortit de sa poche, puis l'examina attentivement.

— Vous pensez que c'est quoi, commissaire ?

— Je vous parie un dîner qu'il s'agit d'un système de vidéosurveillance. En tout cas, ça y ressemble.

Vous voyez, cette petite antenne, là, c'est ce qui doit permettre de s'y connecter avec un simple téléphone portable. Vous l'avez probablement surpris au moment où il l'installait. Ça, c'est la bonne nouvelle : il n'était pas là pour vous faire du mal. Nous allons fouiller entièrement la chambre, pour vérifier qu'il n'y a pas placé d'autres petits gadgets de ce genre. De toute façon, je vais demander que l'on vous change de chambre et je vais vous faire protéger.

— C'est-à-dire ?

— Un agent va vous accompagner durant la fin de votre séjour chez moi.

— Chez vous ?

— Vous êtes dans mon pays, mademoiselle, dans ma région. Alors, vous êtes un peu chez moi.

Shana replaça la poche de glace sur son front.

— Vous pensez que c'est nécessaire ? demanda-t-elle.

— Pour la poche de glace, oui ! Pour la surveillance, j'espère bien que non mais, dans le doute, je ne m'abstiens jamais ! Je ne veux prendre aucun risque avec vous. Il me semble clair que vous êtes une cible. De qui ? De quoi ? On ne sait pas. En tant que scientifique française travaillant sur notre sol, vous êtes notre invitée. Aussi, je prendrai les mesures nécessaires pour que vous soyez en sécurité jusqu'à votre retour dans votre pays. Ne vous inquiétez pas, notre agent sera très discret. Mademoiselle Stenford, vous arrive-t-il de recevoir des hommes, le soir ? Ou des femmes ?

Shana souleva la poche de glace qui lui couvrait les yeux. Elle ne savait jamais si le commissaire était sérieux ou dans la provocation. Visiblement, cette fois, il ne plaisantait pas.

— J'ai besoin de le savoir, pour la surveillance.

— Non, commissaire. Je travaille sur le site dans la journée et je ne vois personne, le soir. Mais si ça arrive, je ne manquerai pas de vous le faire savoir… dit-elle d'une voix blanche.

Même si une surveillance rapprochée risquait de la contraindre, elle ne protesta pas ; elle n'en avait ni l'envie ni la force.

— Vous souvenez-vous s'il portait des gants ?

— Non, il n'en avait pas, répondit-elle, se rappelant l'odeur de musc blanc de la main plaquée sur sa bouche.

— Bien, ça va nous faciliter les choses. Avec un peu de chance, le garçon sera fiché. On pourra peut-être même croiser ses empreintes avec celles trouvées dans la chambre de Philippe Favre.

Encore sous l'adrénaline de ce qui venait de lui arriver, Shana n'avait pas pensé à lier les deux événements. Cette idée la terrifia. Le commissaire Spangeti s'en aperçut et en profita pour augmenter la pression sur elle.

— Mademoiselle Stenford, j'ai bien compris que vous protégiez la confidentialité de vos travaux et *tutti quanti*, comme on dit ici. Je ne suis ni prêtre ni médecin, et je ne suis pas tenu au secret professionnel. Vu la nature des événements, je pense que vous devriez m'en dire un peu plus sur ce que vous avez trouvé de si extraordinaire à Bussolino et si, d'après vous, cela peut porter préjudice à quelqu'un.

— Je vous ai dit tout ce que je savais, commissaire, y compris sur les fouilles. Je ne vous cache rien. Nous avons trouvé des traces de vie humaine très ancienne et nous essayons de les comprendre. Je n'ai pas la moindre idée de qui peut nous en vouloir à ce point et dans quel intérêt. Je ne suis que la directrice des fouilles. Ma disparition, tout comme celle de Philippe, ne mettrait nullement fin au projet.

— En êtes-vous certaine, professeur ?

— Oui.

— Peut-être que votre site dissimule plus de choses que ce fossile du corps d'un homme du Crétacé qui vous passionne tant ?

— Depuis une semaine, je passe mes journées dans cette cavité et une partie de mes nuits aussi, avec une équipe de six personnes. S'il y avait quelque chose d'autre, je pense que nous l'aurions déjà trouvé.

— Si vous le dites. Vous savez, parfois, on peut avoir des choses importantes sous les yeux sans même les remarquer, parce qu'on ne les regarde pas de la bonne façon.

Sur ces mots, le commissaire Spangeti se leva. Il souleva à nouveau la poche de glace qu'elle tenait sur son front et constata que la bosse virait au violet.

— Ça va être moche !

— Je vous remercie, commissaire. Vous savez trouver les mots.

— Vous allez avoir une belle bosse avec de jolies couleurs dessus. Je pense que vous devriez aller montrer ça à l'hôpital.

— Je vous remercie, mais ça va aller.

Sans la saluer, il tourna les talons. Il se dirigeait vers les escaliers lorsqu'elle l'interpella :

— Commissaire !

— Oui ?

— Savez-vous si quelqu'un a récupéré l'ordinateur portable de Philippe Favre ?

— À ma connaissance, sa sœur a récupéré toutes ses affaires, il y a plusieurs jours. Je pense que son portable lui a été remis. Pourquoi ? Il y a un problème ?

— Non, non. Je voulais juste savoir.

25

« Déjà essayé, déjà échoué, peu importe.
Essaie encore, échoue encore, échoue mieux. »

Samuel Beckett

Deux jours s'étaient écoulés depuis l'agression. Shana avait hérité d'un ange gardien de la police italienne, qui ne la lâchait plus, et aussi d'un joli bleu au-dessus de l'œil gauche. C'était beaucoup plus inattendu, mais l'incident avait également suscité une profonde admiration chez l'ensemble de son équipe. Même les trois Italiens, plutôt réticents à son égard, avaient été impressionnés par la détermination dont elle avait fait preuve en revenant sur le site immédiatement. Derrière la jeune universitaire qu'ils imaginaient fragile et influençable, ils avaient découvert une femme courageuse qui ne se laissait pas intimider, et ils ne la regardaient plus tout à fait de la même façon, désormais.

Par mesure de sécurité, toute l'équipe avait été installée à l'hôtel *Alla Bastilla*, qui était dorénavant surveillé par la police, de jour comme de nuit. Seul Paolo

Miranda, le chasseur de trésors italien, avait obtenu l'autorisation de rester dans un appartement à Turin, qu'un ami lui prêtait. Ce matin-là, Alexandre Spinéta et lui commencèrent l'extraction du fossile principal. L'opération était des plus complexes, et de sa bonne exécution dépendrait en partie la qualité de sa préservation. Pour l'arracher au sol, les deux scientifiques devaient fendre la terre sur une dizaine de centimètres sous le fossile, à l'aide de piolets très fins. Lorsqu'ils auraient terminé le tour complet de la surface à extraire, ils y apposeraient une fine couche de résine afin de solidifier les parties principales. Le sèche-cheveux serait l'outil idéal pour accélérer le processus, puis, doucement, avec une infinie précaution, ils retourneraient le fossile. Ce serait la partie la plus risquée, car la moindre erreur pourrait l'endommager de façon importante. Ensuite, ils recouvriraient les deux faces d'une épaisse couche de plâtre de protection pour faciliter les manipulations durant le transport. Quelques jours plus tôt, Shana avait commandé plusieurs caissons pressurisés fabriqués sur mesure, nécessaires à son transfert. Sa destination finale était tenue secrète et ne devait être communiquée qu'au dernier moment par Giuseppe Gazotti.

Depuis longtemps, Shana avait une confiance aveugle en Alexandre Spinéta, son ancien professeur. Il était spécialiste de tout ce qui concernait les techniques de conservation des fossiles, et elle se voyait mal lui donner des conseils en la matière. Aussi, elle le laissa piloter seul l'opération d'extraction. Elle passa la matinée à examiner les zones non quadrillées, s'attardant sur les parois, les contours et la voûte, peuplée d'une multitude de stalactites de calcite. Cet endroit était fabuleux, une véritable merveille géologique peut-être unique en son genre et qu'il faudrait pourtant évacuer dans moins de deux semaines. Plus les jours s'écoulaient et plus cette fin inéluctable la minait. Pour ne pas dévier le tracé d'un tunnel, cette œuvre d'art de la nature serait détruite, et avec elle, tous les secrets qu'elle recelait. Elle avait tenté de faire pression auprès de Thomas pour que son groupe trouve une solution technique, mais même lui n'avait pas ce pouvoir.

Plus de la moitié des zones prévues avaient déjà été fouillée. Malgré les difficultés et les aléas, ils étaient dans les temps. Comme elle le pressentait déjà depuis un moment, plusieurs morceaux d'os avaient été trouvés, éparpillés sur différentes zones. Ils étaient surtout amassés le long de la paroi est de la cavité, ce qui laissait penser qu'une très longue période s'était écoulée entre la fossilisation et leurs derniers déplacements, que les tremblements de la terre avaient provoqués d'ouest en est.

Radouane était installé à la grande table de l'entrée et reportait les relevés de la veille sur le registre des fouilles. Shana se servit un café chaud et s'assit en face de lui. Elle le regarda un instant, prit une cigarette dans le paquet qui traînait au milieu de la table, la mit à sa bouche sans l'allumer et ouvrit son ordinateur portable pour parcourir les photos du matin. Ils avaient déjà trouvé plus de trois cents organismes fossilisés différents sur place, ce qui était tout à fait exceptionnel. Elle afficha alors les plans de masse initiaux, effectués à l'aide d'un scanner 3D. Jusque-là, elle s'y était peu attardée, car ils ne donnaient aucune indication sur l'intérieur du site. La vue la plus large commençait quelques mètres sous la cavité et allait jusqu'à la surface, située 76 mètres au-dessus. Le plan détaillé, lui, était quadrillé par les deux cent trente zones. Radouane l'utilisait quotidiennement pour y cocher, en vert, les parties déjà fouillées, en y indexant les éléments trouvés et répertoriés ; les zones partiellement fouillées étaient cochées en bleu, et en rouge, celles encore vierges.

Shana étudia ensuite la vue intermédiaire qui couvrait l'intégralité de la cavité, ainsi qu'une zone rocheuse de quelques mètres l'entourant. Sur ce plan, elle avait constaté que la densité du granite sous la cavité était beaucoup plus élevée qu'au-dessus. En général, la transformation de la strate s'effectuait de façon plus progressive, mais là, on avait l'impression d'une rupture, comme si la constitution de la roche s'était transformée à l'intersection même de la cavité. Elle réfléchissait à cette singularité quand son regard se porta sur un élément particulier, un élément qu'elle n'avait pas remarqué jusque-là, quelque chose de presque imperceptible à l'œil nu.

Elle se leva et plaça le document sous la loupe lumineuse qui servait habituellement à détailler les plus petits fossiles. Une bande de roche verticale d'environ 1 mètre de diamètre, à l'extrémité nord de la cavité, semblait être alignée différemment des autres. Ce n'était pas net, mais un éboulement pouvait avoir obstrué un passage par le haut et expliquerait la disposition des roches. La cheminée montait à la verticale jusqu'à l'extrémité de la vue intermédiaire, c'est-à-dire environ 10 mètres plus haut. Elle la suivit avec son doigt jusqu'à son sommet, puis reprit le plan de masse le plus large. En effectuant un rapide calcul à l'échelle,

elle put tracer, au crayon, l'emplacement approximatif de la cheminée, afin d'estimer où se terminait l'extrémité haute. Soudain elle se figea sur le plan, comme paralysée par ce qu'elle distinguait et qu'elle n'avait pas vu jusqu'alors.

— Ce n'est pas possible ! Comment j'ai pu rater un truc pareil ? murmura-t-elle.

Radouane leva le nez de son écran et la fixa d'un air éberlué.

26

L'inspecteur Costello fit asseoir le contremaître du groupe Sanders, Samuel Coste, devant son bureau, face à la fenêtre. Ce matin-là, comme souvent, le commissariat central bruissait d'une intense activité. Le lieu ressemblait parfois à une fourmilière, où se croisaient pêle-mêle des bandits, des victimes, des policiers, des prostituées, des notables, des avocats, des juges… C'était un genre de kaléidoscope réfléchissant les nombreuses couleurs et contrastes de la vie turinoise. L'étage de la brigade anticriminelle, lui aussi, était en ébullition. Un agent en civil recevait la plainte d'un commerçant agressé durant la nuit, deux prostituées étaient entendues dans le cadre d'une affaire de violence, un gamin aux chaussures sans lacets donnait une explication bredouillante sur sa présence lors d'un flagrant délit de *car-jacking*… Le brouhaha était si intense que pour, se faire entendre, il fallait sensiblement élever la voix, ce qui aggravait le phénomène général.

Afin de détendre l'atmosphère, Costello lui proposa un thé ou un café à l'écart du bruit mais il refusa. Visiblement, le bonhomme se demandait pourquoi il était là et de grosses gouttes de sueur perlaient déjà sur son front. *Le commissaire Spangeti en aurait peut-être tiré des conclusions hâtives*, pensa-t-il. Mais pas lui. Il connaissait bien les perturbations psychologiques que pouvait provoquer une convocation au poste de police, surtout dans le cadre d'une affaire de meurtre. La plupart des gens réagissaient de façon disproportionnée, sans pour autant être coupables de quoi que ce soit. Au contraire, les impassibles, les froids, les détachés lui semblaient toujours plus suspects. Aussi, il n'y prêta pas plus attention que ça et utilisa un ton très amical, pour tenter de le mettre à l'aise.

Il avait souhaité rencontrer Samuel Coste pour plusieurs raisons. D'abord, c'était son équipe qui avait découvert la cavité, et il souhaitait en savoir plus sur les circonstances. Ensuite, c'était lui-même qui avait informé sa direction et il voulait des détails sur le sujet. Enfin et surtout, il était présent à l'hôtel *Scòla Veja* de Bussolino, il connaissait la victime et ils avaient eu ensemble une vive altercation relatée par plusieurs clients, le soir du meurtre. Cela faisait beaucoup d'éléments intéressants à clarifier. Concernant les deux premiers points, Samuel Coste déclara avoir appliqué la procédure à la lettre. Suite à la découverte fortuite d'un objet dit « non conventionnel » dans le sol, il avait immédiatement suspendu les travaux et prévenu la direction de son groupe. Rien de plus.

— Et vous n'en avez parlé à personne d'autre ? demanda Costello.

Samuel eut un vague moment d'hésitation avant de répondre par la négative. L'inspecteur perçut son trouble et prit note, sans l'en informer, de vérifier ses communications la nuit de la découverte.

— Mais vous savez, inspecteur… je n'étais pas seul ! Les gars étaient avec moi et on a tous vu… ce qu'on a vu !

— Et vos gars, ils ont pu en parler à quelqu'un ?

— Bien sûr qu'ils en ont parlé ! À leurs familles, à leurs amis. On a trouvé des restes humains sous une montagne, à un endroit où personne n'était jamais venu auparavant. Même pour des gens de peu d'éducation comme nous, ce n'est pas banal.

— Vous n'avez pas un devoir de réserve ou quelque chose comme ça ?

— Vous voulez rire ? Nous sommes des ouvriers du bâtiment, des manœuvres… On ne travaille pas à la CIA !

— Et dans votre travail, ça vous arrive souvent de découvrir des objets « non conventionnels », comme vous dites ?

— Dans les grandes villes, surtout en Italie, oui, c'est fréquent. Vous savez, les zones vierges sont rares. La plupart du temps, on bâtit là où d'autres ont déjà bâti avant nous. Parfois, longtemps, très longtemps avant nous. Moi, mon métier c'est de creuser. Alors, oui, des ruines et des vestiges j'en ai souvent trouvé. Mais comme ça, au beau milieu d'une montagne, c'est la première fois !

Lorsqu'il parlait de son travail, son inquiétude semblait s'atténuer. L'inspecteur profita de cette relative reprise de confiance pour le ramener au motif principal de son interrogatoire.

— Je comprends. Passons au soir de l'assassinat, si vous le voulez bien. Vous avez déclaré avoir dîné au restaurant de l'hôtel *Scòla Veja*. C'est bien ça ?

— Je vous vois venir, inspecteur…

— Contentez-vous de me répondre.

— C'est exact.

— Vous y avez croisé M. Favre, et selon plusieurs témoins vous avez eu une dispute avec lui.

— Oui.

— Une dispute sévère. Selon un serveur, sans sa présence vous en seriez venus aux mains.

— Voilà, j'en étais sûr…

— Sûr de quoi, monsieur Coste ?

— Non, nous n'en sommes pas venus aux mains. J'ai déjà raconté tout ça à vos collègues. C'étaient des mots, des mots de rien du tout. Je ne l'ai pas tué !

— Je ne vous accuse pas de l'avoir fait, monsieur Coste, mais je voudrais connaître la raison de cette dispute.

— Ben… j'ai déjà expliqué !

— Ben… réexpliquez !

— M. Favre et toute sa clique, là, ils ne pouvaient pas se contenter de ramasser le fossile et de nous laisser bosser. Ils voulaient tout faire arrêter durant des semaines, des mois, pour fouiller partout. Et nous, on fait quoi pendant ce temps-là ? Je lui ai dit qu'il nous cassait les cou… Enfin bon, vous voyez.

— Non, je ne vois pas.

— Je ne sais pas pour vous, mais moi j'ai besoin de bosser !

— Monsieur Coste, je ne comprends pas bien. Vous êtes salarié du groupe Sanders ; votre salaire est garanti, non ? Qu'est-ce que ça peut bien vous faire que les travaux soient suspendus ou non ?

— Ben non, justement. Les gars et moi on a un fixe, mais une partie importante de notre paie vient des primes. Et s'il n'y a pas de progression, eh ben, il n'y a pas de prime.

— OK, je vous suis. Mais ce n'est pas M. Favre qui décidait seul de la poursuite des fouilles, quand même ?

— Non, mais il faisait tout pour convaincre son monde.

— Vous saviez qu'il travaillait pour votre patron ?

— Ouais… je savais. Enfin, pour son fils, pour être précis. Thomas. Un sacré enquiquineur de première, celui-là aussi !

— Après le dîner et votre dispute avec la victime, vous avez déclaré être retourné dans votre chambre et ne pas l'avoir quittée avant le lendemain matin. C'est bien ça ?

— C'est exact.

— Et vous y avez fait quoi ?

— J'ai dormi.

— Seul ?

— Seul.

— Vous n'avez donc appris la mort de M. Favre que le lendemain matin, en descendant prendre votre petit-déjeuner ?

— Ouais !

— D'un certain côté, sa mort vous arrangeait bien. Vous deviez être content ?

— Non, mais vous vous foutez de moi ? Bien sûr que non. Je ne souhaitais pas sa mort. Ça ne vous est jamais arrivé de vous disputer avec quelqu'un, vous ? Ce n'est pas pour ça que vous l'avez tué.

— Non, mais là il est mort !

— Bon, eh bien, c'est mal tombé et puis c'est tout.

— Oui, en effet. C'est mal tombé…

27

Radouane avait fait le tour de la table montée sur tréteaux, pour se positionner à côté d'elle. Ils n'en croyaient pas leurs yeux. Sur le plan de masse, une cheminée presque imperceptible d'environ 1 mètre de diamètre et probablement obstruée par plusieurs millions d'années de mouvements tectoniques, menait quasiment jusqu'à la surface. Si elle n'avait pas été obstruée, quelqu'un aurait très bien pu passer à l'intérieur et se retrouver instantanément 76 mètres plus bas. Mais autre chose attirait surtout leur attention. La cheminée semblait également mener vers une seconde cavité, située 30 mètres au-dessus de la première, et que personne, jusque-là, n'avait remarquée. Radouane effectua un rapide calcul à l'échelle et détermina que celle-ci devait être beaucoup plus grande que la première, mesurant environ 3 000 m² avec une hauteur sous plafond plus importante.

— Tu peux ouvrir le plan de masse sur ton ordinateur ? J'aimerais zoomer sur la zone, demanda-t-elle.

Radouane tira le portable vers lui. Il afficha le plan le plus large et déplaça le curseur sur la droite de l'écran pour agrandir plusieurs fois la partie plus claire. À taille normale, il n'y avait qu'un très léger écart de contraste qui pouvait facilement être attribué à une densité différente ou bien à une structure en nid-d'abeilles de la roche. Il était complètement penché sur l'écran, quand soudain il releva la tête et fixa Shana.

— Qu'y a-t-il ?

— Regardez… Regardez les parois nord et est !

Shana se leva pour se placer derrière son étudiant et avoir un meilleur angle de vue sur ce qui l'intriguait.

— Qu'ont-elles de particulier, les parois nord et est ? demanda-t-elle en approchant son visage de l'écran, sans bien comprendre où il voulait en venir.

— Regardez la face est : elle semble… parfaitement droite.

— Et alors ?

— Elle présente une ligne parfaitement droite sur plusieurs mètres, avec un angle à 90° côté nord.

Elle comprit subitement et, sans un mot, fixa son regard sur le petit trait vert sur fond noir.

— À ma connaissance la nature ne produit pas de lignes droites, qui plus est avec un angle droit à son extrémité ! déclara Radouane, confirmant son intuition.

À l'échelle, quelques mètres plus loin, un second angle se dessinait sur plusieurs centimètres, comme un mur qui se serait effondré et dont il ne resterait que la jointure. L'ensemble représentait un demi-carré, parfaitement équilibré, avec deux angles apparents.

— Viens avec moi ! dit alors Shana, attrapant vigoureusement le jeune homme par le bras, qui, surpris, laissa tomber à terre les relevés qu'il avait dans la main.

Ils marchèrent rapidement vers l'extrémité nord de la cavité. Comme celle-ci était dans une quasi-obscurité, elle décrocha un des néons amovibles suspendus qui servaient à éclairer les zones de fouilles. Paolo et Alexandre, qui étaient assis à proximité, comprirent qu'il se passait quelque chose d'anormal et se levèrent pour accompagner le mouvement. Elle poussa un lourd appareil de déblaiement sur roues, qui stationnait devant la paroi, puis elle l'éclaira en faisant d'amples gestes de bas en haut.

Tout d'abord, ils ne virent rien que de la roche très légèrement poreuse. Elle approcha le néon au plus près de la paroi, en passant sa main à plat, et trouva rapidement l'endroit qu'elle cherchait : la roche semblait s'affaisser sur environ 1,50 mètre. Shana lança le néon à Radouane pour attraper une barre métallique servant à racler le sol et, s'agenouillant, se mit à gratter frénétiquement à l'intersection de deux grosses pierres apparentes. Le reste de l'équipe, au complet cette fois, s'était rassemblé à proximité. Norma et Gregorio lancèrent un regard interrogatif à Radouane.

— Ne vous inquiétez pas, la patronne est au top ! répondit ce dernier.

Enfin, la plus grosse pierre se désolidarisa. Shana s'en saisit à bras-le-corps et l'arracha de l'orifice où elle était enclavée. Radouane se précipita pour l'aider à soulever la masse qui devait peser plus de 30 kilos. Elle entra le néon à l'emplacement de la pierre qui venait d'être ôtée mais ne vit rien. Elle se remit à gratter avec la barre métallique. Cette fois, Radouane, Alexandre, Paolo et Norma vinrent à son secours à l'aide de leurs piolets.

Deux heures plus tard et au prix de gros efforts, ils avaient désencastré les trois blocs suivants et révélé l'embouchure d'une cheminée.

— Si tu veux remonter par là sur 30 mètres, il va nous falloir des mois, souffla Alexandre, exténué et couvert de terre.

— Oui, mais on n'a pas ça.

— C'est ce que je voulais dire.

Elle glissa le néon à l'intérieur ; la courbure semblait s'incliner à la verticale.

28

Pendant que l'inspecteur Costello finissait de rédiger le compte rendu de son interrogatoire, le regard de Samuel se perdit dans le commissariat. Il s'aperçut qu'au fond de la pièce, le jeune homme à qui on avait mis les menottes et ôté les lacets le fixait avec insistance. Sans doute s'imaginait-il que lui aussi était là pour répondre d'un larcin ; cette idée l'angoissa et il fut le premier à baisser les yeux. À cet instant, Costello le fit sursauter en se levant subitement. Il fit quelques pas jusqu'à l'imprimante et en revint avec trois feuilles qu'il posa devant lui en lui tendant un stylo.

— Alors, je ne vais pas en prison ?

— Mais non, vous n'allez pas en prison. On ne met pas les gens en prison comme ça !

Il relut rapidement sa déclaration et, content de ne pas être poursuivi, la signa sans poser plus de questions. Il avait juste envie d'en finir et de quitter ce lieu où il n'avait rien à faire.

— Je vous remercie monsieur Coste. Je vous libère, maintenant, déclara l'inspecteur. Bien entendu, je vous demande de rester joignable le temps de l'enquête.

Il le raccompagna jusqu'à la sortie. En passant devant les prévenus, Samuel se dit que beaucoup d'entre eux n'auraient pas cette chance-là. Avant qu'il ne s'engage dans l'escalier, Costello le retint par le bras.

— J'ai oublié de vous demander. Vous connaissez la jeune femme qui a remplacé M. Favre ?

— La paléontologue ?

— Oui.

— Pas plus que ça. Je l'ai croisée sur le site, comme tout le monde. Il paraît qu'elle est très connue, qu'elle passe à la télé et tout. Mais moi, je ne l'avais jamais vue.

— Vous ne lui avez même pas parlé ?

— Non.

— Pas une seule fois ?

— Non, pas une seule. Vous savez, ce n'est pas le genre de filles à parler avec des types comme moi.

— Ah oui ? Qu'est-ce que vous voulez dire par là ?

— Eh bien, elle, elle ne parle qu'aux patrons et au fils Sanders. D'ailleurs, ils sont comme cul et chemise, tous les deux. Peut-être même plus. Enfin, c'est des bruits qui courent…

— Ce n'est pas une escort-girl, quand même ?

— Non. Mais elle et moi, on ne vit pas dans le même monde.

— OK, tant pis. Je vous remercie, monsieur Coste. Je ne vous raccompagne pas jusqu'en bas ; vous connaissez le chemin. À bientôt.

Tandis qu'il descendait le grand escalier menant à l'entrée principale, une vague de fraîcheur l'envahit. Devant le bâtiment, il croisa plusieurs policiers en uniforme qui entouraient un homme menotté. Inquiet en arrivant, il était soulagé de sortir libre du commissariat.

Il y avait pensé toute la nuit et n'avait pas beaucoup dormi. Il aurait aimé crier son soulagement mais les passants l'auraient pris pour un fou. Il marcha une centaine de mètres, puis bifurqua dans une petite rue perpendiculaire en direction du métro. Après s'être assuré qu'il n'était pas suivi, il composa le numéro sur son téléphone. Comme d'habitude, il attendit de nombreuses sonneries avant que son interlocuteur ne décroche.

— Bonjour, Samuel. Alors, comment s'est passé votre entretien ?

— Comme vous me l'aviez annoncé. Ils n'ont rien. Rien de rien !

— Bien entendu qu'ils n'ont rien, sinon je ne vous aurais pas laissé y aller.

— Je vous crois, maintenant.

— Vous n'avez aucune inquiétude à avoir. Je vous protégerai, quoi qu'il arrive.

— Qu'est-ce que je dois faire ?

— Rien. Vous restez à Bussolino. Je pense que vous allez bientôt pouvoir reprendre votre travail.

— Ah bon ? Parce que sur place ils sont encore loin d'avoir terminé leur tambouille. Il leur reste encore plus de deux semaines à jouer dans la cavité.

— Oui, mais ils vont avoir besoin de vous pour… autre chose. Et je préfère vous savoir sur place.

— OK.

— Dorénavant, ne m'appelez plus avec votre portable. Utilisez uniquement des téléphones publics. Moins il y aura de contacts entre nous et mieux cela vaudra pour tous les deux.

— Très bien.

— À bientôt, Samuel.

Il raccrocha et s'engouffra dans la bouche de métro. Il commençait à en avoir assez de cette affaire. Il aurait bien tout plaqué mais, vu les circonstances, il n'avait plus d'autre choix que de suivre le mouvement.

29

Les deux hommes ne s'étaient pas vus depuis plusieurs années, si bien que Pierre Lancarneau ne reconnut pas immédiatement Giuseppe Gazotti, dans le vaste hall de l'aéroport Sandro-Pertini. Il était parvenu à dormir une bonne partie des huit heures séparant New York de Turin, et malgré l'heure matinale il se sentait en assez bonne forme. Son passeport diplomatique lui permettait d'éviter les formalités douanières classiques à l'arrivée, un guichet dédié lui assurant un rapide contrôle où on ne lui demandait pratiquement jamais d'ouvrir son bagage. Ainsi, il sortit en premier du hall d'arrivée, une poignée de minutes à peine après avoir touché terre.

Il était heureux de venir passer quelques jours en Italie. Même si ses activités l'amenaient fréquemment à voyager partout dans le monde, c'était toujours avec un plaisir particulier qu'il revenait en Europe. Il résidait aux États-Unis depuis plus de dix ans, avait depuis longtemps la nationalité américaine, travaillait pour le gouvernement, était même marié à une pure Texane, et malgré tout, il gardait la sensation d'être un expatrié loin de chez lui. Avec les années, il avait fini par comprendre que ce sentiment ne passerait probablement jamais et il s'en accommodait. Évidemment, ce séjour-là était un peu particulier. Il était impatient de voir ce site sensationnel, mais surtout, il était impatient de la revoir, elle. À distance, il avait toujours gardé un œil sur l'étudiante la plus brillante qu'il ait jamais eue dans sa classe, mais surtout, sur la jeune femme qui avait partagé sa vie, dix ans plus tôt, et qu'il avait profondément aimée. Il savait qu'ils auraient pu faire un bout de chemin plus long ensemble, si les circonstances avaient été différentes. Mais il était parti de l'autre côté de l'Atlantique et puis, rapidement, il avait rencontré Amy, et la vie avait tourné. Aujourd'hui, il était de retour et depuis qu'il savait qu'il allait la revoir, il ne pensait qu'à elle.

Gazotti était un homme petit, qui dégageait néanmoins le charisme de ceux qui avaient l'habitude de diriger les autres. Ils échangèrent une rapide accolade puis sortirent par la porte D. Le chauffeur de Giuseppe attendait au volant d'une Mercedes Classe S noir métallisé, stationnée en double file devant un carabinier que les plaques d'immatriculation du corps diplomatique maintenaient à distance.

— Nous allons à la Mole Antonelliana, indiqua-t-il en entrant dans le véhicule.

— À la Mole Antonelliana ? s'étonna Pierre.

— Oui. Thomas Sanders et Shana Stenford nous y attendent déjà.

— Ah… Très bien.

— Je suis désolé, Pierre. Vous vouliez sans doute passer vous changer à votre hôtel avant d'entrer dans le vif du sujet, mais les événements se sont un peu précipités ces dernières heures.

— Pas de souci, ça ira. Que s'est-il passé ?

— Hier matin, ce que nous redoutions s'est produit : l'équipe de Mlle Stenford a identifié le passage menant à la seconde cavité.

— Ah, je vois.

— Non, je ne crois pas. Il est maintenant plus qu'illusoire de conserver tout cela secret.

Pierre jeta un regard désabusé par la fenêtre, comme s'il s'attendait à cette éventualité.

— Tant pis, soupira-t-il.

— Je vous ai connu beaucoup plus combatif, Pierre.

— À quoi bon ? Ce n'est pas si grave. Il n'y aura jamais aucune preuve incontestable. Alors, on contestera. Il y aura toujours la place pour le doute, car aucune présentation des faits n'est jamais totalement objective. On laissera entendre que c'est une supercherie, et l'affaire sera réglée.

— J'ai peur que ça ne soit pas si simple…

— Vous vous mettez trop la pression, Giuseppe.

— Peut-être.

Giuseppe n'était pas dupe. Il avait bien compris que l'arrivée de Pierre était surtout le signe que la SIA doutait de ses capacités à gérer au mieux la situation et une façon habile de le surveiller de l'intérieur. Peu importe, sa présence le rassurait. Il le connaissait bien et c'était un homme fiable. Même si la situation était complexe, il savait qu'il pourrait compter sur lui, si elle lui échappait complètement, ce qui, heureusement n'était pas encore le cas. Et puis, la présence à Bussolino du directeur, pour l'ONU, de la conservation du patrimoine archéologique et paléontologique, lui permettrait d'avoir plus de poids auprès du ministère italien. Il n'avait pas l'habitude de tourner autour du pot, alors il se décida à lui poser tout de suite la question qui le préoccupait.

— Et si… il existe réellement ?

— Vous n'êtes pas sérieux, Giuseppe ? lui répondit Pierre avec un grand sourire.

— C'est tout de même une possibilité.

— Je ne crois pas. Mais si c'était le cas, pensez-vous vraiment qu'on le trouverait là ?

— Ça en est une autre…

— Eh bien, on avisera. Pour ma part, je n'y crois pas un instant. C'est un emballage surnaturel tout à fait hypothétique et pour lequel nous n'avons absolument aucune preuve tangible. C'est un mythe qui a traversé les siècles mais qui ne sert qu'à expliquer ce que nous ne comprenons pas encore.

Giuseppe l'écoutait tout en lisant le message de sa secrétaire, qui l'informait que la réunion venait de commencer sans eux. Il connaissait les arguments de Pierre, et au fond de lui il espérait qu'il avait raison mais il n'en était pas aussi sûr.

— Vous avez été informé de l'agression dont a été victime Mlle Stenford ?

— Oui.

— Tout cela commence à faire beaucoup, Pierre. L'assassinat de Philippe Favre, l'intrusion sur le site, et maintenant l'agression de la directrice des fouilles.

— Cela ne m'a pas échappé. Elle va bien ?

— Il semblerait.

— C'est heureux.

— Je ne suis d'ailleurs pas le seul à faire le rapprochement entre les événements : la police turinoise s'en mêle. Le commissaire en charge de l'enquête ne nous lâche plus ; il fourre son nez partout et a même mis en place une protection rapprochée auprès de Mlle Stenford. Nous avions déjà fortement sécurisé le site, mais je suis inquiet.

— Plus la sécurité autour d'elle sera importante, mieux ça vaudra.

— Je suis d'accord.

— Le problème le plus urgent est d'identifier d'où vient la menace. Vous avez une idée ?

— J'aimerais vous répondre « oui », mais, malheureusement, ce n'est pas le cas.

— Que comptez-vous faire ?

— Rien pour le moment. Nous devons terminer ce que nous avons commencé. Après, nous réglerons ce problème.

30

Lorsque Giuseppe Gazotti et Pierre Lancarneau pénétrèrent dans le luxueux salon Michel-Ange, celui-ci était plongé dans l'obscurité. Shana, debout, présentait sur une image projetée les plans en coupe de l'hypothétique nouvelle cavité. Giuseppe lui fit signe de ne pas s'interrompre, tandis qu'ils s'assirent discrètement. Dans la salle, étaient présents Thomas, Giordano Milazzo, le conseiller en communication du ministre, Marcelo Galiani, son conseiller scientifique, René Philibert qui représentait les intérêts de l'État français et Radouane, qui illustrait à l'écran ce que Shana expliquait au comité. Seul manquait Robert Sanders qui n'avait pas jugé sa présence nécessaire.

Comme elle s'y attendait, l'arrivée de Pierre la troubla immédiatement mais elle se concentra sur sa présentation pour ne rien laisser paraître. Après avoir montré les images les plus explicites des angles droits, qu'elle identifiait comme de possibles modifications humaines de l'environnement, Shana aborda le plan qu'elle souhaitait mettre en œuvre.

— La seconde cavité se situe à 30 mètres au-dessus de la première. Nous aurons besoin d'un équipement spécifique et d'une rallonge budgétaire afin d'y accéder, annonça-t-elle. Mais aussi, et surtout… d'un délai supplémentaire de plusieurs semaines.

Elle savait que ce dernier point était, de loin, le plus critique, car il ne dépendait pas de Thomas. Il nécessitait l'accord du gouvernement italien qui devrait dédommager le groupe Sanders et les nombreux autres prestataires engagés dans la construction du tunnel. Thomas se leva pour prendre la suite, tandis qu'elle retournait s'asseoir. Pierre ne l'avait pas lâchée des yeux. Leurs regards se croisèrent, puis ils se tournèrent tous les deux vers Thomas.

— Nous avons identifié trois possibilités pour accéder au second site. La première est de déblayer par le bas, c'est-à-dire par la première cavité. C'est une opération qui serait extrêmement périlleuse. On devrait libérer la cheminée par l'intérieur, roche après roche, niveau après niveau. L'équilibre créé depuis des millions d'années pourrait se rompre à tout moment et s'effondrer sur les ouvriers, qui se trouveraient alors prisonniers du conduit. De plus, cette opération serait coûteuse et longue.

— L'Italie ne pourra pas dédommager indéfiniment le groupe Sanders pour les retards de travaux, intervint Gazotti, qui avait chaussé ses lunettes pour mieux étudier les images de coupe. Surtout sans savoir si on va trouver quelque chose de probant ou non dans cette seconde cavité ! J'ai lu vos estimations sur les angles droits, mademoiselle Stenford, mais je dois vous avouer qu'elles ne m'ont pas totalement convaincu. On ne dépensera pas plusieurs millions d'euros sur une simple intuition…

— Je m'attendais à votre objection, Giuseppe, le coupa Thomas. Je n'évoquais cette possibilité que pour mieux amener les deux suivantes. La deuxième possibilité est de provoquer une explosion à la base de la cheminée, afin de détruire les premières rangées de roches. Cela provoquera une onde de choc importante qui fera trembler l'ensemble. Un peu, comme lorsque vous tapez sur une canalisation à sa base : plus vous montez et plus la résonance est importante. Si cette onde est suffisamment puissante, elle libérera intégralement le conduit. Cela endommagera la première cavité, mais nous pourrons probablement accéder à la seconde.

Giuseppe Gazotti prit un instant pour apprécier la proposition. Il ôta ses lunettes et planta ses yeux dans les siens.

— Trente mètres… Il va vous falloir une sacrée charge !

— Pas nécessairement. La résonance de l'explosion sera fortement amplifiée par le cloisonnement.

— Si je vous suis bien, cette possibilité est plus rapide, moins dangereuse et moins coûteuse mais ne nous assure de rien non plus ?

— Non, en effet. On ne peut pas être certains que la cheminée se libérera. Il est possible qu'elle reste en partie obstruée ou bien, si l'onde de choc provoquée est trop importante, qu'elle fasse effondrer le plafond de la seconde cavité, ce qui la détruirait totalement avant même qu'on y accède. Il faut également préciser que si l'opération fonctionne et nous ouvre un passage, celui-ci sera extrêmement difficile. Les équipes de fouilles devront accéder au site en montant en cordée sur 30 mètres. La cheminée étant très étroite, ils ne pourront porter sur la zone que du matériel très léger.

— J'espère que vous nous avez gardé le meilleur pour la fin ! intervint Pierre, qui s'exprimait pour la première fois.

Shana ne put s'empêcher de le fixer. Elle trouvait à la fois troublant et insolite d'être là, devant lui, après tant d'années, à discuter d'un sujet aussi sérieux. Elle se demandait s'il ressentait le même trouble que le sien. Si c'était le cas, il ne laissait rien paraître. De quel côté allait-il se placer ? De celui de Gazotti, qui ne cherchait qu'à limiter le temps d'immobilisation, ou bien du leur ?

— Oui et non, répondit Thomas. La dernière possibilité est de perforer la montagne… par le haut ! Nous pourrons ainsi accéder directement à la seconde cavité, située à environ 40 mètres de profondeur, ajouta-t-il, tandis que Radouane projetait un schéma des opérations à effectuer en coupe transversale. Cela paraît plus simple, mais le résultat n'est pas assuré pour autant. À cet endroit, la couche inférieure est principalement constituée de roches cristallines de type zéolite[1].

— Épargnez-nous les détails techniques, monsieur Sanders, et venez-en au fait, s'il vous plaît, l'interrompit Gazotti.

— En résumé, celle-ci est d'une nature chimique instable et potentiellement dangereuse. La couche inférieure s'étend en forme de nid-d'abeilles, avec des cavités et des canaux. Certains peuvent être remplis de gaz et provoquer des explosions importantes lors de la

1. La roche zéolite est un constituant naturel formé par l'accumulation de dépôts de cendres volcaniques. Le terme vient du grec *Zéo* pour bouillir et *Lithos* pour minéral.

perforation. Pour simplifier, si cette solution est la plus simple à mettre en œuvre, elle ne nous assure pas non plus de parvenir jusqu'à la zone sans l'endommager irrémédiablement.

La discussion se poursuivit encore un moment sur les conditions techniques d'accession, puis Giuseppe décida de suspendre la séance pour quelques minutes. Avec Pierre et les deux représentants de l'État italien, il s'isola dans une pièce adjacente, laissant entrevoir au reste de l'assemblée où se situait le pouvoir de décision.

René Philibert, le membre de la commission de l'équipement français, profita de l'interruption pour se dégourdir les jambes et se servir un café.

— Vous avez pris un caillou sur la tête ? demanda-t-il en désignant le large pansement bordé de bleu, sur le front de Shana.

Le regard bienveillant, il était la seule personne de l'assemblée, avec Thomas, qui montrait de la sympathie pour elle. Il n'était visiblement pas informé de l'agression qu'elle avait subie, trois jours plus tôt.

— J'aurais préféré ! répondit-elle. En fait, j'ai pris un lavabo belliqueux sur la tête…

Thomas sourit, et René Philibert, qui n'était pas certain d'avoir bien compris n'en demanda pas plus. Quelques minutes plus tard, les trois Italiens regagnèrent le salon Michel-Ange. La délibération avait été courte, et cela ne surprenait pas vraiment Thomas. En regagnant sa place, Pierre s'arrêta devant Shana. Il la regarda sans dire un mot, avant d'être rejoint par Giuseppe qui s'intercala entre eux.

— Je n'ai pas eu l'occasion de vous présenter. Pierre Lancarneau, voici Thomas Sanders, le nouveau président du groupe.

— Enchanté, monsieur Sanders.
— Et Shana Stenford, notre nouvelle directrice des fouilles, mais je crois que tu avais compris.
— Oui. Je connais Mlle Stenford…
— Ah oui ? Je l'ignorais…
— Vous savez, aux États-Unis, nous avons également la télévision, et même des émissions people. Comment allez-vous ? dit-il en lui tendant la main, l'air satisfait de son entrée.
— Bien, bien, merci.
Gênée, elle lui serra la main, puis ils retournèrent s'asseoir. L'échange avait été différent de ce qu'elle imaginait. Elle s'était bien demandé s'il allait révéler ou non qu'ils se connaissaient déjà ; le vouvoiement avait été la réponse. Vu le contexte, elle ne lui en voulait pas, mais il n'était pas obligé de la rabaisser comme ça. Gazotti la considérait déjà si peu ; elle n'avait pas besoin qu'il en rajoute. Comme groggy après un uppercut, elle s'assit en essayant de garder contenance. Thomas, qui avait observé la scène, posa la main sur son avant-bras.
— Tout va bien ! dit-il doucement.
Finalement, Gazotti accepta que la troisième solution soit mise en œuvre, mais rapidement. Il accorda un délai d'une semaine supplémentaire pour terminer les fouilles. Par mesure de sécurité, il recommanda d'effectuer une analyse préalable du sol au scanner, afin de cibler l'axe idéal permettant d'éviter les poches gazeuses. L'observation était judicieuse, mais Shana objecta que cela prendrait du temps et que le délai imparti était très court.
— Mademoiselle Stenford, vous êtes probablement une brillante paléontologue, mais moi, je dois veiller à

ce que ces fouilles ne soient pas un gouffre financier sans fond pour nos finances publiques, répliqua-t-il. Alors, débrouillez-vous comme vous voulez pour être dans les temps. M. Sanders a des moyens ; je suis sûr qu'il vous trouvera une solution pour faire vite. Très vite.

Comme la plupart de ses interventions, celle-ci n'ouvrait pas la porte à la discussion. Shana ne répondit donc pas. Elle observa de nouveau Pierre qui semblait totalement détaché de l'aspect opérationnel des choses. Mais alors, pourquoi était-il là ? Elle n'en avait encore aucune idée…

31

« Ce qui est violent, ce n'est pas le temps qui passe, c'est l'effacement des sentiments et des émotions. Comme s'ils n'avaient jamais existé. »

Laurence Tardieu

Thomas la déposa à 14 heures devant la gare de Porta Susa. Elle courut jusqu'au quai C, où elle réussit de justesse à attraper le train pour Lyon. L'agent de police assurant sa protection et qui n'avait pas l'autorisation d'exercer en dehors du territoire national fut provisoirement relevé de ses fonctions. Dans le train, elle essaya sans succès de dormir. Les retrouvailles avec Pierre avaient été froides et bien différentes de ce qu'elle imaginait. Certes, les années avaient passé, mais elle en ressentait une profonde peine. Elle avait toujours espéré qu'elle existait encore un peu pour lui, comme lui existait pour elle. Que, de loin, il était fier d'elle, de ce qu'elle avait réalisé depuis dix ans, à force de travail et en partie grâce à l'enseignement qu'il lui avait prodigué. Il en connaissait la complexité. Bien souvent, lorsqu'elle rencontrait des vents contraires, cette pensée la réconfortait. Mais peut-être n'était-ce tout simplement pas le cas. Elle préférait ne plus y penser.

Elle arriva vers 19 heures au pied de l'appartement de Jeannelle, situé dans le quartier des Jacobins à proximité de la place Bellecour. La veille au soir, elle avait appelé pour prendre de ses nouvelles, comme elle le faisait tous les deux ou trois jours depuis les obsèques, puis elle lui avait demandé si elle pouvait récupérer le portable de Philippe pour un usage professionnel. Jeannelle avait accepté sans demander la moindre explication, proposant même de venir elle-même le lui porter, ce que Shana avait refusé. Elle avait tout d'abord pensé que c'était elle qui lui avait envoyé ces curieux messages mais, après leur conversation, elle n'en était plus si sûre. Comment Jeannelle pourrait-elle avoir des informations sur ce qui se passait à Bussolino ? Et puis, pourquoi voudrait-elle lui donner des conseils par ce biais, la prévenir de faire attention aux apparences ? Si elle savait quelque chose, elle le lui aurait dit directement. Ça n'avait aucun sens.

Les deux jeunes femmes s'étreignirent un long moment. Elles se connaissaient peu, mais un lien invisible semblait les unir depuis leur première rencontre, et encore plus aujourd'hui. Shana s'inquiéta de la trouver blême et fatiguée. Le décès de son frère l'avait physiquement changée et les révisions des examens partiels de sa maîtrise de droit la vidaient du peu d'énergie qui lui restait. Elle se préoccupa de son alimentation et de son sommeil ; étant habituée à travailler beaucoup, elle en connaissait l'importance. Jeannelle reconnut dormir peu et mal. Elle se sentait seule et semblait plus marquée aujourd'hui qu'au lendemain de la mort de Philippe. En effet, pour beaucoup de personnes qui perdaient un proche, les semaines et les mois qui suivaient étaient souvent plus difficiles que les jours. Elle avait perdu le sens de sa vie. Le rythme des examens la faisait tenir debout, mais elle n'avait aucune idée de ce qu'elle ferait une fois ceux-ci terminés.

Jeannelle lui remit l'ordinateur portable, qu'*a priori* elle n'avait pas utilisé. Elle l'avait récupéré au commissariat de Turin, avec les effets personnels que Philippe avait dans sa chambre : vêtements, montre, affaires de toilette, quelques livres. Tout était resté dans un grand sac en plastique blanc qu'elle n'avait pas eu le courage de toucher. Shana dut le brancher sur le secteur, car la batterie était complètement déchargée. Après quelques minutes, celui-ci s'alluma sur la page d'accueil protégée par un mot de passe. *Ça commence mal*, pensa-t-elle. Elle demanda à Jeannelle si elle le connaissait, mais ce n'était pas le cas. Alors, elle réfléchit à ce que son ami aurait bien pu utiliser. Évidemment, elle ne s'était jamais posé la question. La police turinoise devait sûrement avoir des outils pour passer outre ce filtre, mais elle se voyait mal appeler le commissaire Spangeti pour le lui demander.

Philippe n'avait pas d'enfant. Elle ne lui connaissait pas de petite amie récente et puis, il n'aurait pas mis son prénom ; ce n'était pas son genre. Elle fit un premier essai : « JEANNELLE », non. « LYON1 », leur université ; bien essayé, mais non. « BUSSOLINO », toujours pas. « Essaie encore », semblait dire le message, mais elle n'avait plus vraiment d'idées. « DARWIN », non. Ça pouvait être n'importe quoi… La voyant contrariée, Jeannelle vint s'asseoir à côté d'elle, et toutes deux fixèrent l'écran sans rien dire durant quelques secondes.

— Essaie « SHANA », proposa-t-elle.

Elle n'y croyait pas un instant, mais elle essaya tout de même. Lorsqu'elle appuya sur « Entrée », la page d'accueil s'ouvrit instantanément.

— Bingo ! Je le connais bien, mon frère.

— Je n'aurais jamais essayé ça ! Il devait être à court d'idées.

— Je ne pense pas. Il a toujours été un peu amoureux de toi. Je ne suis pas très surprise…

Jeannelle retourna à sa table de révisions, comme si de rien n'était. Shana sentit l'émotion la gagner rapidement mais pour ne pas craquer elle se concentra sur ce qu'elle cherchait. Elle ouvrit la boîte mail. Pas de mot de passe, cette fois-ci. La synchronisation démarra automatiquement. Lorsqu'elle fut terminée, elle ouvrit les paramètres de connexion. La dernière synchronisation avait eu lieu deux jours après la mort de Philippe mais deux semaines avant les mystérieux messages. Elle s'en doutait un peu, et cela confirmait qu'ils n'avaient pas été envoyés de ce portable. *C'est probablement la police qui a effectué la dernière synchronisation*, pensa-t-elle. Retour à la case départ.

Elle consulta les mails reçus, quelques publications, des messages d'étudiants sans intérêt. Elle lut ensuite les derniers éléments envoyés, notamment plusieurs échanges avec Thomas sur l'avancement des fouilles, un mail au recteur de la faculté de Lyon, dans lequel il l'informait qu'il serait obligé de s'absenter les deux prochaines semaines pour raisons personnelles et ne pourrait donc pas assurer les derniers cours comme prévu. Le dernier message de Philippe lui était bien destiné, mais celui qui l'interpella était l'avant-dernier… Il était adressé à Pierre Lancarneau. C'était un compte rendu complet de l'excavation du corps, accompagné de photos sous différents angles.

Shana referma l'ordinateur et demanda à Jeannelle si elle pouvait l'emporter avec elle.

— Oui, bien sûr, répondit cette dernière. Fais-en ce que tu veux. De toute façon, je ne pourrai jamais m'en servir, sachant que c'est sans doute le dernier objet qu'il a utilisé.

Soudain, Shana eut une idée qui pouvait paraître saugrenue, mais qui, sur le moment, lui sembla la meilleure chose à faire.

— Ta dernière épreuve a lieu quand ?

— Dans deux jours. Pourquoi ?

— Je voudrais que tu viennes me rejoindre à Bussolino, quand tu auras terminé.

— Moi ? Mais je vais te servir à quoi ? Tu as besoin d'une juriste non diplômée ?

— Non, pas encore, mais j'aurais vraiment besoin d'une amie. Tu pourrais m'aider à finir ce que ton frère a commencé.

Un sourire se dessina sur le visage de Jeannelle, chassant son expression de surprise. Elle ne savait justement pas quoi faire après ses examens et redoutait ce moment.

— Si je peux t'aider, c'est d'accord !

— Très bien. Ça me ferait vraiment plaisir. Et puis, cela va peut-être t'intéresser.

— Je n'en doute pas !

Jeannelle n'avait aucune idée de la nature du travail qu'elle voulait lui confier, mais une chose lui semblait certaine : cela ne pourrait être pire que de rester seule, à se morfondre, dans son petit appartement d'étudiante.

32

« Rien n'est définitivement vrai.
Il y a seulement des choses
qui sont définitivement fausses
et d'autres qui sont provisoirement vraies. »

Karl Popper

Trois jours plus tard, à quelques kilomètres de Bussolino.

Le soleil naissant irradiait déjà la vallée. Malgré l'approche de Noël, l'heure matinale et la température nettement négative, les premiers rayons paraient le paysage de couleurs presque estivales. L'outil de forage avait été livré la veille, fourni par un sous-traitant du groupe Sanders qui avait plusieurs chantiers à proximité. Le contremaître Samuel Coste avait été sorti de son chômage technique pour diriger les opérations, avec une équipe réduite de cinq hommes. Pour des raisons de sécurité, personne ne devait rester dans la première cavité. Ainsi, toute l'équipe s'était réunie à l'étage supérieur, à l'exception de Gregorio Bardi et de Rodolfo Di Lorenzo qui profitaient de l'occasion pour passer la journée en famille. Le policier chargé de la sécurité de Shana était également là, et bien qu'à l'écart du petit attroupement, personne ne pouvait ignorer sa présence.

L'énorme machine avait commencé son travail de perforation à 8 h 30 précises. Dans un bruit assourdissant, 4 mètres de roche calcaire, sur 1 mètre de diamètre, avaient déjà été extraits. À ce rythme-là et en l'absence de couches plus robustes, la seconde cavité serait atteinte dans la journée. À une distance raisonnable et équipée d'un casque de protection auditive, Shana surveillait les opérations, à la fois tendue et excitée par ce qu'ils pouvaient découvrir, une trentaine de mètres plus bas. Thomas et Radouane suivaient sur un écran portable la progression de la mèche, pour s'assurer qu'elle ne dévie pas de l'axe de la cible.

C'est alors qu'un premier incident se produisit. À environ 5 mètres de la surface, la tarière heurta une roche plus massive et cassa net, ce qui produisit une gerbe d'étincelles de plusieurs mètres de haut. Samuel hurla au machiniste de stopper et d'extraire la tête de forage. Celle-ci avait souffert sur une couche de plusieurs mètres d'épaisseur, qui apparaissait légèrement plus sombre sur le scanner. Thomas vérifia à l'écran, puis se précipita vers le cratère pour contrôler l'état du matériel. Il s'agissait visiblement d'une roche beaucoup plus dure, de type granite, qu'ils n'attendaient que plus profondément et qui pouvait sérieusement compliquer la progression. Shana ôta son casque et s'approcha à quelques pas de Samuel pour lui demander des explications.

« Ne vous inquiétez pas, m'dame ! répondit-il. Ce n'est pas un caillou qui va nous arrêter. Nous avons cinq tarières de rechange. En principe, pour ce genre de travail, deux auraient largement suffi, mais le patron m'a demandé de venir "équipé" pour parer à toutes les éventualités. Nous sommes ici pour perforer cette montagne, et nous allons la perforer ! »

Shana regarda en direction de Thomas. Son costume était déjà couvert de boue et il se démenait, aux côtés du machiniste, pour relever l'énorme tête de forage. Elle était heureuse qu'il soit là. Comme d'habitude, il avait pris toutes les dispositions nécessaires pour venir la soutenir. Depuis le début, il s'était battu pour l'imposer en tant que directrice des fouilles, puis pour lui assurer des conditions matérielles optimales. Il avait été là chaque fois qu'elle avait rencontré une difficulté, un peu comme un ange gardien. Elle se dit que cela devait être très plaisant de travailler pour un homme comme lui au quotidien. Cependant, malgré tout son soutien, elle savait qu'ils ne devaient pas prendre trop de retard. Il ne restait qu'une dizaine de jours sur les délais impartis et la fouille de la seconde cavité allait prendre du temps. Quoi qu'ils trouvent, elle avait bien compris qu'il leur serait très difficile d'obtenir un nouveau report. Ensuite, les tunneliers reprendraient leur travail et toutes les traces d'une potentielle vie humaine antérieure à l'ère glaciaire seraient définitivement effacées.

Samuel ordonna de monter une nouvelle tarière, beaucoup plus étroite et plus robuste. L'opération devait prendre une vingtaine de minutes. Pendant ce temps, Shana observa sur l'écran de contrôle la distance déjà parcourue. Elle compta 5 mètres, 6 tout au plus ; ils étaient encore loin du compte. Profitant de l'interruption, Radouane, qui avait apporté un thermos de café, lui en proposa une tasse. Elle posa son casque et accepta volontiers. Revigorée par la chaleur du gobelet entre ses mains, elle regarda, au loin, la nature encore gelée qui suintait au soleil. Toujours à l'écart, son garde du corps faisait de grands mouvements circulaires avec les bras, pour essayer de se réchauffer. Il la suivait depuis plusieurs jours déjà, mais elle n'avait pas réussi à parler avec lui. Chaque fois qu'elle avait essayé, il s'était écarté ou avait feint de répondre au téléphone pour l'esquiver. Elle en avait déduit qu'on lui avait demandé d'éviter tout contact. Pour ne pas le mettre dans l'embarras, elle avait renoncé. Ainsi, la plupart du temps, elle faisait comme s'il n'était pas là.

— À l'ombre comme il est, il va finir complètement congelé, votre *bodyguard* ! dit Radouane, qui l'observait aussi depuis quelques minutes.

— Ouais… Je pense que c'est le bon moment pour aller faire ami-ami. Tu peux me servir un autre café, s'il te plaît ?

Même si le soleil était déjà haut, la température était toujours négative. Rester seul et immobile comme il le faisait devait être un supplice. Cette fois, lorsqu'il la vit approcher avec deux gobelets fumants dans les mains, il n'essaya pas de l'éviter.

— J'ai compris que vous ne deviez pas me parler, mais prenez ça. Cela va vous réchauffer, dit-elle.

Très jeune, c'était un grand gaillard roux à la peau très blanche et aux yeux bleu clair.

— Merci, madame, répondit-il, ne se faisant pas prier pour attraper le gobelet qu'elle lui tendait.

Il sortit son paquet de cigarettes et, d'une main tremblante lui en proposa une qu'elle accepta.

— Vous pouvez m'appeler Shana.

— Merci, Shana.

— Et vous vous appelez comment ?

Il alluma sa cigarette et tira une longue bouffée.

— Appelez-moi Paul, dit-il.

Elle sourit en allumant la sienne.

— Comment ça, « appelez-moi Paul » ? Vous ne vous appelez pas comme ça ?

— Non.

— Ah… d'accord. Eh bien, je sais déjà comment vous ne vous appelez pas.

— Ne m'en veuillez pas. Je suis votre agent de surveillance rapprochée, et pour des raisons de sécurité nous avons pour consigne de ne pas donner notre véritable identité.

— Très bien, agent Paul.

À son tour, il sourit.

— Vous devriez vous mettre au soleil.

— C'est ce que je me disais aussi…

— Vous savez, je pense que vous perdez votre temps, ce matin.

— Pourquoi ça ?

— Avec tout le monde qu'il y a, je ne pense pas être menacée.

— J'espère que vous avez raison, mais je ne suis pas compétent pour en juger. J'obéis juste aux ordres. Et puis, ne le prenez pas mal, mais je suis aussi là pour observer votre entourage.

— Ah bon ? Le commissaire Spangeti m'a caché cet aspect de votre mission.

— Cela vous pose un problème ?

— Non, pas particulièrement.

— Il doit penser que l'assassin de votre collègue peut en faire partie.

— Hum… Et vous faites comment pour « observer » mon entourage ?

— Je fais attention à l'attitude des gens, avec vous ou entre eux. Des détails parfois insignifiants qui peuvent vous échapper.

— Si vous identifiez quelque chose, j'espère que vous m'en parlerez.

— Moi, non, mais le commissaire vous le dira probablement.

— Bien. En tout cas, je vous remercie de veiller sur ma sécurité, agent Paul.

— De rien.

Elle récupéra les deux gobelets vides et retourna vers Thomas, tandis que les ouvriers commençaient à s'agiter à nouveau. Même à distance, la présence du policier la rassurait, mais elle lui rappelait également qu'elle se trouvait plongée en pleine enquête criminelle et que l'assassin de son meilleur ami était peut-être tout près d'elle.

À 11 h 15 précises, Samuel fit introduire la nouvelle tête de forage dans la tranchée. Il s'assura que les vérins hydrauliques servant à maintenir la machine au sol étaient stables et correctement fixés, puis ordonna la reprise de la perforation. D'abord doucement, durant deux ou trois minutes, puis plus rapidement. Dans un bruit strident à la limite du supportable, des gerbes d'étincelles jaillirent à la surface lorsque la tarière heurta à nouveau la roche plus robuste. Tout le monde s'écarta de plusieurs mètres afin de se protéger, à l'exception du machiniste et de Thomas qui restèrent à proximité, derrière le pupitre de contrôle.

Shana, quant à elle, se dirigea vers Radouane et Norma afin de récupérer son casque de protection. Assis au pied d'un sapin, à une dizaine de mètres, ils recalculaient déjà le nouvel axe de forage sur l'image du scanner. C'est à ce moment précis, en une fraction de seconde, que tout bascula. Une vive chaleur monta dans ses jambes et dans son dos. Elle eut à peine le temps de tourner la tête qu'une explosion assourdissante retentit et souleva la terre tout autour d'elle. Le sol rebondit violemment sous ses pieds, lui faisant perdre l'équilibre. Elle vit la foreuse, pourtant fixée à terre et pesant plusieurs tonnes, être projetée à plusieurs mètres de hauteur comme un vulgaire modèle réduit, puis s'écrouler lourdement en arrachant plusieurs arbres au passage, dans un fracas épouvantable. Allongée face au sol, elle s'agrippa comme elle put aux hautes herbes à proximité, pour ne pas glisser dans ce qu'elle imaginait être le vide.

Comme pris d'une résonance infinie, le sol trembla encore plusieurs secondes, puis s'arrêta brusquement. Elle n'entendait plus rien, si ce n'est un son très aigu qui lui perçait les tympans comme une aiguille. Une fumée opaque et une odeur de soufre avaient envahi l'air. Elle resta un moment sans pouvoir bouger, avant de s'accroupir difficilement. Elle essaya de se lever mais n'y parvint pas, comme si les vibrations avaient maintenant intégré son corps. Ses bras étaient couverts de sang et de poussière. Ses jambes lui paraissaient vidées de toute force et ses yeux brûlaient. Elle ne respirait que cette poussière chaude qui lui irritait la gorge.

Soudain, à travers la fumée, elle aperçut Radouane à quelques mètres, qui s'était à demi relevé, puis l'agent Paul qui se dirigeait vers elle. Elle leva le bras. Une sensation de chaleur lui monta alors à la tête. Sa vue se brouilla, puis elle se sentit partir en arrière.

33

Elle ouvrit les yeux sur un plafond blanc. Sans même bouger, elle comprit instantanément où elle était. L'esprit embrumé comme si elle avait dormi plusieurs heures, elle inclina doucement la tête sur le côté. Le moniteur cardiaque émettait un son régulier et rassurant. Les chiffres lui apparaissaient comme de gros points qu'elle n'arrivait pas à lire. Elle se concentra quelques instants sur le plus gros, en haut à droite, et, progressivement, l'image se clarifia. « 61. » Par élimination, elle supposa que c'étaient ses pulsations. Elle passa à la ligne en dessous, plus petite, plus compliquée. Au bout de quelques secondes, elle lut : « 108, 84, 70. » Elle savait que cela correspondait à sa tension artérielle, prise en mmHg, soit 10,8 maximum, 7 minimum et une moyenne à 8,4. C'était bas, mais peut-être normal pour quelqu'un qui était alité depuis… elle ne savait pas très bien ! Avec difficulté, elle se retourna. Pierre était assis à côté d'elle et la regardait fixement. Son manteau et son écharpe posés à ses pieds, à même le sol, et sa chemise considérablement froissée témoignaient qu'il était là depuis un long moment.

— Bonjour.

— Qu'est-ce que tu fais là ?

Elle se surprit à avoir une voix plus rauque que d'habitude.

— Je veille sur toi.

— J'ai dormi longtemps ?

— Plutôt. Cela fait bientôt vingt-quatre heures.

— Tant que ça ?

— Oui. Les médecins t'ont donné des tranquillisants ; c'est sans doute pour ça que tu ne t'es pas réveillée plus tôt.

À cet instant, un homme d'une trentaine d'années à la barbe soignée entra dans la chambre. Pierre se leva aussitôt et recula d'un pas le fauteuil sur lequel il était assis.

— Bonjour, mademoiselle Stenford. Je suis le médecin urgentiste Faouzi. Comment vous sentez-vous ?

— J'ai l'impression d'être passée dans un shaker, docteur.

— Ça ne m'étonne pas. D'ailleurs, d'après ce qu'on m'a dit c'est à peu près ce qui vous est arrivé. Est-ce que vous m'entendez correctement ? lui demanda-t-il, tout en éclairant sa pupille avec un petit stylo optique pour vérifier sa contraction.

— Comme si vous me parliez à travers un rouleau de Sopalin.

— C'est l'effet de l'explosion. Vous allez avoir cette sensation désagréable durant quelque temps, puis cela s'estompera. Vous avez eu beaucoup de chance.

— Et les autres, comment vont les autres ? Radouane, Norma, comment vont-ils ?

— Ils vont bien. On leur a fait passer quelques tests de routine, puis ils sont rentrés à leur hôtel.

— Et Thomas, comment va-t-il ? Il était juste à côté de la tête de forage lorsqu'elle a explosé…

— Reposez-vous encore un moment. Le commissaire Spangeti est ici ; il va venir vous voir et vous donnera toutes les informations.

Tout en parlant, le Dr Faouzi releva ses paramètres vitaux sur un feuillet et débrancha le goutte-à-goutte qui alimentait son bras gauche.

— Je vais l'informer que vous êtes réveillée, dit-il. Vous allez vous sentir faible encore un moment ; c'est dû aux tranquillisants qu'on vous a administrés. Mais ne vous inquiétez pas, on va vous apporter un repas, et vous allez rapidement retrouver du tonus. Je repasse vous voir tout à l'heure.

Il reposa le feuillet sur l'armature du lit et recula le pied à perfusion, puis il quitta la chambre. Pierre reprit sa place sur le fauteuil qu'il rapprocha au plus près d'elle.

— Tu m'as fait très peur, lui dit-il, en posant sa main sur son avant-bras.

— On se tutoie de nouveau ?

— Évidemment.

— Eh bien… si j'avais su, j'aurais fait du rodéo sur une poche de gaz plus tôt.

— Pas besoin de ça. L'autre jour, devant Gazotti, Sanders et les autres, je n'ai pas souhaité…

— Leur dire que tu avais été le professeur de la paléontologue qui pose un problème à tout le monde ?

— Non, mais…

— Ou alors que tu avais été son amant, il y a longtemps ?

— Ça me fait plaisir de te voir !

Elle essaya de s'asseoir pour être à sa hauteur, mais elle n'y parvint pas. Les forces lui manquaient terriblement. Aussitôt, Pierre se leva et actionna un petit interrupteur suspendu à côté de la tête du lit qui se mit à monter doucement.

— Ce n'est pas uniquement pour creuser le trou de la Sécu qu'on a inventé ces machins-là ! plaisanta-t-il, avant de l'aider à se hisser dans une position plus confortable.

— Quelle heure est-il ?

— Il est 10 heures du matin.

— Tu as dormi là ?

— Je n'avais pas de pied-à-terre à Turin pour le week-end, alors… je me suis dit que ce fauteuil à demi éventré ferait très bien l'affaire.

— Et tu as réussi à dormir là-dessus ?

— Oui, un peu. J'ai eu du mal à m'habituer à ton rythme cardiaque, mais on m'a dit que si je le coupais, je risquais trente ans de prison.

Ils partirent tous les deux dans un long fou rire. Cela la rassura de constater que malgré son air sérieux de l'autre jour il n'avait pas perdu son sens de l'humour. Lui aussi riait, mais parce qu'il était soulagé. Soulagé de la savoir vivante. Lorsqu'on l'avait informé de l'accident, on lui avait d'abord parlé du nombre de victimes et il avait dû attendre plusieurs heures avant de savoir qu'elle n'en faisait pas partie. Ensuite, comme elle avait perdu connaissance, il avait fallu attendre le résultat des examens approfondis qui n'avaient finalement révélé aucune lésion grave à la tête, ni fracture sur le reste du corps. Elle s'en sortait avec les tympans perforés et de nombreuses égratignures dues aux éclats de roches qui avaient volé à plus de 1 kilomètre de là. Elle avait eu beaucoup de chance, au regard de la phénoménale secousse provoquée par l'explosion.

— Je dois être affreuse !

— Mais non. Ne t'inquiète pas, tu es à l'abri de ça.

— Merci, tu es gentil… parfois, ajouta-t-elle presque instantanément.

Il esquissa ce petit sourire charmeur qui l'avait toujours fait fondre.

— La sœur de Philippe est passée, hier soir. Elle est restée un long moment à ton chevet. On a parlé.

— Oh oui, la pauvre ! Je lui avais proposé de venir me rejoindre quelque temps. Elle est un peu perdue depuis la mort de son frère. J'ai pensé qu'on pourrait s'aider mutuellement.

— Tu as bien fait. Ça a l'air d'être une chic fille.

— Je le pense aussi.

La présence de Jeannelle à Bussolino la réjouissait. Elle avait envie d'aider la jeune femme même si, présentement, elle n'était pas trop en état de le faire.

— Elle a pris une chambre dans le même hôtel que toi.

— Et vous avez parlé de quoi, tous les deux ?

— De son frère, et un peu de toi.

À cet instant, elle aperçut le commissaire Spangeti, devant la cloison vitrée qui séparait la chambre du couloir. Il arborait cet air sûr de lui qui ne le quittait presque jamais et qui le rendait, selon les fois, amusant ou bien franchement antipathique. Il lui fit un petit signe de la main, comme pour demander si elle l'autorisait à entrer, et elle lui répondit par un hochement de tête.

— Commissaire Spangeti, se présenta-t-il, la main tendue vers Pierre en guise d'étendard.

— Pierre Lancarneau. Je suis l'un des responsables de cette mission.

Spangeti sortit de sa veste son petit carnet en cuir usé. Constatant que le nom de Lancarneau n'y figurait pas, il le nota puis s'approcha de Shana.

— Vous m'avez encore fait peur, mademoiselle Stenford ! Il va falloir que vous perdiez cette mauvaise habitude. Comment allez-vous ?

— Je vais bien, commissaire. Je n'ai rien de cassé. Vous savez ce qui s'est passé ?

— Pas encore. Mes hommes sont sur place et tentent de déterminer la cause de l'explosion. Pour être franc, j'espérais que vous pourriez m'en dire plus.

— Je n'en ai pas la moindre idée. Nous creusions pour accéder à une nouvelle cavité. Nous avons probablement heurté une poche de gaz comprimé. Il y a eu une énorme explosion, et j'ai été projetée au sol. Je n'ai pas vu grand-chose. Savez-vous si Thomas Sanders a été blessé ?

— On ne vous a pas donné d'informations ?

Il regarda Pierre Lancarneau qui baissa les yeux en faisant « non » de la tête.

— Le machiniste et un ouvrier qui étaient à proximité ont été tués sur le coup. M. Sanders a été blessé. Il a perdu beaucoup de sang et a subi de nombreux traumatismes.

— Il va s'en sortir ?

— Probablement, oui. Il est hospitalisé ici, en soins intensifs. Pour l'instant, il est maintenu dans un coma artificiel. Son état est stationnaire mais il aura probablement des séquelles.

Shana restait prostrée, incapable de prononcer un mot. Elle n'avait jamais pensé qu'il pourrait arriver quelque chose à Thomas. C'était son ange gardien, et normalement il n'arrivait rien aux anges gardiens.

— Hé, ho, il n'est pas mort ! dit le commissaire en remarquant son émoi. Il va s'en sortir. Et vu l'emplacement où il était au moment de l'explosion, je peux vous dire qu'il aurait dû jouer au loto.

— Je peux aller le voir ?

— Pour le moment, je ne crois pas. Et puis, vous ne verriez pas grand-chose. Lorsqu'il sera réveillé, vous pourrez y aller.

— OK.

— Prenez surtout soin de vous. Ça vous fera du bien d'arrêter quelque temps.

— Je ne peux pas, commissaire.

— Mais si, vous pouvez.

— Et l'agent Paul, comment va-t-il ?

— L'agent... Paul ? Qui c'est, ça, l'agent Paul ?

— Celui que vous avez chargé de me surveiller.

— Mais il ne s'appelle pas Paul !

— Je sais...

— On ne peut pas dire qu'il ait brillé dans sa mission, mais il va bien.

— Je peux le voir ?

— Non. Vous ne pouvez pas non plus.

Déçu de ne pas obtenir davantage d'informations de sa part sur les circonstances de l'explosion, le commissaire allait sortir de sa chambre, mais avant il dispensa un dernier conseil qu'il lui avait déjà donné peu de temps auparavant.

— Vous avez encore eu de la chance, mademoiselle Stenford. Beaucoup de chance ! insista-t-il.

Mais j'ai peur que celle-ci ne vous accompagne pas éternellement. Alors, je vous en conjure, le temps qu'on y voie un peu plus clair, prenez du recul et partez en vacances.

34

Une semaine s'était écoulée depuis l'explosion. Le bilan était lourd : on dénombrait deux morts et six blessés, dont deux toujours dans le coma. L'accident avait attiré un éclairage médiatique nouveau sur Bussolino et sur ce qu'il s'y passait. La presse avait parlé de fouilles non autorisées, d'erreurs de manipulation, d'acte criminel, voire d'attentat. Le silence des autorités italiennes, ajouté à la présence parmi les victimes d'une paléontologue célèbre et du jeune président d'un grand groupe industriel, amplifiaient largement les rumeurs. Plusieurs journalistes traînaient dans le village et autour du site à la recherche de photos et d'informations, si bien que Shana avait dû prendre quelques dispositions. Désormais, l'équipe partait groupée le matin et rentrait de la même manière le soir, avec interdiction absolue de répondre aux sollicitations en dehors de la sphère privée. Pour le moment, tout le monde semblait jouer le jeu.

Les fouilles de la première cavité avaient repris deux jours seulement après l'incident. La police italienne avait interdit l'accès à la partie supérieure durant toute la durée de l'enquête, ce qui compliquait les choses et réduisait les chances de pouvoir accéder à la seconde. Contrairement à ce qu'avait pronostiqué le commissaire, Thomas n'était pas sorti du coma. Les médecins restaient optimistes, car ses organes vitaux n'étaient pas touchés, mais personne n'expliquait pourquoi il ne se réveillait pas. Shana passait le voir tous les soirs, après les fouilles. Elle n'avait encore croisé personne à son chevet, et d'après les infirmières il avait eu peu de visiteurs. Il devait être un homme seul, un peu à l'écart des autres ; du moins, c'était l'impression qu'elle en avait. Sans trop savoir pourquoi, elle espérait être près de lui à son réveil. Comme le lui avait conseillé l'une des infirmières, elle lui faisait régulièrement la conversation. Au départ, cela avait été un peu difficile, puis, avec le temps, c'était devenu plus naturel. Elle lui parlait de l'avancement des travaux, du soutien de l'équipe, des nouveaux fossiles répertoriés ; elle se surprenait même à lui cacher ses inquiétudes sur le délai qui s'amenuisait, afin de ne pas miner son moral.

Robert Sanders avait récupéré le rôle de mécène du projet de son fils. Mais ce n'était qu'un arrangement technique, car il refusait systématiquement de répondre aux appels de Shana et n'avait donné suite à aucun de ses messages. Elle ne comprenait pas l'animosité qu'il semblait avoir pour elle, ne disposant sûrement pas de tous les éléments pour le faire. Aussi, supposait-elle que Thomas ne lui avait pas tout dit concernant sa nomination, probablement pour la préserver. Elle ne l'avait même pas croisé au chevet de son fils. Une infirmière lui avait dit qu'il était passé le premier jour et qu'il avait demandé à parler au médecin principal pour connaître son état, mais sans entrer dans sa chambre. C'était un drôle de bonhomme qui vivait sans doute, lui aussi, dans un monde très éloigné de celui du commun des mortels, pensait-elle.

L'arrivée de Jeannelle lui avait redonné un peu de moral et d'énergie. Dès qu'elle était sortie de l'hôpital, elles avaient passé beaucoup de temps ensemble. Elle l'avait intégrée à l'équipe et avait commencé à l'initier à la recherche de fossiles. Ainsi, elles avaient formé ensemble un quatrième binôme. Curieuse de tout, la jeune femme s'était tout de suite impliquée, appliquant avec soin toutes les techniques manuelles qu'elle lui enseignait.

Une semaine avant la fin du délai imparti, Shana sollicita, auprès de Giuseppe Gazotti, la tenue d'un comité exceptionnel. Tous les membres acceptèrent de se réunir, y compris Robert Sanders que Gazotti avait visiblement plus de facilités à joindre. Elle était consciente que le jeu qu'elle allait jouer serait serré. Sans l'appui de Thomas ses chances de réussite étaient minces, mais elle devait tenter le coup. La seconde cavité permettrait peut-être de prouver la présence de l'homme sur Terre avant les australopithèques, à une époque irréelle où même les premiers singes n'existaient pas encore. Malgré les difficultés, elle refusait de baisser les bras.

Pour la première fois, elle se présenta seule à la Mole Antonella. Durant trente minutes, elle présenta avec précision l'avancement des travaux et les fossiles extraits et répertoriés : 170 m^2 avaient été fouillés sur les 230 initialement délimités et quatre-vingt-six os du squelette avaient été trouvés, dont une trentaine à proximité des parois. Elle expliqua à nouveau que ceux-ci s'étaient vraisemblablement désolidarisés et éloignés au fil du temps, sans qu'on puisse en déterminer précisément la période. L'individu devait avoir une quarantaine d'années, mesurait environ 1,70 mètre et était très éloigné de toutes les espèces d'hominidés connues, à l'exception peut-être d'une : la nôtre. L'*Homo sapiens*. Seule différence notable : sa boîte crânienne était plus étroite d'environ 30 % et semblait dépourvue de suture sagittale[1].

— Cela signifie qu'il était… 30 % moins intelligent que nous ? l'interrogea le conseiller scientifique, Marcelo Galiani.

— Pas nécessairement. De nos jours, on peut trouver des individus avec des volumes crâniens sensiblement différents, sans qu'heureusement un rapport direct puisse être établi avec leur intelligence ou leurs facultés. Ce sont plutôt la connectivité des nombreuses zones de notre cerveau et sa vitesse qui caractériseraient le mieux l'intelligence telle qu'on la conçoit.

— On peut tout de même présumer qu'un cerveau plus gros a de fortes chances d'être plus performant, non ?

— Non. La boîte crânienne de l'homme de Neandertal était beaucoup plus grosse que la nôtre[2] ; celle d'un éléphant l'est également. Encore une fois, tout est une question de connectivité. Un cerveau

1. Jointure longitudinale qui relie les deux os pariétaux au sommet du crâne chez la plupart des mammifères. Séparés à la naissance ceux-ci se rejoignent et se suturent naturellement à l'adolescence pour former la boîte crânienne définitive de l'adulte.

2. Le volume de la boîte crânienne d'un homme de Neandertal était d'environ 1 700 cm^3 contre 1 350 pour un homme actuel. Par comparaison, celui d'un *Homo erectus* (premiers hommes) était d'environ 1 000 et celui d'un australopithèque entre 500 et 600. La boîte crânienne d'un gorille actuel peut atteindre 800 cm^3.

« mieux organisé », qui se disperserait moins dans les zones affectives, pourrait être plus petit et pourtant redoutablement plus efficace dans des matières comme les sciences ou les mathématiques. C'est ce qu'on constate dans certaines formes d'autisme, par exemple.

— Vous voulez dire que notre homme pouvait être autiste ?

— C'est possible, oui. Mais peut-être que l'autisme était la norme de l'époque à laquelle il vivait. Pour comprendre une époque on se réfère toujours à la normalité, c'est-à-dire l'aptitude du plus grand nombre, mais la normalité évolue dans le temps.

— Le problème est qu'on ne connaît pas l'époque à laquelle il vivait ; on ne sait donc pas de quelle norme il s'agit, resitua Giuseppe Gazotti en se tournant vers son conseiller scientifique.

— C'est tout de même incroyable de trouver un ancêtre de l'homme, totalement inconnu, et de ne pas pouvoir le dater plus précisément que sur une fourchette allant de trente-cinq mille à soixante millions d'années avant notre ère !

— Incroyable ? Oui, je suis d'accord avec vous. Mais nous sommes tous des scientifiques…

Elle lança un regard en direction de Robert Sanders et René Philibert.

— Ou presque tous… Nous savons que derrière les mystères que l'on ne comprend pas il y a souvent une vérité beaucoup moins incroyable que ce qu'on peut imaginer. Une vérité qu'on ne connaît pas. Et puis, il est erroné de penser que l'évolution de l'homme a été uniquement progressive.

— C'est pourtant ce que pensait Charles Darwin, poursuivit Galiani.

— Pas tout à fait, non. Il pensait que les espèces évoluent en fonction de leur environnement et surtout de leurs simulations. Mais on sait également qu'il y a eu des régressions. Les premiers *Homo sapiens* possédaient, par exemple, des capacités physiques bien supérieures aux nôtres. Depuis 2003, nous savons que certains d'entre eux pouvaient courir plus vite qu'Usain Bolt[1]. S'ils participaient aux Jeux olympiques, aujourd'hui, nous n'aurions aucune chance ! La raison en est simple : ils avaient besoin de cette capacité pour survivre, alors elle était surdéveloppée. Ensuite, avec la sédentarisation, nous en avons eu moins besoin et nous avons régressé.

— Ce n'est qu'une capacité physique spécifique due à une surstimulation, un peu comme un athlète qui s'entraînerait en permanence. Et il y en avait probablement d'autres : la vue, l'ouïe, l'odorat… Tout cela s'explique par l'évolution des espèces.

— Exactement ! Mais on peut également noter des régressions culturelles, scientifiques, voire sociales, qui s'expliquent moins. Par exemple, les Égyptiens de l'Antiquité avaient des connaissances mathématiques, géométriques, astronomiques, que les civilisations postérieures, y compris égyptiennes, ne maîtrisaient

1. Des traces de pas fossilisés ont été trouvées au lac Mungo (Australie) en 2003. Un *Homo sapiens* appelé T8, qui vivait il y a environ 20 000 ans (et plusieurs de ses semblables) était capable de courir à une vitesse estimée à environ 37 km/h. Connaissant approximativement sa taille, cette estimation a été calculée en mesurant la longueur de onze de ses foulées. Sur piste, le pic de vitesse d'Usain Bolt est de 44 km/h, mais selon les spécialistes celui-ci serait largement battu car T8 courait pieds nus, dans la boue argileuse et perdait ainsi environ 30 % de sa vitesse. De plus… rien ne prouve que lorsqu'il a laissé ses empreintes, T8 était à son pic de vitesse !

plus. Ils savaient que la Terre tournait autour du Soleil. Ils connaissaient le nombre et l'emplacement des planètes de notre système solaire et en avaient compris les déplacements circulaires. Lorsqu'on s'intéresse de près à ces anachronismes, on a vite le vertige. Il faudra attendre le XVIe siècle pour retrouver une partie de ces connaissances, et encore… Pour éviter le bûcher, Galilée sera contraint par les autorités religieuses de se dédire, de reconnaître qu'il s'était trompé et que la Terre était bien le centre de l'univers. Il y a cinq mille ans, les Égyptiens savaient déjà tout ça. Ils avaient des techniques de construction, de sculpture, de symétrie, que nous avons totalement oubliées et que nous serions aujourd'hui totalement incapables de reproduire, malgré toute notre technologie.

— D'accord, mais nous ne voyons pas très bien où vous voulez en venir, professeur.

— Ce que je veux dire, c'est que si des hominidés vivaient il y a soixante millions d'années, il est évident qu'ils avaient des capacités différentes de celles que nous avons aujourd'hui. Des capacités que l'on n'imagine sans doute pas et peut-être pas uniquement physiques. Je pense que la seconde cavité peut nous apporter la preuve d'une humanité ancestrale.

Shana termina son exposé sur ces mots et retourna s'asseoir. Après l'avoir remerciée, Giuseppe Gazotti donna la parole à Marcelo Galiani. Cette fois, celui-ci n'eut pas besoin d'une interruption de séance ; il résuma la position officielle du comité en lisant mot à mot un compte rendu qu'il avait visiblement rédigé au préalable.

— En l'état, nous ne pouvons pas expliquer la présence d'un corps fossilisé à cet endroit-là et à cette période présumée. Il n'existe aucune méthode de datation totalement fiable au-delà de trente-cinq mille ans. On peut dater la couche sédimentaire de la grotte par le taux de potassium-argon à environ soixante millions d'années[1]. Mais rien ne prouve que notre individu s'y trouvait déjà. Il est possible que celui-ci s'y soit introduit dans une fourchette allant de trente à cinquante mille ans[2]. Nous ne pouvons pas vérifier l'hypothèse par une autre méthode. Il n'y a donc pas de faisceau de présomptions. Simplement une grotte de soixante millions d'années et, à l'intérieur, un corps, probablement d'une lignée très proche de l'*Homo sapiens*, de plus de trente-cinq mille ans.

— On reste dans le cadre d'une hypothèse, même si celle-ci est enthousiasmante pour nous tous, enchaîna Giuseppe Gazotti. Malheureusement, pour le moment, nous ne possédons pas suffisamment d'éléments probants pour publier quoi que ce soit. Vu l'énormité du sujet, nous serions immédiatement mis en pièces par la communauté scientifique.

— D'accord, mais alors continuons à fouiller ! l'interrompit sèchement Shana, qui savait que le moment était venu de jeter ses dernières cartes dans la bataille.

Tous les regards se braquèrent sur elle.

— Allons au moins jusqu'à la seconde cavité, poursuivit-elle. Tout porte à croire que l'habitacle y a été

---

1. Méthode utilisée principalement pour dater les dépôts de roches magmatiques retrouvés à proximité de certains fossiles.

2. Passé 30 à 50 mille ans, les fossiles perdent totalement leurs taux de carbone 14, rendant toute datation très approximative.

modifié par ses occupants, qu'ils ont taillé à même la roche. On pourra peut-être dater plus précisément celle-ci ; cela constituerait une preuve formelle. Peut-être même trouvera-t-on autre chose.

— Ce que vous nous demandez, mademoiselle Stenford, nécessiterait de suspendre de nouveau les travaux, soit un coût supplémentaire de plusieurs millions d'euros, que ni l'État italien, ni l'État français, ni le groupe Sanders ne sont prêts à financer sur la base d'une simple hypothèse.

Cette fois, c'était Giordano Milazzo, le conseiller en communication auprès du ministère de la Culture, qui avait objecté.

— Monsieur Gazotti, laissez-moi une semaine supplémentaire et les fonds nécessaires pour effectuer une nouvelle percée, implora-t-elle.

Il sourit. C'était une démarche désespérée, à la hussarde, mais en l'interpellant ainsi, devant tout le monde, elle le flattait et il n'y était pas indifférent.

— Une toute petite semaine, insista Shana. Tentons à nouveau d'atteindre la seconde cavité. Je suis certaine que les réponses que nous cherchons s'y trouvent. Elles s'y trouvent depuis des millions d'années. Nous touchons peut-être au Graal de tous les paléontologues : les origines de l'homme. Nous ne pouvons pas nous arrêter là !

— Mademoiselle Stenford, professeur, même si nous le voulions, nous ne le pourrions pas, répondit-il calmement, et pour une fois avec empathie. La police a entièrement fermé l'accès à la zone supérieure durant le temps de l'enquête qui doit déterminer la cause de l'explosion. Explosion qui, je vous le rappelle, a coûté la vie à deux personnes et blessé le fils de

M. Sanders. On ne sait pas précisément le temps que cela va prendre ; probablement plusieurs semaines. Il est absolument impossible de retarder la reprise des travaux pour une durée indéterminée. Nous arrivons au bout de l'aventure, ici.

Shana regarda Robert Sanders, espérant un hypothétique soutien que son fils n'aurait pas manqué de lui apporter, mais, sans surprise, celui-ci approuva d'un hochement de tête.

— Vous me demandez donc d'arrêter là, de tout laisser en l'état, de ne rien publier ? De faire comme si tout cela n'avait pas existé ?

— Pas exactement, non. Les éléments que vous avez réunis ne sont pas suffisants aujourd'hui, mais ils pourraient être déterminants dans l'avenir. Je comprends votre déception. Vous savez, la science a toujours avancé lentement, pas après pas. C'est souvent une accumulation de petits indices qui permet de tirer les bonnes conclusions. Votre travail constituera peut-être le point de départ de l'analyse de futurs spécimens. Cela alimentera de nouvelles hypothèses…

— Avec tout le respect que je vous dois, monsieur Gazotti, vous savez bien que cette cavité représente un hasard géologique exceptionnel. Il est peu probable, voire impossible, d'en trouver une autre dans le même état de conservation et contenant un fossile presque entier.

— Ne sous-estimez pas la nature. Vous êtes une jeune femme brillante et ambitieuse. Vous avez beaucoup de talent et votre enthousiasme est communicatif. Mais si je peux vous donner un conseil, ne brûlez pas votre crédibilité et votre carrière sur des hypothèses qui peuvent se révéler hasardeuses. L'avenir vous appartient, plus qu'à nous tous autour de cette table. Les grandes découvertes paléontologiques aussi. Alors… soyez patiente.

35

La nuit commençait à tomber lorsqu'ils quittèrent Turin. Comme elle était venue en taxi, Pierre avait insisté pour la raccompagner à son hôtel. Elle était atterrée par ce qui s'était passé. La situation la désarçonnait complètement. Devant le comité, elle avait l'impression d'être une enfant à qui on ne révélait que la moitié des choses et pire, que ce qu'elle disait n'avait aucune importance. C'était peut-être exagéré mais quoi qu'il en soit, le peu de crédit qu'elle avait à leurs yeux n'avait pas suffi à faire pencher la balance. L'absence de Thomas aussi avait été préjudiciable. Il aurait su trouver le financement, il aurait surtout su trouver les mots pour mieux convaincre.

Elle regardait le jour décroître à mesure que l'éclairage public s'éveillait. Pierre n'était pas intervenu ; il avait écouté les débats comme un spectateur, avait pris des notes mais sans ouvrir la bouche une seule fois. Elle n'arrivait pas à le cerner, et encore moins ses motivations. Il était venu des États-Unis pour représenter les intérêts de l'ONU et n'avait pas émis le moindre avis favorable ou défavorable. Contrairement aux autres membres du conseil, il était paléontologue de formation, comme elle, qui plus est une sommité en la matière ; il connaissait les conséquences d'une telle découverte et il n'avait rien dit. Peut-être n'y croyait-il pas lui-même, après tout. Cette idée la mina encore plus.

— Tu m'en veux ? lui demanda-t-il subitement, alors qu'ils prenaient l'autoroute en direction de Bussolino.

Bien évidemment, elle lui en voulait. Elle lui en voulait depuis dix ans, et ça ne s'était pas arrangé aujourd'hui. Mais elle n'avait pas envie d'en parler.

— Même pas, lui répondit-elle froidement.

Puis elle prit son téléphone et se mit à composer un numéro, comme pour lui signifier qu'elle n'avait pas envie d'entrer dans les détails. Elle appela Alexandre, qui, en son absence, avait dirigé les fouilles de l'après-midi et l'informa de la décision du conseil : il fallait terminer le travail d'ici cinq jours maximum ; après, ils devraient évacuer pour laisser la place aux tunneliers. Alexandre était déçu, bien entendu, mais il l'était surtout pour son amie. Comme dans tout ce qu'elle faisait, elle s'était fortement impliquée et il savait mieux que quiconque qu'elle ne pourrait pas tout abandonner sans y laisser quelques plumes.

Il lui fit un rapide compte rendu de la journée, puis arriva rapidement au sujet qui allait lui remonter le moral : une découverte surprenante et inattendue qu'il n'expliquait pas encore…

— Que veux-tu dire par « une découverte surprenante » ?

— Ta nouvelle recrue…

— Jeannelle ?

— Oui. Eh bien, elle a trouvé de nouveaux petits ossements en dehors des zones de fouilles.

— Comment ça ?

— Elle a voulu fouiller au pied du conduit obstrué menant à la seconde cavité.

— Et tu l'as laissée chercher là ?

La zone n'avait pas été balisée, car elle était légèrement surélevée par rapport au reste de la cavité. Il était tout à fait improbable d'y trouver des restes fossiles.

— Oui, je sais… Mais bon, vu le contexte, et comme tu n'étais pas là, je l'ai laissée faire ce dont elle avait envie.

— Je vais avoir du mal à te dire que tu n'as pas bien fait. C'est incroyable de trouver quelque chose à cet endroit. C'est ce qu'on appelle la chance de la débutante !

— Pas seulement. Elle est douée ! Elle avait remarqué un petit rebond. Ça ne lui a pas pris longtemps. En y regardant de près, sous moins de 1 centimètre de poussière de roche, elle a déterré un tout petit os qui, à première vue, semble être une phalange. Celle-ci n'appartient pas au fossile principal, car on les a déjà toutes trouvées.

— C'est formidable !

— Oui. Il faudra vérifier, mais il s'agit sans doute d'une phalange animale, même si elle ressemble beaucoup aux nôtres. En creusant un peu sous les roches qui obstruaient le conduit, on a trouvé trois autres ossements, sans doute des petits carpiens, ainsi qu'un morceau de griffe !

Alexandre, qui résidait dans le même hôtel, proposa de lui montrer les échantillons dès son retour. Entendant des bribes de conversation, Pierre avait ressenti l'excitation progressive de Shana. Son visage s'était subitement éclairé. Lorsqu'elle raccrocha, et malgré leur différend, elle ne put se retenir de lui expliquer la raison de son enthousiasme. Après tant de jours de fouilles, elle ne s'attendait plus à trouver d'autres ossements n'appartenant pas au fossile central. Jeannelle avait eu de l'intuition, car aucun chasseur de fossiles expérimenté n'aurait cherché à un endroit surélevé. Si elle parvenait à identifier à quelle espèce ils appartenaient, cela pouvait donner une idée précise de l'époque à laquelle l'entrée de la grotte avait été obstruée. Par ricochet, ils pourraient peut-être estimer la période à laquelle vivait l'*Homo* de Bussolino. Encore fallait-il pouvoir identifier l'espèce en question, ce qui pouvait comporter beaucoup d'aléas et elle le savait bien, mais au point où ils en étaient c'était un coup de pouce qu'elle n'allait pas négliger.

Ils arrivèrent devant l'hôtel *Alla Bastilla*, tandis que le soleil venait de disparaître derrière le mont Blanc. Shana était impatiente d'examiner les ossements. Elle remercia Pierre de l'avoir raccompagnée et ne sachant pas trop si elle devait l'embrasser ou lui serrer la main, elle se contenta d'un sourire et descendit de la voiture. Elle fit quelques pas mais soudain, elle s'arrêta et fit demi-tour. Surpris, il ouvrit la fenêtre côté passager.

— Tu n'y crois pas ? demanda-t-elle, osant enfin poser la question qui l'avait taraudée durant toute la réunion.

Pierre sourit et mit quelques instants avant de répondre.

— Je crois en toi !

— Oui, mais… tu n'y crois pas.

— Je crois que…

Il hésita un moment.

— Je crois que s'il y a quelque chose à trouver à Bussolino, tu le trouveras ! dit-il.

36

« Le succès les nourrit.
Ils peuvent parce qu'ils pensent qu'ils peuvent. »

Virgile, *L'Énéide*, 29 av. J.-C.

Alexandre et Jeannelle attendaient dans le petit salon mis à la disposition des clients de l'*Alla Bastilla*. Encore habillés de leurs vêtements de fouilles, ils étaient venus directement sans passer par leurs chambres. Devant eux, trois grands bols fumants embaumaient la pièce d'une odeur de cacao. Shana apparut, souriante, les salua, puis s'assit en face d'eux.

— Je n'ai rien obtenu. Autant vous le dire tout de suite : notre dernière chance de passer Noël ici dépend peut-être de ce que vous avez trouvé. Merci pour le chocolat, dit-elle.

Alexandre sortit de son blouson une enveloppe kraft d'un format légèrement supérieur à une carte postale. Il l'ouvrit et en déversa le contenu devant elle. Les quatre petits os roulèrent sur la table de bois verni. Elle les examina avec attention. Comme il le lui avait indiqué, un peu plus tôt au téléphone, il semblait s'agir de petits os carpiens. Elle les fit rouler dans le creux de sa main et exerça une légère pression pour en vérifier la densité qui paraissait importante. Elle n'avait aucune idée de l'espèce à laquelle appartenaient ces quatre fragments, mais malgré la ressemblance, elle était certaine qu'il ne s'agissait pas d'os humains. Jeannelle lui tendit ensuite la griffe. Elle n'était pas complète. Shana estima qu'entière, elle devait bien mesurer 8 à 10 centimètres de longueur, avec une largeur à la base d'environ 3 centimètres, ce qui excluait de fait toutes les créatures terrestres actuelles ou récentes. Elle ne put refréner un sourire de satisfaction qui ne leur échappa pas. Alors, tous les trois se mirent à rire de bon cœur.

— Ton frère aurait été fier de toi ! lui dit Shana, la voyant heureuse de sa découverte.

— Je ne sais pas. Je pense qu'il dirait que j'ai eu de la chance.

— Peut-être. Mais on a tous besoin d'un petit coup de pouce, de temps en temps. Tu sais, Albert Einstein lui-même pensait que beaucoup de ses découvertes étaient dues à la chance. Il disait : « Le hasard, c'est Dieu qui se promène incognito. »

— J'adore. Il était croyant, Einstein ?

— Non, pas pour un sou.

La jeune fille partit d'un nouvel éclat de rire. Shana était contente de la voir ainsi.

— Tu crois que l'on va pouvoir en tirer quelque chose ?

— Oui. Si l'on parvient à démontrer que cet animal vivait à la même époque que notre homme, on aura probablement une chance de continuer.

— Je me suis fait la même réflexion, intervint Alexandre. Mais il ne nous reste plus que quelques jours. Je ne vois pas très bien comment on pourrait y arriver.

— Si cette espèce est répertoriée, je sais exactement qui pourra nous dire si ces fragments lui appartiennent.

— Je crois deviner à qui tu penses…

— Il saura, j'en suis sûre.

— Tu crois qu'il s'agit d'ossements de dinosaures ? demanda Jeannelle, tout en saisissant la précieuse griffe.

— Un dinosaure de taille relativement petite mais c'est bien possible, oui.

— J'ai peut-être trouvé des os de dinosaures ? Je n'en reviens pas !

— Même si ça n'en est pas, c'est une découverte qui va nous éclairer sur la période à laquelle a été obstruée la cavité. Tu as vraiment eu de l'intuition, de fouiller là. Tu es la meilleure juriste-paléontologue que je connaisse !

Tout en parlant, Shana continuait de manipuler les petits os. C'est alors que son attention se porta sur l'un d'eux. Au départ, elle avait pensé qu'il était légèrement plus petit et différent des trois autres, mais à bien y regarder elle comprit que ce n'était pas le cas. Il s'agissait du même os mais celui-ci avait visiblement été endommagé, comme aplati.

— Tu as bien trouvé celui-là au pied de la cheminée menant à la cavité supérieure ?

— Oui, lui et les autres. On les a déterrés au pied de la roche.

Shana approcha le petit os tout près de son œil.

— Au pied de la roche. Au pied de la roche, tu m'étonnes…

— Tu penses à quoi ? l'interrogea Alexandre en s'affaissant dans son fauteuil.

— Nous sommes partis du postulat que la cheminée s'était obstruée progressivement, au fil des mouvements sismiques. Je pense qu'on est peut-être allés chercher trop loin…

— Euh… tu peux développer, parce que je ne te suis pas ?

— Il se pourrait que ces ossements appartiennent à un animal qui a été écrasé dans le conduit. Peut-être un éboulement subit l'a tué brutalement, en même temps qu'il emprisonnait notre homme.

Alexandre commençait à comprendre où elle voulait en venir.

— Rien que ça ?

— Et pourquoi pas ? Tu vois une autre explication ?

— Démontrer que notre homme et cet animal vivaient « à peu près » dans la même ère géologique est déjà une chose très difficile, mais… qu'ils se soient croisés ou bien retrouvés bloqués en même temps dans cette grotte, tu vois les choses en très grand ! Et tu veux prouver ça comment ?

— Il y a toujours des preuves. Si cela s'est passé comme ça, il existe nécessairement des traces. Pour peu qu'on nous laisse un peu de temps, je suis sûre qu'on les trouvera.

37

Yannick Audran reçut le mail alors qu'il s'apprêtait à quitter le British Museum de Londres. Son nouveau poste de directeur du département d'anthropologie lui laissait peu de temps libre, mais sa véritable spécialité était la paléontologie. Il était une véritable sommité en la matière et avait participé, de près ou de loin, à la plupart des découvertes importantes de la dernière décennie. Quelques années plus tôt, Shana et lui faisaient partie de la même promotion où ils avaient souvent été en concurrence pour s'attirer les honneurs et les récompenses de la faculté lyonnaise. Là où leur relation était devenue particulière, c'est qu'une fois le cursus universitaire terminé la compétition implicite avait continué. Avec le temps, elle était même devenue quasi systématique. Un jeu dont eux seuls connaissaient les règles. À plusieurs reprises, ils s'étaient retrouvés à postuler pour les mêmes postes, puis pour les mêmes travaux, pour les mêmes publications, les mêmes plateaux de télévision. Lorsqu'elle participait à un débat, inconsciemment, Shana cherchait immédiatement le nom de Yannick sur la liste des invités prévus, et lui faisait de même. Ils aimaient ça. Ils se stimulaient mutuellement et n'hésitaient pas à se provoquer à chaque occasion. Le plus souvent c'était amical, même s'ils ne représentaient pas les mêmes courants de pensée. La concurrence universitaire de jadis s'était muée en émulation, puis, avec les années, en franche affection. Ils faisaient partie du même monde et comptaient tous les deux parmi les meilleurs de leur génération.

Shana avait tout de suite pensé à lui pour essayer d'identifier les nouveaux ossements. C'était sa spécialité, et il ne voudrait pas la décevoir. Aussi, lui avait-elle d'abord envoyé un texto, pour savoir s'il avait un peu de temps à lui consacrer. Il lui avait répondu dans la minute, dans son style habituel : Bussolino, *the place to be* ! De retour dans sa chambre, elle lui avait envoyé une dizaine de photos par mail. Si quelqu'un était capable de rapprocher quatre petites phalanges et une griffe d'un animal vivant il y a plus de soixante millions d'années, ça ne pouvait être que lui. Mais la tâche ne serait pas simple, et même lui pourrait échouer.

Dès qu'il vit les photos, il comprit qu'il devait s'agir du motif de ses recherches dans les Alpes. Il en savait peu sur Bussolino ; presque rien, pour ainsi dire. Bien entendu, il avait suivi les nouvelles de l'accident dont son amie avait été victime, à la frontière italienne, et avait appris à cette occasion qu'elle dirigeait un site de fouilles important. Ne sachant pas qu'elle s'adonnait à la chasse aux fossiles sur le terrain, il avait essayé de se renseigner sur la nature de ce qu'elle cherchait là-bas, mais sans succès. Professeurs, collègues, amis communs dans la profession ; personne ne semblait informé de rien. Un voile opaque recouvrait les lieux et tout ce qui s'y passait, ce qui, évidemment, avait encore plus attisé sa curiosité. Il n'était pas arrivé à l'information, et voilà qu'elle venait à lui ; c'était inespéré !

À l'aide du logiciel du British Museum, il commença par lister les photos répertoriées de phalanges correspondant au format de celles trouvées à Bussolino, mais cela ne donna pas grand-chose. Il s'intéressa ensuite de plus près à la griffe. Celle-ci était longue et acérée, ce qui signifiait qu'elle avait probablement une origine aviaire. Dans son moteur de recherche, il entra alors la principale espèce préhistorique volante connue : l'archæoptéryx

Shana était tellement excitée par la découverte des nouveaux ossements qu'elle ne remarqua pas immédiatement le nouveau message reçu *via* l'ancienne adresse de Philippe. Elle venait d'envoyer les photos à son ami, lorsqu'elle aperçut la petite enveloppe. *Bon sang, il ne manquait plus que ça ! Il a un sacré flair...* pensa-t-elle en ouvrant le message. *À moins que le flair n'y soit pour rien...*

DE : Philippefavre@universitelyon1.fr
À : Shanastenford@universitelyon1.fr
Mar 15 déc, 19 h 43
Objet : Les apparences sont trompeuses
Professeur Stenford,
Vous avez fait du bon travail, mais vous vous entêtez pour des chimères. Écoutez les recommandations du comité. Laissez tomber et rentrez chez vous.

Tout en souriant, Shana saisit son briquet et alluma une cigarette. *Il doit penser que je ne vais pas suivre l'avis du comité. Qu'est-ce qu'il imagine ? Que je vais prendre ma pelle et mon piolet pour creuser toute seule jusqu'à la seconde cavité ? Il doit ignorer que je ne dispose d'aucun soutien. Il ne connaît peut-être pas aussi bien la situation qu'il en a l'air, finalement.*

DE : Shanastenford@universitelyon1.fr
À : Philippefavre@universitelyon1.fr
Mar 15 déc, 19 h 57
Objet : Re : Les apparences sont trompeuses
Savez-vous ce qu'il y a dans la seconde cavité ?

Elle tira deux fois sur sa cigarette mentholée, puis l'écrasa dans le verre qui traînait sur son bureau. Depuis le départ, elle avait des soupçons sur les deux Italiens, Gregorio Bardi ou Rodolfo Di Lorenzo, ou peut-être bien les deux réunis. Ce n'était pas tant leur attitude qui était suspecte, mais ils étaient l'unique point commun avec Philippe. Même si elle n'en avait aucune preuve, il était possible qu'ils se connaissent. Il y avait une autre possibilité : Pierre. L'idée l'avait effleurée. Cet échange de mails avec lui, le soir de sa mort… Ils étaient en relation, mais depuis quand ? Philippe n'ignorait pas qu'ils avaient eu une liaison quelques années plus tôt, car elle s'était confiée à lui. Il savait tout ou presque tout. Si lui et Pierre avaient été amis ou même l'étaient devenus récemment, il le lui aurait forcément dit. Pourquoi aurait-il caché ça ? L'enveloppe clignota de nouveau.

DE : Philippefavre@universitelyon1.fr
À : Shanastenford@universitelyon1.fr
Mar 15 déc, 20 h 03
Objet : Re : Re : Les apparences sont trompeuses

Je vous l'ai dit, j'étais un ami de Philippe, et par devoir envers lui j'essaie de vous protéger.

Je ne sais pas exactement ce qu'il y a dans la seconde cavité. Peut-être quelques ossements, peut-être rien. Ne mettez pas en péril votre vie et celle de ceux qui vous accompagnent. Tout cela est une gigantesque supercherie.

Il essaie de m'éloigner, mais je suis prête à parier qu'en vérité, il n'en sait pas beaucoup plus... pensa-t-elle.

DE : Shanastenford@universitelyon1.fr
À : Philippefavre@universitelyon1.fr
Mar 15 déc, 20 h 09
Objet : Re : Re : Re : Les apparences sont trompeuses

Nous sommes sous protection policière, jour et nuit. Il y a des vigiles sur et en dehors du site. Que voulez-vous qui m'arrive ?

Même si, depuis sa sortie de l'hôpital, la protection policière avait été allégée par le commissaire, elle ne se sentait pas en insécurité.

DE : Philippefavre@universitelyon1.fr
À : Shanastenford@universitelyon1.fr
Mar 15 déc, 20 h 11
Objet : Re : Re : Re : Re : Les apparences sont trompeuses

Rien ne vous protégera de ce que vous trouverez dans la cavité.

Comment pouvait-il savoir ce qu'il y avait ou pas ? Elle était cloisonnée depuis des millions d'années, et vu la tournure des événements elle allait probablement le rester. Il avait raison sur un point : tout ça la dépassait. Et tort sur un autre : elle n'abandonnerait pas ! Ce soir-là, elle décida qu'elle ne lui répondrait plus. Elle se trompait…

38

J-4

Samuel Coste s'était levé tôt, douché rapidement et venait d'avaler un grand café noir. Depuis leur dernière conversation, neuf jours plus tôt, il n'avait eu aucune nouvelle et, de toute façon, il n'en attendait pas. Lorsqu'il lui avait dit de ne plus l'appeler avec son téléphone personnel, le message était clair : « Ne me contactez plus. » Au début, il avait pensé mettre fin à ses jours, puis s'était repris. Il aurait aimé oublier toute cette affaire, mais c'était impossible. Elle venait le hanter en permanence, la nuit comme le jour, et son inactivité forcée aggravait sensiblement les choses. Il avait erré dans les rues et les bars de la ville, ressassant toujours les mêmes images, et elles lui faisaient honte. À quelques jours de la reprise du chantier, il devait s'y préparer et redevenir l'homme qu'il était avant le drame.

Ce matin-là, il avait prévu de se rendre sur place pour effectuer une revue du matériel. Il était heureux de reprendre le travail, mais les choses n'allaient pas se passer si facilement. À peine était-il sorti de l'hôtel *Alla Bastilla* que deux policiers en uniforme l'interpellèrent. Immédiatement, il reconnut les agents chargés de la surveillance de l'hôtel durant la nuit.

— Qu'est-ce que vous me voulez ? demanda-t-il sèchement.

L'un d'eux lui présenta un document qu'il ne se donna pas la peine de regarder.

— Nous avons un mandat d'arrêt signé par le juge d'instruction, dans le cadre de l'affaire Philippe Favre. Nous devons vous demander de nous suivre.

— Je n'ai rien à voir là-dedans. Laissez-moi tranquille.

Il bouscula les agents pour se diriger vers sa voiture mais il eut tout juste le temps de faire trois pas : l'un d'eux tira violemment son bras droit en arrière, tout en plaçant sa jambe en travers pour le faire basculer vers l'avant. Son menton heurta violemment le sol, et la douleur irradiant dans son bras et jusqu'en haut de son dos lui arracha un cri. L'agent s'accroupit sur lui.

— Désolés d'en arriver là, monsieur Coste, mais nous devons vous conduire au commissariat central, dit-il en passant une menotte à son bras libre, puis à l'autre.

À quelques kilomètres de là, l'inspecteur Costello relisait les relevés d'appels qu'il avait sous les yeux. Lorsqu'il avait demandé au juge l'autorisation d'obtenir le détail des communications du contremaître du groupe Sanders, il en avait profité pour faire de même pour la paléontologue française, bien que son supérieur ne l'ait pas expressément habilité à le faire. Costello n'avait pas lâché l'idée que cette dernière était, volontairement ou non, pour quelque chose dans la série d'événements des dernières semaines. Avec cette transgression, il ne prenait pas un grand risque :

s'il ne trouvait rien, le commissaire n'en serait pas informé ; dans le cas contraire, ce dernier serait bien obligé de reconnaître qu'il avait eu du flair. Il n'avait donc rien à perdre. Il avait passé la journée précédente et une partie de sa nuit à étudier les appels et les interlocuteurs. Malheureusement, pour ce qui était de la paléontologue, il n'avait pas découvert grand-chose. Peu importe : si elle était impliquée, elle finirait bien par commettre une erreur, tôt ou tard.

Lorsque ses deux subordonnés installèrent le contremaître du groupe Sanders en face de lui, le visage en sang et les menottes aux poignets, il en fut presque peiné. Il n'avait jamais pensé qu'il puisse être un assassin, mais il était bien obligé de reconnaître que les apparences étaient sérieusement contre lui.

— Bonjour, monsieur Coste.

— Mais qu'est-ce que vous me voulez, nom d'un chien ?

L'inspecteur demanda qu'on lui ôte les menottes, le temps de l'entretien, ce que l'un des policiers s'empressa de faire.

— Je vais vous le dire, mais d'abord je dois vous informer de votre mise en détention préventive dans le cadre de l'affaire Favre, et cela, pour un délai de quatre-vingt-seize heures maximum, répondit-il. Vous avez le droit d'appeler un avocat, ou bien de vous en faire attribuer un d'office par nos services. Tout ce que vous direz durant cette période sera consigné et pourra être utilisé lors d'un procès futur.

Il glissa alors, devant lui, un feuillet comprenant la liste des avocats turinois auxquels il pouvait faire appel.

— Je veux un avocat mais je n'ai rien à voir là-dedans, je vous l'ai déjà dit !

— Ça, ce sera au juge d'en décider.

— Je n'ai rien fait !

— Vous en voulez un en particulier ? demanda Costello en désignant la feuille devant lui.

— Je veux celui de la compagnie.

— Très bien. Qui devons-nous contacter ?

Samuel regarda par la fenêtre un instant. Soudain son visage se crispa et les larmes lui montèrent aux yeux.

— Et merde…

— Je vous demande pardon ?

— Laissez tomber pour l'avocat. Je vais me débrouiller seul.

— Nous pouvons vous en attribuer un.

— Non. Je n'ai rien fait, je n'en ai pas besoin.

— Je dois insister…

— Insistez si vous voulez, je n'en veux pas.

— Très bien.

Alors, sans apporter le moindre commentaire, le contremaître écouta Costello énumérer les éléments qui avaient conduit le juge d'instruction à prononcer sa mise en détention provisoire. Et ils étaient accablants. Il y avait ses empreintes retrouvées un peu partout dans la chambre et sur les poignets de la victime. Plus embêtant, son ADN avait été identifié sur un fragment de peau présent sous un de ses ongles. Ils avaient bien eu une altercation, en début de soirée, mais tous les témoins de la scène et lui-même attestaient que, malgré la virulence des propos, ils n'en étaient pas venus aux mains. Samuel n'apparaissait sur aucune des bandes-vidéo de l'intérieur de l'hôtel, le soir du crime, mais sur la caméra de surveillance du parking on y voyait distinctement la lumière de sa chambre s'allumer à minuit trente précisément.

— Celle-ci est restée éclairée jusqu'à plus de 4 heures du matin. Or, monsieur Coste, vous avez déclaré vous être couché après le dîner, vers 22 heures, et ne pas avoir bougé de votre chambre jusqu'au lendemain.

— Je dormais. Il m'arrive de dormir avec la lumière allumée. Ce n'est pas interdit, que je sache ?

— Ne me prenez pas pour un idiot, ce n'est pas du tout dans votre intérêt. Soit vous m'expliquez tout, soit vous n'êtes pas près de sortir d'ici.

Le contremaître du groupe Sanders resta prostré un long moment, regardant le plafond comme pour y chercher une improbable explication. Pendant ce temps, l'inspecteur relut ses notes. Après quelques minutes, il repartit à la charge.

— Vous n'avez rien à me dire ?

— Non.

— Durant votre sommeil, vous avez également passé plusieurs appels sans réponse vers un numéro de portable de votre société. Le premier à 0 h 37, le dernier à 4 heures du matin. Celui-ci vous a rappelé à 6 h 30, et vous avez eu une conversation d'environ neuf minutes.

— Si vous le dites…

— J'aimerais savoir qui est la personne que vous avez essayé de joindre avec tant d'insistance.

Bien sûr, l'inspecteur avait lui-même tenté d'appeler ce numéro mais il tombait systématiquement sur une boîte vocale neutre. Il n'avait pas eu plus de chance avec la localisation, car le portable n'avait pas été activé depuis plus d'une semaine.

— M'en souviens pas…, murmura Samuel.

Costello sortit alors, d'une pile de documents, l'historique de ses appels et le fit glisser vers lui.

— C'est très étonnant, car avec ce numéro vous avez également eu une vingtaine de communications depuis un mois environ, soit depuis l'arrêt des travaux. J'ai du mal à croire que vous ne vous en souveniez pas…

— Vous n'avez qu'à demander à la compagnie à qui appartient ce numéro. Moi, je ne m'en souviens pas.

— Nous l'avons fait.

— Ah oui ? Et alors, qu'est-ce qu'ils vous ont dit ?

— C'est une ligne professionnelle du groupe Sanders. Mystérieusement, ce numéro est attribué à un certain… Il jeta un regard sur le relevé où il avait noté le nom.

— … Paul Paterson.

— Je ne connais pas.

— M. Paterson travaillait pour votre société, mais il l'a quittée il y a six ans, suite à de graves problèmes de santé. Il est décédé il y a trois ans et demi.

— Jamais entendu parler de ce type.

— Je vous crois. Mais alors, de deux choses l'une : soit vous étiez en communication avec un fantôme, soit cette ligne a été réattribuée à quelqu'un d'autre et le groupe Sanders n'en est pas informé.

— Possible…

— Monsieur Coste, je vais vous reposer la question, et dans votre intérêt je vous conseille de bien réfléchir à la réponse que vous allez me fournir.

Qui avez-vous appelé dans la nuit du 3 au 4 novembre, quelques minutes seulement après l'assassinat de Philippe Favre ?

— Je n'ai appelé personne.

— Vous refusez de répondre ?

— Non, mais je dormais. Quelqu'un a dû utiliser mon téléphone.

— Ben voyons…

Costello rangea le relevé et les différents documents qu'il avait éparpillés sur son bureau dans une épaisse pochette, puis il fit un signe aux policiers qui attendaient à distance.

— Très bien. Vous allez rester ici, le temps que le juge statue sur votre sort, déclara-t-il, pendant qu'on lui remettait les menottes. Mais autant vous le dire tout de suite, monsieur Coste : à moins que la mémoire ne vous revienne, et très vite, vous allez être inculpé pour le meurtre de M. Favre.

Quand il donna l'ordre aux policiers de l'escorter, Samuel se leva sans opposer de résistance.

— Vous faites une grosse erreur.

— Non, monsieur Coste, c'est vous qui en faites une.

Dès que les trois hommes disparurent dans l'escalier menant aux cellules du rez-de-chaussée, l'inspecteur Costello composa le numéro qu'elle lui avait donné un peu plus tôt.

— Bonjour, Margareth.

— Bonjour, inspecteur.

— Je viens d'auditionner le contremaître du groupe Sanders. Nous le gardons ici. Il va probablement être inculpé.

— Très bien. Il vous a appris quelque chose ?

— Pas grand-chose pour le moment. Il refuse de dire quoi que ce soit.

— Vous pensez que c'est lui qui a tué le paléontologue ?

— C'est possible, oui.

— Vous devez le faire parler. Il est important que nous connaissions ses motivations.

— Je pense que s'il a tué ce pauvre type, cela devait être un accident. Il n'a pas le profil d'un criminel. Nous essayons d'identifier l'utilisateur d'un numéro de téléphone avec qui il était en relation, notamment durant la nuit du meurtre.

— Inspecteur, s'il travaille pour quelqu'un d'autre, je dois absolument savoir pour qui. Vous m'entendez ? C'est important pour le bon déroulement de ma mission. Le préfet saura vous en être reconnaissant.

— Écoutez, pour le moment il refuse de parler, mais il me semble évident que ce n'est qu'un lampiste. Lorsqu'il sera acculé et qu'il sentira sa tête sur le billot, il parlera.

— Très bien. Faites votre travail le plus rapidement possible et tenez-moi au courant dès qu'il aura parlé.

— Entendu.

— Je vous remercie, monsieur Costello. Nous progressons.

39

« Le livre de la nature est écrit
en langage mathématique. »

Galilée

J-3

Le lendemain matin, en arrivant sur le site, Shana fut étonnée de trouver Pierre Lancarneau, accroupi devant la paroi, montrant aux trois jeunes de l'équipe une technique permettant de prélever un fragment sans mouvementer le reste des éléments. Jeannelle, Radouane et Norma l'écoutaient avec attention, buvant littéralement ses paroles. Sans rien dire, elle resta un moment à distance, à observer la scène.

— Vous serrez la tige de bois entre le pouce et l'index, un peu comme un Mikado, expliqua-t-il. Vous faites pression sur l'extrémité du fragment, puis avec une seconde tige, vous soulevez délicatement l'autre extrémité.

Le petit débris s'extirpa du sol d'un trait, en ne laissant derrière lui que son empreinte, comme s'il s'était évaporé. Shana se souvenait du professeur que Pierre avait été, de l'attraction qu'il exerçait sur ses étudiants et sur elle en particulier. Il adorait montrer, apprendre, transmettre. Elle ne l'imaginait pas du tout dans des arcanes administratifs et politiques. Elle n'arrivait pas à comprendre comment il avait pu en arriver là. Ce portrait lui semblait si éloigné de l'enseignant, de l'homme qu'elle avait connu dix ans plus tôt. Le pouvoir pouvait-il remplacer la passion ? Elle en doutait.

Shana s'approcha discrètement du petit attroupement.

— Excusez-moi d'interrompre le cours de monsieur le directeur de l'ONU…, dit-elle alors.

Les étudiants se relevèrent d'un seul mouvement, avec déférence et un peu de surprise. Personne ne connaissait les fonctions de Pierre, qui s'était uniquement présenté comme membre du comité de coordination du projet. Ce dernier tendit à Shana une petite corbeille en osier qui contenait une dizaine de morceaux de cartilage.

— J'espère que tu as apporté ton appareil photo, parce que tu vas pouvoir envoyer de nouveaux éléments probants à ton ami.

— Comment sais-tu cela ?

Il lança un regard en direction d'Alexandre qui répondit par un sourire gêné. Se penchant sur le contenu de la corbeille, elle écarquilla les yeux. La plupart étaient semblables à ceux trouvés la veille et totalement écrasés.

— Nous avons commencé à libérer le conduit avec les outils que nous avions sous la main. On a retiré plusieurs épaisseurs de roches, ce qui nous a permis de trouver ces petits morceaux qui étaient coincés entre.

Mais ce n'est pas tout. Le plus intéressant, ce sont les roches elles-mêmes…

— Comment ça, les roches ?

— Eh bien, il semble que votre visiteur y ait laissé sa carte d'identité !

Il désigna l'une des quatre grosses pierres posées derrière lui et en éclaira la partie supérieure avec sa lampe. Puis il demanda à Radouane de l'aider à la retourner, et il l'éclaira à nouveau. N'en croyant pas ses yeux, Shana s'approcha pour toucher ce qui y était sculpté : le morceau de la tête d'un animal.

— C'est extraordinaire ! souffla-t-elle.

Le fossile était extrêmement propre. Avec fierté, Pierre souligna du bout des doigts le bas de la mandibule. Sur un autre rocher, on distinguait des vertèbres dorsales et sur un troisième, un morceau d'os qui pouvait être un fémur. Shana observa l'ensemble sans rien dire.

— Ça, c'était la très bonne nouvelle, lui dit-il en grimaçant.

— Parce qu'il y en a de très mauvaises ?

— Oui. Enfin, une.

Il regarda autour de lui, ne sachant pas très bien si elle voulait l'entendre devant le reste de l'équipe.

— Vas-y ! l'encouragea-t-elle.

— Hier soir, l'accord a été donné au groupe Sanders pour reprendre les travaux, vendredi matin, à 8 heures. Il vous reste deux jours pour prélever tout ce que vous pourrez, tout ce qui est accessible dans cette cheminée et après, vous devrez quitter les lieux.

— Deux jours ? Mais c'est n'importe quoi ! On avait jusqu'à dimanche. Le chantier ne devait reprendre que lundi.

— Il faut croire que Gazotti a décidé que son pays avait perdu suffisamment d'argent.

— Si la décision a été prise hier soir, ils attendaient quoi pour me le dire ?

— Gazotti voulait te téléphoner hier, mais c'est moi qui lui ai demandé de ne pas le faire. J'ai préféré venir te le dire. J'ai cru que cela serait mieux.

— Mais c'est absurde ! Tu lui as parlé de ça ? demanda-t-elle en désignant les trois rochers et la corbeille remplie de petits ossements.

— Non. Mais ça ne changera rien. Il faut que tu fasses vite pour récupérer le plus d'éléments possible avant demain soir.

Contrairement à ce qu'il avait imaginé, Shana ne fut pas découragée par la nouvelle. Bien au contraire, elle sembla reprendre confiance.

— OK, bon... Il faut envoyer tout ce que l'on a à Yann. Rapidement.

— Je suis déjà dessus, patronne ! répondit Radouane qui avait commencé à photographier leurs dernières trouvailles.

L'équipe se remit immédiatement au travail. Chacun regagnait sa zone lorsque l'incomparable voix grave du commissaire Spangeti retentit dans son dos.

— Bonjour, professeur Stenford. Je peux vous parler un moment ? demanda-t-il sèchement.

Dégoulinant de sueur, comme la première fois, et accompagné d'un autre policier, il venait de pénétrer dans la cavité et avait le regard des mauvais jours.

— C'est important ?

— Ouais !

Shana le fit attendre, le temps de donner quelques consignes à son équipe, puis l'entraîna, en compagnie de Pierre, dans le petit vestibule naturel que formait l'entrée de la cavité. Voyant l'espace se réduire autour de lui, l'inspecteur grimaça.

— On ne peut pas aller ailleurs qu'ici ?

— Non, on ne peut pas.

Le visage tendu de Spangeti masquait difficilement son malaise, mais cette fois elle n'avait pas envie de lui faciliter les choses.

— Que se passe-t-il, commissaire ?

— Voilà. Ça ne va pas vous plaire, mais je tenais à vous en informer de vive voix. Nous avons reçu le rapport de la police scientifique concernant l'explosion de la semaine dernière. J'ai essayé de vous appeler, mais visiblement il n'y a rien qui passe ici. Ni les foreuses, ni le téléphone…

— Je vous écoute.

— Nous avons la preuve qu'il ne s'agit pas, comme vous le pensiez, d'une explosion accidentelle, due à je ne sais quelle poche de gaz souterraine.

— Ah oui ? Et c'est dû à quoi, alors ?

— C'est un acte criminel. La mèche de la seconde foreuse que vous avez utilisée était bourrée d'un plastic de type C4.

— Vous en êtes sûr ?

— Vous croyez que je serais venu jusqu'ici pour vous faire une blague ?

— Je n'arrive pas à croire qu'aucun ouvrier tunnelier, habitué à manipuler ce matériel, n'ait remarqué quelque chose.

— Je me suis fait la même réflexion, mais le plastic C4 a la particularité d'être très malléable. Il ressemble à de la pâte à modeler et peut prendre n'importe quelle forme. Celui-ci était dissimulé à l'intérieur de la tête de forage. C'était pratiquement indétectable.

— Et le détonateur ?

— Il n'y en avait pas besoin, et c'est là que le procédé est ingénieux ! Enfin, si on peut dire. C'est la chaleur provoquée par la vitesse de rotation du tricône, à 300 tours/minute, qui a agi comme un détonateur puissant et infaillible. À partir de l'instant où vous avez activé la seconde tête, le compte à rebours était enclenché et celui-ci était d'une dizaine de secondes au maximum.

— C'est totalement incroyable.

— Pas tant que ça, professeur. Je vais maintenant vous poser une question, une question importante. Il est probable que l'auteur de l'attentat n'était pas sur les lieux, mais ce n'est pas totalement à exclure non plus. Dans les instants qui ont précédé l'explosion, n'avez-vous rien remarqué de particulier ?

— Comme quoi, commissaire ? Nous étions tous concentrés sur le forage. Il y avait au moins dix personnes à proximité.

— Eh bien, quelqu'un s'éloignant du puits, par exemple…

Shana échangea un regard avec Pierre. Ce qui l'agaçait, dans son attitude, c'était qu'il restait totalement impassible, comme la veille devant le comité. D'une certaine manière, elle avait l'impression qu'il n'était pas surpris de ce qu'il venait d'apprendre.

— Je n'ai pas fait très attention, dit-elle. La plupart des gens étaient éloignés du puits, car il y avait des gerbes d'étincelles et un bruit épouvantable.

— Écoutez, professeur Stenford, depuis le début de cette affaire, je pense que tous les événements accompagnant vos travaux ici sont liés et… pilotés ! Aujourd'hui, le doute n'est plus possible. Il y a quelque chose dans la nature de vos recherches qui pousse quelqu'un à tuer et à tuer froidement. Qui et pour quelle raison ? Je n'en ai absolument aucune idée, mais je compte bien le découvrir. Le parquet de Turin a ouvert une seconde enquête criminelle, après celle concernant votre collègue, Philippe Favre. On en est à trois morts et une demi-douzaine de blessés. Alors, je vais être clair : pour votre sécurité et celle de votre équipe, je vais vous demander de ne plus vous approcher de cet endroit.

— Vous ne pouvez pas me faire ça, commissaire. Il ne nous reste plus que deux jours avant la reprise des travaux.

— Je n'en ai rien à faire de vos ossements de Mathusalem ou même d'avant ! Je ne veux pas avoir à ramasser votre cadavre au fond de cette grotte. Il est évident que vous possédez, consciemment ou non, les clefs de cette affaire. Alors, en attendant que je démêle tout ça, je ne veux plus que vous mettiez les pieds ici. Évidemment, je vous demanderai, à vous et à votre équipe, de rester à la disposition de la police mais le plus loin possible de Bussolino sera le mieux.

Ses yeux ancrés dans ceux du commissaire, Shana restait muette. Elle ne pouvait pas convaincre la terre entière qu'ils étaient peut-être devant l'une des plus grandes découvertes de tous les temps. Ça ne servait à rien ; elle n'avait pas les appuis nécessaires. Il était clair que les fouilles à Bussolino allaient s'arrêter là.

— Et ne me regardez pas avec cet air d'enfant à qui on a piqué son jouet ! ajouta-t-il.

Après quelques instants, Spangeti comprit qu'elle abdiquait, ce qui le surprit un peu mais le rassura. Il la salua et se dirigea vers la sortie mais fit volte-face après seulement quelques pas.

— J'oubliais, j'ai aussi une information qui devrait vous faire plaisir.

— Allez-y. Au point où j'en suis, ça ne peut pas être pire !

— Votre patron, Thomas Sanders, il est sorti du coma.

Comme il s'y attendait, son regard s'illumina instantanément.

— Vraiment ? Vous l'avez vu ?

— Oui, je suis passé le voir avant de venir ici. Bon, il n'est pas encore prêt à courir un marathon, mais enfin, il va mieux. Et… il vous réclame !

— Je vous remercie, commissaire. Vous auriez dû commencer par là.

— Oui, mais vous m'auriez moins écouté. Je l'ai informé que j'allais vous faire évacuer *manu militari*, et il est d'accord avec moi ! Lui aussi, pour votre sécurité, veut que vous laissiez tomber !

— Ah oui ? Il manque peut-être un peu d'informations…

— Je vous fais confiance pour le mettre à la page. Bonsoir, mademoiselle Stenford. Faites attention à vous. Je tiens à ce que vous terminiez cette histoire en un seul morceau.

Cette fois-ci il sortit de la cavité, suivi de l'inspecteur qui l'accompagnait. Deux policiers en uniforme restèrent en faction derrière l'entrée, pour s'assurer de l'évacuation des lieux. Encore sous le choc, Shana retourna vers le centre de la cavité. Les membres de la petite équipe, dont certains avaient entendu des bribes de conversation, se réunirent autour d'elle.

— Je crois que vous avez déjà tous compris ce qui se passait…

— Alors, on va tout abandonner comme ça ? s'emporta Rodolfo Di Lorenzo, d'habitude très effacé. Sans pousser jusqu'à la seconde cavité ? Sans même tout à fait terminer l'exploration de celle-ci ?

— Oui. On n'a pas le choix.

— C'est n'importe quoi ! Si M. Sanders avait été là, cela ne se serait pas passé comme ça.

C'était la première fois qu'il s'exprimait aussi clairement et la remettait en cause. Finalement, il n'était peut-être pas aussi indifférent qu'il le laissait paraître. L'attaque était brutale, mais elle-même y avait tellement pensé qu'elle ne pouvait pas lui en vouloir.

— Écoutez, je suis aussi désolée que vous, commença-t-elle. Je n'ai sans doute pas su trouver les bons arguments et…

— Le comité de surveillance avait déjà posé un ultimatum et Robert Sanders avait bloqué les fonds, l'interrompit Pierre Lancarneau qui se tenait en retrait. Tout devait être terminé vendredi. Vous devez évacuer deux jours plus tôt, par suite d'une décision de police, mais Shana n'y est pour rien. Depuis le départ, elle a fait tout ce qu'elle pouvait, et même plus.

À son tour, Alexandre prit la parole pour défendre son amie :

— Personne ne t'en veut, Shana. On se doute que tu as fait ce que tu pouvais. On savait dès le départ que notre mission ici était… particulière.

— Non, on ne vous en veut pas, patronne, renchérit Radouane.

Hormis Gregorio et Rodolfo, tout le monde acquiesça largement.

— Merci de nous avoir fait venir ici. C'était une aventure merveilleuse ! ajouta Alexandre avant de lancer une salve d'applaudissements.

Triste et émue à la fois, elle les remercia pour leur contribution, promit de les tenir informés de la suite et précisa que les primes seraient versées jusqu'au dimanche. Comme convenu, Alexandre et Radouane chargèrent dans le van les trois caissons pressurisés contenant l'ensemble du squelette fossilisé et les os trouvés alentour. Deux autres contenaient la centaine de petits organismes et allaient être envoyés à la fondation Thomas Sanders.

L'*Homo* de Bussolino devait prendre la direction du laboratoire de biologie moléculaire Santo, près de Turin, où il subirait une multitude de tests, sous l'autorité d'Alexandre. Celui-ci expliqua à l'équipe qu'il ambitionnait d'identifier, à partir de certaines terminaisons et caractéristiques osseuses, des similitudes qui permettraient de déterminer s'il appartenait à une lignée humaine connue ou non. Évidemment, le prélèvement d'ADN sur un fossile aussi ancien n'était pas possible, mais comme il l'avait réalisé deux ans plus tôt à Denisova, il espérait pouvoir le situer tout de même dans notre généalogie.

— Nous savons depuis longtemps que l'ADN de nombreuses lignées d'hominidés ne se retrouve pas dans le nôtre. Ces lignées se sont probablement éteintes, en ne laissant aucune trace dans ce que nous sommes devenus. Pschitt ! fit-il en mimant le mouvement.

Alexandre parlait avec cette éloquence qu'il avait acquise durant ses longues années de professorat.

— Les biologistes ont très longtemps considéré que Neandertal, par exemple, ne faisait pas partie de la lignée de l'homme, poursuivit-il. Seuls des prélèvements d'ADN effectués en 2010, puis en 2012, sur plusieurs restes fossiles parfaitement conservés, ont permis d'établir que 2 ou 3 % de notre ADN proviennent bien des hommes et femmes de Neandertal !

— Et avant ? demanda Jeannelle.

— Avant, il y avait des débats parfois très virulents entre les « Néandertalistes » et les autres. Ce n'est que très récemment que la science a permis de prouver, de façon irréfutable, qu'il y a environ cinquante mille ans, il y a bien eu des croisements entre Neandertal et *Sapiens*, dont nous sommes les descendants directs. Ensuite, Neandertal s'est mystérieusement éteint, laissant toute la place à *Sapiens*, mais nous possédons, à dose extrêmement faible, quelques traces indélébiles de lui. Si nous parvenons à identifier des particularités osseuses chez notre homme, nous pourrons savoir où celui-ci se situe dans notre histoire, et surtout, s'il en fait partie !

Pendant qu'Alexandre terminait son explication, Pierre entraîna Shana à l'écart.

— Tu n'as pas le droit de faire ça !

— Pas le droit… de faire quoi ?

— D'envoyer le fossile à Santo, sans l'accord du conseil !

— Ah ! Eh bien, je suis contente de voir que tu t'intéresses ! J'avais l'impression que tu étais totalement indifférent à tout ce qui se passait ici, mais je me trompais… Le devenir du fossile, ça, ça t'intéresse !

— Ne fais pas l'idiote. Je ne suis pas indifférent du tout ; je respecte la feuille de route que l'État italien, *via* le conseil de surveillance, nous a confiée, c'est tout !

— *Nous* a confiée ? Tu veux dire la mission que Thomas et le conseil m'ont confiée ? Je te rappelle que c'est moi qui suis directrice des fouilles !

— Je fais partie du conseil.

— Eh bien, moi aussi. Ma mission se termine officiellement lundi, puisque le conseil en a décidé ainsi. J'ai dit que je remettrais le fossile lorsque nous aurons terminé, et c'est ce que je ferai. La semaine prochaine !

— Ils vont te poursuivre en justice…

— On verra ça !

40

Shana arriva à l'hôpital Ospedale Molinette de Turin vers 20 heures. C'était en principe l'heure de fin des visites, mais l'hôtesse d'accueil accepta de la laisser entrer sans sourciller. En se regardant dans la glace de l'ascenseur, elle comprit rapidement la raison de son indulgence. Vêtue d'un bas de treillis maculé de boue, d'une épaisse veste en cuir crasseuse et chaussée de brodequins, elle avait dû l'effrayer plus que l'émouvoir. Dans l'euphorie, elle n'avait pas pris le temps de passer se changer à son hôtel. Son visage était encore tacheté de boue et ses cheveux recouverts d'une couche de poussière.

Aussitôt arrivée au troisième étage, elle se dirigea vers les sanitaires. Maintenant que Thomas était sorti du coma, il ne s'agissait pas qu'il fasse un arrêt cardiaque en voyant débarquer le yéti dans sa chambre ! Elle s'aspergea abondamment le visage d'eau qui s'écoula d'abord grise, puis marron et enfin claire. Elle arrangea ses cheveux et les releva en arrière à l'aide d'une pince.

La chambre de Thomas était située au bout d'un long couloir et gardée par un policier armé qui vérifia sa carte d'identité.

— Il vous attend, dit-il en poussant la porte.

Thomas était assis sur son lit, un bras plâtré et une minerve autour du cou. Il portait des petites lunettes et, de sa main libre, travaillait sur un ordinateur portable posé en équilibre sur ses cuisses. Lorsqu'il vit Shana, un large sourire illumina son visage.

— Je ne savais pas que vous portiez des lunettes… dit-elle en l'embrassant.

Elle ne prit pas la peine d'approcher un siège et s'assit directement sur le lit, à hauteur de ses hanches, ce qui eut pour immédiate conséquence de faire chanceler son précaire équilibre.

— Oh mon Dieu, Shana ! Le neurologue a raison : je dois traverser une période de confusion due à la sortie du coma, car je ne me souvenais pas que nous nous embrassions…

— Considérez que c'est le cadeau des survivants ! Comment vous sentez-vous ?

— Aussi bien que possible. Enfin, vu les circonstances, évidemment. Je m'en sors avec une fracture du coude et plusieurs vertèbres qui me font souffrir le martyre mais, *a priori*, rien d'irréversible. Si tout va bien, je pourrai même me lever demain.

— Vous m'avez fait très peur. Ne recommencez jamais ça !

— Ce n'était pas mon intention, mais j'essaierai, c'est promis ! Dites-moi, je rêve ou vous vous êtes mise sur votre trente-et-un ? Vous voulez m'inviter à dîner en ville ?

— Ne vous moquez pas, je suis venue directement des fouilles. J'ai eu peur d'arriver trop tard pour les visites du soir. Mais j'avais oublié que vous étiez un VIP. On m'a laissée entrer sans problème.

— Vous avez vu ça ? Un garde du corps, et pour moi tout seul, hein… Un jour, je vais bien réussir à vous épater !

— Vous n'avez pas besoin de ça, Thomas.

— Vous me flattez. Ou bien vous profitez de mon invalidité provisoire pour me faire des avances… Remarquez, l'un ou l'autre, ça me fait plaisir.

— Ne vous emballez pas, Thomas. Vous avez lu vos mails ?

— Pas tous, mais j'essaie. Ce n'est pas si simple avec un seul bras. J'ai l'impression qu'il s'est passé beaucoup de choses durant mon sommeil. Racontez-moi, ce sera beaucoup plus agréable.

Elle lui relata les événements des derniers jours : l'arrêt des fouilles, l'évacuation du site, le transfert du fossile à Santo. Thomas s'enthousiasma de la découverte de nouveaux ossements, mais elle ne lui cacha pas son désarroi de devoir tout arrêter là.

— Je crois que les dés étaient déjà jetés, Shana. Il va falloir être pragmatique ; vous avez fait tout ce que vous pouviez.

— Peut-être, mais je m'en veux. J'ai l'impression que l'on passe à côté de l'essentiel. Je n'ai pas su être convaincante devant le conseil. Vous m'auriez vue, c'était consternant… Vous auriez fait bien mieux que moi.

— Ne vous reprochez rien, c'est inutile. Je vais vous faire un aveu : depuis le départ, je pense que Gazotti et les autres font tout leur possible pour nous mettre des bâtons dans les roues. C'est une impression bizarre…

— Je ressens exactement la même chose. Mais quel intérêt pourraient-ils avoir à le faire ?

— Je n'en sais rien. *A priori*, aucun. Pour peu que l'on soit dans le vrai, les États italien et français ont beaucoup à gagner ! Bussolino bénéficierait d'un éclairage international phénoménal.

— Ce serait une découverte incroyable pour l'humanité. Une découverte sans précédent !

— Oui, mais voilà, depuis le début et même avant votre arrivée, ils nous freinent. Ils suivent le mouvement, bon an mal an, mais ne nous apportent rien ; aucun soutien, ni financier ni technique. C'est un constat, mais je ne me l'explique pas. À croire qu'ils n'attendent qu'une chose : qu'on se plante !

— Vous ne pouvez rien faire pour les contraindre à nous laisser un peu de temps ?

— Je ne vois pas ce que je pourrais faire de plus. Je finance déjà l'ensemble du projet ; je ne peux pas forcer les dirigeants italiens à fouiller sur leur sol. Le groupe Sanders ne peut pas non plus prendre à sa charge les frais de suspension des travaux. Cela plomberait l'entreprise, et surtout, mon père n'accepterait jamais. Malheureusement, je crois qu'on n'a pas beaucoup d'alternatives. Et puis… je ne veux pas vous mettre en danger plus que je ne l'ai déjà fait.

— Alors, on arrête tout ?

Il hésita.

— Oui. Oui, c'est mieux ainsi, dit-il enfin.

41

Elle ôta son blouson et lança ses brodequins boueux dans le lavabo de la salle de bains. Shana avait emporté avec elle les trois ordinateurs contenant les éléments topographiques et les relevés de fouille, ainsi que le disque dur externe sur lequel étaient stockées toutes les photos et vidéos de la cavité. Elle voulait mettre à profit les dernières heures qui lui restaient pour essayer de comprendre ce qui lui échappait depuis le départ. Mais à peine était-elle entrée dans sa chambre que les premières notes de *Una lacrima sul viso*, de Bobby Solo, résonnèrent au fond de son sac. Elle reconnut immédiatement la photo de son ami sur l'écran du téléphone.

— Salut, Yann.

— *Hello*, Shani. Comment vas-tu ?

— J'ai connu mieux. Alors ?

— Alors, quoi ?

Shana le connaissait si bien qu'elle pouvait lire en lui comme dans un livre ouvert. À son intonation, elle comprit instantanément qu'il avait découvert quelque chose et qu'il ne lâcherait pas l'information sans faire durer un peu son plaisir.

— Tu as trouvé ?

— À ton avis ?
— J'aurais tendance à penser… que oui.
— Évidemment que j'ai trouvé !
— De quoi s'agit-il ?
— D'un beau spécimen. Très beau même.
— Accouche…
— Un oiseau.
— Comment ça… un oiseau ?
— Eh bien, il s'agit d'un oiseau. Un volatile. Tu sais bien ce que c'est qu'un oiseau, non ? Pioupiou, Titi, *Angry Birds*… Pourquoi ? Tu es déçue ?
— Non.
— Woody Woodpecker !
— C'est bon, j'ai compris !
— Tu espérais un dinosaure du Crétacé, hein, c'est ça ?
— Un peu, oui.
— Tu n'es pas sans savoir que nos amis à plumes sont les derniers représentants actuels de nos bons vieux dinosaures[1]. Ils sont un peu moins impressionnants aujourd'hui, je te l'accorde, et pourtant ils en descendent directement ! Bon, celui que tu m'as envoyé, autant te le dire tout de suite, si tu l'aperçois sous ta fenêtre tu n'auras pas envie de siffloter…
— Quel genre d'oiseau ?
— Le genre… machine à tuer : 12 à 14 mètres d'envergure. Pas un charognard, non, mais un chasseur, un carnivore qui préfère manger sa viande encore

1. L'hypothèse la plus courante aujourd'hui veut que les oiseaux descendent d'un groupe de dinosaures, les théropodes. Un des plus anciens oiseaux est l'Archæopteryx, « aile ancienne », il vivait déjà il y a plus de 150 millions d'années.

chaude, si tu vois ce que je veux dire. Il s'agit d'un quetzalcoatlus. À classer dans la catégorie des ptérosaures. C'est l'un des premiers vertébrés volants que l'on connaisse. Il est apparu il y a environ cent cinquante millions d'années et a disparu avec la majorité de ses congénères, lors de l'extinction Crétacé-Tertiaire.

— Tu en es sûr, Yann ? C'est très important.

— Absolument, m'dame ! Ce qui m'a mis sur la piste, c'est la région. On a retrouvé plusieurs autres spécimens de ptérosaures dans les Alpes, par le passé. Je n'ai donc eu qu'à comparer la série de clichés que vous avez faite avec la base de données du British Museum. Et bingo : 91 % de correspondance ! Aucun doute, c'est bel et bien un ptérosaure.

— Bravo, Yann ! Je savais que je pouvais compter sur toi. Tu es le meilleur !

— Ne dis pas des choses que tu pourrais regretter plus tard…

— Je le pense !

— Bon, puisque tu me prends par les sentiments… j'ai également un petit bonus offert par la maison.

— Ah oui ?

— Oui. Une petite particularité que tu ne m'as pas demandée, mais qui va sûrement t'intéresser. Je vais te la donner quand même, parce que je t'aime bien et que tu m'es agréable. Ton ptérosaure était au pluriel.

— Au pluriel ?

— Oui. Au moins deux, peut-être plus.

— Qu'est-ce qui te fait penser ça ?

— Disons que… je sais compter ! Toi et ta jolie petite équipe de fouineurs, vous m'avez envoyé des clichés de tout un tas d'ossements, et notamment onze phalanges. Or, le ptérosaure n'en possède que quatre sur chaque patte arrière. Donc, on parle de ptérosaures avec un « s ». Ils étaient plusieurs, dans ton tunnel, à se faire joyeusement écrabouiller.

— Merci, Yann. T'es super !

— À ton service, ma belle.

Il venait de lui apporter, sur un plateau, l'élément qui lui manquait. Elle alluma son ordinateur portable et effectua une rapide recherche sur le quetzalcoatlus. Effectivement, en dessin, celui-ci n'avait rien d'amical ; il faisait même carrément froid dans le dos. L'homme de Bussolino était-il dans la cavité avant l'écrasement des quetzalcoatlus ? C'était probable, sinon il n'aurait pas pu y accéder. Était-ce lui qui les avait tués ? C'était difficile à imaginer. Quoi qu'il en soit, l'emprisonnement avec lui d'animaux du Crétacé, disparus il y a soixante-cinq millions d'années, renforçait la thèse que son ancienneté était au moins égale à ceux-ci. Elle doutait que cela suffise à infléchir la décision du conseil, car l'élément était indirect et contestable, mais elle allait tout de même essayer.

Elle notifia, dans son compte rendu quotidien, toutes les informations livrées par Yann concernant le ptérosaure. Elle ne jugea pas nécessaire de préciser qu'elle avait envoyé l'*Homo* de Bussolino faire un petit tour du côté de Santo, car elle se doutait bien que Pierre avait déjà informé Gazotti. Elle espérait simplement qu'Alexandre aurait le temps de faire quelques modélisations avant qu'on ne le lui retire. Elle envoya le mail et ferma son ordinateur portable.

Malgré tout ce qui s'était passé, elle allait probablement devoir rendre les armes et ça la minait. Son meilleur ami avait été assassiné, elle-même avait probablement échappé au même sort, puis à une explosion criminelle. Et tout ça pour quoi ? Pour arrêter là. Le fait même qu'il y ait eu des homicides en lien probable avec les fouilles aurait dû légitimer la poursuite des recherches, mais c'était l'inverse qui se produisait. Elle trouvait la situation particulièrement injuste. Elle aurait pu publier l'état des travaux ou bien informer la presse de ce qui se passait. C'était une possibilité qu'elle n'excluait d'ailleurs pas totalement, même si, en principe, le contrat que lui avait fait signer Thomas le lui interdisait. Elle se voyait mal garder secret tout ce qu'ils avaient mis au jour à Bussolino et les doutes que cela faisait naître sur les origines de l'homme.

Si c'est ça que le comité attend de moi... Giuseppe Gazotti avait raison : ils n'auraient jamais dû me choisir, pensa-t-elle.

Si elle voulait se battre, elle aurait besoin d'aide. Elle pensa à Thomas, mais lui aussi semblait avoir abdiqué. Gazotti, ce n'était même pas la peine d'y penser. Son mystérieux informateur ? S'il pouvait la contacter *via* l'adresse mail de Philippe, l'inverse était aussi possible. Il en savait peut-être plus qu'elle, mais lui aussi, comme les autres, paraissait plus déterminé à essayer de l'éloigner qu'à lui faciliter la tâche.

Ça se tente !

Elle rouvrit son portable et rédigea un message sibyllin. Elle n'écrivit rien dans le corps du mail, juste un objet.

DE : Shanastenford@universitelyon1.fr
À : Philippefavre@universitelyon1.fr
Mer 16 déc, 18 h 06
Objet : J'AI BESOIN DE VOUS – CONTACTEZ-MOI

Elle attrapa le vieux paquet de Chesterfield Menthol qui traînait dans son sac depuis au moins six mois, puis sortit sur le petit balcon de sa chambre. Le froid la saisit instantanément, et dans un réflexe elle remonta le col de son pull. La nuit était tombée depuis peu, enveloppant la gigantesque masse alpine d'un épais manteau sombre. Elle regarda les minuscules lumières éparses, seules traces d'une présence humaine et du géant qui lui faisait face. On apercevait épisodiquement les phares des quelques voitures descendant vers la vallée. Une vie humaine existait-elle, là-haut, soixante millions d'années auparavant ? Malgré les éléments qu'elle ne cessait de réunir, elle avait toujours beaucoup de mal à l'imaginer. Son informateur allait-il l'aider ou bien disparaître comme il était apparu ? Elle n'en savait rien. Il faudrait déjà qu'il commence par s'identifier. Il ne lui voulait visiblement pas de mal, mais elle n'était pas prête à prendre plus de risques qu'elle n'en avait déjà pris. À travers la vitre, elle jeta un œil sur la petite enveloppe bleue, au bas de son écran ; aucun nouveau message n'était arrivé.

Comment pouvait-il être aussi bien renseigné et avoir accès à la boîte mail de Philippe ? Il devait nécessairement le connaître, ou au minimum être en possession des mêmes informations que lui. Cela réduisait les probabilités à une dizaine de personnes : le comité de surveillance et les deux professeurs italiens, Gregorio Bardi et Rodolfo Di Lorenzo, qui avaient participé à la mise au jour du corps. Ils auraient pu récupérer les codes de Philippe, avec son autorisation ou non. Mais dans quel but ? Shana les avait intégrés à sa nouvelle équipe ; ils avaient tout le loisir de parler avec elle, même discrètement, sans utiliser cet artifice. Non, ça n'avait pas de sens. Il y avait également une possibilité qu'elle avait exclue dès le départ, sans trop savoir pourquoi : c'était que l'informateur soit l'assassin. Ça non plus, ça n'avait pas beaucoup de sens. Il y avait forcément quelque chose qui lui échappait, mais quoi ?

Un son discret la sortit de ses pensées : un rond rouge venait d'apparaître sur son écran. Avec excitation, elle écrasa le restant de sa cigarette sur la balustrade et rentra dans la chambre. Elle s'assit, respira profondément, puis pointa le curseur sur la petite enveloppe.

DE : Philippefavre@universitelyon1.fr
À : Shanastenford@universitelyon1.fr
Mer 16 déc, 18 h 30
Objet : Re : J'AI BESOIN DE VOUS – CONTACTEZ-MOI
Je peux vous aider !

Peu de mots qui ne lui donnaient aucune information. Il semblait plutôt lui proposer un genre de marché. Mais qu'avait-il à mettre dans la balance et qu'attendait-il ? Elle ne savait même pas qui il était. Alors, elle décida de lui demander quelque chose en contrepartie. Son message ne comportait que trois mots…

DE : Shanastenford@universitelyon1.fr
À : Philippefavre@universitelyon1.fr
Mer 16 déc, 18 h 34
Objet : Re : Re : J'AI BESOIN DE VOUS – CONTACTEZ-MOI
Qui êtes-vous ?

Cette fois, elle n'attendit la réponse que quelques secondes.

DE : Philippefavre@universitelyon1.fr
À : Shanastenford@universitelyon1.fr
Mer 16 déc, 18 h 35
Objet : Re : Re : Re : J'AI BESOIN DE VOUS – CONTACTEZ-MOI
Rejoignez-moi dans une heure. À 19 h 30 devant l'entrée principale du Palazzo Carignano. Vous serez fixée !

42

Margareth lut très attentivement le compte rendu que Shana Stenford venait d'envoyer. La découverte des ossements d'un ptérosaure au pied de la seconde cavité allait sérieusement compliquer les choses, et cela, elle ne l'avait pas prévu. Elle se doutait qu'avec autant d'éléments, la jeune scientifique ne lâcherait pas facilement l'affaire, et la SIA non plus.

Sa position dominante pouvait lui donner l'impression de maîtriser les événements de l'intérieur, mais c'était un leurre, et surtout elle n'était pas à l'abri d'une initiative personnelle. C'était justement ce qui la tracassait. Elle avait bien étudié le profil de Shana Stenford ; ce qu'elle avait écrit et réalisé durant les dernières années. Elle raisonnait bien, vite et globalement. Comme elle, elle faisait partie des intuitives et elle était bien placée pour savoir que ces personnes étaient impossibles à contrôler et encore moins à prévoir. Le pire était qu'on pouvait en avoir l'impression, mais c'était une erreur : à la moindre occasion, elles pouvaient sortir du cadre et jouer leur carte personnelle. C'était pour cette raison qu'elle voulait la garder sous surveillance, mais la maladresse d'Aznar lui compliquait sérieusement les choses. Elle ne pouvait pas laisser cette fille libre de ses mouvements, telle une grenade dégoupillée, au risque de la voir mettre son nez partout.

Giuseppe avait été imprudent ; il aurait dû régler ce problème depuis pas mal de temps déjà. Elle aussi avait eu tort de le mettre à ce poste-là. En théorie, son rôle était de tout contrôler, mais visiblement il en était loin. Il s'était montré incapable de protéger Philippe Favre, et sa mort les avait rendus vulnérables. Maintenant, il agissait de même avec cette fille. Il était faible et ne savait pas prendre les décisions que la situation nécessitait. À trois jours de la fin des fouilles, elle devait s'en méfier. D'ailleurs, elle devait se méfier de tout et de tous. Si elle ne parvenait pas à faire évacuer rapidement le site, elle devrait prendre d'autres mesures, plus radicales, et elle préférait les éviter.

Son plan était simple mais nécessitait une maîtrise totale des équipes, et surtout du timing. Il y avait ceux qui lui obéissaient et ceux qu'elle contrôlait indirectement. Pour commencer, elle devait s'assurer de la collaboration de la paléontologue, et pour ce faire elle savait exactement comment s'y prendre.

43

Il était presque 19 h 30 et il pleuvait abondamment lorsqu'elle stationna son Alfa Romeo Giulietta sur la Piazza Carignano. Le palais, construit au XVIe siècle pour les princes de Carignan, était aujourd'hui l'un des plus beaux et des plus luxueux musées de Turin. Sa façade curviligne surmontée d'une rotonde était incomparable. Son style baroque italien donnait à la fois une impression de grâce et de puissance qu'on ne trouvait nulle part ailleurs.

Garée face à l'entrée principale, Shana pouvait facilement observer tout ce qui se passait sur l'esplanade. Elle remarqua rapidement que de nombreuses personnes sortaient du musée, seules ou par petits groupes. Celui-ci était visiblement en train de fermer ses portes. Le quartier était calme et résidentiel. Ainsi, elle comprit que, lorsque tous les visiteurs auraient quitté les lieux, elle se retrouverait isolée sur la petite place peu éclairée jouxtant le palais. Elle décida de ne pas sortir de sa voiture et d'attendre, dans la pénombre, l'arrivée de son mystérieux interlocuteur. Consciente de prendre un réel risque, elle n'avait pourtant pas hésité longtemps ; la curiosité, l'excitation et l'envie de tout tenter pour aller au bout de l'aventure avaient été plus fortes que la prudence. Mais maintenant qu'elle était seule, au lieu de rendez-vous, c'était une autre histoire.

À cet instant, un vieux monsieur vêtu d'un épais pardessus vert foncé arriva à pas lents derrière elle. Abrité sous un parapluie noir, à contresens des derniers visiteurs, il passa à sa hauteur sans la remarquer et se dirigea vers l'entrée. Elle ne le distinguait que de dos, mais avec sa démarche hésitante, il n'avait pas l'air bien dangereux. Il s'arrêta d'abord au pied de la grande statue équestre du roi Carlo Alberto, au centre de l'esplanade, jeta un œil à sa montre, puis fit quelques pas supplémentaires pour aller s'abriter sous le grand porche. Shana aperçut alors une autre personne, dans l'ombre de l'entrée monumentale ; une silhouette qu'elle n'avait pas encore remarquée et qu'elle devina être celle d'une jeune femme. Son visage était à demi dissimulé dans l'obscurité. Visiblement, elle aussi attendait quelqu'un. Elle n'avait jamais pensé à une femme, mais après tout c'était aussi possible. C'est alors qu'un joggeur traversant l'esplanade attira son attention. Il s'arrêta pour faire des étirements, en se protégeant de la pluie sous un abribus. Il n'était qu'à une cinquantaine de mètres de l'entrée. Un point d'observation idéal pour voir tout ce qui se passait sur la place. Shana avait du mal à garder son sang-froid. Cela pouvait être n'importe qui, y compris une personne qui serait dissimulée quelque part, comme elle.

Un vigile éteignait une à une les lumières du premier étage. Il traversait les nombreuses pièces de l'est vers l'ouest en regardant régulièrement par les grandes fenêtres en sa direction. Shana se dit qu'il était temps pour elle de s'avancer. Mieux valait le faire maintenant, plutôt que d'attendre que le musée soit totalement plongé dans l'obscurité et qu'il n'y ait plus aucun badaud sur l'esplanade. Elle rabattit la capuche de son manteau, puis sortit de sa voiture. À découvert, son rythme cardiaque s'accéléra fortement. Elle traversa lentement la place en épiant chaque mouvement suspect. Sous sa capuche, elle ressemblait à un chevalier Jedi se présentant au repère du terrible Jabba le Hutt. Cette image lui donna un peu d'assurance. Elle pensa que, de loin, son interlocuteur ne pourrait pas la reconnaître et serait obligé de se découvrir, lui aussi.

Elle s'arrêta à quelques mètres de la grande porte. La pluie ruisselait sur sa capuche. Elle échangea un regard avec la jeune femme, qui semblait se fondre dans le décor. L'homme plus âgé était au téléphone et s'exprimait en italien. Au peu qu'elle entendit, elle comprit que la conversation portait sur l'organisation d'un séjour en famille. Peu probable que cela soit son homme. Le joggeur, quant à lui, avait disparu sans qu'elle s'en aperçoive. La jeune femme semblait donc être la candidate la plus crédible. Shana s'en rapprocha doucement et l'observa à nouveau. Inconsciemment, elle espérait que ce soit elle. Elle devait avoir une vingtaine d'années, un look d'étudiante de premier cycle et une présence discrète, voire transparente. À l'endroit où elle se tenait, et si l'on n'y prêtait pas attention, on pouvait très bien ne pas la remarquer. Pas vraiment le profil attendu non plus, mais alors qui ? Elle avança de quelques pas et, sans ôter sa capuche, se mit à son tour à l'abri de la pluie, sous le porche de l'entrée, à quelques pas d'elle.

Peu après, une luxueuse voiture noire s'arrêta en évidence devant les chaînes épaisses qui bloquaient l'entrée de l'esplanade. Deux appels de phares firent sortir la jeune fille de l'abri précaire où elle se tenait. Elle rejoignit en courant le véhicule qui fit aussitôt demi-tour pour repartir dans la direction où il était arrivé. Les hypothèses se réduisant fortement, Shana regarda sa montre. L'heure du rendez-vous était passée depuis une dizaine de minutes. Qui que ce soit, il n'était pas ponctuel. Il restait bien le vieil homme qui avait terminé sa conversation et semblait s'impatienter. Elle lui donnait environ quatre-vingts ans, peut-être un peu plus. Ils échangèrent un regard, mais il semblait totalement indifférent à sa présence.

Alors, à l'intérieur du musée, dans l'obscurité du grand hall, elle aperçut quelqu'un. Au début immobile, elle se demanda s'il ne s'agissait pas d'une des statues antiques qui peuplaient l'entrée, avant de comprendre que c'était bien une silhouette féminine qui se dirigeait vers la sortie. C'est quand elle fut à quelques mètres seulement de la porte qu'elle la distingua enfin, sortant de la pénombre. Il s'agissait d'une élégante quinquagénaire vêtue d'un tailleur de marque, de chaussures à talons hauts et d'un manteau blanc. Après avoir passé la porte, elle s'arrêta devant elle, ferma son manteau et la dévisagea. Subitement, Shana eut le sentiment d'être un insecte placé sous un projecteur.

— Vous attendez quelqu'un ?

— Oui.

— Le musée est fermé. Il n'y a plus personne à l'intérieur, hormis les agents de sécurité. Faites attention à ne pas vous tenir trop près de la porte, car ils vont bientôt fermer le volet métallique.

Sans attendre une réponse, elle accola le vieil homme qui l'attendait, puis ils partirent ensemble.

À peine s'étaient-ils éloignés que le lourd volet de sécurité commença lentement à se fermer, condamnant, pour la nuit, l'entrée principale. L'éclairage s'éteignit simultanément, plongeant toute la zone dans le noir complet.

Le quartier était maintenant vide. Invisible, elle attendit encore quelques minutes à l'abri, tandis que la pluie regagnait en intensité. 19 h 50. Elle s'apprêtait à rejoindre sa voiture, lorsqu'elle distingua la silhouette d'un homme s'engageant sur l'esplanade, abrité sous un parapluie et vêtu d'un long manteau et d'un borsalino : elle ne parvenait pas à discerner son visage. Il s'arrêta au pied de la statue de Carlo Alberto, regarda autour de lui et sortit son portable qu'il manipula quelques instants. Aussitôt, celui de Shana émit une vibration. Elle ouvrit le message provenant d'un numéro masqué : *Où êtes-vous ?*

Cette fois-ci, c'était lui. Le masque allait tomber. Son rythme cardiaque s'accéléra encore. Elle resta quelques instants dans l'ombre, à observer l'attitude de celui qui l'attendait. De là où elle était, il lui était impossible de le voir de face, et son allure ne lui inspirait rien. *A priori*, elle pensa ne pas le connaître. Il semblait plus petit et bien moins jeune que l'homme qui l'avait agressée dans sa chambre d'hôtel. Elle était pratiquement certaine que ce n'était pas lui.

Shana sortit de son repère et s'avança lentement vers lui. L'homme, tourné dans l'autre sens, ne la vit pas s'approcher. Lorsqu'elle arriva à quelques mètres, il entendit ses pas, se tourna et la dévisagea. Parce qu'elle était dissimulée sous le haut de sa capuche, il ne la reconnut pas immédiatement. Par contre, Shana, elle, avait compris !

44

Aznar entra dans le hall du laboratoire de biologie moléculaire Santo, suivi de l'inspecteur Costello et de deux officiers en uniforme. Ses cheveux bruns coiffés sur le côté, il était vêtu d'un jean fatigué et d'un épais blouson en cuir dur. Il posa son casque sur le comptoir et présenta, au préposé de l'accueil, l'ordre de mission à l'en-tête du ministère italien des Activités culturelles.

— Nous souhaitons nous entretenir avec le directeur.

— Très bien. Puis-je voir vos pièces d'identité, s'il vous plaît ?

Aznar s'exécuta. Costello et les deux inspecteurs présentèrent leurs cartes de police.

— Désolé, messieurs, mais je dois conserver vos cartes, le temps de votre présence dans les locaux, dit-il, et aussitôt, les trois agents les posèrent devant lui.

Le préposé ne trouva pas le rendez-vous sur le planning mais ne se formalisa pas. Il se contenta de noter, sur le registre, l'identité des quatre visiteurs et y agrafa soigneusement une copie de l'ordre de mission. Il appela ensuite le Pr Alfiero Rosseto sur sa ligne directe, pour l'informer de la présence de la police.

Il remit à Aznar et à ses accompagnants un badge « visiteur », puis les invita à passer en chambre de décontamination, afin d'y enfiler l'équipement stérile nécessaire à leur visite. Un assistant les conduisit alors jusqu'à l'aile B du bâtiment. C'était là qu'étaient effectués les travaux dits « sensibles » du laboratoire, notamment les analyses ADN pour les services de police et les travaux spéciaux pour le compte de l'armée ou du gouvernement. Le local était sécurisé. Pour y pénétrer, il fallait scanner un badge spécifique, puis entrer un code confidentiel sur un clavier numérique.

Le Pr Alfiero Rosseto en personne vint leur ouvrir le sas de l'intérieur.

— Bonjour, messieurs. Que puis-je faire pour vous être agréable ? demanda-t-il innocemment.

Il était surpris d'avoir si rapidement une visite concernant le fossile de Bussolino. En général, les services de l'État se contentaient des comptes rendus transmis au ministère. Cependant, on lui en avait très peu dit sur cette analyse, et il se doutait qu'elle était importante. Aznar lui tendit l'ordre de mission signé par le directeur des programmes archéologiques du ministre, Giuseppe Gazotti, puis ce fut l'inspecteur Costello qui prit la parole :

— Professeur, vous avez ici un fossile codifié CZ12034 de Bussolino ?

— Oui, c'est exact.

— Sauf erreur, vous n'avez aucune autorisation pour détenir ce fossile, et encore moins pour travailler dessus.

— Vous me l'apprenez, monsieur. C'est mon confrère, le Pr Spinéta, qui a participé à son excavation et qui l'a lui-même porté ici, en fin de matinée.

— Oui, nous le savons.

— J'ai l'habitude de travailler avec lui. Il m'a dit que les documents administratifs suivraient la semaine prochaine.

— Ils ne suivront pas.

— Je n'en savais rien…

— Ce fossile est la propriété de l'État, et en aucun cas il ne devrait être ici.

Alfiero Rosseto lut rapidement l'injonction du ministère et sembla tomber des nues, mais Costello ne se fia pas à son air éberlué.

— Je vais vous demander de nous remettre la totalité des éléments qui vous ont été livrés, professeur.

— Je vais le faire. Mais avant, si cela ne vous dérange pas, je vais appeler le Pr Spinéta pour l'en informer. Il est allé se reposer, mais c'est lui qui me place dans cette situation, et je souhaiterais qu'il vienne s'expliquer avec vous.

— Excellente idée ! Faites ça !

Le professeur s'écarta pour composer le numéro de son collègue, mais tomba immédiatement sur sa boîte vocale. Il réessaya une seconde fois, sans plus de succès. Visiblement ennuyé, il revint vers les quatre hommes.

— Je pense qu'il a dû couper son téléphone.

— OK, ce n'est pas grave. De toute façon, il ne fera pas l'économie d'une convocation chez le juge, pour nous expliquer la présence de ce fossile ici. Maintenant, je vais vous demander de nous le restituer dans son intégralité. Aucun élément ne doit rester là. Nous devons le rapporter à Turin, chez son propriétaire.

— Parce qu'il a un propriétaire ?

— Oui, évidemment.

Le professeur désigna les trois caissons bleus derrière lui, dont deux étaient ouverts et posés sur une table de travail.

— Vous avez effectué des prélèvements ?

— Oui, quelques-uns.

L'inspecteur Costello ordonna aux agents qui l'accompagnaient d'emporter les trois caisses avec le plus de précautions possible. Chacune mesurait plus de 50 cm^3, mais l'essentiel de l'espace étant occupé par un plâtre de protection très léger, ils furent surpris par leur légèreté – une dizaine de kilogrammes à peine.

— Je peux vous demander quelles sont vos premières conclusions, professeur ? lui demanda alors Aznar qui n'avait pas encore prononcé le moindre mot.

— Pour les conclusions, vous arrivez un peu tôt, jeune homme. J'ai reçu le spécimen il y a quelques heures à peine.

— Un premier constat, alors ?

— Selon toute vraisemblance, il s'agit d'un homme de type eurasien. Il mesurait environ 1,70 mètre, avec une corpulence moyenne et était âgé d'une quarantaine d'années. Il devait s'alimenter correctement et ne présentait pas de maladies osseuses apparentes. D'après l'état de fossilisation, je pense qu'il est mort il y a vingt-cinq à trente mille ans.

— Vous en êtes certain ?

— Non, bien sûr que non. C'est une déduction. Il ne présente aucune trace de carbone résiduel, donc, apparemment, il a au moins cette ancienneté-là. Ensuite, ses caractéristiques physiques ne correspondent pas aux *Homo sapiens* plus anciens et encore moins aux hommes de Neandertal. Il s'agit probablement d'un des tout premiers hommes modernes. Pour son époque, il devait être grand et très âgé. Mais M. Spinéta en sait beaucoup plus que moi et pourra certainement vous donner d'autres éléments.

— Ne vous inquiétez pas, je ne manquerai pas de le lui demander.

— Maintenant, si vous me laissez quarante-huit heures de plus, comme c'était prévu, je pourrai probablement vous en apprendre davantage sur l'identité génétique de notre bonhomme.

— Malheureusement, professeur, ça ne va pas être possible.

Les deux policiers avaient déjà évacué les lieux, emportant les trois caissons avec eux. À cet instant, l'inspecteur Costello, qui s'était écarté, les rejoignit. Il venait de recevoir un appel qui, visiblement, l'embarrassait et il n'avait pas envie de s'éterniser.

— Très bien, professeur, trancha-t-il. Merci pour votre aide. Je vais vous demander de me donner également les prélèvements que vous avez effectués.

Alfiero Rosseto ouvrit un cylindre réfrigéré et en sortit une boîte étiquetée bleue, transparente, qu'il lui remit avant de les accompagner jusqu'au sas par lequel ils étaient entrés.

— Faites-en bon usage.

— Ne vous inquiétez pas pour cela, professeur, répondit Costello, puis les deux hommes sortirent du laboratoire sans se retourner.

Sur le parking, Aznar l'interrogea sur le motif de sa subite et perceptible nervosité.

— Une contrariété, inspecteur ?

— On peut dire ça, oui.

— En rapport avec nos petits soucis ?

Avant de répondre, Costello lui donna la boîte bleue contenant les prélèvements, qu'Aznar plaça avec précaution dans le top-case de sa moto.

— La paléontologue a quitté son hôtel.

— Je vois. Mais vous la faites suivre, n'est-ce pas ?

— Je ne la fais pas « suivre », comme vous dites, je la fais surveiller, comme les autres et de loin.

— Très bien... Donc vous savez où elle est ?

— Non.

— Non ?

— Non. L'un des agents en planque devant l'hôtel l'a bien prise en filature, mais il a rapidement reçu un contrordre du central et il a dû faire demi-tour.

— Comment ça, un contrordre ? Ce n'est pas vous qui donnez ce genre de directives ?

— Écoutez, Aznar, je ne sais pas bien qui vous êtes, ni quel est votre rôle auprès de Margareth, mais dans la police nous obéissons aux ordres de notre hiérarchie. Et cela en était un direct. Donc vous direz à votre patronne que je suis désolé, mais elle est sortie du filet qui n'était de toute façon pas très hermétique.

— Et vous savez *qui* a donné ce contrordre ?

— Pas précisément. Apparemment, ça venait du cabinet du ministre.

— Je ne comprends pas.

— Eh bien, comme ça, nous sommes deux !

Avant de regagner sa voiture, Costello fit signe à ses deux collègues de rentrer, puis, l'air toujours soucieux, il se tourna vers Aznar et lui tendit la main.

— Au revoir.

— Merci pour votre aide, inspecteur.

Ce dernier esquissa une moue dubitative.

— Sincèrement ! insista-t-il. Et ne vous inquiétez pas pour la paléontologue, elle finira bien par réapparaître.

— Je ne suis pas inquiet.

Ils se séparèrent sur le parking. Aussitôt après avoir démarré, Costello composa le numéro de son subordonné qui avait lâché la filature. Il voulait comprendre précisément ce qui s'était passé, mais surtout, il voulait lui faire passer l'envie d'obéir à d'autres ordres que les siens. Ce que lui apprit celui-ci le calma instantanément. Contrairement à ce qu'il avait imaginé, l'ordre n'avait pas été donné au hasard. Le fonctionnaire du ministère qui l'avait contacté savait exactement que la paléontologue quittait son hôtel pour se rendre à Turin, où elle avait rendez-vous. C'était donc sciemment qu'on avait laissé la jeune femme échapper à sa surveillance.

45

Piazza Carignano,
au pied de la statue de Carlo Alberto.

Ils se regardèrent quelques instants sans parler, sous la pluie battante. La situation était incongrue, et l'appréhension de Shana se transforma rapidement en incompréhension. Elle avait imaginé de nombreux scénarios, mais pas celui-là. C'était peut-être même la seule personne à qui elle n'avait pas songé un seul instant. Lui qui décrédibilisait son travail depuis le départ, comment pouvait-il se trouver devant elle ?

— Bonjour, mademoiselle Stenford…

— Je m'attendais à beaucoup de choses en venant, mais pas à me retrouver en face de vous.

— Je comprends votre étonnement, professeur. Je comprends bien. Mais comme je vous l'ai écrit, les apparences sont parfois trompeuses.

— On peut dire ça comme ça. Comme vous vous en doutez probablement, j'ai beaucoup de questions à vous poser.

— Je vous apporterai une partie des réponses.

— Une partie seulement ?

— Celles que je possède. Mais d'abord, si vous me permettez, je vous propose de nous rendre à mon domicile. Je réside à deux pas d'ici, sur la *via Roma*. Je me suis permis de convier votre vieil ami, le Pr Lancarneau.

— Pierre est chez vous ?

— Il doit nous y rejoindre. Nous avons beaucoup de choses à nous dire tous les trois, et peu de temps pour le faire. Alors autant ne pas en perdre.

Giuseppe Gazotti leva le bras pour lui indiquer la direction, l'invitant à le suivre. Il leva haut son parapluie afin qu'elle puisse s'y abriter, et ils marchèrent ainsi un moment côte à côte, en silence.

— Sachez, mademoiselle Stenford, que c'est moi qui, indirectement, ai fait venir Philippe Favre à Bussolino pour notre mission, alors que Thomas Sanders avait initialement pensé à vous.

— Thomas m'a dit que c'était son idée.

— Disons que je lui ai suggéré Philippe, qui travaillait avec vous et que son envie de vous impliquer a fait le reste. Philippe et moi nous connaissions depuis de nombreuses années.

— C'est donc vous le mystérieux ami qu'il est venu rejoindre ?

Il réfléchit un moment à la bonne façon de formuler les choses.

— Je ne sais pas si le terme d'« ami » est le plus approprié, mais après tout… pourquoi pas, dit-il enfin, tandis qu'ils traversaient la Piazza San Carlo, pour arriver sur la *via Roma*. J'ai été son tuteur toute la seconde partie de ses études. J'ai également financé ses recherches durant son doctorat. Je l'ai toujours accompagné et je croyais beaucoup en lui. Sa disparition m'a meurtri.

Shana ne se rappelait pas avoir jamais entendu Philippe parler de Giuseppe Gazotti. Ça l'étonnait beaucoup, vu l'importance que celui-ci prétendait avoir eue pour lui.

— Je n'en savais rien. Mais pourquoi ne pas m'avoir informée directement ?

— Parce que vous n'auriez pas compris.

— Je pense pouvoir comprendre beaucoup de choses, lorsqu'on me les explique.

— Disons que vous auriez compris, mais que vous ne l'auriez pas accepté. Ce que nous allons vous révéler ce soir, professeur, va bien au-delà de ce que vos connaissances et même votre imaginaire autorisent.

— Tant que ça…

— Oui. Et vous ne l'accepterez sans doute pas. Du moins, pas tout de suite. Il vous faudra du temps.

— Je suis avant tout une scientifique, monsieur Gazotti, et je m'applique à raisonner comme telle. Philippe savait-il tout cela ?

Gazotti, comme hésitant, mit un moment avant de répondre.

— Non.

— Vous n'aviez pas informé votre ami, celui que vous aviez vous-même fait venir ici pour vous aider ?

— Disons que je n'en avais pas l'autorisation. Et aussi, j'espérais qu'il fasse le chemin lui-même.

— L'autorisation de qui ?

— Nous allons vous l'expliquer.

— Admettons. Mais aujourd'hui, vous êtes prêt à me révéler ce grand secret. Pourquoi ?

— Ce n'est pas totalement désintéressé…

— Vous n'avez quand même pas besoin de moi ?

— Disons que Pierre m'a convaincu que vous seriez de notre côté et que vous pourriez effectivement nous aider.

— Je rêve ! Mais alors, pourquoi vous êtes-vous opposé à ce que l'on me confie la direction des fouilles ?

— Je pensais que vous l'aviez déjà compris.

— Non, pas vraiment…

— Ce n'était pas contre vous personnellement. En réalité, je me suis opposé à la poursuite des fouilles. C'est ce qui était prévu avec Philippe, mais la situation nous a échappé. Bien évidemment, nous n'avions pas envisagé votre arrivée tardive sur le projet. Nous devions contrôler la communication vers l'extérieur, et avec vous, votre notoriété médiatique et votre personnalité, disons que cela compliquait sensiblement les choses.

— Mais pourquoi tant de secrets ?

— Pour de multiples raisons, et notamment parce que des personnes sont prêtes à tuer pour récupérer ce qui se cache à Bussolino. J'ai pris contact avec vous *via* ce stratagème, un peu pour vous faire peur, mais surtout pour vous convaincre d'abandonner. Je m'en excuse mais c'était uniquement pour vous protéger, car depuis ce qui est arrivé à Philippe je sais le risque grand.

— Vous êtes un personnage très mystérieux, monsieur Gazotti.

— Je comprends que vous le pensiez.

— Que craignez-vous que l'on découvre à Bussolino ?

— Vous allez bientôt le savoir.

Ils venaient d'arriver au 28 de la *via Roma*, devant un hôtel particulier en pierre taillée. Abrité sous la tonnelle de l'entrée, un vigile ouvrit une lourde porte en fer forgé pour laisser entrer Gazotti qui le remercia.

— On n'est jamais trop prudent ! dit-il en se tournant vers Shana.

Ils montèrent quelques marches et se retrouvèrent dans un vaste hall, au centre duquel trônait un magnifique lustre de Baccarat. Une jeune femme surgit d'une petite porte latérale et vint les délester de leurs manteaux.

— M. Lancarneau vous attend dans le grand salon, murmura-t-elle.

— Très bien ! Merci, Paola.

Ils montèrent lentement un double escalier en marbre blanc. Hormis dans les films, Shana n'en avait jamais vu de pareils. Elle n'avait pas une grande confiance en Gazotti, et ça la rassurait de savoir que Pierre était là. Ils pénétrèrent dans un salon rustique de style Renaissance qui occupait l'intégralité du premier étage. Deux grandes cheminées crépitantes faisaient face à six portes-fenêtres donnant sur une terrasse tout en longueur. Seules les lumières des cheminées et de la rue éclairaient la pièce, maintenue dans une semi-pénombre. Se tenant debout devant l'une d'elles, Pierre salua Giuseppe par son prénom et lança un sourire amusé à Shana. Gazotti les invita à s'asseoir côte à côte, sur des fauteuils d'époque napoléonienne, face à l'une des cheminées. Il posa une fine pochette blanche sur un guéridon adjacent, puis se baissa pour pousser une bûche dans les flammes. Après quelques instants, il rompit le silence et le rythme monotone des crépitements.

— Avant d'aller plus loin, mademoiselle Stenford, je pense que nous vous devons quelques explications, commença-t-il.

Son regard se perdit presque aussitôt dans les flammes. Shana l'observa sans rien dire, tandis qu'il semblait chercher ses mots.

— Vous êtes bien placée pour le savoir… Les préhistoriens et les paléoanthropologues ont longtemps considéré que les origines de la vie humaine étaient linéaires. Elles partaient des premiers bipèdes simiesques, il y a environ sept millions d'années, jusqu'aux *Homo sapiens* que nous sommes devenus. En même temps, ce postulat simpliste nous gêne aux entournures, car nous savons, de façon certaine, que nos origines sont beaucoup plus anarchiques que nous le pensions il y a encore quelques années. La génétique, entre autres, nous a aidés à comprendre que la nature a fait de très nombreuses tentatives et qu'il y a eu des formes d'humanités très différentes sur Terre ; au moins une vingtaine connue aujourd'hui, mais on estime qu'il y en a eu beaucoup plus – des centaines, peut-être des milliers. Certaines espèces ont coexisté sur des périodes parfois très longues et se sont développées simultanément. Personne ne peut définir exactement quelles relations elles entretenaient, mais nous savons que ces relations existaient. Et puis, au fil du temps, la plupart ont disparu, sans qu'on en connaisse précisément les causes. Aujourd'hui, il ne reste que nous, les *Homo sapiens*, mais cela n'a pas toujours été le cas !

— Je crois que Shana sait déjà tout ça, Giuseppe, l'interrompit Pierre. Elle a déjà écrit deux livres sur le sujet, vous savez.

— Bien sûr, je le sais. J'ai lu vos livres et je les ai appréciés. Vous êtes sur la bonne voie, mais si je peux me permettre, vous n'allez pas au bout de vos idées.

— Vous êtes bien le premier à me faire cette critique…

— Je m'en doute. Mais vous verrez qu'après vous avoir considérée comme une hérétique ou presque, vos contemporains se hâteront de vous reprocher de ne pas être allée assez loin. Croyez-moi ! C'est le fardeau de tous les grands découvreurs. Mais ne vous inquiétez pas, l'histoire vous rendra justice, à vous plus qu'à eux.

— Vous êtes un homme surprenant, monsieur Gazotti. Et pour être franche, j'ai du mal à vous cerner.

— Lors de notre dernière conversation, à la Mole Antonella, je vous ai rappelé que la paléontologie et la science en général avançaient pas à pas, que les découvertes de Bussolino nous serviraient peut-être à en comprendre d'autres. Je vous ai affirmé que cela constituerait, en quelque sorte, un faisceau de présomptions nous permettant d'étayer de futures conclusions.

— Très persuasif, Giuseppe ! reconnut Pierre en souriant. Démonstration implacable !

— Eh bien, tout ce que je vous ai dit est vrai !

Shana regarda les deux hommes tour à tour.

— J'espère que vous ne m'avez pas fait venir ici pour me dire ça ! dit-elle, perdant quelque peu patience.

À cet instant, Paola les interrompit pour poser sur le guéridon un plateau avec trois verres et une bouteille d'eau gazeuse italienne.

— Non, bien entendu, pas uniquement, mais… Je n'en retire pas un mot. Il faut souvent plusieurs découvertes similaires pour valider solidement une thèse. Tout ce que je vous ai dit est vrai, même s'il est vrai que je ne vous ai pas tout dit, répondit Gazotti.

Il marqua une pause, ménageant au mieux son effet. Il se leva pour pousser une autre bûche dans les flammes, puis vint s'asseoir face à eux, regardant Shana avec un air malicieux. Ce fut Pierre qui mit fin au suspense :

— Nous en avons déjà découvert d'autres, Shana. Plusieurs autres.

— Vous avez découvert d'autres hominidés de plus de soixante millions d'années ?

— Non, c'est le premier, mais nous avons trouvé leurs traces. De nombreuses traces, qui sont peut-être encore beaucoup plus anciennes.

Les flammes avaient redoublé d'intensité, si bien qu'elles éclairaient à présent l'intégralité de la pièce.

— Shana… Il faut d'abord que tu saches que Giuseppe et moi, ainsi que plusieurs autres scientifiques, faisons partie d'une structure gouvernementale non officielle, appelée la SIA. Cette organisation existe depuis une dizaine d'années. Elle est financée par le département d'anthropologie et de géologie du gouvernement américain, par la NASA et aussi par certains investisseurs privés.

— Je n'en ai jamais entendu parler.

— C'est normal. Aucun de nos travaux n'a été rendu public. Je sais que tout ceci va te paraître extravagant, mais la principale mission de la SIA est d'étudier et de répertorier les traces humaines qui précèdent la grande extinction de la fin du Crétacé.

Pierre s'arrêta pour l'observer, mais Shana ne montrait aucune réaction apparente.

— L'homme voit toujours ce qui l'entoure à son échelle ! ajouta Gazotti, afin de lui donner un autre éclairage sur ce qu'il s'apprêtait à lui révéler. On explique l'univers en fonction de ce que l'on en voit et on pense le connaître, mais, en la matière, l'avenir nous réserve plus de surprises que de confirmations. On date l'histoire des civilisations sur six mille ans ; l'histoire des premiers hommes entre deux et sept millions d'années ; les dinosaures, il y a deux cent cinquante millions d'années… Mais avant ? Avant, il n'y a rien eu, ou pas grand-chose ? Avant, environ quatre milliards d'années se sont écoulées, dont on sait qu'au moins deux étaient fertiles. On imagine la vie humaine à l'échelle de ce que l'on perçoit, mais croyez-nous, elle est bien plus ancienne et complexe que cela.

— Je veux bien entendre vos théories, messieurs, mais que faites-vous d'*Erectus*, de *Sapiens*, de Neandertal et de tous les autres ? Eux ne sont pas des hypothèses ; ils ont existé et nous en avons des preuves.

— Ils ont existé, cela ne fait aucun doute. Mais on a artificiellement imposé leur ascendance. Une image linéaire de l'évolution. Une image qui nous convenait et qui a été largement influencée par notre passé judéo-chrétien et une certaine idée de la Genèse, répondit Pierre.

Comme dans une symphonie, les deux hommes jouaient des partitions parfaitement synchronisées. Ils se complétaient si bien que Shana avait l'impression qu'ils récitaient un texte qu'ils connaissaient par cœur.

— Si mes souvenirs de catéchisme sont bons, messieurs, dans la Genèse il y a Adam et Ève. Cela ne correspond pas vraiment au modèle préhistorique.

— Oui, mais ils n'ont que six mille ans !

— Comment ça, six mille ans ? La Bible ne date pas la naissance d'Adam et d'Ève.

— Bien sûr que si ! Les récits bibliques, la Torah et même le Coran situent très précisément la création du monde, ainsi qu'Adam et Ève, à six mille ans av. J.-C. ! Pour nos trois grandes religions monothéistes il n'y a pas de doute sur la question, et pas d'évolution. L'homme est apparu, tout prêt… en quelque sorte. D'ailleurs, en cela, ils n'ont peut-être pas tort.

Giuseppe embrassa la petite croix qu'il portait autour du cou, tout en feignant de regarder vers le ciel, tandis que Pierre compléta l'explication :

— Ces espèces – australopithèque, *Erectus*, *Habilis*… Neandertal même – étaient très différentes de nous à tous points de vue : morphologique, cérébral, spirituel. Et elles ne sont pas plus nos ancêtres qu'un bonobo ou un chimpanzé.

— Avec les moyens technologiques actuels, lorsque nous croisons les reconstitutions d'ADN de tous ces hominidés, on ne trouve que des fragments du nôtre, enchaîna Gazotti. On est très loin de ce que nous sommes aujourd'hui, et cela, pour des raisons très simples. Comme la plupart des espèces, elles sont apparues, se sont développées et se sont éteintes.

— Il y a eu des croisements, notre ADN en porte quelques traces, mais nos origines sont beaucoup plus anciennes. Croyez-moi, professeur, nous ne descendons pas du singe ; c'est juste un cousin… un peu éloigné.

— Vous êtes conscient que ce que vous dites remet en cause quatre-vingts ans de darwinisme et de théorie de l'évolution ?

— Pas du tout, professeur. Il n'y a pas d'incompatibilité entre notre théorie et celle de Charles Darwin. On peut même dire qu'elles se complètent. Le rapport entre ce que nous voyons et ce que nous savons n'est jamais figé une fois pour toutes[1]. Nous ne remettons pas en cause la théorie de l'évolution. Les espèces évoluent, s'adaptent. Parfois elles disparaissent. Elles se mélangent aussi. Le métissage et l'hybridation sont des forces évolutives puissantes. C'est valable pour toutes les espèces, y compris la nôtre. Mais nous avons de bonnes raisons de penser que des formes d'humanité ont émergé bien avant ce qui est traditionnellement admis.

— Et vous situez ça à quand, messieurs ?

Pierre et Gazotti échangèrent un regard complice.

— Toute la question est là, en effet, répondit Pierre.

— Nous n'en savons rien. Plusieurs dizaines de millions d'années probablement, peut-être même plus. Nous savons qu'il y a déjà eu au moins sept extinctions massives d'espèces, mais peut-être y en a-t-il eu d'autres avant, dont nous ignorons tout. Nos connaissances de la vie sur Terre remontent à seulement deux cents millions d'années, et encore, elles sont très incomplètes. Mais pour ce qui est antérieur, soit environ quatre milliards d'années, les traces ont disparu ; nous n'avons que très peu d'éléments concrets. Il est possible qu'il y ait eu d'autres civilisations, beaucoup

1. Citation du poète britannique John Berger.

plus anciennes. Peut-être même que l'homme existait avant la Terre !

— Vous n'êtes pas sérieux ?

— Pourquoi, professeur ? Uniquement parce que cette échelle ne vous est pas accessible ? Citez-moi un élément incontestable prouvant que ce n'est pas possible.

— Je ne peux pas répondre à ça.

— Très bien. Alors, dites-moi : la Terre a environ quatre milliards d'années, mais quel âge a l'univers ?

Shana regarda un instant par la fenêtre. C'était une question simple que Gazotti lui posait, mais elle n'avait pas l'habitude de se trouver dans la position de l'élève.

— Tu peux répondre. Pour une fois, il n'y a pas de piège, l'encouragea Pierre.

— *A priori*, quinze milliards d'années. Mais j'ai peur que vous me disiez autre chose…

— Non. Effectivement, c'est l'hypothèse la plus couramment admise. Je précise d'ailleurs qu'il s'agit plutôt de la période qui nous sépare du grand big bang, c'est-à-dire la création de l'univers que nous connaissons. Rien ne prouve qu'il n'existait pas autre chose avant cela, ou bien que l'univers lui-même ne se situe pas dans un élément beaucoup plus grand et ancien.

— Une dimension gigantesque qui ne nous serait pas accessible !

— Une quatrième dimension ? Je vais de surprise en surprise…

— Les choses ne sont pas toujours comme on le pense, professeur. Une préhistorienne aussi avisée que vous devrait le savoir. La bactérie, par exemple, n'a aucune conscience des nuages, de la lune ou bien du soleil. Pourtant, ils existent, et même si elle ne les voit pas elle en ressent chaque jour l'influence.

— Nous avons des moyens pour comprendre notre environnement, que votre bactérie ne possède pas…

— À notre échelle, oui. Mais qui vous dit que l'univers, dont nous ne connaissons pas les limites réelles, ne se situe pas lui-même dans quelque chose de beaucoup plus grand ?

— Personne n'est capable de répondre à cette question…

— Je vous l'accorde. Alors, pour simplifier, admettons que l'univers ait bien quinze milliards d'années. Pensez-vous sérieusement, professeur, que la vie intelligente telle que nous la connaissons n'a que cinq à sept millions d'années ? Qu'elle a débuté lorsque des primates ont eu la bonne idée de se dresser sur leurs membres inférieurs ?

— C'est une hypothèse crédible, oui.

— Eh bien, non, professeur. Aujourd'hui, nous savons que ça ne l'est pas. C'est une hypothèse dont le plus grand mérite a été d'être à une échelle humaine. Une échelle que l'on pouvait concevoir, presque toucher. Mais l'histoire du temps est plus complexe que ça. Peut-être que l'homme, tout comme Dieu, a toujours existé !

Pierre Lancarneau, qui jusque-là avait écouté Gazotti sans l'interrompre, sentit que Shana était en train de décrocher. Il la connaissait bien, depuis longtemps, et il se doutait qu'elle ne se laisserait pas convaincre par des démonstrations abstraites et des effets de style. Aussi, il anticipa la question qu'elle s'apprêtait à poser.

— Shana, nous avons découvert des traces de civilisations humaines, des civilisations extrêmement anciennes. Antérieures à tout ce que l'on peut imaginer !

46

Le temps semblait s'être arrêté dans le fastueux appartement du 28 de la *via Roma*. Le crépitement simultané des deux cheminées du premier étage donnait un rythme presque monotone à des propos qui ne l'étaient pas. Shana ne savait pas très bien si elle devait objecter ou simplement écouter. Bien que la question n'ait pas été encore posée, elle se demandait pourquoi ils lui révélaient tout cela.

— En 2000, au large de la côte ouest de Cuba, une équipe de cartographes a découvert, à l'aide de sonars puissants, et presque par hasard, les ruines d'une très ancienne cité sous-marine, poursuivit Pierre[1]. Engloutie depuis des milliers d'années, elle est constituée de nombreux blocs de granite disposés de façon symétrique, par plus de 2 000 pieds de profondeur, soit environ 600 mètres. Dans un premier temps, on a pensé qu'il s'agissait d'une cité aztèque oubliée, mais une équipe d'archéologues canadiens a rapidement démontré que celle-ci était bien plus ancienne. Au vu

1. Cité sous-marine, découverte en 2000 au large du cap Saint-Antoine. À ce jour, aucune datation n'a pu être effectuée ni mise en rapport avec une civilisation antique ou pré-antique connue.

du degré d'ensevelissement sous le sable et des éléments trouvés sur place, les Canadiens ont établi que les ruines devaient avoir au moins six mille ans, ce qui en fait l'une des plus anciennes constructions en pierre de taille au monde. Bien que très éloignée, elle présentait de troublantes similitudes avec les grandes cités égyptiennes bâties plus de quinze siècles plus tard, de l'autre côté de l'Atlantique. On y trouvait notamment trois pyramides à niveaux, de tailles comparables à celles du plateau de Gizeh, ainsi que plusieurs socles massifs qui auraient très bien pu servir de supports à des statues monumentales. La presse spécialisée s'est emparée de cette découverte fantastique. L'exploratrice mexicaine Paulina Zelitsky a déclaré, à l'agence de presse *Reuters*, qu'il s'agissait de l'une des plus grandes découvertes archéologiques de tous les temps et que cette cité était comparable aux plus grandes réalisations égyptiennes.

Pierre faisait son exposé, comme il l'aurait fait quelques années plus tôt à ses étudiants : avec persuasion, précision et enthousiasme. Shana l'écoutait attentivement. Comme beaucoup, elle s'était intéressée à la mystérieuse découverte des côtes cubaines. Depuis quinze ans, des équipes d'archéologues du monde entier s'étaient rendues sur place pour tenter d'en percer les troublants secrets, mais les conditions d'accès, par 600 à 800 mètres de profondeur, n'avaient permis que des fouilles très superficielles et à l'aide de moyens techniques complexes. À sa connaissance, aucune conclusion irréfutable n'avait été publiée concernant son origine et son ancienneté.

Giuseppe Gazotti ajouta que certains chercheurs voyaient déjà dans cette découverte une raison d'envisager une réécriture de l'histoire des premières civilisations humaines, voire un début d'explication aux mystères qui entouraient les origines de l'homme.

— Mais la plus incroyable des conclusions est survenue deux ans plus tard, expliqua-t-il. Et elle n'était pas l'œuvre d'un archéologue ! C'est Ismaël Pores, jeune professeur espagnol en géologie à l'université Complutense de Madrid, qui l'a publiée. Le jeune Espagnol a démontré, à partir du modèle de la tectonique des plaques en Amérique, que la zone au large de Cuba avait été submergée lors des grands bouleversements intervenus à la toute fin de l'ère mésozoïque, il y a environ soixante millions d'années ! À moins de démontrer qu'une civilisation pré-antique soit capable de construire une cité sous-marine monumentale par 600 mètres de profondeur, cela signifie qu'elle a été édifiée bien avant que la zone soit immergée.

— C'est à la suite de cette découverte et de ses implications potentielles que le département d'anthropologie américain et la NASA ont décidé de créer la SIA, en s'appuyant en partie sur des fonds privés. Nous sommes un genre de prolongement de la société euro-américaine qui répertoriait au début du XIXe siècle les premières traces de la vie, reprit Pierre.

— Mais vous dépendez de qui ? l'interrompit-elle.

— J'allais y venir. La SIA est organisée comme une arche de Noé. C'est-à-dire qu'elle réunit des sommités intellectuelles et scientifiques dans des spécialités très différentes. La paléontologie évidemment, que je représente, et l'archéologie pour Giuseppe, mais aussi la géologie, l'astrobiologie, la paléoanthropologie, la botanique, la zoologie, l'anthropologie, la sociologie et même la cosmologie. Nous reportons directement à l'administration américaine.

Shana se leva, fit quelques pas pour s'approcher de la fenêtre qui donnait sur la *via Roma*.

— OK, je vois à peu près l'idée. Par contre, il y a un élément qui m'échappe : que vient faire la NASA dans votre groupe ? demanda-t-elle.

Pierre, qui avait beaucoup parlé, laissa Giuseppe prendre la suite.

— C'est une bonne question... répondit celui-ci, d'un air évasif.

Shana, qui était rompue depuis longtemps à l'exercice des débats contradictoires, savait qu'en général, lorsqu'on commençait une intervention de la sorte, ça ne l'était pas tant que ça, justement.

— Comme vous l'imaginez, professeur Stenford, derrière une telle découverte se cachent beaucoup de questions, et elles ne sont pas toutes neutres. Des questions pour lesquelles nous n'avons pas encore de réponses et qui sont susceptibles de déstabiliser nos sociétés en grande partie construites sur des dogmes... religieux. L'homme est-il prêt à entendre que ses origines ne sont pas celles qu'on lui a apprises ? Que, peut-être, nous ne sommes pas apparus sur cette planète ? Nous avons un lien fusionnel avec nos racines, lien qui est nécessaire à notre épanouissement. Et notre dénominateur le plus commun, c'est la Terre. Qu'en serait-il si l'on venait à apprendre que le premier homme n'est pas né sur la Terre, mais qu'il y est arrivé ? Le choc serait comparable à celui d'un enfant qui apprend tardivement l'identité de ses parents.

— Quel rapport avec la NASA ?

— Il s'avère que la NASA est la seule administration gouvernementale à avoir travaillé sérieusement sur ce sujet. Depuis déjà très, très longtemps. Plusieurs rapports ont été établis dans les années 1950 ; certains ont même été rendus publics sur les conséquences d'une découverte… disons, de cette nature.

— Et ils disent quoi, ces rapports ?

— À quelques nuances près, ils sont très pessimistes. Les implications de la découverte d'une origine extraterrestre de l'homme briseraient la structure même de nos civilisations. Cela prendrait probablement plusieurs siècles, mais cela nous détruirait.

— Mais, sauf erreur, selon vos travaux, l'origine de l'homme n'est peut-être pas extraterrestre ; elle est peut-être seulement beaucoup plus ancienne que nous le pensions.

— En effet, oui. Et le découvrir est l'un de nos principaux objectifs.

Pierre le coupa alors pour recentrer la discussion sur le fonctionnement de la SIA :

— Au départ, lorsque l'organisation a été créée, nous ne savions pas trop comment nous y prendre et où chercher.

— Je m'en doute.

— Nous avons commencé par travailler sur des sites, disons « anachroniques ». Des sites où la technologie présumée d'une époque ne correspondait pas à certaines réalisations particulières. Ainsi, nous nous sommes intéressés de près à la cité de Yonaguni, au sud du Japon[1]. Sous bien des aspects, elle présentait de

1. Cité sous-marine découverte en 1985 sur une faille géologiquement récente au sud de l'île de Yonaguni dans l'archipel japonais de Ryükyü. La structure est constituée de gigantesques plates-formes angulaires séparées par des parois lisses. Elle mesure 75 mètres de long et 25 mètres de haut. Selon de nombreux scientifiques, elle pourrait être le vestige d'une civilisation préhistorique très ancienne.

troublantes similitudes avec notre cité cubaine : les matériaux utilisés, la forme, la taille, le fait qu'elle soit également engloutie aujourd'hui.

— Et elle vous a appris quelque chose ?

— Rien de plus que l'étude la plus sérieuse réalisée sur le sujet en 2007, répondit Gazotti. Elle situait sa construction entre deux et cinq mille ans, mais la vérité est que personne n'en sait rien. Comme vous le savez déjà, en archéologie, nous ne sommes pas capables de dater les pierres, mais seulement les éléments organiques trouvés aux alentours, le plus souvent les sépultures. Et nous n'en avons pas trouvé.

— Retour à la case départ ?

— Oui, à peu près. Nous nous sommes ensuite intéressés à certaines constructions ou modifications de l'environnement qui nous venaient spontanément à l'esprit : les grandes pyramides de Gizeh, bien sûr, mais aussi les statues de l'île de Pâques, les géoglyphes de Nazca et Palpa[1], les mégalithes de l'ouest de l'Europe et plusieurs autres… Il y en a beaucoup. Nous avons réétudié les sépultures de l'époque et leurs emplacements, mais encore une fois, après deux années de recherches intensives et malgré les nombreuses questions entourant les méthodes employées et les motivations, il faut reconnaître que nous n'avons pas trouvé grand-chose. Devant le manque de résultats, nous avons alors décidé de changer de méthode et

1. Plusieurs sommets de montagnes dans la région de Palpa semblent avoir été écrasés ou coupés sur plusieurs centaines de mètres pour une raison inconnue, à une époque estimée entre –1500 et 500 ans avant notre ère. Aucun déblai n'a été trouvé à proximité, comme si ceux-ci avaient disparu. Aujourd'hui ce travail serait pratiquement impossible à réaliser malgré nos équipements de pointe.

de cibler à nouveau nos recherches autour de la cité sous-marine de Cuba. C'est à ce moment-là que nous nous sommes intéressés aux sphères de roche magmatique découvertes, en 1930, sur la côte pacifique du Costa Rica[1]. Plusieurs centaines de sphères parfaitement rondes attribuées à la très ancienne culture indienne diquis. Ces indigènes occupaient la région, il y a environ deux mille cinq cents ans, sans que personne n'ait jamais réellement pu le prouver. Les dimensions de ces sphères sont très variables. Certaines mesurent plus de 2 mètres de diamètre et ont un poids supérieur à 16 tonnes.

— Et que vous ont-elles appris ?

— La première chose, et pas la moindre, c'est que nous serions aujourd'hui, avec toute notre technologie, totalement incapables de reproduire de telles œuvres. La plupart ne présentent aucune aspérité ; elles ont une rondeur d'une régularité extrême, alors qu'elles auraient été sculptées bien avant l'expression de pi par les Babyloniens[2], et qui plus est manuellement, à même la roche, dans des monoblocs d'un poids titanesque. Ces monuments sont totalement anachroniques. Mais c'est surtout le gabbro qui a attiré notre attention.

— Le gabbro ? C'est quoi le gabbro ?

— Le gabbro est la principale roche qui a été utilisée. Elle provient du lit du fleuve Térraba, qui se situe à une centaine de kilomètres environ de la zone où la plupart des sphères ont été trouvées. Il aura donc fallu

1. Les sphères sont découvertes dans les années 1930 lors de défrichages menés dans la jungle par l'United Fruit Company pour ses plantations de bananes.

2. ϖ (3,1416…) est le rapport entre la circonférence d'un cercle et son diamètre.

que ces indigènes transportent ces pierres gigantesques sur une très longue distance. Ils ont taillé ces roches avec une méthode très efficace que l'on ignore, dans un environnement hostile et probablement inhabité, pour en faire des œuvres pour le moins abstraites. Aujourd'hui encore, on se demande comment ils ont fait, et surtout pourquoi.

— Je vois. Mais le fait que l'on ignore comment ils ont fait et pourquoi ne signifie pas grand-chose. On considère souvent que les civilisations qui nous ont précédés nous étaient technologiquement inférieures. Or, je peux vous citer beaucoup d'exemples de civilisations disparues qui nous étaient supérieures en mathématiques, en philosophie, voire dans certaines technologies. Il est probable que ces indigènes avaient des méthodes qui se sont perdues et que nous n'imaginons plus.

— En tant qu'archéologue, je suis évidemment d'accord avec vous. Mais ce qui nous a le plus interpellés, c'est le gabbro, je vous disais. Il s'agit d'une roche très rare. On n'en trouve pratiquement que dans le lit du fleuve Térraba. Eh bien, le gabbro est aussi l'un des composants de la cité sous-marine cubaine découverte à plusieurs centaines de kilomètres de là. Nous tenions peut-être là notre point commun. Il était possible que les sphères et la cité ancienne aient été réalisées à la même époque et par la même civilisation.

— OK, je vous suis. Mais, encore une fois, je n'y vois aucune preuve…

— Nous avons une preuve irréfutable, mais je vais y venir. Nous nous sommes intéressés de plus près à la civilisation diquis, car on en sait très peu sur eux.

C'est une culture indigène précolombienne dont on trouve des traces concrètes entre – 3500 et – 200 environ. On ne sait pas précisément quand ils ont disparu, mais à l'arrivée des premiers colons en Amérique, en 1500, ils n'étaient plus là. Pas de traces de maladie ou de guerre ; ils ont juste disparu. Il ne restait que ces énormes sphères disposées un peu partout sur plusieurs kilomètres, sans qu'on puisse en expliquer l'usage ou la signification. Aujourd'hui encore, on en découvre régulièrement de nouvelles. Depuis quelques années, on peut voir ces sphères dans les plus grands musées de la planète. Vous en avez même une très belle dans votre musée du quai Branly, à Paris.

— Au risque de vous paraître étroite d'esprit, le fait que l'on trouve également cette roche gabbro sur la cité cubaine ne prouve pas grand-chose non plus.

— Vous avez tout à fait raison, professeur, et je n'ai pas dit que cela constituait une preuve. Mais cela nous a mis sur une voie. Nous avons décidé de fouiller le sol de la zone où la plupart des sphères avaient été laissées. Notre objectif initial était de trouver des sépultures ou bien des traces de la vie passée des Diquis.

— Vous en avez trouvé ?

— Non, aucune.

— Aucune ?

— Non. Aussi incroyable que cela puisse paraître, aucune ! Mais nous avons trouvé quelque chose de bien plus extraordinaire que ça.

À cet instant, le grand carillon situé entre les deux cheminées entama le long tintement des onze coups de 23 heures. Paola vint demander à son patron s'il avait besoin d'autre chose avant qu'elle quitte la villa.

Celui-ci la remercia et lui souhaita une bonne nuit. Il servit de l'eau gazeuse à ses invités et poursuivit son explication.

— Pour savoir où creuser, nous avons commencé par effectuer des plans de coupe du sol à l'aide de géoradars, ce qui n'avait jamais été fait auparavant. Les images recueillies ont dépassé de très loin nos espérances. Des sphères, des centaines de sphères truffaient littéralement le sous-sol de la zone, à des profondeurs très diverses. Des sphères sous la surface du sol, que personne n'avait jamais repérées.

— Elles n'ont jamais été recherchées ?

— C'est cela. Comme je vous l'ai dit, on en découvre encore aujourd'hui. Il suffit parfois qu'un agriculteur local laboure un peu plus profondément son champ qu'à l'accoutumée pour en trouver une, deux, parfois plus... À l'aide du géoradar, nous avons identifié environ sept cents nouvelles sphères entre la surface du sol et une quinzaine de mètres sous terre.

— C'est incroyable !

— Tout à fait ! Et notre conclusion a été la suivante : il est inimaginable qu'elles aient été enfouies volontairement à des profondeurs pareilles. On pense donc que les plus profondes se situent à l'endroit précis où elles ont été taillées. Elles ont ensuite été recouvertes par des sédiments, au fil des siècles et des mouvements de terrain.

— D'accord, mais alors pourquoi certaines sont-elles restées à la surface ?

— C'est simple : parce que les autochtones qui se sont relayés au fil des siècles, les Diquis notamment, les ont déplacées. Probablement pour les utiliser comme des ornements ou des objets rituels. En agissant ainsi, ils ont évité qu'elles ne s'enterrent définitivement. Mais nous sommes persuadés que la plupart n'ont jamais bougé. La bonne nouvelle, c'est que, dans ce cas de figure, une datation précise était possible. Il nous a suffi de faire une stratigraphie complète du sol pour savoir à quelle période correspondait la couche la plus profonde contenant les sphères.

— Et alors ?

— Et alors, professeur Stenford, je crois que vous avez déjà deviné la réponse ! C'est impossible que les Diquis aient taillé ces sphères ; ils n'ont fait que les utiliser. Les sphères du Costa Rica, tout comme la cité sous-marine de Cuba, ont été édifiées, il y a plus de soixante-dix millions d'années. La proximité des datations par deux méthodes différentes, la géologie pour la cité sous-marine et la stratigraphie pour les sphères, laissent présumer que toutes deux ont été réalisées par la même culture, la même civilisation et à peu près à la même époque.

47

Sans le crépitement continu des cheminées, le silence aurait été absolu dans le luxueux hôtel particulier du directeur des programmes archéologiques italien. Pierre fixait Shana en souriant, et sans qu'il ait besoin de parler, elle lisait dans son regard : « Tu as toujours voulu savoir. Tu as fait ce métier pour en arriver là. Je viens de te faire le plus beau des cadeaux. »

— Pourquoi n'avez-vous rien publié ? Ces éléments sont suffisamment probants pour être soumis au regard du monde scientifique.

— Le président des États-Unis, ainsi que les grands dirigeants du monde sont informés, répondit Pierre. Je te rappelle que la SIA est une organisation gouvernementale américaine ; notre finalité n'est pas de rendre nos travaux publics.

— L'une de nos missions est justement de garder ce secret, renchérit Gazotti. Nous exerçons dans une quasi-clandestinité. Aucune information ne doit filtrer.

— Pourquoi tant de précautions ? Vous craignez quoi, exactement ? Après tout, cela ne remet pas en cause nos origines.

— Eh bien, justement, professeur, on en revient aux études de la NASA sur ce sujet. Les sociologues estiment qu'une révélation de cet ordre pourrait précipiter notre civilisation vers le déclin.

— Ce n'est pas un peu excessif, comme hypothèse ?

— Peut-être, mais vous seriez prête à mettre votre avenir, et celui des enfants que vous aurez probablement un jour, dans la balance ? De nombreuses sociétés qui nous ont précédés se sont effondrées, parce qu'arrivant à leur apogée, intellectuel, politique, religieux ou militaire, elles ont remis en cause leurs fondements ou leurs croyances ancestrales : les Égyptiens en renonçant à leurs dieux, les Romains lorsque l'empereur Constantin s'est converti au christianisme et, plus récemment, les sociétés communistes lorsqu'elles ont essayé de s'ouvrir au capitalisme. Il y en a eu beaucoup d'autres… L'histoire nous a montré qu'on ne survit pas longtemps au reniement de ses fondements. Les origines de l'homme constituent l'un des rares savoirs communément admis par l'ensemble des communautés humaines, quelles que soient leurs races et leurs croyances politiques ou religieuses. Je le répète : c'est notre dénominateur le plus commun. Que se passera-t-il, demain, si l'on informe l'humanité que ce dénominateur commun, cette uniformité, n'existe peut-être pas ?

— Ne croyez-vous pas que c'est aux hommes de décider de ce qu'ils feront de cette information et pas à un tout petit nombre d'initiés ?

— Non, je ne pense pas que l'on puisse voir les choses si simplement.

— Vous êtes en possession d'éléments factuels qui semblent montrer qu'une forme d'humanité, de vie intelligente, existait durant le Crétacé. Mais cette période s'est terminée par une extinction de masse, durant laquelle plus de 75 % des espèces ont été éliminées. Quelque chose m'échappe. Votre hypothèse ne prouve pas que ces hommes y aient survécu ! Ils ont peut-être été exterminés, eux aussi, et nous les avons remplacés, plusieurs millions d'années plus tard. Ils ne sont pas nécessairement nos ancêtres.

— Si, ils le sont ! Vous avez oublié un élément, professeur, un élément important.

Giuseppe Gazotti se leva, comme pour mieux appuyer son propos.

— Les sphères, les sphères le prouvent !

— Comment ça ?

— Si l'espèce qui les a créées, il y a soixante-dix millions d'années, s'était éteinte lors de la grande extinction de la fin du Crétacé, alors dites-moi : qui les aurait bougées jusqu'à nos jours ? Nous n'en aurions sans doute jamais trouvé aucune trace, ou bien ensevelies à une quinzaine de mètres sous terre, recouvertes par 1 centimètre de sédiments tous les dix mille ans environ. Or, beaucoup sont à la surface ! Nous avons la preuve qu'elles ont été taillées il y a plus de soixante-dix millions d'années, et il est incontestable que certaines ont régulièrement été déplacées jusqu'à notre époque.

— Shana, nous avons la certitude que des êtres humains intelligents et organisés vivaient déjà il y a plus de soixante millions d'années, insista Pierre. Ils étaient probablement un tout petit nombre et se sont développés parallèlement aux autres espèces d'hominidés, mais ils n'ont jamais disparu. Ils sont notre passé. Un passé qui a été oublié et que nous commençons à redécouvrir aujourd'hui.

— Voilà, professeur ! conclut Gazotti, visiblement satisfait de ne pas avoir été trop contredit. Vous en savez maintenant presque autant que nous.

— Je comprends mieux votre intérêt pour Bussolino…

Une bûche claqua dans le feu, délivrant un nuage d'étincelles qu'ils ne perçurent qu'à peine.

— Mais j'imagine que si vous m'expliquez tout ceci aujourd'hui, c'est que vous devez attendre quelque chose de moi…

— On ne peut définitivement rien vous cacher bien longtemps, professeur Stenford.

Gazotti arborait un sourire presque complice, que Shana ne lui connaissait pas.

— Nous souhaitons, vous comme nous, en savoir plus sur ce qu'il y a réellement dans la seconde cavité, n'est-ce pas ?

— Il semblerait.

— Nous pouvons peut-être vous permettre d'y accéder !

— Je ne comprends pas bien, monsieur Gazotti. Vous avez refusé la poursuite des fouilles et fait pression pour que le groupe Sanders reprenne la construction du tunnel au plus vite. Et toi, Pierre, tu as laissé faire. Et maintenant, vous venez me trouver tous les deux pour m'expliquer que nous avons découvert un spécimen d'une civilisation oubliée, qui peuplait la Terre il y a soixante millions d'années, en même temps que les dinosaures, et pour finir que vous allez me faire accéder à cette cavité qui ne contient peut-être rien. Pourquoi ne pas m'avoir laissée poursuivre les fouilles sous votre responsabilité ? Vous vous seriez épargné beaucoup de complications et d'explications, non ?

— Je conçois aisément que la situation puisse vous paraître paradoxale. Permettez-moi de vous l'expliquer différemment. Nous pouvons vous faire accéder à la seconde cavité, mais en secret et sous le contrôle de la SIA.

— Vous voulez que je travaille pour vous ?

— On n'est pas obligés de le dire comme cela. Disons plutôt *avec* nous. Évidemment, il vous faudra agir sous mon autorité et aussi être complètement invisible.

— Je travaille déjà pour Thomas Sanders.

— Eh bien… vous aurez un nouvel employeur. Lorsque la première cavité a été découverte et que la SIA a été alertée, notre objectif principal était de prendre le contrôle intégral des fouilles, pour laisser filtrer le moins d'informations possible. Ça n'a pas été le cas. Les conditions mêmes de cette découverte, en plein chantier de construction du tunnel, rendaient les choses très compliquées. De plus, les travaux étant sous la responsabilité du groupe Sanders, la fondation de Thomas est entrée dans l'équation. Il a très rapidement proposé de financer les travaux préliminaires de mise au jour du corps et il s'est personnellement beaucoup impliqué. Après, c'était trop tard. La seule chose que nous pouvions faire était de cloisonner au maximum la communication vers l'extérieur et de mettre fin aux fouilles le plus rapidement possible. Alors, on aurait toujours pu contester les éventuelles conclusions de Thomas. C'est pourquoi j'ai pensé à Philippe. Par l'intermédiaire du comité de surveillance et en tant que représentant de l'État italien, je l'ai indirectement imposé comme directeur des fouilles. Thomas, lui, souhaitait que ce soit vous.

— Je sais, il me l'a dit.

— J'ai mis mon veto ; vous et votre carrière m'offriez mille raisons pour cela. Il a alors proposé Philippe. Il était persuadé que l'idée venait de lui, mais ce n'était pas tout à fait le cas.

— Vous êtes un fin stratège…

— Comme je vous l'ai dit, nous nous connaissions depuis très longtemps. Il travaillait avec vous depuis des années et était beaucoup moins exposé. J'ai réussi à convaincre Thomas que c'était un choix plus raisonnable.

— Commençant à bien connaître Thomas, j'imagine que ça n'a pas dû être simple.

— Non, en effet, répondit-il en riant. Mais le comité et son père étaient de mon avis, et j'ai réussi à le convaincre que votre présence attirerait trop les projecteurs, ce qu'il voulait également éviter. Pour ma part, je savais que, quoi qu'il arrive, je pourrais compter sur Philippe le moment venu. Il a rapidement découvert le passage vers la seconde cavité. Nous avions décidé de ne rien révéler et d'organiser des fouilles parallèles sous sa responsabilité et celle de la SIA. Malheureusement, son assassinat a changé la donne. Thomas a fini par venir vous chercher, comme il le souhaitait depuis le départ, et on a complètement perdu la main.

Giuseppe Gazotti se tut quelques instants.

— Nous devons nous méfier de tout le monde, reprit-il, l'air grave. Nous ne savons pas qui l'a assassiné, ni provoqué l'explosion. Nous n'avons aucune idée de ce qu'il sait réellement, ni de ses motivations précises.

— Qui était au courant pour la seconde cavité ?

— En principe uniquement Philippe, moi et quelques membres de confiance à la SIA.

— Les personnes qui ont participé à la mise au jour du corps ?

— Je ne le pense pas. On ne leur a rien dit là-dessus, justement pour éviter tout problème, mais il est possible qu'ils l'aient découvert eux-mêmes.

— Vous avez peut-être été doublés par l'un des vôtres qui aurait voulu s'approprier votre secret ?

— C'est peu probable concernant les membres de la SIA. Nous sommes peu nombreux et, encore une fois, l'information est extrêmement cloisonnée.

— Y a-t-il un intérêt, je veux dire un intérêt autre que la connaissance des origines de la vie, qui pourrait se trouver dans cette seconde cavité ?

Les deux hommes échangèrent un regard qui lui fit supposer qu'elle avait touché un point sensible.

— Oui, c'est possible, répondit Pierre, tandis que Gazotti acquiesçait d'un mouvement de tête.

Shana les regarda à tour de rôle. Après un moment d'hésitation, Gazotti accepta d'en dire un peu plus :

— Si, comme nous le pensons, quelques colons se sont trouvés isolés sur Terre et qu'ils ont pu construire des cités comme Cuba, Yonaguni ou les sphères du Costa Rica, et sans doute d'autres réalisations qui n'ont pas survécu au temps, alors ils étaient nécessairement en possession d'outils et d'une source d'énergie autonome très puissante. Sinon, ils n'y seraient pas parvenus. Cette source d'énergie a possiblement traversé les millénaires pour être utilisée, bien plus tard, par les Égyptiens, les Grecs, les Aztèques et d'autres. Si elle existait encore et si elle était découverte, cela présenterait évidemment un intérêt inestimable, et pas uniquement archéologique. Là, on ouvre en grand le champ des possibles. C'est peut-être cela que cherche l'assassin, mais nous n'avons absolument aucune idée de qui il est. C'est aussi pour ça que nous devons agir prudemment, et surtout discrètement.

— Shana, je vais tenter d'accéder à la seconde cavité, dit alors Pierre en posant sa main sur la sienne et en la regardant dans les yeux. J'ai convaincu Giuseppe de te mettre dans la confidence, car je souhaite que tu m'accompagnes. S'il y a vraiment quelque chose à trouver, il faut que l'on soit au moins deux pour l'homologuer. Giuseppe, malgré ses innombrables qualités, n'est plus en âge de se glisser dans un conduit rocheux sur plusieurs dizaines de mètres. J'ai besoin de toi. Personne n'est plus qualifié, et tes connaissances me seront très utiles. On n'aura que quelques heures sur place avant l'évacuation. Il faudra faire très vite et peut-être improviser. Tu es la seule personne, avec Giuseppe, en qui j'ai totalement confiance. Pour limiter les risques, on ne sera que trois au courant des modalités précises de notre intervention ; même la SIA ne sera informée qu'après coup. On ne peut pas laisser passer une chance pareille !

— Et comment tu comptes t'y prendre ? Il ne nous reste que trois jours, et je te rappelle que la zone est interdite d'accès.

— J'ai ma petite idée. Fais-moi confiance.

— Avec vous deux, j'ai l'impression d'être dans un roman d'espionnage permanent, et à plusieurs niveaux. Alors, ne te vexe pas, Pierre, mais si tu veux que je vienne avec toi, il va falloir me proposer autre chose que la confiance.

Giuseppe se mit à rire d'une façon exagérée.

— Bien envoyé ! Je n'aurais pas répondu mieux ! lança-t-il.

Visiblement gêné, Pierre poursuivit son explication :

— Ton ami, Thomas Sanders, a étudié deux possibilités pour accéder à la seconde cavité. La première n'a pas fonctionné, alors on va essayer la seconde.

— Tu veux passer par l'intérieur ?

— Oui ! On va sérieusement endommager la première cavité, mais peu importe. De toute façon, elle sera détruite dans trois jours.

— Et tu veux faire ça comment ?

— On s'y glissera dans la nuit qui précède la reprise des travaux. On aura dix heures devant nous. Juste toi et moi. On placera une très forte charge explosive au pied de la cheminée, et comme on sera à plus de 70 mètres sous la montagne, le bruit de l'explosion sera entièrement étouffé. Il n'y aura que quelques vibrations comparables à celles de micro-tremblements de terre, très fréquents dans la région. L'onde de choc devrait provoquer un éboulement suffisant pour nous libérer le passage. Après, on monte avec un géoradar, on cartographie l'intérieur, on photographie tout ce qu'on trouve, on fait des prélèvements du sol pour la datation et on redescend ce qu'on peut. Si on est bien organisés et qu'on ne rencontre pas d'imprévus, en quatre ou cinq heures c'est terminé. Le tunnelier reprend son avancée et efface définitivement les deux cavités et avec elles, les traces de notre passage. Personne ne pourra savoir que l'on y a accédé. Cela nous protégera.

— Ça protégera du même coup la SIA. Vous avez très bien prévu votre plan ! Est-ce que je peux vous poser une question à mon tour ?

— Vas-y !

— Cela fait longtemps ?

— Longtemps que quoi ?

— Cela fait longtemps que vous avez prévu de vous introduire secrètement dans la seconde cavité ? Il fallait que mon équipe évacue la zone suffisamment tôt pour vous laisser le temps. Du coup, la fermeture du site par la police vous arrange bien, non ? Mais vous ne pouviez pas en être totalement sûrs…

— Si c'est votre question, nous ne sommes pour rien dans l'accident qui a eu lieu, même si j'avoue que ça nous facilite les choses, répondit Gazotti.

— Ce n'était pas un accident !

— Je sais, mais croyez-moi ou non, nous n'avons aucune idée de ce qui s'est passé, ni de l'identité de notre ennemi. Nous savons juste qu'il est organisé et très bien informé. C'est pour cette raison que ce que nous vous proposons restera uniquement entre nous trois.

— Et vous ne pensez pas que votre ennemi, qui s'est donné tout ce mal pour en arriver là, va également essayer d'y accéder ?

— Effectivement, c'est une possibilité, mais je n'y crois pas beaucoup. Ce serait trop compliqué de le faire maintenant, avec tout ce monde autour du site. Je pense qu'il attend la reprise des travaux. Il doit espérer que la seconde cavité ne sera que partiellement détruite et qu'il pourra y accéder plus simplement après.

— C'est beaucoup de suppositions.

— Je vous l'accorde, mais il ne peut pas imaginer que nous allons intervenir quelques heures avant la reprise du tunnelier, pour des raisons évidentes de sécurité. Si jamais vous ne parveniez pas à sortir à temps, vos chances de survie seraient quasiment nulles. Ou plutôt équivalentes à celles d'une personne se trouvant bloquée dans un sous-sol lors d'un tremblement de terre de force 10. Vous seriez broyés !

— C'est tentant…

— Je ne vous cache rien. Mais c'est pour cette raison que nous allons planifier les choses à la minute près et que cela n'arrivera pas. Ce que l'on vous propose aujourd'hui, c'est de faire partie du plan. D'être la première personne à accéder au mystère de l'origine de la vie humaine.

Shana se perdit un court moment dans ses pensées. La tournure des événements la dépassait totalement. En réalité, ce choix qu'il lui proposait était un faux choix, et Pierre le savait très bien. C'était du tout cuit pour eux. Elle avait l'impression d'être une souris devant un piège à fromage.

— Dans l'hypothèse où on accède à la seconde cavité, ce qui, pour être franche, ne me paraît pas si évident, vous pensez que l'on va y trouver quoi exactement ? demanda-t-elle alors.

Giuseppe esquissa de nouveau ce petit sourire qu'elle ne parvenait pas à interpréter.

— Professeur Stenford, si vous me le permettez, laissez-moi répondre à votre question par une autre, dit-il. Si aujourd'hui notre civilisation si brillante venait à s'éteindre, et cela, quelle qu'en soit la raison, en combien de temps, selon vous, la nature effacerait-elle toute trace de notre existence ? Un millénaire ?

Non, bien sûr que non. Dix mille ans ? Non, malheureusement ; nous avons tant martyrisé la planète qu'il en faudra un peu plus. Cent mille ans ? Un million d'années ? Nous sommes probablement dans le bon ordre de grandeur. Il faudrait environ un million d'années à la Terre pour effacer toute trace de notre misérable existence. Les derniers indices de celle-ci se trouveraient alors enfouis sous la surface du sol, gravés dans la roche sous plusieurs mètres de sédiments. Un million d'années, professeur ! Aujourd'hui, nous nous apprêtons à mettre au jour une poche inviolée remontant à plus de soixante-dix millions d'années, et vous me demandez ce que nous allons y trouver... Mais je n'en sais absolument rien !

48

Les cellules du commissariat de Turin étaient plutôt luxueuses, comparées aux modèles du genre. Elles se situaient toutes au rez-de-chaussée du bâtiment, ce qui en rendait l'accès pratique autant pour y mettre quelqu'un que pour l'en sortir. À l'entrée, deux grandes pièces collectives étaient réservées au dégrisement, prostituées et autres voleurs à la tire n'y restant généralement que quelques heures. Derrière, dix cellules, plus petites et individuelles, servaient aux « séjours » plus longs. Elles comportaient toutes un lit avec sommier, une chaise, une petite table permettant d'écrire et des sanitaires avec des cloisons latérales en dur, qui offraient aux détenus le minimum d'intimité. C'était dans l'une d'elles que Samuel Coste déprimait depuis la fin de la matinée.

Il regarda sa montre. 20 h 30. Combien de fois l'avait-il regardée depuis qu'il était là ? Il aurait été incapable de le dire. Peut-être deux cents ou trois cents fois. Dans la situation où il était, le temps paraissait infini et chaque minute était un supplice. On ne lui avait rien dit ou pas grand-chose sur la suite des événements, si ce n'est qu'il ne pouvait rester là que quatre-vingt-seize heures. Ensuite, soit le juge déciderait de le relâcher, soit il serait transféré dans une véritable prison. Vu la liste d'éléments à charge que l'inspecteur Costello possédait contre lui, il avait peu de doute sur la décision qu'il prendrait. Il s'en voulait ; il s'en voulait terriblement, mais c'était trop tard. Dans sa chute, il ne voulait pas entraîner la seule personne qui avait de l'importance à ses yeux, celui qui l'avait extirpé du marasme, de longues années auparavant. Il n'était pas question non plus qu'il aille en prison pour meurtre. Il y avait bien réfléchi ; il avait eu le temps. Il n'avait plus de famille, peu d'amis. Sa vie c'était son travail, et hormis son employeur, peut-être, il ne manquerait à personne. Sa décision prise, il se leva d'un bond.

Il s'approcha de la façade grillagée donnant sur l'allée centrale, pour vérifier qu'elle était déserte. À cette heure tardive, le commissariat était presque vide. Il devinait juste la présence d'un gardien, à l'entrée du couloir, qui regardait un match de foot, à en croire le son et la lumière de la télévision qui lui parvenaient. Il ne devrait pas être dérangé. Son unique voisin de détention lui faisait face et, de fait, voyait parfaitement dans sa cellule. C'était un Black rondouillard d'une quarantaine d'années, attifé comme un basketteur qui aurait au moins trente kilos en trop. À demi affalé sur sa couche depuis qu'on l'avait amené là, en fin d'après-midi, il parlait tout seul et semblait habité par une multitude de personnages que lui seul connaissait. Samuel l'observa un moment, se demandant s'il donnerait l'alerte. Quand leurs regards se croisèrent, il lui fit un signe de la main auquel son voisin répondit par un « *Yé, man !* », comme s'il le félicitait d'avoir réussi un joli *dunk*.

Bon, le temps qu'il atterrisse, celui-là, je serai loin ! pensa-t-il.

Il tira la petite table au centre de la pièce pour la placer sous une canalisation. *Ils ont été bien imprudents de la mettre là !* Cela servirait de leçon ; dans l'avenir, plus aucun détenu n'occuperait cette cellule. Il ôta son pantalon, puis, en caleçon, monta sur la table en faisant attention à ne pas la faire basculer. Il glissa une jambe du pantalon entre la canalisation et le plafond et fit un nœud serré. Ses mains se mirent à trembler, mais il réussit tout de même à faire, de l'autre côté, un nœud coulant rudimentaire qu'il passa autour de son cou. Son voisin d'infortune avait cessé de parler tout seul et le regardait fixement.

C'était le moment, celui qu'il avait imaginé en se demandant quelle serait son ultime pensée. Il n'en avait pas, ne pensait à rien de particulier. La seule phrase qui lui traversa l'esprit était celle écrite par Kurt Cobain, juste avant de mettre fin à ses jours : « Il vaut mieux brûler franchement que s'éteindre à petit feu. » Des deux mains, il serra fort le tissu afin d'être sûr qu'il ne lâcherait pas au mauvais moment. Il regarda ses pieds, en équilibre précaire, puis, sans attendre l'hésitation, avec l'arrière du talon, il donna un violent coup sur le rebord de la table qui recula de 2 mètres en se retournant. L'opération fit un peu de bruit, mais pas suffisamment pour couvrir le son de la télévision du gardien qui se tenait à plus de 20 mètres de là.

Dans les premiers instants, il n'eut aucune sensation de souffrance, se sentant juste balancé d'avant en arrière. La tension subie par la canalisation la fit grincer comme un vieil essieu rouillé. Un court moment, il eut peur qu'elle lâche, mais cela ne fut pas le cas. Lorsque le mouvement commença à se réduire à la verticale, la strangulation se fit intense et plus douloureuse. Il n'arrivait plus à respirer, ni à déglutir. La sensation était insupportable, un peu comme si on lui enfonçait quelque chose au fond de la gorge. Il commençait à ressentir le poids de son corps et sa corde de fortune lui rentrer profondément sous la mâchoire. Dans un réflexe, il essaya de l'attraper pour s'y hisser et se soulager un peu, mais il n'avait pas suffisamment de prise. Il avait l'impression que sa tête allait se détacher du reste de son anatomie. Son agonie dura plusieurs minutes, dans une douleur intense et progressive, loin de la mort immédiate qu'il avait imaginée. Le dernier effort qu'il parvint à faire fut de baisser les yeux pour regarder en direction de l'autre détenu. Celui-ci le fixait toujours ; il ne parlait plus, mais fredonnait *Light The Fire Again*, l'hymne d'entrée sur le parquet des Chicago Bulls.

49

Deux jours plus tard, hôpital de Turin. J-1

Shana fut d'abord surprise de ne pas trouver le policier en faction devant la porte, et la chambre vide. Heureusement, une infirmière qui l'avait vue arriver de loin l'informa rapidement que M. Sanders l'attendait à la cafétéria du rez-de-chaussée. Elle reprit l'ascenseur pour le trouver attablé en terrasse, devant son ordinateur. Elle était déjà passée devant lui, mais ne l'avait pas reconnu au milieu des autres clients. Dès qu'il l'aperçut, un large sourire éclaira son visage, qu'elle lui rendit. Ils s'embrassèrent affectueusement, puis elle s'installa face à lui.

— J'ai déjà dû vous le dire, mais votre passage quotidien éclaire mes tristes journées hospitalières.

— Merci. Vous me l'avez déjà dit, en effet, mais c'est toujours agréable à entendre !

Il lui sembla en bien meilleure forme que les jours précédents, mais le fait qu'il se soit habillé et rasé y était pour beaucoup. Il était vêtu d'un jean et d'une chemise bleue enfilée d'un seul côté, dissimulant son coude plâtré de l'autre.

— Vous avez abandonné votre pyjama ?

— C'est encore un peu sommaire, mais ne vous moquez pas : s'habiller avec un seul bras valide constitue une véritable performance !

— Je ne me moque pas.

Elle baissa les yeux et remarqua alors ses pieds nus.

— C'est vrai, ce n'est pas parfait, reconnut-il. J'ai essayé, mais je peux affirmer sans crainte qu'il est absolument impossible de lacer des chaussures avec une seule main. Croyez-moi, si la nature ne nous avait dotés que d'un bras nous porterions tous des chaussures à scratch !

— Je ne vous contredirai pas ; vous semblez avoir bien étudié le dossier. En tout cas, cela me fait plaisir de vous voir comme ça. Vous avez l'air d'aller bien.

— Merci. Effectivement, ça va mieux. Et puis, il faut que je me prépare, car les médecins m'autorisent à sortir demain matin, pour regagner mon appartement de Turin.

— Ah oui ? Déjà ?

— Oui. Bon, pour être franc, je leur ai un peu forcé la main…

— J'oubliais que vous aviez le bras long.

— Oui, du moins celui qui me reste. Je vous promets de vous inviter, dès que j'aurai récupéré tous mes moyens, à une grande table de la région. En attendant, puis-je vous convier à partager mon dîner ici ?

— Avec plaisir. Cela me changera de ma chambre d'hôtel.

Il fit signe à une employée en blouse rose qui nettoyait péniblement les tables avant la fermeture.

— Bonjour, madame. Qu'est-ce que vous pouvez nous proposer à manger ? demanda-t-il.

Visiblement pas habituée à prendre les commandes à table, l'employée se tourna vers le comptoir. Constatant que sa collègue avait fini son service, à contrecœur, elle fit une exception.

— Pas grand-chose. On va bientôt fermer…

— Très bien. Et dans ce « pas grand-chose », il y a quoi ?

— Il doit me rester des sandwichs au jambon et des croque-monsieur.

— Ils sont bien, vos croque-monsieur ?

— Très…

Il jeta un œil vers Shana, qui, amusée, acquiesça.

— Bon, eh bien, trois croque-monsieur, alors.

— Trois ?

— Oui. Vous en apporterez un à mon ami, là.

Il lui montra l'officier de police qui était assis à une dizaine de mètres derrière eux. L'employée retourna vers ses cuisines en soufflant et en traînant ses Crocs[1] sur le carrelage.

— Mais voilà, c'est exactement ça qu'il me faut ! s'exclama Thomas.

— Vous devriez lui demander ; vous avez l'air d'avoir un bon feeling avec elle…

— Je vais plutôt attendre d'être sorti pour aller m'en acheter une paire !

— Vous allez faire fureur, avec des Crocs, dans vos conseils d'administration.

— L'un des avantages d'être patron, figurez-vous, c'est qu'on ne me fera pas de remarques. Certains iront même jusqu'à me dire que c'est très bien !

— Ce n'est pas un peu lassant de vivre comme ça ?

1. Genre de sabots en plastique.

— Vous voulez dire avec des gens qui vous couvrent tout le temps de compliments et vous font croire que vous êtes quelqu'un d'exceptionnel ?

— Ce n'est pas la vraie vie…

— Non, mais ce n'est pas désagréable non plus. Après, il faut essayer de garder les pieds sur terre, sinon vous pouvez vite être tenté de leur donner raison ! Pour cela, mon père m'aide beaucoup.

— J'imagine… Vous êtes marié ? demanda-t-elle alors.

Elle avait remarqué son alliance depuis longtemps, mais elle ne lui avait jamais posé directement la question.

— Je l'étais.

— Séparé ?

— Oui. Divorcé depuis deux ans.

— Et vous portez toujours votre alliance ?

— Oui. C'est un peu ridicule, je sais, mais je m'y suis habitué. Pourtant, le mariage n'a pas duré longtemps. Ça a été un coup de foudre dans les deux sens. On s'est mariés vite et on a divorcé vite. Une erreur, je pourrais vous dire de jeunesse, mais… même pas.

— Tout le monde fait des erreurs.

— Et vous ?

— Ni divorcée ni mariée.

— Dites-m'en plus… Un petit copain ? Une histoire difficile ?

— Quelques histoires, mais rien de très sérieux. Vous savez, je passe la plupart de mon temps dans les universités. Alors, pour les rencontres, ce n'est pas si simple.

— Vous devez croiser beaucoup de monde tout de même ?

— Oui, mais soit ils ont dix ans de moins que moi, soit ce sont d'autres professeurs, et en général ceux-ci en ont plutôt dix, voire vingt ou trente de plus ! Et vous ? Vous n'avez pas remplacé votre furtive ?

— J'ai bien essayé, mais sans succès. Comme vous, je suis bien entouré, mais la plupart du temps ils sont de près ou de loin mes subordonnés. Cela fausse un peu les relations.

— Remarquez, un homme célibataire qui porte une alliance, ça envoie un vrai message…

— Sans doute. Je n'y avais pas pensé, mais vous avez raison… Je ne suis peut-être pas tout à fait prêt à entamer une nouvelle relation.

La serveuse, toujours aussi enchantée, les interrompit pour poser sur la table deux croque-monsieur à peine tièdes sur des petites plaques en carton. Elle enchaîna avec l'addition et un « On va bientôt fermer » peu aimable. Thomas la régla en la remerciant d'avoir porté le troisième à son garde du corps.

— Alors, dites-moi, vous allez reprendre votre vie universitaire lyonnaise ?

— Oui, par la force des choses. Un peu la vôtre, d'ailleurs…

— Comment ça, la mienne ?

— Je serais bien restée quelques semaines de plus, pour aller au bout de l'histoire !

— Oui, je m'en doute, mais il faut savoir renoncer. Vous avez fait ce que vous pouviez, et c'est déjà très bien. Mais tout n'est pas terminé.

— Pas loin quand même…

— Dans quelque temps, si j'obtiens l'autorisation de le faire, j'organiserai les fouilles de ce qui restera de la seconde cavité.

— Il n'en restera probablement pas grand-chose.

— Ça ne sera pas simple, mais on essaiera. Si je vous appelle, vous viendrez ?

— J'étudierai votre proposition, dit-elle en souriant.

— Ah…

— Oui, je pense !

— Super ! Je ne vais pas lâcher l'affaire, alors. Je n'en avais pas besoin, mais vous venez de me donner une motivation supplémentaire.

— Vous savez, vous n'avez pas besoin de retourner une grotte du Crétacé pour me revoir. Une simple invitation à manger un bon croque-monsieur suffira !

— Je veux bien, mais la dernière fois que j'ai essayé de vous inviter quelque part, j'ai reçu un mail type de votre faculté, m'expliquant que cela ne vous intéressait pas.

— C'était pour participer à des colloques de votre fondation.

— OK, mais tout de même… Un mail type !

— Promis, la prochaine fois, je vous ferai une réponse personnalisée… Peut-être même que je me permettrai d'accepter !

— Vous feriez de moi un homme heureux. Mais attention, j'ai de la mémoire.

— Je l'espère bien !

À cet instant, une voix saturée dans un haut-parleur annonça que les derniers visiteurs devaient quitter l'hôpital avant que celui-ci ne ferme ses portes pour la nuit.

— Quand partez-vous ?

— Après-demain.

— On se verra demain, alors ?

— Non. Malheureusement, je ne pourrai pas.

— Vous ne voulez pas assister à la reprise du tunnelier ?

— Ça, c'est votre boulot, votre vie de grand patron. Moi, j'ai juste quelques affaires à régler ici. Après, je rentre chez moi pour préparer mes cours qui reprennent dans une semaine.

Le grand hall se vidait rapidement, tandis que les ascenseurs déversaient leurs derniers lots de retardataires.

— Nous n'avons pas tout réussi, mais cela m'a fait plaisir de partager cette aventure avec vous, mademoiselle Stenford.

— Moi aussi, Thomas, moi aussi. J'espère que nous aurons d'autres occasions.

— Ne vous inquiétez pas pour cela, je trouverai.

Ils se levèrent, puis se dirigèrent lentement vers les ascenseurs, sous les yeux de la serveuse et de l'agent de police qui s'impatientaient. Comme deux adolescents sur un quai de gare, ils se quittèrent sans trop savoir quoi dire. Elle regrettait de ne pas pouvoir lui révéler l'expédition folle qu'elle projetait, le lendemain soir. Lui aussi avait un regret : ne pas lui proposer de passer quelques jours à Turin avec lui, avant de rentrer chez elle. Mais il n'osa pas.

50

« On a tous deux vies. La seconde commence lorsqu'on prend conscience qu'on n'en a qu'une. »

Confucius

Jour J

Le soleil de mi-décembre irradiait la terrasse du *Panoramica*. Situé sur les hauteurs alpines, le restaurant offrait aux nombreux touristes une vue incomparable sur la vallée piémontaise. On apercevait même les sommets enneigés que narguait, au loin, le lac Majeur. Les deux jeunes femmes s'installèrent à une petite table, près de l'extrémité de la terrasse, afin de profiter pleinement du soleil de midi et de la vue panoramique sur les deux faces de la chaîne alpine. Accentué par la déprime et les semaines de révisions, dans ce décor de carte postale, le teint de Jeannelle semblait presque livide.

— Ça te plaît ?

— Évidemment ! C'est magnifique, ici. Mais j'aurais dû prendre ma crème solaire.

— Quelques couleurs ne te feront pas de mal.

L'altitude avait ceci de particulier qu'au soleil, en plein hiver, les températures pouvaient rapidement atteindre des hauteurs inattendues. Les vibrations du téléphone de Shana troublèrent la douce quiétude de ce moment. Reconnaissant le numéro, elle s'excusa et s'écarta un instant.

— Commissaire.

— Bonjour, professeur.

— Ne me dites pas que je vous manque ?

— Je n'irais pas jusque-là… J'imagine que vous êtes sur le point de quitter la région. Alors, j'appelais pour vous saluer.

— Ah oui ?

— Oui !

— C'est gentil, mais ce ne serait pas plutôt pour vérifier que je quitte bien la région, justement ?

— L'un n'empêche pas l'autre.

— Je rentre à Lyon demain.

— Très bien, très bien.

— Vous êtes rassuré ?

— Je voulais être sûr que vous ne feriez rien d'irréfléchi avant de partir. Je commence à vous connaître ; c'est votre genre.

— Que voulez-vous que je fasse ? Vous m'avez coupé l'herbe sous le pied en interdisant l'accès à ma cavité !

— Votre cavité ? Eh bien, dites-moi… Heureusement qu'on ne vous a pas confié les fouilles du Colisée. Ne vous méprenez pas ; j'ai surtout essayé de vous préserver, vous et votre petite équipe.

— Je l'ai bien compris comme ça, commissaire. Ne vous inquiétez pas, je ne vous en veux pas. Vous ne devriez plus entendre parler de moi.

— Oh, je ne vous en demande pas tant. D'ailleurs, ça n'est pas sûr. Moi aussi, je commence à m'intéresser à la paléontologie, vous savez…

— De votre part, je prends ça comme un compliment, commissaire. À ce propos, comment va mon mollusque céphalopode ?

— Je vous demande pardon ?

— Le coquillage dont vous êtes le légataire.

— Ah, l'escargot ! Eh bien, figurez-vous que je l'ai découpé en deux pour en faire un cendrier. Ça lui donne un côté bien plus kitsch.

— Je ne vous crois pas du tout, commissaire. Et même si vous le vouliez, vous ne le pourriez pas.

— Et pourquoi ça ?

— Parce que pour le découper sans le pulvériser, il vous faudrait un outillage adapté dont vous ne disposez certainement pas.

— Élémentaire. Vous auriez fait un bon flic, professeur. Rentrez bien !

À peine était-elle revenue s'asseoir que le serveur, qui la guettait, vint prendre leur commande ; il parlait italien avec un très fort accent allemand. Elles arrêtèrent leur choix sur deux fines *scaloppine al limon*, spécialité de la maison, une assiette de coppa italienne à partager et une grande bouteille d'eau gazeuse.

— Qu'est-ce qu'il te voulait ?

— Oh, rien. S'assurer que je déguerpisse, entre autres. Enfin, je crois. Alors, ce nouveau hobby de chasseuse de fossiles, est-ce que ça t'a plu ?

— Beaucoup. C'est passionnant ! Si j'avais su, je m'y serais intéressée plus tôt. C'est grâce à toi.

— En général, c'est moins agité quand même !

— Ce qui est formidable lorsqu'on fouille le sol, c'est qu'on ne pense à rien d'autre que ce que l'on a sous les doigts. Plus rien n'existe, et cela me fait un bien fou.

— Ton frère aurait été fier de toi !

— Je crois surtout qu'il n'en reviendrait pas.

— Et avec le reste de l'équipe, ça s'est bien passé ?

— Oh oui, très bien. Ils étaient tous très gentils avec moi et patients en plus. Pourtant, je ne connaissais pas grand-chose. J'ai même l'impression que Paolo m'a un peu draguée…

Les deux jeunes femmes partirent dans un fou rire.

— Méfie-toi des Italiens ; ils sont malins !

— On s'est tous échangé nos numéros. J'espère pouvoir les revoir, et pourquoi pas participer à d'autres fouilles.

Shana était heureuse de voir qu'elle commençait à remonter la pente. C'est en partie pourquoi elle attendit la fin du déjeuner pour lui annoncer ce qu'elle projetait de faire, le soir même. Elle passa rapidement sur les raisons qui la poussaient à agir dans la clandestinité et ne dit pas un mot sur la SIA. Elle se contenta d'exposer les grandes lignes du plan de Pierre et de Giuseppe. Jeannelle l'écouta attentivement, sans poser de questions. Elle admirait Shana, plus que celle-ci ne l'imaginait. Pour elle, elle était le genre de femme idéale et elle comprenait mieux aujourd'hui pourquoi son frère avait toujours été fasciné par elle. Belle, intelligente, convaincante… En apprenant à la connaître, elle s'était aperçue qu'elle avait également une abnégation et un courage hors norme. Alors, peu importe ce qu'elle comptait faire. Elle aurait pu lui annoncer qu'elle partait pour la Lune en deltaplane, elle n'aurait rien trouvé à y redire. Leur relation était trop déséquilibrée pour qu'elle soit constructive, et Shana s'en rendait bien compte. Aussi, elle força le trait pour lui faire prendre conscience de l'importance du rôle qu'elle voulait lui donner dans son plan.

— Je te confie tout cela parce que tu es la seule personne, ici, en qui j'ai totalement confiance. Tu comprends ? J'ai besoin de toi !

— Oui, je comprends. Mais qu'est-ce que tu attends de moi ? Je ne peux pas t'être utile ; je n'y connais rien.

— Je sais bien que tu n'es pas une archéologue chevronnée et c'est justement pour cela que j'ai besoin que tu m'aides.

— Oui, d'accord. Je comprends… En fait, non, je ne comprends pas bien.

— La plupart des gens autour de moi sont soit des scientifiques, soit des politiques : ils ont tous un intérêt à être associés aux fouilles. Certains sont sans doute prêts à tout pour s'approprier ce que l'on pourrait découvrir. Moi aussi, je trouve ça totalement fou, mais je pense que Philippe a été assassiné uniquement pour ce qu'il a trouvé ou allait trouver à Bussolino. C'est pour ça que tu es la seule en qui j'ai confiance.

— Mais qu'est-ce qui peut avoir autant de valeur, là-bas ?

— Je ne sais pas précisément ce qu'ils cherchent ; je n'en ai même aucune idée. L'État italien attend d'être à l'origine de la plus grande découverte de tous les temps et la France n'est pas loin. Gazotti et Pierre veulent garder le contrôle sur tout ce qui sera trouvé. Thomas est un fou d'archéologie et il est prêt à beaucoup de choses pour sa passion. Et puis, lui aussi espère sans doute entrer dans l'histoire.

— Tu penses que Thomas pourrait te faire du mal ?

— Non, bien sûr que non ! Mais tu sais, Thomas joue d'abord pour lui-même. Tu es encore un peu jeune pour le comprendre, mais avec les années tu apprendras à te méfier de tout le monde, même des personnes *a priori* bienveillantes.

— Tu lui en as parlé ?

— Non.

— Tu vas lui en parler ?

— Pas tout de suite. Il m'empêcherait d'y aller.

— Pour te protéger !

— Sans doute, mais aussi parce qu'il n'a rien à y gagner. À Bussolino, tout le monde attend quelque chose ; c'est bien là le problème.

— Pas toi ?

— D'accord, admettons qu'on ne puisse exclure personne. Moi aussi, je suis une professionnelle. C'est avant tout mon métier, mon domaine de compétence. Une opportunité comme ça ne se présente probablement pas deux fois. Je n'ai pas envie de la laisser filer.

— Tu prends un très grand risque en tentant d'y pénétrer uniquement avec Pierre.

— Le jeu en vaut la chandelle, crois-moi. Et puis… je le connais bien, tu sais. Maintenant, oui, il y a un risque. C'est pour ça que j'ai besoin de toi. Nous n'aurons que quelques heures sur place avant la reprise des travaux. L'idée est que personne ne puisse savoir qu'on est entrés. Et pour cela, il faut que nous agissions juste avant que le tunnelier du groupe Sanders ne détruise totalement la première cavité, et avec elle l'accès à la seconde et les traces de notre passage.

— OK, j'ai pigé !

— Mais je ne veux pas entrer là-dedans sans que personne d'autre que Giuseppe Gazotti ne soit au courant à l'extérieur. Alors, je vais m'équiper d'un traceur.

— Comme les alpinistes ?

— Exactement. Personne ne le saura, à part toi !

— Même pas Pierre ?

— Non, surtout pas Pierre. Juste toi. Tu me suivras en temps réel. Si à 6 heures du matin, nous ne sommes toujours pas sortis, tu appelles le commissaire Spangeti et tu lui racontes tout. Il fera suspendre la reprise des travaux.

— Et si tout se passe bien et que tu ressors avec les preuves que tu cherches ?

— Je te rejoindrai directement à l'hôtel.

— Et tu rendras public ce que tu trouveras ?

— Je ne sais pas encore.

— Je suis sûre que tu le feras…

— Je ne partage pas le goût de la dissimulation de Pierre et Giuseppe, voire de Thomas. Si ce qu'on trouve en vaut la peine, si les preuves sont intangibles, alors, oui, je pense que les gens ont le droit de savoir. Peut-être que ça changera un peu la face de notre monde, comme le craint Gazotti, mais je ne pense pas que ça soit à eux d'en décider. Alors, oui, d'une façon ou d'une autre, je ne garderai pas tout ça pour moi indéfiniment. Quitte à m'attirer les foudres de la communauté scientifique.

— Tu as l'habitude.

— Oui, tu as raison. Ça ne changera pas trop…

— Et tu espères trouver quoi, là-dessous ?

— C'est difficile à dire. Pierre pense y trouver la preuve que les hommes existent depuis beaucoup plus longtemps que ce que l'on croit, et qu'ils sont peut-être arrivés d'une autre planète, à la fin du Crétacé. Giuseppe, lui, espère découvrir la trace de Dieu.

— Rien que ça ?

— Oui. Chacun voit la Genèse avec ses propres filtres, scientifiques ou religieux. Ce n'est pas nouveau.

— Et toi ?

— Je ne sais pas. Peut-être, comme le pensait ton frère, l'élément commun qui nous relierait tous. Une preuve que l'humanité entière est en chacun de nous.

— Remarque, c'est pas mal non plus, hein… ?

— Oui, en effet.

C'était un peu nerveux, mais elles partirent à nouveau dans un fou rire bruyant qui fit se retourner les derniers clients attablés.

— Il y a aussi une autre possibilité, beaucoup moins enthousiasmante…

— Laquelle ?

— C'est qu'on n'y trouve rien, voire qu'on ne parvienne pas à y accéder.

— Tu penses vraiment ça ?

— Pas vraiment, non, mais notre plan est très aléatoire. Alors, c'est une possibilité.

— Tu vas prendre beaucoup de risques.

— Non, Jeannelle. Grâce à toi, pas tant que ça !

Elle lui répondit cela autant pour la rassurer que pour se rassurer elle-même. Son regard se posa alors sur des enfants qui jouaient au soleil, autour du lac. Évidemment, elle connaissait les risques et savait que la nuit qui arrivait serait l'une des plus importantes de sa vie. Pourtant, elle était loin, très loin d'imaginer ce qui allait se passer.

51

Le fonctionnaire chargé de l'enquête interne était resté plus d'une heure et avait présenté de nombreux documents. De son poste, Nicolas Costello avait observé toute la scène. C'était peu dire que l'ambiance avait été tendue. Spangeti n'était pas le genre d'homme à qui l'on faisait la leçon, mais le suicide d'un détenu dans l'enceinte même du commissariat n'était pas une chose banale, qui plus est lorsque, pour ce faire, celui-ci avait utilisé son pantalon et une canalisation traversant fortuitement sa cellule. Le commissaire n'était évidemment pas responsable d'une anomalie aussi criante dans les locaux, mais on pouvait tout de même lui reprocher d'avoir laissé un détenu suicidaire sans surveillance. Cette responsabilité, il pouvait la partager avec son subordonné qui l'avait incarcéré sans la moindre précaution. Costello s'était demandé s'il allait le couvrir. Il aurait parié que non et s'était préparé au pire. Pourtant, le fonctionnaire avait quitté les lieux sans même lui lancer un regard.

À peine avait-il disparu dans l'escalier que Spangeti lui fit signe de venir dans son bureau. Cette fois-ci, ce fut le commissaire qui se leva pour refermer la porte derrière lui. Il allait se prendre une soufflante ; c'était évident.

— Alors, Costello… « ton intuition » ne t'a pas alerté que le suspect avait des tendances suicidaires ?

— Lorsque je l'ai interrogé, il était tout à fait normal. Il a nié toutes les charges que j'avais contre lui, mais il était calme.

— Il faut se méfier des calmes. Regarde-moi… Là, je semble très calme et pourtant je suis en colère.

— Il ne m'a donné aucune raison de penser qu'il allait tenter de se suicider.

— Il n'a malheureusement pas fait que tenter. On aurait dû attendre un peu avant de l'inculper, mais ce n'est pas de ta faute.

— Les éléments étaient suffisamment lourds pour l'envoyer finir ses jours en prison.

— Mouais… je n'en suis pas si sûr. Maintenant, avec son suicide, le juge ne va pas se gêner pour classer l'affaire, et ça m'ennuie.

— Moi aussi. Je ne crois pas beaucoup à cette histoire de dispute à l'hôtel qui aurait mal tourné. Coste n'était ni stupide ni impulsif. Si c'est lui qui a assassiné le Français, il était probablement téléguidé par quelqu'un d'autre.

— Tu vois Costello, pour une fois, je suis d'accord avec toi. Je pourrais te dire que tu progresses, mais ça serait un peu prématuré. C'est peut-être juste moi qui régresse. En tout état de cause, pour ferrer le plus gros poisson, on aurait dû laisser frétiller celui-ci encore un peu autour du bateau. Il nous aurait sans doute conduits vers le banc.

— C'est un peu tard.

— C'est clair. Tu as trouvé quelque chose concernant le numéro de téléphone ? Celui qu'il a appelé, la nuit du crime.

— Non, toujours rien. Il n'a été utilisé que pour joindre Samuel Coste et les services généraux du groupe Sanders. Il n'y a jamais eu aucun appel vers d'autres numéros. Je l'ai mis sur écoute pour essayer de le localiser, mais il n'a plus été activé depuis que j'ai convoqué Coste, la première fois. Par contre, ce qui est sûr, c'est que ce jour-là son utilisateur était ici, à Turin, dans le centre-ville. Ils ont eu une conversation de quelques minutes lorsqu'il est sorti. Depuis, le téléphone est éteint.

— Comme quoi, notre bonhomme est méfiant ! Il s'est douté qu'on ferait le lien et qu'on remonterait jusqu'à lui.

— Dès qu'il l'utilisera de nouveau, on le saura.

— Oui, mais il ne le réutilisera pas.

— Ce n'est pas sûr.

— Oh si, c'est sûr, crois-moi ! Mais il faut tout de même qu'on creuse cette piste à fond ; c'est la seule qu'on ait nous menant à une troisième personne. Fais mettre le responsable des services généraux du groupe Sanders en garde à vue. Ce n'est pas normal qu'il ne soit pas en mesure de nous dire qui se sert de ce foutu téléphone depuis le départ de son ancien utilisateur. Il a peut-être besoin qu'on l'aide un peu à retrouver la mémoire…

— Pour quel motif ?

— Je ne sais pas, moi… Entrave à la justice, détournement de biens sociaux, une tête qui ne nous revient pas ; trouve quelque chose ou invente, je m'en fous.

L'inspecteur se leva, provisoirement rassuré. Il allait regagner son bureau lorsque son supérieur l'interpella.

— Attends ! dit-il, d'un ton suffisamment autoritaire pour qu'il s'arrête net et se tourne immédiatement. Assieds-toi ! Je ne t'ai pas dit de te lever.

Il poussa devant lui l'un des documents que lui avait remis le fonctionnaire chargé de l'enquête interne. Il s'agissait de la copie de l'injonction du juge autorisant les mises sur écoute de Samuel Coste et Shana Stenford.

— Tu peux m'expliquer ? demanda-t-il sèchement.

Costello n'en revenait pas. Spangeti l'avait complètement couvert pour le suicide du contremaître, mais il allait lui reprocher d'enquêter sur la paléontologue.

— J'ai jugé bon de les mettre tous les deux sur écoute, afin de voir leurs liens éventuels et leurs contacts avec des tiers.

— Alors que je t'avais expressément demandé de ne pas enquêter sur elle ?

— J'ai pensé que…

— Tu es payé pour m'obéir, Costello, et pour réfléchir uniquement lorsque je te demande de le faire. Tu n'es pas encore le patron, ici. C'est la dernière fois que tu me court-circuites de la sorte. Si tu refais ça, je te dégage !

L'inspecteur regardait ses pieds sans répondre.

— Je suis clair, Costello ? demanda-t-il.

Il avait sensiblement élevé la voix, si bien que, malgré la porte fermée, tous les autres inspecteurs présents dans le service braquèrent leurs regards vers eux.

— Je suis clair, Costello ? répéta-t-il en haussant encore le ton.

— Vous ne pouvez pas me dégager, comme vous dites…

C'était la première fois qu'il s'opposait à lui, du moins aussi frontalement. Il l'avait poussé à bout, devant tout le monde, mais à peine eut-il prononcé ces mots qu'il le regretta.

— Ah oui, Costello ? Tu veux parier avec moi ?

52

« Toute la vie nous est donnée avant que
nous la vivions. Mais il faut toute une vie
– il faut peut-être plus –
pour devenir conscient de ce don. »

Jacques Lusseyran,
Le monde commence aujourd'hui, 1959.

Jour J, à l'entrée du tunnel de la future liaison ferroviaire.

Les explosions devraient partiellement déblayer le conduit et leur permettre de s'y introduire, équipés d'un matériel très léger. Même si Pierre semblait sûr de lui, l'ascension serait risquée. Ils allaient s'engager sans avoir pris toutes les précautions qu'un tel exercice nécessitait et, qui plus est, sans être assurés de pouvoir accéder à l'autre extrémité située 30 mètres plus haut. Le pire serait que des roches se désolidarisent après coup et chutent à l'intérieur du conduit lorsqu'ils seraient engagés. Aussi, quelle que soit leur attitude, ils savaient bien, tous les deux, que l'exercice était dangereux et aléatoire.

Sur la route, Pierre avait fait de nombreux détours afin de s'assurer qu'il n'était pas suivi. Il avait vite été rassuré : aucun véhicule à l'horizon, ni avant d'arriver à l'hôtel où il était passé chercher Shana, ni après. Cette fois-ci, Giuseppe n'avait pas eu besoin de faire intervenir son ami préfet. Visiblement, le suicide du contremaître suffisait à la police turinoise qui avait sensiblement relâché sa surveillance.

Pierre disposerait les charges de chaque côté de l'orifice. Il estimait que la déflagration disloquerait la paroi sur plus de 10 mètres, créant ainsi un gigantesque cratère. Il programmerait les deux explosions avec une demi-seconde de décalage, afin d'optimiser la secousse. L'onde de choc créée devrait reproduire, 30 mètres plus haut, l'effet d'un tremblement de terre de force 7 à 8. D'après ses calculs, tout ce qui stationnait dans le conduit devrait s'écouler dans la première cavité, selon le principe d'une chasse d'eau. Du moins, c'était ce qu'il espérait. Il avait demandé à Shana de ne pas l'accompagner pendant qu'il installait les explosifs, ce qu'elle n'avait pas l'intention de faire. Autant elle avait confiance en ses qualités d'universitaire et de paléoanthropologue, autant ses talents d'artificier restaient à démontrer. Surtout, elle avait quelque chose d'autre à faire et avait besoin d'être seule quelques minutes.

Il la déposa devant l'entrée du tunnel, tandis que le soleil déclinant envoyait ses derniers feux sur les pics et que la vallée plongeait doucement dans l'obscurité. Lorsque sa voiture fut suffisamment éloignée, elle chercha l'endroit adéquat qu'elle trouva rapidement. Sur un talus surplombant les baraquements du chantier, elle installa le matériel qu'elle avait emporté dans son blouson : une petite antenne relais fonctionnant sur batterie, qui allait permettre à Jeannelle de localiser en permanence, sur son ordinateur, le traceur qu'elle porterait sur elle. Elle l'enfonça dans la terre le plus profondément possible, pour que le vent ne risque pas de la renverser. Une fois redescendue du talus, elle appela à l'hôtel, tout en faisant quelques pas devant la banderole « *Interdizione di entrare* », apposée par les policiers turinois. Le point clignotant se déplaça simultanément sur l'écran de Jeannelle, tout en indiquant ses coordonnées de latitude, de longitude et d'altitude. Jeannelle, qui s'était installée dans la chambre de son amie, fut soulagée de constater que tout fonctionnait correctement. Elle était consciente de la responsabilité qu'elle allait avoir dans les heures à venir. Les consignes étaient claires : au moindre problème, elle devrait alerter le commissaire Spangeti, puis Giuseppe Gazotti. Dans cet ordre-là. Shana abrégea la conversation en remerciant une nouvelle fois la jeune femme, lorsqu'elle aperçut la voiture de Pierre sortant du tunnel. Il fit un arc de cercle autour d'elle et s'arrêta à sa hauteur.

— Qui appelais-tu ? lui demanda-t-il, en sortant du véhicule.

— Le prêtre de ma paroisse…

— Ah oui ? Tu es croyante, toi, maintenant ?

— C'est le jour ou jamais.

— Je ne suis pas sûr qu'une conversion sur le tard, ça compte beaucoup.

— Tu as raison. Je ne vais peut-être pas envoyer mon chèque, finalement.

Il ouvrit un boîtier qui ressemblait à un talkie-walkie, en déplia l'antenne et le mit sous tension.

Les deux diodes correspondant aux charges s'allumèrent après quelques secondes.

— Tout est OK. À toi l'honneur, dit-il en lui tendant l'appareil. Tu as juste à pousser la molette vers le haut.

Elle hésita quelques instants, le doigt posé sur le petit levier, puis elle l'enclencha. Une très légère secousse, à peine perceptible, fit vibrer le sol. Ils échangèrent un regard. Shana s'attendait à une vibration plus importante, mais ils étaient à plus de 1 kilomètre, et la montagne avait absorbé la plus grande partie de la déflagration.

— Ça a fonctionné ?

— Oui, j'espère. On peut se préparer ; on va vite être fixés. Il ouvrit le coffre de la voiture, y jeta le boîtier et lui tendit une combinaison imperméable en polyamide noir, un baudrier et une paire de chaussures de montagne.

— Tu as prévu un vestiaire pour se changer ? lui demanda-t-elle.

En guise de réponse, il ôta sa chemise.

— Je t'ai déjà vue en sous-vêtements, et même sans d'ailleurs.

— Oui, mais c'était il y a longtemps. Tu as oublié depuis. Ne t'offusque pas, mais…

Sans finir sa phrase, elle alla s'installer à l'arrière de la berline où elle commença à enlever son pull. S'apercevant qu'il continuait à la regarder, elle ferma la portière. Trois minutes plus tard, elle ressortait de la voiture, équipée de la tête aux pieds. Il s'assura que son baudrier était correctement fixé, y sangla plusieurs mousquetons et accrocha, sur le devant, une mini-bouteille d'oxygène.

— On va en avoir besoin dans le conduit. Le souffle de l'explosion a dû générer une énorme quantité de poussière. L'air ne sera pas respirable, là-dedans.

— Tu m'avais caché ce petit détail…

— Cela te pose un problème ?

— Non, mais je n'ai jamais fait de plongée.

— Ce sera moins compliqué que sous l'eau. Tu mets l'embout du détendeur dans la bouche et tu aspires normalement, sans trop forcer. La dépression provoquée par ton inspiration délivrera automatiquement l'air dont tu as besoin. J'ai pris des petites bouteilles pour qu'elles nous gênent le moins possible durant l'ascension. On en a quatre : deux pour monter et deux pour descendre. Chacune contient environ une heure trente d'oxygène ; normalement, c'est large, mais ça dépend comment on respire.

— Je crois que je respire comme tout le monde…

— Si ton rythme cardiaque est trop élevé ou si tu t'affoles, tu peux consommer beaucoup plus. Avec des bouteilles, il faut essayer de rester calme, en gardant une respiration la plus régulière possible.

— OK, je ferai de mon mieux.

Il lui tendit un petit sac à dos, une lampe frontale, des lunettes de protection ainsi qu'un casque équipé d'un micro et d'une caméra miniature embarquée sur le côté droit.

— Les caméras n'ont que deux heures d'autonomie. On ne commencera à filmer qu'une fois en haut.

— Si on y arrive… Tu as mis quoi dans les sacs à dos ?

— On a un matériel léger de spéléo, une mini-pelle pliable, un détecteur de métaux, des fines bâches de protection, une trousse à pharmacie, une gourde, des barres de céréales et les bouteilles d'oxygène. J'ai mis aussi des combinaisons de rechange.

— Tu as peur d'être sale sur les vidéos ?

— Pas vraiment, mais on va traverser des aquifères qui contiendront peut-être des nappes d'eau et… elle sera très froide. Si on arrive mouillés en haut, avec ce froid, on va attraper la mort.

— Tu as tout prévu !

— Sans doute pas, mais on n'aura que ça. Alors, il faudra faire avec.

Il regarda sa montre.

— Il est 20 heures ; ça nous en laisse une dizaine. Si tout se passe bien, on redescendra largement avant.

— OK, on y va !

53

Nicolas Costello justifia sa présence par un contrôle inopiné des équipements de sécurité de l'hôtel. Il refusa que la réceptionniste l'accompagne et se contenta du listing des chambres inoccupées et d'une carte magnétique lui permettant d'ouvrir l'ensemble des portes. Après une rapide inspection du rez-de-chaussée, il monta aux étages. La démarche n'était pas habituelle mais, malgré l'heure tardive et l'agitation due au service du dîner, personne ne s'offusqua.

Quelques heures plus tôt, il avait renvoyé chez lui l'agent en planque, pour prendre sa place. Il avait attendu un long moment sur le parking, dans son vieux break Ford Granada, et avait eu le temps de ruminer sa dispute avec son supérieur, avant de voir la jeune paléontologue sortir et s'engouffrer dans une berline noir métallisé. De là où il était, il n'était pas parvenu à identifier le conducteur, mais ça n'avait pas beaucoup d'importance. Vu l'heure, il avait supposé qu'elle allait dîner en ville, ce qui lui laissait largement le temps nécessaire pour agir.

Une fois à l'étage, il traversa le long couloir et arriva devant la porte de la chambre 17. Sûr de son fait, il inséra le pass sans la moindre précaution.

Surprise d'entendre la porte se déverrouiller derrière elle, Jeannelle se retourna brutalement. Le petit couloir ne lui permit pas d'identifier immédiatement celui qui venait d'entrer. Son cœur se mit à battre très fort et elle fut presque soulagée de reconnaître l'inspecteur qui l'avait interrogée, quelques semaines plus tôt.

— Vous m'avez fait peur, inspecteur ! s'exclama-t-elle. Qu'est-ce que vous faites là ?

Visiblement aussi surpris qu'elle, il ne répondit pas tout de suite et fit mine d'inspecter les lieux.

— Je vous retourne la question. Sauf erreur, vous n'êtes pas dans votre chambre.

— J'effectue un travail pour Mlle Stenford.

— Dans sa chambre ?

— Oui. J'avais besoin de sa connexion sécurisée.

— Ah, très bien. Vous travaillez sur son ordinateur ?

— Oui, c'est ça. Mais vous ne m'avez pas répondu : qu'est-ce que vous faites ici ?

Pendant qu'elle lui parlait, Costello continuait de simuler une inspection de la chambre.

— J'ai essayé de joindre Mlle Stenford. N'y parvenant pas, je suis passé vérifier si elle n'avait pas eu un problème. Savez-vous où elle est ? demanda-t-il.

Aussitôt, il perçut le trouble qui envahit la jeune fille. S'approchant d'elle pour regarder l'écran, il reconnut sans mal la carte du site et l'entrée du tunnel. Le signal GPS rouge clignotant, se déplaçant vers l'entrée de la première cavité, ne laissait que peu de doute sur sa position.

— Ne me dites pas qu'elle est retournée sur le site alors que nous en avons formellement interdit l'accès ?

— Elle avait du matériel à récupérer sur place avant la reprise des travaux.

— Et vous la suivez à l'aide d'une balise GPS ? Vous me prenez pour un imbécile ?

— Non, inspecteur. Je...

— Ne vous fatiguez pas ! Je vais vous demander de réunir tout le matériel informatique qui se trouve ici et de me suivre. Nous allons éclaircir toute cette histoire au commissariat.

— Mais Mlle Stenford m'a demandé de la surveiller, au cas où il y aurait un problème. Je ne peux pas partir.

— Eh bien, nous la surveillerons du commissariat. Vous emporterez également le modem.

Jeannelle n'était pas rassurée à l'idée de perdre la connexion, ne serait-ce que quelques minutes, et ne voyait pas pour quelle raison elle devrait suivre l'inspecteur au commissariat. Mais il ne lui laissait pas vraiment le choix. Il ne tarderait pas à comprendre que Shana était allée faire bien plus que récupérer quelques affaires. Pendant qu'elle commençait à rassembler le matériel informatique, il sortit de la chambre pour téléphoner.

— Margareth, c'est Costello.

— Bonjour, inspecteur.

— Nous avons un problème.

Il lui expliqua en quelques mots la situation et lui demanda ce qu'il devait faire.

— En effet, c'est ennuyeux, mais on va passer outre. Récupérez tout le matériel comme prévu et apportez-le-moi ici.

— D'accord, mais pour la fille ?

Margareth hésita, puis lui demanda de patienter un moment. Elle devait probablement réfléchir ou bien demander des instructions à quelqu'un d'autre. Dès le départ, il avait pensé que c'était elle qui tirait toutes les ficelles, mais ce n'était peut-être pas le cas, finalement. Écartant le téléphone de son oreille, Costello ouvrit la porte de la chambre pour voir si Jeannelle avait terminé de réunir ses affaires. Il lui fit signe d'accélérer le mouvement et tira la porte derrière lui.

Quelques jours plus tôt, lorsque le préfet du Piémont en personne l'avait contacté sur sa ligne privée pour lui demander de prendre personnellement en charge les opérations, il avait d'abord été surpris, puis, évidemment, flatté. Il n'avait pas posé de questions, mais n'avait pas compris pourquoi c'était à lui, le n° 2 de la brigade, qu'il s'adressait et pas directement au commissaire. « Spangeti est hors jeu, lui avait-il répondu. Il a fait son temps, et nous allons le mettre à la retraite. Obéissez aux directives de Mme Margareth Stern et vous le remplacerez rapidement à la tête de la police de Turin. » Il n'avait pas eu besoin de plus. Depuis, ces mots résonnaient en boucle dans sa tête, et rien ne le préoccupait plus que cette affaire.

— Inspecteur ?

— Oui, je suis là.

— Débarrassez-vous d'elle.

Costello ne répondit pas.

— Inspecteur ?

— Oui.

— Vous m'avez bien comprise ?

— Euh… oui, je crois. Mais on m'a vu entrer.

— Peu importe. Vous serez protégé. Arrangez-vous pour ne pas laisser de traces et apportez-moi rapidement l'ordinateur. Je vous attends.

Margareth raccrocha sans lui laisser le temps d'objecter. Il resta un moment immobile, le téléphone collé à l'oreille, comme si la conversation n'était pas terminée, mais son esprit était déjà ailleurs. Elle lui avait demandé ça, comme si de rien n'était... Et il n'avait rien dit. Qu'entendait-elle par « débarrasser » ? Même si cela semblait clair, ça n'était pas possible ; elle ne pouvait pas lui demander ça. Pas de cette façon. Il aurait dû lui demander de préciser. Cela dit, elle ne l'aurait probablement pas fait. Elle attendait quoi, cette folle ? Qu'il exécute une gamine de sang-froid ? Il avait souvent pensé qu'il était prêt à tout pour monter en grade, mais pas à ça... Il n'avait jamais tué personne et ne s'imaginait pas commencer à le faire ce soir. Peut-être avait-il simplement mal compris, mais la rappeler maintenant le ferait inévitablement passer pour un idiot. C'est en sueur qu'il rentra dans la chambre.

Jeannelle avait mis tout le matériel dans un grand sac de sport, qu'elle avait trouvé dans la penderie, et l'attendait debout. Il prit la petite enveloppe kraft contenant les os, qui était posée sur la table de nuit, et l'enfouit dans sa poche. Ils sortirent ensemble, mais au lieu de s'orienter vers l'escalier central il la fit descendre par la sortie de secours située de l'autre côté. Il prétexta que celle-ci donnait directement sur le parking où il était garé, ce qui était vrai. Jeannelle le suivit en s'inquiétant de son attitude, qui était devenue agressive. Il jeta le sac dans le coffre, la fit asseoir à l'arrière, puis lui demanda de patienter un moment.

Il s'écarta du véhicule, à une distance suffisante pour qu'elle ne puisse pas l'entendre. Il avait été pris de court et n'avait pas su quoi répondre, mais il était hors de question qu'il fasse disparaître qui que ce soit. Il rappela Margareth, une fois, deux fois, trois fois mais tomba systématiquement sur son répondeur. Évidemment, elle n'allait pas lui répondre. Elle lui donnait un ordre sans avoir l'air de le faire, puis le laissait seul face à sa morale et ses responsabilités. Tout cela était rondement mené. Si ça tournait mal, il serait seul à payer, et quelque chose lui disait que, s'il n'obtempérait pas, il pouvait dire adieu à sa promotion. Il était devant un choix impossible, comme coincé dans une souricière que l'on avait ouverte devant lui. L'idée d'appeler le commissaire Spangeti l'effleura, mais il la chassa vite. Alors qu'il allait et venait frénétiquement devant les yeux de plus en plus inquiets de Jeannelle, son téléphone émit la sonnerie qu'il n'attendait plus ; c'était Margareth. Il répondit immédiatement.

— Allô ?

— Changement de programme, inspecteur…

— C'est-à-dire ?

— Vous me rapportez le matériel et la fille.

Il eut du mal à réprimer un soupir de soulagement. Il ne laissa rien paraître, mais il venait de vivre le quart d'heure le plus éprouvant de sa vie.

54

« On ne connaît que les choses
que l'on apprivoise. »

Antoine de Saint-Exupéry,
Le Petit Prince, 1943.

Quand elle mordit le détendeur, l'air arriva naturellement sans qu'elle ait besoin de forcer. Shana, qui n'avait jamais été très croyante, se surprit à prier silencieusement. Au signal qu'il lui adressa, elle prit, comme par réflexe, une grande inspiration, puis ils entrèrent tous les deux en abaissant leurs lunettes de protection. Elle reconnut avec peine la cavité qu'elle avait quittée deux jours plus tôt. La moitié du plafond s'était effondrée, et une épaisse couche de poussière rocheuse en suspension rendait la visibilité très faible. Ils allumèrent leurs lampes frontales et avancèrent doucement.

L'entrée du conduit avait été totalement pulvérisée, laissant place à une énorme évasure sur toute la largeur de la paroi. Cela donnait l'impression qu'une partie entière de la montagne s'était affaissée devant eux. Ils passèrent difficilement par-dessus plusieurs monticules de roches et accédèrent au bas de l'orifice. Pierre entra dans le conduit et en ressortit quelques instants plus tard. Avec le pouce et l'index, il lui fit le signe « OK », qu'elle distingua avec peine. Ils s'assurèrent par un long câble à la façon d'alpinistes évoluant en cordée, et avant d'entamer son ascension, il leva les deux pouces pour lui demander si elle était prête. Elle lui répondit par un mouvement de tête, puis il s'immisça dans le conduit qui ne faisait pas plus de 1 mètre de diamètre. Rapidement, elle ne distingua que la traînée sortant de la cheminée, d'où s'évacuait une épaisse fumée noire et opaque. *Une certaine vision de l'enfer*, pensa-t-elle. Elle fixa la corde, tout en tentant de la conserver le plus tendue possible, afin d'évaluer la progression de Pierre. Au bout de quelques minutes, celle-ci s'immobilisa. Elle avait compté environ 7 mètres.

Après une poignée de secondes, elle ressentit deux petites pressions dans la corde, signifiant qu'elle pouvait s'engager. Son rythme cardiaque était très élevé ; elle le sentait, mais ne parvenait pas du tout à le réguler, comme il le lui avait conseillé pour consommer moins d'oxygène. *Plus facile à dire qu'à faire !* Elle avança à son tour dans le noir absolu. Elle distinguait à peine les 20 centimètres devant elle qu'éclairait sa lampe frontale et n'apercevait même pas ses pieds. Elle tendit les bras, pour se protéger et identifier le relief qui lui faisait face. Au bout de 1 mètre à peine, le conduit se mit à monter à la verticale comme une cheminée. Elle éclaira vers le haut et remarqua que, de chaque côté, la paroi était incrustée de dizaines d'ossements fossilisés. Visiblement, plus de deux ptérosaures avaient péri ici. Elle en compta trois, peut-être quatre, ce qui confortait son hypothèse qu'ils n'étaient pas là par hasard. Pierre bloqua alors la corde pour lui permettre de se hisser. Le conduit était tellement étroit, par endroits qu'elle put monter facilement en bloquant son dos contre la paroi et sécuriser ainsi sa progression. Au bout de quelques minutes d'ascension, elle aperçut avec soulagement, au-dessus d'elle, les chaussures et la lumière de Pierre. Après l'effort qu'elle avait fourni dans cette poussière épaisse, elle était déjà très essoufflée. Plus loin, le couloir semblait se réduire encore et l'obscurité était toujours aussi absorbante. Elle savait que, sans oxygène, ils seraient déjà morts depuis longtemps.

— Tu m'entends ?

La voix amplifiée de Pierre dans ses écouteurs la fit sursauter. Elle inspira profondément, puis ôta son masque pour répondre dans le micro fixé à son casque.

— Après toutes ces années, enfin un coup de téléphone !

— Ça va, garde tes forces… Une roche s'est désolidarisée au niveau de mes cuisses. J'arrive à la retenir, mais lorsque je vais avancer, elle va te tomber dessus.

— C'est gentil de prévenir…

— Il faut que tu viennes à ma hauteur pour la retenir. Ensuite, tu passeras et tu la pousseras derrière toi.

— D'accord.

— Il y a un risque qu'elle se bloque plus bas et qu'elle nous ferme le chemin du retour. T'es toujours OK ?

— Avance !

Elle remit son masque et le rejoignit. La roche était plus grosse qu'elle ne l'imaginait. Elle se hissa difficilement au-dessus d'elle, puis la poussa fortement vers le bas. Au bruit qu'elle fit, ils comprirent vite qu'elle s'était bloquée juste derrière eux. Pierre éclaira le visage de Shana qui lui fit signe de continuer.

Plus d'une heure leur fut nécessaire pour effectuer les 10 mètres suivants, tant l'espace se réduisait et la pente montait à la verticale. Comme Pierre l'avait prévu, lorsqu'ils passèrent à proximité d'aquifères, le couloir devint visqueux, puis, rapidement, franchement mouillé. L'humidité glaciale atténua la poussière en suspension mais ralentit encore un peu plus leur progression. Ils étaient maintenant couverts d'une boue argileuse et très froide, qui engourdissait leurs mouvements. Shana avait l'impression de ramper dans un boyau visqueux de plus en plus étroit, qui ne laissait passer un corps qu'au prix de multiples contorsions dans une obscurité totale. Ils parvinrent à avancer encore, mais de plus en plus lentement. Ils étaient presque à l'arrêt, quand de l'eau se mit à couler pratiquement au-dessus de leurs têtes. Une source glaciale commençait à se vider dans le conduit ; ils n'avaient pas prévu ça. Sous un torrent boueux, ils réussirent à effectuer les quelques mètres suffisants pour dépasser l'embouchure et se mettre provisoirement à l'abri de ce déversement liquide ininterrompu.

Trempés, gelés et pratiquement paralysés par la boue, ils s'arrêtèrent un moment pour reprendre des forces. Le vacarme de l'eau qui coulait maintenant sous eux, amplifié par la résonance du conduit, était assourdissant. Ils progressèrent difficilement encore sur 1 mètre, puis 2, en projetant la terre et les roches derrière eux, quand, subitement, Shana sentit l'air se raréfier et ses poumons se vider. Elle secoua frénétiquement la petite bouteille pendue à son baudrier, sans succès. Alors, elle ôta son masque et essuya la boue sur le petit micro accroché à son casque.

— Pierre, Pierre ! Je n'ai plus d'air ! balbutia-t-elle.

L'eau qui ruisselait sur son visage l'empêchait pratiquement de parler.

— Calme-toi, répondit-il. Tu vas attraper ton sac à dos ; il y a une recharge dedans. Tu vas la remplacer.

Elle décrocha avec difficulté le sac maculé de boue et le passa devant elle. Elle tâta l'intérieur, jusqu'à sentir la petite bouteille métallique. Au même moment, l'arrivée d'air s'arrêta complètement, ce qui plaqua brusquement le caoutchouc du masque sur son visage. Elle l'ôta et approcha sa bouche au plus près du micro.

— Je ne sais pas… Je ne sais pas la changer ! Qu'est-ce que je dois faire ? demanda-t-elle.

Au ton de sa voix, Pierre comprit qu'elle paniquait.

— C'est très simple : tu dévisses le cache en plastique sur le haut de la bouteille, répondit-il en articulant le plus distinctement possible. Tu as réussi ? ajouta-t-il, après quelques secondes sans réponse.

— Oui.

Son souffle était de plus en plus saccadé.

— C'est très bien, l'encouragea-t-il. Maintenant, tu vas retirer l'embout en plastique qui relie le tuyau à ta bouteille. Pour ça, tu le pinces des deux côtés en même temps et tu le tires vers toi.

Shana ne répondit pas. N'entendant plus sa respiration dans le micro, il commença à paniquer à son tour.

— Shana, tu m'entends ? Tu m'entends ? Tu pinces l'embout et tu le tires vers toi. Shana ?

— Je n'y arrive pas ! répondit-elle enfin, presque en hurlant.

— Tu l'arraches. Tu m'entends ? Tu l'arraches ! Tu tires un grand coup sur le tuyau, et il va lâcher.

De nouveau, Pierre n'entendit plus rien. Ne la sentant plus bouger derrière lui et ne pouvant faire demi-tour, il se mit à se débattre de tout son corps pour tenter de reculer vers elle dans le flot boueux qui les séparait. Au bout de quelques secondes, qui lui semblèrent une éternité, il entendit à nouveau son souffle dans le micro.

— C'est bon, j'ai réussi, murmura-t-elle.

Sa voix était faible et essoufflée.

— Bon sang, tu m'as fait une peur terrible !

— Ça va.

— Je ne t'entendais plus respirer.

— Tu as déjà essayé de respirer de la boue ?

— Bon, tu vas te reposer. Il faut économiser l'oxygène.

— OK.

— On n'a que deux bouteilles, et il faudra redescendre avec ce qui restera. Je vais bloquer la corde. Tu n'as qu'à te laisser glisser derrière moi.

Ils étaient tellement couverts de boue qu'ils ne pouvaient pratiquement plus bouger, ni l'un ni l'autre. Elle pensa alors que s'ils venaient à mourir ici, ensevelis dans l'argile, leurs corps feraient d'excellents fossiles. Peut-être seraient-ils à leur tour découverts par des générations futures, dans plusieurs millions d'années, ou bien par une nouvelle espèce dominante. Pendant ce temps, Pierre continuait d'avancer, rampant sur ses avant-bras, centimètre par centimètre ;

cela lui demandait une énergie considérable, mais il ne se plaignait pas. Shana ferma les yeux, serra le sac sur son ventre et se laissa traîner, suivant le sillon en ondulant. Les minutes qui suivirent furent très longues.

Jamais Pierre n'aurait pu imaginer une situation aussi épouvantable. Il mit plus d'une heure pour parcourir les 2 mètres suivants. Épuisé, il pensa faire demi-tour mais c'était impossible : ils ne pouvaient pas se retourner et n'auraient pas suffisamment de forces et d'oxygène pour faire le chemin à reculons. À un moment, le conduit s'inclina presque à l'horizontale. Cela améliora leur position mais ralentit encore leur progression. Il s'arrêta pour vérifier son altimètre. Ils avaient grimpé 27 mètres ; il en restait 4. Il était à bout de forces, et Shana, derrière lui, ne pouvait lui être d'aucun secours. Quatre petits mètres les séparaient de la délivrance, mais sur une pente quasi horizontale cela pouvait représenter le double, voire le triple. Comprenant qu'il n'y arriverait pas, il s'arrêta.

— Shana, murmura-t-il.

Au son de sa voix, elle sut ce qu'il allait dire. Elle ne répondit pas.

— Je suis désolé…, ajouta-t-il.

Un long silence suivit. Plusieurs minutes. Ils n'entendaient que le son de leurs respirations et le bruit de l'eau derrière eux. Depuis un moment, Shana avait bien perçu qu'ils n'avançaient quasiment plus. Elle nettoya le bord de son micro.

— OK, dit-elle simplement.

— On va mourir ici comme des imbéciles.

Un sanglot de colère ponctua la fin de sa phrase.

— Pierre, on ne va pas mourir !

— Et que veux-tu faire ? Même si on arrivait à se traîner jusqu'à la grotte, on n'aura jamais suffisamment d'oxygène pour faire le chemin du retour.

— Calme-toi. On va prendre les problèmes dans l'ordre. Je vais passer devant. Je suis moins fatiguée que toi ; je devrais bien réussir à faire les quelques mètres qui nous manquent.

Sur ce, Shana dégagea le maximum de boue le long du corps de Pierre et l'évacua derrière elle. L'opération lui prit plusieurs minutes et permit de libérer un petit espace. Elle passa entre ses cuisses, se contorsionna pour monter jusqu'à sa poitrine, puis poussa de toutes ses forces vers l'avant, tandis que Pierre faisait le mouvement inverse. Alors qu'ils se croisaient visage contre visage, elle lui glissa à l'oreille :

— Je vais nous sortir de là, mais n'essaie pas de profiter de la situation…

Ensuite, elle dégagea avec difficulté la boue qui était devant elle, la fit glisser le long de son corps jusqu'à Pierre, qui, à son tour, la renvoya comme il put derrière lui. Organisés ainsi, ils réussirent à avancer, doucement, centimètre par centimètre. Un mètre, puis deux, trois. L'effort était si intense que Shana n'arrivait plus à réfléchir. Avec ses bras, elle effectuait mécaniquement un mouvement qui pouvait ressembler à de la brasse. Elle déplaça ainsi des centaines et des centaines de poignées de boue derrière elle. Au fur et à mesure qu'ils s'éloignaient du cours d'eau souterrain, la matière devenait plus résistante, à tel point qu'elle avait peur de ne bientôt plus parvenir à creuser du tout.

Elle venait d'entendre Pierre brancher sa seconde bouteille d'oxygène lorsqu'elle sentit subitement l'espace devant elle se libérer et sa main plonger dans le vide. La sensation était au-delà de la délivrance. À bout de forces, elle poussa frénétiquement en avant ce qui restait de terre et de boue, en battant des pieds et en criant. Enfin, elle dégagea un bras puis l'autre, puis le haut de son corps, pour se laisser tomber sur le sol, 1 mètre plus bas. Dans un dernier effort, elle s'agenouilla pour tirer la corde derrière elle et extraire Pierre, ainsi qu'une marée boueuse, du tunnel de l'enfer qu'ils venaient de traverser. Comme lors d'un accouchement, il s'extirpa à son tour, non sans mal, et se laissa tomber sur elle comme un pantin désarticulé. Ils restèrent ainsi enlacés plusieurs minutes avant de voir où ils étaient arrivés…

55

Jeannelle se trouvait enfermée dans une petite pièce sans fenêtre. Costello l'avait fait asseoir sur une chaise en attendant qu'on vienne la chercher, après avoir confisqué son téléphone et embarqué le sac contenant les deux ordinateurs.

Ne connaissant pas la région, elle ne s'était rendu compte de rien lorsqu'il avait bifurqué pour sortir de la route nationale. Quelques minutes plus tard, ils entraient dans le parc d'une luxueuse villa de la banlieue turinoise. Un vigile armé surveillait l'entrée de la propriété protégée par une haute grille en fer forgé noir semblant en faire le tour. L'inspecteur avait rapidement décliné son identité en précisant qu'il était attendu par Margareth Stern. L'homme s'était baissé et avait pointé son menton dans sa direction.

— C'est Mlle Favre. Elle aussi est attendue, avait ajouté Costello.

Le vigile s'était écarté de quelques pas et, tout en maintenant son regard sur le véhicule, avait vérifié ces informations à l'aide d'un talkie-walkie. Après quelques secondes, la grande grille avait été ouverte de l'intérieur. Un autre gardien armé surveillait l'entrée principale de la maison. Expliquant à Jeannelle qu'ils se trouvaient dans une annexe du commissariat de Turin, Costello s'était garé au pied d'un grand chêne, sur une place circulaire faisant face au bâtiment. Plusieurs berlines noires et deux motos y étaient déjà stationnées. Une fois à l'intérieur, ils avaient traversé un couloir, puis un grand patio dans lequel elle avait identifié plusieurs autres hommes armés, avant de monter deux étages par un escalier de bois exigu. Ils avaient ensuite longé un autre couloir pour se rendre dans le petit réduit où elle se trouvait maintenant.

Celui-ci n'était visiblement ni un cachot ni une salle d'interrogatoire comme elle en voyait dans les séries TV. Sa porte en bois, sa toute petite taille et son papier peint vert passé faisaient plutôt penser à un ancien cagibi. Le seul mobilier présent était une vieille table rectangulaire vernie, la chaise sur laquelle elle était assise et, accrochée au mur, une lithographie usée de Margaret Keane, représentant une petite fille aux grands yeux. Elle se demandait bien ce qu'elle faisait là et ce que lui voulait cette Margareth Stern dont elle n'avait jamais entendu parler. Elle commençait aussi à s'inquiéter sérieusement pour Shana.

Il se passa près d'une heure avant qu'un des hommes qu'elle avait croisés en arrivant lui apporte une bouteille d'eau. Celui-ci était grand et corpulent, les cheveux gris attachés en un mince catogan, vêtu d'un pantalon en velours noir et d'une veste kaki. Elle se fit la réflexion qu'il ressemblait plus à un chasseur qu'à un policier en civil.

— Vous n'avez besoin de rien d'autre ? lui demanda-t-il.

Elle hésita un moment, puis se hasarda :

— Si… J'aimerais bien savoir ce que je fais ici.

— On va vous le dire.

— Oui, mais qu'est-ce que j'ai fait qui justifie qu'on m'enferme ici ?

— Rien de grave. La personne qui va venir vous l'expliquera.

— Je ne peux pas rester ici. Je dois au moins téléphoner.

L'homme ne répondit pas et, sans lui adresser un regard, se dirigea vers la porte.

— M'avez-vous entendue ? Je veux téléphoner !

— Je vous ai entendue.

— Monsieur…, l'interpella-t-elle, alors qu'il allait sortir.

Il se retourna vers elle en pensant qu'il aurait mieux fait de ne pas lui parler.

— J'ai besoin d'aller aux toilettes, dit-elle à mi-voix.

Il la regarda un instant, ennuyé, puis referma la porte. Quelques minutes plus tard, il revint la chercher et l'accompagna au bout du couloir. Il resta devant la porte et lui demanda de ne pas la verrouiller. Les toilettes étaient tout en longueur, avec une petite fenêtre au bout. Elle l'observa un instant, s'imaginant sortir par là. Comme elle était très mince, elle pourrait sans doute s'y glisser. Elle ouvrit le loquet le plus doucement possible, pour ne pas alerter le vigile, et tira vers elle le battant. Le bois usé grinça un peu, mais la fenêtre s'ouvrit facilement. Elle donnait sur l'arrière de la propriété. Dans l'obscurité, elle distingua ce qui ressemblait à un grand parc arboré. Le problème était qu'elle se trouvait à plus de 10 mètres de hauteur. Il y avait bien une gouttière percée et rouillée sur sa droite mais elle était à plus de 50 centimètres, et si elle tentait de s'y suspendre elle risquait de chuter et de se fracasser la tête sur le gravier. La grande évasion n'était pas pour tout de suite. Elle referma la fenêtre en même temps qu'elle tira la chasse d'eau pour en dissimuler le bruit. Après un court moment d'hésitation, elle sortit des toilettes et se dirigea d'elle-même vers sa cellule.

56

Passant de la mort à la vie, ils ôtèrent rapidement leurs masques sans prendre la moindre précaution. Il se dégageait de la grotte une forte odeur de pétrichor[1], mais l'air y semblait respirable. Un long moment, ils restèrent enlacés, sans rien dire, couchés l'un contre l'autre. Ce fut Pierre qui se leva le premier. Il ressentait une douleur dans la poitrine et avait un goût de terre dans la bouche qui l'empêchait de respirer normalement. L'hygromètre fixé sur son sac annonçait 46 % d'humidité et une température de 12 °C. Les conditions étaient précaires, mais paraissaient presque luxueuses par rapport à ce qu'ils venaient de traverser.

Ils vidèrent leurs gourdes, utilisant la moitié de l'eau pour cracher la boue qui leur obstruait la gorge. Avec le peu qui restait ils se nettoyèrent le visage, mais sans grande efficacité.

— J'aurais dû prendre plus d'eau, regretta Pierre.

Au même moment, Shana perçut un bruit d'écoulement. Elle se leva et projeta le rayon de sa lampe vers l'obscurité qui leur faisait face. La cavité semblait

1. Odeur particulière que prend la terre argileuse après la pluie.

gigantesque, et elle ne parvint pas à distinguer son extrémité, ni d'où venait précisément le bruit.

— Je pense qu'on va en trouver ici ! répondit-elle, presque rassurée.

Pierre lui lança l'une des combinaisons sèches qu'il avait emportées.

— Il faut se changer. Avec ce froid, et trempés comme nous sommes, on ne va pas tenir longtemps.

— Tu prévois toujours tout comme ça ?

— À peu près, oui, surtout lorsque ça peut me sauver la vie.

— Remarque, c'est bien ! Par contre, toujours pas de vestiaire ?

— Je n'ai pas considéré que ça pourrait nous sauver la vie…

À son tour, il éclaira le fond de la cavité avec sa lampe, balayant l'espace de droite à gauche.

— Ce n'est pas très fréquenté, ici, dit-il. Tu devrais pouvoir trouver un coin discret…

Elle n'attendit pas qu'il termine sa phrase pour retirer son baudrier et sa combinaison. La boue était entrée jusqu'à l'intérieur de ses sous-vêtements, si bien qu'elle dut se mettre entièrement nue avant d'enfiler la nouvelle. Il fit de même et se trouva finalement plus gêné qu'elle. Quand ils furent changés, il vérifia le niveau d'oxygène de leurs bouteilles. La quantité cumulée était à peine supérieure au contenu d'une seule.

— Nous n'aurons jamais suffisamment d'air pour redescendre, fut-il forcé d'admettre.

Shana nettoya avec soin l'objectif de sa caméra et en profita pour tester son fonctionnement.

— Je suis désolé de t'avoir embarquée dans cette aventure. Ce n'était pas très prudent, poursuivit-il, tandis qu'elle le regardait sans rien dire.

— Écoute, tu ne m'as embarquée nulle part. J'étais volontaire ; je serais même venue sans toi, si j'avais pu le faire. Alors, arrête de culpabiliser. Et puis, nous ne sommes pas encore de vieux fossiles perdus au creux de cette montagne. Ton ami Gazotti ne nous laissera pas nous faire enterrer vivants quand même ?

— Ce n'est pas mon ami.

— OK, ce n'est pas ton ami. Mais la seconde partie de la phrase reste valable non ?

— J'espère…

Elle se figea devant lui.

— Ah oui ? Eh bien, elle est vraiment formidable, ton organisation !

— Je ne sais vraiment pas ce qu'il fera. Mais s'il informe la police, le battage médiatique autour d'une opération de sauvetage ajoutée à ta notoriété mettra un projecteur sur Bussolino et sur la SIA, qu'il ne pourra pas contrôler. Je ne suis pas sûr qu'il soit prêt à prendre ce risque-là.

— Tu n'es pas en train de dire que c'est ma faute quand même ?

— Non.

— Mais il n'est pas isolé, à la SIA ? Vous m'avez expliqué que vous étiez organisés… comme Noé, avec des scientifiques dans tous les coins. Il n'est pas tout seul à décider ?

— Non, mais n'oublie pas qu'on n'a rien dit à personne. En partie pour notre sécurité, on ne voulait informer la SIA qu'après l'opération. Seul Giuseppe sait que nous sommes ici.

— Super ! Je me sens vraiment en sécurité avec vous deux ! Écoute, on va faire les choses dans l'ordre. Nous sommes venus, toi et moi, pour explorer cet endroit. Alors, nous allons le faire. On verra après comment on peut se sortir de là.

Elle agrippa son sac, se leva brutalement et descendit du petit parapet sur lequel ils étaient juchés. La première chose qu'elle vit, en contrebas, fut un bassin naturel d'environ 3 mètres de diamètre. Celui-ci était sans doute alimenté par l'écoulement d'eau qu'ils entendaient.

— Bonne nouvelle ! s'exclama-t-elle. On va peut-être mourir écrasés ou de faim, mais on n'aura pas soif !

L'eau filtrée était d'une transparence absolue, presque cristalline. Ils s'aspergèrent abondamment le visage et les avant-bras et burent autant que possible. Shana inclina sa lampe frontale pour éclairer le haut de la cavité qui leur faisait face. Celle-ci ressemblait à une immense galerie concrétionnée. Beaucoup plus grande et plus haute que la première, elle couvrait une longueur supérieure à 100 mètres, en léger dénivelé, et une largeur d'une vingtaine de mètres, qui s'élargissait par endroits sur des niches s'enfonçant profondément de part et d'autre. Sur toute la longueur, ils pouvaient apercevoir une grande concentration de stalactites et stalagmites blanches, en calcite pure, qui s'entrelaçaient parfois à mi-hauteur pour créer un magnifique ballet. Des géologues auraient sans doute passé de nombreux mois à étudier une telle merveille, mais le temps leur était compté. C'est pourquoi ils ne s'y attardèrent pas.

Shana enclencha sa caméra en mode infrarouge et commença à filmer. Elle déclina son identité, le jour, l'heure précise, puis annonça le début de l'exploration préliminaire de la seconde cavité. Elle fixa alors l'appareil sur le support de son casque et s'avança dans ce qui ressemblait à une allée centrale. C'était tout au bout de celle-ci qu'ils avaient identifié quelques jours plus tôt les angles droits, et c'était évidemment par là qu'elle voulait commencer. À son tour, Pierre enclencha sa caméra et répéta le descriptif d'introduction. Il s'apprêtait à la suivre, lorsque le rayon de sa lampe se porta sous le parapet par lequel ils étaient arrivés. Shana se retourna, braquant son faisceau lumineux au même endroit. C'est à ce moment précis qu'ils les virent, juste devant eux, pour la première fois.

57

Jeannelle fut conduite dans un vaste salon aux boiseries apparentes et de style Renaissance. Un gigantesque tapis habillait l'intégralité du sol et plusieurs peintures florentines ornaient les murs. Au centre de la pièce, posés sur une grande table rustique en bois laqué, elle reconnut immédiatement les ordinateurs de Shana. Deux personnes, penchées sur l'un des écrans, suivaient le point lumineux indiquant la position de son amie. De loin, elle vit que celle-ci se trouvait bien dans la seconde cavité, ce qui la rassura provisoirement. Son gardien toussota pour les informer de leur présence. Elle ne connaissait pas la femme qui se retourna. Très élégante, elle devait avoir une quarantaine d'années et semblait diriger les opérations. Après avoir donné quelques directives à l'homme plus jeune assis à ses côtés, elle se leva puis s'avança vers eux en arborant un large sourire. Jeannelle la fixa, se demandant dans quel étrange endroit elle avait atterri.

— Mademoiselle Favre, je suis désolée de vous avoir fait venir ici dans ces conditions. Mais sachez que vous ne risquez rien. Asseyez-vous, je vous en prie, dit-elle en désignant l'angle opposé de la table.

Jeannelle obtempéra. La femme ne s'installa pas en face d'elle, mais juste à côté.

— Je m'appelle Margareth Stern. Je travaille pour une agence internationale de préservation du patrimoine archéologique.

— Je croyais que j'étais dans un commissariat ?

— Pas tout à fait. Mais nous travaillons en collaboration étroite avec les forces de police italiennes.

— Vous m'avez enfermée ici pendant plusieurs heures et vous ne faites même pas partie de la police ?

— Je vous ai dit que nous travaillions avec la police. C'est bien l'inspecteur Costello qui vous a conduite ici, n'est-ce pas ?

Jeannelle ne répondit pas. Son regard se figea sur une tapisserie murale représentant un cavalier affrontant des créatures démoniaques sortant des abîmes.

— Mademoiselle Favre, je ne suis pas votre ennemie, poursuivit Margareth. Vous protégez une femme qui s'est introduite en toute illégalité sur un site dont nous avons la responsabilité.

— C'est la directrice des fouilles !

— Oui, je le sais. Mais ce n'est pas pour autant que le site lui appartient et qu'elle peut tout se permettre. Elle ne devrait pas être là-bas.

Elle marqua une pause, attendant une réponse qui ne vint pas.

— Mais vous le savez déjà, n'est-ce pas ? ajouta-t-elle d'une voix perfide.

Jeannelle regarda à nouveau vers le cavalier. Il était fort et puissant, et pourtant, face au mal, il semblait promis à une mort certaine. Elle ne voulait pas répondre à cette femme inconnue. Il fallait avant tout qu'elle protège son amie, et pour cela elle devait quitter rapidement cet endroit.

— Il faut que vous me disiez comment elle a prévu de sortir de la cavité et également si elle y est allée seule.

— Je ne vous répondrai pas.

— Si j'ai besoin de le savoir, c'est d'abord pour la protéger, elle. Vous comprenez ?

Devant son silence, Margareth utilisa une carte qu'elle savait risquée.

— Jeannelle, je connaissais bien votre frère ; c'est moi qui l'ai fait venir à Bussolino, commença-t-elle. Il me faisait confiance, et c'était réciproque. Mais ce que fait Shana Stenford cette nuit est dangereux, inutile et surtout illégal. Je sais que vous faites des études de droit ; vous connaissez le prix à payer pour une complicité dans une affaire de ce genre ?

Jeannelle redressa la tête et planta son regard dans le sien.

— Je veux parler à un avocat !

— Ça viendra, ça viendra…

Se levant brusquement, Margareth fit un signe à l'homme qui était resté silencieux derrière elle, pour qu'il la raccompagne dans sa cellule de fortune.

— Je ne resterai pas ici une minute de plus si je ne vois pas un avocat ! déclara Jeannelle en se levant à son tour.

Elle avait dit cela avec un ton et une assurance dont elle ne se croyait pas capable.

— Je pense que vous n'avez pas vraiment le choix, mademoiselle, répondit Margareth comme si elle prononçait une sentence.

Elle fit un signe de la tête, puis retourna près de l'homme qui surveillait le traceur GPS. Le gardien posa sa main sur l'épaule de Jeannelle et y exerça une ferme pression pour qu'elle avance. Comme elle ne bougeait pas, il la poussa violemment vers les escaliers. Surprise, elle perdit l'équilibre et tomba au sol. Il l'aida à se relever en lui serrant fortement l'avant-bras, puis il la raccompagna à l'étage.

58

Shana revint sur ses pas. Les yeux écarquillés, elle s'agenouilla pour approcher sa lampe sous le petit parapet par lequel ils étaient arrivés, quelques minutes plus tôt.

— C'est fabuleux ! murmura-t-elle.

Au fond du petit renfoncement, elle distingua une empreinte. Celle de deux corps. À même le sol et sans sépulture apparente. Ils semblaient reposer là depuis toujours. Avec précaution, Pierre la rejoignit afin de filmer l'intégralité de la zone qui mesurait à peine 2 mètres sur 2.

— Tu as vu leur position ?

— C'est totalement incroyable !

— Soit ils sont morts comme ça, soit on les a placés dans cette position mais ce qui est sûr c'est que ce n'est pas naturel…

Face à face, en position demi-fœtale, leurs pieds et leurs mains se touchant donnaient à leurs deux corps réunis la forme d'un cœur. Il s'agissait visiblement d'un enfant et d'un adulte. Le dessous du parapet qui leur servait de plafond était formé d'une sorte de quartz craquelé.

— On dirait qu'ils se sont endormis l'un en face de l'autre, les mains entremêlées, dit-elle.

— C'est fabuleux !

— L'adulte devait être une femme, peut-être sa mère.

— À quoi tu vois ça ?

— À la forme du bassin.

Shana remonta le rayon de sa lampe vers le haut du corps et remarqua un reflet qui venait des os enlacés de leurs mains. Elle approcha encore sa lampe pour éclairer ce qui semblait être un petit objet brillant.

— Qu'est-ce que c'est ?

— Je n'en ai aucune idée…

Avec précaution, elle se pencha au-dessus des corps, puis, avec le pouce et l'index, attrapa l'extrémité de l'objet. Elle le tira tout doucement vers elle, craignant d'endommager les ossements. Celui-ci fut d'abord retenu par la pression surprenante qu'exerçait encore le fossile, puis se désolidarisa. Ils l'étudièrent de longues secondes, le manipulant délicatement dans le creux de leurs mains. Il s'agissait d'une forme conique d'environ un demi-centimètre de diamètre et de 4 de long.

— On dirait de l'or, dit-elle.

— C'en est probablement.

— Tu crois ça ?

— L'or résiste à tout, notamment au temps. C'est le matériau idéal.

Collant sa lampe tout près de l'objet, Pierre distingua une micro-rainure, à son sommet, qui en faisait le tour. Il sortit un petit couteau de son sac et l'y enfonça. En exerçant une légère pression de haut en bas, il parvint à soulever la partie supérieure, qui, en se décachetant, émit un bruit sec, avant de tomber au sol.

— Ça ressemble à une fiole, dit-il tout en portant l'objet à son nez, mais il n'y décela aucune odeur particulière. Cette mère et son enfant se sont peut-être volontairement donné la mort à l'aide du contenu de cette fiole. C'est incroyable…

— Regarde ! le coupa Shana.

La partie supérieure du mur, derrière eux, présentait de nombreux traits indistincts, comme si quelque chose y avait été écrit, longtemps auparavant, puis partiellement effacé. Mais le plus surprenant se trouvait en dessous.

— Nom de Dieu, mais on est où, ici ? s'exclama Pierre.

Sous les traits, il y avait des dessins, ou plutôt des empreintes. Des empreintes en négatif : deux mains apposées puis coloriées ; probablement celle d'un enfant et celle d'un adulte.

— Peut-être… à l'origine, répondit Shana dans un souffle.

Elle s'approcha au plus près de la paroi et passa sa main dessus, pour essayer de ressentir un relief, mais celle-ci était propre et lisse.

— Ils ont écrit quelque chose… murmura-t-elle. Leurs noms peut-être ?

— Ils ont dû se retrouver enfermés ici, sans possibilité de sortir, et ils ont voulu mourir ensemble.

— On dirait des dessins rupestres, tels qu'on en trouve dans certaines grottes du Paléolithique.

— Oui. Ou bien ceux que pourrait faire un enfant.

— Pourquoi ont-ils fait ça ?

— Sans doute pour qu'on puisse les reconnaître. Ils devaient penser qu'on les retrouverait un jour et que leurs noms et empreintes permettraient de les identifier.

— On part loin quand même…

Elle réfléchit un moment, tout en observant les deux corps. Son regard s'arrêta à nouveau sur leurs doigts entrelacés.

— Ils n'étaient pas enfermés, mais se sont retrouvés isolés ici sans moyen de défense, ni de subsistance, ajouta-t-elle. Si tout ça s'est bien passé il y a soixante millions d'années, ils n'auraient pas pu survivre à l'extérieur plus de quelques minutes. Ils ont dû se donner la mort pour ne pas mourir de faim, ou bien parce qu'ils craignaient qu'un ptérosaure ou l'un de ses congénères ne fasse irruption dans leur grotte et ne les dévore vivants.

Pendant qu'elle parlait, Pierre sortit une bâche de son sac qu'ils positionnèrent délicatement sur les corps afin de les protéger. Dans le cas où le passage du tunnelier ne détruirait pas entièrement la cavité, ils pensaient qu'une équipe de chercheurs pourrait à nouveau y accéder dans le futur. Le temps étant compté, ils avaient pris du retard et devaient rapidement commencer l'exploration du reste de la grotte. Ainsi, même s'ils étaient encore stupéfaits par ce qu'ils venaient de voir, ils se mirent en marche.

— Tu penses qu'il y a un rapport avec celui qu'on a trouvé dans l'autre ? demanda Pierre.

— J'en suis persuadée. Je pense même qu'il s'agissait d'une famille. Ils ont probablement été attaqués par une escouade de ptérosaures. Pour protéger sa famille, l'homme a dû les attirer dans le conduit et le faire s'effondrer sur eux. Agissant ainsi il a provisoirement sauvé les siens. Il a péri seul, en bas, et eux se sont donné la mort, sans doute pour s'épargner une fin abominable. Peut-être ont-ils pu continuer de communiquer ensemble.

— Tu as beaucoup d'imagination…

Elle s'arrêta un instant et remonta le haut de sa combinaison pour se protéger du froid qui commençait à la saisir.

— Venant de quelqu'un qui pense que les premiers hommes sont arrivés d'une autre planète, je prends plutôt ça comme un compliment !

— J'avais oublié ton petit côté sarcastique…

— Ce n'est pas de l'imagination ; j'ai une impression étrange. C'est comme si je ressentais cette histoire au fond de moi, ce passé. Comme s'il faisait partie de moi depuis toujours.

— Ton hypothèse sous-entend qu'ils possédaient des armes ou des explosifs ?

— Pas nécessairement ! Ils pouvaient avoir d'autres moyens…

La cavité était gigantesque. Ils explorèrent d'abord plusieurs alcôves qui s'élargissaient sur des salles transversales. Probablement dues aux passages de rivières souterraines, ils ne trouvèrent tout d'abord que des stalactites et des accumulations de calcaire. Certaines de ces alcôves étaient très profondes et s'enfonçaient à plus de 40 mètres sur les côtés. Les parois majestueuses ressemblaient à des dolines. Ils avaient conscience de se trouver devant un phénomène naturel extraordinaire comme l'homme n'en avait sans doute jamais vu, mais ils n'avaient pas le temps de s'attarder sur les merveilles que ce lieu recelait. Au centre de la cavité, l'une des alcôves était beaucoup plus profonde que les autres. Elle devait mesurer à elle seule plus de 3 000 m², avec une hauteur de plus de 20 mètres. Au fond, ils trouvèrent les vestiges d'un éboulement qui menait probablement à une ancienne sortie qu'ils n'avaient pas identifiée sur les plans de coupe. Vu l'enchevêtrement des couches géologiques apparentes, Pierre en déduisit que plusieurs mouvements de terrain avaient dû progressivement obturer cette ouverture.

Au fond de la dernière alcôve ils arrivèrent enfin au lieu qu'ils cherchaient, celui qui avait en partie motivé leur expédition : les angles droits. Ils les aperçurent de loin, apparaissant dans le faisceau de leurs lampes frontales, comme un relief sortant de l'abîme. Ceux-ci étaient bas et plus prononcés que ce qu'ils avaient imaginé d'après les contrastes verts sur fond noir du scanner. Quatre enfoncements semblaient avoir été creusés. Ils en étudièrent attentivement les parois et les intersections. Il était évident que ceux-ci n'étaient pas naturels. L'ensemble représentait deux carrés de 5 mètres sur 5. Au-dessus de leurs têtes, une voûte rocheuse plane fermait l'ensemble. Par endroits, celle-ci était s'effondrée mais ils comprirent vite que les parties intactes se situaient également à 5 mètres de hauteur. Aussi inconcevable que cela puisse paraître, ils étaient face à deux cubes parfaits. Mais quelle était leur utilité ? Si ces abris servaient à quelque chose de précis, il n'en restait aucune trace, ni sur les murs ni au plafond.

À l'aide de la mini-pelle pliable qu'il avait apportée, Pierre commença à creuser le sol au centre de l'un des blocs. Il s'arrêta rapidement lorsque l'outil heurta la roche, sous à peine 10 centimètres, et en dégagea une partie. Tout comme les parois et la voûte, celui-ci était totalement droit et plat. Il donna des coups de pelle à différents endroits pour évaluer la densité, qu'il jugea équivalente.

— Comment ont-ils pu réaliser un truc pareil ? Et pourquoi ? s'étonna-t-il.

Lui, qui, d'habitude, donnait l'impression de connaître toutes les réponses, paraissait déconcerté. Ils étaient venus jusqu'ici en pensant trouver une preuve ; ils pensaient que la vérité serait là, sublime et explicite, mais ce n'était pas le cas. En fait, l'endroit posait plus de questions qu'il n'apportait de réponses.

— Peut-être étaient-ce des lieux de stockage de nourriture ou de matériaux, supposa alors Shana, exprimant la seule hypothèse qui lui semblait vraisemblable.

Le passage du sol au détecteur de métaux ne donna rien. Après avoir photographié l'espace et emporté des échantillons de la couche sédimentaire au sol, ils continuèrent l'exploration du reste de la grotte. Shana regarda sa montre. Il allait bientôt être 6 heures du matin. Cela faisait un moment que Jeannelle avait dû s'apercevoir, grâce au traceur, qu'ils n'avaient pas entamé la descente. Elle avait probablement déjà donné l'alerte. Du moins, c'était ce qu'elle espérait.

*****

La montre de Giuseppe Gazotti affichait 6 h 03. Il n'avait pas beaucoup dormi. Shana et Pierre auraient dû ressortir depuis un moment déjà et l'appeler pour l'en informer. Leurs portables sonnaient désespérément dans le vide. Le pire n'était pas encore certain, mais il était très inquiet. Il se leva du fauteuil sur lequel il avait passé les dernières heures de la nuit et fit quelques pas jusqu'à la fenêtre. La *via Roma* était déserte et la plupart des appartements, encore sombres. Seul le rideau métallique du petit café, un peu plus haut, semblait dissimuler une précoce activité. Depuis un moment déjà, un mauvais pressentiment ne le quittait plus. Ils avaient dû rencontrer un problème.

Dans le grand salon où ils avaient échafaudé leur plan, trois jours plus tôt, il se retrouvait seul, face à ce choix qu'il redoutait d'avoir à faire. Donner l'alerte afin de les sortir de là mettrait immédiatement leurs vies à tous les trois en danger. Ceux qui étaient allés jusqu'à tuer et provoquer un attentat ne leur laisseraient probablement pas de répit en apprenant qu'ils avaient réussi à pénétrer dans la seconde cavité et qu'ils l'avaient peut-être trouvé… En supposant que les assassins n'en fassent pas partie, ce dont il n'était pas certain, la SIA ne pourrait pas les protéger. Pire, elle considérerait probablement qu'il avait voulu faire cavalier seul. D'un autre côté, ne rien faire exposait Pierre et Shana à une mort quasi certaine. Lorsque le tunnelier reprendrait son office, il pulvériserait la seconde cavité sur son passage, et il serait impossible pour eux de se protéger.

À cet instant, il comprit que leur plan était en train de leur échapper et de se refermer sur eux. Il hésita encore de longues minutes, puis, ravalant sa fierté, il composa le numéro qui lui paraissait le plus approprié.

59

Jeannelle se trouva à nouveau enfermée dans le débarras où elle avait déjà passé la plus grande partie de la nuit. Elle avait vite compris que les personnes qui la retenaient ici n'étaient ni des policiers ni des scientifiques, et qu'ils n'avaient probablement pas l'intention de la laisser partir. Mais pourquoi l'inspecteur Costello l'avait-il amenée ici ? Elle se rappela alors les mots prononcés par Shana, quelques heures plus tôt : « Certains sont sans doute prêts à tout pour s'approprier ce que l'on pourrait découvrir. » Pour la première fois de sa vie, elle se sentait vraiment en danger, mais plus important encore, elle était responsable de la sécurité de son amie et de Pierre. À l'heure qu'il était, ils auraient déjà dû ressortir, et d'après ce qu'elle avait pu apercevoir dans le salon ce n'était pas le cas. S'ils avaient rencontré un problème, ce n'était sans doute pas Cruella et ses sbires qui leur viendraient en aide. Il fallait absolument qu'elle sorte de là et elle ne voyait qu'une possibilité de le faire : la petite fenêtre des toilettes. À plus de 10 mètres de haut, c'était risqué, mais elle s'en sentait capable. Et surtout, elle était persuadée qu'en restant ici, le danger était encore plus grand.

*****

Assise derrière son bureau, Margareth surveillait attentivement le petit point rouge se mouvant à travers la grotte.

— Que fait-on ? lui demanda Aznar.

— Comment ça ?

— Dans deux heures, cette grotte n'existera plus, et vu ses déplacements il me paraît clair qu'elle n'a pas prévu d'en ressortir !

— Patience, patience…

— Elle est quasiment immobile.

— Eh bien, si c'est le cas, elle a eu tort. Mais à ma connaissance, elle n'est pas suicidaire. Donc je pense qu'elle a prévu quelque chose pour sortir, qui nous échappe.

— Tu veux que je fasse parler la fille ?

Elle attrapa une Lucky Strike dans le paquet qui traînait sur la table, l'alluma et en tira une profonde bouffée.

— Non, ce n'est pas la peine, répondit-elle. Le traceur nous permet de la suivre ; il suffit d'attendre, et on sera bientôt fixés. On n'aura plus qu'à aller la cueillir.

Quoi qu'il arrive, Margareth donnait toujours à Aznar l'impression de maîtriser les événements ; c'était une qualité qui l'avait toujours impressionné. La pression ne semblait pas l'atteindre, ou alors d'une telle façon que ça la transcendait. Mais à ce moment précis, alors qu'ils n'étaient que tous les deux, il se demandait si c'était réel ou simplement une attitude qu'elle se donnait.

— Tu crois qu'elle l'a trouvé ?

— C'est difficile à dire. Je ne suis pas encore capable de lire à travers un petit point rouge qui clignote. En tout cas, elle a pratiquement fait le tour des lieux ; si elle ne l'a pas trouvé, c'est qu'elle ne l'a pas cherché ou qu'il n'est pas là. Ou, pire encore, qu'il n'existe pas !

Son téléphone se mit soudain à sonner. Elle reconnut immédiatement le numéro de l'inspecteur Costello, ce qui ne lui disait rien de bon. Elle se leva et s'écarta vers les fenêtres pour prendre l'appel.

— Inspecteur.

— Giuseppe Gazotti, vous connaissez ?

— Oui.

— C'est un ami à vous ?

— C'est l'un des patrons de la SIA.

— Je viens de l'avoir au téléphone : il cherchait à joindre le commissaire Spangeti.

— Vous m'en direz tant ! Et pour quelle raison ?

— Il voulait l'informer que deux personnes s'étaient introduites clandestinement sur le chantier du tunnel, cette nuit. Heureusement, c'est moi qui suis de garde et on m'a passé l'appel.

— En effet, inspecteur… Deux personnes, vous dites ?

— Oui. Selon lui, ils n'en sont pas ressortis. Il veut qu'on suspende la reprise des travaux, le temps de les sortir de là.

Margareth n'avait jamais eu totalement confiance en Gazotti, mais elle n'imaginait pas qu'il puisse être un obstacle et tenter de jouer sa carte en solo. Le puzzle commençait à s'assembler ; Shana Stenford n'était pas seule… Gazotti, Jeannelle, plus quelqu'un d'autre avec elle dans le tunnel. Et évidemment, comme un agent double, c'était lui qui coordonnait tout ça. Elle s'en voulait de ne pas y avoir pensé plus tôt.

— Je vois. Vous lui avez demandé qui était l'autre personne avec elle ?

— Évidemment, mais il m'a affirmé ne pas le savoir. Il veut juste qu'on arrête les travaux.

— Ben, voyons…

— Qu'est-ce que je dois faire ?

— Rien.

— Il demandera pourquoi nous ne sommes pas intervenus suite à son appel.

— Ne vous inquiétez pas. Je m'occupe de Gazotti. Il ne dira rien.

— Très bien.

— Merci, inspecteur. Je saurai me souvenir de tout ce que vous faites pour nous.

Margareth retourna s'asseoir avec un problème de plus en tête. Décidément, rien ne se passait comme prévu, mais elle n'était pas prête à laisser la main. Sans se départir de son aplomb, elle expliqua la situation à Aznar en quelques mots.

— Que comptes-tu faire ? demanda alors ce dernier.

— Moi ? Mais rien ! On suit le plan. On laisse les ouvriers finir de transpercer cette montagne. Ensuite, on accédera rapidement à la seconde cavité par le haut, avec l'équipement adéquat.

— Il n'en restera probablement pas grand-chose.

— Même si elle est très endommagée, s'il y a quelque chose à trouver, on le trouvera.

— On va marcher sur leurs cadavres ?

— Si tu n'es pas prêt à ça, il ne faut pas faire d'archéologie !

60

« Qu'est-ce que l'homme dans la nature ?
Un néant à l'égard de l'infini, un tout
à l'égard du néant, un milieu entre rien et tout. »

Blaise Pascal

Il était presque 7 heures lorsqu'ils terminèrent le tour de la cavité. Sans un mot, comme pour se recueillir, ils s'arrêtèrent un instant devant le petit parapet protégeant les deux fossiles. Shana ne pouvait s'enlever de l'esprit que cette femme et ce qui devait être son enfant avaient vécu ici, plusieurs jours, peut-être plusieurs mois, avant de décider de mettre un terme à ce qui devait être de la survivance.

La fouille préliminaire qu'ils avaient effectuée était presque complète : mesure des zones, prélèvement d'échantillons à plusieurs endroits, une centaine de photographies sous différents angles, quatre heures de films et de commentaires à chaud. Il ne restait plus qu'à ressortir pour pouvoir utiliser toutes ces informations. Shana s'assit au pied du parapet, tandis que Pierre, semblant préoccupé, faisait une dernière boucle en dirigeant sa lampe torche vers le plafond sur lequel il ne s'était pas concentré au premier passage. Assez vite, elle le perdit de vue, ne le suivant que de loin à la lumière qu'il projetait sur la voûte.

Elle but un peu, mangea une barre de céréales et se mit à creuser le sol autour des corps. Elle le fit sans outil, à mains nues, comme on le faisait souvent à la fin de la fouille d'une zone, lorsqu'on amoindrit les règles de prudence. Elle préférait de loin cette façon de faire plutôt que l'usage, plus usuel, du pinceau. Ça allait plus vite, mais surtout, elle aimait être en contact direct avec les éléments, les toucher, sentir les grains de terre se disloquer au frottement de ses mains et, parfois, parmi eux, trouver un morceau un peu plus solide. Accroupie sous le parapet, elle mit plusieurs minutes pour faire une petite tranchée autour des os extérieurs, mais ne trouva rien d'autre que de la terre. Pierre la rejoignit alors, posa ses affaires et s'assit face à elle en la regardant terminer.

— Tu es belle.

— Merci…

— Je veux dire, pas que physiquement : tu es une femme exceptionnelle !

— Ne dis pas des choses que tu pourrais regretter plus tard. On ne va peut-être pas mourir, tu sais.

— Ça ne changera rien à ce que je pense de toi.

— Tu n'as rien trouvé ?

— Non, rien de plus.

— Tu es déçu ?

— Non. Cet endroit est exceptionnel.

Shana se redressa, nettoya ses avant-bras dans le bassin naturel, puis vint s'asseoir à côté de lui.

— Ça ne remet pas en cause toutes vos théories.

— Non, mais… C'était l'endroit idéal pour trouver quelque chose, disons, d'incontestable.

— Tu ne trouves pas que tout ce qui se trouve ici l'est déjà ? Les corps, les modifications de l'environnement, les dessins ? Et ça, ce n'est pas incontestable ? ajouta-t-elle en faisant tourner la petite fiole entre ses doigts.

— Si, si… Peut-être.

— Tu espérais trouver la source d'énergie, c'est ça ?

— Oui, ça pourrait être ça.

— Et tu penses qu'elle ressemble à quoi ?

— Je ne sais pas. Tout, dans l'univers, est énergie. Du plus petit atome au plus grand, comme le Soleil, tout n'est qu'énergie ! Nous ne savons pas toujours comment l'utiliser, la canaliser, la stocker, ni même la voir, mais nous savons qu'elle existe. Nous n'en sommes qu'aux balbutiements de la science dans ce domaine, mais tout indique que nos ancêtres avaient déjà cette connaissance.

Shana s'allongea sur le côté et posa sa tête sur sa cuisse, comme elle le faisait souvent, une dizaine d'années plus tôt.

— Cela ne te gêne pas ? J'aimais bien me mettre comme ça pour t'écouter, lui demanda-t-elle, tout en connaissant déjà la réponse.

— Non, répondit-il simplement.

— Depuis que je t'ai revu, il y a deux semaines, j'avais envie de le faire…

Ils se turent un moment. Seul le bruit de l'eau qui ruisselait autour d'eux troublait le silence. Il éteignit sa lampe frontale et lui caressa les cheveux tendrement. La pénombre était totale.

— Tu penses réellement que les premiers hommes ne sont pas apparus sur la Terre ?

— Oui, je le crois. Vu toutes les choses si anciennes que nous avons découvertes, partout dans le monde et qu'on n'explique pas, je dirais même que c'est la théorie la plus… sensée ! En tout cas, c'est une possibilité qui n'a jamais été correctement étudiée.

— C'est tellement en décalage avec tout ce qu'on nous a appris.

— Le problème est que, dès le départ, nous sommes partis sur de fausses pistes. Des hypothèses induites par notre passé judéo-chrétien et présentées comme vraies. Dieu a créé les cieux et la Terre, puis l'homme à son image, pour la peupler. Ensuite, le Soleil, l'eau, etc. Nous étions le centre de tout ! Le Soleil tournait autour de la Terre, qui, d'ailleurs, était plate ! Tout cela n'était pas discutable. Un mensonge répété dix fois reste un mensonge, mais un mensonge répété mille fois devient la vérité ! Jusqu'au XVIIIe siècle, nos trois grandes religions monothéistes situaient la date de la création de l'univers, en chiffres ronds, à quatre mille ans avant notre ère. La création de l'homme n'était pas une hypothèse ; c'était *la* vérité, enseignée dans nos récits religieux les plus anciens et les plus précieux.

— Adam et Ève ont tout de même été bousculés par les premiers paléontologues.

— Oui, c'est vrai, mais les religions s'en sont accommodées. Ils ont reconnu l'évolution des différentes lignées d'hominidés préhistoriques, mais indépendamment de l'homme créé par Dieu !

— Ce en quoi vos points de vue se rejoignent.

— En quelque sorte, oui. Si ce n'est que pour nous l'homme n'a pas été créé par Dieu pour peupler la Terre, mais il y est arrivé. Et dans quelques décennies, dans quelques siècles, on refera la même chose parce que c'est dans notre nature.

— Et on serait arrivés d'où ?

— C'est difficile à dire, mais la planète la plus proche, la théorie la plus évidente, c'est Mars.

— T'es sérieux ?

— Bien sûr.

Il savait que l'idée était impossible à accepter sans résistance. Il lui avait lui-même fallu beaucoup de temps, et tous les éléments convergents qu'il avait étudiés progressivement avec la SIA, pour commencer à regarder les choses différemment.

— Depuis Einstein, Friedmann et quelques autres, nous savons de façon certaine que l'univers est en expansion, poursuivit-il. Cela ouvre beaucoup de nouvelles perspectives, n'est-ce pas ? Les étoiles, les planètes, les galaxies s'éloignent régulièrement les unes des autres, projetées par le souffle de l'explosion initiale, il y a plus de quatorze milliards d'années. Nous savons qu'à une époque, Mars était beaucoup plus proche de la Terre qu'elle ne l'est aujourd'hui. Nous savons également que les conditions nécessaires à l'apparition de la vie ont été réunies sur Mars bien avant de l'être sur la Terre, qui était alors beaucoup trop proche du Soleil. Nous avons la preuve qu'il y a eu de l'eau sur Mars, des rivières, des océans comparables à ce qu'on trouve sur notre planète. Si une vie pullulante a pu se développer ici, il semble logique qu'elle se soit d'abord développée sur Mars qui possédait des conditions identiques, mais il y a bien plus longtemps. Et on peut très bien imaginer qu'une vie intelligente soit d'abord apparue là-bas.

— Ça n'explique pas ce qu'ils seraient venus faire ici.

— Si une espèce intelligente vivant sur Mars s'est rendue capable de voyages interplanétaires, alors leur première cible a inévitablement été la Terre. Elle était à proximité et les conditions nécessaires à la vie étaient réunies ou allaient l'être.

— Mais dans quel but ? La colonisation ?

— C'est possible. Ou bien pour une raison plus… simple !

— C'est-à-dire ?

— La raison qui nous fait avancer depuis la nuit des temps : la curiosité.

— La curiosité ?

— Bien sûr ! Si tu mets des bébés chats sur un bateau et que tu les fais naviguer sans cesse autour du monde sans jamais mettre une patte à terre, comment penses-tu qu'ils définiront leur environnement ? Tu peux être certaine qu'ils connaîtront le bateau de fond en comble. Ils en maîtriseront chaque recoin à la perfection. Pour eux le bateau sera le monde, et l'océan leur univers. Ce sera leur vérité, et elle aura les limites de leur perception. À ceci près que le chat partage deux particularités fortes avec nous, qui sont la curiosité et un certain goût pour la transgression. Alors, il est probable qu'un jour, un descendant de nos chatons, plus hardi que les autres, se jette dans l'eau. Pour voir, pour essayer, pour découvrir. Et puis un autre, et encore un autre… jusqu'à ce qu'il y en ait un qui parvienne à atteindre la côte. Alors, les limites de sa perception changeront. Le monde est notre bateau, et nous ne savons pas du tout où nous naviguons. Si tu veux mon avis, ceux qui affirment que nous connaissons tout de notre environnement, de notre passé et de l'univers, sont de dangereux illuminés.

— D'accord, mais si je suis ton raisonnement ils auraient fait bien plus que passer : ils se seraient installés.

— Oui, pour une raison qu'on ignore. Peut-être voulaient-ils se développer ou bien savaient-ils leur planète condamnée, car elle s'éloignait progressivement du Soleil. C'était une façon de sauvegarder l'espèce. Puis, après la destruction des conditions de la vie sur Mars, les colons se sont retrouvés seuls, isolés, coupés de leurs racines, dans un environnement extrêmement hostile. Au fil des millénaires, ils ont été confrontés à de multiples périls, plusieurs ères de glaciation, l'extinction de masse de la fin du Crétacé, les dinosaures… Mais ils ont survécu ! Survécu, encore et encore… pour ne pas disparaître. Et ils ont réussi. Après plusieurs millions d'années, ils ont gagné sur les autres espèces et ont peuplé la planète. Ils ont si bien réussi à devenir Terriens qu'ils ont fini par oublier qu'ils ne l'étaient pas. Peut-être que l'homme, tout comme Dieu, a toujours existé. Peut-être même que Dieu était un homme…

61

Jeannelle ferma la porte derrière elle. Elle s'appliqua à dissimuler le bruit du verrou en relâchant la poignée exactement au même moment, afin que son geôlier ne l'entende pas. Elle savait qu'elle ne disposait que de deux ou trois minutes maximum, alors elle ne devait pas traîner. Elle ouvrit silencieusement le loquet de la petite fenêtre en bois et, instantanément, fut saisie par le froid. À cette époque de l'année et à cette heure avancée de la nuit, la température était largement négative et elle n'était vêtue que d'une simple chemise en nylon. Le cadre de la fenêtre lui parut plus étroit que la première fois, et elle ne fut plus tout à fait sûre de pouvoir s'y glisser mais elle devait au moins essayer.

Elle monta sans bruit sur le rebord de la cuvette, puis tendit les bras vers l'extérieur. Elle passa la tête comme si elle allait plonger mais se trouva bloquée au niveau des épaules. La fenêtre étant plus haute que large, elle essaya de biais mais ne parvint pas à se mettre dans l'axe. Elle reprit sa position initiale et se plaça en équilibre, de côté, sur la cuvette. Elle repassa les bras, la tête, puis, sur un pied réussit à se mettre dans la bonne position. Ses épaules frottèrent fortement de chaque côté. Elle força comme elle put, à droite, puis à gauche, ses jambes pendant dans le vide. Le frottement lui arracha un morceau de chair sur le haut de chaque bras. Une tache rougeâtre imbiba immédiatement sa chemise, mais elle continua à se glisser jusqu'à la taille, étouffant un cri. Craignant d'avoir fait trop de bruit, elle s'immobilisa un instant, pour tendre l'oreille du côté du couloir, mais son gardien n'eut aucune réaction. Elle supposa qu'il s'était éloigné un instant de la porte ou qu'il n'avait tout simplement pas fait attention. C'était sa chance. Au prix d'un effort abdominal intense, elle réussit à attraper la gouttière située à une cinquantaine de centimètres sur sa droite. Elle passa le bassin, puis les cuisses, jusqu'à se trouver en équilibre, ses mains tenant la gouttière et ses mollets reposant sur la fenêtre.

L'opération lui avait pris plus de trois minutes ; elle n'avait plus le choix, ni beaucoup de temps. Elle laissa basculer ses jambes dans le vide et se retrouva suspendue à la seule force des bras. Elle se sentit glisser le long de la gouttière gelée et se rattrapa *in extremis* avec les pieds, sur la première fixation qui se présenta, le tout dans un grand bruit métallique. Elle tremblait de tout son corps et sentait les battements frénétiques de son cœur. Elle reprit son souffle un court instant, jusqu'à ce qu'elle entende ce qu'elle redoutait depuis le début : deux coups secs, frappés contre la porte des toilettes. Cette fois-ci, il avait entendu. Il lui aurait été difficile de faire autrement. Elle se trouvait à 7 ou 8 mètres de haut ; il fallait qu'elle en descende encore quelques-uns pour pouvoir sauter. Deux nouveaux coups frappés violemment la firent accélérer. Elle se laissa glisser sur 2 mètres, crut perdre l'équilibre et heurta lourdement la fixation. Elle ne sentait plus ses doigts qui étaient totalement gelés. Elle entendit à nouveau son geôlier qui tapait maintenant sans discontinuer sur le bois usé de la porte, en essayant de l'ouvrir. Elle n'avait plus de force dans les bras et se sentait incapable d'exercer la pression suffisante pour se laisser glisser à nouveau sans tomber. Soudain, la fragile porte en bois céda sous les coups de boutoir, puis la tête de son geôlier apparut dans l'embrasure de la fenêtre.

— Nom de Dieu, mais qu'est-ce que vous foutez là ? cria-t-il.

Sa tête disparut tout aussi vite. Il ne lui faudrait pas plus d'une minute pour descendre les deux étages et venir la cueillir. Elle se retrouvait coincée comme un insecte vulnérable, gelée et incapable de faire le moindre mouvement. Elle n'était plus qu'à 4 ou 5 mètres du sol, quand elle décida de faire la dernière chose qu'elle pouvait encore : elle lâcha la gouttière. Elle tomba d'abord sur ses pieds, puis chuta de tout son long sur le côté. Sa tête heurta lourdement le gravier, mais elle ne perdit pas connaissance. Se relevant, elle sentit une douleur à la hanche, mais c'était supportable. Elle avait l'impression d'être vidée de toute énergie, comme tétanisée par le froid et la peur, mais elle ne pouvait se permettre aucun répit. Totalement désorientée, elle s'enfonça en claudiquant vers l'obscurité du parc.

À peine avait-elle parcouru 10 mètres qu'elle aperçut son geôlier, accompagné d'un autre homme, qui arrivait à vive allure. Incapable de courir, elle s'accroupit dans le noir, rentra la tête entre ses jambes et ne bougea plus. Avec un peu de chance, de là où ils étaient ils ne la verraient pas. Les deux hommes s'arrêtèrent à moins de 3 mètres d'elle, en regardant vers le fond du parc. Elle remarqua que l'un d'eux tenait un pistolet à la main.

— Putain, fait chier ! On est dans la merde ! Va vite chercher du renfort et des lampes torches. Il faut absolument qu'on retrouve la gamine ! marmonna le gardien.

Alors que le deuxième homme repartait en courant vers la bâtisse, son geôlier resta à quelques mètres. Il essayait de distinguer, au loin, des mouvements dans la pénombre, sans se douter qu'elle n'était qu'à quelques pas de lui, frigorifiée et terrifiée. *Lorsqu'ils reviendront plus nombreux, ils ne mettront pas longtemps à me trouver*, pensa-t-elle.

62

Les ouvriers manœuvres assignés à la perforation prirent leurs fonctions sous la responsabilité du nouveau chef, Rodriguez. Le suicide du contremaître Coste, dans une cellule du commissariat de Turin, avait beaucoup fait parler. Au sein du groupe Sanders, la plupart des employés le considéraient comme un homme froid et rustre, mais aussi comme quelqu'un de droit, rigoureux et dévoué à son entreprise. Il y avait beaucoup d'interrogations, mais ici personne ne croyait vraiment qu'il puisse être impliqué de près ou de loin dans les récents événements. Malgré l'autoritarisme dont il faisait souvent preuve avec ses équipes, beaucoup de ceux qui l'avaient connu auraient aimé se rendre à ses obsèques, qui se tenaient dans le nord de la France, mais avec l'imminence de la reprise du chantier la compagnie n'avait accepté aucun congé.

Pour beaucoup, le travail allait enfin reprendre. Si le tunnelier effectuait seul le gros de l'excavation, neuf personnes devaient s'activer pour l'évacuation des déblais, vingt-cinq pour la mise en place des soutènements et, autour d'eux c'était toute une communauté bruyante qui se réveillait. Les ingénieurs du groupe Sanders avaient depuis longtemps intégré le retard, et afin de le minimiser ils avaient ajusté le tracé et le point de jonction entre les équipes française et italienne. Avec un diamètre de forage de 15 mètres, une poussée de 40 tonnes et une longueur de 130 mètres, le tunnelier italien était l'un des plus grands au monde.

Après les vérifications d'usage, la mise en route ne posa pas de problème. Une forte odeur de gasoil mêlée de terre et d'acier, à la limite du supportable, inonda immédiatement l'espace. Le premier contact entre la tête de coupe et la roche provoqua un bruit assourdissant, suivi de gerbes d'étincelles, tandis qu'une fumée opaque était projetée vers l'arrière. Le chef Rodriguez laissa tourner les turbines au ralenti un moment, puis ordonna la pleine puissance. Une clameur et des applaudissements accompagnèrent les premiers centimètres de progression. La paroi de la cavité fut pulvérisée, puis le tunnelier la traversa sans obstacle ou presque en quelques minutes. Personne ne s'aperçut que la cheminée menant à la seconde cavité avait été désenclavée.

*****

La Mercedes Classe S noir métallisé s'était garée devant la grille du 28 de la *via Roma*. Gazotti sortit de son hôtel particulier, vêtu d'un pardessus noir élégant et d'un borsalino, et s'engouffra rapidement dans la berline.

— Nous allons à Bussolino, dit-il à son chauffeur.

L'appel de Margareth l'avait retardé, et le ton qu'elle avait employé à son égard l'avait surpris. Il avait toujours pensé que l'austère financière de la SIA était relativement détachée des opérations de terrain de l'organisation, mais il s'était trompé. Elle avait été informée, par la police turinoise, de l'intrusion sur le site durant la nuit. Giuseppe avait été obligé de reconnaître qu'il en avait lui-même planifié l'exécution. Margareth était alors entrée dans une colère hystérique et totalement disproportionnée, l'accusant de manque de loyauté, d'irresponsabilité et de traîtrise. Elle lui avait demandé de remettre dans l'heure sa démission au bureau du directeur de l'organisation, ce qu'il s'était engagé à faire mais seulement après avoir récupéré ses deux paléontologues et s'être lui-même assuré de la confidentialité de l'incident. L'emportement spontané de Margareth l'avait fait apparaître sous un nouveau jour, qu'il n'imaginait pas. Elle semblait en savoir beaucoup plus sur la seconde cavité que ce qu'elle était censée connaître – cela ne lui avait pas échappé –, mais dans l'état où elle était, il ne lui avait pas posé plus de questions.

La voiture quitta la *regina Margherita* et s'engagea sur l'autoroute. Au même moment, à quelques kilomètres de là, Aznar démarra sa Yamaha FJR1300 et se dirigea, lui aussi, vers Bussolino.

*****

Cela commença par des vibrations. Pratiquement imperceptibles, puis plus fortes. Shana, exténuée, avait fini par s'assoupir, sa tête posée sur les genoux de Pierre. Il hésita à la réveiller, mais se ravisa. À quoi bon ? Il savait ce qui allait se passer. Visiblement, Gazotti n'avait prévenu personne, et l'excavation souterraine allait reprendre. Leurs chances de survie au passage d'un tunnelier à quelques mètres sous eux étaient pratiquement nulles. Soudain, Shana ouvrit les yeux tandis qu’une fine couche de poussière noirâtre commençait à se détacher de la voûte et à envahir l’espace.

63

Pendant que l'homme qui la cherchait répondait au téléphone, Jeannelle en profita pour se relever et s'enfoncer lentement dans l'obscurité du parc. Heureusement, elle était habillée d'un jean et d'une chemise foncée. Plus elle s'éloignait et plus elle accélérait le pas. L'adrénaline avait pris le dessus sur la peur et le froid qui l'avaient paralysée jusque-là. Elle se trouvait maintenant à plus de 30 mètres de la bâtisse. Si elle était totalement invisible dans la pénombre, elle non plus ne voyait pratiquement rien, si bien qu'elle trébucha sur la première racine qu'elle croisa et tomba. À terre, elle regarda vers son ravisseur qui s'était instantanément retourné dans sa direction. Il avait entendu le bruit de sa chute, mais était incapable d'en situer précisément la provenance. Après quelques secondes, elle se releva doucement et reprit sa course, en faisant, cette fois, attention à chaque pas.

Après une centaine de mètres, elle se heurta à un bosquet touffu. Elle s'enfonça dans d'épais branchages mêlés de ronces gelées qui la griffèrent de toutes parts. La température était négative de plusieurs degrés, et elle était frigorifiée. Soudain, elle aperçut les rayons des lampes torches qui commençaient à quadriller le secteur. Elle s'accroupit dans le taillis, lorsque l'un d'eux passa à proximité. Les hommes s'étaient séparés en deux groupes : l'un avançait vers elle, tandis que le second avait disparu de l'autre côté du bâtiment. Au loin, elle vit également celui qui se trouvait avec Margareth, un peu plus tôt, enfourcher une moto et partir en direction du grand portail de l'entrée opposée.

Elle regarda sa montre ; il était maintenant presque 8 heures et le jour allait se lever. Il fallait absolument qu'elle trouve un moyen d'arrêter le tunnelier. Ayant repris un peu de force, elle se mit à courir vers le fond du parc. En arrivant avec l'inspecteur Costello, elle avait remarqué qu'une haute grille encerclait la propriété et elle espérait pouvoir trouver une porte de sortie. Elle parcourut ainsi une centaine de mètres, avant d'être arrêtée par un obstacle naturel qu'elle n'avait pas prévu : une petite rivière d'environ 5 mètres de large. L'obscurité commençait à faiblir, et elle entendait déjà, derrière elle, les voix des hommes qui la cherchaient. Elle ne voyait ni gué ni pont, et dans son état il lui serait impossible de traverser à la nage. Le froid paralysait de plus en plus ses mouvements. Elle pensa à se cacher, mais si elle restait immobile encore longtemps elle risquait de congeler sur place. Alors, elle commença à longer le cours d'eau dans le sens du courant.

64

Elle se leva d'un bond et éclaira le visage de Pierre, qui était livide. La grotte tremblait maintenant de toutes parts, comme si quelqu'un la secouait de l'extérieur avec virulence. Pourquoi Jeannelle n'avait-elle pas empêché la reprise des travaux ? Ayant du mal à garder l'équilibre, elle s'agrippa à lui pour ne pas basculer. Soudain, des morceaux de roches commencèrent à tomber du plafond ; d'abord des petits, puis des beaucoup plus gros. Presque aussitôt, ce qu'elle redoutait se produisit : une des immenses stalactites qui peuplaient la voûte céda, à une dizaine de mètres devant eux. Elle se disloqua en heurtant le sol, projetant des éclats de sels calcaires, tranchants comme des couteaux, dans toutes les directions.

— On doit se mettre à l'abri ! cria-t-elle.

Les vibrations étaient désormais similaires à celles d'un tremblement de terre, à la différence qu'elles ne s'arrêtaient pas, et ils devaient s'accrocher l'un à l'autre pour ne pas tomber. Pierre éclaira le plafond de la cavité et comprit vite l'horreur de la situation : il y avait des stalactites sur toute la superficie. Certaines mesuraient plus de 3 mètres et devaient peser plusieurs tonnes. Il ne voyait aucun moyen de s'en protéger.

Ils auraient peut-être pu se réfugier sous les cubes, dont les parois supérieures étaient plus basses, mais ceux-ci se trouvaient à l'extrémité nord, et ils ne pourraient pas les atteindre dans ces conditions. Ils étaient pris au piège.

Shana gardait l'espoir que Jeannelle fasse arrêter le tunnelier, mais en attendant ils devaient trouver un abri, car ils ne survivraient pas longtemps à découvert. Les stalactites tombaient maintenant par grappes entières. Des pans de la voûte se détachaient, pulvérisant instantanément tout ce qui se trouvait en dessous, dans un fracas épouvantable. Pierre cria quelque chose, mais elle n'arrivait pas à l'entendre. Alors, avec le rayon de sa lampe, il lui montra le parapet par lequel ils étaient arrivés et qui protégeait les sépultures. Elle lui prit la main et l'y entraîna. Ils roulèrent sur la bâche qu'ils avaient posée un peu plus tôt. C'était un abri bien précaire, mais à l'extérieur ils n'avaient aucune chance. L'énorme roche pouvait les protéger un moment, si elle ne cédait pas, auquel cas ils se retrouveraient écrasés dessous, à l'endroit même où les deux corps reposaient déjà.

La puissance des vibrations monta encore d'un cran. Shana eut l'impression que la cavité allait imploser. Le tunnelier devait passer juste en dessous d'eux. Elle fit un rapide calcul. Ils avaient grimpé environ 40 mètres, le tunnelier avait un diamètre de 15, et le tracé, une inclinaison de 10 %. Il devait passer à moins de 20 mètres. Le conduit par lequel ils étaient arrivés avait probablement été détruit, et ce qu'il en restait serait libéré par les vibrations. C'était paradoxal mais s'ils n'étaient pas broyés auparavant, ils pourraient sans doute redescendre facilement.

L'air saturé de poussières calcaires devenait irrespirable. Pierre attrapa les bouteilles d'oxygène dans son sac. Tant pis, ils n'avaient pas le choix : ils devaient utiliser le restant pour survivre, maintenant. Il donna la plus chargée à Shana, puis ils se glissèrent sous la bâche pour se protéger de la poussière et des éclats provenant du côté ouvert. Sentant la forme des squelettes s'affaisser sous son poids, elle s'en écarta comme par réflexe, afin de ne pas les écraser et, au même moment, vit Pierre faire la même chose. Soudain, un énorme fracas se fit entendre au-dessus d'eux. Une stalactite s'était brisée sur leur abri, mais celui-ci avait tenu. Une autre s'écrasa au beau milieu du bassin, qui explosa dans une gerbe d'eau et se vida entièrement devant eux. C'est à ce moment précis qu'elle aperçut un objet brillant sortant de la boue, au milieu de ce déversoir naturel. Elle attrapa sa lampe et projeta son rayon dessus, créant un éclair éblouissant. De là où elle était et avec les vibrations, elle n'arrivait pas à en distinguer la forme précise mais elle était sûre que son éclat n'avait rien de naturel. Elle se tourna vers Pierre qui l'avait également repéré.

65

Les premières lueurs du jour pointaient déjà. Sur plus de 200 mètres, elle longea le cours d'eau, ses pieds trempés et glacés s'enfonçant dans un minuscule chemin tourbeux, à demi immergé. Par moments, elle entendait les voix de ses poursuivants qui semblaient maintenant plus éloignées. Dissimulée au pied d'un saule pleureur, elle aperçut un petit ponton en bois, à une cinquantaine de mètres devant elle. Une vieille barque y gisait, et au vu des toiles d'araignées qui la recouvraient, elle n'avait pas dû bouger de là depuis très longtemps. Pensant avoir trouvé son échappatoire, elle accéléra le pas.

Lorsqu'elle mit un pied à l'intérieur de la barque, elle remarqua qu'il y avait de l'eau stagnante au fond et de la moisissure verte sur les bords, mais elle semblait encore à peu près étanche. De toute façon, elle n'avait pas d'autre choix ; c'était son meilleur moyen de sortir de là. Elle décrocha la corde avec difficulté, s'accroupit dans l'épaisse couche de toiles d'araignées et se servit de la vieille rame au bois très abîmé pour s'écarter du ponton et pousser son embarcation dans le courant. Après quelques mètres, elle se sentit doucement happée. Elle s'allongea au fond de la barque et pria pour que ses ravisseurs n'aient pas eu l'idée de positionner quelqu'un un peu plus loin sur le terrain. Son inquiétude ne dura pas longtemps. L'embarcation prit de la vitesse, et, à peine une minute plus tard, elle passait au pied de la grande grille. Au loin, un bruit de moteur indiquait qu'elle n'était probablement pas très loin d'une route. Elle entendit une voix agitée, puis deux, qu'elle situa à 10 ou 20 mètres à peine derrière elle. Au lieu de rester au fond de sa cachette, elle ne put s'empêcher de lever la tête et aperçut deux de ses ravisseurs.

« Elle est là, elle est là ! » hurlèrent-ils, bloqués derrière la grille de la propriété, qui s'enfonçait à plus de 1 mètre dans l'eau.

L'un d'eux sortit une arme, et elle eut à peine le temps de se coucher dans l'embarcation avant d'entendre siffler une balle juste au-dessus d'elle. Elle se recroquevilla en position fœtale et protégea sa tête entre ses coudes, au moment où un déluge de feu s'abattit autour d'elle. Elle compta plus d'une vingtaine d'impacts. Certaines balles ricochèrent sur l'eau et d'autres frappèrent l'arrière de la barque, heureusement sans la traverser. Le courant étant à cet endroit relativement puissant, elle fut rapidement hors d'atteinte. Lorsqu'elle leva à nouveau la tête, les deux hommes avaient disparu derrière un grand chêne. Plusieurs balles étaient incrustées dans le bois, mais aucune ne l'avait atteinte.

Elle se doutait qu'ils allaient suivre le cours d'eau pour la cueillir un peu plus loin. Ce n'était pas compliqué. Même si celui-ci sinuait maintenant profondément à travers la forêt, ils trouveraient vite un endroit pour l'attendre. Le cœur battant et en état de choc, elle se laissa dériver quelques minutes en tremblant à chaque bruit perçu sur les berges. Rapidement, son embarcation sortit de la forêt pour se retrouver à découvert entre deux champs. La route était située 300 mètres plus haut, sans aucun arbre pour la dissimuler. Dès qu'ils passeraient là, ils la verraient sans problème. De l'autre côté, à environ 1 kilomètre, elle aperçut alors un petit hameau d'une dizaine de maisons. À l'aide de la rame, elle accosta devant une sortie d'égout. Frigorifiée et ne sentant plus ni ses mains ni ses pieds, elle se mit à courir à travers un grand champ boueux, en direction de la première maison d'où sortait de la fumée.

66

Pierre ôta son masque à oxygène et le lui tendit. Elle ne comprit ce qu'il projetait de faire que lorsqu'il se glissa en dehors de l'abri et se mit à ramper sous ses yeux ahuris. Sans protection, il allait mourir ; c'était sûr. Elle lui cria quelque chose, mais sa voix était couverte par le vacarme ambiant. Il s'accroupit et, tout en se protégeant la tête avec son coude, se dirigea vers l'objet brillant qui dépassait au milieu de la marée de boue. Il devait s'agripper au sol pour ne pas être projeté en arrière, tant les vibrations étaient puissantes. Une multitude de débris de toutes sortes s'abattaient en continu sur son dos et sur ses jambes. Comprenant vite qu'elle ne lui ferait pas faire demi-tour, Shana braqua sa lampe pour éclairer le sol devant lui, en priant pour qu'un morceau plus gros que les autres ne le cloue pas sur place.

Doucement, se cramponnant comme il pouvait aux morceaux de roches qu'il croisait, Pierre arriva à la hauteur des débris du bassin. Inquiète, elle fit glisser le faisceau de sa lampe sur la voûte où d'immenses stalactites tremblantes semblaient prêtes à s'effondrer à chaque instant. Il tira sur le morceau apparent de l'objet mais n'arriva pas à l'extraire de la boue vaseuse dans laquelle il était enfoui. Il se leva alors pour prendre appui sur ses jambes et, en basculant vers l'arrière, réussit à l'arracher de l'abîme, centimètre par centimètre. L'objet était beaucoup plus grand que ce que le petit morceau qui dépassait ne laissait présager. De forme arrondie, il mesurait au moins 40 centimètres de diamètre et, de loin, ressemblait à une ellipse dorée. Il se retourna et s'apprêtait à revenir sur ses pas, lorsqu'il perçut un craquement plus fort que les autres. Shana hurla au moment où il levait la tête. Un énorme morceau de roche venait de se détacher et se dirigeait droit sur lui. Il se projeta au sol et eut le réflexe de se recroqueviller en se protégeant la tête avec ses bras. Shana entendit un claquement sec, puis plus rien. Elle l'appela plusieurs fois, en vain et paniqua en voyant que les éclats de roches qui continuaient à tomber, commençaient à l'ensevelir.

À son tour, elle sortit de l'abri pour tenter de lui porter secours. Elle l'appela de nouveau, mais le bruit continu dans la cavité lui permettait à peine d'entendre sa propre voix. Voyant qu'elle ne parvenait pas à se lever, elle se mit à ramper pour essayer de le rejoindre, tout en contournant les tonnes de fragments qui s'accumulaient autour d'elle. C'est alors qu'elle vit sa main sortir doucement d'un amas noirâtre. Il prit appui dessus et se dressa, le visage ensanglanté, soutenant son bras droit en sang. Il lui fit un signe pour qu'elle fasse demi-tour et retourne se mettre à l'abri, puis s'affaissa sur une roche qui mesurait plus de la moitié de sa taille, pour reprendre son souffle. Il savait qu'il ne devait pas rester à découvert, mais sans la bouteille d'oxygène, il avait du mal à respirer. Il perdait beaucoup de sang et semblait très affaibli. Shana aurait voulu lui venir en aide mais, consciente que c'était inutile, elle renonça. Impuissante, elle le regarda se hisser difficilement sur le monticule devant lui, passer son bras valide de l'autre côté et se laisser glisser. Il allait enjamber un second talus, lorsqu'un nouveau bruit claqua comme le tonnerre. Elle leva la tête et hurla en voyant une énorme stalactite se détacher juste au-dessus de lui. Cette fois, il n'eut pas suffisamment de force pour l'éviter. L'immense morceau de calcaire se brisa sur son dos, projetant un jet de sang dans plusieurs directions.

La scène fut si brève que Shana la crut irréelle. Protégée sous le parapet, elle continua d'appeler dans le vide durant plusieurs secondes, sans rien voir de ce qui se passait derrière l'amas de roches, qui devait maintenant mesurer plus de 2 mètres de haut. Dix minutes à peine s'étaient écoulées depuis les premières vibrations, mais cela lui semblait une éternité. Il ne restait plus rien de l'espace qu'ils avaient exploré quelques heures plus tôt. Enfin, au moment où elle s'y attendait le moins, en une fraction de seconde, la terre cessa subitement de trembler. Paradoxalement, l'arrêt fut d'une violence inouïe, comme si quelqu'un avait donné un coup de frein brutal qui l'avait projetée vers l'avant. Le sol ne tremblait plus, mais son corps continuait d'en subir les vibrations. La sensation était presque plus insupportable encore. Prudemment, elle sortit de l'abri et mit de longues secondes avant de parvenir à se lever. Elle avait l'impression d'avoir perdu tout sens de l'équilibre et que le tremblement de terre continuait de résonner dans tous ses membres.

Elle supposait que Jeannelle avait réussi à donner l'alerte, mais il était également possible que le tunnelier ait simplement rencontré un problème et qu'il reparte d'un instant à l'autre. Dans le doute, elle ne devait pas perdre de temps. En cherchant désespérément à retrouver son équilibre, elle regarda par-dessus le parapet pour vérifier que le conduit boueux par lequel ils étaient arrivés n'était pas détruit. Plus bas, il serait probablement en partie dégagé par l'intensité des secousses qu'il avait subies. Elle récupéra son sac à dos et celui de Pierre et décrocha, sur les casques, les deux caméras miniatures qu'elle mit dans sa poche. Elle ôta un instant son masque à oxygène pour vérifier si elle pouvait respirer normalement, mais fut immédiatement prise d'une quinte de toux qu'elle eut beaucoup de mal à arrêter. L'air, empli de poussière de granite et de calcaire, était totalement irrespirable. La jauge de la bouteille indiquait un quart, ce qui correspondait à une trentaine de minutes tout au plus, et en restant calme. Elle fixa la bouteille à son baudrier et éclaira l'endroit où Pierre avait disparu. Ce qu'elle avait vu ne lui laissait que peu d'espoir. C'était difficile, mais il fallait qu'elle en soit sûre. Elle balaya la zone avec le faisceau de sa lampe et appela plusieurs fois, sans obtenir de réponse. Alors, ayant retrouvé un peu de sensations dans ses membres, elle posa les deux sacs et descendit dans sa direction.

La cavité ressemblait à un immense champ de ruines. Elle escalada l'amas de roches noirâtres qui s'était formé devant elle, alors que le rayon de sa lampe commençait à faiblir. Les images défilaient en boucle dans sa tête. Devant l'épaisseur des décombres, elle pensa qu'il avait probablement été entièrement recouvert et qu'elle ne le retrouverait pas. Prenant une grande inspiration, elle se glissa entre deux gros monticules, à l'endroit précis où la stalactite l'avait heurté. Ne le voyant pas, elle cria plusieurs fois son prénom. Rien. Aucune trace, pas de sang, juste de la poussière flottant dans l'obscurité. Dans ce décor apocalyptique, le rayon de sa lampe qui balayait l'espace lui renvoya soudain un éclair extrêmement brillant. Déposé sur le sol, elle aperçut l'objet qui avait probablement coûté la vie à son ami, quelques minutes plus tôt. Il semblait avoir été totalement épargné par ce qui venait de se passer. C'en était troublant. Pierre le tenait à la main au moment de sa chute ; elle l'avait bien vu. Alors, comment pouvait-il se retrouver là, intact au milieu des débris, droit et posé sur cette surface plane ? Elle enjamba une nouvelle roche pour s'en approcher. De forme arrondie, brillant de cet éclat particulier, c'était bien lui. Elle le souleva avec difficulté, car il était beaucoup plus lourd qu'elle ne l'imaginait. À cet instant, elle crut entendre la voix de Pierre dans son dos : « Tu as vu, je te l'ai posé là pour qu'il ne soit pas trop difficile à trouver. »

Elle se retourna, mais il n'était pas là. Elle posa l'objet, dans un précaire équilibre, sur un monticule plus plat que les autres, et le regarda un instant avant de continuer à chercher dans ce périmètre. Pierre ne pouvait pas avoir complètement disparu. Elle l'appela, cria dans toutes les directions, mais cela ne servait à rien, car seul l'écho de sa voix lui répondait. Elle attendit quelques minutes, puis essaya sans succès de déplacer plusieurs roches à l'endroit où elle l'avait vu pour la dernière fois. Alors, elle se tourna à nouveau vers l'objet et s'imagina qu'il l'avait peut-être happé pour le protéger et qu'il allait le lui restituer.

67

Giuseppe Gazotti essaya en vain de rappeler Margareth, afin de poursuivre la conversation qu'ils avaient eue quelques minutes plus tôt. Ce n'étaient pas tant les mots qu'elle avait employés, mais surtout son ton, qui l'avait désarçonné. Margareth Stern n'exerçait que des responsabilités administratives et financières au sein de la SIA. Ce n'était pas une employée *lambda*, loin de là, mais elle n'était pas non plus une scientifique comme lui. Elle n'avait aucun pouvoir de décision ; pis encore, elle n'avait même pas le droit de vote au conseil d'administration. Certes, elle avait participé à la création de l'organisation, dix ans plus tôt, et s'assurait, depuis, que celle-ci ait le budget nécessaire à son bon fonctionnement. D'après ce qu'il en savait, son passé dans l'industrie pétrolière lui avait ouvert beaucoup de portes et permis de récupérer des fonds très importants auprès de groupes privés. Elle était régulièrement sollicitée, lors de découvertes exceptionnelles comme celle du Piémont, pour trouver rapidement des budgets supplémentaires, ce qu'elle parvenait à faire la plupart du temps. Elle n'avait pas de pouvoir réel, mais son statut de directrice financière et ses accointances lui permettaient néanmoins d'avoir une réelle influence. Avec le recul, Gazotti se dit que ce n'était pas à elle de lui demander de présenter sa démission. Il était disposé à le faire, devant ses pairs, mais certainement pas devant la « caissière » de l'organisation. Il essaya encore de la rappeler, mais après deux sonneries l'appel bascula sur la boîte vocale. Elle ne voulait visiblement pas lui répondre, ce qui, dans la période de crise qu'ils traversaient, lui paraissait irresponsable.

Il était bientôt 9 heures, lorsque les rayons du soleil passèrent par-dessus les cimes alpines pour inonder la vallée. La Mercedes sortit de l'autoroute et prit la direction de Settimo Torinese, puis s'engagea sur la route nationale vers Bussolino. Une moto arriva vite. Elle resta un moment derrière eux en maintenant sa vitesse et en laissant passer plusieurs véhicules venant en sens inverse. Puis, avec prudence semblait-il, elle commença à les doubler. La manœuvre surprit le chauffeur de Giuseppe, car au lieu de dépasser la berline le motard ralentit pour rester à sa hauteur. Sans bien comprendre, le chauffeur fit un petit écart sur sa droite pour lui laisser le centre de la route. Giuseppe vit le motard, à quelques centimètres de lui, sortir un objet de son blouson. Aussitôt, il entendit deux claquements secs et ressentit une légère secousse.

— Mais qu'est-ce qu'il nous fait celui-là ? s'exclama-t-il.

Le motard rangea rapidement l'objet, referma son blouson et accéléra. Cinq secondes plus tard, il était déjà à plus de 50 mètres.

— Désolé, *signore*, il m'a surpris. Je ne sais pas ce qu'il nous voulait, mais il m'a foutu une sacrée frousse.

— Ce n'est pas grave. J'ai été surpris également.

La moto était déjà loin lorsque Giuseppe ressentit un courant d'air sur son visage, en même temps qu'une légère douleur à la poitrine. Il pensa d'abord que la vitre était mal fermée, puis il remarqua les deux petits trous, au centre. Pas plus gros que deux confettis, il pouvait les obstruer avec ses doigts. C'est alors qu'il se rendit compte que, dans l'axe des trous, une tache rougeâtre maculait sa chemise. La douleur s'accentuant rapidement, il ordonna au chauffeur de s'arrêter. Lorsque ce dernier se tourna vers lui, il ne put refréner un cri. Giuseppe sentit aussitôt une vague de chaleur envahir le haut de son corps, puis sa tête s'alourdit à tel point qu'il ne put la soutenir. Il s'affaissa sur le côté, conscient que le sang n'irriguait plus ses membres et lutta pour ne pas s'effondrer. Il essaya de parler mais n'y parvint pas. Il sentit alors un liquide monter rapidement dans ses poumons. Sa respiration s'accéléra subitement, indépendamment de sa volonté, mais pas suffisamment pour lui apporter l'air dont il avait besoin. Il ferma les yeux en pleine conscience, sachant parfaitement qu'il ne les rouvrirait pas.

68

L'espace était entièrement détruit ; il ne restait rien ou pas grand-chose. La quasi-totalité de la voûte s'était effondrée et avec elle, des centaines de stalactites de calcaire qui jonchaient désormais le sol. Shana n'avait pas retrouvé son ami mais elle ne pouvait pas rester là plus longtemps. La première bouteille d'oxygène venait de se vider et elle avait immédiatement activé la seconde. Il fallait qu'elle redescende, et très vite. Elle monta sur le petit parapet, qui, heureusement, avait résisté au choc, et ancra un piton dans une aspérité de la roche, juste à l'entrée du conduit. Elle sangla ensuite la corde à son baudrier, puis la lança vers le vide. En quelques secondes, elle se déroula jusqu'à son extrémité sans résistance. Libéré de son contenu boueux, le long boyau semblait chuter à pic. Elle enfila les deux sacs à dos, l'un devant et l'autre derrière, se harnacha solidement, fit coulisser la corde dans le mousqueton, puis se laissa glisser en arrière. L'air n'était toujours pas respirable, et il ne lui restait probablement que l'équivalent de quelques minutes, dans la seconde bouteille. Heureusement, comme elle l'espérait, les vibrations avaient complètement désobstrué le conduit. Même les roches qu'ils avaient eu du mal à contourner en montant avaient disparu.

Il ne lui fallut qu'une poignée de secondes pour parcourir la vingtaine de mètres. À mi-parcours, elle vit de la lumière et entendit résonner des voix, plus bas ; elle n'avait jamais été aussi heureuse d'entendre ce son que ce matin-là ! Elle reconnut rapidement celle de Thomas qui hurlait des consignes. Enfin, elle émergea du conduit, se trouvant suspendue à plus de 15 mètres de hauteur, au bout de la corde. Ce fut Thomas qui la vit le premier.

— Ne bouge pas ! cria-t-il si fort qu'il fit se retourner tous les ouvriers qui s'activaient autour de lui. On va venir te chercher. Allez prendre une nacelle, vite ! ordonna-t-il.

Mais elle ne voulait pas attendre plus longtemps : elle fit coulisser la corde par à-coups, et en quatre poussées, sentit le sol sous ses pieds. Quand Thomas la réceptionna, elle s'effondra en larmes dans ses bras.

— Mon Dieu, Shana, tu es complètement folle ! Tu as pris des risques insensés.

— Pierre, il est resté… là-haut, balbutia-t-elle. Je crois qu'il est mort. Je n'en suis pas sûre. Je n'ai pas vu son corps.

— Ne t'inquiète pas, on va monter le chercher.

— Tout de suite ! Il faut y aller tout de suite !

— Calme-toi. J'ai appelé une équipe de spéléologues du coin. Ils arrivent. Ils vont monter.

— Merci, merci. Thomas, je crois… je crois que je l'ai vu mourir.

— On va aller voir. Ne pense pas à ça pour le moment. Tu as besoin de soins ; tu es blessée. Je t'emmène à l'hôpital.

En la soutenant toujours, il fendit l'attroupement qui s'était formé autour d'eux et se dirigea rapidement vers sa voiture. Son bras gauche, dans son attelle, l'entravait quelque peu mais il s'en moquait. Heureusement, le véhicule était équipé d'une boîte de vitesses automatique, ce qui lui facilitait grandement les choses. Il démarra en trombe et roula vite, très vite.

Dans sa jeunesse, il avait commencé des études de médecine avant de s'orienter vers le droit des affaires, formation qui correspondait mieux aux canons familiaux. Mais il lui restait suffisamment de notions pour savoir que Shana était en état de choc, physiquement et psychologiquement. Elle présentait de multiples contusions, dont plusieurs sur le visage. Il savait aussi que, à ce moment précis, elle n'était pas en mesure d'identifier la gravité potentielle de ses traumatismes. Beaucoup d'accidentés décédaient quelques minutes, quelques heures, voire quelques jours après les faits, pour cause de négligence. Il était donc urgent de lui faire passer des radios, notamment de la tête, pour vérifier qu'aucun hématome ne se soit formé.

Sur le trajet vers l'hôpital, il lui posa plusieurs questions de logique pour vérifier qu'elle était lucide. Elle le rassura, légèrement. Spontanément et aussi parce qu'elle se sentait mal à l'aise, elle lui raconta les grandes lignes de l'expédition : les motivations de Pierre et de Giuseppe, les deux corps recroquevillés qu'ils avaient trouvés, les cubes taillés à même la roche, sa peur de mourir ensevelie lorsque les premières vibrations avaient commencé… Elle lui parla également de la petite fiole et du cylindre brillant, dont elle ne savait trop quoi penser.

— Ils sont où, ces objets ?

— Dans mon sac. Tu veux les voir ?

Elle se tourna pour l'attraper sur la banquette arrière.

— Laisse tomber, on verra ça plus tard. Pour le moment, la priorité, c'est de prendre soin de toi. Tu ne te rends pas compte de la chance que tu as eue. Tu devrais être morte !

— Si, je m'en rends compte.

Elle le regarda avec tendresse. Il semblait souffrir du bras. Encore dans le coma quatre jours plus tôt, il n'aurait pas dû être là. Il était venu pour elle.

— Comment as-tu su qu'on était là-haut ?

— C'est Jeannelle qui m'a alerté. Elle m'a appelé il y a quelques minutes pour me dire que Pierre et toi étiez dans la seconde cavité et que je devais immédiatement faire arrêter le tunnelier. C'est ce que j'ai fait !

— Elle ne t'a rien dit d'autre ?

— Si, mais c'était très confus. Elle m'a dit qu'elle suivait ta progression sur un ordinateur. Qu'elle avait été enlevée par une certaine Margareth travaillant pour une organisation secrète. Ça te dit quelque chose ?

Shana fit « non » de la tête.

— Elle s'est enfuie et était visiblement en sécurité, là où elle était. Vu l'urgence de la situation, je ne me suis pas attardé sur le reste.

— Elle t'a appelé avec son portable ?

— Non. Elle était chez des gens. Elle m'a donné l'adresse ; c'est dans un quartier pavillonnaire, à quelques kilomètres d'ici.

— Tu as envoyé quelqu'un la chercher ?

— Non, je n'avais personne de confiance sous la main. Mais vu ce qu'elle m'a raconté, j'ai appelé directement le commissaire Spangeti. Il a pris des dispositions pour la récupérer là-bas.

Les idées s'entrechoquaient dans sa tête. Qui était cette Margareth ? Et comment pouvait-elle être informée de leur projet ? Elle n'avait parlé à personne de son traceur, et encore moins de la collaboration de Jeannelle. C'était incompréhensible. Il lui tardait de voir son amie pour être certaine qu'elle était hors de danger et pour comprendre ce qui s'était passé à l'hôtel.

— Pourquoi tu ne me l'as pas dit ? lui demanda-t-il.

Sans trop s'en rendre compte, ils étaient spontanément passés au tutoiement.

— Dit quoi ?

— Pour l'expédition ?

— Vu tout ce qui s'est passé autour du site, Giuseppe et Pierre voulaient qu'on soit le plus invisibles possible.

— Je ne te demande pas pourquoi Giuseppe et Pierre ne voulaient pas me mettre dans la confidence, mais pourquoi toi, tu ne m'en as pas parlé ? Tu ne me fais pas confiance ?

Shana avait beaucoup de reconnaissance envers lui, et même une certaine attirance. Aussi, elle s'en voulait depuis le départ de ne pas l'avoir associé à leur entreprise, et encore plus maintenant qu'il venait de lui sauver la vie.

— Excuse-moi, Thomas, murmura-t-elle, tandis qu'il regardait droit devant lui, relativement impassible.

— Tu n'as pas répondu à ma question…

Il n'avait pas l'air en colère après elle. Plutôt curieux de comprendre.

— Oui. Oui, je te fais confiance ! Je te l'aurais dit après, mais… J'avais peur que tu nous en empêches ! Je me suis laissé aveugler par l'envie de découvrir ce qu'il y avait dans la seconde cavité.

— Je comprends, répondit-il, au moment où ils arrivaient devant les urgences de l'hôpital.

Le ton qu'il avait employé n'était pas très convaincant, mais cela lui suffisait. Pour le moment…

69

Il y avait un contraste saisissant entre le pavillon, très moderne, et son mobilier rustique. Devant un vieux poêle à mazout, enveloppée dans une épaisse couverture en polaire et tenant une tasse de thé fumante dans ses mains, Jeannelle commençait à retrouver un peu de chaleur.

Le couple de personnes âgées qui l'avait accueillie, une heure plus tôt, était aux petits soins. Il faut dire qu'ils avaient été surpris de voir débarquer, au lever du jour et en plein hiver, une frêle jeune fille en chemise tachée de sang et totalement terrorisée. Elle était en état d'hypothermie et n'était parvenue à bredouiller que quelques bribes de phrases. De plus, comme elle ne parlait que très peu l'italien, ils n'avaient pas compris grand-chose.

Rapidement, elle leur demanda si elle pouvait utiliser le vieil ordinateur du salon, qui ne semblait pas leur servir souvent. Sa première préoccupation était de faire stopper les travaux sur le site. Sans trop comprendre, la vieille dame l'installa confortablement et lui apporta un téléphone. La communication entre elles était limitée, mais elle avait bien compris qu'elle avait de sérieux problèmes et qu'elle devait téléphoner.

Ne pouvant pas appeler la police de Turin sans risquer de tomber sur l'inspecteur Costello, Jeannelle chercha les coordonnées de Thomas. Faute d'éléments, elle ne les trouva pas et pensa alors aux bureaux de son association turinoise, priant pour que quelqu'un réponde malgré l'heure matinale. Au bout d'une quinzaine de sonneries, une voix féminine décrocha. Il s'agissait de la secrétaire de l'association, qui venait d'arriver à son poste. Après un rapide échange, Jeannelle fut suffisamment persuasive pour qu'elle la mette en relation avec son patron. Une minute plus tard, elle raccrochait, visiblement soulagée. Le couple n'avait pas perçu grand-chose de la courte conversation en français, si ce n'est qu'il était question de la ville de Bussolino.

Ensuite, le mari nettoya ses blessures aux épaules avec un antiseptique et un petit morceau de coton. Elle les remercia chaleureusement, fouillant dans sa mémoire le peu de mots italiens qu'elle connaissait. La femme lui apporta un gros pull en laine et une chemise sèche afin qu'elle puisse se changer. Elle lui prépara une seconde tasse de thé, accompagnée cette fois de quelques *cornetti* tout juste sortis du four.

70

Le médecin urgentiste l'entraîna dans une petite pièce dotée d'une table d'examen et d'un équipement sommaire. Il commença par nettoyer les nombreuses plaies qu'elle avait sur le visage et sur le haut du corps. De multiples entailles dues aux projections de débris et de roches calcaires. Heureusement, la combinaison en polyamide l'avait un peu protégée et aucune n'était profonde. Il réalisa ensuite un examen de routine : pupilles, tension artérielle, rythme cardiaque.

— Je crois que vous avez eu beaucoup de chance, dit-il enfin. J'ai rarement vu un patient avec autant d'hématomes s'en tirer sans même une fracture. Par contre, votre tension est très basse. C'est dû aux blessures, à la baisse d'adrénaline et à la fatigue. Ça ira mieux lorsque vous aurez mangé et dormi un peu.

— Merci.

— Il faut vous reposer. Ne sous-estimez pas les effets du traumatisme que vous venez de subir.

— Ne vous inquiétez pas, docteur. Je vais me soigner.

— Oui, oui, vous allez vous soigner, et si possible en France ; ça me fera des vacances ! résonna une voix grave.

Le commissaire Augusto Spangeti venait de faire bruyamment irruption dans la petite salle d'examen.

— Bonjour, commissaire, répondit-elle, surprise de le trouver à son chevet si rapidement.

— Inutile de vous dire que ce que vous avez fait cette nuit est illégal, mais surtout totalement irresponsable. Vous vous croyez au-dessus des lois ? Au-dessus des règles élémentaires de prudence ? Si elle est confirmée, vous porterez une part de responsabilité dans la mort de M. Lancarneau et elle ne sera pas mince.

À cet instant, Thomas, à qui elle avait demandé de rester, prit sa défense.

— Excusez-moi, commissaire, mais Mlle Stenford est en état de choc. Alors, je vous remercie de garder vos menaces pour une autre fois.

— C'est bon, Thomas, le coupa-t-elle. Il a raison : j'ai fait n'importe quoi…

— Je ne vous le fais pas dire ! renchérit le commissaire, que ces aveux spontanés n'avaient pas calmé. Vous devrez répondre de tout ça devant la justice italienne. Mais, pour commencer, vous allez m'expliquer point par point ce qui s'est passé. Et sans omettre aucun détail ni aucun protagoniste de l'affaire, sinon je vous fais placer en détention.

Cette fois, ce fut le médecin qui s'interposa.

— Écoutez, commissaire, je ne veux pas entraver votre travail, mais pour le moment Mlle Stenford est sous ma responsabilité médicale et elle n'est pas en état de répondre à vos questions.

— Moi, elle me semble tout à fait capable de le faire !

— Elle vient de subir un traumatisme important. Alors, pour tout un tas de raisons, ce n'est pas le meilleur moment. Vous allez devoir attendre qu'elle ait recouvré tous ses moyens et pris un peu de recul sur ce qui lui est arrivé. Je vais placer ma patiente en isolement médical pendant quarante-huit heures au minimum. Seuls seront autorisés à la voir la famille et les amis proches. Vous devrez attendre.

Spangeti le toisa. Peu habitué à transiger, il connaissait néanmoins les limites légales de son autorité.

— Vous devrez attendre. Je me suis bien fait comprendre ? insista le médecin en soutenant son regard.

— Très bien. Puisque la santé de votre patiente vous paraît menacée, je vais… patienter, mais pas longtemps. Par contre, elle ne sort pas d'ici sans mon autorisation. Je me suis également bien fait comprendre… docteur Lorenzo ? ajouta-t-il en lisant le nom sur son badge.

— Parfaitement, commissaire.

— Je vais faire placer un agent devant sa porte. Et ne me regardez pas comme ça ! dit-il en se tournant vers Shana. C'est autant pour vous empêcher de sortir que pour vous protéger. Vous allez faire l'objet d'une enquête criminelle, à laquelle s'ajoute maintenant la tentative d'enlèvement de Jeannelle Favre dans votre chambre d'hôtel. Ça commence à faire beaucoup, pour un… petit bout de bonne femme !

Il allait sortir de la chambre, lorsqu'elle l'interpella.

— Elle va bien ? demanda-t-elle.

Spangeti se retourna, visiblement satisfait de son coup et il était trop malin pour ne pas l'avoir fait exprès.

— Tiens, vous êtes en état de me parler, tout à coup ? dit-il d'un air hautain.

Elle ne répondit rien, mais devant son abattement Spangeti céda.

— Oui, on s'en occupe, répondit-il. Et elle… elle vient directement au commissariat, sans passer par la case « hôpital ». Je suis persuadé qu'elle aura plein de choses intéressantes à me raconter.

Il allait sortir, lorsqu'il s'arrêta à nouveau.

— Juste une question, ajouta-t-il, tout en sortant son vieux calepin en cuir de sa poche, pour relire ses notes. Vous connaissez l'attaché du ministre des Activités culturelles, Giuseppe Gazotti ?

Shana fut déstabilisée par la question, et Spangeti s'en aperçut. Elle leva les yeux vers lui et hocha simplement la tête.

— Je m'en doutais. Quel rapport entretient-il avec vous, celui-là ?

— Il était au courant pour l'expédition. C'est le représentant de votre État au comité de surveillance des fouilles.

— Décidément, je trouve qu'il y a beaucoup de monde pour diriger ce foutu projet ! dit-il en notant l'information. M. Lancarneau, vous deux, M. Gazotti…

— Lui, il préside le comité. C'est lui qui décide.

— Eh bien, il… présidait. Il vient de prendre deux balles en pleine poitrine, sur une petite route, à quelques kilomètres à peine de Bussolino. Les cadavres autour de vos travaux commencent à s'accumuler, mademoiselle Stenford, ajouta-t-il, tandis que cette dernière restait sans voix. Alors, lorsque vous sortirez d'ici, si je n'ai pas élucidé cette affaire, je vous conseille de bien surveiller vos arrières.

71

Les deux hommes sonnèrent à la porte du petit pavillon de la banlieue turinoise vers 10 heures du matin. Le gyrophare de l'Audi stationnée devant l'entrée ne laissait aucun doute sur leur appartenance. Le couple fut d'abord rassuré par l'arrivée des forces de l'ordre, puis, voyant la jeune femme devenir livide, il se ravisa quelque peu. Dans le trouble ambiant, les deux hommes parlèrent un moment avec eux, en italien. Jeannelle comprit vaguement qu'ils les questionnaient sur ce qui s'était passé plus tôt, mais comme ils n'avaient que peu d'informations l'échange tourna court. La femme revint ensuite vers elle pour la rassurer. Elle lui prit les mains, et avec le peu de mots français qu'elle connaissait lui expliqua qu'elle allait être emmenée au commissariat, qu'elle pourrait raconter ce qui lui était arrivé et qu'il n'y avait rien à craindre. Malgré toutes ces précautions, Jeannelle resta assise, comme prostrée. Elle était visiblement terrorisée. L'un des agents demanda alors s'il pouvait s'entretenir seul avec elle. Sans protester, le couple s'éclipsa dans la cuisine adjacente, même s'il ne faisait aucun doute qu'ils pouvaient entendre tout ce qui se disait de l'autre côté de la cloison. L'homme s'assit à côté d'elle et commença à lui parler doucement, en français, contrairement à ce qu'il avait laissé penser.

— Vous nous avez causé beaucoup de problèmes, dit-il en sortant lentement, presque avec précaution, une arme de l'intérieur de sa veste, tandis que Jeannelle, incapable de bouger ou de prononcer le moindre mot, se mettait à trembler de tout son corps. Je vais vous proposer un marché, mademoiselle Favre. Comme vous nous avez prouvé, tout à l'heure, que vous étiez une jeune femme intelligente et pleine de ressources, j'espère maintenant que vous serez... je crois qu'on dit « raisonnable ». C'est cela ?

Tout en parlant, il vissa sur le bout de son arme un canon silencieux. Pendant ce temps, son acolyte, comme étranger à la scène, observait par la fenêtre les mouvements dans le lotissement.

— Nous allons sortir tous les trois, sans heurts ni violence, poursuivit-il. Et pour cela, il est nécessaire que vous n'opposiez aucune résistance. Dans le cas où ça ne serait pas votre intention, vous m'obligeriez à faire du mal à ces braves gens qui vous ont apporté leur aide. Ils pourraient être mes grands-parents, alors je vous avoue que je n'ai absolument pas envie de faire ça. Tout ça ne dépend que de vous. Vous me comprenez ?

Il parlait d'un ton monocorde, presque gentil. Il se leva sans brusquerie, dissimula l'arme dans la poche de son blouson et jeta à son tour un œil par la fenêtre.

— Est-ce que je peux compter sur votre collaboration, mademoiselle Favre ? demanda-t-il.

Jeannelle, qui n'arrivait pas à s'arrêter de trembler, répondit par un signe de tête.

— Très bien. Alors, allons-y ! Nous partons ! ajouta-t-il en italien, élevant la voix en direction de la cuisine.

Le couple, qui devait essayer d'entendre la conversation derrière la porte, apparut aussitôt. Jeannelle, en larmes, se leva et laissa tomber la couverture à ses pieds. La femme se précipita pour la ramasser et la remit affectueusement sur ses épaules.

— Vous me la rapporterez lorsque vous serez tirée d'affaire, dit-elle.

L'un des agents traduisit, puis prit Jeannelle par le bras pour l'emmener vers la sortie.

— Attendez, s'il vous plaît, les interpella la vieille dame, alors qu'ils se tenaient devant la porte.

Elle s'éclipsa un instant dans sa cuisine et revint avec une poche remplie des *cornetti* encore chauds, qu'elle posa dans ses mains.

— Vous avez besoin de reprendre des forces ! dit-elle, tout en les accompagnant à l'extérieur.

— Rentrez chez vous, madame ! Vous n'êtes pas couverte, vous allez prendre froid. C'est qu'il ne fait pas chaud, à cette heure, répliqua l'homme qui tenait fermement le bras de Jeannelle.

Elle la regarda, tremblante, prendre place à l'arrière de la voiture, entre les deux agents. Quelque chose l'inquiétait dans cette scène surréaliste. Elle n'aurait su dire précisément pourquoi, mais il lui semblait que la jeune fille était terrorisée par les policiers.

Un troisième homme les attendait au volant. Il actionna le gyrophare et démarra rapidement. Lorsqu'ils eurent quitté la petite avenue du lotissement, le chauffeur se retourna et jeta une paire de menottes à ses complices. Jeannelle reconnut aussitôt l'inspecteur Costello.

— Passez-lui ça ! ordonna-t-il. Vous m'avez suffisamment montré votre niveau de compétence pour aujourd'hui…

Puis il arracha la poche de *cornetti* des mains de Jeannelle.

— C'est parfait, je n'avais pas vraiment eu le temps de déjeuner ! ajouta-t-il en fixant la route.

72

Thomas, assis sur le rebord du lit, ouvrit le sac à dos et en sortit délicatement l'objet métallique pour le poser sur la petite table à roulettes face à elle. Ils restèrent tous deux un long moment à l'observer. Doré et de forme elliptique, il pesait entre 5 et 6 kilogrammes et présentait une multitude de rainures concentriques d'épaisseurs différentes. Certaines, les plus larges, devaient mesurer un demi-centimètre et les plus fines étaient à peine perceptibles à l'œil nu. Il y en avait des centaines, peut-être des milliers. Les anneaux semblaient naître dans un socle assez lourd qui occupait le quart de la taille totale de l'objet.

— Tu en penses quoi ? dit-elle.

— Je ne sais pas si cette… chose a une utilité particulière, mais je la trouve très belle. Je n'ai jamais rien vu de pareil. C'est une merveille !

— Je suis d'accord. La forme concentrique y est sans doute pour quelque chose, mais on dirait qu'elle a un effet hypnotique ; on ne peut pas s'arrêter de la regarder.

— C'est peut-être simplement une œuvre d'art, mais c'est tellement surprenant.

— Quelle civilisation est capable de fabriquer un truc pareil ?

— Dans le passé… probablement aucune.

À cet instant, une jeune infirmière entra dans la chambre avec un petit gobelet contenant deux antalgiques et deux calmants prescrits par le Dr Lorenzo.

— Qu'est-ce que c'est ? dit-elle en jetant un œil curieux sur l'objet.

— Justement, mademoiselle, on se le demande, lui répondit Thomas.

— C'est très curieux… Ça n'émet pas d'ondes électromagnétiques, j'espère ? Il n'est pas connecté, votre truc ?

Shana et Thomas regardèrent la jeune femme d'une façon qui lui donna l'impression qu'ils n'en avaient aucune idée.

— Non, parce que c'est interdit, ici, insista-t-elle. Pour ne pas faire d'interférences avec le matériel médical…

— Ne vous inquiétez pas, aucune connexion en vue.

— Bon, tant mieux. En tout cas, c'est très beau.

Avant de disparaître, elle rappela à Thomas qu'il devrait quitter l'hôpital avant 20 heures.

— J'ai l'impression que nous avons inversé les rôles depuis la dernière fois, non ? fit-il remarquer en souriant.

Shana avala les antalgiques et expédia les calmants dans le tiroir de la table de nuit. Puis elle souleva l'objet et le retourna pour le poser sur ses genoux. Elle nota que les rayons présentaient une courbure parfaite et semblaient coordonnés par un mouvement circulaire central.

— Lorsque tu le regardes sans réfléchir, dit-elle, il te fait penser à quoi ?

Thomas hésita un moment, imaginant ce qui pouvait ressembler à tous ces anneaux enchevêtrés.

— Sans réfléchir ! répéta-t-elle. Une évidence, la première chose qui te vient à l'esprit ?

— Je ne sais pas. Aux mouvements des planètes…

Shana pensait à la même chose. Les petits anneaux pouvaient être ceux de Mercure, Pluton ou la Terre, et les plus larges ceux de Jupiter et Saturne ; le socle constituant le Soleil, où tout commençait et se terminait.

— Je suis d'accord. Dans la nature, c'est le mouvement auquel ça fait le plus penser. Il faudra faire un calcul à l'échelle pour voir si cela correspond aux proportions des planètes de notre système solaire.

— Tu penses qu'il est en quelle matière ?

Elle passa sa main dessus, délicatement, comme une caresse.

— Si cet objet a plusieurs millions d'années et qu'il présente toujours cet aspect doré et brillant sans aucune corrosion, je ne vois qu'un matériau pouvant résister aux altérations du temps à ce point-là…

— Tu ne crois tout de même pas qu'il est en or ?

Shana ne répondit pas directement, mais esquissa un léger rictus. Puis elle tourna l'objet avec précaution pour examiner l'envers du socle. Il était parfaitement lisse, à l'exception d'une petite rainure à la base, similaire à celle de la fiole.

— Regarde, on doit pouvoir l'ouvrir. Tu as un objet pointu ?

Thomas fouilla ses poches et en sortit les clefs de sa voiture.

— Non, ça ne va pas le faire, constata-t-elle, après un rapide essai. Tu n'as rien de plus fin ?

Il inspecta la chambre à la recherche de ciseaux ou d'une pince à épiler. Ne trouvant rien de concluant, il sortit dans le couloir pour demander à une infirmière. Pendant ce temps, Shana continua d'observer la base de l'objet. Des milliers de rainures enchevêtrées semblaient se croiser et se recroiser à l'infini ; il y avait tant de lignes superposées les unes aux autres qu'on ne distinguait probablement que les couches supérieures. Combien de tours pouvait bien faire chaque anneau ? C'était impossible à dire et même à imaginer.

Enfin, Thomas revint dans la chambre, l'air fier de lui, et sortit de sa poche un petit scalpel.

— Super, ça ira très bien. Qui t'a prêté ça ?

— En fait, je n'ai pas vraiment demandé. Je l'ai piqué dans le local des infirmières…

Shana allait lui tendre l'objet, mais il préféra retourner le scalpel et le lui donner. Peu manuel, il ne voulait pas prendre le risque d'abîmer quelque chose.

— Galant ?

— Prudent !

Elle n'eut aucun mal à insérer la pointe dans la jointure et à désolidariser la base du socle, qui tomba sur ses genoux. Ce qu'ils virent alors les subjugua encore plus que l'objet lui-même.

— Qu'est-ce que c'est que ça ?

— Je n'en ai aucune idée…

Sous le couvercle se trouvaient deux rangées parallèles de neuf trous. Neuf petits couples d'encoches de diamètres différents, allant des plus petits aux plus gros. La sobriété de la ligne était en opposition complète avec le tumulte du dessus, parcouru par ces centaines d'anneaux. Chaque double encoche correspondait visiblement à l'un d'eux, avec une entrée et une sortie. Shana décrocha le badge qu'on lui avait épinglé sur la poitrine et inséra la pointe dans la plus large. En la courbant légèrement, elle réussit à suivre le tracé du micro-conduit jusqu'à l'embouchure du socle, sans savoir ce que cela allait provoquer.

73

Posté dans l'aile opposée de l'hôpital et muni d'un zoom puissant, Aznar avait réussi à prendre une série de clichés stupéfiants. On y voyait la scientifique française et Thomas Sanders, à l'intérieur d'une chambre, étudiant avec attention l'objet posé devant eux. Cette fois-ci, ils étaient tout près du but ; il en était sûr.

Il posa l'objectif sur le rebord de la fenêtre et observa les chambres adjacentes. Il remarqua qu'une seule était vide, près de l'entrée du couloir. Il lui suffirait de s'y introduire et d'attendre la nuit pour pouvoir accéder à celle qui l'intéressait. L'opération ne lui semblait pas présenter de grosses difficultés. Un hôpital, la nuit, était comme une ruche abandonnée, plongée dans l'obscurité ; s'y déplacer sans être vu serait pour lui un jeu d'enfant. Il neutraliserait le policier en faction devant la porte, puis il récupérerait le disque et cette fois-ci il ne raterait pas la paléontologue. Il aurait bien voulu mettre son plan à exécution immédiatement, mais tout cela n'était que spéculations. Pour le moment, il devait attendre les consignes, car l'action devait être réfléchie et coordonnée.

À une poignée de kilomètres de là, Margareth était assise sur un des bancs du parc de la propriété.

Elle observait la dizaine de photos sur son ordinateur. Le temps était frais, mais le ciel sans nuages permettait au soleil d'adoucir la température. Pour la première fois, elle le voyait, en vrai. Dans ses proportions, il correspondait tout à fait aux modélisations qu'elle connaissait déjà, mais il avait quelque chose en plus, quelque chose de différent qu'elle avait du mal à définir. Peut-être était-il tout simplement beaucoup plus beau que tout ce qu'elle avait imaginé jusque-là. Elle savait que sa composition en or brut le protégeait de l'usure du temps, mais elle ne pouvait s'empêcher d'être fascinée. Il était magnifique. Posé sur la petite table de la chambre d'hôpital, on aurait pu le prendre pour une œuvre d'art. Une œuvre qui aurait traversé le temps. Elle comprenait pourquoi des civilisations antiques avaient vénéré cet objet, sans même imaginer la puissance qu'il avait en lui. Qui aurait pu fabriquer une merveille pareille, si ce n'étaient les dieux ? C'était sans doute ce que la plupart de ceux qui l'avaient vu à cette époque pensaient.

Elle se rappela sa réaction, cinq ans plus tôt, lorsqu'un jeune Iranien, étudiant en égyptologie, était venu lui présenter ses travaux concernant certaines constructions antiques et pré-antiques. Informé qu'une organisation américaine mettait en doute la datation du Sphinx et des grandes pyramides de Gizeh, il avait remonté le fil de la longue bobine de la SIA, jusqu'à sa financière, ce qui, au regard de l'épais secret qui entourait les travaux de l'organisation, était déjà une belle prouesse. Elle avait commencé par l'ignorer, mais il s'était obstiné. Il lui avait écrit plusieurs fois, puis avait fini par venir jusqu'en Suisse pour l'attendre, un soir, à la sortie de ses bureaux de Berne.

Ne pouvant faire autrement, elle lui avait accordé quelques minutes. Il ne lui en avait pas fallu plus pour comprendre que ce jeune étudiant, débarquant de nulle part, pourrait lui être très utile. Seul et sans le support des travaux menés parallèlement par la SIA, il avait presque tout compris et il allait même bien au-delà. Les semaines suivantes, ils avaient passé beaucoup de temps ensemble. Puis elle l'avait installé en Suisse pour qu'il soit près d'elle : elle lui avait trouvé un appartement et l'avait salarié dans l'une de ses sociétés financières.

Pour le jeune Iranien, la rupture technologique entre les civilisations de cette période et les suivantes posait beaucoup de questions auxquelles il apportait une réponse très simple : ces peuples n'étaient pas les bâtisseurs des monuments qu'on leur attribuait. Et il pouvait le démontrer. Il lui avait ainsi présenté le fruit de son travail sur plus d'une dizaine de sites anachroniques, dont aucun des moyens techniques présumés de l'époque n'aurait permis la réalisation. Parmi ceux-ci, il y avait les statues monumentales moaï de l'île de Pâques, les géoglyphes de Nazca et de Paracas[1], la forteresse d'Ollantaytambo[2], le site inca de Machu Picchu, les sphères mégalithiques du Costa Rica et la

1. Les géoglyphes de Nazca au Pérou sont des lignes droites parfaites de plusieurs dizaines de kilomètres ainsi que des dessins, dont certains ne peuvent se voir dans leur ensemble qu'à une haute altitude. Le chandelier géant de Paracas est un géoglyphe géant gravé à flanc de colline, sur la péninsule de Paracas au Pérou.

2. Le site d'Ollantaytambo est une forteresse située à 2792 mètres de hauteur et initialement attribuée aux Incas. Des analyses récentes apportent la preuve d'un peuplement humain bien avant les Incas, 600 ans avant J.-C. L'ensemble est construit avec des pierres monumentales parfaitement taillées et assemblées. Ces pierres sont pour la

cité sous-marine de Yonaguni, au sud du Japon. Sa théorie était simple : plus c'était ancien, plus c'était massif et plus c'était complexe ! Comme si la technologie avait régressé au fil des siècles. On s'était trompé, ou plutôt, on avait mal interprété les choses, en attribuant ces réalisations à des civilisations disparues qui n'avaient sans doute fait que les utiliser, temporairement, parce qu'elles étaient déjà là. On avait une lecture du temps horizontale, alors qu'elle devait être verticale. Ces monuments étaient des témoignages créés par des civilisations très anciennes, qui échappaient à notre perception du temps. Et pour le jeune égyptologue iranien, il y avait une clef pour comprendre tout ça. Un témoignage, une preuve incontestable de cette antériorité : les pyramides.

Contrairement à ce que l'on pensait souvent, on ne trouvait pas de pyramides uniquement en Égypte, mais aussi dans beaucoup d'autres lieux de la planète : au Moyen-Orient, bien évidemment, mais aussi en Amérique du Sud, en Amérique centrale, sur les îles Canaries ou sur l'île Maurice, et même en Chine, dans la région de Xi'an. C'était d'ailleurs en Chine que l'on comptait le plus grand nombre de pyramides au monde : près de deux cents uniquement dans la province du Shaanxi, près de Xi'an. Leurs origines étaient totalement inconnues et elles étaient parfois si anciennes qu'elles avaient totalement été recouvertes par la nature. Pour la plupart des habitants, il s'agissait aujourd'hui de collines ou de reliefs naturels. Peu d'archéologues occidentaux avaient eu la chance

plupart des porphyres. Un matériau particulièrement difficile à travailler, car pratiquement indestructible.

d'approcher ces merveilles, car depuis plus d'un siècle les dirigeants chinois en interdisaient l'accès. Aucune dérogation n'était possible : l'ensemble de la région était fermé et, hormis quelques agriculteurs locaux, personne n'accédait plus aujourd'hui à ces vestiges.

Les Égyptiens de l'Antiquité avaient totalement faussé notre lecture des pyramides, en les utilisant comme des tombeaux. Ils les avaient sculptées, décorées et modifiées très légèrement, pour créer, à l'intérieur, des chambres funéraires pour leurs pharaons. Les grands prêtres de l'Égypte étaient persuadés que les pyramides permettaient à l'âme des défunts de voyager dans les étoiles, mais pour leurs concepteurs ce n'était pas le cas. Elles n'étaient ni des tombeaux, ni des monuments de culte, ni même des monuments tout court. Elles étaient un témoignage qui ne s'adressait pas à leurs contemporains mais à leurs successeurs, c'est-à-dire nous. Un témoignage dans un langage universel, beaucoup plus simple que les hiéroglyphes : les mathématiques ! Tout comme nous l'avions fait, en 1974, en envoyant dans l'espace des messages radio basés sur des concepts mathématiques et destinés à d'hypothétiques extraterrestres, les anciennes civilisations avaient probablement laissé une trace indélébile de leur existence sur Terre. Une preuve qu'ils espéraient indestructible et que nous pourrions facilement comprendre.

L'exemple le plus marquant que le jeune Iranien eût étudié était la grande pyramide de Khéops, à Gizeh. La seule des sept merveilles du monde encore debout. Il avait noté que, de nos jours encore, personne ne pouvait affirmer avec certitude comment les Égyptiens avaient techniquement pu réaliser ce monument sur la durée du règne de Khéops, soit une vingtaine d'années à peine, alors que nous serions aujourd'hui, avec tous nos moyens modernes, incapables de le reproduire[1]. Autre incongruité, l'Égypte, qui avait été la première des civilisations antiques dotée d'une véritable administration organisée, qui consignait tout ou presque de ses lois, mode de vie et coutumes, n'avait étrangement rien conservé concernant les techniques de construction exceptionnelles qu'ils avaient pourtant dû utiliser. Aucune trace n'avait été trouvée, aucun élément technique humain ou architectural et rien sur les bâtisseurs, alors que l'on savait à peu près tout du reste de leur société. Mais le plus invraisemblable à ses yeux était que la grande pyramide elle-même constituait un assemblage mathématique très élaboré. Un objet géométrique parfait, en trois dimensions, sur 140 mètres de haut, composé de deux millions et demi de gigantesques blocs de calcaire et de granite rose, taillés à des formats différents et pourtant assemblés au dixième de millimètre près. Beaucoup de nos concepts, pourtant officiellement découverts beaucoup plus tard, avaient été utilisés pour élaborer la grande pyramide : Pi[2], le nombre d'or[3] et bien d'autres. C'était un vrai

1. Assembler les 2 millions et demi de blocs de la grande pyramide de Khéops en 20 ans sur une base de 12 h de travail/j et 365 j/an, correspond à un bloc taillé, transporté et assemblé toutes les 2 minutes. La pyramide de Khéops est encore aujourd'hui la construction la plus lourde au monde.

2. Pi soit 3,141592~ se trouve dans le rapport entre le demi-périmètre de la base et la hauteur, mais aussi dans les dimensions des chambres intérieures de la pyramide.

3. Le rapport entre la longueur d'une arête et le demi-côté est égal au nombre d'or (phi = 1,616) utilisé dans les mathématiques, la géométrie et les arts.

casse-tête dont les codes étaient dissimulés dans le calcul des dimensions et des surfaces. Cet assemblage n'aurait aucun sens si le but recherché n'était pas de transmettre un message, une preuve mathématique et technique de l'existence d'une civilisation ancienne, au moins aussi évoluée que la nôtre. « Le livre de la nature est écrit en langage mathématique », disait Galilée. C'est pourquoi il ne serait pas étonnant qu'une civilisation ancienne élaborée eût utilisé celui-ci pour nous transmettre un témoignage. D'ailleurs, le schéma pourrait très bien se reproduire car, si l'espèce humaine venait à disparaître suite à une nouvelle extinction de masse, les monuments qui résisteraient le mieux au temps, bien plus que nos buildings et nos constructions contemporaines, seraient probablement les pyramides.

Margareth savait déjà tout cela, mais elle l'avait écouté avec attention. Elle trouvait qu'il avait de l'abnégation et de la perspicacité, ce qui lui plaisait. Elle ne pouvait également s'empêcher de penser qu'à très court terme, la vérité ne pourrait pas être contenue. Que les vieux dessins de nos livres d'histoire, montrant une civilisation sortant tout juste de l'âge de pierre, et taillant, à l'aide de maillets, des blocs de granite gigantesques pour ériger des monuments qu'on serait, pour la plupart, incapables de reproduire aujourd'hui, seraient bientôt périmés. Mais il n'avait pas terminé sa démonstration, et elle ne s'attendait pas du tout à ce qui allait suivre !

Dans un grand carton à dessin, il avait apporté plusieurs photographies et croquis qu'il avait reclassés avant de les lui présenter. Tout d'abord, il lui avait montré des photos de gravures antiques, réalisées à même la roche, sur les petit et grand temples d'Abou Simbel, ainsi que sur le temple solaire de Niouserrê, à Abou Ghorab. On y voyait plusieurs représentations symboliques d'un disque attribué à Rê[1], le dieu solaire, duquel s'échappaient des rayons lumineux terminés par des mains. Qu'il le coiffe ou qu'il l'accompagne, il semblait habité d'une puissance et d'une lumière infinies. Mais il y avait une anomalie, quelque chose de très différent du reste de la symbolique égyptienne classique, et cela n'avait pas échappé à l'attention du jeune Iranien. Le disque n'était pas la propriété exclusive de Rê, comme c'était le cas pour l'ensemble des autres attributs sacrés. Il semblait pouvoir se transmettre à d'autres, parfois au-delà de la mort, parfois même à des « non-dieux », ce qui était unique dans la connaissance que l'on avait de la culture égyptienne antique. Sur beaucoup de gravures, on pouvait ainsi voir le disque porté par le dieu Aton[2], mais aussi par des pharaons, comme Amenhotep Ier ou Akhenaton. Plus inexplicable encore, sur certaines il semblait être utilisé par de simples « mortels », pour travailler les champs ou tailler la pierre, ce qui était en discordance complète avec les symboliques sacrées de l'époque.

1. Rê (ou Ra) est le dieu du disque solaire dans la mythologie égyptienne. Il est le créateur de l'univers et il est le plus souvent représenté comme un homme à tête de faucon surplombé d'un large disque lumineux.

2. Aton est un dieu éphémère de l'Égypte antique que le pharaon Amenhotep IV (qui se rebaptisa Akhenaton) tenta d'imposer comme un dieu solaire supérieur et unique. Dans l'histoire, c'est la première tentative connue pour imposer une religion monothéiste. C'est son fils, le pharaon Toutankhamon, qui mettra fin quelques années plus tard à cette courte tentative. Il abjurera pour satisfaire son peuple, mécontent des récoltes, et reviendra au culte des anciens dieux.

Il apparaissait aussi sur d'autres divinités intemporelles, comme la vache céleste d'Hathor ou le scarabée de Khépri. Pour le jeune archéologue, la conclusion était limpide : il ne s'agissait pas d'un attribut divin, mais d'un objet bien réel, utilisé par les Égyptiens et qui leur procurait de la puissance.

Margareth avait rapidement fait le rapprochement avec les avancées de la SIA. C'était peut-être l'élément qui leur manquait, la fameuse source d'énergie. L'hypothèse du jeune homme permettait d'apporter une réponse crédible aux moyens techniques anachroniques utilisés par les Égyptiens, mais aussi par d'autres civilisations très anciennes, et peut-être, soixante millions d'années plus tôt par les premiers hommes arrivés sur Terre. Il avait également relevé des parallèles avec d'autres constructions et civilisations très éloignées dans le temps et géographiquement, mais où on trouvait pourtant des allégories similaires au disque solaire. Ainsi, le dieu aztèque du soleil, Huitzilopochtli, bâtissait des temples et éclairait les étoiles à l'aide d'un disque lumineux. Les dieux grecs Éther et Héméra étaient aussi capables d'éclairer l'Olympe et des villes entières à l'aide d'un cercle lumineux. Et il y en avait beaucoup d'autres…

Quelques semaines plus tard, sûre de l'intérêt d'une nouvelle approche déterminante, Margareth avait fait adouber sa nouvelle recrue par le comité central de la SIA, afin qu'il vienne y présenter ses travaux. Elle, la financière, la « non-scientifique », était persuadée d'apporter un élément décisif à la compréhension du monde passé. La rencontre avait eu lieu rapidement, mais la réaction des autres membres de l'organisation avait été moins enthousiaste. Même s'ils s'accordaient à dire qu'il était indispensable, pour les premiers hommes qui devaient être en petit nombre, de posséder une source d'énergie très puissante pour se développer, la relation entre ceux-ci et le disque solaire égyptien, soixante-dix millions d'années plus tard, leur semblait tout à fait hasardeuse. Margareth avait bien tenté d'influencer le débat, mais sans succès. L'hypothèse avait été balayée.

Elle avait considéré cet épisode comme un désaveu personnel, et son investissement pour le compte de la SIA avait dès lors changé de nature. Dans les semaines qui avaient suivi, elle n'avait pas abandonné son jeune archéologue, continuant de financer ses recherches en son nom propre, et en convainquant certains mécènes de la SIA de l'intérêt d'un engagement… différent. Ce jeune Iranien s'appelait Aznar.

74

« Les grands esprits ont toujours rencontré une opposition farouche des esprits médiocres. »

Albert Einstein

Thomas descendit les escaliers et se dirigea vers sa voiture. Il avait des remords de la laisser seule mais une infirmière était venue lui rappeler, sur un ton des plus fermes, que les derniers visiteurs devaient quitter l'hôpital. Même s'il savait que sa sécurité était assurée par l'agent de police en faction devant sa porte, il ne pouvait s'empêcher de s'inquiéter. Il tenait beaucoup à elle. Depuis quelque temps, la nature de leur relation avait changé et il s'en rendait bien compte.

La première fois qu'il l'avait vue, c'était deux ans plus tôt. Il rentrait d'une réception plutôt arrosée, et il était tard. Il avait machinalement allumé la télévision, le temps de se déshabiller. Shana était l'invitée principale d'une émission scientifique de seconde partie de soirée, où elle faisait la promotion de son premier livre, *Après le Crétacé*. Elle y présentait une théorie nouvelle et très controversée sur la « non-parenté » de certaines espèces actuelles avec leurs supposés ascendants préhistoriques. L'émission avait vite tourné au traquenard, lorsque les trois autres invités, tous professeurs en paléontologie et choisis par la production, l'avaient accusée de remettre en question, sans éléments probants, la théorie de l'évolution. Chacun avait plus de deux fois son âge. La différence était frappante. Malgré tout, elle y avait âprement défendu ses positions, faisant feu de tout bois. Seule contre tous. Déjà. Ses idées étaient novatrices et en décalage avec les institutions, ce qui n'était pas rien pour un jeune professeur d'à peine trente ans.

Thomas était resté un long moment debout derrière son canapé, puis il avait fini par s'y asseoir et avait regardé l'émission jusqu'à la fin. Elle avait alors expliqué qu'elle ne remettait nullement en cause la théorie de l'évolution dans son ensemble, telle que l'avait traduite Charles Darwin, mais plutôt les raccourcis systématiques qui en étaient faits pour interpréter la transformation de certaines espèces, notamment une qui posait de nombreuses questions : l'homme.

« — Mais, madame, l'avait interrompue l'un des professeurs, qui ne la ménageait pas, l'évolution de l'homme ne pose pas autant de questions que ça, car l'homme ne descend pas du singe. L'homme *est* un singe ! Un singe très évolué, mais un singe. Vous n'êtes pas sans savoir que 98 % de notre séquence ADN est identique à celle du chimpanzé ?

Shana avait souri à cette comparaison qu'elle connaissait bien, presque amusée de la faiblesse de l'argumentation.

— Cher confrère, si vous ne voyez que 2 % de différence entre vous et un chimpanzé, je vous conseille de sortir de vos livres de biologie et d'aller en observer un dans le zoo le plus proche.

— Je ne peux pas vous contredire sur ce point, mais nos matériaux ADN sont très similaires.

— Je le sais bien, professeur, mais ça ne démontre absolument rien.

— Si, cela démontre une chose : c'est que nous avons la même origine.

— Non, pas nécessairement. Nos éléments ADN sont communs à plus de 80 % avec la plupart des espèces. Notre séquence est également proche de celle du porc et de certains batraciens, par exemple, sans que nous n'en déduisions aucune généalogie. Ce qui est déterminant, ce ne sont pas les matériaux ADN, mais l'assemblage, et celui-ci est très différent. Si vous fournissez à deux maçons les mêmes matériaux, ils pourront construire des maisons très différentes ; cela ne prouve rien. De plus, et malgré tous leurs progrès, les biologistes n'en sont qu'aux balbutiements de l'analyse ADN. Beaucoup de choses nous dépassent encore dans l'alchimie des combinaisons moléculaires.

— Je maintiens que nous sommes plus proches des autres espèces, notamment des mammifères, que vous ne semblez le penser, mademoiselle.

— Pourtant, il n'y a pas besoin d'être scientifique pour constater que l'espèce humaine est unique sur Terre, non ? Nous sommes la seule espèce dotée d'une intelligence abstraite capable de concevoir des théorèmes, des notions philosophiques, des œuvres artistiques… ou bien des génocides. La seule, et cela sur des millions d'autres. En mathématiques, cette probabilité serait jugée insignifiante.

Elle parlait posément, répondant à l'hostilité de ses contradicteurs masculins par des arguments cohérents et éclairés. Pour étayer ses propos, elle n'avait pas hésité à exposer à son tour une réalité mathématique.

— Puisque nous sommes dans les chiffres, professeur, pouvez-vous me dire combien de fossiles d'animaux préhistoriques différents ont été répertoriés à ce jour ?

— Plusieurs milliers, s'était hasardé le présentateur de l'émission, évitant ainsi de mettre en difficulté ses invités.

— Quatre ! Quatre mille trois cent vingt-sept spécimens différents répertoriés à travers le monde. Auxquels il faut ajouter quelques autres, incomplets ou indéterminés, qui viennent de découvreurs privés. Arrondissons à environ dix mille spécimens trouvés à ce jour. Nous avons classifié tous ces individus en sept cents espèces environ, dont seulement cent soixante-deux sont clairement répertoriées. Cela représente une jolie collection.

Les trois professeurs et le présentateur l'avaient regardée sans dire un mot, ne voyant pas très bien où elle voulait en venir.

— Maintenant, permettez-moi de mettre en relation ce nombre d'espèces avec la durée supposée du règne des dinosaures, soit environ cent soixante millions d'années. Nous avons identifié une espèce tous les… deux cent mille ans et en avons répertorié, avec précision, une par million d'années ! Cela doit nous rendre humbles concernant l'exhaustivité de nos connaissances sur la période, surtout lorsqu'on sait qu'au moins cinquante espèces naissent et meurent tous les cent mille ans.

— Nous savons cela, mademoiselle Stenford, mais on s'éloigne un peu du sujet.

Le présentateur l'avait interrompue brutalement, voulant visiblement lancer une autre rubrique, mais Shana n'était pas décidée à s'en laisser conter et avait poursuivi sa démonstration.

— Au contraire, avait-elle repris avec conviction, nous sommes tout à fait dans le sujet ! Cela veut dire que nous avons identifié une espèce sur cinq cents par million d'années et que les quatre cent quatre-vingt-dix-neuf autres nous sont probablement totalement inconnues aujourd'hui. À multiplier par cent soixante, le nombre de millions d'années durant lequel les dinosaures ont dominé la planète. En une phrase, nous savons infiniment peu de choses des espèces qui ont précédé la nôtre, de celles qui se sont adaptées, de celles qui ont survécu et de celles qui se sont éteintes. Cette approche serait aussi fiable que de prendre aujourd'hui une dizaine d'animaux au hasard sur Terre et d'en tirer des généralités sur l'ensemble des espèces vivantes !

Cette fois, le présentateur l'avait laissée poursuivre sans l'interrompre. L'argument était simple, mais il était percutant.

— Je pense que vous serez d'accord avec moi pour dire que cela serait totalement ridicule. Pourtant, c'est ce que nous faisons avec la préhistoire depuis cent cinquante ans, et qui plus est, sans accepter la moindre contradiction ! avait-elle conclu.

Thomas avait été subjugué par cette jeune femme lumineuse. Il avait attendu la fin de l'émission pour aller se coucher. Ce soir-là, il était tombé sous son charme et il n'était pas près de l'oublier.

Dans les mois qui avaient suivi, il avait plusieurs fois essayé de l'inviter à participer à des colloques généreusement rétribués par sa fondation, mais sans succès. Chaque fois, il avait reçu un courrier type de la faculté de Lyon, l'informant que l'emploi du temps de Mlle Stenford ne lui permettait pas de participer à l'événement. Il s'était renseigné sur elle, sur son cursus, ses publications, sa vie privée. Durant un temps, il avait même collectionné les articles et photos où on la voyait présenter un cours, participer à une émission de télévision ou même à un cocktail.

Tout en ressassant ses souvenirs, il prit mécaniquement la direction de son appartement turinois. La menace qui planait autour d'eux n'avait jamais été aussi présente, et pourtant il n'aurait échangé sa place pour rien au monde. Il n'était pas encore tout à fait arrivé dans son quartier lorsque le tableau de bord de sa voiture lui indiqua un appel extérieur. Il ne reconnut pas immédiatement le numéro, alors qu'il l'avait déjà vu le matin même.

75

Elle enfila rapidement les affaires propres qu'il lui avait apportées en fin de journée : un vieux jean beige, un T-shirt, un pull-over noir, une paire de baskets montantes et un blouson en toile kaki. Elle attacha ses cheveux avec un élastique qui traînait sur la table de nuit et se posta derrière la fenêtre. Au bout de quelques minutes, elle vit arriver la voiture qui s'immobilisa devant l'entrée principale.

Elle devait maintenant trouver le moyen de déjouer la vigilance du policier assis devant sa porte. Cela n'allait pas être simple mais, après tout, elle n'était officiellement inculpée de rien ; elle pouvait donc se balader en toute liberté dans les couloirs de l'hôpital. Il lui suffirait ensuite de trouver une sortie de secours, et le tour serait joué. Elle s'approcha de la porte, pour essayer d'entendre s'il était toujours là. Rien. Il allait quand même falloir la jouer fine, car si, comme il le lui avait dit au téléphone, le commissaire Spangeti était impliqué, il avait sans doute pris des précautions pour qu'elle ne quitte pas sa chambre.

Elle posa la main sur la poignée et allait pousser la porte, lorsqu'elle entendit un bruit étouffé, juste derrière. Le crissement de la chaise sur le sol, un souffle, un gémissement, comme si quelqu'un forçait l'autre au silence, en apposant sa main sur sa bouche. Le bruit s'estompa rapidement. Elle relâcha lentement la poignée mais entendit à nouveau un mouvement très près de la porte. Il lui semblait que son gardien s'éloignait en traînant quelque chose sur le sol. Elle devina qu'il était arrivé au bout du couloir, quand le bruit s'atténua encore. Elle attendit un instant que le silence soit total, puis poussa doucement la porte.

Il n'y avait personne. La chaise était vide et le couloir, plongé dans la pénombre, était désert. Elle ne comprenait pas ce qui s'était passé, mais ce n'était pas le moment de se poser trop de questions. C'était même une chance inespérée. Elle attrapa son sac de sport, dans lequel elle avait mis le disque et les deux caméras, et se faufila en silence vers les ascenseurs. Elle était presque arrivée au bout du couloir, lorsqu'elle entendit un bruit venant d'une chambre, à quelques mètres seulement devant elle. Elle eut juste le temps de se glisser dans l'embrasure de la porte à sa hauteur, avant de voir une ombre, sans doute un homme, en sortir et venir dans sa direction. Elle se tapit du mieux qu'elle put dans l'obscurité, ne sachant pas très bien s'il l'avait vue ou non. Elle aurait voulu que son corps se fonde dans le décor pour devenir invisible. Collée contre la porte, elle le vit passer silencieusement à quelques centimètres d'elle, sans la remarquer. Elle n'en était pas certaine mais elle crut reconnaître l'homme qui l'avait agressée à son hôtel. Il continua à avancer jusqu'à la chambre où elle se trouvait encore, quelques instants plus tôt. Dans le clair-obscur créé par la veilleuse placée au-dessus de la porte, elle le vit s'arrêter quelques secondes pour sortir un objet de sa poche, avant d'entrer sans faire de bruit.

Cette fois, c'était clair : il ne fallait pas traîner. Elle se précipita vers les ascenseurs mais se ravisa, craignant que le signal sonore ne la fasse remarquer. Elle s'engouffra alors dans l'escalier de service situé juste à côté, en retenant la lourde porte pour qu'elle ne fasse pas de bruit en se fermant derrière elle. Trois étages plus bas, elle se retrouva directement à l'extérieur. Elle longea l'aile du bâtiment, passa devant l'entrée principale, puis courut vers la voiture qui l'attendait, tous feux éteints, à l'entrée du parking. Elle posa son sac à dos dans le coffre, puis s'engouffra dans le véhicule en claquant la portière.

— Démarre ! dit-elle froidement.

*****

Aznar avait regardé partout, mais elle semblait s'être volatilisée et le disque avec elle. Elle était pourtant dans cette chambre, quelques minutes plus tôt, lorsque Thomas Sanders avait quitté les lieux. Il les avait longuement observés depuis la fenêtre de l'autre côté du bâtiment, jusqu'à ce qu'il s'en aille. Comme prévu, il avait ensuite facilement neutralisé le policier en faction à l'aide d'une seringue et d'un puissant anesthésiant. L'opération ne lui avait pris que quelques minutes et n'avait pratiquement pas fait de bruit. Il avait traîné le corps inerte dans le couloir jusqu'à la chambre inoccupée, puis il était directement revenu. Si elle en était sortie pendant qu'il s'occupait du gardien, il l'aurait nécessairement croisée. C'était incompréhensible. Comment avait-elle pu se volatiliser comme ça ?

Il avait fouillé tout l'étage, puis attendu un long moment, caché dans un local de service. Une heure plus tard, une infirmière s'était aperçue que la chambre était vide. Elle avait immédiatement alerté le médecin de garde. Redoutant l'agitation que cela allait provoquer, il était parti.

En quittant l'hôpital, il appela Margareth pour l'informer de son échec. Il redoutait sa réaction, car il savait qu'elle pouvait se montrer colérique et cruelle, mais, étrangement, elle ne parut pas trop affectée. Il pensa qu'il lui avait un peu forcé la main pour agir ainsi, qu'elle avait hésité à donner son accord, mais qu'elle avait probablement déjà un autre plan pour récupérer le disque. Elle lui communiqua une adresse en France, près d'Albertville, où la rejoindre. Ils devaient rapidement quitter le territoire italien. Après tout ce qui s'était passé ces dernières heures, et malgré leurs passeports diplomatiques, la police ne tarderait pas à faire les rapprochements menant jusqu'à eux.

76

Il était 3 heures du matin passées, lorsque Thomas arrêta la voiture le long d'un petit chemin, à l'orée d'un bois. Depuis leur fuite précipitée de l'hôpital, il avait roulé en prenant soin d'éviter les grands axes, et les kilomètres avaient défilé sans qu'il ne s'en rende vraiment compte. Il ne ressentait pas de fatigue, mais son coude cassé lui faisait atrocement mal. Ils avaient envisagé toutes les possibilités. Ils pouvaient difficilement aller chez lui ou à l'hôtel de Shana, car la police italienne s'y rendrait probablement dès le lever du jour. Alors, ils avaient pris la direction de la France. Exténuée, n'ayant pas dormi depuis plus de quarante-huit heures, elle s'était rapidement assoupie sur la banquette arrière, bercée par le ronronnement régulier et rassurant de la berline. Il la regarda tendrement un long moment et ne put s'empêcher de penser qu'elle avait failli mourir deux fois en quelques heures et qu'il lui avait probablement sauvé la vie. *Pourvu que ça dure !* pensa-t-il. Mais à présent, c'étaient leurs vies à tous les deux qui étaient menacées. Probablement à cause de cet objet dont ils n'arrivaient pas à percer le mystère.

C'était l'appel de Mme Bartolotti, tandis qu'il regagnait son appartement turinois, qui l'avait alerté du risque que courait Shana en restant à l'hôpital. Son mari et elle avaient secouru Jeannelle, le matin même, et elle était à présent très inquiète. Elle lui avait raconté la réaction de la jeune Française à la vue des policiers qui étaient venus la chercher, et la scène qui avait suivi. En fin de journée, n'ayant aucune nouvelle, elle s'était permis d'appeler le commissariat de Turin. On l'avait informée que la jeune fille n'était jamais arrivée et qu'on ne savait pas très bien où elle se trouvait. Ne sachant pas qui contacter, elle avait rappelé le numéro qu'avait composé Jeannelle pour qu'on lui vienne en aide et qui était mémorisé sur son téléphone. L'assistante de Thomas avait décroché et, après quelques indications, avait retransmis l'appel.

Thomas était d'abord resté incrédule. Il avait dû s'avouer à regret qu'il ne s'était guère préoccupé du sort de la jeune fille, ayant passé la journée au chevet de Shana. Il avait à son tour appelé le commissariat, où on lui avait tenu à peu près le même discours. Il avait alors demandé à parler au commissaire Augusto Spangeti, ce qui avait d'abord eu pour conséquence d'agacer le préposé au standard. Finalement, on lui avait passé l'inspecteur Costello qui était de garde. Ce dernier, visiblement agacé lui aussi, lui avait expliqué que la jeune fille avait insisté pour rentrer directement chez elle, à Lyon, et qu'il n'y avait pas de motif pour la retenir à Turin, pas plus que de raison de s'inquiéter pour elle. Puis il l'avait sèchement salué et avait raccroché.

Thomas n'en avait pas cru un mot. Jeannelle n'avait aucune raison de vouloir rentrer à Lyon, qui plus est sans se renseigner sur la santé de son amie qu'elle avait sauvée quelques heures plus tôt, au péril de sa vie. Par ailleurs, elle avait été victime d'enlèvement, et l'inspecteur Costello n'avait *a priori* pas pris le soin de l'entendre. Quelque chose ne collait pas. Il était persuadé que la police lui cachait la vérité ; peut-être même était-elle impliquée dans la série de meurtres qui avaient jalonné les fouilles de Bussolino. Dès qu'il avait raccroché, il avait fait demi-tour et avait immédiatement prévenu Shana : si son inquiétude était juste, seule et avec un agent de police devant sa porte, elle courait un grand danger. La suite lui avait donné raison.

Maintenant qu'il l'avait récupérée, son plan était simple : rentrer à Lyon, déclarer la disparition de Jeannelle et mettre Shana en sécurité. Si la police italienne voulait l'interroger, elle le ferait là-bas. Il lui avait fait prendre suffisamment de risques, et même beaucoup trop. Autant pour elle que pour lui, il était temps que tout cela s'arrête. Vu les circonstances, ils avaient décidé de passer outre leurs engagements et de diffuser les photos, échantillons, vidéos et relevés de fouilles en leur possession, ainsi que leur hypothèse sur l'origine des ossements. Peu importe la position du comité de surveillance, qui, de toute façon, avait explosé avec la mort de Gazotti. Ils mettraient à la disposition de la communauté scientifique le mystérieux objet extirpé des abîmes par Shana. Il lui semblait évident qu'ils n'avaient pas les compétences pour comprendre son utilité, mais il n'avait plus beaucoup de doute sur le fait que celui-ci n'était pas simplement une œuvre d'art.

Ayant essayé de mettre de l'ordre dans ses idées, Thomas inclina son siège en arrière et chercha un sommeil qu'il ne trouva pas.

77

Ils arrivèrent dans le centre de Lyon au lever du jour. La ville, plongée dans l'obscurité, semblait encore endormie lorsque Thomas gara la voiture dans une petite rue proche de la place Bellecour. Afin de ne prendre aucun risque, ils avaient décidé de ne pas passer à l'appartement de Shana et d'aller directement chez un vieil ami de Thomas. Ils se connaissaient depuis longtemps, mais le lien serait difficile à établir pour la police italienne ou ceux qui les chercheraient. Celui-ci possédait un petit appartement de fonction à proximité de la place, qu'il utilisait à cette période de l'année.

Malgré l'heure matinale pour un dimanche, il les accueillit, à la porte de l'immeuble, en pyjama mais avec bonhomie, ayant à peine l'air étonné de la visite à l'improviste de son ami, ce qui interpella Shana.

— Mon Dieu, Thomas, on peut dire que tu as un sens matinal de la surprise ! s'exclama-t-il. Et joliment accompagné, en plus…

— Shana, je te présente mon ami, Mathias Forestier, dit Titou. Ne te fie pas à son air hirsute, c'est un grand chirurgien et aussi un redoutable séducteur !

Ce dernier rajusta la ceinture de sa robe de chambre pour tenter de se rendre présentable. C'était un colosse d'une quarantaine d'années, qui mesurait près de 2 mètres. Malgré cela, il avait un visage et un regard clair presque enfantins, que seules trahissaient quelques rides sur le front et à la naissance des yeux. Il embrassa chaleureusement son ami et serra la main que Shana lui tendit.

— Comme disait mon grand-père, les vrais séducteurs s'apprécient au réveil. Tu aurais pu me prévenir quand même ! J'aurais commandé des croissants.

— Pas la peine ! Toujours aussi jolie, ta boulangère ! plaisanta Thomas en soulevant la poche pleine de viennoiseries chaudes qu'ils avaient achetées au coin de sa rue.

— Oui, oui… Excusez-le, répliqua Mathias en regardant Shana. On ne lui a pas appris l'élégance avec les femmes. Je suis très heureux de vous rencontrer, mademoiselle. Il m'a très souvent parlé de vous !

Shana jeta un regard surpris vers Thomas.

— Euh… laisse tomber, murmura celui-ci, accompagnant son propos d'un geste de la main.

— Suivez-moi ; on sera mieux à l'intérieur.

Il les précéda dans un escalier tapissé et très étroit jusqu'au quatrième étage. L'appartement était petit, mais fonctionnel et lumineux. Deux portes vitrées donnaient sur un balcon par lequel on pouvait voir un angle de la place Bellecour et, au loin, les flèches de la basilique Notre-Dame de Fourvière. À peine était-il entré que Thomas remarqua le changement.

— Tu as un nouveau canapé ? dit-il, et sans attendre la réponse il s'affala dessus comme un naufragé sur une plage.

— Oui. J'étais souvent obligé de partager mon lit avec mes amis de passage. Pour ce qui est des demoiselles je m'en accommodais, mais comme j'ai également quelques amis du même sexe, précisa-t-il en se tournant vers Shana, comme Thomas par exemple, alors j'ai décidé d'investir dans une alternative à la promiscuité.

En même temps qu'il répondait, il referma doucement la porte de sa chambre, ce qui laissa supposer qu'il n'était pas seul.

— Je ne suis pas très compétent pour ce qui est de la finance, répondit Thomas, mais ça me semble être un bon investissement !

— Pas compétent ? Rappelle-moi combien tu pèses au CAC 40 ?

— Presque rien…

Mathias répondit par un sourire d'approbation.

— Comme je n'ai pas été dûment prévenu de votre visite, je vais être un peu court pour vous proposer un brunch correct… poursuivit-il en fouillant dans le placard de sa petite cuisine américaine.

— Je suis désolé, Titou, mais on n'a pas pu utiliser nos téléphones. Comme je savais que tu étais là, on est venus directement.

— Et vous avez très bien fait ! Mais pourquoi ne peux-tu pas utiliser ton téléphone ? Le groupe Sanders n'a pas payé sa facture ? Ton père t'a coupé les vivres ?

— Euh… non. C'est un peu plus compliqué que ça.

— Tu t'es radicalisé ? dit-il en scrutant sa barbe de trois jours.

— Non, non, pas encore.

— Bon, tu vas me raconter, j'imagine. Je peux vous proposer un reste de chicorée, ou bien… de la tisane minceur ? Même pas de café, c'est terrible ! s'exclama-t-il d'un air contrit, en fouillant encore le fond du petit meuble de sa cuisine. Ou alors, je peux préparer des œufs…

— Des œufs ! répondirent-ils d'un même élan spontané qui venait de l'estomac, car ils n'avaient rien avalé depuis la veille.

— OK, OK. Une décision à l'unanimité, c'est parfait ! En plus, ils ne sont presque pas périmés…, ajouta-t-il en sortant une boîte de douze œufs de son réfrigérateur.

Pendant que Mathias s'activait en cuisine, Shana vint s'asseoir près de Thomas.

— Alors, comme ça… tu lui as souvent parlé de moi ?

— Oui… si on veut. Enfin, non. C'est un vieux truc d'étudiants. On disait toujours qu'on avait beaucoup entendu parler de la nouvelle petite copine de l'autre.

— Ah oui ? Et ça marchait bien ?

— Euh… parfois. Je tiens à dire que c'était plus valable pour lui que pour moi.

— Je ne savais pas que tu avais fait des études de médecine.

— Ça n'a pas duré très longtemps. Deux ans. Juste le temps de me rendre compte que la médecine et moi, nous n'étions pas faits l'un pour l'autre. En plus, je ne supportais pas la vue du sang.

— Embêtant !

— Un peu. La seule chose positive qui me soit arrivée durant cette période, c'est d'avoir rencontré Titou. En première année, il était un étudiant tout aussi médiocre que moi mais lui s'est accroché et il a fini par y arriver.

— Ce n'est pas un peu paradoxal pour le fils d'un des plus riches patrons de l'industrie européenne de vouloir faire médecine ?

— Si, évidemment, mais je suis un garçon paradoxal, tu sais !

— Je vois ça.

— C'était ma période rebelle. Étant enfant unique, le costume familial m'a vite semblé lourd à porter. J'ai fait plusieurs tentatives pour essayer de sortir du chemin, mais comme je ne suis pas très courageux j'ai fini par rentrer dans le rang, doigt sur la couture du pantalon et aux ordres de papa.

— Et aujourd'hui, il te paraît moins lourd ?

— En grandissant, je me suis désinhibé. J'en suis venu à considérer que je n'étais pas plus mauvais qu'un autre. En tout cas, j'essaie. Et puis, j'ai l'association ; c'est ma soupape de décompression. L'archéologie a toujours été ma vraie passion.

— J'avais remarqué…

— Cela donne un peu de sens à tout ça.

À cet instant, Mathias débarqua avec un plateau chargé d'une demi-douzaine d'œufs à la coque, de trois verres et d'une bouteille de jus d'orange.

— Attention, les amoureux… il va me falloir de la place sur la table pour atterrir, dit-il joyeusement.

Shana tira le sac de sport et le posa derrière eux, tandis que leur hôte retournait en cuisine pour prendre les viennoiseries et la chicorée.

— Dis donc, tu peux demander à ton ami d'arrêter avec ses allusions d'étudiant en mal de jupons ?

— Euh… Je te laisse lui en parler toi-même, répondit Thomas, alors que celui-ci revenait s'asseoir sur une chaise en face d'eux.
— Me parler de quoi ?

Elle commença par préciser qu'elle n'était pas la nouvelle petite amie de Thomas, puis résuma toute l'histoire : la découverte des deux cavités vieilles de soixante-dix millions d'années, les ossements et l'objet circulaire qu'elle y avait trouvés, les assassinats à répétition, l'enlèvement de Jeannelle par la mystérieuse Margareth, et pour finir leur fuite précipitée de Turin pour se réfugier provisoirement là, chez lui.
— Je vois ! s'exclama-t-il après avoir écouté son récit avec beaucoup d'attention. Et après tout ça, vous êtes venus vous réfugier ici ?
— Oui.
— Chez moi ?
— C'est ça.
— Il y a quelque chose qui m'échappe. Que peuvent chercher vos ravisseurs ? On ne tue pas les gens comme ça, pour des vieilleries ?
— Nous ne le savons pas précisément, répondit Thomas. Nous pensons qu'il y a un rapport avec l'objet circulaire. Il est possible qu'il ait une valeur… particulière, symbolique ou bien technologique. La personne qui pilotait le projet, et qui a également été assassinée, pensait qu'il pourrait être capable de générer sa propre énergie.
— Waouh !
— Mais en réalité, on n'en sait rien.
— Et cet objet, il est où ?
— Il est ici !

Mathias faillit s'étouffer avec le morceau de croissant qu'il était en train d'avaler.

— Ici… dans mon appartement ?

— Oui.

— Et pourquoi vous n'avez pas commencé par là ? Montrez-moi ça !

Après avoir échangé un regard avec Shana, Thomas attrapa le sac de sport posé derrière le canapé et le posa sur ses genoux. Il en sortit l'objet avec précaution et le tendit à son ami.

— Mon Dieu, je n'ai jamais rien vu de pareil ! s'exclama-t-il. On dirait qu'il a été gravé à la main.

Il l'observa un long moment, tout en caressant sa surface.

— Il est en quoi ?

— Nous pensons qu'il est en or.

— Vous n'êtes pas sérieux ? dit-il, tout en soupesant l'objet qu'il estima à environ 5 kilogrammes. Si c'est le cas, vous êtes en possession d'une véritable fortune. Vous n'oublierez pas que c'est moi qui vous ai offert votre petit-déjeuner de fugitifs…

— Cet objet a, au bas mot, plusieurs milliers d'années. Il est dans l'état où Shana l'a trouvé. Alors, oui, le seul élément chimique immunisé contre la corrosion et la décomposition, c'est l'or. Non ?

— Je ne sais pas, je ne suis pas chimiste, mais il doit y avoir un moyen d'en être sûr !

— De plus, ajouta Shana, l'or est le meilleur conducteur électrique possible. Alors, si cet objet est capable de générer une source importante d'énergie, il n'est peut-être pas étonnant qu'il soit en or.

— Ce n'est pas idiot…

Mathias restait perplexe mais, comme eux, il était subjugué par la configuration de l'objet et par sa beauté.

— Je ne connais aucune machine ni aucun graveur capable de fabriquer une telle merveille. Vous avez vu la finesse des rayons ? Il y en a des centaines, peut-être des milliers.

— Oui, et ils sont creux ; ce sont des micro-conduits qui partent probablement tous du socle.

Mathias souleva l'objet et découvrit la double rangée d'orifices, qui semblaient être le point de départ d'un circuit sans fin.

— Fabuleux !

— Nous pensons que chaque double encoche correspond à une entrée et à une sortie, expliqua Thomas.

Mathias le tourna à nouveau, comme pour suivre le mouvement intérieur des conduits.

— Ça paraît évident. Mais pourquoi neuf ?

— Eh bien, l'objet en lui-même rappelle le mouvement circulaire qu'effectuent les planètes autour d'un astre. Il y en a neuf dans notre système solaire ; ça pourrait correspondre à ça.

— Il n'y a pas huit planètes autour de notre Soleil ?

— Cela dépend si tu considères que Pluton est une planète ou non. Les avis scientifiques sont partagés sur la question.

— Si vous avez raison, cela voudrait dire qu'au centre de l'objet, dissimulé sous sa multitude de rayons, se trouve le Soleil !

— Dans l'imaginaire de l'artiste qui l'a créé, probablement.

Soudain, la porte de la chambre de Mathias s'ouvrit, rompant le silence qui s'était installé. Une superbe jeune femme asiatique et totalement nue s'avança de quelques pas, les yeux visiblement encore remplis de sommeil. Puis, s'apercevant que trois regards la fixaient, elle fit volte-face et retourna dans la chambre sans un mot.

— Tu ne t'emmerdes pas ! murmura Thomas, se tournant vers son ami avec un sourire taquin.

— Ce n'est pas du tout ce que tu crois…

— Je ne crois rien, mais elle pourrait être ta fille !

— L'amour n'a pas d'âge !

Quelques instants plus tard, la jeune femme réapparut en robe de chambre et vint s'asseoir sur l'accoudoir du canapé.

— Euh… je vous présente Mia. Mia, voici mon meilleur ami, Thomas, et son… il chercha le mot approprié, « accompagnatrice », Shana.

— Bonjour à vous. C'est joli, ça ! s'exclama la jeune femme avec un fort accent, en apercevant l'objet.

— Mia est chinoise. Elle est stagiaire à l'hôpital, dans le cadre d'un transfert de compétences avec la faculté de Pékin.

— Enchanté, mademoiselle, répondit Thomas.

— Bon, ce n'est pas tout, les amoureux, mais vous comptez faire quoi, maintenant ?

78

Deux heures plus tard, hôpital Édouard-Herriot, Lyon.

Il fut soulagé de constater que le long couloir était vide. Avant qu'ils ne se présentent volontairement à la police française, Mathias avait proposé de faire une analyse tomographique[1] de l'objet à l'aide du scanner de l'hôpital où il exerçait. Évidemment, pour ce faire, il fallait que le service d'imageries médicales soit vide, ce qui était souvent le cas le dimanche matin, en dehors des urgences qui pouvaient nécessiter l'utilisation du matériel. Ainsi, ils pénétrèrent discrètement dans la salle d'examen.

— Cela faisait longtemps qu'on n'était pas venus dans un hôpital ; ça commençait à me manquer, plaisanta Thomas en fermant la porte derrière lui. Enfin, cette fois, il n'y a personne de blessé, c'est déjà ça ; on progresse.

---

1. Technique d'imagerie permettant de reconstituer le volume d'un objet à partir d'une série de mesures effectuées par tranches depuis l'extérieur de l'objet.

Mathias enclencha les interrupteurs de préchauffage des machines, puis lança sa veste sur une chaise. Il ouvrit ensuite un grand placard, duquel il sortit un appareil qui ressemblait à une seringue dotée d'une aiguille souple. L'opération consistait à soumettre l'objet au passage d'un scanner à rayons X. À l'aide d'un puissant liquide de contraste introduit à l'intérieur, il pourrait effectuer des plans de coupe précis, retranscrits par l'ordinateur en une image en trois dimensions.

— On va regarder ce qu'il a dans le ventre ! annonça Mathias en brandissant la seringue.

Shana retourna l'objet et le regarda injecter un liquide bleuté sous pression, dans les dix-huit orifices. Il disposa ensuite l'objet au milieu d'un long tube métallique, où l'on allongeait habituellement les malades, et actionna un levier qui le fit doucement coulisser comme un tiroir à l'intérieur d'un large anneau.

— Le plus difficile, avec cet appareil, c'est de garder le patient immobile durant le temps de l'examen, dit-il. Là, au moins, on devrait être tranquilles.

Au bout de quelques secondes, les images de coupe commencèrent à apparaître sur l'écran, une à une. Tel un millefeuille, l'objet se reconstitua lentement, laissant deviner, millimètre par millimètre, ce qu'il leur était impossible de voir de l'extérieur et qui dépassait l'imagination. Des milliers, des dizaines de milliers de canaux circulaires parcouraient l'intérieur de l'objet ; parfois si petits que l'épaisseur d'un seul trait semblait en contenir un nombre incalculable. Il y en avait tellement que, même avec le scanner, il était impossible de les estimer ou de voir s'ils se rejoignaient au centre de l'objet.

— Nom de Dieu ! souffla Thomas. Il faudrait des années pour faire le tour de cet objet.

— Le plus fantastique, c'est de penser que quelqu'un ait pu le construire, dit Mathias en lançant l'impression des images reconstituées qu'ils avaient devant les yeux. Et vous avez vraiment trouvé ça dans une grotte vieille de plusieurs millions d'années ?

— Il faut croire, répondit Shana.

— C'est tellement fin que ça en est… inimaginable.

— Et vous pouvez savoir en quelle matière il est ?

— Ah non, ça, je ne peux pas. Les rayons nous permettent de voir l'intérieur des choses, mais pas de savoir de quoi elles sont faites. Mais comme vous le pressentez, il est très probable qu'il soit en or.

— Qu'est-ce qui vous fait dire ça ?

— Parce que c'est un excellent conducteur et que… sans être un grand savant, je pense savoir à peu près comment fonctionne cet appareil !

— Comment ça, tu sais « à peu près » comment il fonctionne ? s'étonna Thomas. Tu me surprendras toujours. Ben, vas-y, envoie…

— C'est tout l'intérêt d'avoir de la culture générale, de s'intéresser à autre chose qu'aux vieilles pierres, de s'ouvrir sur le reste de l'humanité actuelle…

— Bon, économise ta salive. Dis-nous à quoi tu penses.

— D'abord, sortons d'ici. Je ne voudrais pas avoir de problèmes avec l'hôpital, pour utilisation inappropriée du matériel public.

Il éteignit le scanner et remit la salle dans l'état où elle était un peu plus tôt, pendant que Shana rangeait l'objet, encore imbibé du liquide de contraste, dans son sac de sport. Puis ils quittèrent les lieux par le même couloir qu'ils avaient emprunté en arrivant. En chemin, ils croisèrent un interne, auquel Mathias présenta rapidement ses acolytes comme des stagiaires étrangers qui visitaient l'hôpital.

— Un peu vieux pour des stagiaires, non ? dit Thomas en souriant, quand ils furent à nouveau seuls.

— Parle pour toi, mon vieux… Ta *girlfriend*, elle, est tout à fait crédible !

Shana grimaça à la plaisanterie. Ils sortirent alors par la porte de service et traversèrent le grand hall d'entrée où se trouvaient quelques commerces, un marchand de journaux, une épicerie, un café, ainsi que des tables et des écrans de télévision qui permettaient aux patients de se divertir un peu. Mathias salua à nouveau plusieurs médecins et infirmières, étonnés de le voir là un dimanche et en tenue civile. Cette fois, Shana et Thomas restèrent en retrait, pour qu'il n'ait pas à réitérer le coup des stagiaires. Alors qu'il expédiait ses dernières accolades et s'apprêtait à les rejoindre, il fut attiré par quelque chose en devanture du kiosque à journaux. Il y fit un détour, acheta un quotidien et se dirigea vers eux en le feuilletant, l'air à la fois amusé et soucieux.

— Je suis très déçu… les apostropha-t-il en arrivant à leur hauteur.

— Ah oui ? Et par quoi es-tu déçu ?

— Vous êtes beaucoup plus jolie en vrai ! dit-il en montrant à Shana la une du quotidien.

Thomas lui arracha le journal des mains. Une ancienne photo de Shana, prise lors d'une émission de télévision, était sous-titrée : « *La rocambolesque évasion.* » Les trois comparses se rapprochèrent, et Shana lut à mi-voix le contenu de l'article :

« "La célèbre paléontologue française, Shana Stenford, hospitalisée hier à Turin et retenue comme témoin par la police italienne dans le cadre de plusieurs homicides, se serait volatilisée la nuit dernière. Selon toute vraisemblance, la jeune femme aurait drogué le policier chargé de sa surveillance avant de s'évaporer dans la nature. À l'heure actuelle, personne ne sait si elle a bénéficié de complicité ou s'il s'agit d'un acte solitaire. Les forces de police italiennes, en collaboration avec les équipes françaises, recherchent activement la préhistorienne." »

— Les amis, je ne voudrais pas vous brusquer, dit Mathias en les orientant vers la sortie, mais si vous ne voulez pas avoir de gros soucis, je crois qu'il est temps de vous présenter à la police.

79

« Le manteau de la vérité est souvent doublé du mensonge. »

Proverbe danois

Quinze appels en absence et cinq messages. Lorsqu'ils sortirent de l'hôpital et qu'elle alluma son téléphone portable, Shana ne fut pas surprise de constater que beaucoup de monde la cherchait : sa mère, le commissaire Spangeti, son ami Alexandre, Radouane et le recteur de la faculté de Lyon. Mais c'étaient les deux derniers appels qui l'intriguaient le plus, émis du portable de Jeannelle. Elle écouta rapidement ses messages. Sa mère était catastrophée, le commissaire… étrangement calme, Alexandre lui proposait une planque à Aix-en-Provence et le recteur était inquiet, probablement plus pour les répercussions sur l'image de sa faculté que pour elle, mais inquiet tout de même. Aucun message de Jeannelle.

Ils se dirigèrent vers la voiture de Mathias, garée sur l'avenue Rockefeller qui jouxtait l'hôpital Édouard-Herriot. Même si elle n'avait rien à se reprocher,

Shana ne pouvait s'empêcher de garder la tête baissée. Le fait d'avoir sa photo en première page des journaux, et d'être présentée comme une fugitive, la rendait fébrile. Il ne manquait plus qu'elle tombe sur un justicier de quartier, qui voudrait la plaquer au sol et appeler la police.

— Ne vous inquiétez pas, la rassura Mathias, qui avait remarqué son trouble. Vous allez expliquer toute l'histoire à la police, et les choses vont s'arranger. Thomas et moi confirmerons votre bonne foi. Sous nos airs de vieux garçons, nous sommes des témoins de moralité très respectables !

Évidemment, l'appui d'un grand chirurgien de la place, ajouté à celui du patron d'un des plus grands groupes de BTP mondiaux, devrait sensiblement améliorer sa situation. Mais, pour le moment, ce n'était pas son propre sort qui l'inquiétait le plus.

— J'ai reçu un appel de Jeannelle.

— C'est formidable ! se réjouit Thomas.

— Je n'en suis pas si sûre. Elle a essayé d'appeler deux fois, mais n'a laissé aucun message.

Quand ils furent arrivés à la voiture, Shana se plaça au milieu de la banquette arrière, pour être le moins visible possible de l'extérieur. Dans la boîte à gants, Mathias attrapa une paire de lunettes de soleil, qu'il lui tendit.

— Tenez, mettez ça et cachez vos jolis yeux verts, dit-il. Je ne voudrais pas passer la fin de mon dimanche en cellule…

Son inquiétude avait fini par gagner les deux hommes qui craignaient à leur tour qu'un passant ne la reconnaisse et leur cause des ennuis. Sans perdre de temps, Mathias démarra et s'engagea sur l'avenue des

Frères-Lumière, en direction de l'hôtel de police. Thomas se retourna vers Shana qui semblait toujours préoccupée.

— Jeannelle a peut-être eu connaissance des titres des journaux, mais n'a pas voulu être inquiétée par la police en te laissant un message.

— Ça n'a pas de sens, répondit-elle. Même si elle avait été informée, elle est bien placée pour savoir que je n'ai rien à me reprocher dans ce qui s'est passé.

Thomas n'en était pas si sûr, mais il n'insista pas. Après plusieurs minutes, n'y tenant plus, elle se décida à composer le numéro de son amie. Au bout de trois sonneries, une voix féminine répondit, mais Shana comprit vite que ce n'était pas celle qu'elle espérait…

— Bonjour, mademoiselle Stenford.

— Qui êtes-vous ? demanda-t-elle, reprenant ses esprits après un instant de surprise.

— Mon nom ne vous dira probablement rien. Je m'appelle Margareth.

Shana tapa vigoureusement l'épaule de Thomas qui discutait avec son ami de la meilleure version à donner aux policiers, sur ce qu'ils avaient fait depuis leur arrivée à Lyon.

— Margareth, Margareth ! chuchota-t-elle en couvrant le microphone de son téléphone avec sa main.

Comprenant qu'il se passait quelque chose, Mathias ralentit, puis immobilisa la voiture sur le premier arrêt de bus qu'il croisa.

— Je sais qui vous êtes, Margareth, répondit-elle enfin en activant le haut-parleur de son téléphone.

— Ah oui ?

— Oui. Vous avez kidnappé Jeannelle dans ma chambre à Bussolino. Je pense que c'est également vous qui avez fait assassiner Giuseppe.

Margareth, visiblement surprise, ne répondit pas.

— Et sans doute les autres aussi, ajouta Shana.

— On m'avait prévenue de votre perspicacité, mais vous ignorez beaucoup de choses sur moi et sur ce que j'ai réellement fait.

— J'en sais suffisamment pour vous dire que vous allez finir vos jours en prison. Le commissaire Spangeti est informé de vos agissements, et comme on n'est jamais trop prudent, dans quelques minutes, la police française le sera également.

À nouveau, Margareth resta silencieuse, comme si elle cherchait ses mots. Shana était persuadée de l'avoir déstabilisée.

— Écoutez, mademoiselle Stenford, si j'étais vous, je ne ferais pas cela. Je pense que nous avons, toutes les deux, les mêmes motivations, mais ce serait trop long à expliquer au téléphone. Alors, je vais aller à l'essentiel. Vous avez en votre possession un… objet, qui m'intéresse. Vous voyez de quoi je parle ?

— À peu près, oui.

— De mon côté, j'ai près de moi une jeune personne qui, j'en suis persuadée, vous intéresse également.

Cette fois, ce fut Shana qui resta sans voix.

— Alors, la solution est simple : vous oubliez cette histoire de police, vous m'apportez le disque qui me revient et, pour ma part, je libère votre amie.

— Vous dites que cet objet vous revient, mais de quel droit ?

— Comprenez, mademoiselle Stenford, que si je ne l'avais pas voulu, vous ne seriez jamais allée jusqu'à lui.

— Ah oui ? Et pourquoi ça ? Vous êtes complètement folle…

— Vous avez le droit de le penser, mais sachez que je ne vous veux aucun mal. Ni à vous ni à vos amis. La seule chose qui m'intéresse, c'est le disque et je le récupérerai de toute façon. Alors, mieux vaut faire les choses intelligemment. Ensuite, vous n'entendrez plus jamais parler de moi.

Shana sembla se perdre dans ses pensées, puis son regard se figea sur Thomas et Mathias qui la regardaient, médusés…

— Je veux l'entendre. Prouvez-moi d'abord qu'elle est bien avec vous et en bonne santé.

Margareth ne répondit pas, mais elle l'entendit se lever et faire quelques pas sur ce qu'elle imaginait être du parquet. Il y eut un long silence, quelques mots échangés en italien, un bruit de clefs ouvrant une porte, puis, enfin, une voix hésitante.

— Allô…

— Jeannelle ! Tu vas bien ? Ils ne t'ont pas fait de mal ?

— Oui, ça va…

— Ne t'en fais pas, je vais venir te chercher !

Margareth reprit le combiné, et elle l'entendit à nouveau arpenter le parquet.

— Vous êtes rassurée, mademoiselle Stenford ? Apportez-moi le disque et vous avez ma parole que tout se terminera bien pour elle, pour vous et vos amis.

— Je ne suis pas seule à pouvoir en décider.

— Mais si, vous êtes seule. Les autres vous suivent, aveuglément ou presque.

— Je vous rappellerai sur ce numéro.

Shana raccrocha sans laisser le temps à son interlocutrice d'ajouter quoi que ce soit. Les deux hommes ne l'avaient pas quittée des yeux un instant.

— Retournons à votre appartement, Mathias. Je crois que je vais rester fugitive encore un peu…, dit-elle en regardant par la fenêtre.

Thomas acquiesça et fit un signe de la main à son ami.

— Allez, roule !

80

L'homme qu'on installa devant le commissaire Spangeti était livide. Il n'était âgé que d'une trentaine d'années mais son visage creusé, ses cheveux ébouriffés et ses vêtements chiffonnés lui donnaient plutôt l'allure d'un adolescent sur le tard, qu'on venait de réveiller après une courte nuit de sommeil. Depuis quarante-huit heures, on l'avait placé en détention et laissé croupir en cellule d'isolement ; le responsable des services généraux du groupe Sanders en avait perdu un peu de sa superbe. Pour lui faire imaginer le pire, Spangeti le laissa mariner encore un peu sans lui adresser la parole, feignant de consulter quelques notes.

L'information qu'il venait tout juste de recevoir le rassurait et l'interpellait à la fois. Le téléphone de la scientifique avait enfin été repéré, mais pas là où il l'attendait. Elle était en France, à Lyon. Que pouvait-elle bien faire là-bas ? C'était la question qu'il se posait. Depuis le départ, il la pensait innocente, mais alors pourquoi s'enfuir et ainsi attirer les soupçons sur elle ? Sur ce point, comme sur les autres, il séchait. Elle devait bien se douter que, même de l'autre côté des Alpes, elle serait rapidement interpellée et renvoyée à

Turin pour répondre de ses actes. Cette fuite en elle seule, alors qu'elle était sous contrôle judiciaire, pouvait lui valoir de sérieux ennuis. Alors, pourquoi faire une chose si stupide ?

Avec une délicatesse qui ne lui ressemblait pas, il prit dans sa main le petit coquillage qu'elle lui avait offert quelques semaines plus tôt. Il le regardait souvent, cet escargot posé sur son bureau. Il l'avait placé sous une cloche à fromage en verre ; c'était le seul accessoire qu'il avait trouvé chez lui pour le protéger d'un geste maladroit. Ça avait amusé ses subordonnés et sans doute même provoqué, dans son dos, quelques moqueries dont il n'était pas dupe. Mais, pour une fois, il s'en fichait. Il n'aurait pas su dire pourquoi, mais il aimait beaucoup cette chose dont il avait oublié le nom compliqué. Son ancienneté et sa fragilité l'impressionnaient, et même l'émouvaient. Aussi léger qu'une plume, une simple pression d'un doigt aurait suffi à le réduire en poussière. *C'est un peu comme la vérité*, pensa-t-il. *C'est fragile, la vérité. Parfois, une simple pression au bon endroit permet de résoudre les affaires les plus complexes.*

— Il est où, Costello ? brailla-t-il soudain en direction de ses hommes.

Tous se regardèrent. Le plus proche de sa porte l'informa que l'inspecteur supervisait, à Bussolino, les recherches du corps de Pierre Lancarneau, qui, malgré les informations données par Shana Stenford, restait introuvable.

— Jamais là quand j'ai besoin de lui, cet imbécile ! marmonna-t-il.

Après avoir reposé son précieux coquillage sous son abri de verre, il ouvrit le dossier de l'homme qui était en face de lui et relut rapidement le compte rendu de ses premières auditions. Les éléments contre lui étaient trop faibles pour l'inculper mais suffisants pour présumer qu'il en connaissait un peu plus que ce qu'il avait reconnu jusque-là. S'il savait quelque chose, le commissaire ne doutait pas qu'il arriverait à le mettre à table avant la fin de sa détention.

— Alors, monsieur Moyano, nos cellules sont-elles à votre convenance ?

— Pas vraiment, non.

— Dommage, parce que j'ai bien peur que vous y restiez encore un moment.

— Vous n'avez pas le droit. Pourquoi suis-je ici ?

— Vous êtes ici, parce que je l'ai décidé !

— Vous ne pouvez pas me garder plus de soixante-douze heures.

— Oui, mais c'est long, soixante-douze heures. Et détrompez-vous, le juge d'instruction a tout le loisir de vous faire incarcérer pour votre complicité dans l'assassinat de M. Philippe Favre. Ensuite, vous pourrez voir un avocat mais… vous resterez en cellule !

— Je n'y suis pour rien ! s'indigna le responsable.

— Peut-être, mais vu que vous êtes la seule personne qui nous relie à Samuel Coste, il y a fort à parier que c'est ce que le juge va faire ! Vous resterez en détention jusqu'à votre procès qui aura lieu dans un, ou peut-être deux ans. D'ici là, je vous souhaite bien du courage, parce que, pour un honnête citoyen comme vous, la prison ça va être plus difficile que pour un autre.

— Vous ne pouvez pas faire ça ; vous savez bien que je n'y suis pour rien.

— Sachez, monsieur Moyano, qu'ici je peux faire ce que je veux et que je ne me prive pas pour abuser de ce pouvoir. Nous savons tous les deux que vous avez récupéré le portable de M. Paul Paterson, lorsqu'il a quitté votre entreprise, et qu'ensuite vous l'avez indûment remis à une personne dont vous refusez toujours de nous dévoiler l'identité.

— Ce n'est pas un crime.

— Cette personne est fortement soupçonnée d'avoir commandité l'assassinat de Philippe Favre. Alors, si, ça va en devenir un.

— Mais moi, je n'en savais rien.

— Sur ce point, je veux bien vous accorder le bénéfice du doute. Et encore… Mais vous avez été en relation avec cette personne… sept fois, compta-t-il sur le relevé, où les appels étaient surlignés. Sept fois sur les douze derniers mois. Alors, monsieur Moyano, ne me faites pas croire que vous ne savez pas qui se cache derrière ce numéro.

— Je n'ai pas dit que je ne savais pas ; j'ai dit que je ne pouvais pas vous le révéler.

Il baissa la tête, soufflant fort par le nez. Le commissaire décida de le laisser réfléchir quelques instants à ce qu'il venait de dire. La couleur de son visage passa du blanc livide au rouge écarlate. Il allait parler, c'était sûr, et Spangeti ne voulait pas y passer la soirée.

— Complicité de meurtre, c'est de quoi vous allez être accusé, si vous continuez à vous taire. Pour ça, sur une affaire normale, vous risquez entre dix et vingt ans. Mais là, comme vous serez probablement seul sur le banc des accusés, vous allez prendre perpétuité ; c'est évident.

— OK, OK, OK. Je vais vous dire qui utilise ce foutu téléphone.

Il marqua une pause, basculant sa tête de gauche à droite plusieurs fois, le regard vide.

— Eh bien, allez-y ! Je vous écoute.

— Avant, je veux un engagement… Un engagement de votre part sur le fait que je n'irai pas en prison et que mon nom ne sera pas divulgué à la personne en question.

Le commissaire rit exagérément à ce baroud d'honneur, puis il referma le dossier devant lui et le regarda dans les yeux. Il tenait sa proie.

— Mais vous croyez que vous pouvez négocier avec moi, monsieur Moyano ? Vous n'avez pas les cartes pour ça. Vous êtes ici dans un commissariat et vous n'avez rien à m'offrir. Dites-moi qui a utilisé ce numéro lors des derniers mois ; c'est votre seule chance de minimiser votre implication et votre silence coupable jusqu'ici.

— S'il apprend que c'est moi qui vous l'ai dit, je suis fichu…

— Alors, écrivez-le-moi…

Il glissa une feuille de papier et un feutre noir devant lui. Après un nouveau moment d'hésitation, l'homme le saisit, le reposa sur la feuille, le reprit, tout en levant les yeux vers Spangeti.

— Allez ! éructa le commissaire, qui n'y tenait plus.

Christophe Moyano écrivit lentement, une à une, les sept lettres du nom de la personne à qui il avait remis le téléphone. Lorsqu'il eut terminé, Spangeti tira la feuille vers lui. Il le tenait enfin, son lien ! Cela n'allait pas lui simplifier la tâche, mais la première chose à laquelle il pensa était tout autre… Dans sa fuite, la paléontologue courait un énorme danger et elle n'en savait probablement rien.

81

Mia leur avait préparé des spécialités de son pays : boulettes de poulet à la coriandre pimentées et raviolis aux asperges. Toute la soirée, les trois comparses réfléchirent à la meilleure attitude à adopter. La police ne tarderait pas à retrouver la trace de Shana, surtout depuis qu'elle avait rallumé son téléphone portable. Ensuite, il leur serait beaucoup plus difficile d'agir ; ils devaient donc se décider rapidement. Mia les écoutait sans rien dire, et Mathias lui traduisait parfois quelques phrases en anglais, même si son niveau de français lui permettait de comprendre les grandes lignes de leur conversation. Pour Shana, une chose était certaine : cet objet, quel qu'il soit, ne justifiait pas de mettre en danger Jeannelle ou n'importe qui d'autre. Son frère avait probablement perdu la vie pour ce mystérieux morceau de métal, et elle ne se le pardonnerait jamais s'il lui arrivait la même chose. La question était maintenant de savoir s'ils pouvaient faire confiance à cette Margareth et quelle était la façon la plus sûre de procéder à un échange. À les entendre, on aurait presque pu les prendre pour des bandits préparant un mauvais coup. Mia ouvrait de grands yeux en fonction de ce qu'elle comprenait, ce qui amusait beaucoup Mathias qui en rajoutait en mimant des fusillades.

— Nous devons garder la main ! On lui indique juste le lieu et l'heure de l'échange au dernier moment. Comme cela, on se rend sur place avant elle et on sécurise le périmètre pour qu'il n'y ait pas de coup tordu, suggéra Thomas.

— Et tu le sécurises comment, le périmètre ? D'après ce que vous m'en avez dit, je ne crois pas qu'on ait affaire à une tourterelle. Et puis, elle ne sera probablement pas seule.

— On doit trouver un lieu qui nous permette, en cas d'embrouille, de nous débarrasser rapidement de l'objet ou bien de le détruire. Du genre une falaise ou une rivière profonde. Ce sera notre assurance-vie. Sinon, rien ne l'empêchera de se pointer, de nous liquider et de repartir avec.

— D'accord, mais il nous faut aussi une arme. On ne peut pas aller là-bas comme ça, avec nos jolis sourires. Lorsqu'on le lui aura remis, on n'aura plus aucune défense. Et moi, des armes… à part deux, trois scalpels, je n'en ai pas. Et, sauf erreur, je pense que tu n'en as pas non plus.

— Je sais qui peut nous fournir une arme !

Mia et les deux hommes, surpris, se tournèrent brusquement vers Shana.

— Oui, je peux trouver une arme et quelqu'un qui sait s'en servir.

— Mon ami, je te confirme que ta *girlfriend* est… fa-sci-nante ! déclara Mathias en appuyant sur chaque syllabe.

Il servit le restant de la bouteille de château-margaux 2004, qui accompagnait admirablement les chinoiseries de Mia, et vida son verre d'une traite.

— Un tueur à gages ?

— Non, mais quelqu'un qui sait se servir d'une arme.

— OK, OK… Donc on fait comme au Far West ? On part là-bas armés, pour négocier avec des tueurs professionnels, on récupère votre copine, on refile la came à cette Maggie que personne ne connaît vraiment, et chacun repart de son côté comme si de rien n'était. C'est bien ça, votre plan ?

— Oui, à peu près…

— Et ensuite, on fait quoi ?

— Ensuite, poursuivit Shana, on va raconter toute l'histoire à la police. Avec les éléments que nous avons, ils retrouveront facilement sa trace. Elle ne s'en sortira pas si aisément.

— C'est exactement là où je voulais en venir !

— Qu'est-ce que tu veux dire ?

— Eh bien, je pense qu'elle se dira la même chose. Et on en revient à la question précédente, qui, pardonnez-moi, me tracasse un peu… Pourquoi nous laisserait-elle repartir vivants ?

— On va s'arranger pour la faire venir seule, et dans un endroit où on pourra la surveiller et partir rapidement lorsqu'on aura récupéré Jeannelle.

Mathias se leva et alla chercher la petite sœur de la bouteille de margaux qui attendait dans la cuisine. Cette situation surréaliste le dépassait complètement.

— Je crois que je vais avoir besoin de boire un peu plus, pour vous accompagner.

— Tu n'es pas obligé, précisa Thomas.

— Je ne vais pas vous laisser aller vous faire trucider là-bas sans un médecin diplômé sur place. Et puis, on ne sera pas trop de trois pour surveiller cette malade.

— Merci, dit Shana. Merci à tous les deux.

Pas très rassurés, ils trinquèrent au plan qu'ils venaient d'élaborer et au lien qui les unissait désormais.

— Quelque chose m'a surpris dans ce qu'elle a dit tout à l'heure, au téléphone, fit alors remarquer Mathias, après avoir à nouveau bu son verre d'une traite. À deux reprises, elle a parlé d'un « disque » pour désigner l'objet. Vous n'avez jamais utilisé ce terme, et lorsque je le regarde, moi, je ne pense pas du tout à un disque.

— Cela ne m'a pas marqué, répondit Thomas en faisant tourner le vin dans son verre, pour mieux en libérer les arômes. Elle peut bien l'appeler comme elle veut, moi, je m'en fous.

— Oui, cependant, un disque, c'est… un disque. C'est plat ! Et cet objet ne l'est pas.

— Et tu voudrais qu'elle l'appelle comment ?

— Je ne sais pas… Elle a l'air de bien connaître ce truc. Alors, si elle l'appelle comme ça, je me dis qu'il doit y avoir une raison. C'est peut-être mon côté médecin, mais moi j'ai l'habitude d'appeler les choses par un nom précis.

Pendant que les trois amis parlaient, Mia se leva pour aller prendre sa tablette sur le bar de la cuisine. Elle chercha sur Internet le mot « disque », afin d'en vérifier la définition française.

— À propos de l'objet, ou du disque, reprit Thomas, tu nous as fait un teasing terrible, tout à l'heure, en disant que tu savais « à peu près comment il fonctionnait ». On peut savoir à quoi tu pensais ?

— C'est très simple. Si, comme vous l'imaginez, sa fonction est bien de produire de l'énergie, vu sa conception interne avec ces innombrables rayons creux, je pense effectivement qu'il peut le faire.

— Et pour quelle raison ?

— Parce que c'est une technologie qui existe déjà ! Je peux vous l'expliquer, mais je vous préviens, on est assez loin de l'archéologie…

Mathias toussota, puis resservit encore ses amis avant de se lancer.

— Je pense que vous allez en avoir besoin pour comprendre ça…

— Vas-y doucement. Si demain on doit jouer aux cow-boys, il vaut mieux avoir les idées claires.

— Votre objet ressemble beaucoup à un accélérateur circulaire de particules.

— Ah oui ?

— Et cela fonctionne comment ? l'interrogea Shana.

— On injecte, à l'intérieur, des particules chargées électriquement – des protons –, à une vitesse très élevée. Plus celles-ci prendront de la vitesse en tournoyant dans les anneaux internes, et plus la charge énergétique sera puissante. Tout cela est mesuré par le diagramme de Livingston[1]. Vu le nombre de rayons circulaires internes, je pense que la croissance exponentielle d'une particule accélérée déploierait une masse énergétique considérable.

---

1. Le diagramme de Livingston établi dans les années 1960 quantifie l'énergie exponentielle créée par des faisceaux accélérés.

— Lorsque tu parles d'une vitesse exponentielle, tu veux dire qu'elle accélère tout le temps ?

— C'est exactement ça. Ce sont les anneaux qui produisent la vitesse. S'ils sont parfaitement incurvés, comme je pense qu'ils le sont, les protons ne décélèrent jamais. Au bout d'un certain temps, ils produiront inévitablement une énergie également exponentielle, un peu comme le ferait une dynamo de vélo.

— Et ça existe ?

— Les dynamos de vélo ?

— Non, ton truc…

— Bien sûr que ça existe et dans de nombreux domaines, dans le médical notamment, pour les imageries comme la scintigraphie ou la radiothérapie. Le CERN[1] possède même un accélérateur de particules géant, constitué d'un anneau de 26 kilomètres de circonférence, situé près de Genève[2]. Il l'utilise principalement pour étudier la structure des atomes, mais également pour créer de l'énergie par la percussion de protons à très haute vitesse. Votre disque lui ressemble, en modèle très réduit si on peut dire, mais s'il fonctionne il est clair qu'il est beaucoup plus perfectionné. Imaginez un peu, il pourrait récupérer l'énergie

1. Le CERN est l'Organisation européenne pour la recherche nucléaire. Il est également appelé laboratoire européen pour la physique des particules. C'est le plus grand centre de physique des particules au monde.

2. Le grand collisionneur de hadrons en Suisse près de Genève. Construit par le CERN en 2008, il est le plus puissant accélérateur de particules au monde. Il est capable d'accélérer des protons jusqu'à une énergie de 7 TeV, soit environ 7 500 fois leur énergie de masse.

contenue dans le cœur des atomes et ainsi en produire de façon autonome et quasi illimitée.

— Comment un objet si petit pourrait-il générer une telle quantité d'énergie ?

— Ça n'a rien à voir avec la taille. Même toi qui écoutais peu à l'école, $E = mc^2$, ça devrait te rappeler quelque chose.

— Albert Einstein, la relativité ?

— Voilà ! Eh bien, cette formule signifie qu'une particule au repos possède une masse et une énergie. Einstein a surtout démontré qu'une perte de masse sur une particule projetée peut dégager une quantité d'énergie quasi infinie.

— C'est le principe de la bombe atomique ?

— C'est ça. Par exemple, 1 gramme de matière que l'on annihile par collision avec de l'antimatière correspond approximativement à 10 térajoules, soit l'énergie dégagée par une bombe nucléaire.

— Alors, c'est possible ?

— Bien sûr que c'est possible ! Ça fait même plus d'un siècle que des physiciens essaient de reproduire le diagramme de Livingston à des fins civiles et militaires. En 2013, le prix Nobel de physique a été attribué à deux chercheurs qui étaient parvenus à identifier la particule élémentaire, qu'ils ont appelée le « boson de Higgs ». Il s'agit en fait de ce que les spécialistes appelaient auparavant la « particule de Dieu ». Une particule pas plus grosse qu'une bille, capable de générer, il y a quatorze milliards d'années, la masse et l'énergie nécessaires à la création de l'univers[1].

1. Son existence confirmée par le CERN en 2012 a conduit à l'attribution du prix Nobel de physique à François Englert et Peter Higgs.

— Tout ça dans une bille ?

— Oui. On sait que les particules élémentaires microscopiques sont capables de produire une énergie supérieure à toutes nos centrales nucléaires réunies. On ne maîtrise pas encore la technologie pour les percuter, et surtout en récupérer l'énergie sans risque, mais ce n'est qu'une question de temps. Un jour, l'énergie sera produite ainsi. Si votre objet est capable de le faire, il a une valeur totalement inestimable !

— C'est très bien tout ça, mais tu fais comment pour percuter tes particules à l'intérieur ? Tu les lances ? demanda naïvement Thomas.

Mathias prit alors l'objet posé sur la table devant eux et le retourna avec précaution, faisant apparaître la double rangée de neuf encoches situées sous le socle.

— En quelque sorte, répondit-il. Par là ! Je pense qu'il devait y avoir aussi un propulseur. Il doit s'emboîter sur le socle et permettre la projection des particules. Peut-être que la fameuse Margareth possède le second morceau ? Dans tous les cas, avec le modèle, ça ne doit pas être le plus difficile à reproduire. Le vrai prodige, ce sont les anneaux ; ils doivent être parfaitement incurvés et calibrés pour permettre la circulation des protons à très haute vitesse, sans heurter les parois, sinon…

— Sinon quoi ?

— Boum !

— Admettons qu'on puisse ainsi produire de l'énergie, comment fait-on pour la récupérer ? J'imagine qu'on ne le branche pas sur une prise ?

— Non, évidemment. Si l'énergie est suffisamment puissante, elle se propagera d'elle-même à l'extérieur de l'objet. Comme la foudre, par exemple. C'est le principe du rayonnement électromagnétique ou de la transmission inductive. La source peut alimenter différents réceptacles sur une distance variable, de quelques centimètres à plusieurs dizaines de mètres, sans lien physique.

Thomas semblait pour le moins dubitatif face aux explications scientifiques de son ami.

— Tu ne me suis toujours pas ?

— Je ne suis pas un adepte de la physique quantique, mais j'ai du mal à concevoir comment de l'énergie peut se propager sans contact.

Cette fois, ce fut Shana qui vint à son secours :

— Le Soleil propulse de l'énergie jusqu'à nous, et pourtant il est très loin. Il ne nous touche pas, mais sans sa lumière et sa chaleur on ne serait pas là ; ni les plantes ni les arbres. Tout ce qui est vivant a besoin d'énergie.

— Les premières expérimentations de transmission d'énergie à distance ont eu lieu il y a longtemps, très longtemps même, à la fin du XIXe siècle, poursuivit Mathias. C'était très artisanal, bien sûr, mais cela fonctionnait. Aujourd'hui, de nombreuses applications utilisent cette technologie. Ton téléphone portable, par exemple. Tu n'as plus besoin de le brancher pour le recharger.

— Oui, mais je dois le poser sur son socle.

— En effet, l'émission est bridée. Mais c'est uniquement par la volonté du constructeur, histoire de ne pas griller tous les autres appareils électroniques de ton salon. Mais si tu n'avais chez toi qu'un téléphone portable, on pourrait très bien te fabriquer un chargeur à induction capable de l'atteindre en permanence, et cela où qu'il se trouve, dans ta poche ou sur la table de ta cuisine.

— Je crois avoir trouvé un petit quelque chose ! s'exclama alors Mia, qui était si discrète qu'ils en avaient presque oublié sa présence.

— Tu as trouvé quoi, mon amour ? lui demanda Mathias avec condescendance. La définition du mot « disque » ?

Mia comprit bien l'ironie, mais ne laissa rien paraître.

— Oui, c'est ça. Mais en combinant les mots « disque » et « énergie », j'ai trouvé quelque chose d'intéressant, leur dit-elle en retournant fièrement la tablette.

Mathias la saisit, mais voyant que le document était en chinois, la lui rendit immédiatement pour qu'elle le leur traduise.

— Il s'agit d'un objet… comment dit-on en français… métaphorique ?

— Oui ?

— Un objet appelé « disque solaire ». C'est un attribut de certains dieux égyptiens. Le disque solaire était, sur la Terre, l'équivalent du Soleil ; c'est écrit là. Celui-ci leur procurait de la puissance et de l'énergie !

Les trois amis observèrent attentivement les anciens dessins égyptiens représentant le disque solaire, mais aucun ne ressemblait vraiment au leur.

— On est assez loin de notre objet, tout de même, constata Mathias. Qui plus est, lui n'est pas symbolique. S'il produit de l'énergie, il est bien réel.

— Ce ne sont que des dessins. Si un tel objet a vraiment existé à l'époque des Égyptiens, personne ne devait savoir exactement à quoi il ressemblait, répondit Shana.

Thomas prit l'objet et le souleva au-dessus de sa tête, mimant ainsi l'attitude du dieu Rê à tête de faucon, dont ils avaient une gravure sous les yeux.

— Avec une tête de faucon, ça serait presque ressemblant…, s'amusa Mathias.

En étudiant d'autres images, ils remarquèrent que les divinités ou les pharaons qui portaient le disque solaire étaient presque toujours représentés avec un masque à tête d'animal. Ils trouvèrent également des gravures incas d'hommes tout de blanc vêtus, portant des masques d'or éclairant leur cité d'un disque lumineux.

— Si on part de l'idée que le disque n'était pas qu'un objet métaphorique, mais qu'il existait réellement et diffusait de l'énergie par induction ou quelque chose comme ça, il devait être nécessaire de se protéger avec un masque pour l'utiliser.

— Pourquoi à tête d'animal ?

— Je ne sais pas, moi ; je n'ai pas réponse à tout… Peut-être pour faire joli !

— En tout cas, si ces scènes ont vraiment existé, il n'est pas étonnant que les gens de l'époque aient considéré qu'il s'agissait d'un objet divin ou même d'un dieu.

— Bon, mes amis, c'est un peu beaucoup pour moi, dit Mathias en se levant. Vous avez bien égayé ma journée, mais il est temps d'aller nous coucher. Demain, une rude et dangereuse journée nous attend.

Shana se leva également, attrapa son blouson et se dirigea vers le balcon.

— Je dois passer un coup de téléphone.

— À cette heure ? s'étonna Thomas, en montrant la pendule qui indiquait 23 h 50.

— Les armes !

— Ah… répondirent simultanément les deux amis.

— Peu importe ce que permet réellement de faire cet objet, on va régler ça demain et faire libérer Jeannelle.

Sur ces mots, elle sortit sur le petit balcon et referma la porte vitrée derrière elle.

— Sacrée nana ! soupira Mathias en regardant son ami.

— Ouais…

D'un geste brusque, il tira l'avant du canapé vers lui pour le déplier.

— Je suis désolé, mais je n'ai pas de chambre d'amis. Toi et ta plus ou moins *girlfriend*, vous allez devoir partager mon unique canapé. Mais vous avez de la chance… il fait lit !

— Non, je vais dormir là, répondit Thomas en désignant l'un des fauteuils.

— Tu es un grand garçon… Fais comme tu le sens.

82

Elle se réveilla en sursaut, lorsque Margareth alluma la lumière. Après avoir fermé la porte à clef, celle-ci posa un petit plateau sur le bord de la table de nuit.

— Tu devrais manger un peu.

— Je n'ai pas faim.

Évidemment, ce n'était pas tout à fait vrai, mais elle ne voulait pas lui donner satisfaction. Margareth tira une chaise et s'assit face à elle.

— Comme tu veux, mais tu n'as rien mangé depuis deux jours, dit-elle. Ça ne sert à rien de te rendre malade.

Allongée sur le lit, le regard fixé vers la fenêtre dont le volet était entravé par une chaîne cadenassée, elle ne répondit pas.

— Écoute, Jeannelle, je suis sincèrement désolée de t'avoir mêlée à tout ceci. Ce n'était pas du tout ma volonté. Je n'ai pas eu le choix, mais je te fais la promesse que si tu m'aides, personne ne te fera de mal.

— Vous devriez dire ça aux gens qui travaillent pour vous.

— Pourquoi ? Ils t'ont fait du mal ?

Elle ne répondit pas.

— Ils ne travaillent pas que pour moi, poursuivit Margareth. Il y a beaucoup de personnes qui ont des intérêts financiers importants dans ce qui se passe en ce moment. J'essaie de les contenter mais, pour être franche c'est plutôt moi qui travaille pour eux.

— Pourquoi faites-vous tout ça ? Pour l'argent ?

— Non, pas du tout ! Ça, c'est ce qu'ils pensent.

— Pourquoi, alors ?

Margareth marqua une pause, semblant chercher ses mots.

— Pour changer le monde, le rendre meilleur, plus simple, dit-elle enfin.

Jeannelle ne la regardait pas.

— Cela ne devait pas se passer comme ça. Ton amie Shana est sortie du rôle que nous lui avions attribué. Elle a mis son nez là où elle ne devait pas, et a découvert quelque chose qui la dépasse complètement et dont elle n'a probablement pas idée.

— Quelque chose qui méritait de tuer mon frère ? dit la jeune fille avec défi.

Margareth soupira et mit un moment avant de répondre.

— Tu n'es pas obligée de me croire, mais je n'ai rien à voir dans la mort de ton frère. Je ne peux même pas te dire ce qui s'est passé.

— Pourquoi ça ?

— Parce que je n'en sais rien ! Je fais partie d'une organisation paragouvernementale tout à fait légale. Notre objectif est d'étudier des origines humaines beaucoup plus anciennes que ce que l'on admet généralement et de…

— Séquestrer les gens qui en découvrent trop ?

— Et de… canaliser les éléments rendus publics, c'est tout.

— Et pour cela, tous les moyens sont bons ?

— À peu près. Mais c'est la première fois que nous devons agir ainsi, et je le regrette. Je ne te veux aucun mal, je te le répète, et tu n'as rien à craindre. Tu seras bientôt libérée.

— Mais pourquoi me gardez-vous ici ? Vous avez peur de quoi ?

— Puisque tu veux tout savoir, ton amie Shana a récupéré, dans la seconde cavité, un objet important que nous cherchions depuis très longtemps. Elle n'aurait jamais dû l'atteindre, car en dehors de sa valeur il représente un grand danger. Crois-moi, pour la sécurité de tout le monde, il est important que je le récupère très rapidement.

— Et vous comptez procéder comment ?

— Je lui ai proposé d'effectuer un échange qu'elle ne pouvait pas refuser.

— Quel échange ?

— Toi contre cet objet.

— Et elle a accepté ?

— Évidemment. Je pense qu'elle tient beaucoup à toi.

— Alors, elle vous apporte l'objet et vous me laissez partir, c'est tout ?

— C'est ça, oui. C'est une femme très intelligente et j'ai confiance en elle. Elle ne voudra prendre aucun risque. De plus, je suis persuadée qu'elle a compris l'importance que pouvait avoir cet objet et qu'elle ne sait pas du tout comment gérer la situation. La meilleure des solutions, pour tout le monde, c'est que je le récupère, afin qu'il soit étudié correctement et en toute sécurité.

— Et si elle refuse ?

— Je te le répète : je ne te ferai aucun mal. Tu as ma parole. Par contre, je ne pourrai pas répondre de sa sécurité à elle.

83

Shana resta seule sur le balcon un long moment. Dans quel absurde guêpier s'était-elle fourrée ? Depuis le départ, elle se posait la question, mais là elle pensait difficilement pouvoir faire pire. L'appartement derrière elle étant plongé dans le noir, elle se trouvait dans une quasi-obscurité que seules venaient perturber l'extrémité de sa cigarette et, au loin, les lumières de la ville. Elle ferait tout ce qu'elle pourrait pour libérer son amie, mais Margareth en avait-elle vraiment l'intention ? Mathias avait raison : après tout ce qui s'était passé, pouvait-elle seulement laisser, derrière elle, des témoins capables de la confondre ? Elle expira une longue bouffée. Malgré tout et pour une raison qu'elle ne s'expliquait pas, elle lui avait inspiré confiance. Sa voix semblait sûre et sincère. À quoi pouvait-elle ressembler ? Ce devait être une femme de pouvoir, grande, forte, le regard dur. En tout cas, c'était comme ça qu'elle l'imaginait.

Thomas fit doucement glisser la porte-fenêtre et l'interrogea du regard pour savoir s'il pouvait la rejoindre. Elle était rassurée qu'il soit avec elle et heureuse de l'avoir rencontré. C'était quelqu'un de bien ; un homme d'honneur, un peu à l'ancienne. Il ne se défilait pas – jamais –, et ce n'était pas courant. Il s'était convaincu d'être responsable de tout ce qui se passait, alors qu'il avait juste mis le doigt dans un engrenage qui le dépassait autant qu'elle. Il était malgré lui le grain de sable qui avait contrarié les plans d'une organisation bien huilée et très puissante. Elle avait beaucoup d'admiration pour lui, et pas uniquement.

— Viens, murmura-t-elle.

Il s'avança juste à côté d'elle et posa délicatement, sur ses épaules, un plaid qu'il avait pris dans le salon. Il remarqua qu'une larme coulait sur sa joue. Elle l'essuya d'un geste furtif et lui tendit son paquet de cigarettes menthol. Bien qu'habituellement il ne fumât pas, il n'osa pas refuser et en prit une. Elle lui prêta son briquet, écrasa son mégot dans la soucoupe d'un pot de fleurs et s'en alluma une deuxième. Ils restèrent ainsi un moment, côte à côte, sans rien se dire. Ce fut elle qui rompit le silence.

— Tu sais que je connaissais Pierre, avant ? lui demanda-t-elle.

Il hésita à lui dire la vérité, la regarda, puis acquiesça.

— Tu en parles au passé, mais nous ne sommes pas sûrs de ce qui lui est arrivé. Il a peut-être survécu.

— Il est mort. Je sais qu'il est mort. Il n'a pas pu survivre à ce que j'ai vu.

Cette fois, elle ne put retenir le flot de larmes qui la submergea. Elle sortit un vieux mouchoir de sa poche et s'essuya les yeux.

— Je sais que vous vous connaissiez. Ton ami, M. Spinéta, m'a parlé de l'époque où ils étaient tous les deux tes professeurs, à Lyon. Il m'a dit que vous aviez eu une relation secrète, Pierre et toi, et qu'elle s'était mal terminée.

— Pourquoi tu ne m'as pas dit que tu le savais ?

— Je n'avais pas de raison de le faire.

Un silence pesant s'installa.

— Vous étiez très proches ? demanda Thomas, comprenant qu'elle avait besoin d'en parler.

Elle aspira une longue bouffée avant de répondre, comme si elle allait chercher ses mots au plus profond d'elle.

— On s'est beaucoup aimés. Alors, même longtemps après il en reste toujours un petit quelque chose. On ne s'était pas vus depuis plus de dix ans.

— Qu'est-ce qui vous a séparés ?

— Je ne sais pas. Sa carrière aux États-Unis, notre différence d'âge, la vie… Beaucoup de choses, en fait. Les sentiments, ça bouge tout le temps. On ne sait jamais si c'est le bon moment d'arrêter le curseur. Parfois, on le sait après, mais on ne peut jamais en être totalement certain. Notre histoire ne s'est pas mal terminée ; elle s'est terminée, c'est tout. Comme se terminent généralement les histoires. Et puis, on s'est perdus de vue.

Elle tira une dernière bouffée sur sa cigarette, écrasa le mégot dans la soucoupe et en sortit une troisième du paquet. Ils restèrent encore un moment sans rien dire, à regarder la ville, au loin. Pour la première fois, il la voyait vulnérable, et ça le touchait. Il avait tant envie de la prendre dans ses bras.

— J'ai toujours aimé regarder les villes, la nuit. De loin, tout paraît propre et beau, dit-elle en expirant de la fumée. Après, lorsqu'on se rapproche… c'est souvent moins bien.

— Pas toujours.

— Si.

— Non. Pour toi, par exemple, ce n'est pas vrai.

— Merci, tu es gentil.

— Je n'aime pas trop ce compliment ; ça fait un peu…

— Tu es bienveillant. C'est bon d'être avec toi.

Il la regarda terminer sa cigarette, tout en laissant la sienne qu'il avait à peine touchée, se consumer. Tout le monde semblait déjà endormi, lorsqu'ils rentrèrent dans l'appartement. Mathias avait laissé une petite veilleuse allumée, déplié le canapé pour elle et posé une couverture sur le fauteuil pour lui. Thomas s'y assit, tandis qu'elle refermait la porte vitrée et tirait le rideau. Puis elle vint s'agenouiller près de lui et l'embrassa sur la joue.

— Mets-toi dans le lit, tu seras mieux, dit-elle, avant de disparaître dans la salle de bains.

Elle se déshabilla, fit un brin de toilette et enfila un grand T-shirt que Mathias avait posé sur le lavabo pour elle. Vu sa taille, il lui arrivait quasiment aux genoux. Lorsqu'elle retourna dans le salon, Thomas s'était allongé, côté fenêtre. Elle éteignit la veilleuse et se glissa sous le drap. Ils restèrent un moment sans bouger, un peu gênés.

— J'ai oublié de te demander… dit-il enfin.

— Vas-y.

— Tu as trouvé des… armes ?

— Oui.

— Tu as fait comment ? Tu as appelé un service de livraison à domicile ?

— C'est tout comme. Mon ami Alexandre – « M. Spinéta », comme tu dis –, il va venir demain.

— Ah oui ?

— Oui. Alexandre, entre autres passions, fait du tir de précision dans un club. Je lui ai expliqué la situation dans les grandes lignes. Il va nous donner un coup de main pour sortir Jeannelle de là. Je lui ai donné l'adresse de Mathias afin qu'il nous rejoigne dans la matinée.

À cet instant, la pendule de l'entrée émit un petit signal, indiquant qu'il était 2 heures du matin.

— Très bien. C'est toujours pratique d'avoir un ami capable de faire un carton sur les gens qu'on n'aime pas.

— Je n'ai pas dit qu'il ferait ça. Il vient juste nous aider en nous apportant une arme. En cas de problème, on pourra compter sur lui, mais l'idée c'est plutôt de ne tirer sur personne.

— Tu es sûre qu'on ne ferait pas mieux d'aller tout raconter à la police ?

— Oui, j'en suis sûre. On mettrait Jeannelle en danger. Elle pourrait la tuer, probablement comme elle l'a déjà fait pour Philippe et Giuseppe. On doit la sauver, et après on fera ce qu'il faut pour que Margareth aille en prison.

— Je ne pense pas qu'elle la tuera tant qu'elle n'a pas récupéré l'objet. Elle n'aurait plus de moyen de pression sur nous.

— Je ne veux pas prendre ce risque-là.

— OK. Je te suis.

Le bruit lointain d'une ambulance troubla le silence de la nuit, comme pour leur rappeler que ce qu'ils s'apprêtaient à faire était très dangereux.

— Tout à l'heure, Alexandre m'a dit que quelqu'un était venu à Santo pour récupérer le fossile avec une autorisation écrite signée du ministre.

— Tu ne croyais pas qu'ils allaient te laisser l'emporter ?

— Non, mais je pensais qu'on aurait plus de temps. Ils ont été très rapides.

— Ce n'est pas grave. Nous en avons suffisamment vu pour expliquer notre hypothèse et alerter l'opinion publique. Et puis, il nous reste les vidéos.

— J'ai parfois l'impression que nous sommes les seuls à vouloir la vérité.

— Je suis là, moi.

— J'ai dit « nous ».

Elle se tourna vers lui. Ils se regardèrent quelques secondes, puis, pour la première fois, ils s'embrassèrent.

84

« Les gens sont prisonniers
de tout ce qu'ils ne possèdent pas. »

Anouar el-Sadate

Mathias conduisait son Audi à vive allure sur l'autoroute A43 en direction d'Albertville. L'euphorie de la veille s'était quelque peu dissipée, en même temps que les vapeurs d'alcool. Alexandre Spinéta s'était levé tôt pour les rejoindre à Lyon. Avec lui, ils avaient établi un plan précis et attribué un rôle à chacun. À quatre ils estimaient pouvoir se défendre, mais le problème était qu'ils ne savaient pas précisément à combien de personnes ils auraient affaire.

Avant de quitter Lyon, Shana avait téléphoné à Margareth pour l'informer qu'elle acceptait de procéder à l'échange, mais sous certaines conditions. Elle était d'accord pour que la rencontre se fasse à proximité d'Albertville, où elle se trouvait avec Jeannelle, mais seulement à un endroit qu'elle choisirait. Avec Thomas, ils étudiaient maintenant la carte de la région afin de trouver l'emplacement le plus approprié. Il leur fallait un lieu relativement isolé, facile à surveiller, avec plusieurs voies d'accès et si possible à flanc de falaise ou à proximité d'un cours d'eau. En cas de réaction hostile, ils devraient pouvoir détruire l'objet ou, du moins, menacer de le faire. Les hauteurs d'Albertville regorgeaient de lieux correspondant à ce profil ; il ne leur restait plus qu'à choisir.

À quelques kilomètres de là, Margareth était assise face à Aznar. Elle l'observait sans rien dire, pendant qu'il réservait, pour eux mais sous d'autres identités, plusieurs vols partant le soir même vers différentes destinations d'Europe et d'Amérique du Sud. Elle ne pouvait s'empêcher de repenser aux moments qu'ils avaient passés en Suisse, quelques années plus tôt. C'était alors un beau jeune homme de vingt-trois ans, un universitaire qu'elle avait rapidement imposé auprès de la communauté scientifique. Elle était même allée bien au-delà, en se portant témoin de moralité et en utilisant ses accointances pour que les autorités helvétiques lui octroient, en un temps record, un statut provisoire de réfugié politique. Pour motiver cette demande, ils avaient mis en avant son passé, celui d'un jeune Iranien obligé de fuir son pays après le massacre de ses parents, des opposants au régime théocratique islamique chiite. C'était en partie la réalité, mais pas ses motivations. En quelques mois, elle avait fait de lui un étudiant en archéologie prometteur, terminant son cursus à Lausanne. Ses études étaient financées par plusieurs sociétés privées, et des égyptologues de renom appuyaient ses travaux. Il était seul dans un pays qu'il connaissait peu, et son statut était très précaire. Malgré cela, il dégageait une sorte d'assurance, de force intérieure, qui ne laissait personne indifférent. Bien sûr, ils n'avaient pas le même âge. Pourtant, elle avait tout de suite été attirée par lui. C'était réciproque mais ni l'un ni l'autre n'avaient fait le premier pas, et leur relation était restée en suspens.

— Tu comptes procéder comment ? demanda-t-il, la sortant brusquement de ses pensées.

— J'ai confiance en cette fille. On va aller avec la petite au lieu qu'elle nous indiquera. On fait l'échange et on disparaît rapidement, comme prévu.

— On les laisse en vie ?

— Oui.

— Shana Stenford ?

— Je te le répète : on fait l'échange et on disparaît.

— Avec tout ce qu'elle sait…

— Et qu'est-ce qu'elle sait ?

— Elle va aller directement voir la police.

— Et alors ? On sera déjà loin, et ils n'ont aucune chance de remonter jusqu'à nous.

— Visiblement, elle a compris les origines de l'homme.

Margareth réfléchit de nouveau à cette question qui tournait en boucle dans sa tête depuis la veille.

— Oui, c'est probable, répondit-elle.

— Elle ne va pas se gêner pour publier ses conclusions. Avec la notoriété qu'elle a déjà, sa voix va porter.

— Sans doute. Cela lui prendra du temps, mais… sans doute !

— Tu vas informer la SIA ?

— Mais tu espères quoi, Aznar ? Que le secret reste enfoui à jamais ? C'est la quête de la SIA, ça, pas la nôtre ! Et puis, c'est impossible. Trop de personnes sont informées. Ce n'est qu'une question de temps avant que la vérité soit divulguée. Alors, autant que ça vienne de cette fille. Elle est brillante et elle avait compris avant les autres.

— On nous le reprochera.

— Il y a encore quelques siècles, les gens imaginaient que la Terre était le centre de l'univers, que l'homme avait six mille ans, comme Adam et Ève… Lorsqu'une vérité est imposée, la société la défend toujours et parfois au-delà du raisonnable. Malgré les dénégations de l'Église romaine, appuyées par les monarques de l'époque, les bûchers et l'Inquisition, la vérité a fini par s'imposer aux esprits intelligents. Il en sera de même à notre époque et ça ira beaucoup plus vite. Cela changera-t-il l'image que l'homme a de lui-même ? Probable. Cela le détruira-t-il ? Je ne le crois pas. L'homme changera avec cette vérité ; il évoluera, et ça sera peut-être en mieux !

Aznar ne répondit rien, mais elle savait qu'il ne pouvait pas partager son lâcher-prise. Il était trop rigoureux et discipliné pour ça.

— Crois-moi, la seule quête qui ait vraiment de l'intérêt n'est pas celle des origines de l'homme mais celle de sa survie dans un futur proche, poursuivit-elle. Dans quelques décennies, nos ressources naturelles seront épuisées, et sans énergie nous retournerons au Moyen Âge, ou pire nous disparaîtrons pour laisser la place à une autre espèce dominante mieux adaptée ! Nous sommes près du but : nous sommes sur le point de démontrer que tes hypothèses étaient fondées. Le disque solaire existe ; c'est une source d'énergie propre, autonome et inépuisable. Avec une telle technologie en notre possession, les dirigeants du monde mangeront bientôt dans nos mains !

— Sauf si nos mains et le reste de notre anatomie sont en prison. Je pense qu'on ne devrait pas laisser de traces derrière nous.

— Tu as encore beaucoup à apprendre, Aznar. Sur la vie et sur les relations humaines en général. Les gens puissants comme nous le serons ne vont jamais en prison…

85

Les quatre complices s'étaient séparés, non sans appréhension, un peu avant l'heure du rendez-vous. Alexandre et Thomas étaient positionnés à l'endroit qu'ils avaient retenu pour l'échange, tandis que, quelques kilomètres plus bas, Shana attendait seule derrière la petite église Saint-Sigismond d'Albertville. Située au pied de la montagne, celle-ci occupait les dernières hauteurs de la ville avant l'ascension plus franche vers les cimes. Le ciel était maussade en cette fin de journée, et l'absence de vent donnait au paysage l'allure d'une vieille photo.

Les mains enfoncées dans les poches de son blouson, elle triturait la petite fiole en or trouvée dans la cavité, tout en observant les voitures arrivant dans sa direction. À une centaine de mètres en amont, un appareil photo muni d'un objectif proéminent autour du cou, Mathias jouait les apprentis touristes. Tout en la surveillant, il quadrillait l'espace et photographiait systématiquement tous les véhicules ou piétons qui se présentaient.

À quoi pouvait bien ressembler Margareth ? Au son de sa voix, elle l'imaginait avoir une cinquantaine d'années, grande et plutôt forte, mais peut-être était-elle bien différente. On était souvent surpris de rencontrer quelqu'un dont on ne connaissait que la voix, et il n'y avait pas de raison qu'elle échappe à cette règle. Devant elle, quelques voitures faisaient le tour de la place. Certaines s'arrêtaient sur le petit parking situé en contrebas ou se dirigeaient vers le centre-ville ; d'autres, plus rares, entamaient l'ascension vers les villages situés en altitude. Pour le moment, aucun signe de Margareth.

Elle avait tout de même remarqué un homme à moto, arrêté en face d'elle à une cinquantaine de mètres. Il était là depuis plusieurs minutes, n'avait pas coupé le contact ni ôté son casque et semblait regarder dans sa direction. Shana fit quelques pas le long de l'église pour sortir de son angle de vue. Elle attendit quelques instants, puis revint en arrière. L'homme n'avait pas bougé et la regardait toujours. D'un mouvement de tête, elle fit signe à Mathias qui braquait son appareil dans sa direction pour qu'il le photographie. Le motard perçut son geste et tourna la tête vers lui, avant de reprendre sa position initiale.

Elle ne laissait rien paraître mais, bien évidemment, elle avait peur. Et pas seulement pour elle, mais pour Jeannelle, Alexandre, Thomas et Mathias. Plus elle approchait du moment fatidique et plus le plan qu'ils avaient élaboré la veille lui semblait approximatif. Elle regarda sa montre : 16 h 09. Margareth était en retard. Soudain, son téléphone sonna. *Ça sent le changement de programme*, pensa-t-elle, avant de reconnaître le numéro du commissaire Spangeti. Elle laissa l'appel basculer sur sa boîte vocale, mais celui-ci rappela quelques instants plus tard. Aussi, même si le moment était mal choisi, se décida-t-elle à lui répondre. Elle n'entendit qu'une voix lointaine et comprit qu'il avait activé la fonction de rappel automatique et mis son téléphone sur haut-parleur, ne s'attendant pas à ce qu'elle décroche.

— Manifestement, mademoiselle Stenford, vous avez décidé de me pourrir l'existence… Nous sommes en train de géolocaliser votre portable.

— Je vous remercie de me le dire, commissaire. Je vais le couper.

— Oui, faites ça ! Et dites à vos amis, Thomas Sanders et Alexandre Spinéta, de faire de même. Mais cela ne servira pas à grand-chose. Nous savons déjà très bien où vous êtes : en France, en Savoie, à proximité d'Albertville, peut-être à Albertville même. Ne jouez pas à la plus maligne avec moi. Je ne sais pas ce que vous voulez faire, mais au cas où vous l'ignoreriez il y a un mandat d'arrêt international sur votre tête.

— J'ai vu ça dans le journal. Mais je ne sais toujours pas ce que vous me reprochez, commissaire.

— Je vous reproche de vous être enfuie de l'hôpital, alors que je vous avais expressément informée que je voulais vous interroger à propos des assassinats de Giuseppe Gazotti et de Pierre Lancarneau. Même si la mort de ce dernier est toujours présumée, car nous n'avons pas retrouvé son corps à l'endroit que vous avez indiqué.

— Je me suis enfuie de l'hôpital, car on a essayé de m'assassiner. Et j'ai de bonnes raisons de penser que vos services étaient impliqués.

— Et pourquoi mes services voudraient vous assassiner ?

— Je ne sais pas. Ce sont également vos hommes qui ont enlevé Jeannelle Favre.

— J'ai eu personnellement Jeannelle au téléphone, hier soir.

— Ah oui ?

— Oui. Elle est dans sa famille, en France. Elle s'est excusée d'être partie précipitamment et doit bientôt revenir témoigner sur ce qui lui est arrivé.

— C'est du pipeau !

— C'est ça, traitez-moi de menteur !

— Soit vous me mentez, soit on l'a forcée à vous appeler. Elle a été enlevée par une certaine Margareth qui est sans doute l'instigatrice de tout ce qui s'est passé depuis le début.

À l'évocation du prénom, Spangeti fut quelque peu troublé ; il se reprit.

— Je suis prêt à venir vous entendre moi-même pour régler cette affaire. Mais d'abord, vous devez me faire confiance et vous présenter à la police française.

— Je ne peux pas, commissaire. Je dois rencontrer cette femme. Elle m'a promis de libérer Jeannelle si je lui remettais l'objet que j'ai trouvé dans la seconde cavité.

Spangeti grommela derrière son téléphone, se demandant ce qu'il devait lui révéler. Si elle lui disait la vérité – et malgré les apparences, il avait toujours pensé qu'elle était de bonne foi –, elle courait un réel danger.

— Écoutez, mademoiselle Stenford, prenez ce que je vais vous dire comme une preuve de confiance de ma part et aussi comme une mise en garde. Nous avons étudié de près les conversations de l'attaché auprès du ministre italien des Activités culturelles, Giuseppe Gazotti. Il s'avère que celui-ci était en relation avec beaucoup de monde, notamment une certaine

Margareth Stern, à qui il a parlé quelques minutes avant d'être assassiné. Cette femme possède un passeport diplomatique suisse et cumule de nombreuses fonctions dans des groupes financiers européens, américains et un peu partout dans le monde. Bien évidemment, depuis deux jours elle est injoignable, mais nous avons localisé son téléphone et nous savons qu'elle se trouve également en France, et pas très loin de là où vous êtes. Parmi ses nombreuses activités, elle est la directrice financière de la Société internationale d'archéologie, appelée SIA. Ça doit vous dire quelque chose ?

— Oui, en effet. Mais je ne savais pas qu'elle y exerçait des fonctions.

— Si. Et c'est le point commun entre tous les protagonistes de cette affaire. Il faut aussi que vous sachiez que, depuis votre arrivée en Italie, cette femme est en relation étroite avec M. Sanders.

Depuis un moment déjà, Shana avait cessé de surveiller ce qui se passait sur la place. À ces mots, elle sentit ses jambes fléchir. C'était impossible. Le souffle coupé, elle imagina Thomas, englué dans cette affaire et manigançant dans son dos. Elle allait lui demander de répéter, lorsqu'elle leva les yeux et se trouva nez à nez avec Jeannelle.

— Vous m'avez bien entendu, mademoiselle Stenford ? demanda Spangeti, s'étonnant de son silence.

— Oui… oui. Je crois…, balbutia-t-elle.

À quelques pas de Jeannelle se tenait une femme brune, très élégante, d'une quarantaine d'années, qui la regardait fixement. Shana se figea et conclut la conversation.

— Je dois y aller : mon rendez-vous est arrivé. Je vous rappellerai plus tard, si je peux.

— Très bien, mademoiselle Stenford, mais… méfiez-vous de Sanders ! répéta-t-il.

Sans raccrocher, elle rangea son téléphone dans la poche de son blouson, espérant que le commissaire Spangeti comprendrait son intention et resterait en ligne. Jeannelle tomba dans ses bras.

— Merci, dit-elle, en pleurs. Merci d'être venue me chercher !

— Je n'allais pas t'abandonner avec cette folle, souffla Shana à son oreille.

— Elle m'a promis qu'elle ne nous ferait pas de mal.

— Ah oui ? Tant mieux.

Jeannelle la serra plus fort, tandis que les larmes coulaient abondamment sur ses joues. Margareth attendit quelques instants, puis, remarquant que Shana ne portait pas de sac, l'interrogea.

— J'imagine que le disque n'est pas ici ?

La femme qui se tenait devant Shana était en décalage complet avec le personnage qu'elle attendait. Plus jeune et raffinée, elle n'avait pas du tout le profil d'une tueuse sanguinaire ; du moins, pas celle qu'elle avait imaginée. Si la situation avait été différente, elle lui aurait sans doute paru sympathique. D'un geste de la main, Margareth lui indiqua la BMW série 5 stationnée en double file.

— Alors, où allons-nous ?

— En haut ! répondit sèchement Shana.

Elle prit place à côté de Margareth, qui avait déjà enclenché le contact, tandis que Jeannelle s'asseyait à l'arrière. La berline s'engagea sur la petite route montagneuse en direction de Pallud. Shana remarqua que le motard qui la surveillait depuis un moment avait également démarré et les suivait de très près. Contrairement à ce qu'avait dit Margareth au téléphone, elle n'était probablement pas venue seule.

À plusieurs kilomètres de là, Thomas décrocha son téléphone à la première sonnerie. Mathias lui décrivit rapidement la scène qui venait de se dérouler sous ses yeux.

— Tu les as photographiées ?

— Oui, j'ai photographié tout le monde, y compris le motard qui semble les suivre. La femme ne ressemble pas à une tueuse à gages, mais méfie-toi quand même.

— D'accord, on fait comme on a dit. Tu restes où tu es. Si dans une demi-heure je ne t'ai pas recontacté, tu appelles la police.

— OK, j'attends ton appel.

Après avoir raccroché, il fit un grand signe à Alexandre qui s'était positionné de l'autre côté de la rive, puis il regarda sa montre. Elles seraient là dans moins de dix minutes.

Dans la voiture, personne ne parlait. Shana ne pouvait s'empêcher de penser aux derniers mots du commissaire Spangeti : « Cette femme est en relation étroite avec M. Sanders. » Elle retournait cette phrase dans sa tête sans parvenir à comprendre comment cela pouvait être possible. Ça n'avait pas de sens. Thomas lui avait probablement sauvé la vie à l'hôpital, et il avait eu plusieurs fois l'occasion de s'emparer du disque sans toute cette mise en scène grotesque. Mais peut-être cherchait-il autre chose que le disque en lui-même, en l'entraînant ici… Soudain, elle se mit à craindre pour la sécurité d'Alexandre, qui l'accompagnait.

— Où allons-nous ? lui demanda Margareth.

— Pas très loin.

— J'imagine que vos amis sont en haut ?

Elle ne répondit pas. Le crissement des pneus rythmait leur ascension dans les lacets de la côte qui s'accentuait fortement.

— Je peux vous poser une question ?

Margareth répondit par un léger hochement de tête.

— Qu'allez-vous faire avec cet objet ?

— Dans un premier temps, nous allons faire ce que font les archéologues en général : l'étudier.

— Mais vous savez déjà ce que c'est ?

— Oui. Seulement, nous ne savons pas précisément comment il fonctionne. Nous avons essayé de le reproduire mais nous n'avions que des dessins sommaires ou bien des représentations symboliques. Nous n'y sommes jamais parvenus.

— C'est un accélérateur de particules, n'est-ce pas ?

Cette fois, Margareth lui lança un regard surpris.

— Votre réputation n'est pas usurpée : vous êtes décidément très forte, mademoiselle Stenford. Oui, en effet, cela ressemble à ça.

— Vous êtes archéologue ? Physicienne ? Vous travaillez pour l'armée ?

— Rien de tout ça ! Disons que je suis plutôt une opportuniste. Beaucoup de personnes pourraient affirmer que je travaille pour elles, mais ce n'est pas le cas. Je ne travaille que pour moi et pour un avenir commun.

— Un avenir commun, rien que ça ? Mais si cet objet a traversé le temps et les civilisations durant des millions d'années, il ne pourra pas vous appartenir.

— Il ne m'appartiendra pas, pas plus qu'à vous. Il appartient à l'humanité tout entière. C'est sans doute notre plus ancien patrimoine. Nous pensons qu'il peut générer une énergie supérieure à celle de nos plus grandes centrales nucléaires, et cela, de façon autonome et sans produire de déchets polluants. Imaginez : l'énergie gratuite pour tous et sans aucun dommage sur la nature. Mon objectif est de développer cette technologie au bénéfice de tous.

— Et à votre profit, j'imagine ?

— Ça va peut-être vous surprendre, mais ce n'est pas le profit qui m'intéresse.

Pendant qu'elles parlaient, elles venaient de dépasser le petit village de Pallud et continuaient leur ascension sur une route de plus en plus inclinée.

— Nous allons encore loin ?

— Non, nous sommes presque arrivées, répondit Shana. Si ce n'est pas l'argent qui vous intéresse, qu'est-ce que c'est ?

— Je vous l'ai dit : un avenir commun, la sauvegarde de l'humanité dans les prochains siècles. Mais aussi le pouvoir, je l'avoue. Parce que je pense pouvoir rendre le monde meilleur.

— Savez-vous d'où vient cet objet ?

— J'ai une petite idée, mais je vous laisse le soin, à vous autres archéologues, de le prouver. À mon avis et vu votre clairvoyance, cela ne vous prendra pas longtemps.

— Nous arrivons, annonça alors Shana. Arrêtez-vous avant le pont, près du four à pain.

Une voiture était déjà stationnée sur le bas-côté où Thomas Sanders attendait, adossé au capot.

— Nous n'avions pas dit « seules » ?

Shana esquissa un léger sourire.

— Vous voulez parler de la moto qui nous suit depuis Albertville ?

— Ne faites pas de bêtises si vous voulez que tout ça se termine bien. C'est un conseil.

86

Le rythme cardiaque d'Alexandre accéléra lorsqu'il vit la BMW quitter la route avant le pont et venir se garer le long de l'abri en bois servant de four à pain. Le relief de la vallée lui avait permis de se camoufler sur l'autre rive, légèrement en contrebas, et de disposer d'un angle de vue parfaitement dégagé sur ce qui allait se passer. Entre lui et eux s'étirait une crevasse d'environ 50 mètres, au fond de laquelle passait l'Arly. À sa gauche, une vieille remise sur pilotis le maintenait dans l'ombre, tandis que le ruissellement de l'eau entre les roches masquait le bruit de ses mouvements.

Avec minutie, il avait préparé et chargé son fusil équipé d'une lunette de visée Schmidt & Bender et il était prêt à intervenir. Il remarqua immédiatement la moto qui les suivait et qui s'arrêta à une dizaine de mètres, de l'autre côté de la route. Une première chose qui n'était pas prévue. Les trois portières de la berline s'ouvrirent quasi simultanément. Face à lui, il reconnut facilement Jeannelle, puis Shana qui semblait le chercher du regard, sans parvenir à le trouver. Il régla la mire de sa lunette sur la troisième personne, une belle femme brune qu'il n'avait jamais vue.

Les cheveux attachés en chignon, portant un tailleur bleu foncé et un manteau beige lui arrivant aux genoux, elle semblait tout droit sortie d'une réunion ou d'un conseil d'administration – en opposition complète avec le reste du décor.

Il les observa, marchant doucement vers Thomas, qui, adossé à la voiture, n'avait jusque-là pas fait le moindre mouvement. Lorsqu'elles le rejoignirent, le quatuor forma un cercle. Ils restèrent quelques secondes sans parler. Thomas et Margareth se regardèrent fixement, comme pour jauger leurs intentions respectives. Étrangères à la scène, deux grives vinrent se poser à proximité et attirèrent son attention un instant. De là où il était, et avec le clapotis de la rivière, il ne pouvait pas entendre ce qu'ils se disaient mais il vit que Margareth s'exprimait la première. Thomas lui répondit, tandis que Shana continuait à scruter dans sa direction sans prononcer le moindre mot. Elle le cherchait probablement, mais elle ne regardait pas au bon endroit. *C'est peut-être mieux comme ça*, se dit-il.

Ils échangèrent quelques mots ; plusieurs phrases courtes prononcées sans expression particulière. Le climat était visiblement très tendu. Puis Thomas se tourna, fit le tour du véhicule et ouvrit le coffre pour en sortir le sac de sport. Il regarda à nouveau Margareth fixement, eut un bref instant d'hésitation perceptible, puis il revint vers elle et le lui tendit. Elle le posa à ses pieds, s'accroupit pour l'ouvrir. Il lut alors la satisfaction sur son visage, celle que l'on ressentait lors de l'aboutissement d'une quête longue et improbable.

L'homme posté à quelques mètres démarra sa moto et fit demi-tour sur la route. Visiblement, ils n'avaient pas prévu de prendre le thé ensemble, et comme il le redoutait, la rencontre allait s'achever très vite. Margareth se releva, tenta d'échanger en vain quelques mots avec Shana. Tout comme lui, elle semblait étonnée par son renoncement, voire son effacement. Ça ne lui ressemblait pas. Peut-être avait-elle tout simplement peur. Il ne pouvait pas la blâmer.

Margareth les salua, puis repartit seule en direction de sa voiture. La voyant maintenant de dos, il l'accompagna en dirigeant sa ligne de mire sur l'arrière de son crâne. Elle n'avait que quelques mètres à faire. Il exerça une légère pression sur la détente avec son index, jusqu'à en sentir la résistance. C'était incroyable avec quelle rapidité les idées fusaient, dans ces moments-là. Il tenait la vie de cette femme, qu'il ne connaissait pas, au bout de son doigt. C'était une impression de puissance indescriptible. Une pression supplémentaire et tout serait terminé.

87

La détonation, fortement amplifiée par le bassin montagneux, résonna dans tous les sens, si bien que personne ne put en identifier la provenance. Ne comprenant pas ce qui se passait, les trois amis se mirent à couvert, accroupis sur le côté de la voiture, cherchant à identifier d'où était parti le tir. Thomas, qui savait à peu près où s'était camouflé Alexandre, essaya de le repérer, mais sans succès. C'est à ce moment-là qu'ils comprirent que la balle l'avait percutée en pleine tête. Margareth gisait sur le sol et convulsait, un long filet de sang s'écoulant de sa tempe gauche.

— Il est fou ! Qu'est-ce qui lui prend ? cria Shana.

Au même moment, Aznar démarra en trombe et traversa la route dans leur direction. Il s'arrêta brusquement à quelques mètres d'eux, aux pieds de Margareth encore parcourue des soubresauts de son agonie. Alors qu'il se penchait pour tenter d'attraper l'anse du sac de sport, un autre coup de feu retentit, qui rata sa cible, puis un troisième qui toucha le flanc de la moto et le déséquilibra. Il tomba violemment et roula aussitôt sur le sol pour sortir de la ligne de mire. Il se blottit sur le côté du four à pain et, à son tour, sortit une arme de son blouson. À une dizaine de mètres,

Shana, Jeannelle et Thomas se trouvaient bloqués, à découvert, entre lui et le tireur de l'autre côté de la rive, sans trop savoir de quel côté était le plus grand péril. Le motard releva la visière de son casque et, comme eux, essaya d'identifier la provenance des coups de feu. Shana reconnut immédiatement l'homme qui l'avait agressée quelques semaines plus tôt, dans sa chambre d'hôtel. De là où il était, il ne faisait aucun doute qu'il aurait pu les éliminer tous les trois sans trop de difficultés. Il y pensa probablement, mais il ne le fit pas. Il ne semblait pas comprendre non plus ce qui était en train de se passer. Il vérifia le nombre de balles dans son chargeur, puis apprécia la distance le séparant du sac de sport : 4 mètres, peut-être 5. Celui-ci était à égale distance de la voiture et dans un angle de vue parfaitement dégagé pour le tireur. Au centre, près du sac et de Margareth, un liquide noirâtre s'écoulait du réservoir de la moto et commençait à maculer le sol.

Aznar n'était pas décidé à laisser s'éterniser la situation. Subitement, boosté par l'adrénaline, il tenta une sortie. Il tira une demi-douzaine de fois en direction de la rive opposée, puis il avança à demi accroupi vers le sac, tout en maintenant son arme levée. L'autre ne répondit qu'au moment où il allait le ramasser. La réponse fut précise : deux détonations rapprochées. La seconde fit mouche. Sans un cri, Aznar s'effondra, laissant son arme s'échapper de ses mains. Visiblement, il avait reçu la balle au niveau du genou. Il se retrouva ainsi à terre, allongé à quelques centimètres de la femme qui l'avait révélé à lui-même. En pleine ligne de mire, sa vie ne tenait plus qu'au bon vouloir du tireur embusqué.

Shana était persuadée qu'Alexandre ne pouvait être à l'origine de ce carnage. Thomas essaya de le joindre sur son portable, mais après trois sonneries l'appel bascula automatiquement sur sa boîte vocale. Aznar et Margareth gisaient maintenant dans une énorme mare d'huile, de sang et d'essence, que la moindre étincelle pouvait embraser. Alors, Aznar commença à ramper doucement en direction de l'abri le plus proche de lui : la voiture. Le voyant onduler vers eux, Thomas eut l'imprudence de faire deux pas, toujours accroupi, en lui tendant la main. Il n'eut pas le temps d'arriver à sa hauteur qu'une balle ricocha sur un rocher juste devant lui. Le souffle lui frôla le bras, et les éclats de l'impact atteignirent son visage. Reculant immédiatement, son regard croisa celui d'Aznar qui se figea, l'espace d'un instant, avant de reprendre sa pénible progression. Presque aussitôt, une autre balle percuta le petit rocher situé à une cinquantaine de centimètres de lui. Il s'immobilisa à nouveau. Tout le monde avait compris le message : le tireur était suffisamment précis pour ne pas rater sa cible. Pourtant Aznar continua de ramper.

— Il ne va pas le laisser sortir de sa ligne de mire, prédit Thomas, tandis qu'il n'était plus qu'à quelques centimètres de ce qui semblait être la limite à ne pas dépasser.

Il arriva à hauteur du rocher, lorsqu'une nouvelle balle s'y fracassa. Shana fit un pas vers lui, persuadée qu'Alexandre ne lui tirerait pas dessus, si c'était bien lui qui les canardait. Elle leva doucement la tête au-dessus de la voiture, regarda en direction de l'autre rive, puis lui tendit la main. Aznar allait la saisir, quand une balle le frappa en plein milieu du dos, le clouant au sol. Shana fut éjectée par le choc, et

Thomas dut la retenir pour éviter qu'elle ne tombe en arrière. Cette fois, il n'y eut pas de convulsions. Aznar était immobile ; la balle l'avait tué sur le coup.

88

Cela faisait plus de cinq minutes qu'ils étaient immobiles. Abrités derrière la voiture, ils envisagèrent toutes les hypothèses sans parvenir à comprendre ce qui pouvait bien se passer, à quelques dizaines de mètres d'eux. Ils écartèrent vite l'idée d'appeler la police. Vu qu'ils avaient eux-mêmes organisé le traquenard, ils n'auraient pas que des explications à fournir. Qui pouvait bien se cacher sur l'autre rive ? Shana avait immédiatement exclu l'idée qu'Alexandre soit le tireur embusqué. Mais alors, qui ? Quelqu'un qui aurait doublé Margareth ? Il semblait y avoir tellement de ramifications dans cette pseudo-organisation que cette hypothèse lui paraissait plus vraisemblable. Mais qu'était-il arrivé à Alexandre ? Pourquoi ne les avait-il pas protégés comme prévu ? Peut-être s'était-il retrouvé nez à nez avec le tueur.

— Tu le vois ? murmura Shana.

Thomas regarda à travers la vitre. Tout semblait calme sur l'autre flanc de la colline.

— Non. Il a dû bouger. En tout cas, il n'est plus là où il s'était posté avant que vous arriviez.

— Je ne pense pas que ça soit lui.

— Qui d'autre, alors ?

— Je ne sais pas. Il a dû se passer quelque chose.

Shana remarqua que le corps de Margareth était encore agité de petits soubresauts, de plus en plus faibles mais perceptibles.

— Elle n'est pas morte ! s'exclama-t-elle.

Son corps gisait dans une large mare de sang et d'essence, et la marque dans sa tempe ne laissait que peu de doute sur l'issue de son agonie, mais elle respirait encore.

— On ne peut pas la laisser comme ça.

— Il ne nous laissera jamais approcher d'elle et du sac. Écoute, je vais me lever, proposa soudain Thomas, faire le tour de la voiture et m'asseoir à la place du conducteur.

Shana le regarda avec circonspection. Elle n'avait pas oublié les paroles du commissaire Spangeti, qui tournaient en boucle dans sa tête : « Méfiez-vous de Sanders ! »

— Et tu crois que ça, il va te laisser le faire ?

— Je pense que la seule chose qu'il veut c'est récupérer le disque, et qu'il n'en a pas après nous. Au contraire, si on quitte le secteur on va lui simplifier la tâche.

— Si tu le sens comme ça…

— Oui, je le sens comme ça ! dit-il d'un ton décidé. De plus… contrairement à toi, je crois que c'est ton ami qui est caché là-bas ! Et je pense qu'il ne me tirera pas dessus. Enfin… j'espère.

— Pourquoi ne passes-tu pas par la porte arrière ? Tu serais moins exposé.

— Parce qu'il ne comprendrait pas ce que l'on fait. Je préfère lui montrer. S'il voit qu'on veut juste s'en aller, il nous laissera sans doute le faire.

— OK.

— Lorsque j'aurai démarré vous monterez par le côté gauche, en restant baissées. Comme ça, si ça se passe mal il n'y aura que moi dans la ligne de mire.

Il ne lui laissa pas le temps de répondre et se leva lentement, tout en regardant de l'autre côté du pont où rien ne bougeait. Soit le tireur était parti, soit il s'était déplacé. Peut-être avait-il trouvé un meilleur angle. Sans trop réfléchir et en évitant de faire des gestes brusques, Thomas commença à contourner le véhicule. Il prit soin de ne pas trop s'en écarter, pour que le tireur ne croie pas qu'il se dirigeait vers le disque. Il enjamba le corps d'Aznar, puis passa devant la voiture, complètement à découvert. S'il prenait une balle maintenant, elle lui arriverait de face et en pleine tête. Ne voyant aucun mouvement, il continua d'avancer, contourna l'aile gauche et s'approcha de la portière du conducteur. Il glissa doucement la main dans sa poche pour en sortir la clef, la leva bien haut, comme pour montrer ce qu'il venait de prendre, puis déverrouilla la porte.

Shana leva alors la tête au-dessus du véhicule et tenta d'identifier un mouvement dans les taillis, mais elle ne vit rien. Au moment où Thomas posa sa main sur la poignée, une détonation retentit, suivie d'une seconde, qui le paralysa totalement. Le rétroviseur avant gauche venait d'exploser. Il recula d'un pas en levant les bras et resta ainsi de longues secondes, avant de retourner, à pas comptés, s'abriter de l'autre côté.

— Il doit avoir d'autres plans, dit Thomas, encore tremblant.

— Il veut que l'on reste ici, mais n'a visiblement pas l'intention de nous tuer. Reste à savoir pourquoi.

— Au moins, maintenant, on est fixés.

— Peut-être qu'il attend un complice pour récupérer le disque.

— Oui, mais alors, pourquoi ne nous laisse-t-il pas partir ?

— Je ne sais pas. Il doit avoir peur qu'on essaie d'attraper le sac à la dernière seconde ou alors, il veut laisser à celui qui viendra la décision de nous éliminer ou pas.

Ils réfléchissaient à haute voix, mais en réalité ils n'en avaient pas la moindre idée.

— Il y a une autre possibilité : il a peut-être besoin de nous !

— Ça serait sans doute la meilleure option. Mais pour quoi faire ?

— Je pense qu'on va bientôt le savoir…

Une grosse berline aux vitres teintées quitta la route et s'orienta vers le petit chemin, pour venir s'immobiliser devant le four à pain. Durant une minute, rien ne se passa, puis le conducteur, un homme en uniforme, sortit. Thomas le reconnut immédiatement. L'homme ferma la portière, jeta un regard vers eux et sur les deux corps à terre, puis, comme pour s'assurer qu'il n'y avait pas de danger, il regarda en direction du tireur avant d'ouvrir la porte arrière gauche. Thomas fut éberlué de voir celui qui descendait de la voiture. Shana, aussi étonnée, fixa son ami. Elle s'était trompée et elle venait de le comprendre.

89

Le soleil était passé de l'autre côté de la montagne depuis un moment, et la luminosité faiblissait à vue d'œil sur la vallée savoyarde. Après s'être assuré que la situation était sous contrôle, Édouard avait ouvert la portière arrière de la voiture pour laisser son patron en descendre.

L'homme commença par toiser les trois captifs, puis il jeta un regard circulaire sur les deux corps au sol, la moto et le sac de sport.

— Eh bien, il y a un beau bazar, ici ! s'exclama-t-il.

Édouard se posta juste derrière lui, les bras croisés, tel un militaire en faction. Thomas et Shana, toujours accroupis près de la voiture, étaient figés, sans voix.

— Ne restez pas cachés là comme des cloportes ! leur ordonna-t-il.

Thomas fut le premier à se lever.

— Qu'est-ce que tu fais ici ?

— D'abord, je viens te sortir de cet immonde guêpier dans lequel tu t'es fourré avec cette fille.

— Mais de quoi tu parles ?

— De toi.

Au même moment, Shana aperçut son ami Alexandre qui descendait de l'autre rive et traversait le petit pont menant au four à pain. Il tenait dans sa main le fusil qu'il avait utilisé pour abattre froidement Margareth et Aznar, quelques minutes plus tôt. Tandis qu'il venait se poster en retrait, à côté d'Édouard, Shana ne put s'empêcher de le fixer, mais il ne soutint pas son regard. Robert Sanders s'adressa alors à eux comme à ses subordonnés :

— Faites-moi disparaître les corps, avant que quelqu'un ne passe par ici.

— Elle n'est pas morte… fit remarquer Édouard en désignant Margareth qui convulsait toujours dans une mare de son sang.

— Et alors ?

Sans sourciller, Édouard sortit de son blouson un pistolet équipé d'un silencieux, s'approcha d'elle et lui tira une balle en pleine tête, à bout portant. Son corps s'immobilisa immédiatement.

— Viens avec moi ! dit-il alors avec autorité, en se tournant vers Alexandre. Prends-la. On va les emporter loin d'ici.

Il agrippa les pieds d'Aznar et s'éloigna vers le ravin. Alexandre le suivit en tirant Margareth sans ménagement, face contre terre. Elle ressemblait à un pantin désarticulé, qui laissait derrière lui une traînée rouge et humide.

— Mais pourquoi fais-tu cela ? s'exclama Thomas, ne comprenant toujours pas ce qui se passait.

— Mais voyons, pour la même chose que toi ! Le savoir, la connaissance…

— Arrête, papa, tu te moques de tout ça !

— Pas tant que ça, figure-toi. Pas tant que ça…

— C'est toi qui as tout manigancé depuis le début ?

— Tout manigancé, n'exagérons rien. Rendons à Margareth le mérite qui lui revient. Je n'ai fait que suivre ses traces, ajouta-t-il en s'approchant de Thomas. Ce que tu aurais dû faire également, si tu n'avais pas été aussi idéaliste.

— Mais je ne la connais même pas !

— Cela fait quatre ans que je finance ses travaux et ceux de la SIA à fonds perdu, dans le but de récupérer un trésor ancestral. C'est vrai, tu as raison, je ne m'intéresse pas à toutes vos foutaises d'archéologues, mais une technologie permettant de produire de l'énergie à moindre coût, sans pollution et de façon illimitée, là, on est complètement dans mon domaine ! J'aurais aimé l'acheter, mais malheureusement elle n'est pas sur le marché.

— Alors, depuis le départ, tu sais tout ça ?

— Oui, et même bien avant. Et alors que je lui apporte le site que nous cherchons depuis des années sur un plateau, qu'on touche presque au but, que fait-elle ? Eh bien, elle décide de la jouer solo. Finie la collaboration avec moi ; plus de son, plus d'images. À Bussolino, sur mon site, avec mon argent… Elle m'exclut de la table !

— Mon Dieu, papa, mais qu'est-ce que tu as fait ?

— J'ai fait ce qu'il fallait. Que croyait-elle ? Que j'allais dire « amen » et lui laisser la place ? C'était bien mal connaître les Sanders.

— C'est toi qui as fait tuer Philippe Favre ?

Sous le regard accusateur de Jeannelle, Robert Sanders ne put dissimuler sa gêne.

— C'était un accident !

— Un accident ?

— Oui. Ne me crois pas si tu veux, mais la mort de Philippe était un accident. C'était au tout début de l'excavation. J'avais moi-même mis Margareth sur le coup de Bussolino. Rapidement, elle ne m'a plus donné aucune information ; c'est ce qui m'a fait comprendre que nous étions sur la bonne voie. Samuel, l'un de mes contremaîtres et homme de confiance, résidait dans le même hôtel que lui. Je lui ai demandé d'attendre le bon moment pour s'introduire dans sa chambre afin de récupérer ses comptes rendus de fouilles. Vu l'excitation qui régnait autour du site, nous avions bien compris qu'ils avaient déniché quelque chose de très important. Malheureusement, Samuel a croisé Philippe, dans le restaurant de l'hôtel. Il était tard ; ils se sont disputés. Après cela, Samuel, qui avait subtilisé un *pass* à l'une des femmes de ménage, a voulu profiter de l'occasion. Et puis, voilà… Philippe est remonté plus tôt qu'il ne l'avait prévu. Samuel s'est caché jusqu'à ce que Philippe aille dans sa salle de bains. Il a voulu partir, mais l'autre l'a vu et ne l'a pas laissé faire. Ils se sont battus, mais Samuel était plus fort. Et puis… il l'avait reconnu. C'était un accident !

— Ça n'a rien à voir avec un accident ; c'est un meurtre, papa ! Et après ça, tu as continué… comme si de rien n'était ?

— Non. Je ne voulais pas. Après votre nomination, dit-il en se tournant vers Shana, vous avez rapidement convié votre ami, Alexandre Spinéta, à vous rejoindre sur le site. Je le connaissais en tant que sponsor du muséum d'Histoire naturelle d'Aix-en-Provence et à travers ses travaux sur la reconstitution des séquences d'ADN. Nous sommes en relation depuis le départ.

Je savais qu'il me fournirait toutes les informations dont j'avais besoin, directement de l'intérieur.

— Et c'est ce qu'il a fait ?

— Oui, à peu près.

Thomas savait depuis longtemps que son père n'était pas un saint et que, pour développer le groupe et écarter ses concurrents, il avait parfois utilisé des méthodes particulières, mais de là à en faire un assassin, il y avait un fossé qu'il n'avait jamais imaginé.

— Et l'explosion de Bussolino, c'était toi aussi ?

— Non, ça et le reste, c'est l'œuvre de Margareth. Je n'étais même pas informé, sinon j'aurais fait en sorte que tu n'y sois pas. Elle agissait seule, souvent indépendamment de la SIA. Moi, je m'occupais juste de surveiller notre investissement de très près. C'est tout.

— Et pour cela… tu les as fait tuer ?

— Le disque solaire me revient, au moins en partie ; j'ai payé pour cela. Ce mot ne t'évoque peut-être rien, car toi, tu es né dans la soie que j'ai mise sous ton cul, mais à moi, si !

— Tu es un assassin, papa !

— Je ne dirais pas ça comme ça. J'ai pris les décisions qu'elle m'a obligé à prendre pour protéger nos intérêts. Lorsqu'on veut jouer avec le feu, on se brûle parfois. Elle est tombée sur plus fort qu'elle, beaucoup plus fort. Il n'était pas question que je la laisse partir avec le disque.

— Et Alexandre, il fait quoi pour vous ? demanda Shana en jetant un œil vers le ravin, où les deux hommes avaient disparu en traînant les corps.

— Il me transmettait quotidiennement des informations sur l'avancée des recherches. De *vos* recherches.

— En échange de quoi ?

— En échange de votre sécurité, entre autres. Et d'un joli pactole, aussi. Ça aurait pu en rester là, s'il ne m'avait pas appelé hier soir pour m'informer que vous lui aviez demandé de le rejoindre ici, avec une arme. Je me doutais que vous aviez récupéré le disque, mais grâce à Alexandre j'ai su où vous étiez et aussi que vous alliez procéder à un échange. Il était très inquiet, et au vu de ce qu'il savait déjà il m'a été facile de le convaincre que Margareth et ses sbires ne vous laisseraient pas partir vivants. Ce qui, d'ailleurs, était probablement la réalité !

— Lorsqu'il a tiré, Margareth s'en allait. Il lui a tiré dans le dos ! Et elle n'avait montré aucun signe d'hostilité.

— Eh bien, nous dirons que c'était un dommage collatéral. Mais êtes-vous vraiment sûrs qu'une fois partie, son complice à moto ne serait pas venu finir le travail ? En tout état de cause, je lui ai demandé d'agir pour vous protéger et récupérer le disque. Il a parfaitement rempli sa mission.

— Et maintenant, tu veux faire quoi ?

Le ton de Thomas se voulait très autoritaire, mais Robert Sanders ne releva pas, observant placidement Édouard, son homme de main, qui remontait seul du bord du fossé.

— La SIA est fortement affaiblie, répondit-il enfin. Margareth et Giuseppe sont morts. Cette histoire a eu un début ; elle doit maintenant avoir une fin. Et celle-ci sera heureuse. Le groupe Sanders va mettre en œuvre des moyens colossaux pour étudier et reproduire le disque solaire.

— Mais tu imagines vraiment que la police ne remontera pas jusqu'à toi ?

Robert Sanders sourit. Il avait ce regard méprisant qu'il posait parfois sur ses collaborateurs, mais rarement sur son fils. Un regard qui voulait dire : « Sans moi, vous n'êtes rien. »

— Mais comment pourrait-elle le faire ? Rien ne me relie à tous ces charlots. Au pire, on me demandera de justifier le financement que j'octroie à la SIA, mais tout ceci est légal, tu vois. Légal et déclaré !

— Et nous, nous devenons quoi dans ton histoire ?

— Toi, tu vas reprendre ta place de président du directoire et m'aider à percer l'un des plus grands mystères du monde : celui du disque qui a illuminé l'humanité. Et pour cela, tu vas commencer par le ramasser et aller t'installer dans la voiture.

— Je ne laisserai pas Shana et Jeannelle ici.

— Tu vas faire exactement ce que je te dis.

— C'est fini tout ça, papa.

Lentement, Robert sortit un pistolet de sa poche. Thomas connaissait la passion de son père pour les armes à feu. Il ne l'avait jamais cru capable de tuer quelqu'un mais, à vrai dire, il n'en était plus tout à fait sûr…

— Il est hors de question que je te laisse leur faire du mal, insista Thomas, en faisant trois pas en direction de son père, pour se placer entre lui et elles.

Aussitôt, Édouard vint s'interposer, lui aussi, arme à la main.

— Papa, ne sois pas idiot. Elles ne diront rien.

— Non, elles ne diront rien.

— Tu ne peux pas faire ça. Elles n'y sont pour rien

si Margareth a voulu te doubler. Tu ne vas pas tuer deux innocentes de sang-froid ?

— Tu as raison : elles n'y sont pour rien, admit-il.

Il sembla réfléchir un instant. Éliminer une concurrente ne lui avait pas posé de problèmes, mais tuer des innocentes lui serait plus difficile ; du moins, c'était ce qu'espérait Thomas.

— Monsieur ! l'interpella alors Édouard, comme s'il voulait lui rappeler ce qu'ils avaient convenu ensemble au préalable.

— Thomas, je vais te laisser le plus grand groupe industriel mondial. Tu seras propriétaire du plus important brevet énergétique qui ait jamais existé dans l'histoire. Lorsque les réserves naturelles en énergie fossile seront épuisées, c'est le disque solaire qui permettra la survie de l'espèce humaine pour les siècles qui viennent. Je suis prêt à tout pour ça, et malheureusement cela nécessite quelques sacrifices.

— Non, ça ne justifie pas tout. Je ne te pardonnerai jamais ça.

— Tu auras peut-être du mal, mais un jour tu le comprendras. Maintenant, va t'asseoir dans la voiture, ordonna-t-il en agitant son arme.

Thomas ne bougea pas, semblant supplier son père du regard de ne pas sombrer dans la folie furieuse. Robert Sanders hésita un moment, puis leva son arme en l'orientant maladroitement vers son fils.

— Qu'est-ce que tu vas faire ? Me tuer, comme Margareth ? Et à qui laisseras-tu ton groupe et ton grand projet ?

— Je t'ai demandé d'aller t'asseoir dans la voiture. Je ne le répéterai pas, dit Robert Sanders en déplaçant légèrement le canon en direction de Shana.

Édouard saisit alors le bras de Thomas et le tira en arrière. Ce dernier observa Shana qui ne bougeait pas. Il avait une idée, mais n'était pas sûr d'avoir le temps de la mettre en œuvre. Lentement il sortit de la ligne de mire pour se diriger vers la voiture, suivi d'Édouard. À mi-chemin, il s'arrêta pour ramasser le sac de sport. Les larmes aux yeux, il se tourna vers son père.

— Papa. Je t'en supplie. Nous avons le disque ! Tu n'as plus d'ennemis en vie. Alors, laisse-les partir !

— Je ne peux pas, mon fils. Elles en savent trop. Tu me pardonneras un jour.

Il ôta le cran de sécurité et mit Shana en joue. Comprenant qu'il allait mettre sa menace à exécution, Thomas s'élança vers son père en criant, lorsque le coup de feu partit. Le bruit de la détonation, atténué par le silencieux, fut tout juste perceptible.

La balle avait heurté sa cible de plein fouet. Shana s'effondra au sol. Robert Sanders regarda son fils et comprit trop tard ce qu'il allait faire.

90

Dans un cri de rage, Thomas lança de toutes ses forces le sac de sport en direction du ravin, situé seulement quelques mètres derrière eux. Celui-ci passa par-dessus le précipice pour s'écraser une cinquantaine de mètres plus bas, au milieu des rapides dévalant la montagne. Dans un réflexe désespéré Robert Sanders se précipita vers le fossé pour tenter de le rattraper, mais vu le poids du disque celui-ci avait coulé à pic. Profitant de ce moment de diversion, Thomas se rua sur Édouard. Pris par surprise, ce dernier n'eut pas le temps de réagir. De toute façon, il n'avait probablement pas l'autorisation de lui faire du mal ; Thomas le savait et en profita. Malgré son coude entravé par l'attelle, il l'empoigna de toutes ses forces au niveau de l'abdomen. L'homme de main de son père était beaucoup plus grand et fort que lui, mais la violence de l'impact lui fit perdre l'équilibre. Thomas ne lâcha pas prise et, tel un rugbyman, continua de le pousser sur plusieurs mètres. Édouard, basculant en arrière, le frappa plusieurs fois dans le dos avec la crosse de son pistolet, mais la douleur de Thomas ne fit que décupler sa hargne. La tête enfoncée dans le ventre de son adversaire, il ne voyait pas devant lui et espérait le faire heurter quelque chose avant de perdre sa puissance. Ce fut rapidement le cas. L'homme cogna l'angle du four à pain en plein milieu du dos. Il émit un cri aigu avant de s'effondrer au sol en lâchant son arme. Thomas ne lui laissa pas le temps de recouvrer ses esprits et, de son bras valide, se mit à le frapper à la tête avec toutes les forces qui lui restaient. Au bout d'une dizaine de coups, plus violents les uns que les autres, il s'arrêta. Édouard, inerte, le visage en sang, avait perdu connaissance.

Il se releva difficilement et eut l'impression que ses jambes allaient fléchir. Titubant, il se dirigea vers Shana. Jeannelle, accroupie près d'elle, soutenait sa tête et lui tenait la main. Elle était consciente, mais une large auréole de sang maculait sa chemise au niveau du ventre. Sachant qu'il ne pourrait pas comprimer l'hémorragie à cet endroit-là, il devait faire vite, très vite. Il la souleva et l'allongea sur la banquette arrière de sa voiture. Jeannelle s'assit à côté d'elle, en prenant soin de maintenir sa tête en hauteur et de la garder éveillée. Faisant le tour du véhicule, il chercha son père du regard, sans le trouver, mais peu lui importait. Il se mit au volant et démarra en trombe en direction d'Albertville.

— Tiens le coup, Shana ! Tiens le coup, je t'en supplie ! lui cria-t-il.

Elle répondit, mais sa voix faible fut couverte par le bruit du moteur. À peine avaient-ils fait quelques centaines de mètres qu'ils se trouvèrent face à quatre voitures de gendarmerie obstruant la route. L'alerte avait probablement été donnée par Mathias ou des riverains affolés par les coups de feu. En attendant des renforts, les forces de l'ordre avaient bouclé le secteur. Cette fois-ci, avec Shana agonisant sur sa banquette arrière, il n'était pas question d'essayer de biaiser. Thomas s'arrêta devant deux gendarmes, fusil-mitrailleur au poing, et baissa la vitre.

— J'ai une femme blessée à l'arrière ; je dois l'emmener à l'hôpital le plus vite possible, sinon elle va mourir, dit-il.

Le gendarme face à lui le mit en joue, sans même jeter un œil à l'arrière de la voiture.

— Coupez le contact et sortez immédiatement du véhicule !

— Mais vous ne comprenez pas. Regardez derrière moi ! Accompagnez-moi jusqu'à l'hôpital.

Sans le quitter des yeux, le gendarme répéta la sommation. L'autre le tenait également en joue, côté passager. L'idée de forcer le passage lui traversa l'esprit, mais une herse avait été déployée sur toute la largeur de la route et rendait toute tentative impossible. Se tournant vers Shana, il vit alors qu'elle avait perdu connaissance. Elle agonisait.

— Pour la dernière fois, je vous demande de sortir immédiatement du véhicule, déclara le gendarme d'un ton plus ferme.

Au même moment, Thomas entendit un cliquetis et comprit que l'homme venait de déverrouiller la sûreté de son arme. N'ayant plus d'alternative, il coupa le contact et ouvrit la portière.

— Vous faites une grave erreur, murmura-t-il.

À peine était-il sorti de sa voiture que le gendarme le fit violemment basculer face contre terre et l'immobilisa au sol. Il essaya de parler, mais l'homme ne lui en laissa pas le temps.

— Ne bouge pas ! lui hurla-t-il, tout en tirant sur son attelle pour lui passer les menottes, bras dans le dos, lui arrachant un cri de douleur.

— Il y a une blessée à l'arrière ! cria l'autre gendarme, qui s'était approché de la voiture.

— Ce n'est pas comme si je ne vous l'avais pas dit ! souffla Thomas, tandis qu'on le tirait par le col de sa veste pour le remettre debout. Elle a pris une balle dans le ventre ; il faut la conduire à l'hôpital de toute urgence.

Le gendarme exerça plusieurs pressions sur son poignet, puis à la base de son cou, ne semblant pas trouver le pouls. Thomas échangea un regard paniqué avec Jeannelle. Pendant quelques secondes, il craignit le pire.

— Le pouls est très faible, dit-il enfin. Il faut la conduire aux urgences immédiatement, sinon elle va mourir.

— OK ! répondit celui qui semblait être le plus gradé. Vous l'emmenez à l'hôpital et vous restez avec elle pour surveiller que personne d'autre que les médecins ne s'en approche.

Le gendarme ne fit pas répéter la consigne. Il souleva Shana comme un fétu de paille et la transporta au pas de course dans une voiture stationnée de l'autre côté de la herse. Quelques instants plus tard, il alluma le gyrophare et se dirigea, toutes sirènes hurlantes, vers Albertville.

91

La nuit était tombée sur la vallée, et en apparence le calme était revenu. Les gendarmes interrogeaient Thomas et Jeannelle sur le bord de la route, ayant reçu pour consigne de les garder à proximité des opérations. Ils voulaient tout savoir sur ce qui s'était passé un peu plus haut et sur le ou les forcenés qui restaient embusqués. Comme souvent dans ce genre de situation, ils n'étaient pas habilités à intervenir directement. Ils devaient seulement quadriller le secteur en attendant l'arrivée du GIGN[1].

Thomas donna des informations sur les deux personnes tuées, mais ne dit rien concernant l'identité des assaillants et sur leurs motivations. Jeannelle, tétanisée, ne répondit à aucune question. À l'aide d'une carte, le capitaine s'assura que toutes les routes en amont et en aval étaient surveillées, tandis qu'un hélicoptère avait pris position au-dessus du four à pain. En tout, une trentaine d'agents étaient déjà mobilisés pour contenir le périmètre.

Une demi-heure plus tard, deux voitures banalisées pénétrèrent la zone. Plusieurs hommes en civil en

1. Groupe d'intervention de la Gendarmerie nationale.

descendirent. Thomas, toujours menotté, reconnut immédiatement l'un d'eux, et pour la première fois il fut presque content de le voir. Après quelques mots échangés avec le capitaine de gendarmerie français, il se dirigea vers lui.

— Salut, Sanders.

— Bonjour, commissaire.

— Alors, ça ne vous suffit plus de jouer les fugitifs ? Maintenant, il vous faut refaire *Règlements de comptes à O.K. Corral* ? On vous a prévenu que vous n'étiez pas à Hollywood ?

— Ça va vous paraître étrange, mais je suis heureux de vous voir, commissaire.

— Ne vous réjouissez pas trop vite : vous êtes dans une mauvaise passe. C'est Mlle Stenford qui a été blessée ?

— Oui. Ils l'ont conduite à l'hôpital. Je suis très inquiet.

— Qu'est-ce qu'il lui est arrivé ?

— Elle a pris une balle dans le ventre.

— Elle était consciente ?

— Non.

— C'est moche. J'espère qu'elle va s'en sortir ; c'est une chouette fille. Mais cela devait finir comme ça. Qui lui a tiré dessus ? C'est votre père, c'est ça ? dit-il avant que Thomas n'ait le temps de répondre.

— Je ne comprends rien. Il semble être devenu complètement fou.

— J'ai l'impression qu'un paquet de monde a perdu la tête depuis la découverte de ce fossile, et vous en faites partie.

Thomas ne releva pas la remarque. Il savait qu'il s'était montré inconscient ; il avait été dépassé par les événements. Sans minimiser sa responsabilité, il se décida à lui résumer les dernières heures : le plan qu'ils avaient élaboré pour faire libérer Jeannelle, le sniper embusqué, Margareth et son complice, son père tirant sur Shana, le disque qu'il avait expédié dans la rivière et qui lui avait permis de désarçonner le malabar qui les tenait en joue…

— Ne vous accablez pas, Sanders, lui dit le commissaire après l'avoir écouté attentivement. Vous avez fait ce que vous pouviez. Même si vous êtes un idiot.

Thomas observa les gendarmes qui s'étaient réunis autour du capitaine, tous penchés sur la carte posée sur l'avant d'une voiture.

— Que vont-ils faire ?

— Je pense qu'ils attendent le GIGN pour donner l'assaut. Si votre père est toujours là, je ne donne pas cher de sa peau.

— Comment avez-vous su que c'était lui ?

— Cela fait déjà un moment que je surveille Margareth Stern et toute sa clique. Je ne pouvais pas l'appréhender à cause du manque de preuves et surtout de son passeport diplomatique suisse, mais j'avais quand même réussi à convaincre le juge de la faire mettre sur écoute. C'est comme ça que nous avons intercepté plusieurs discussions houleuses entre elle et votre père. Ils s'envoyaient à la tête les millions de dollars et les assassinats dans le but de récupérer un… disque. J'ai convoqué votre père, qui est venu avec ses trois avocats, mais malgré leur nombre, ses explications étaient très loin de m'avoir convaincu.

Thomas acquiesça d'un hochement de tête.

— J'ai fait le rapprochement avec le bazar que Mlle Stenford a remonté de Bussolino. C'est pour cela que je voulais la mettre en détention à Turin et l'interroger. J'étais persuadé qu'elle était en danger, et c'était un moyen efficace de la protéger. Mais vous ne m'avez pas laissé faire. Je savais que Margareth Stern et votre père manigançaient quelque chose et j'étais sur le point d'obtenir un mandat de mise en détention pour lui.

— Laissez-moi aller lui parler, commissaire.

— Cela me paraît très compliqué.

— Je pense pouvoir le convaincre de se rendre.

— Comment ça ?

— J'ai un argument massue.

— Je peux savoir lequel ?

— La préservation du groupe. S'il est tué et que je vais en prison, c'en est fini de son empire et il y tient plus que tout au monde.

— Ce n'est pas idiot. Malheureusement, ici, ce n'est pas moi qui commande, Sanders.

— Vous pouvez essayer de convaincre vos collègues français.

Le commissaire Augusto Spangeti apprécia la proposition. Après tout, il tenait peut-être là l'occasion de redorer son blason auprès de sa hiérarchie, en ramenant en Italie le responsable de toute cette affaire.

— Vous me faites chier, Sanders ! marmonna-t-il avant de tourner les talons et de se diriger vers le commandant français.

92

Thomas frotta ses poignets tout juste libérés de leurs entraves. Le commissaire Spangeti avait réussi à trouver les mots pour convaincre ses homologues de tenter une médiation. La révélation des identités de l'ancien et du nouveau patron d'un des plus grands groupes industriels français avait rapidement persuadé le commandant de gendarmerie et le préfet qu'une solution en douceur serait de loin préférable à une intervention armée du GIGN. Après quelques conseils de circonstance, le commissaire fut équipé d'un traceur et eut exceptionnellement le droit de conserver son arme de service. Il faut dire qu'il ne leur avait pas vraiment laissé le choix ; le point n'était pas négociable.

En compagnie de Thomas, il remonta à pied la petite route jusqu'au pont. Ne sachant pas très bien ce qu'ils allaient y trouver, le commissaire restait attentif à chaque mouvement. Contrairement à ce qu'on lui avait dit, il repéra facilement les gendarmes dissimulés à une cinquantaine de mètres en amont.

— Décidément, ils sont aussi discrets ici qu'en Italie.

— Vos collègues français n'ont pas voulu me laisser y aller seul ?

— Non. Ne vous faites pas d'illusions : vous êtes suspecté d'avoir organisé cette fusillade et d'avoir volontairement fait entrave à la justice. Vous allez faire de la prison, Sanders. Alors, estimez-vous heureux qu'on vous ait retiré les bracelets !

— Vous vous êtes porté garant pour m'accompagner ?

— Non plus… Ne rêvez pas !

— Alors, pourquoi ?

— Il n'y avait pas de volontaire ; c'était cela ou rien. Ne croyez pas que ça m'amuse…

Ils arrivèrent rapidement au petit four à pain. Le corps de l'homme que Thomas avait mis KO gisait toujours là, inerte.

— C'est celui-là ?

— Oui. C'est l'un des gardes du corps de mon père. Je le connais depuis que je suis tout petit.

— C'est vous qui l'avez mis dans cet état ?

Il répondit d'un signe de la tête. Le commissaire s'accroupit pour vérifier son pouls.

— Il est… mort ?

— Inquiet, Sanders ?

— J'ai frappé fort…

Le commissaire ne répondit pas immédiatement, tâtant toujours le cou de l'homme évanoui.

— Non, dit-il enfin. Mais il va avoir un réveil difficile.

Il le bascula légèrement sur le côté afin de le placer en position latérale de sécurité, ramassa son pistolet et le fouilla pour s'assurer qu'il n'en avait pas d'autres. Puis il tendit l'arme à Thomas, mais ce dernier refusa de la prendre.

— Je ne sais pas m'en servir. Et puis, je n'ai pas l'intention de tirer sur mon père.

— Comme vous voulez.

Il ôta le chargeur, qu'il glissa dans sa poche, et posa l'arme à quelques pas du corps. Ils s'avancèrent alors vers le fossé qui donnait sur la rivière, en contrebas.

— Pas de trace de votre père ?

— La dernière fois que je l'ai vu, il essayait de récupérer le disque dans l'eau.

Ils descendirent les 50 mètres pentus en se tenant à la végétation pour ne pas basculer vers l'avant. À quelques pas du bord ils trouvèrent les corps de Margareth et d'Aznar, qui avaient été grossièrement dissimulés à l'arrière d'un talus. Spangeti identifia facilement Margareth, qu'il avait vue en photo, mais il n'avait aucune idée de l'identité du second corps. Il pouvait s'agir de l'homme sur les vidéos de l'hôpital, mais il n'en était pas sûr. Il ne trouva sur eux ni armes ni papiers ; juste leurs téléphones portables qu'il glissa également dans sa poche.

Un peu plus loin, ils découvrirent le corps sans vie d'Alexandre, à même le sol, sans qu'on ait pris la peine de le dissimuler. Thomas s'accroupit devant lui. L'incompréhension était plus forte que la tristesse. Visiblement, son père avait estimé que leur collaboration s'arrêtait là, et avant de quitter les lieux Édouard lui avait tiré une balle derrière la nuque. De dos. Il ressentait une haine grandissante envers son père et avait juste hâte que toute cette folie cesse. Avant de poursuivre leur progression, le commissaire téléphona à ses collègues français pour les informer de la topographie des lieux et de la découverte des trois cadavres. L'hélicoptère, en vol stationnaire au-dessus d'eux, faisait un bruit si assourdissant qu'il eut du mal à entendre ce que lui répondait son homologue.

Ils continuèrent à longer l'Arly, dans le sens du courant, sur environ 300 mètres. Ils suivirent un sentier qui serpentait au milieu de la végétation jusqu'à apercevoir une petite chute d'eau, au loin, en haut de laquelle deux gendarmes étaient postés. À cet endroit-là, le courant était plus fort et il y avait plus de fond. Spangeti leva son bras pour faire signe à ses collègues qui les regardaient approcher. C'est alors qu'il entendit un mouvement derrière lui. Ne sachant pas exactement d'où venait le bruit, il se retourna en sortant son arme. Robert Sanders était assis au pied d'un arbre, dissimulé dans un renfoncement au bas de la pente. Il tenait un pistolet braqué sur lui.

— Si j'étais à votre place, commissaire, j'éviterais de jouer les héros.

Spangeti resta immobile, la main dans laquelle il tenait son pistolet levée vers le ciel.

— Tout doux, Sanders. Tout doux…

— Papa, tu es complètement fou. Pose tout de suite cette arme !

Thomas remarqua que le costume de son père était trempé et qu'il serrait, entre ses jambes, le sac de sport de Shana.

— Tais-toi, imbécile ! Si j'en suis là, c'est à cause de toi !

— Ne dis pas de bêtises. Shana avait informé la police de l'endroit où nous étions. Ils avaient bouclé tout le secteur. Tu n'aurais jamais pu repartir.

Robert Sanders observa son fils d'un air dépité, puis son regard se porta sur Spangeti.

— Commissaire, vous allez lancer votre arme dans la rivière.

— OK, très bien. Mais vous… restez calme !

Pour les avoir longtemps étudiés, Spangeti connaissait bien l'attitude souvent jusqu'au-boutiste des forcenés. Il avait même obtenu, quelques années plus tôt, son grade de commissaire grâce à une maîtrise en psychologie criminelle sur le sujet. La position recroquevillée de Robert Sanders, son attitude froide et détachée étaient des signes clairs. Sans discuter, il lança son arme vers le centre de la rivière.

— Maintenant, vous allez vous écarter du bord et vous asseoir tous les deux, bien tranquillement, face à moi, ordonna Robert Sanders.

Sous la menace, ils remontèrent les quelques mètres de berge. Spangeti en profita pour se pencher et jeter un œil vers les gendarmes placés sur le pont, à une centaine de mètres devant eux. L'un communiquait avec son talkie-walkie, et l'autre les observait avec des jumelles. Ils avaient sans doute compris ce qui se tramait. Il remarqua également que l'hélicoptère s'était rapproché. Les deux mains levées, il fit discrètement signe au pilote de s'éloigner un peu.

En silence, ils s'assirent par terre à quelques mètres de lui. À cette distance-là, aucun abri ne pourrait les protéger, si l'idée lui venait de leur tirer dessus. Le commissaire Spangeti l'observa un long moment sans rien dire, essayant d'apprécier l'état d'esprit dans lequel il se trouvait. C'était difficile à dire, car Robert Sanders faisait partie de ces hommes qui semblaient ne jamais être sujets au doute. Une qualité nécessaire pour diriger un grand groupe industriel. Néanmoins, à ce moment précis, derrière les apparences, il l'imaginait au bord du précipice. Thomas engagea alors le dialogue en tentant de minimiser son implication pour le ramener à la raison. Mais Robert Sanders avait beau être au bout du rouleau, il n'était pas stupide. Aussi, le commissaire le laissa faire sans trop y croire, n'étant pas persuadé que c'était la bonne approche. Par contre, lui-même savait posséder une carte maîtresse dans sa manche, une carte qui le déstabiliserait à coup sûr. Restait à trouver le moment opportun pour la jouer.

L'hélicoptère de la gendarmerie se trouvait à nouveau stationnaire à une centaine de mètres au-dessus d'eux.

— Papa, tu dois te rendre ! Il est encore temps. Tu n'as tué personne ! Tu pourras dire que les gens que tu employais ont agi sans ton consentement. Que tu as perdu le contrôle. En tout cas, moi, c'est ce que je dirai !

Robert Sanders l'observa avec un regard rempli d'affection et de sollicitude. Mais il n'était pas le genre d'homme à se laisser dicter sa conduite, et encore moins par son fils. Le commissaire le savait, la tentative était vouée à l'échec.

— Tu oublies quelqu'un… J'ai tué ta petite copine paléontologue.

— Elle n'est pas morte. On l'a transportée à l'hôpital. Elle va s'en tirer, j'en suis sûr.

— J'ai au moins tenté de la tuer !

— Tu as eu un mauvais réflexe ; tu n'étais pas dans ton état normal, et ça se voyait. Nos avocats auront largement de quoi limiter la casse. J'ai besoin de toi, papa. Je n'arriverai pas à diriger le groupe sans toi.

— Pourtant, il le faudra bien, Thomas.

Ce fut le moment que choisit Spangeti pour entrer en jeu.

— Ne soyez pas idiot, Sanders. Il vous reste encore beaucoup de choses à réaliser avec votre fils. En commençant par ce truc que vous gardez avec vous.

— Vous n'avez aucune idée de ce qu'il y a dans ce sac, commissaire. Et je peux vous dire que ça dépasse de loin le cadre étroit de votre minable existence.

— Ce n'est pas très gentil, ça. Cela dit, c'est sans doute vrai…

Il marqua une pause, tout en continuant à fixer le sac qu'il tenait entre ses cuisses.

— Mais, sauf erreur, vous êtes incapable de le faire fonctionner. Et ce n'est pas derrière les barreaux, où vous allez croupir, que vous y parviendrez.

— Vous avez raison, commissaire. Je ne le verrai jamais fonctionner, et ça sera le grand regret de ma vie ! D'autres s'en chargeront, mais sachez que je n'ai aucunement l'intention d'aller en prison.

— Et vous comptez faire quoi pour l'éviter ? Vous donner la mort, ici, devant votre fils ?

À son silence, Spangeti comprit que c'était probablement la meilleure issue qu'il imaginait. C'était le moment…

— Et si… je vous permettais de faire fonctionner ce machin ? offrit-il.

Robert Sanders partit d'un rire bruyant et volontairement appuyé, que le commissaire feignit d'ignorer.

— Seriez-vous prêt à vous rendre et à répondre de vos actes devant un tribunal ? poursuivit-il.

— Peut-être, commissaire, peut-être… répondit-il en riant encore. Mais vous ne pouvez pas faire ce genre de promesse.

— « Peut-être » ne me suffit pas, Sanders. Il me faut un engagement de votre part, votre parole.

Robert Sanders le regardait avec intérêt, se demandant bien où il voulait en venir. Spangeti sourit à l'idée qu'il avait réussi la première partie de son plan : entrer en négociation, faire miroiter une contrepartie.

— Admettons.

— J'ai besoin de votre parole, Sanders !

— Si vous me permettez de faire fonctionner le disque solaire, ici et maintenant, oui, je vous accompagnerai gentiment.

— Et vous direz tout ce que vous savez sur Bussolino ?

— Oui.

— J'ai votre parole ?

— Oui, vous avez ma parole.

— Très bien. Alors, je vais vous raconter une histoire, Sanders, commença-t-il. Mais… elle est un peu longue.

Le temps s'était figé dans l'obscurité qui avait progressivement recouvert les berges de l'Arly. Robert Sanders gardait une main posée sur le sac, et l'autre sur son arme. Tandis que Spangeti semblait chercher ses mots, Thomas se demandait ce qu'il pouvait savoir sur le fonctionnement du disque.

— Depuis longtemps, nous avons identifié les interactions entre la SIA, Gazotti, vous et Margareth Stern, poursuivit alors le commissaire. Hier, lorsque j'ai découvert que Mlle Stenford avait passé la frontière, grâce au traçage de son téléphone portable, j'ai immédiatement compris ce qu'elle comptait faire.

— Vous êtes très perspicace, commissaire, ironisa Robert Sanders.

— Très, mais j'avais également quelques éléments. La police française avait localisé Margareth, ici, près d'Albertville. Nous savions aussi qu'il était possible qu'elle retienne Jeannelle Favre. En collaboration avec les gendarmes français, je me suis rendu chez elle cet après-midi, mais malheureusement la maison était vide. Un vrai repaire de brigands. Nous y avons trouvé des armes, de l'argent – beaucoup d'argent –, des ordinateurs et des plans de ce foutu machin que vous avez près de vous. Cela m'a permis de comprendre une chose : vous n'étiez probablement pas le seul à vouloir le faire fonctionner, mais Margareth, elle, elle avait plusieurs longueurs d'avance sur vous, car… elle en avait déjà trouvé un !

— Comment ça, déjà trouvé un ?

— Visiblement, malgré les sommes d'argent importantes que vous lui donniez, votre amie gardait ses petits secrets.

— Ce n'était pas mon amie.

— Eh bien, elle en avait déjà trouvé un, probablement sur un autre site. Mais celui-ci devait être très détérioré et inutilisable. Par contre, avec ce premier spécimen, elle a réussi à conceptualiser un élément important : le propulseur de particules nécessaire à son fonctionnement.

Robert Sanders serrait les dents. Margareth lui avait définitivement caché beaucoup de choses ; il avait été bien stupide de lui faire confiance et de lui donner tant d'argent.

— En effet, commissaire, elle avait de l'avance, grommela-t-il. Mais avec ce modèle, je pourrai le faire reproduire aussi. Ce n'est pas le plus compliqué.

— Oui. Sans doute. Mais elle… elle l'a déjà fabriqué !

93

Le rapport de force était en train de s'inverser. Posément, le commissaire Spangeti continuait d'expliquer ce qu'il avait trouvé chez Margareth Stern et ce qu'il en avait compris.

— Elle avait beaucoup d'avance sur tout le monde ! Pour aboutir, je pense qu'il ne lui manquait que le disque original. Vous auriez mieux fait de vous entendre avec elle ; cela vous aurait évité de finir dans ce bien mauvais pétrin.

— Mais vous pensez que je n'ai pas essayé de le faire ? J'ai fait plus que m'entendre avec elle : je finançais la plupart de ses travaux. Sauf qu'elle travaillait seule. Elle me donnait très peu d'informations. Et lorsqu'on a approché du but, sur mon propre site, celui que je lui avais apporté sur un plateau, eh bien elle m'a exclu de l'affaire.

— Eh oui, Sanders, la vie est un éternel recommencement ! Lorsqu'une association de malfaiteurs touche au but, le premier mot a souvent tendance à disparaître… Un homme aussi avisé que vous aurait dû le savoir !

Cette réflexion ne figurant pas dans le manuel du parfait négociateur, le commissaire Spangeti poursuivit sans s'interrompre.

— Sur place, nous avons trouvé les plans détaillés du disque mais aussi du propulseur de particules, des maquettes et probablement ce qui constitue un prototype.

— Qu'est-ce qui vous fait penser que ce prototype pourrait être opérationnel ?

— Un élément important : celui-ci est équipé d'une batterie autonome au lithium.

— Et alors ?

— Et alors… elle était en charge !

— Elle était en charge ?

— Chargée, même ! Prête à l'utilisation, si vous préférez ! Inutile de vous rappeler qu'avant votre rodéo ici, Margareth pensait bien repartir avec le disque. Alors moi, je pense que si le propulseur de particules était chargé, c'est parce qu'elle comptait bien le tester dès son retour !

— Feu Margareth… Paix à son âme, elle ne passera pas à la postérité. Ses travaux, peut-être…

— Malheureusement, je crains bien que non.

— Ne sous-estimez pas l'utilisation que l'on peut faire des travaux des plus grands criminels, commissaire !

— Vous avez raison, Sanders. Mais personne ne retrouvera le propulseur de particules.

— Et pourquoi ça ?

— Parce que vous l'avez emporté avec vous ? murmura alors Thomas.

Robert Sanders, incrédule, baissa son arme sans s'en rendre compte.

— Je me suis dit que ça pourrait peut-être me servir à quelque chose… répondit le commissaire en souriant, visiblement satisfait de son effet. Ne baissez pas trop votre arme, Sanders ; je pourrais prendre ça comme une incitation à vous sauter dessus.

— Vous l'avez sur vous ? demanda ce dernier en relevant son bras.

— Oui, je l'ai.

— Donnez-le-moi ! ordonna Robert Sanders, devenu subitement plus nerveux.

— Vous rigolez… Donnez-moi d'abord votre arme !

À cet instant, Spangeti remarqua que l'hélicoptère se décalait légèrement au-dessus de leurs têtes, cherchant sans doute un meilleur angle de vue pour couvrir l'avancée des membres du GIGN. C'était le signe avant-coureur de l'imminence d'une intervention armée. Heureusement, il était le seul à le percevoir.

— Vous n'êtes pas du bon côté du flingue, commissaire. Je pourrais vous tuer et venir le chercher.

— Vous aggraveriez sensiblement votre cas, Sanders. Mais, effectivement, je reconnais que je ne suis pas dans une position très favorable, dit-il en plongeant sa main dans la poche intérieure de son veston.

— Doucement, commissaire.

— Vous n'avez rien à craindre. Vous m'avez déjà fait jeter mon arme dans la rivière. Vous savez, dans la police italienne, on n'a pas les moyens d'en avoir deux. Alors, détendez-vous !

Lentement, il sortit un petit objet rectangulaire de sa poche et le fit tournoyer entre ses doigts. Fait d'un métal très brillant, celui-ci mesurait une vingtaine de centimètres de long, 3 ou 4 de large, et moins de 2 d'épaisseur.

— Bien entendu, c'est vous qui avez le dessus, poursuivit Spangeti. On pourrait le voir comme ça.

Mais si vous me tuez, je suis d'avis que dans un dernier soupir j'aurai la présence d'esprit d'envoyer ce petit objet rejoindre mon arme de service, au milieu de la rivière. Je crains que la batterie au lithium supporte mal la submersion. J'imagine que ce n'est pas ce que vous voulez ?

Robert Sanders resta sans voix, impressionné par l'audace de celui sur lequel il pointait pourtant le canon de son arme.

— Et puis, nous avons un marché, Sanders : je vous laisse tester ce machin et vous vous rendez aux forces de police sans résistance.

— Comment puis-je être sûr que vous ne me tendez pas un piège et qu'il fonctionne ?

— Eh bien, justement, c'est là que ça devient très drôle… Vous ne le pouvez pas, et moi non plus d'ailleurs. Mais Margareth, elle, en était persuadée. Vous devez avoir neuf encoches sous votre disque, n'est-ce pas ? Sur l'appareil que j'ai ici, il y a neuf picots qui, je pense, sont conçus pour s'emboîter. (Il retourna doucement le petit boîtier afin de lui montrer les neuf pointes.) D'après ce que j'en ai vu sur les plans de Margareth, il n'y a rien de plus à faire. L'emboîtement ouvre les récepteurs et expédie neuf particules de proton, qui vont tournoyer à une vitesse exponentielle dans le disque. Au bout de quelques secondes, cela doit dégager une sorte d'énergie inductive capable, toujours d'après elle, d'alimenter tout ce qui se situe à proximité.

Robert Sanders gardait les yeux rivés sur l'objet que le commissaire Spangeti manipulait négligemment dans sa main gauche. Clairement, c'était une occasion qu'il n'espérait plus.

— Vous êtes tenté, Sanders, n'est-ce pas ? Donnez-moi votre arme et je vous laisse utiliser cet appareil. Rendez-vous compte : vous serez probablement le premier être humain à l'utiliser depuis des milliers d'années.

— Si je vous la donne, qu'est-ce qui me prouve que vous me laisserez bien l'objet et le temps nécessaire pour l'utiliser ?

— Pas grand-chose non plus, mais je ne crois pas que vous ayez beaucoup d'autres choix. Dans quelques minutes, il fera totalement nuit et les gendarmes français interviendront. Ils ne vous laisseront pas partir d'ici vivant. C'est terminé, Sanders.

Ce dernier hésita encore un instant. En regardant autour de lui il remarqua des mouvements dans les taillis situés à une centaine de mètres au-dessus d'eux. De là où ils étaient, les agents l'auraient facilement dans leur ligne de mire. Allaient-ils prendre le risque de l'arrêter ou bien profiteraient-ils des dernières lumières du jour pour le tirer comme un lapin ? Il devait se décider rapidement.

— OK ! dit-il enfin.

Le commissaire fit tournoyer une dernière fois la petite barre argentée dans sa main, avant de la passer à Thomas. Il lui fit alors un signe de la tête pour lui indiquer qu'il pouvait procéder à l'échange. Thomas se leva et s'approcha de son père. Ce dernier retourna son arme et la lui remit sans un mot. Une fois qu'il l'eut en main, Thomas hésita et se tourna vers Spangeti, mais celui-ci lui fit signe d'honorer l'accord.

— Fais attention, papa. On ne sait pas comment ça fonctionne exactement, ni dans quel état est le disque…

— Malheureusement, mon fils, le temps est un luxe que je n'ai plus !

Robert Sanders ouvrit le grand sac de sport qu'il serrait entre ses cuisses depuis leur arrivée. Il en sortit le disque en or, encore trempé du plongeon qu'il avait fait un peu plus tôt dans l'Arly, et essuya sommairement le socle avec le revers du sac. Pendant ce temps, Thomas rapporta le pistolet au commissaire qui se leva pour téléphoner au capitaine de gendarmerie et l'informer que le suspect s'était rendu ; ils pouvaient venir lui passer les bracelets, sans l'artillerie lourde.

— Eh bien, vous voyez, Sanders, qu'on pouvait faire affaire ensemble ? lança Spangeti, mais son interlocuteur ne l'écoutait déjà plus.

Sans attendre, Robert Sanders emboîta le propulseur de particules à l'arrière du disque. Les emplacements des petits picots correspondaient exactement à ceux des orifices du socle. Une fois les neuf entrées obstruées, il sentit une aspiration qui plaqua les deux éléments l'un contre l'autre, comme s'ils étaient aimantés. Il essaya de les séparer mais n'y parvint pas. Des vibrations, d'abord légères, puis de plus en plus fortes, commencèrent alors à parcourir l'objet ; il les ressentit dans ses mains, ses bras et ses épaules. Il se leva difficilement pour s'assurer une meilleure prise car, rapidement, les secousses devinrent si brutales qu'il avait du mal à le garder en main. Il avait l'impression qu'à l'intérieur, une courroie accélérait sans cesse en produisant un son strident.

Après une vingtaine de secondes, les vibrations étaient devenues insupportables. Il les ressentait désormais dans l'ensemble de son corps. Chacun de ses os, chacun de ses muscles semblaient absorber une partie du tumulte qui régnait à l'intérieur du disque. Ne pouvant plus tenir, il s'apprêtait à le lâcher lorsqu'elles s'arrêtèrent net, comme si le mouvement qui tournait en heurtant les parois internes venait subitement de trouver son axe. Il ressentit un soulagement immédiat. Un léger bourdonnement perdurait et une intense chaleur se dégageait du disque, si bien qu'il eut l'idée d'attraper le sac resté à terre pour se protéger les mains.

Le commissaire Spangeti le regardait, incrédule, lorsqu'il lâcha brutalement le téléphone qu'il avait gardé à la main. Thomas le vit le pousser du bout du pied vers la rivière. Au contact de l'eau, un nuage de vapeur s'en échappa bruyamment. Il comprit alors que la batterie était en train de fondre et, avec elle, l'ensemble de l'appareil.

— Nom de Dieu, mais qu'est-ce que c'est que ça ? s'exclama Spangeti.

Soudain, Thomas repensa aux croquis des pharaons égyptiens brandissant le disque solaire vers le ciel. Il se rappela que, sur chaque représentation, le porteur était vêtu d'une tenue d'apparat et d'un large masque d'animal. Il avait assimilé ça à une représentation symbolique ou à des habits cérémoniaux, mais peut-être était-ce tout simplement… Il tira le commissaire vers l'arrière pour l'écarter de son père et du bord de l'eau.

— Lâche-le ! cria-t-il, mais l'hélicoptère de la gendarmerie situé juste au-dessus d'eux couvrit le son de sa voix. Lâche-le ! répéta-t-il de toutes ses forces.

Robert Sanders tourna la tête vers son fils sans comprendre. Entre ses mains, le disque commençait à s'éclairer de l'intérieur. Il avait pris une couleur rouge qui était rapidement passée à l'orange. On pouvait désormais distinguer les sillons intérieurs, comme si la matière dont il était fait devenait peu à peu transparente. Inquiet, Thomas tira à nouveau Spangeti en arrière, et sans lâcher son père du regard il entraîna le commissaire en haut de la pente, derrière un talus.

Dès qu'ils furent abrités ils virent l'hélicoptère faire une double rotation sur lui-même, un peu comme si ce n'était plus lui qui contrôlait ses pales, mais l'inverse. Puis il perdit son axe d'équilibre et se mit à piquer lentement vers le sol, tout en continuant d'effectuer des rotations sur lui-même. Le rotor de queue heurta la cime d'un sapin plus haut que les autres et se brisa à l'impact. L'hélicoptère bascula vers l'avant, heurta le sol et prit feu. Presque aussitôt, des cris descendirent des flancs de la colline. Des gendarmes se précipitèrent pour venir en aide à leurs collègues, mais c'était trop tard.

Thomas regarda en direction de son père. Le disque avait une nouvelle fois changé de couleur, passant de l'orange clair au blanc translucide. La lumière irradiait maintenant le paysage comme en plein jour. Le disque semblait avoir doublé de taille et son éclat était si fort que ses yeux pouvaient à peine le soutenir. Il ne parvenait presque plus à voir son père. Comme sur certaines peintures égyptiennes, il ne distinguait plus que ses jambes surmontées d'une auréole lumineuse. Il crut le voir essayer de se débarrasser de l'objet sans y parvenir, avant d'avancer lentement dans l'Arly. Sur son passage, les taillis à proximité s'enflammèrent instantanément. La source de chaleur était si intense que même Thomas et le commissaire, qui se trouvaient à plus de 20 mètres, commençaient à suffoquer.

Soudain, voyant des flammes autour des mains de son père, Thomas comprit que c'était le sac de sport, qu'il avait utilisé comme une protection, qui prenait feu. Doucement, tout ce qui se situait autour de lui commença à s'embraser. Robert Sanders avança encore de quelques mètres dans le cours d'eau. Ses mollets étaient immergés, mais juste au-dessus son pantalon était en feu. Il le vit avancer encore un peu, sans tomber. Lorsqu'il pénétra dans l'eau, un immense nuage de vapeur de plusieurs mètres de haut s'éleva dans le ciel dans un bruit de cocotte-minute. Le disque continua d'éclairer le fond de l'eau d'une lumière écarlate à peine supportable sur un rayon de plusieurs dizaines de mètres. Robert Sanders venait de disparaître totalement, dans 30 centimètres d'eau.

94

Le commissariat central de Turin s'était vidé depuis une bonne heure déjà. Seules restaient sur place les équipes de nuit, au rez-de-chaussée, mais les bureaux situés aux étages, eux, étaient déserts. Tous sauf un. Nicolas Costello, assis à son poste, manipulait son arme de service avec curiosité. Ils avaient été malins, très malins même, et il ne s'était rendu compte de rien. Comment avait-il pu en arriver là ? Il était dans un sale guêpier et ne voyait qu'une façon de s'en sortir. Il l'avait mis dans cette situation ; c'était à lui de l'en sortir. Encore une fois, il relut chaque ligne du rapport balistique, s'attachant aux détails et espérant y trouver une anomalie, mais ce ne fut pas le cas. Las, il prit sa tête dans ses mains. Il aurait aimé boire un verre, un whisky sec, quelque chose de fort, quelque chose qui aurait pu le rallumer de l'intérieur. Mais, contrairement à ce que l'on pensait parfois, il n'y avait pas beaucoup d'alcool dans les commissariats.

Lorsque son téléphone sonna, il décrocha immédiatement. Une voix féminine l'informa qu'il allait être mis en relation avec le préfet.

— Inspecteur Costello, que puis-je faire pour vous ?

— Bonjour, monsieur. J'ai des problèmes avec Mme Stern.

Surpris, le préfet ne répondit pas tout de suite.

— Quel genre de problèmes ?

— Je suis intervenu en sa faveur, comme vous me l'avez demandé, et je lui ai rendu quelques services.

— Oui, et alors ?

— C'est une histoire d'homicide un peu complexe, et j'ai peur d'être rapidement inculpé de complicité.

— Diable ! Une histoire d'homicide ? J'espère que vous ne vous y êtes pas compromis.

La conversation débute mal, se dit-il. Sa voix ne laissait rien paraître, mais il transpirait déjà à grosses gouttes.

— Mme Stern m'a demandé de lui apporter le matériel informatique de la paléontologue qui dirigeait les fouilles à Bussolino.

— Celle qui est actuellement recherchée par la police ?

— C'est ça. Elle m'a également demandé de conduire jusqu'à elle une jeune fille, une Française qui travaillait sur le site.

— Et alors ?

— Il s'agissait d'un kidnapping. Elle est partie en France avec elle et espère l'échanger contre quelque chose que la paléontologue possède.

— Fichtre !

— Je ne vous le fais pas dire. Le commissaire Spangeti a globalement compris l'affaire. Il était sur place, il y a environ deux heures, et m'a informé qu'il y avait eu des coups de feu. Visiblement, au moins une personne, la paléontologue, a été gravement blessée.

Je ne sais pas exactement ce qui s'est passé. Je vais avoir des ennuis, c'est sûr, et il va falloir me couvrir.

Cette fois-ci, le silence fut plus long. Costello se demanda ce qu'il allait lui proposer. Il ne pouvait quand même pas le laisser gérer seul cette situation de crise, alors qu'il n'avait fait que suivre ses instructions.

— Écoutez, inspecteur, dit enfin le préfet. Je ne comprends rien à ce que vous me racontez là. Certes, je vous ai mis en relation avec Margareth Stern – c'est un fait –, parce que c'est une personnalité économique influente et qu'elle avait besoin de l'aide de la police. Maintenant, je ne vous ai jamais demandé de faire quoi que ce soit d'illégal ou bien contraire à la morale !

Le préfet lui laissa le temps de fournir une réponse, mais elle ne vint pas.

— Inspecteur, vous m'écoutez ?

— Je ne fais que ça, monsieur.

— Prenez plutôt contact avec elle et voyez ce qui s'est réellement passé. Je suis persuadé qu'il s'agit d'un malentendu.

— Avant de vous appeler directement, monsieur le préfet, figurez-vous que je l'ai déjà fait ! Ou plutôt, j'ai essayé. Je lui ai laissé plusieurs messages, mais elle ne me rappelle pas.

— Eh bien, réessayez, inspecteur. Que voulez-vous que je vous dise de plus ?

— Vous m'avez tout de même demandé très clairement d'obéir à ses instructions. « Obéir », monsieur le préfet, c'est un terme clair, et vous êtes mon supérieur hiérarchique.

Sans même s'en rendre compte, il avait sensiblement haussé le ton.

— Ne me menacez pas, inspecteur, car vous pourriez le regretter très vite ! Je ne pense pas avoir utilisé le verbe que vous dites. Je vous ai demandé de contacter cette personne pour lui prêter assistance et suivre ses activités dans le cadre de la loi. Rien de plus. Vous êtes d'ailleurs bien placé pour ça, puisque vous en êtes le gardien.

— J'ai suivi vos ordres, monsieur ! insista Costello en essayant de se contenir.

— Non, en aucun cas. Vous les avez peut-être mal compris, mais vous ne les avez pas suivis.

— Ce n'est pas mon avis.

— Vous les avez… outrepassés, je dirais plutôt ! De toute façon, inspecteur, si un ordre illégal vous est donné, que cela soit par moi, par le président de la République ou bien le pape, il est de votre responsabilité de ne pas le suivre. Vous m'entendez ? C'est votre responsabilité de policier et de citoyen. Je ne vous couvrirai donc pas, si vous avez commis des actes répréhensibles pour cette femme.

Costello raccrocha brutalement pour se retenir de l'insulter. Il s'était fait avoir et il allait en payer le prix fort. Comment avait-il pu être aussi bête ? Il s'en voulait terriblement. Le préfet était un politique habitué à la manipulation. Il lui avait fait miroiter ce qu'il voulait et sans même le lui demander directement, il l'avait poussé à agir. Que pourrait-il dire devant un juge ? Que le préfet de la République, qui n'était même pas son supérieur direct, lui avait demandé de kidnapper une jeune fille ? Ce n'était pas vraiment le cas… Et puis, il n'en avait aucune preuve, hormis un échange téléphonique de quelques minutes à son poste de travail, et ça ne suffirait pas.

Le pire était encore devant ses yeux : le rapport balistique des deux douilles retrouvées sur la route, près du lieu du meurtre, qu'il avait reçu en fin d'après-midi. Il était presque tombé de sa chaise en le lisant. Giuseppe Gazotti, le directeur des programmes archéologiques du ministre, avait été assassiné par une arme de service de la police italienne. Et le numéro de série ne lui était pas inconnu. Il s'était fait piéger dans les grandes largeurs et il n'avait aucun élément pour le prouver. Son arme avait été échangée lorsqu'il se trouvait dans la villa de Margareth. Probablement par ce drôle de type, Aznar, qui semblait s'y intéresser de près. Il avait eu l'imprudence de la lui montrer et ne s'était rendu compte de rien. Personne ne croirait à son histoire, et s'il déclarait maintenant le vol de son arme ça l'accablerait plus qu'autre chose.

Costello se sentait comme au milieu d'une battue dont il était le gibier, coincé et acculé, attendant presque avec impatience le coup de grâce. À cet instant, il se rappela sa première pensée, lorsque le préfet l'avait contacté, quelques semaines auparavant : « Pourquoi ne s'adresse-t-il pas directement au commissaire plutôt qu'à moi, son subordonné ? » Et puis, sa méfiance s'était vite estompée devant la contrepartie qu'il lui avait proposée. Il avait été vaniteux. Il venait d'avoir la réponse à son interrogation d'alors, et elle était douloureuse. Le commissaire ne se serait jamais laissé embarquer là-dedans ; c'était pour cela qu'il s'était adressé à lui, et sans doute pour rien d'autre.

Alors qu'il s'apprêtait à quitter le commissariat, son téléphone portable vibra dans sa poche. Il vérifia le numéro, et en reconnaissant celui de Margareth, un vent d'espoir le parcourut immédiatement. C'était l'appel qu'il n'attendait plus. Le préfet lui avait probablement passé une soufflante et, piteuse, elle venait à son secours. *Mieux vaut tard que jamais*, se dit-il. Elle était puissante et avait beaucoup d'amis ; ça ne devrait pas lui poser de problèmes.

— Bonjour, Margareth. Il faut absolument me sortir de là, vous m'entendez..., dit-il sans lui laisser le temps de s'expliquer.

Elle ne répondit rien, mais il ne s'en inquiéta pas et poursuivit.

— Shana Stenford, si elle est encore vivante, et surtout Jeannelle Favre vont m'accuser d'enlèvement et de vol avec effraction. Je vous ai aidée lorsque vous en aviez besoin. Alors, maintenant c'est à vous de le faire ! insista-t-il.

Elle ne répondit toujours pas. Se demandant si elle l'avait bien compris, il répéta la fin de sa phrase. La voix qu'il entendit alors n'était pas celle qu'il attendait, et elle le glaça sur place.

— Margareth est morte !

C'était la voix du commissaire Spangeti.

95

Lorsqu'elle ouvrit les yeux, la première chose qu'elle vit fut la perfusion qui pénétrait son bras gauche. Sa veine était épaisse, foncée, et lui faisait terriblement mal. C'était la seconde fois en peu de temps qu'elle se retrouvait dans cette situation. Elle avait à nouveau frôlé la mort, mais elle était encore là. Elle pensa que si son ange gardien existait, il devait être surentraîné. Dans un premier temps elle n'osa pas bouger, de peur d'avoir mal. Elle tenta alors de se rappeler la scène. L'arme de Robert Sanders est braquée sur elle. Elle entend la détonation, sent comme une décharge électrique pénétrer son ventre, mais aucune douleur. Elle est lucide mais incapable de rester debout. Elle chute lourdement. Ses genoux et sa tête heurtent le sol. Cette douleur-là est perceptible. Elle sent une forte chaleur se diffuser dans son ventre et ses jambes, comme si on la brûlait. Elle manque d'air. Tout le monde la regarde. Thomas la soulève pour l'installer dans la voiture. Puis, subitement, plus rien. Elle n'avait aucun souvenir de ce qui s'était passé ensuite. La seule chose dont elle était certaine et qui avait de l'importance, c'était que la balle ne l'avait pas tuée !

Elle passa la main sur son ventre et sentit un épais pansement boursouflé, caractéristique des points de suture. Ce simple geste lui fit si mal qu'elle se figea, ayant l'impression qu'une rangée d'agrafes maintenait les deux parties de son corps attachées. Elle essaya de se redresser, mais la douleur intense faillit lui faire perdre connaissance. Celle-ci ne s'arrêtait pas à son abdomen, mais irradiait dans son dos et ses jambes. Elle attrapa la télécommande suspendue sur le côté de son lit, chercha maladroitement le petit bouton d'appel et l'actionna.

Une jolie jeune femme de type méditerranéen arriva rapidement, si bien qu'elle se demanda si elle était venue suite à son appel ou si c'était simplement une coïncidence.

— Bonjour, madame. Je suis votre infirmière. C'est moi qui vais m'occuper de vous ; du moins, durant la journée. Je m'appelle Leila.

Elle était si élégante et bien maquillée qu'elle semblait tout droit sortie d'un film de Woody Allen. Son sourire la rassura immédiatement, tout comme son accent chantant. Leila parlait d'une manière spontanée, comme si elles se connaissaient depuis longtemps. Elle commença par la féliciter de s'être réveillée, même si elle n'y était sans doute pas pour grand-chose. Elle releva ensuite le haut du lit pour la mettre dans une position plus appropriée à son état d'éveil. Shana fit un effort pour ne pas gémir, tant ce simple mouvement lui donna l'impression qu'on lui transperçait les côtes.

— J'ai atrocement mal.

— Où avez-vous mal ? interrogea la jeune femme.

La question n'était pas simple ; la réponse non plus.

— Un peu partout. Je ne sais pas vraiment… Dans le ventre, dans le dos, dans les jambes.

— Je vois. J'aurais peut-être dû vous demander où vous n'aviez pas mal…

L'infirmière s'aperçut que la perfusion d'antidouleur était vide. Après avoir vérifié la quantité maximale prescrite par le chirurgien, elle la remplaça par une nouvelle poche qu'elle sortit du petit meuble qui soutenait le portique.

— C'est ma faute, dit-elle. Excusez-moi, j'aurais dû changer la perfusion beaucoup plus tôt. L'effet sera rapide : dans dix minutes vous serez soulagée.

— Merci beaucoup, Leila.

— Nous avons beaucoup de monde, en ce moment. On essaie de s'occuper correctement de tous nos patients en même temps, mais c'est difficile.

— Où suis-je ?

— Vous êtes au service de réanimation de l'hôpital d'Albertville-Moûtiers.

— Depuis quand suis-je ici ?

— On vous a amenée il y a deux jours. Vous étiez dans le coma. C'est le Pr Meyer qui vous a opérée.

— J'imagine que vous n'êtes pas autorisée à me dire comment je vais ?

— Ah oui ? Et pourquoi ça ?

Leila attrapa aussitôt la fiche de surveillance accrochée au pied de son lit et la parcourut rapidement des yeux.

— Votre tension est normale et votre température un peu basse, mais ce n'est pas préoccupant. On a stabilisé votre anémie.

— Je fais de l'anémie ? s'étonna Shana.

L'infirmière replaça la fiche et posa sur elle un regard plein d'empathie.

— Une balle a traversé votre estomac, et cela vous a fait perdre beaucoup de sang. Ça aurait dû vous tuer mais, heureusement, on vous a conduite ici et le Pr Meyer vous a opérée immédiatement. Il est bien, le Pr Meyer. Vous savez, c'est une pointure ! Vous avez eu énormément de chance. Il vous a probablement sauvé la vie. Vous ne vous souvenez de rien ?

— Non.

— Vraiment ? Vous n'avez eu aucun état de… conscience ?

— Non. De quoi voulez-vous que je me souvienne ?

— Je ne sais pas, moi. De choses et d'autres. Souvent, les personnes qui sortent du coma après avoir frôlé la mort disent avoir vu… des choses.

Shana eut un léger rire qui provoqua immédiatement une vive douleur au niveau de ses points de suture.

— Non, non, répondit-elle. Aucune vision, je suis désolée. Je crois que j'ai dépassé mon quota d'irrationnel depuis un moment. Une expérience de vie après la mort serait sans doute de trop…

À l'aide du trapèze situé devant elle, sans rien demander, elle se hissa avec difficulté pour se redresser davantage. La voyant se crisper de douleur, Leila passa un bras dans son dos pour la soutenir.

— Attendez un peu que le calmant fasse effet avant de vous lancer dans des acrobaties. C'est un conseil ! dit-elle.

Cette fois, sachant à quoi s'attendre, Shana se retint de rire.

— Et mes amis ? Est-ce que vous savez s'ils sont sains et saufs ?

— Là, vous m'en demandez trop. Je ne sais pas, mais je crois que oui. Une jeune femme est venue plusieurs fois à votre chevet : Annabelle ou quelque chose comme ça…

— Jeannelle ?

— Oui ! Voilà, c'est ça. Votre mère est venue aussi. Il y a un monsieur d'une quarantaine d'années qui est resté ici depuis votre retour du bloc, mais je ne lui ai pas demandé son prénom.

— Ce n'est pas grave.

— Il y a également deux agents de police qui filtrent l'accès de l'hôpital et de votre chambre, jour et nuit ! On ne risque pas de venir vous demander un autographe !

— Pourquoi viendrait-on me demander un autographe ?

— Vous plaisantez… On ne parle que de vous dans tous les journaux !

— Ah oui…

— Oui.

Ils ont doublé les effectifs de police, pensa-t-elle. *Cette fois-ci, il n'est pas question de prendre la poudre d'escampette...*

— Et ils ont l'air comment ?

— Qui ça ?

— Ben… les policiers.

— Ah ! Euh… Vous savez, ici, ils sont un peu comme des poulets hors de leur basse-cour : ils paraissent empruntés.

Shana laissa échapper un petit rire qui tira à nouveau sur ses points de suture. Elle se mordit la lèvre pour ne pas gémir. Décidément, cette infirmière lui plaisait beaucoup.

— Je ne crois pas que vous soyez accusée de quoi que ce soit, poursuivit-elle. Ils sont là pour vous protéger !

— Tant mieux. Cela fait longtemps que je n'ai pas été accusée de « quoi que ce soit », comme vous dites. J'ai perdu l'habitude.

— En tout cas, vous avez fait la une de tous les journaux, ces deux derniers jours. Il y a des tas de journalistes qui traînent dans le hall en permanence. Figurez-vous que grâce à vous je suis même passée à la télé. Bon, c'était pour une chaîne d'info en continu, mais quand même, c'est un début. Vous êtes ma patiente la plus célèbre !

— Je suis ravie !

Leila alla entrouvrir la fenêtre de quelques centimètres, puis revint vers elle pour arranger son lit.

— Je vais vous faire porter une collation. Vous ne devez pas avoir très faim, à cause de la perfusion, mais essayez de manger un peu ; c'est comme ça que vous reprendrez des forces.

— D'accord, je vais essayer. Est-ce que je peux vous demander un service ?

— Bien entendu. Je suis là pour ça.

— Oui, enfin, pas tout à fait pour ça… Est-ce que vous pourriez me trouver des journaux pour que je regarde ce qu'on dit sur moi ? Évidemment, je vous rembourserai dès que j'aurai récupéré mes affaires.

— Je vais vous trouver ça ! Et pour le remboursement, une petite photo toutes les deux, lorsque je vous aurai requinquée, suffira.

— Ça marche. Je vous remercie beaucoup, Leila.

La jeune femme allait sortir de la chambre, lorsque quelqu'un frappa à la porte.

— Ah oui, j'allais oublier, dit-elle. Vous avez de la visite. C'est le monsieur qui attend votre réveil depuis que vous êtes sortie du bloc. Bon, il n'a pas tout à fait l'air d'un prince charmant, mais méfiez-vous quand même !

À peine eut-elle terminé sa phrase que Thomas passa la tête dans l'entrebâillement de la porte. Il tenait un énorme bouquet de roses rouges à la main.

— Bien, bien, je vous laisse, dit Leila en remarquant le sourire de Shana. Vous devez avoir plein de choses à vous raconter. Je reviens vous voir tout à l'heure. Allez-y, entrez, monsieur.

En le croisant, la jeune infirmière lui tendit la main. Thomas, surpris, s'apprêtait à la lui serrer, lorsqu'elle bifurqua pour attraper le bouquet.

— Confisqué !

— Je vous demande pardon ?

— Vous vous croyez où ? À Jardiland ?

— Euh… non.

— Vous êtes sérieux ? Nous sommes à l'hôpital ici, et dans un service de réanimation, pas dans un hôtel de charme. Vous n'avez pas vu les écriteaux dans le couloir ? « *Fleurs interdites* » : c'est bien qu'il doit y avoir une raison !

— Excusez-moi… Je croyais que…

— Ne m'en dites pas plus, je vous en supplie ! Vous pensiez que ça ne s'adressait pas à vous, c'est ça ? Eh bien, si ! Bingo ! Les fleurs sont comme les femmes : elles sont belles, mais dangereuses. Elles portent en elles des pollens allergisants. C'est absolument interdit, ici.

— Je suis désolé.

— Il n'y a pas de quoi. Vous faites partie des 20 % de gens, plutôt des hommes, qui apportent des fleurs en réanimation. Oui, les hôpitaux ont des statistiques très précises sur ce sujet. Rassurez-vous, je ne vous en veux pas. C'est pour ça que, généralement, le local des infirmières est très bien fleuri !

Leila porta le bouquet à son nez pour en humer le parfum.

— Mais vous… vous y êtes allé fort ! poursuivit-elle. Des roses rouges, c'est très rare. En général, on a plutôt d'autres couleurs ou bien des tulipes, des azalées, des lys. On en a même certains qui apportent des chrysanthèmes… Si, si, je vous assure ! Bon, là, ça craint ! Bref, peu importe le végétal, il est pour moi !

Sur ces mots, Leila sortit en refermant la porte derrière elle.

— Ben dis donc, elle n'est pas très commode ton infirmière !

— Si, si, elle est très sympa. Merci pour le bouquet ; c'est l'intention qui compte. Ça me fait plaisir de te voir !

— Et moi donc !

Les larmes aux yeux, il l'enlaça délicatement un long moment.

— J'ai bien cru que tu étais…

— Ils ne t'avaient pas prévenu à ta fondation ? Je suis une coriace !

— Si, si, on me l'avait dit. Mais je ne savais pas que tu résistais également aux balles de revolver.

— La seule chose à laquelle je ne résiste pas, Thomas… c'est toi !

96

> « Ce n'est pas la plus forte
> ni la plus intelligente des espèces qui survivra,
> mais celle qui est la plus apte à changer. »
>
> Charles Darwin

Deux mois plus tard, Paris.

Une agitation inhabituelle régnait dans les couloirs de la production et autour du plateau. Une vingtaine de minutes après le début du journal, l'animateur lança la page culture. Un sujet d'une vingtaine de secondes présenta brièvement la petite bourgade italienne de Bussolino, illustré par des images du centre-ville et de l'entrée du futur tunnel alpin, vue de l'extérieur. Comme elle n'avait pas donné l'autorisation de filmer à l'intérieur de la cavité, ils n'avaient pas grand-chose à montrer, mais ils avaient fait le boulot. Puis, subitement, l'image revint sur le présentateur.

— Nous avons le plaisir de recevoir, ce soir, la célèbre préhistorienne et paléontologue Shana Stenford, déclara-t-il. Vous avez récemment dirigé les fouilles sur le site de Bussolino ; vous êtes également professeur à la faculté de Lyon I et auteur de deux livres de référence sur l'évolution des espèces.

Pendant qu'il détaillait son *curriculum vitae,* la lumière rouge s'alluma brièvement à deux reprises sous la caméra face à elle, affichant son visage à l'écran.

— Vous avez fait la une de l'actualité scientifique, ces dernières semaines, mais aussi, ce qui est plus surprenant, celle des faits divers, poursuivit-il. Je rappelle à nos téléspectateurs que vous avez été hospitalisée et avez failli mourir. Vous faites également l'objet de plusieurs enquêtes administratives, aussi bien en Italie qu'en France. Alors, avant d'aller plus loin, je voudrais vous demander : comment allez-vous, Shana Stenford ?

Immédiatement, le cadreur fit un gros plan sur son visage, comme pour saisir derrière les mots la vérité de son expression.

— Je vais très bien, je vous remercie.

Elle sourit mais n'en dit pas plus. Après un court silence, le présentateur qui s'attendait clairement à une réponse plus longue enchaîna :

— Les rumeurs les plus incroyables circulent sur la nature de vos travaux. Vous avez notamment déclaré, il y a quelques jours : « Ce qui a été découvert à Bussolino est de nature à changer le regard que l'homme porte sur lui-même. » Alors, Shana Stenford, j'ai envie de vous poser la question que tout le monde se pose : qu'avez-vous découvert à Bussolino ?

Le technicien situé face à elle leva le bras, et la petite lumière rouge s'alluma. Shana fixa la caméra quelques secondes sans parler. Elle en était consciente, ce qu'elle s'apprêtait à révéler allait changer bien plus que le regard que l'homme porte sur lui-même.

— Nous pensons, parfois à tort, tout connaître de notre environnement. Mais on sait depuis longtemps que l'échelle de la vie, tout comme celle de l'univers, ne nous est pas totalement accessible, commença-t-elle, puis elle décomposa lentement chaque mot de la phrase qui suivit. À Bussolino, nous avons découvert plusieurs fossiles et restes de fossiles. Des traces d'une humanité ancienne, très ancienne, probablement antérieure aux premiers australopithèques, de plusieurs dizaines de millions d'années.

— Avez-vous des preuves de cette ancienneté ?

— Nous n'avons pas de preuves absolues, car en paléontologie ça n'existe pas, du moins pour ce qui est antérieur au Paléolithique, mais nous avons ce qu'on appelle « un faisceau de présomptions », et celui-ci est très solide. La stratigraphie de la cavité, le degré évolutif des autres organismes trouvés sur place, ainsi que le fait que celle-ci était parfaitement hermétique nous permettent d'affirmer que tout ce qui s'y trouve a entre soixante et soixante-cinq millions d'années. Peut-être plus.

— Vous n'en avez pas la certitude ?

Shana hésita un instant avant de répondre.

— Non, mais j'en ai l'intime conviction.

— Combien de fossiles humains avez-vous découverts ?

— Trois. Un homme, une femme et un enfant.

— Une famille ?

— C'est possible.

— Soixante millions d'années avant les premiers australopithèques, cela nous situe à une époque où vivaient sur Terre les derniers dinosaures. Est-il possible que ces premiers hommes que vous pensez avoir découverts les aient croisés ?

— Oui, ils ont été contemporains. « Croisés » est probablement le mot juste. Nous avons retrouvé, dans l'espace qu'ils occupaient, les restes de plusieurs ptérosaures, à l'attaque desquels ils auraient résisté.

— Ils ont été tués par ces ptérosaures ?

— Non, ils y ont résisté. Si ça n'avait pas été le cas, nous n'aurions rien retrouvé, car ils n'auraient pas laissé de restes.

— Comment des êtres humains peuvent-ils résister à des animaux aussi puissants ?

— C'est difficile à dire, et effectivement ce point nous intrigue. Ils disposaient probablement de moyens technologiques que nous ignorons.

— Que voulez-vous dire par « moyens technologiques » ?

— Nous pensons qu'au moins une civilisation évoluée, très ancienne, nous a précédés il y a des millions d'années, et qu'il n'en reste rien ou presque.

— Êtes-vous consciente que ce que vous nous dites, ce soir, est… comment dire… si cela est avéré… est probablement la plus grande découverte depuis celle des Amériques ?

— Je n'avais pas pensé à cette comparaison, mais oui, c'est probablement de cet ordre-là.

Un brouhaha, comme on en entendait rarement à l'antenne, ponctua sa dernière réponse et perturba l'animateur, qui le fit comprendre à son équipe. Le réalisateur montra brièvement l'arrière du décor où se tenaient les caméras principales et une trentaine de personnes entassées dans à peine 20 m^2. Parmi elles se trouvaient, en plus des techniciens de plateau, tous les patrons de la chaîne, des éditorialistes et des assistants de production venus assister en direct à ce qu'ils pensaient être l'un des plus grands moments de télévision de l'histoire.

— Vous estimez que ces êtres humains évolués étaient là, il y a soixante-cinq millions d'années ?

— Oui.

— Est-il possible qu'ils aient été là depuis plus longtemps que cela ?

— On ne peut pas totalement l'exclure, mais c'est peu probable. Auparavant, la planète était peuplée par les dinosaures, et cette période a duré au moins cent millions d'années ; des êtres humains n'auraient pas pu y survivre.

— Sauf s'ils possédaient des moyens technologiques pour se protéger.

— Dans ce cas-là, ils les auraient exterminés pour se développer. Pour reprendre votre expression, je pense qu'il est plus vraisemblable qu'ils se soient « croisés ». Un peu comme les premiers colons et les Indiens d'Amérique.

— Vous pensez que ces premiers humains ont pu être à l'origine de la disparition des grands dinosaures ?

— Je pense que si ça n'a pas été le cas, il s'agit d'un concours de circonstances extrêmement favorable. Si les plus redoutables animaux que la Terre ait portés n'avaient pas disparu, il y a soixante-dix millions d'années, nous ne serions pas là pour en parler. Ils auraient probablement évolué et régneraient aujourd'hui tout en haut de la chaîne alimentaire.

Shana remarqua que les trois minutes qui lui étaient imparties étaient dépassées, ce qui ne semblait inquiéter ni l'équipe technique ni le présentateur, qui poursuivait l'interview.

— Vous ne nous avez pas dit une chose importante : à quoi ressemblaient ces premiers hommes ?

— La seule chose que nous pouvons dire, c'est que leurs caractéristiques physiques étaient très proches des nôtres. Beaucoup plus que la plupart des lignées préhistoriques. Taille, morphologie, âge et même habitudes alimentaires, ils nous ressemblaient probablement beaucoup ! Seule leur boîte crânienne était légèrement plus étroite que la nôtre.

— Ils étaient moins intelligents ?

— Pas nécessairement… Il faudrait déjà définir ce que nous entendons par le mot « intelligence ». Leur hémisphère dominant devait être le droit, ce qui explique une masse crânienne plus petite. Si c'est le cas, leur réflexion devait être globale et intuitive, beaucoup plus que logique et séquentielle.

— Une autre question va vite se poser : si nous ne descendons pas du singe… alors, de qui ? De Dieu, comme nous l'ont longtemps enseigné les Évangiles ?

— Je pense que ça sera bientôt la question centrale, effectivement. Et je n'ai pas la réponse. Dieu est une possibilité.

— Vous n'avez pas peur d'attiser d'infinies querelles religieuses ?

— Je n'en sais rien. Il y a déjà de nombreuses querelles religieuses, non ? Cela nous ouvrira peut-être de nouveaux horizons.

— Vous pensez vraiment que nous descendons d'un Dieu créateur ?

— Ce n'est pas ce que j'ai dit, mais c'est une possibilité, que sans doute beaucoup voudront voir. Il y en a d'autres.

— Lesquelles ?

— De nombreuses hypothèses sont envisageables.

— Par exemple ?

Elle hésita encore un instant.

— Pierre Lancarneau était le directeur, à l'ONU, de la conservation du patrimoine archéologique et paléontologique ; il était aussi mon ami. J'étais avec lui lorsqu'il est mort dans cette cavité. Il avait une théorie à laquelle il croyait beaucoup : il pensait que ces premiers hommes étaient des colons. Qu'ils venaient d'une autre planète, probablement de Mars, qui était plus proche de la Terre à cette période. On sait aujourd'hui de façon certaine qu'il y a eu sur Mars, à un moment donné, des conditions favorables à la vie et similaires à la Terre. De l'eau, de l'oxygène, une atmosphère…

— Mais nous avons déjà envoyé des sondes sur Mars. S'il y avait eu de la vie sur cette planète, ne croyez-vous pas que nous en aurions trouvé des preuves ?

— Si la vie a disparu il y a plus de soixante-cinq millions d'années, non, il est normal qu'on n'ait rien vu. Il faudrait creuser plusieurs dizaines de mètres sous la surface du sol pour en trouver une trace. Et cela nécessiterait des moyens plus importants qu'une sonde téléguidée pour le faire.

— Ils seraient venus sur Terre pour s'y installer ?

— Oui. Peut-être savaient-ils que leur planète était condamnée et préparaient-ils une grande migration qui n'a finalement pas eu lieu. Pierre Lancarneau pensait qu'un petit nombre d'entre eux s'est retrouvé isolé sur Terre. Quelques dizaines d'individus, pas plus. Ils ont sans doute vite compris qu'ils étaient les derniers survivants de leur espèce.

— Tout cela n'est-il pas un peu hypothétique ou même… irrationnel ?

— Pas plus que la découverte d'un nouveau continent, il y a cinq cents ans, pour reprendre votre comparaison.

Pendant qu'elle répondait, le présentateur questionna son assistant du regard pour savoir à quel moment il devrait rendre l'antenne. D'un signe de la main, celui-ci lui indiqua qu'il avait carte blanche. En dix ans de carrière, c'était bien la première fois qu'il vivait une situation pareille. Le temps semblait suspendu aux mots de cette jeune paléontologue.

— Vous savez, reprit-elle, au milieu du XVIIe siècle, les Européens que nous sommes ont commencé à étudier les vestiges de l'Égypte antique. Vestiges que nous avions déjà entrevus durant les croisades, mais sans bien les comprendre. Eh bien, savez-vous à quelle période nous avons tout d'abord estimé ces constructions ? Environ deux mille ans ! Et cette erreur a été âprement défendue durant plus de deux siècles. Mais comment aurait-il pu en être autrement ? C'est ce que les psychologues appellent « le biais de confirmation[1] ». Pour les égyptologues de cette époque, et selon leurs connaissances, les premières sociétés humaines avaient deux mille ans et le monde lui-même, selon

1. Biais cognitif qui consiste à privilégier les informations confirmant des idées préconçues et à ignorer les hypothèses jouant en défaveur de ses conceptions.

l'Ancien Testament, n'en avait que six mille. Alors, leurs conclusions étaient déterminées par leurs observations, mais surtout par le cadre étroit des connaissances de leur époque. Ils n'étaient pas en mesure d'imaginer que des civilisations bien plus évoluées que la leur aient pu réaliser de pareils monuments, plus de trois mille ans avant Jésus-Christ !

Comme le présentateur ne l'interrompait pas, Shana poursuivit son explication :

— Plus récemment encore, lorsque le grand Sphinx a été découvert, enseveli au pied des pyramides de Gizeh, les égyptologues ont pensé qu'il s'agissait d'un ornement érigé près d'elles afin de protéger les dépouilles célestes de Khéops, de son fils, Khéphren et de son petit-fils, Mykérinos. Grâce aux moyens technologiques modernes, nous savons que le Sphinx est en réalité antérieur de plusieurs siècles, et sans doute même de plusieurs millénaires, à la construction des pyramides ! Alors, si ce sont bien les pharaons qui ont fait bâtir les pyramides à cet endroit-là, à cet endroit précis, c'est probablement parce que le Sphinx y était déjà et qu'il représentait quelque chose pour eux[1]. Quelque chose qu'on ignore aujourd'hui, mais qui avait une importance.

— L'Égypte antique est la source de nombreux mystères et fantasmes, mais nous sommes très éloignés des premiers hommes, tout de même.

1. Selon plusieurs études sismiques de la strate entourant le Sphinx, menées dans les années 1990 à 2000 (dont une menée par Robert Schoch de l'université de Boston), le Sphinx aurait été édifié entre cinq mille et dix mille ans avant Jésus-Christ, soit entre deux et cinq mille ans avant les pyramides de Gizeh.

— Oui, bien évidemment, même s'il existait peut-être des liens entre ces différentes civilisations du passé, totalement ou en partie oubliées aujourd'hui. Mais j'utilisais cette comparaison pour illustrer l'idée qu'en archéologie, comme dans de nombreux autres domaines, nos conclusions sont fortement influencées par les savoirs que nous pensons avoir acquis. Ce sont nos murs porteurs. Mais lorsque ces savoirs se révèlent erronés, c'est tout notre édifice intellectuel qui se trouve construit sur du sable. Depuis longtemps, nous pensions descendre du singe, parce que ça nous permettait de situer notre origine et qu'on se ressemble, un peu. Ce que nous avons découvert à Bussolino est probablement l'élément qui nous manquait, le chaînon manquant pour comprendre pourquoi nous sommes si différents de l'ensemble des autres espèces terrestres.

— Les répercussions de cette découverte, si elle est confirmée, sont inimaginables.

— J'en suis consciente. Cette réalité aurait d'ailleurs pu ne jamais être révélée. Elle aurait même dû ne pas l'être. Plusieurs sociologues qui ont travaillé sur la question pensent que nous n'y sommes pas préparés. Pour ma part, et celle du groupe qui m'accompagne, nous sommes persuadés, bien au contraire, que c'est une chance pour l'humanité de savoir qui nous sommes réellement et d'où nous venons. Une opportunité de repenser les valeurs de nos sociétés et le rapport que nous entretenons avec notre planète. Car elle nous a permis de survivre et de nous y épanouir, alors que nous étions probablement condamnés.

— Vous parlez d'un groupe qui vous accompagne. Quel est ce groupe ?

— Il s'agit de scientifiques. Pour la plupart, ils étudient, depuis plusieurs années déjà, des traces de vie humaine précédant la grande extinction de la fin du Crétacé.

— Vous voulez dire que la vérité était déjà connue ?

— Disons que... l'hypothèse était très sérieusement étudiée, mais qu'ils n'en avaient pas la certitude avant Bussolino.

— Comment une découverte, ou bien même une hypothèse pareille, a-t-elle pu rester secrète ?

— Parce que très peu de personnes sont dans la confidence.

Le présentateur fouilla nerveusement ses notes. Il avait visiblement épuisé son stock de questions, et on ne lui en soufflait plus dans son oreillette. Afin de conserver encore un peu le direct, il bredouilla ce qui lui passait par la tête.

— Savez-vous ce qui va se passer maintenant ?

— Nous aimerions tous le savoir, répondit Shana, comprenant que l'interview touchait à sa fin. Nous aimerions tous savoir que quelque chose nous dépasse, que nous faisons partie d'un dessein plus grand que nous-mêmes. Mais peut-être n'y a-t-il rien. À part notre survie sur une planète qui, au départ, nous était extrêmement hostile et que nous avons su rendre plus douce. Notre survie est le plus beau des trésors. Nous allons multiplier les recherches, essayer de comprendre comment tout cela est arrivé. Je suis persuadée que dans les années à venir nous trouverons d'autres sites humains. Ce sera sur terre ou peut-être au fond des océans, mais on en trouvera.

— Vous allez cibler des zones géographiques précises ?

— Il y a des zones favorables, oui. Nous allons entreprendre des recherches sur une partie des anciennes terres, aujourd'hui émergées, de la Pangée. Mais il y en aura d'autres. Nous ne sommes qu'au tout début de la « re-connaissance ».

L'animateur la remercia chaleureusement d'avoir accepté de rendre publique, et sur son plateau, cette nouvelle sensationnelle. Puis il l'invita à revenir dès qu'elle le souhaiterait pour faire le point sur l'avancée des recherches, ce qu'elle ne s'engagea bien entendu pas à faire. Il annonça la fin du journal et allait rendre l'antenne, lorsqu'une salve d'applaudissements émergea progressivement du fond du studio. Le réalisateur montra une nouvelle fois le contrechamp où étaient entassés la plupart des cadres de la chaîne. À son tour, l'animateur, qui était resté jusque-là très neutre, se leva pour applaudir la jeune femme. Shana, qui ne s'y attendait pas, pensa immédiatement à Philippe et à Pierre. Submergée par l'émotion, elle ne put retenir un sanglot, puis quelques larmes glissèrent sur ses joues. Elle tenta de les contenir, du revers de l'index, mais abandonna rapidement. Devant sa réaction, les applaudissements redoublèrent d'intensité et, conscient du moment historique qu'était en train de vivre sa chaîne, le réalisateur laissa la caméra filmer de longues secondes, avant d'envoyer le générique de fin.

97

Deux heures plus tard, aéroport du Bourget.

Shana monta à bord du jet privé du groupe Sanders avec un peu de retard sur ce qui était initialement prévu. Elle aperçut Thomas, lunettes sur le nez, attablé derrière son ordinateur. Autour de lui, un nombre incalculable de livres et de documents empilés recouvraient la moquette et la plupart des meubles du petit habitacle.

— Eh bien, dis donc… On dirait une chambre d'étudiant ! s'exclama-t-elle. Tu prépares un examen ?

Il ôta ses lunettes et lui adressa un sourire fatigué.

— Bonjour, mon amour. Bienvenue dans mon antre d'étudiant !

— Salut, vieux garçon !

Elle l'embrassa tendrement, puis observa la tonne d'ouvrages éparpillés.

— Anthropologie, génétique, égyptologie, cosmologie… Tu vas devenir un vrai spécialiste !

— Je pense qu'on va tous le devenir, dans les années qui viennent. Je prends juste un peu d'avance.

— Tu es là depuis longtemps ?

Il regarda sa montre en se frottant les yeux, comme s'il venait de se réveiller.

— Euh… oui, pas mal. Je voulais bosser ta présentation pour demain.

— Génial ! Merci. C'est la première fois que j'ai un assistant de ton niveau !

— Il faut que tu sois… il chercha ses mots, « parfaite ». C'est très important !

Elle écarta plusieurs livres du siège et s'assit en face de lui.

— J'espère que tu ne seras pas trop déçu, si jamais je ne suis pas élue.

— Voilà autre chose ! Tu n'es pas sérieuse, j'espère ?

— Si. Plus le moment approche, et plus je me dis qu'ils ne m'éliront pas.

— Et je peux savoir ce qui te fait croire ça ?

— Ton trop grand optimisme, pour commencer…

— Mais encore ?

— Plein de choses. Je suis une femme…

— C'est indéniable.

— Je ne suis qu'un simple professeur de paléontologie. Je suis française et pas américaine, je n'ai pas d'expérience de direction d'entreprise, je ne suis pas… discrète, je suis… clivante ! Ce n'est pas toi qui vas dire le contraire ? Je suis…

— Tu es la seule candidate !

Elle s'arrêta et le regarda avec défiance.

— Certes… Ça va jouer en ma faveur.

— Un peu, oui.

— Mais je suis impliquée dans le fiasco de Bussolino.

— Tu veux rire ? Ce n'est pas un fiasco. Tu as failli mourir, et surtout, tu ne t'en rends peut-être pas compte, mais tu leur as sauvé la mise. Si Margareth ou mon père s'était emparé du disque, cela en serait terminé de la SIA et de ses ramifications.

— Ça ne suffira peut-être pas.

— Bien sûr que si, ça suffira, et je vais te dire pourquoi. Tu vas être élue haut la main, non pas parce que tu es la seule candidate, mais parce que tu es de loin la meilleure. Désormais, la SIA va devoir agir en pleine lumière et rendre des comptes. C'est terminé, la clandestinité. L'organisation va avoir besoin d'un patron, ou plutôt d'une patronne, qui saura utiliser les médias tout en inspirant de l'ambition, du respect et surtout de la confiance. Et ça, c'est exactement toi !

— Oui, tu as raison, c'est tout moi… lui répondit-elle avec un sourire moqueur.

— Tu m'énerves…

À ce moment-là, le pilote les informa par radio d'attacher leurs ceintures, car il venait de recevoir l'autorisation de décoller pour New York. Thomas, visiblement agacé, rangea les papiers qui traînaient sur la table, dans un petit caisson dissimulé dans l'accoudoir.

— Excuse-moi, je suis un peu fatiguée, dit-elle. J'aurais préféré faire une pause. Il s'est passé tellement de choses. Tout est allé beaucoup trop vite !

— Je sais. Lorsque tout cela sera terminé, je te promets des vacances loin de la SIA, mais, pour le moment, on ne peut pas ; *tu* ne peux pas. Tu dois prendre la main.

— Oui, sans doute.

— Et puis, il y a une autre raison importante pour laquelle tu vas être plébiscitée…

— Laquelle ?

— Tu vas faire une présentation formidable !

Il tourna l'écran de son ordinateur pour lui montrer le support qu'il avait préparé.

— Tu as travaillé dessus tout l'après-midi ?

— En partie, oui.

Une dizaine de pages matérialisaient le plan qu'elle allait développer devant les membres du conseil : le fonctionnement qu'elle proposait de mettre en place, le mode de financement, la nouvelle dynamique et les objectifs.

— J'ai quand même fait une toute petite pause, pour te regarder à la télévision.

— Ah, tout de même ! Et tu m'as trouvée comment ?

— Agréable…

— Agréable, c'est tout ?

— Mieux que ça, mais je ne veux pas que tu prennes la grosse tête, aujourd'hui. Tu as été très bien, comme d'habitude. Convaincante, émouvante même…

— Arrête !

— Il faudrait savoir ! Je le pense réellement, mais peu importe. Et puis, ils ont été sympas avec toi ; ils ne t'ont pas posé de questions embarrassantes.

— C'est vrai. De toute façon, je m'étais préparée à botter en touche. Les Américains risquent de ne pas me pardonner cette officialisation à la hussarde.

— Vu ce qui s'est passé, je ne pense pas qu'ils soient en position de te reprocher quoi que ce soit. C'est pour ça qu'il fallait le faire maintenant. Lorsque tu seras présidente de la SIA, tu devras composer avec eux, et ils ne te laisseront pas dire tout ce que tu veux.

Elle acquiesça sans conviction, tout en regardant par la fenêtre, tandis que le Falcon s'élevait dans le ciel d'Île-de-France.

— Ça aurait quand même été mieux que tu te présentes. Tu as l'habitude de tout ça, moi pas. C'est ton monde, pas le mien !

— Et c'est exactement pour ça que tu vas y réussir ! Tu es une vraie scientifique, pas une gestionnaire ou une financière comme mon père, Margareth ou moi. Tu sauras exactement ce qu'il faut faire et comment.

— Tu saurais aussi.

— On en a déjà parlé. Tu as plus de légitimité que moi pour exercer cette fonction. Tout le monde t'attend. Après ce qui s'est passé, personne ne comprendrait que ça ne soit pas toi qui y ailles. Et puis, maintenant que mon père n'est plus là, je vais devoir m'occuper du groupe. Sinon, qui t'assurera l'indépendance financière dont tu auras besoin pour faire fonctionner la SIA ?

— Il va falloir qu'on trouve d'autres sources de financement que ton groupe, sinon on me reprochera vite mon manque d'indépendance, justement.

— Évidemment, mais je t'assurerai la quiétude économique dont tu auras besoin pour te consacrer à la recherche de la vérité.

Thomas profita que le Falcon ait stabilisé son ascension pour se lever et ramasser les quelques livres qui s'étaient renversés au décollage. Puis il ouvrit un petit frigidaire dissimulé dans un meuble en noyer, et en sortit une bouteille de chardonnay et deux verres frais.

— Remarque, j'aime assez l'idée que tu veilles au bien-être matériel pendant que je m'adonne aux réflexions scientifiques, dit-elle. Ça a un côté grand fauve inversé. J'adore !

Il remplit les verres et se rassit face à elle avec un air blasé.

— Prends-le comme ça, si tu veux…

— Je te charrie ! Bien sûr que je te suis reconnaissante de tout ce que tu fais pour moi. J'ai juste peur que tu mises sur le mauvais cheval.

— Ne t'inquiète pas pour ça. Il faut qu'on reparle de l'exploitation du disque. Tu es sûre que tu veux en laisser les droits au groupe Sanders ?

— Bien sûr. C'est à toi qu'il revient.

— Si on arrive à comprendre comment il fonctionne et ce qu'on peut en faire sans irradier tout le quartier, il est possible qu'il rapporte beaucoup d'argent.

— L'argent ne m'intéresse pas. Et puis, tu en auras besoin pour veiller sur ma quiétude, non ? Dans un premier temps, tu vas surtout en dépenser beaucoup, pour l'étudier.

Le pilote les informa que le Falcon avait atteint son altitude de croisière, que les conditions météo étaient excellentes et qu'ils devraient arriver à l'aéroport de New York-LaGuardia dans dix heures. Thomas réduisit alors l'éclairage dans l'habitacle et fit basculer leurs fauteuils dans une position plus confortable. Ils terminèrent leurs verres, puis restèrent silencieux un moment, réfléchissant à ce qui les attendait de l'autre côté de l'Atlantique, avant que Shana ne ferme les yeux.

Lorsqu'elle les rouvrit, Thomas l'observait. Elle aimait le regard qu'il portait sur elle. Sans lui, elle n'aurait jamais eu le courage d'aller jusqu'au bout. Le sachant à ses côtés, elle était une autre personne.

Plus forte, plus ambitieuse aussi. Elle ne voulait pas le décevoir, et cela lui procurait une énergie considérable.

— Il y a une hypothèse concernant l'aube de l'humanité, à laquelle nous n'avons jamais pensé, dit-elle à voix basse, tout en regardant par la fenêtre la lune projeter l'ombre du Falcon sur un parterre de nuages.

— Laquelle ?

— Nous partons du principe que des hommes plus évolués que nous ont vécu sur Terre, il y a des millions d'années, et qu'on en a perdu la trace.

— Ce n'est pas un principe : on en a des preuves, et puis tu vas en trouver d'autres !

— Oui, c'est certain. Mais peut-être que cela va bien au-delà…

— Qu'est-ce que tu entends par là ?

— Que la réalité dépasse peut-être notre présence sur Terre.

Il ralluma la petite veilleuse au-dessus d'eux et la regarda dans les yeux.

— Je t'écoute…

— Lorsque Pierre et moi étions seuls dans la cavité, il m'a dit quelque chose de très étrange. Quelque chose de, comment dire… grotesque. C'était juste avant les vibrations. Il m'a sans doute dit cela parce qu'il pensait que nous allions mourir. Le genre de truc que tu dis en sachant pertinemment que l'autre ne comprendra pas sur le moment. Après tout ce qu'il m'avait déjà raconté, je n'y ai pas prêté beaucoup d'attention mais, depuis quelque temps, ça m'obsède. C'était au détour d'une phrase, comme ça, mais je pense qu'au fond de lui c'est exactement ce à quoi il croyait !

C'est totalement irrationnel, mais finalement, ça expliquerait presque tout !

— Pourquoi tu ne me l'as pas dit ?

— Mais… je te l'ai dit !

— Ah oui ? Eh bien, ça ne m'a pas marqué.

— Non, pas plus que moi, sur le moment.

98

Le Falcon avait franchi depuis longtemps la dernière couche de nuages et continuait tranquillement sa progression. À l'ouest, devant eux, le soleil ressemblait à un petit brasier projetant ses derniers feux dans un ciel qu'ils ne rattraperaient pas. En la regardant fixement, Thomas repensait à tout ce qu'elle lui avait raconté de son expédition dans la seconde cavité.

— Qu'a-t-il dit de si extravagant, lorsque vous étiez bloqués ?

— Il m'a dit que l'homme, tout comme Dieu, existait depuis toujours.

— Il était croyant, ton ami ?

— Pas que je sache, justement. Je pense qu'il croyait en un dieu. Un dieu fait de chair et d'os. Un dieu qui aurait été un homme ou peut-être une femme.

— J'ai cru un moment que tu étais sérieuse ! répondit Thomas en souriant.

— Je le suis. Ou plutôt lui, l'était.

— Alors, je dois être fatigué.

Dans le clair-obscur créé par la petite veilleuse, il ne distinguait que sa bouche. Elle ne répondit pas.

— Écoute, je ne vois pas très bien en quoi cette idée pourrait nous faire avancer, mais si on ne veut pas se mettre à dos les trois grandes religions monothéistes, je pense qu'il vaut mieux garder ce genre de réflexions pour nous, poursuivit-il.

— Je n'ai pas l'intention de parler de ça, mais réfléchis un peu. On imagine deux hypothèses : soit le premier homme est né sur Terre, mais il y a beaucoup plus longtemps que ce qu'on croyait, soit il est né ailleurs dans l'univers et il s'est déplacé.

— Ces théories sont déjà plutôt en rupture.

— Oui, mais ça ne fait que déplacer notre généalogie dans le temps, ou dans l'espace, tout en conservant notre rassurant modèle évolutionniste.

— Et tu en as une autre ?

— Oui, j'en ai une autre, et elle est plus crédible que tu ne le penses.

— Je t'écoute.

— Si des sociétés humaines très développées ont existé, il y a si longtemps qu'on ne peut même plus le concevoir, pourquoi se seraient-elles contentées de coloniser une planète existante, avec tous les aléas que cela comportait ? Ils sont peut-être allés beaucoup plus loin que ça.

Tout en essayant de se remémorer ses souvenirs de catéchisme, Thomas regarda le tas de livres scientifiques posés au sol. Tout cela n'allait sans doute pas suffire.

— Tu vas rire, mais dans les livres que j'ai empruntés, je n'ai pas pensé à prendre une bible… Et pourtant, j'ai ratissé large ! Si je me souviens bien, Dieu créa la lumière, le ciel, la mer, les continents, la nature, les saisons, les animaux, puis, le sixième jour, Adam et Ève. À peu près dans cet ordre-là, non ?

— C'est ça, à un détail près.

— Quel détail ?

— C'est une parabole !

— Une parabole ? Je suis largué…

— En fait, il s'agit de temps et non de « jours » au sens où on l'entend habituellement. La durée de la création de la Terre n'est jamais concrètement précisée, ni dans l'Ancien ni dans le Nouveau Testament, pas plus que dans le Coran ou la Torah. Quelles que soient nos croyances, il est évident que cela n'a pas pris que quelques jours… mais plusieurs centaines de milliers d'années. Dieu a créé la Terre, les océans, les forêts, etc., en sept temps, mais il n'a peut-être pas créé l'homme…

— Tu penses que la Terre aurait été créée par d'autres hommes ?

— Pourquoi pas ? Ce n'est pas plus improbable que la panspermie qui est l'hypothèse scientifique la plus communément admise concernant l'apparition des premiers organismes vivants sur Terre[1].

— Jamais entendu parler de ça !

— Selon elle, les premières cellules seraient arrivées, portées par une comète.

— Et ça ne te convient pas ?

— Si, faute de mieux. Mais nous n'avons aucune preuve concrète que des organismes vivants puissent

1. La panspermie, formulée durant l'Antiquité par Anaxagore (– 500 à – 428 avant J.-C.) et plus récemment par Hermann von Helmholtz (1878), est une théorie scientifique exposant que la Terre a été ensemencée par des corps extraterrestres, comme des comètes ou des météorites. Longtemps délaissée, cette hypothèse est aujourd'hui présentée comme la plus probable par la majorité de la communauté scientifique et elle est évoquée également comme une cause possible de l'apparition récente de certains nouveaux virus.

vivre ou survivre sur une comète. Et même si c'était le cas, il est tout à fait improbable que ceux-ci puissent résister à l'échauffement d'une entrée dans l'atmosphère et à l'onde de choc de l'impact. Mais peu importe, c'est la théorie présentée comme la plus plausible, et ce, pour une raison bien simple : hormis Dieu, nous n'en avons pas d'autres…

— De là à faire de Dieu un homme, il y a de la marge…

— Nous savons aujourd'hui qu'il est possible de créer des planètes. Nous savons même comment le faire. Nous ne possédons pas encore les moyens techniques pour y parvenir, mais ce n'est qu'une question de temps.

— Excuse mon ignorance, mais même en rêve je ne nous vois pas créer des planètes.

— Tu rêves mal. Des cosmologues et des biologistes ont déjà travaillé sur le sujet ; ils ont même fait des expériences en apesanteur simulée. Et ils sont unanimes : c'est possible !

— Le concevoir est une chose, mais le réaliser serait tout autre.

— Évidemment… Mais dans cinquante ans ? Un siècle ? Dix siècles ? Le plus extraordinaire, c'est que ça sera sans doute beaucoup plus simple que tu l'imagines. Du fer, de l'oxygène, du magnésium et du silicium ; ces quatre éléments constituent 93 % de notre planète, et nous les trouvons en abondance partout dans le système solaire[1].

1. La Terre est constituée de 30 % d'oxygène, 16 % de silicium (sable), 15 % de magnésium et 32 % de fer. Le reste est quasi anecdotique au regard de la masse globale. Principalement du sel, de l'hydrogène, de l'aluminium et du calcium.

— OK pour les ingrédients, mais ça me paraît quand même plus difficile que de faire une pâte à crêpes.

— Si on a le temps et les moyens techniques, pas nécessairement. Il suffirait d'orbiter les matériaux à une distance du Soleil adéquate pour y favoriser la vie. Nous pourrions même ne pas avoir besoin de les réunir, mais simplement de les faire se percuter. Si on se situe sur le tracé de la grande ceinture d'astéroïdes bornant notre univers, comme l'était la Terre à sa création, on aurait tout ce qu'il nous faut[1]. L'attraction universelle ferait le reste. En peu de temps, nous obtiendrions un amas de matière qui attirerait tous les corps célestes plus petits passant à proximité. Nous pourrions l'aider un peu en les orientant nous-mêmes, comme cela a été fait, il y a quatre milliards et demi d'années, par la collision d'une planète naine avec ce qui était notre embryon de Terre. Tout cela s'est déjà produit ; reste à savoir si c'était coordonné ou accidentel. Évidemment, il faudra du temps : quelques dizaines de millions d'années, sans doute. Nous n'en verrons pas le résultat de notre vivant, mais les descendants de nos descendants le pourront peut-être ! C'est probablement ce que pensait Pierre. Dieu était un homme, ou plutôt des hommes et des femmes, des scientifiques qui nous ont précédés et qui nous ont peut-être accompagnés plus longtemps qu'on ne le pense.

Thomas applaudit des deux mains.

---

1. La grande ceinture d'astéroïdes (ou ceinture principale) se situe entre les orbites de Mars et Jupiter. Elle est constituée de plus de cinq cent mille corps célestes et d'une planète naine, Cérès.

— Dieu remplacé par la loi de la gravitation universelle ? Bravo !

— La loi de la gravité s'applique dans tout l'univers et c'est une loi mathématique simple. Si nous sommes un jour capables de créer des planètes, et les scientifiques en sont persuadés, alors pourquoi une civilisation plus évoluée que la nôtre, vivant il y a très longtemps, ne l'aurait-elle pas déjà fait ? La Terre possède toutes les caractéristiques pour ça : un emplacement idéal, des matériaux nécessaires à la vie, une atmosphère stable, une Lune permettant de stabiliser notre orbite. Un mathématicien estime à une chance sur cent millions la possibilité de trouver une autre planète comme la Terre. Ça tombe bien, car c'est à peu près le nombre de planètes potentiellement habitables dans l'univers. Donc une sur cent millions, et c'est la nôtre. Bingo ! Un miracle. Mais la réalité est peut-être moins mathématique que cela. Les premières civilisations antiques, les Égyptiens, les Grecs et même plus récemment les Romains et les Incas, avaient un point commun : tous croyaient que des êtres supérieurs, des dieux avaient créé la Terre et la dominaient. Peut-être qu'on a mal interprété leur croyance…

— OK, admit Thomas.

Il éteignit la veilleuse et inclina son siège à l'horizontale.

— Crois-tu vraiment que tout ce qui nous entoure est dû au hasard ? insista-t-elle. Qu'il n'y a pas eu un architecte ? Que nous ne sommes qu'une suite… d'accidents biologiques ?

— Je n'en sais rien. Mais je réitère mon conseil : garde tout ça pour toi. En commençant par demain, devant la SIA. Dis-leur juste ce qu'ils ont envie d'entendre, ni plus ni moins : la recherche de traces de vie ancienne sur la Terre. Peut-être qu'elles nous entraîneront vers l'hypothèse de Pierre. Peut-être pas…

99

« Définissez-moi d'abord ce que vous entendez par Dieu et je vous dirai si j'y crois. »

Albert Einstein

La voiture les déposa à 8 h 40, à l'angle de la 42e Rue et de Lexington Avenue. À cette heure de la matinée, le quartier de Midtown était l'un des plus agités de Manhattan. Sur les larges trottoirs se croisaient bruyamment *working girls*, ouvriers de chantier, vendeurs à la sauvette, éboueurs, traders, étudiants et déjà beaucoup de touristes attirés par l'effervescence de la vie économique new-yorkaise. Le rythme était assuré par un flux constant de bus, taxis et berlines, séquencé à chaque carrefour par des agents de police en uniforme.

Comme ils étaient un peu en avance, ils s'attablèrent quelques minutes à l'intérieur de l'un des nombreux Starbucks égratignant le décor. En général, c'étaient les promeneurs qui regardaient les devantures de magasins, mais à cet endroit et à cette heure précise, c'est plutôt l'inverse qui se produisait. Shana relut une dernière fois le support que Thomas lui avait préparé, en essayant d'en mémoriser les passages principaux, comme elle le faisait habituellement pour ses cours magistraux. Bien conscient que l'exercice n'était pas habituel pour elle, il tenta une nouvelle fois de la rassurer sur ce qui, selon lui, serait l'inévitable issue du vote. Au plafond, des téléviseurs suspendus diffusaient, sans le son, des images de Fox News. Une animatrice quadragénaire peroxydée commentait déjà des extraits de l'interview qu'elle avait donnée la veille, en France, et qui passaient en boucle, accompagnés d'un sous-titre racoleur : « *Who are we ?* »

À 9 heures précises, ils se présentèrent à l'accueil du prestigieux Chrysler Building. Contemporain de l'Empire State Building, avec ses 319 mètres et son architecture nivelée typique de cette époque, celui-ci était depuis longtemps l'un des gratte-ciel préférés des New-Yorkais. Probablement informés par des administrateurs bavards, de nombreux journalistes et photographes les attendaient au pied des marches. Surpris et peu habitués, ils fendirent l'attroupement sans ralentir le pas, en refusant de répondre aux micros de CNN, USA Live TV, Fox News, ABC News et quelques autres qui se tendaient vers eux. Dans le hall, un grand panneau annonçait : « *Société internationale d'archéologie – Assemblée générale.* » Après avoir vérifié que leurs noms étaient bien présents sur la liste, l'hôtesse d'accueil leur attribua un badge pour la journée, puis un militaire les conduisit au soixante-deuxième étage.

Une cinquantaine de personnes, parmi lesquelles seulement quelques femmes, étaient déjà présentes dans la grande salle de conférence qui allait servir de cadre aux débats et à l'élection. La plupart des participants étaient des mécènes, des hommes d'affaires, des professeurs. Il y avait également cinq militaires du Pentagone, en uniforme d'apparat et armés. Positionnés en demi-cercle, ils observaient attentivement chaque arrivée. Pour patienter, des boissons et viennoiseries étaient disposées sur des tables bordant l'espace. Thomas avala un café et deux mini-croissants, mais Shana, qui avait le ventre noué, ne toucha pas au buffet. Il serra plusieurs mains mais même lui, qui connaissait bien le milieu des affaires et de la finance, semblait un peu perdu dans cette assemblée hétéroclite. Comme isolés au milieu d'un monde étranger, ils échangèrent quelques banalités et sourires convenus.

— À quoi penses-tu ?

— Si je te le dis, tu ne vas pas être content…

— Tu veux t'enfuir ?

— On peut faire ça ?

— Non.

— Je n'y peux rien ; je ne suis pas à l'aise. Ce n'est pas pour moi, tout ça. Je n'aurais jamais dû t'écouter.

Il la regarda en souriant, sans rien dire.

— Je suis sérieuse !

— Je pense que je suis un peu amoureux de toi.

— Je te demande pardon ?

— Tu as très bien entendu…

— Ce n'est pas vraiment le moment. Et puis, il ne faut jamais dire ça à une femme.

— Ah oui ? Et pourquoi ?

— Parce que !

Il haussa les épaules.

— Je plaisante… C'était pour te déstresser !

— Pour me déstresser, il n'aurait pas fallu dire « je pense » ni « un peu »…

— Ne t'inquiète pas. Tu ne verras tous ces gens que très rarement, peut-être même jamais. Ce sont des anonymes, seulement intéressés par le profit et la notoriété qu'ils pourraient tirer en contribuant à une cause qui les mettrait en valeur. Ils vont être bienveillants avec toi, car tu as sans doute sauvé leurs économies.

— J'espère que tu as raison. En tout cas, ils ne se pressent pas pour venir me remercier, ni même me saluer.

En effet, le temps que la salle se remplisse, hormis quelques bonjours furtifs, personne ne vint les déranger. Pourtant, à l'instar d'une rentrée universitaire, elle sentait bien les regards insistants et curieux se poser sur eux, et sur elle en particulier.

— Ils n'osent pas. Depuis hier, tu passes en boucle sur toutes les chaînes de télévision. Ils sont impressionnés de te voir en vrai.

— Je n'en suis pas si sûre. En tout cas, je n'ai pas l'impression qu'ils m'attendent avec beaucoup d'enthousiasme.

— Peu importe. C'est une élection, et ils vont voter pour toi. Après, tu aviseras.

— Et comment, au juste ?

— Déjà… tu pourrais changer les statuts et instaurer une présidence de droit divin, que tu garderais jusqu'à ta mort et que tu céderais au premier-né de ta descendance !

— Tu peux être sérieux deux minutes, s'il te plaît ?

— Détends-toi. Il y a suffisamment de gens sérieux, ici.

— C’est facile, pour toi. Ce n’est pas ta bobine qui va être soumise à la *vox populi* !

— Quoi qu’il arrive, ça ne changera rien à ce que je ressens pour toi. Je ne sais pas si ça a un intérêt, mais je te le dis quand même…

Elle lui sourit, avec ce regard mutin qui le faisait fondre depuis le tout premier soir où il l’avait vue à la télévision.

— Tu vas faire un carton ! dit-il.

— Moi aussi.

— Comment ça, toi aussi ?

— Par rapport à ce que tu as dit tout à l’heure… Moi aussi !

Une centaine de personnes étaient maintenant présentes dans la salle. Pour la plupart, elles s’étaient positionnées devant l’estrade sur laquelle étaient posés une longue table et neuf sièges nominatifs, dont un destiné à Thomas. Shana remarqua alors l’absence d’urne et devina que les délibérations se feraient en public, et le vote, à main levée. À cet instant, le colonel Casey Brown, qui semblait être le militaire le plus gradé, vint à leur rencontre. Sans même se présenter ni les saluer il expliqua à Thomas que la séance allait débuter et que Shana Stenford, qui n’était ni une donatrice, ni mandatée par le gouvernement américain, ne pourrait y assister.

— Elle est candidate à la présidence ! s’insurgea-t-il.

— Je le sais très bien, monsieur Sanders. Mais tant qu’elle n’est pas élue, elle ne peut participer aux délibérations.

Le fait que celui-ci se soit exprimé sans même la regarder rappela à Shana que ce serait probablement plus difficile pour elle que pour un autre. Elle échangea un regard avec Thomas, puis un autre militaire, moins gradé, l'accompagna dans une salle située à l'étage inférieur.

100

De là où elle se trouvait, elle ne pouvait entendre quoi que ce soit. L'homme resta posté devant elle, ce qui la surprit, mais elle ne posa pas de question. Elle n'aurait probablement pas regardé par le trou de la serrure, mais si elle en avait eu envie ils s'étaient arrangés pour que cela ne soit pas possible. Décidément, depuis quelque temps et quoi qu'elle fasse, c'était devenu son quotidien d'être surveillée par des hommes armés.

Une fois tout le monde assis, l'un des fondateurs de la SIA proposa de commencer la séance par une minute de recueillement en mémoire de Pierre Lancarneau, de Giuseppe Gazotti et de Margareth Stern. Afin de permettre à l'organisation de poursuivre son action et de ne pas imploser totalement, le rôle trouble de cette dernière avait largement été minimisé par l'administration américaine et la police italienne. Le colonel Casey Brown, haut fonctionnaire américain à la Défense, y avait provisoirement été nommé par le gouvernement, afin de remettre discrètement de l'ordre au sein de la SIA. Ce fut donc lui qui prit naturellement la parole et dirigea les débats. L'élection qui allait suivre laissant *a priori* peu de suspense, il s'attarda sur les différents points de sa feuille de route, notamment la mise sous tutelle de l'organisation par le très puissant ministère américain de la Défense, dont un membre permanent participerait désormais à chaque prise de décision, avec un droit de veto. Il ne fut pas interrompu, même si une telle pratique était de nature à limiter sensiblement l'intérêt des financiers privés. Comme personne ne protesta, il proposa ensuite de passer au sujet principal : l'élection du président. S'adressant à l'assemblée, il demanda si des candidats souhaitaient se déclarer. Personne ne leva la main. Il en prit acte, puis, se tournant vers Thomas, assis immédiatement à sa droite, il demanda si quelqu'un voulait proposer une personnalité extérieure à l'organisation.

— Le groupe Sanders, dont je suis le président, soutient la candidature de l'universitaire et paléontologue française Shana Stenford, répondit ce dernier. Comme vous le savez probablement tous, elle a récemment dirigé les fouilles sur le site de Bussolino avec un certain succès, malgré les différentes manigances, aussi bien internes qu'externes à la SIA.

Comme il s'y attendait, un brouhaha s'éleva dans la salle.

— Oui, oui, je réitère mon propos : manigances, entraves, complots, assassinats même… Je suis bien placé pour le savoir, puisque mon père y était mêlé. Alors, je vais être franc : je pense que sans cette jeune femme providentielle la SIA n'existerait plus aujourd'hui. Sa candidature est une chance pour l'organisation ; elle est même quasiment inespérée. Sa notoriété en France et la confiance que lui accordent les médias permettront de légitimer nos travaux, tout en apportant la rupture rendue nécessaire par les événements.

Un homme d'une cinquantaine d'années, professeur d'astrophysique et jouissant lui aussi d'un siège attitré sur l'estrade, prit alors la parole :

— L'interview télévisée qu'elle a donnée, il y a quelques heures, passe en boucle sur les chaînes du monde entier. Elle nous a coupé l'herbe sous le pied.

— Elle a fait ce qu'il fallait faire. Et mieux valait que ce soit par elle qui était encore libre de tout engagement.

— Elle nous met tous devant le fait accompli !

— Je la connais très bien, alors faites-moi confiance : si elle a officialisé certaines de vos hypothèses, c'est parce qu'elle est intimement persuadée qu'il n'y a pas d'autre issue. Mlle Stenford va apporter une fraîcheur et un regard nouveau à la SIA. À titre personnel, je la soutiens, bien entendu, mais j'aurais également beaucoup de mal à faire confiance et à financer un administrateur ayant participé, de près ou de loin, à l'ancienne organisation, avec tous ses travers !

— Merci, monsieur Sanders, de nous avoir fait partager votre enthousiasme pour cette jeune femme, déclara le colonel Brown. Y a-t-il d'autres candidats extérieurs ?

Un moment de silence ponctua sa question. Les premiers rangs se retournèrent, pour voir si quelqu'un levait la main. Au bout d'une minute, le colonel reprit la parole.

— Très bien. Afin que les règles démocratiques soient respectées, je vous propose de valider également ma candidature en tant que personnel externe, annonça-t-il.

Un murmure parcourut la salle. Même si, depuis les récents événements, celui-ci en avait en quelque sorte assuré les fonctions, la plupart se demandaient si un militaire, qui n'était ni membre de l'organisation, ni présenté par un mécène, pouvait en briguer légitimement la présidence. Ce fut Thomas qui exprima les doutes que l'assemblée partageait.

— Excusez-moi, colonel, mais la mise sous tutelle ne vous suffit pas ? Il vous faut également la présidence ?

— Monsieur Sanders, je ne vous ai pas interrompu lorsque vous nous avez dit tout le bien que vous pensiez de votre amie française. Alors, permettez-moi de poser également ma modeste candidature. Je ne ferai pas autant de prosélytisme que vous, mais peut-être certains préféreront-ils que la gouvernance soit assurée par un Américain, qui plus est colonel de l'armée des États-Unis.

— Je parle en mon nom, mais aussi sans doute en celui des mécènes qui, comme moi, assurent à l'organisation le budget nécessaire à son fonctionnement. Je ne pense pas que nous continuerons à financer une organisation à but non lucratif, sous tutelle du ministère de la Défense et présidée par un colonel du Pentagone en exercice !

— C'est votre avis, monsieur, et il est intéressant mais il n'engage que vous. Vous savez, il y a beaucoup de patriotes en Amérique et peut-être même parmi vos amis de la finance !

La majorité des votants étant américains, Thomas n'insista pas sur l'intérêt de l'indépendance d'une gouvernance apatride. Sans doute avait-il été naïf, mais il n'avait pas envisagé que l'armée voudrait prendre la main sur les travaux de la SIA. Le vote allait se faire à main levée, et quelque chose lui disait que les motivations du colonel Brown n'étaient pas uniquement le respect des règles démocratiques.

— Puisque tout le monde est d'accord, nous allons passer au vote, annonça ce dernier. Bien entendu, je vous demanderai de ne lever la main qu'une seule fois ou bien de vous abstenir.

Avant même le vote, une poignée de personnes quittèrent la salle. Le colonel s'interrompit, le temps qu'elles sortent.

— Très bien. Comme la bienséance l'exige, je vous propose de commencer le vote par la candidate de M. Sanders. Ceux qui souhaitent que Mlle Stenford assure la présidence de la SIA, je vous propose de lever la main, dit-il.

Un mouvement disparate anima les premiers rangs.

— Bien haut, s'il vous plaît. Qu'on vous voie clairement ! insista le colonel en haussant la voix.

Ne sachant pas très bien ce qu'il avait manigancé, Thomas leva un regard inquiet vers la salle. Mais ce qu'il vit, ça non plus, il ne l'avait pas prévu.

101

Par la fenêtre du soixante et unième étage, Shana avait une vue dégagée sur deux des huit gigantesques aigles décorant les angles extérieurs du Chrysler Building. Faits d'acier inoxydable brillant, ceux-ci donnaient à l'édifice une image de supériorité et de puissance, telles qu'on les exprimait dans les années 1930. Il ne s'était pas passé plus d'un quart d'heure depuis qu'elle avait quitté l'étage supérieur, mais le temps lui avait paru plus long. Qu'était-elle venue faire dans cette galère ? C'était ce qu'elle se demandait, lorsque Thomas en personne vint la délivrer de son geôlier. Elle remarqua immédiatement que son regard avait changé ; il paraissait crispé, presque inquiet.

— Alors, fini les petites blagues ?

— Viens !

Ils se dirigèrent vers les ascenseurs, suivis comme leur ombre par le militaire qui avait reçu l'ordre, par radio, de la laisser revenir dans la salle.

— Tu m'inquiètes. Ils ne veulent plus de moi ?

— Si, si…

— OK. Tu caches bien ta joie, alors.

— Ce n'est pas ça, mais l'organisation a été mise sous la tutelle de l'armée. Ils ne vont pas te laisser la main. Je pense qu'ils vont être très actifs, et on ne pourra pas faire comme on le souhaite.

— J'ai été élue ou pas ?

— Oui !

— De beaucoup ?

— Oui.

— Oui, comment ?

— Pratiquement tout le monde.

— Bon, eh bien, on s'en contentera, alors. Ça veut dire quoi exactement, sous tutelle ?

— C'est bien ça le problème : je n'en ai pas la moindre idée. Mais eux, ils le savent.

— Entre ma présidence et ton financement, ils devraient avoir du mal à nous entraver.

— J'espère que tu as raison.

Ce fut donc en tant que présidente de la SIA qu'elle entra dans le grand salon, sous les applaudissements de la majorité des donateurs. Les sourires avaient en partie remplacé les regards curieux de leur arrivée, mais la tension était toujours palpable. Elle monta sur l'estrade où Thomas lui fit une place au centre de la table, entre le colonel Brown et lui.

Lorsque les applaudissements s'estompèrent, elle put revêtir le rôle qu'elle avait prévu de jouer. Elle remercia longuement Thomas pour son soutien, puis l'ensemble des participants pour la confiance qu'ils lui avaient témoignée à travers leurs votes. Elle admit l'importance de la mission à accomplir et le poids des responsabilités qui seraient les siennes dans les mois à venir. Puis, à l'aide de la console centrale, Thomas projeta sur un écran derrière elle le plan de l'organisation et les objectifs de fouilles qu'elle allait décliner, mais elle ne commença pas tout à fait comme ils l'avaient convenu. Consciente des futurs enjeux et du rapport de force qui allait inévitablement s'établir, elle entama une longue tirade sur la nécessaire transparence dont l'organisation devrait faire preuve vis-à-vis du public et des États en général, seule garantie, selon elle, d'une action cohérente dans l'intérêt de la science.

Dans un premier temps, surprise par la bravade, la salle manifesta son soutien par de nouveaux applaudissements, d'abord timides, puis plus nourris. Seuls restèrent silencieux les deux premiers rangs et les cinq militaires, debout au fond de la salle. Sur l'estrade, le colonel Brown ne put réprimer un sourire amusé. Il ne s'y attendait pas mais il venait de prendre conscience qu'il allait avoir une adversaire farouche. Habitué aux combats, et pas que celui des idées, cela ne lui faisait pas peur ; bien au contraire, la situation le stimulait. Les luttes d'influences, il connaissait par cœur. Elle avait fait l'erreur de lancer les hostilités ; dorénavant, elle serait son ennemie et il ne la lâcherait plus.

Durant une vingtaine de minutes, elle poursuivit sa présentation, fixant ainsi les grandes lignes de la nouvelle dynamique qu'elle voulait donner à l'organisation. Les premières étapes consistaient à mettre en place un comité directeur et à trouver un budget d'exploitation, ce qu'elle s'engagea à proposer avant la fin du mois. Ensuite, elle expliqua qu'elle souhaitait concentrer les futures fouilles sur trois zones géographiques précises.

— Nous commencerons par les hautes plaines de Johannesburg, dit-elle. Depuis longtemps, celles-ci sont considérées, par la plupart des paléontologues, comme l'unique berceau de l'humanité. Si, il y a deux millions d'années, une relation a existé entre les premiers hommes et les australopithèques, c'est nécessairement là-bas qu'on en trouvera les preuves.

Thomas projeta alors derrière elle une carte du Proche-Orient.

— Ensuite, le Croissant fertile[1], poursuivit-elle. C'est dans cette zone qu'ont été trouvées les toutes premières traces d'agriculture humaine, avec notamment la domestication du blé et de l'orge au Néolithique[2]. Comme pour l'Afrique du Sud, si les premières civilisations en développement ont été « aidées », c'est probablement là-bas que cela s'est passé.

La page suivante présentait des photos sous-marines.

— Enfin, nous concentrerons l'essentiel de nos moyens sur ce qui est sans doute l'un des sites les plus anciens et mystérieux au monde. Je veux parler de la cité cubaine découverte en 2000, au large du cap Saint-Antoine. Elle a été construite sur une zone immergée depuis très longtemps et en partie à l'aide du même matériau que celui utilisé pour les sphères magmatiques du Costa Rica : le gabbro. Nous pensons

1. Expression désignant une zone délimitée au sud par le désert de Syrie, à l'ouest par la mer Méditerranée et au nord-est par les montagnes du Taurus et du Zagros. Le terme fut introduit par l'archéologue américain James Henry Breasted, car l'arc formé ressemble à un croissant.

2. Entre neuf mille et trois mille ans avant J.-C. Période de la préhistoire marquée par de profondes mutations techniques, économiques et sociales fondées principalement sur l'agriculture et l'élevage.

que ces deux sites sont contemporains et probablement antérieurs de plusieurs millions d'années aux premières réalisations néolithiques connues.

— Nous avons déjà étudié cette région.

La voix venait du premier rang.

— C'est exact, répondit-elle. Ce site a été identifié, mais les fouilles effectuées à l'aide de sonars et de quelques plongées aléatoires sont très superficielles. Rien n'a été trouvé mais rien n'a été sérieusement cherché. Il faudra descendre, et son emplacement par 600 mètres de profondeur rendra les fouilles complexes. Cela nécessitera des moyens financiers et technologiques considérables pour effectuer un travail archéologique sérieux.

La séance allait s'achever, lorsque le colonel Brown lui posa la question que de nombreux membres de l'ancienne direction avaient en tête depuis un moment déjà.

— Mademoiselle Stenford, selon le rapport de la police italienne, vous avez trouvé un objet dans le Piémont. Un objet que Margareth Stern et la SIA convoitaient.

— C'est exact.

— D'après votre déposition, monsieur Sanders, vous avez déclaré que cet objet se serait embrasé spontanément dans les mains de votre défunt père.

— Oui, c'est bien ce qui s'est passé.

Le colonel écarta les bras, mimant une attitude d'incompréhension.

— Peut-on vous demander ce qu'est devenu cet objet ou, du moins, ce qu'il en reste ?

— Vous pouvez. Cependant, il n'est pas dit que je vous réponde, répliqua Thomas d'un ton sarcastique.

Il allait projeter la photo du disque à l'écran, lorsque Shana lui fit un signe de la main.

— Nous ne l'avons pas retrouvé ! déclara-t-elle.

Un murmure parfaitement audible parcourut l'assemblée. Le colonel Brown baissa la tête un instant pour regarder ses notes, avant de poursuivre.

— Comment ça, vous ne l'avez pas retrouvé ? Il ne s'est pas volatilisé quand même ?

— Nous ne savons pas ce qui s'est passé. Peut-être a-t-il entièrement fondu ou bien a-t-il été emporté par le courant, relativement fort à l'endroit où cela s'est passé. En tout état de cause, nous ne l'avons plus.

Thomas jeta un regard discret vers Shana, surpris qu'elle soit capable de mentir devant toute une assemblée avec autant d'aplomb. Il était évident que le colonel ne la croyait pas, mais devant les autres donateurs il préféra préserver les apparences.

— Alors, ne croyez-vous pas que nous devrions commencer les fouilles par là ? demanda-t-il.

Shana observa l'assemblée, qui était déjà levée mais attendait sa réponse, puis elle planta son regard dans le sien.

— Non, asséna-t-elle.

Soutenant son regard et stupéfait par ce qu'il considérait comme un aveu, il ne bougea pas.

— Cet objet est peut-être votre quête, colonel, mais elle n'est pas… Elle n'est plus la nôtre !

— Je suis heureux de l'apprendre.

— Comme je l'ai expliqué, notre objectif principal est de connaître et de comprendre le passé. Savoir qui nous sommes, d'où nous venons, ce que nous sommes devenus. Car je suis persuadée que chaque bribe du passé est incluse dans notre présent et aussi dans notre avenir. Alors, quel que soit l'intérêt technologique éventuel de l'objet dont vous parlez, ce n'est plus notre priorité.

— Très bien, professeur. Vous ne verrez donc pas d'inconvénient, je suppose, à ce que je sollicite vos compatriotes pour comprendre ce qui est arrivé ? Et qu'accessoirement, nous lancions des recherches à l'endroit que vous nous avez indiqué ?

— Mais faites donc, colonel. Cherchez où vous voulez. Trouvez ou non, je vous l'ai dit, ça ne nous concerne plus.

102

> « Le rapport entre ce que nous voyons
> et ce que nous savons n'est jamais figé
> une fois pour toutes. »
>
> John Berger

Ils décollèrent de l'aéroport de New York-LaGuardia en début de soirée. À bord du Falcon, le disque pesait beaucoup plus lourd qu'à l'aller, et la haute altitude n'y changeait rien. Shana avait fermé les yeux depuis un moment et, enfoncé dans son fauteuil, Thomas prenait connaissance des messages de la journée. Silencieusement, dans l'obscurité de l'habitacle, il la regardait.

Depuis leur départ du Chrysler Building, ils n'avaient pas abordé le sujet et avaient peu parlé, en fait. Elle ne lui avait pas dit un mot sur ce qui s'était passé. Elle avait modifié leur plan, sans même lui demander son avis. Elle avait improvisé et imposé, mais il ne lui en voulait pas. Enfin, pas vraiment. Vu la tournure des événements, elle avait probablement eu le bon réflexe. Il lui semblait évident que le ministère de la Défense américain ne ferait rien de positif avec le disque. Pire, il voudrait sans doute l'utiliser à son profit pour asseoir un nouvel ordre économique et politique mondial. Shana et lui étaient d'accord sur la philosophie des actions qu'ils allaient mener. Une technologie aussi précieuse devait profiter à l'humanité entière et pas seulement à un pays ou à quelques privilégiés. Du moins, c'était le sens qu'ils souhaitaient donner à leur projet, mais son exécution allait être extrêmement compliquée.

Avec le recul, Shana comprenait mieux Margareth. Même si ses méthodes étaient contestables, elle aussi avait probablement voulu préserver le disque. D'une certaine manière, elle allait suivre le même chemin, celui de la clandestinité. Derrière ses paupières fermées, elle se repassait le film de cette journée particulière en songeant aux responsabilités qui seraient les siennes dorénavant. La vérité, pensait-elle, c'est probablement qu'aucun État au monde n'était capable de partager une telle technologie. La façon même dont nos sociétés sont établies, sur un modèle de domination, n'a jamais favorisé la mutualisation des ressources. Peut-être dans un passé très lointain ou dans un futur trop éloigné en serons-nous capables. Mais, le plus vraisemblable est que nous serons remplacés bien avant d'avoir atteint cette maturité collective.

Elle n'était pas persuadée que la finalité de Margareth était le partage, mais elle aimait à le penser, et sentait une certaine filiation avec la financière. Sa force à elle, c'était peut-être qu'elle n'avait pas voulu en arriver là et qu'elle n'attendait rien de cette position. Elle se sentait portée par une destinée, par les millions de vies qui la précédaient, comme une passerelle invisible soutenait parfois des êtres humains, vers un but qu'ils n'avaient pas choisi et qui les dépassait. Elle était dépositaire d'une science ancestrale, d'un passé, mais aussi d'un espoir. Accidentellement ou non, tout cela lui avait été transmis, et aujourd'hui, elle y donnait un sens.

Le monde allait-il changer ? Elle n'en savait rien. Les hommes se persuadent, pour se construire. Les connaissances se dilatent et se rétractent depuis l'origine, mais le savoir n'est que la vérité d'un moment. Quelle que soit son ancienneté, la Genèse n'est qu'une question de regard scientifique ou religieux. Ou bien les deux. Un regard imprécis, trouble. Ce que l'on voit dépend, pour beaucoup, de là où on regarde.

Depuis qu'elle étudiait la paléontologie, la paléoanthropologie et l'histoire, elle était convaincue d'une chose, relativement simple : nous portions tous, en nous, une part infime du passé, comme si depuis toujours un lien invisible nous unissait depuis un point de départ unique. Notre ADN nous caractérise de façon unique et indélébile, et pourtant il porte en lui la trace de tous nos ascendants, sur des centaines, voire des milliers de générations. Cette ascendance nous est transmise à la naissance, sans qu'on en soit réellement conscients. Nous sommes la seule espèce, sur Terre, à présenter cette troublante particularité, et la filiation va peut-être bien au-delà de notre code génétique.

Que resterait-il de nous dans cent millions d'années ? Peut-être rien. On considère le passé, et même le futur, comme des images arrêtées. Comme si nous observions un tableau, sur lequel nous ne figurions déjà plus. Shana savait que la réalité n'était probablement pas aussi figée, et que notre évolution était plus cyclique qu'aléatoire. Qu'un jour, peut-être, nous rejouerions notre propre passé. Comme un recommencement permanent, éternel, ou bien une particule projetée dans un anneau qui accélérerait sans cesse jusqu'à se rejoindre, pour créer un courant continu. On imaginait un début, mais peut-être n'y en avait-il pas. Peut-être étions-nous le chaînon d'un cycle, qui, comme l'univers, se contractait et se rétractait depuis toujours, dans un dessein qui nous échappait.

Prise de vertige, Shana ouvrit les yeux brusquement. Voyant que Thomas la regardait, elle lui sourit. Il prit sa main, et sa chaleur la conforta instantanément. Dorénavant, elle savait que sa vie n'aurait plus tout à fait le même relief.

Remerciements

L'écriture est une pente qui monte plus qu'elle ne descend, alors du fond du cœur, merci à tous ceux qui m'ont accompagné, ces derniers mois, sur ce chemin ; qui m'ont aidé, encouragé, supporté aussi… parfois.

Une pluie de mercis à mon papa et Josiane (maîtresse Capello), pour leur aide ; à Michèle et à Jean, pour leur soutien et leur affection ; à Anne-Sophie, pour sa présence précieuse ; à Philippe, mon ami de toujours ; à Sandrine et à Balou, qui ont été les involontaires cobayes de mes inspirations ; à Cathy, pour les cours de géométrie.

Merci à Barra, Sophie et Fanny des Éditions Jets d'Encre, pour la qualité de leur accompagnement.

Mille mercis également à Pascal et Leila, l'infirmière de mes mots ; à Isabelle, pour tout un tas de « petites choses » ; à Béa, des Chimères-Labenne-Océan, pour sa bonne humeur communicative ; à Patrice et à Valérie, mes compagnons de jogging, qui sont les premiers à avoir suivi cette étrange histoire ; à Nathalie, de Copifac-Bayonne, qui est capable de faire cinq choses en même temps, tout en gardant un joli sourire et à mon amie Nathalie Vergès, la meilleure photographe du Pays basque !

Un merci très appuyé aux Éditions Prisma et à Jean-Laurent Poitevin, le fondateur des éditions LNA, pour toute la bienveillance qu'ils m'ont portée.

Et enfin, un merci tout particulier au talentueux président de la 11e édition du prix *Femme Actuelle*, Gilles Legardinier, de m'offrir *un si joli premier miracle* !

Et aussi à tous ceux que j'oublie et qui, j'espère, ne m'en voudront pas trop (c'est terrible, j'ai une mémoire de poisson rouge…).

La photocomposition de cet ouvrage
a été réalisée par
GRAPHIC HAINAUT
30, rue Pierre Mathieu
59410 Anzin

Imprimé en Espagne par:
CPI Black Print
en juin 2021
S30760/01

Pocket - 92 avenue de France, 75013 Paris